山西大学艺术学理论文库
SHANXI DAXUE YISHUXUE LILUN WENKU

民间文艺学论纲

段友文　著

山西出版传媒集团　　山西人民出版社

图书在版编目（CIP）数据

民间文艺学论纲 / 段友文著. 一太原：山西人民出版社，2023.2
　　ISBN 978-7-203-12555-6

Ⅰ.①民… Ⅱ.①段… Ⅲ.①民间文学－文艺学－中国 Ⅳ.①I207.7

中国版本图书馆CIP数据核字(2022)第252129号

民间文艺学论纲

著　　者：段友文
责任编辑：刘　远
复　　审：傅晓红
终　　审：梁晋华
装帧设计：张慧兵

出 版 者：山西出版传媒集团·山西人民出版社
地　　址：太原市建设南路 21 号
邮　　编：030012
发行营销：0351-4922220　4955996　4956039　4922127（传真）
天猫官网：https://sxrmcbs.tmall.com　电话：0351-4922159
E-mail：sxskcb@163.com 发行部
　　　　　sxskcb@126.com 总编室
网　　址：www.sxskcb.com

经 销 者：山西出版传媒集团·山西人民出版社
承 印 厂：天津中印联印务有限公司

开　　本：710mm×1000mm　1/16
印　　张：26
字　　数：400 千字
版　　次：2023 年 2 月 第 1 版
印　　次：2023 年 2 月 第 1 次印刷
书　　号：ISBN 978-7-203-12555-6
定　　价：89.00 元

目　录

第一章　从民间文学到民间文艺学
——民间文艺学的学科建设

中国民间文艺学作为一门独立的学科，其萌生发展与现代民间文学的学理研究有着密不可分的关系。1846 年 8 月，英国古物学家威廉·汤姆斯（William Thoms）在给杂志《雅典娜神庙》编辑部的信中，首次以 "folklore"（"folk" 指民众、民间，"lore" 指学问、智慧）一词来指称当时盛行的古物研究，其后人们也沿用这个词来指称关于信仰和风俗、民间文学、民间艺术的研究。鸦片战争后，"西学东渐" 的浪潮涌入国内，西方的科学理论与现代观念冲击着中国传统思想文化，"民主" 与 "科学" 成为当时知识分子自我疗救的药方，他们立志探求新知，以推动中国传统知识体系的现代转型；"folklore" 一词也被移植过来，与之相关的 "歌谣研究会" "风俗调查会" "方言研究会" 等学术团体纷纷成立。为达到思想启蒙的目的，1918 年 2 月，北京大学在《北京大学日刊》中发表征集歌谣的简章，其后不久又开辟了《歌谣选》专栏，以收集、整理、研究歌谣作为突破口，从中探求研究民众的集体意识与思想状态，进而促进民族意识的觉醒。1922 年 12 月 17 日，《歌谣周刊》创刊，发刊词中赫然写着搜集歌谣的目的 "一是学术的，一是文艺的"[1]，由此宣告了民间文学作为一门学科在中国学术界的正式登台。在 "五四" 新文化运动对民间文学的提倡下，钟敬文于 1935 年 11 月 4 日发表了《民间文艺学的建设》一文，他提出要把民间文艺学当成独立系统的学科来看待，首次将民间文艺学的研究提到学科建设的高度。

民间文学作为国家高等教育体系设置的课程名称，一直保持至新中国成立乃至改革开放初期。在这个阶段中，民间文学与民间文艺学这两个概念一直处于互用、通用的状态，并没有一个鲜明清晰的概念区分。学术史中概念的混淆，实

---

[1]《歌谣》周刊第 1 号，1922 年 12 月 17 日。

质上折射出学界对民间文艺学本质特征、研究范畴、价值取向的辨析仍处于混乱状态。阐述民间文艺学的独特发展轨迹，厘清民间文学与民间文艺学这两种概念的关系，对于建立科学的民间文艺学有着基础性的重要意义。理论的研究最终是为了指导实践的发展，民间文艺学是一门成熟的学科，对于民间文艺学的概念梳理、学术史发展、体系结构的表述，是为了更好地促进民间文艺学的学科建设，使其更具有学科独立性。在当前"新文科"建设的背景下，民间文艺学学科的增设提上了议事日程，构建科学、全面的民间文艺学的框架结构和思想体系，有利于推进民间文艺学学科的发展，更有利于形成民间文艺学、艺术学、民俗学、社会学等学科的交叉融合。

第一节　民间文艺学的相关概念

一、什么是民间文艺学

民间文艺学作为一种特殊的文艺学，研究文学艺术在野的特殊形态，关注广大乡村民众的物质生产生活的投射与精神追求的诗性表达。事实上，对民间文艺学的研究经历了从混杂到逐渐清晰的过程。如何对民间文艺学进行研究，首要的是必须厘清民间文艺学的定义，阐释民间文艺学的具体内涵。其次，从横向和纵向两个层面分析民间文艺学的五个维度，对其研究内容做更深入的探究。最后，民间文艺学并非是混乱与零散的事象集合，而是具有明晰研究任务与发展目标的重要学科，任务和目标的不断清晰才能推动民间文艺学内部框架的逐步完善和外部结构上的准确定位。

（一）民间文艺学的定义

1935 年 11 月 4 日，钟敬文在《民间文艺学的建设》一文中，首次提出了"民间文艺学"的学科名称，指出民间文艺学的学科内容"就是关于民间文学的一般特点、起源、发展以及功能等重要方面的叙述与说明"。[①] 这里需要对"民间文学"与"民间文艺学"的概念作区分。民间文学是相对于作家文学与通俗文学而言的，它是一个国家或民族民众群体创造传承的口头文学艺术，是民众精神的载体，反映着人们的生活。而民间文艺学则是"民间文学艺术"之学，就是对民间文学艺术的各种文体，包括散文体（神话，民间传说，民间故事）、韵文体（民歌，民间谚语，谜语，歇后语）、韵散结合体（民间说唱，戏曲），民间工艺美术，民间舞蹈等进行研究的学问。民间文艺学是以民间文学艺术为研究对象的一门独立系统的科学，它的内涵与外延并不是一成不变的，而是一个动态的变化的过程。它不仅研究口头文学如神话、传说、故事、史诗等叙事作品，也研究民间戏曲、民间剪纸、民间绘画、民间编织、民间雕塑等艺术门类；既关注静态的文本，也重视活态的文艺，并从中找到其发生发展的基本原理和特殊规律，概括其本质特征和审美价值。

总而言之，从民间文学到民间文艺学的转变，就是由自在的"表象""现象"到自为的"概念""理论"的提升[②]，最终在与其他学科的区分和对自我性质的认知之中，达成自在自为自由共识的系统的理论、观念、话语的建构——建立具有中国特色的民间文艺学。

（二）民间文艺学界定的五个维度

民间文艺学的特殊性决定了民间文艺学研究内容的范围特性，因此需要对民间文艺学的研究内容进行清晰简要的界定，从而廓清影响其学科存在与发展的重要因素。民间文艺学研究内容的界定可分为研究对象、创作主体、创作语境、思想内容和民俗因素五个维度：

1.从研究对象看，民间文艺学是对"民间文学艺术"进行研究的一门学科。我们现在所提到的"文艺学"主要是针对作家文学而言的，而"民间文艺学"作为一门特殊的文艺学，主要是针对广大人民群众创造的文学艺术，着重研究民间口头传统、口传文化。区别于作家文学所具有的书面创作、个人独创、稳定性等

---

① 钟敬文：《民间文艺学及其历史——钟敬文自选集》，济南：山东教育出版社，1998 年，第 9 页。
② 吕微：《民俗学：一门伟大的学科：从学术反思到实践科学的历史与逻辑研究》，北京：中国社会科学出版社，2015 年，第 489 页。

特点，民间文学艺术作品具有口头性、集体性、传承性和变异性等特点。民间文艺学的研究对象是有声的、活态的现存艺术，具有永恒的生命力。

2. 从创作主体看，民间文艺的创作主体是广大人民群众。民众是民间文艺的创造者、传承者、拥有者，民间文艺是本土民众结合自己生活实际创造的、为本地域本群体民众喜闻乐见的文学艺术。民间文艺对民众自身来说，更多的是一种生活的精神投射，兼具强烈的现实主义和理想主义色彩。

3. 从创作语境看，民间文艺有民间特定的时间、空间情景及自身表现形式。其创作主体的身份性质和存在方式决定了民间文艺的发生和创造通常具有时间性和空间性，具体表现为在劳动场景之中或集体场合等公共空间出现。例如，劳动场景的民歌：劳动号子、山歌等，小戏表演场景：乡村戏台、群众聚集地等。

4. 从思想内容看，民间文艺表达了民众特有的、内在的思想认知、价值观念和民族心理，并用最直接明了和朴素的表现形式展示出来，是民众生活形象和生活方式的真实反映，也是民众追求人生理想和美好生活的表现。

5. 从民俗因素看，民间文艺既具有一般文学艺术的性质，同时也具有民俗文化的特征与功能，例如民俗活动功能、民俗心理功能等。这些独特的文学艺术形式可以给本国家和本民族特定地域的民众群体提供持续的文化认同感，增强社会凝聚力和向心力。

（三）民间文艺学的任务与目标

民间文艺学作为一门学科，具有自身的方向，即任务和目标，使其拥有能够存在及研究的必要性。

民间文艺研究的主要任务：民间文艺学研究所涉及的资料，是以口头艺术及其他物质手段为构成方式，存在于生活之中的民间文学作品和活态的艺术作品，需要通过田野作业对民间文学艺术口头的、书面的或图像的资料进行收集、采录和整理，并对其进行解读和分析，揭示其性质、特征及发生发展的规律，民间文艺学应深入研究民众生活与创作之间的关系，分析内容与形式、思想与艺术之间的关系，使民间文艺的研究能够发挥作用，应用于实际，对人们的精神、思想产生影响，继承发展优秀文化遗产，促进学科发展与文化建设。

民间文艺研究的总体目标：民间文艺学是一门理论学科，只有将理论研究到一定程度，才能进行概括与升华，通过对不同领域、不同文体的民间文艺现象的研究，构建完整的科学体系。因而需要建构起高校民间文艺学原理的内容体系，使其成为民间文艺学的支持体系；建构民间文艺的谱系，例如山陕豫民间文化资源谱系；研究民间文艺如何在学术上推进民间文艺学学科建设，在应用上怎样促进民间文艺创新性发展，使之永续传承，以满足广大民众物质生活与精神生活的需求。

二、民间文艺的本质特征

（一）民间文艺学是一种特殊的文艺学

我们认为，任何一门学科的研究都要从具体研究对象出发，同时利用前人研究成果，借鉴最新理论与方法，方可对研究对象做理论提升，提出新的学术观点。钟敬文提出民间文艺学是一种特殊的文艺学，认为民间文艺的特殊性主要体现在三个方面：其一，在民间文艺的创作方面，认为民间文艺的创作具有集体性，民间文艺的创作者可能起初是个人，但在传播的过程中，不断地受到人们的修改、锤炼，逐渐成为较完整的作品。其二，民间文艺的表现媒介呈现多样化、多特质的特点，异于经典的文艺表现媒介单一的境况，它更倾向于以民众的身体以及身体生产的物体为媒介进行创作。最后是两者机能的差异，一般文艺是高级的精神的表现物或者慰藉物，而民间文艺与民众物质生活关系密切，是生活手段构成的一部分。[①] 因而，民间文艺与一般文艺具有多方面的区别，突出表现为其创作者和传播媒介的特殊性。

（二）民间文艺兼有文艺与生活的双重属性

首先，民间文艺具有文学艺术的属性，是对现实生活的反映。文学艺术是对社会生活中有特征的事物，倾注进作者思想情感的一种反映，具有审美特征。同时文学也是语言艺术，以语言为媒介表达民众审美情趣、价值观念，折射着生活的印迹。其次，民间文艺是一种生活文化，民间生活是民间文艺的真正关注对象，民间文艺本身就是民众的一种生活方式。一方面民众没有形成明确的表演者

---

① 钟敬文：《民间文艺学及其历史——钟敬文自选集》，济南：山东教育出版社，1998年，第4—8页。

角色的意识,另一方面民众的文学艺术行为与其他生活方式难以区分开来。^①最后,民间文艺是生活的诗性表达,在进入文明社会之前,原始诗歌、上古神话、原始舞蹈等可以被称为诗性历史文化,显示着一种诗性智慧,与理性智慧相对应。诗性是有情感的表达,体现着人类最早的生活认知,是人类思维真正的开始,构成人类文化的源头。诗性智慧的思维是非常情感化或本能的,是非逻辑的或前逻辑的,是神话的或者诗的。民间文艺是主客体相结合的一体性思维,民众对生活的认知是直观的、感性的,物我不分的。民间文艺凝聚着民众的审美体验和生活情感,体现了群体智慧。

（三）民间文艺是以人民为中心的文艺——人民本体论

以人为本,人的意志、人的情感、人的审美成为文化发展的前提。民间文艺与人民的生活息息相关,是人民思想感情的集中体现和社会生活的形象反映。人民既是民间文艺的创作主体,也是民间文艺内容的研究客体。主体和客体的双向融合,带给民间文艺最深厚和无可比拟的创作素材和真实情感。人民的创造力是民间文艺发展的源泉,必须坚持人民本体论。人民本体论既是文艺存在的本体论结果,也是文艺社会存在的本体论基本思想,更是伟大的社会治国理念的内在基础和动力。

三、民间文艺学与相邻学科的关系

民间文艺学研究不能忽视其与相关学科内容和理论的交叉融合,必须厘清它与文艺学、民俗学、人类学、社会学、民族学等学科的关系,才能坚持自己的学科本位,更完整、更系统地梳理民间文艺的理论知识,合理吸纳多学科交叉方法,创造出民间文艺研究的新成果,更准确地把握学科研究的前沿动态。在掌握好民间文艺与相关学科的理论知识和结构体系后,才能更加凸显出民间文艺学作为特殊文艺学的学科特色,构建愈来愈完善的知识结构。

（一）民间文艺学与文艺学

民间文艺学与文艺学有很大的相似处,都是关注文学文本的学科。民间文艺

---

① 万建中:《现代民间文学体裁学术史建构的可能高度与方略》,《西北民族研究》2018年第1期。

学吸收了很多文艺学的理论成果，改进研究方法，文艺学也吸收民间文艺的文本来扩展研究，丰富内容。同时两者也有着很多不同之处：首先，两者的研究对象和创作主体不同，民间文艺学的研究对象是民间文学艺术，创作主体是集体；文艺学的研究对象是作家文学艺术，创作主体是个人。其次，表现内容不同，作家文学艺术融入了个人情感色彩，作家、艺术家通常会将其童年经验和人生感悟融会在创作过程中，形成独具个性色彩的文学艺术风格。如 20 世纪 30 年代以萧红、萧军为代表的东北作家群，他们熟稔该地域的日常生活，使之渗透在人物形象的塑造上，把这一地域的民俗传播给广大读者。[①] 文艺学偏重对个人的思想感情、审美经验和艺术特征进行阐释；民间文艺表现了特定地域民族群体的思想情感和审美情趣，民间文艺学对集体的共有的思想观念进行解释。最后，作家文艺研究文本，探索文字背后蕴藏的深层意义；民间文艺研究口传的文艺和文化，研究对象不仅仅来源于文本，还来源于表演、仪式和日常生活等。这些不同之处决定了两者在研究对象、方法等方面的区别以及各自不同的学科归属。

（二）民间文艺学与民俗学

　　国外民俗学的兴起是从民间文学的搜集整理活动开始的，因此民间文艺学经常是包含在民俗学之中的。但我国现代民间文艺学是伴随着五四新文学运动，作为一门独立学科发展起来的，其理论与实践活动推动了民俗学的发展，两者有着明显的界限与分工。当然，民间文艺学与民俗学是联系最为密切的两个学科，民间文艺是民俗学研究的重要内容，为民俗学提供了丰富的研究资料；民间文艺学经常使用民俗学的理论和方法来丰富自身，使民间文艺充盈着浓郁的生活气息和旺盛的生命力。民间文艺学和民俗学有以下不同的特点：首先，研究对象不同，民俗学的研究对象是物质民俗、精神民俗、社会组织民俗和语言民俗，侧重考察特定地域的习俗风情，包含民众生活中的政治、经济、社会和文化的方方面面，而其中的语言民俗则与民间文艺有着较多的重合与交叉之处。民间文艺的研究对象是民众创作的带有情感倾向和审美特征的文学艺术作品。其二，研究方式不

---

① 段友文、陈娟娟：《萧红、萧军小说黑土地民俗叙事的地域特色与精神气质》，《新文学评论》2017年第 2 期。

同，民俗学以田野调查为研究范式，参与并深入民众日常生活之中，进行在地的民族志的撰写和第一手资料的收集。然而民间文艺研究除了这方面以外，还需要拥有对于文本独立分析的能力以及其他属于学科自身特有的方法，更加强调文艺审美的鉴赏与阐释，以彰显民间文艺作为一门独立学科的魅力。

（三）民间文艺学与人类学

人类学是多民族的、跨国家的，能够揭示人类多方面文化演进的过程。而民间文艺学是本土的、本民族的、本国家的，两者是相邻学科。其中人类学的分支文化人类学与民间文艺学的关系非常密切，但学科性质、研究对象等方面的不同导致两者存在着清晰明显的界限。文化人类学的特有方法是以"他者"①的眼光和宏观的文化视野去探究人类精神和物质文化起源、发展规律、社会制度、宗教组织等方面的问题，对特定区域与民族的文化做"还原式研究"。民间文艺则更重视近距离的接触和"我者"②的眼光，体现出局部的时空性和微观性。同时，民间文艺对"他者"的方法亦有所吸收和借鉴，例如对不同地区、不同民族民间文艺的比较研究，即先用自身的眼光看待他者，再用他者的眼光审视他者，最后用他者的眼光反观自己，用多个不同的面向来更好地探索地方民众的价值取向和精神生活。在更广大的环境和视野中去研究和理解他者世界时，反观自己的文化，达到各美其美，美人之美，美美与共，尊重世界文化的多样性，促进世界文化的繁荣。

（四）民间文艺学与社会学

民间文艺对现象的研究，是把文学现象当作社会事物。社会学利用数据统计和资料研究来研究社会问题，把各类社会现象当作社会事物来研究现实社会结构的进步和漏缺，促使整个社会实现良性运行。两者之间存在交叉关系，民间文艺在学术发展的过程中也会受到社会学理论与方法的启发，例如社会学对"传

---

① 他者即与自己站在不同时间或空间上不同的人或事物、文化。"他者"（The Other）是相对于"自我"而形成的概念，指自我以外的一切人与事物。凡是外在于自我的存在，不管它以什么形式出现，可看见还是不可看见，可感知还是不可感知，都可以被称为他者。

② "我者"与人类学中的"他者"相对而言，是指人类学者自身及其所拥有的文化，有时也指人类学者所属的不同于被研究者的社会。

统""社区""文化"^①的新解释，就与民间文艺相互共通。社会学也把民间文艺的资料看作一种社会现象进行研究，民间文艺对于社会学比较、研究和分析在地的多种社会现象具有无可替代的价值。

（五）民间文艺学与民族学

从本质上讲，民间文艺学与民族学的对象、范畴都有所区别，民族学研究各民族生活方式、族源特点以及民族政策、语言等，民间文艺学研究特定民族的民间文艺以及影响民间文艺生成的多种要素。民间文艺学虽然不专门研究少数民族的民族起源、发展与迁移等问题，然而，这些领域却是民族民间文艺研究应着重关注的对象与内容，少数民族的史诗、神话、歌谣以及民族音乐、民族舞蹈都为民间文艺的研究提供了丰富多彩、鲜活生动的资料。民间文艺学与民族学在理论方法上也有许多共同之处，如田野调查、口述史记录、民俗表演等，尤其是运用这些方法研究已列入国家级非物质文化遗产的各类少数民族民间文艺项目，其成果将会为促进各民族团结、铸牢中华民族共同体意识提供强有力的学术支撑。

第二节　民间文艺学学术史的发展

学术史的建立是一门学科成熟的标志。它不仅对前人的研究进行梳理和评述，而且体现了学术上的纠偏和引导意识。民间文艺学学术史经历了一个曲折的发展过程，这一过程本身既是民间文艺发展的缩影，也是民间文艺研究从无到有、到成果卓著的过程的纪录。学术史旨在探索民间文艺学的本质特征、发生发展、演变规律、理论方法等重大问题，提高民间文艺学学科自身的学术水平。从民间文学文本到民间文艺文本研究，再到民间文艺学术史研究，该学科呈现出以民间文艺文本收集与研究为核心的递进图式。学术史研究关注民间文艺现象所体现的学术维度及其演变趋势，在系统层面把握研究现状，放眼全局，体现宏

---

① 民间文艺学对当代社会学成果的借鉴和吸收的讨论，例如董晓萍：《田野民俗志》，北京：北京师范大学出版社，2003年，第46页。

观。这涉及问题意识、知识资源、方法论和价值论等深层次问题，这些方面既相互交叉，又有本质区别。民间文艺文本研究和田野调查成果较多，而学术史研究成果相对较少。正如刘锡诚所说："民间文艺学由三个有机部分（分支）构成，即：民间文学理论、民间文学作品的搜集与研究、民间文学学术史。前两部分，即民间文学理论和民间文学作品的搜集与研究，学界所做的工作比较多，成果积累也比较丰饶，特别是近 20 年来有了很大的突破。而后一部分，民间文学学术史的研究则相对薄弱。"① 只有了解和把握中国民间文艺的学术史，才能明确需要解决的问题和未来的发展方向。因此，在民间文艺文本研究的基础上，呼唤学术史的引入和再研究，是民间文艺学科发展的内在要求。

一、民间文艺学学术史

（一）古代民间文艺史

我国的民间文艺资料非常丰富，除了大量的口头传说，还有浩瀚的文献资料。古代民间文艺作品及思想理论，作为中国文学的重要组成部分，长期以来由于民间文艺学学科研究的模糊性，一直处于边缘化状态，也很少有论著关涉古代民间文艺学的深入研究。事实上，从先秦时期的孔子，到汉代的王充、董仲舒、应劭，再到宋明时期的朱熹、冯梦龙等人，都对民间文艺有过专门的论述或创作。虽然上述身份各异的文人都对民间文艺有不同程度的认识，但事实上极少有团体或个人研究他们的作品、思想和学术成果，这从一个侧面反映了民间文艺的研究一直处于边缘地位。重新认识、评价古代文人学者对民间文艺作品的搜集整理、理论研究，这不仅可以加深对民间文艺的研究，而且能够体现出中华民族对人类文明的重要贡献。

中国民间文艺理论由来已久，最早源于原始社会时期的口头文学活动。《诗经》中的《国风》和《小雅》收录了先秦时代的民间歌谣，《楚辞》开启了个人搜集民间文艺作品的先河。诗乐舞三位一体文论的提出，展示了原始艺术的民族审美特征，民间文艺混沌多元的形态，正是原始文艺的重要民族特色；汉代辞赋

---

① 刘锡诚：《中国现代民间文学史论·序》，高有鹏《中国现代民间文学史论》，河南大学出版社，2004 年，第 2 页。

文学记录了百戏、伎艺、神话传说等诸多民间文化资源；刘勰《文心雕龙》中《乐府》《谐隐》《比兴》等篇也具有民间文艺价值。汉乐府采集、编纂民间乐曲歌词并配乐，乐府诗集最重要的贡献就是将官方礼乐与民间歌谣加以区分，如杂歌谣辞排列在卷中或者卷末，在歌词上注意区分雅俗，将民间诗歌与文人诗歌区分排列，还把作者记录下来，为研究民间诗歌提供了便利条件。乐府诗集一方面记录了官方礼乐，另一方面记录了历朝历代的民歌，亦对胡音进行了记载，成为研究北方少数民族文化的宝贵资料。唐代文学艺术繁荣，展现了盛唐气象，与西域的沟通，促成了唐代文学思潮的多样性，为唐代文艺走向世俗奠定了基础。唐代民间叙事文学有了新发展，典籍文献记录了大量民间故事文本，段成式《酉阳杂俎》中的《叶限》《旁毑》《鲁班作木鸢》分别是世界上最早的灰姑娘型、两兄弟型、木鸟型民间故事类型。唐代的变文，宋代的诸宫调、鼓子词、话本，这些说唱文学说白和唱词相兼，更丰富了民间叙事的表达形式。到了明代，文人知识分子有了更多的人的自觉和文的自觉，文学走向民间，并且拉近了与民众的距离，民歌时调、民间戏曲在乡村与城镇的中下层民众中流行起来。至此，文学发展有了方向，民间文艺创作也受到了进一步重视，学者中兴起了民间文学作品的搜集整理热潮，冯梦龙的《山歌》《挂枝儿》收录明代民歌七百余首，他认为"但有假诗文，无假山歌"，[①] 民歌贵在真情，形成了独具特色的批评风格。应该指出的是，明代参与生产和传播民歌的人数虽多，但是基本上很少有民歌批评的著作。对民歌的批评和评价总体来说是一种寄生的状态，只是散存于文人诗歌、文人戏曲论著或者个人笔记杂感中，缺乏整体性和系统性。文人有意识地搜集民间歌谣，不是为了观风俗，而是个人对民歌的重视，认识到民歌的价值，但尚未达到一定深度。到了清代，适应民众生活方式、反映民间生活的笔记小说、民间小戏如雨后春笋般发展起来，充实了民间文艺的作品内容，丰富了民间文艺的艺术形式。焦循在《花部农谭》中盛赞民间戏曲，表达了他民间化的戏曲意识。"花部，原本于元剧，其事多忠孝节义，足以动人；其词直质，虽妇孺亦能解；其音慷慨，血气为之动荡。郭外各村，于七、八月间，递相演唱，农叟、渔夫，聚以

---

① 冯梦龙《叙山歌》，载魏同贤主编《冯梦龙全集（10）》，南京：凤凰出版社，2007年，第1页。

为欢，由来久也。"①焦循本以治经学见长，治学之余广泛涉猎别的学问，对正统
经学家视戏曲为"小道"深为不满，不吝表达对"花部"即各地的地方戏曲的喜
爱，对花部戏的剧本详加考证，认为花部戏从内容到形式都堪称完美，他的这些
评点散发着理论研究的光彩。这些民间文艺理论的探索与发现，极大促进了民间
文艺的研究，为现代民间文艺的发展奠定了基础。

（二）现代民间文艺学术史

现代民间文艺学作为一门学问，滥觞于19世纪末20世纪初的启蒙思潮。从
1918年北大歌谣征集处成立、刘半农编订歌谣选、郑振铎等人创立的文学研究
会和鲁迅等人创立的"语丝社"②起，民间文艺运动逐渐形成了一股强劲的文艺潮
流和学术潮流③，人们注重对本土文化创造性的传承，进一步深入到乡村僻壤收集
民间文艺作品，这成为民间文艺学发展的开端。五四新文化运动重视普通劳动民
众，更加注重他们思想情感的变化以及内在精神活动的产生条件和实现要素。随
着五四运动的发展，平民意识与大众意识开始萌发，社会各阶级皆关注处于社会
下层的民众的生活状况、社会文化地位、价值观念与思想倾向。在五四运动中，
发起者和启蒙主义者充分利用民间文艺，将民间文艺作为反对旧时代文学和陈旧
思想的尖锐利器，扩大了对民间文艺的宣传，加强了对民间文艺的利用，通过传
播以歌谣为代表的民间文艺实现当时中国文学革命的任务，不断提升民间文艺的
地位并增强其在文学领域和现实生活领域中的影响。30年代大众化运动确立了民
间文艺理念，30年代末40年代初民族形势论争中民间文艺的地位上升到空前的
高度。到了延安时期，"延安文艺座谈会"的召开使民间艺人地位得以提高，以
人民群众为历史主体的理念使得"人民文艺"成为文艺实践的主要内容，民间说
书、秧歌、民歌等艺术资源逐渐从边缘走向中心，民间文艺特定的思想性、文学

---

① 焦循：《花部农谭》，《历代曲话汇编》清代编第三集，第473页。

② 语丝社是中国现代文学史上的一个重要社团。从1924年底自1930年初，历时约五年多时间，以
《语丝》周刊为依托，围绕着鲁迅和周作人，在"语丝社"的旗号下聚集了一批后来在文学史上
留下赫赫名声的作家和学者，其中既有"五四"时期的文坛老将，亦有1920年代中期于文坛崭
露头角的青年作者。

③ 庄振富：《民间文艺学的百年回顾——刘锡诚〈民间文艺学的诗学传统〉述评》，《河南教育学院
学报（哲学社会科学版）》2019年第3期。

性、文化性和社会历史价值被主流思想所肯定，并受到文人阶层的认可，解放区内民间文艺各种文体遍地开花，形成了民间文艺发展辉煌的历史时期。

（三）当代民间文艺学术史

新中国建立初期，我国政府、高校和文艺团体部门，经过学习苏联党性民间文艺理论，各个团体、部门加强了互动。在教育部的领导下，高校民间文艺学专业得到了创新建设。在文化部的领导下，学习、调查和表演传统文艺的民间文艺专业团体和群众文化馆组织纷纷建立，促进了我国全民意义上的民间文艺工作蓬勃发展。1950 年 3 月 29 日，中国民间文艺研究会于北京宣告成立，旨在团结民间文艺专家、文艺工作者与民间文艺爱好者，共同推进民间文艺的采集、整理与研究工作。中央音乐学院民族音乐研究所 1956 年编辑的《河曲民歌采访专集》是这一时期的代表作。中国民间文艺研究会也开始了对藏族民间说唱体长篇英雄史诗《格萨尔》、蒙古族英雄史诗《江格尔》以及柯尔克孜族传记性史诗《玛纳斯》"三大英雄史诗"的调查、收集、整理工作。1958 年，新民歌运动兴起，民歌艺术进行审美创造，表现出政治审美与艺术审美二重性交织。随着"反右斗争"的开始，民间文艺学研究受政治运动的影响几乎中断。

1978 年 12 月，党的十一届三中全会胜利召开之后，全面拨乱反正，恢复实事求是的马克思主义思想路线，中国民间文艺迎来了繁荣时期，神话、传说、故事、史诗、谚语、歌谣等多种文体的民间文艺作品得到出版，"全国民间文艺作品评奖"制度的推行一定程度上也提升了民间文艺作品的质量。1984 年，由中央人民政府文化部、国家民委、中国民协共同组织编纂民间文学三套集成（即《中国民间歌谣集成》《中国民间故事集成》《中国谚语集成》）出版。同时，国外关于民间文艺的理论资源，诸如故事类型、原型批评、结构主义等，也被引入到中国民间文艺的研究中。中国民间文艺学研究方法更加多样，研究领域也得到进一步拓展。进入 21 世纪，民间文化抢救工程以及非物质文化遗产保护工作的开展使得民间文艺地位不断提升。随着全球文化多样性的发展，民间文艺学学科建设体现出现实存续的必要性与迫切性，民间文艺具有民族文化"源"与"流"的内涵，是优秀传统文化的根之所在、魂之所系，只有坚持中国民间文艺学的学科定位，才能把握民族文化的根基，在多元化学术取向和多维交叉研究中培育民族文化凝聚力、创新力与自信心。

二、钟敬文的民间文艺学思想

钟敬文（1903—2002），广东海丰人，著名民间文艺学家、文学家和教育家，是我国民间文艺学的创始人和奠基人之一，他以毕生的精力投身于民间文艺学的研究之中，为中国民间文艺学的发展与研究做出了巨大贡献。深入研究钟敬文民间文艺学思想，有利于我们了解民间文艺学术史的发展变化。

长期以来，受中国经学的影响，底层劳动人民的创作不受重视，人们对民间文艺的认识也不够深刻，将其视为"难登大雅之堂"的、低级的、庸俗的文艺。直至近现代，民间文艺仍然处在这样一种寂寥的境遇之中。面对民间文艺发展的现实困境，钟敬文认为首要任务便是建立中国民间文艺学。自北大歌谣学运动始，他便开始探索民间文艺学的建设路径，搜集整理了各种形式的民间文学作品，一方面强调民间文艺的重要价值，另一方面也尝试在国外理论裹挟中探索适合中国国情的民间文艺学。

钟敬文学术思想的发展有很重要的两个阶段：一是 1928 至 1937 年在杭州及日本的这段时期，其思想、学术研究都发生了巨大的变化。1935 年，为确立民间文艺学特殊的学科属性，他首次在《民间文艺学的建设》一文中使用"民间文艺学"这一术语，并明确提出民间文艺学就是研究广大劳动人民口头创作的科学。同时就"民间文艺学"的研究对象、意义及方法进行了分析论述。这个时期钟敬文的学术活动主要有以下几个特点：开始了中国民间故事类型的制作，编印《民俗学集镌》。他的民间故事类著作的发表要早于日本、韩国学界。他进行了大量的民间文艺学术研究工作，在中山大学《民俗周刊》工作时开展民间文艺学和民俗学的研究，发表了几篇民间文学的研究性文章；在研究上逐渐摆脱了纯文学的观点，开始采用民族学、民俗学、社会史、马克思的社会学观点以及民间文艺的一些研究方法；他打开国际学术交流之路，曾在日本进修学习，充实了自身关于民间文艺学的理论知识，与中国实际相结合，与其他国家的学者互通学术信息、交换刊物，进行学术交流，使中国民间文艺开始走向世界。

二是 1978 年至 1990 年，开启了改革开放的新时期，钟敬文老骥伏枥、壮志不已，一直致力于对民间文艺学的学科建设，他通过培养博士生为高等院校和学术研究机构输送高层次专业人才；他通过编写《民间文学概论》《民俗学概论》两部教材，举办民间文化高级研讨班，为全国各大专院校培养民间文学、民俗学师资力量；尤其是抓住民间文艺学发展的历史机遇，亲自撰文推动民间文艺学科的发展。他陆续发表了《把我国民间文艺学提高到新的水平》《建立新民间文艺学的一些设想》《建立具有中国特色的民间文艺学》《我在学术上的几点反思与体会》等一系列关于民间文艺学学科建设的文章，对建设中国特色的民间文艺学提出了自己的看法与见解。

钟敬文是中国民间文艺学的开拓者，他在几十年的学术生涯中，积极筹建中国民间文艺研究会，先后主持创办了《民间文艺集刊》《民间文学》等刊物，为民间文艺研究提供了理论阵地。他在大学教授民间文学课程，建立了中国第一个民间文学教研室；进入新时期，他对以往的研究观点和方法予以反思，进一步完善和发展自己的民间文艺学思想，为建立中国化的马克思主义民间文艺学做出了巨大贡献。

通过对钟敬文学术思想的分析，可以看出其民间文艺思想的整体性，他的学科意识也为新时代民间文艺学建设奠定了坚实的思想基础。

三、少数民族民间文艺学术史

中国各民族文艺作品与文艺思想，是中华民族文化的重要组成部分，构成了中国文学地图上亮丽的风景。中国少数民族的民间文艺，以其丰富多样的存在方式，为我们整体研究民族文学提供了鲜活的材料。在对民间文艺学术史进行梳理之时，少数民族民间文艺学术史也是极其重要的一环，特别是当前中国少数民族文艺学术史与中国统一多民族国家的建构历史同步并行，考察少数民族民间文艺学的学术进程，对我们研究探讨少数民族民间文学的产生背景，推进中国民间文艺学学科整体建设具有重要意义。

（一）20世纪50—60年代的少数民族民间文艺学术史

新中国成立之初，民间文学工作者开始了对各少数民族民间文艺作品的系统收集、整理、分析和研究工作，开启了对少数民族民间文艺的多元化挖掘，成为少数民族民间文艺学学术史的肇始。但值得注意的是这种收集和研究事实上只是出于个人行为和个人情感的驱动，而且局限于特殊的时代环境，具有浓重的时代性和个人主观性。中国的第一个五年计划成为民间文艺学学术史上一个历史性的转向，计划明确地提出各研究单位和学者需要发掘和整合出中国民间文学艺术丰富储备的任务。1956 年 4 月，全国人民代表大会民族事务委员会制定了《关于在少数民族地区进行各民族社会历史状况调查研究工作的初步规划》①。方案的制定与初步实施，推动了少数民族的社会历史和文化相关数据和资料收集的客观性、科学性和全面性的进一步完善，同时也成了增强民族记忆、建设和谐社区的一个重要推手。20 世纪 50 年代末，官方和非官方的少数民族民间文学史的工作进入了编撰阶段。少数民族民间文学史的编撰，其内容主要以少数民族的乡土文化为基础。但当时整个工作的进行受到政治因素和阶级立场的影响，其部分内容不予展示，故被规避或是有意遗忘，在具体操作实施过程中表现为选择性失忆，导致少数民族民间文艺建设具有时代特殊性和局限性，致使在传统社会语境创作的民间口头叙事中一些反映当地社会矛盾以及具有消极因素的信息被选择性地遗忘或漏掉了。尽管如此，少数民族地区民间文艺作品和民族民俗资料搜集仍然成绩斐然。"从 1956 年 8 月到 1964 年 6 月历经 8 年，少数民族社会历史调查队于 1964 年编写出资料 340 多种，2900 多万字，档案及文献摘录 100 多种，1500 多万字，其中包括相当一批少数民族民间文学材料。"②1958 年，中共云南省委组织调查队，对白族、纳西族民间文学进行了调查，仅云南民族民间文学大理调查队在两个半月的时间内，在邓川、洱源、剑川等县的调查中，就搜集到 8000 多部（件）各民族民间作品。经过搜集整理，少数民族民间文艺已成为构建民族历史的重要资料。它不仅表现出原有的少数民族民间性特征，而且体现出在国家权力参与或政治话语的影响下被修改、被调整的民间文艺产物，间接地呈现出当时的社会历史背景和社会政治现状。20 世纪 50—60 年代的民间文艺搜集整理高潮之后，由于政治原因，在"文化大革命"的十年中，收集和研究工作中断，工作陷于停顿。

---

① 毛泽东主席提出"抢救落后"的指示，他指出对于少数民族的社会历史情况，应赶快进行调查，并对其正在发生急剧变化的社会制度、物质文化生活进行"抢救"，此项指示由全国人民代表大会常务委员会副委员长彭真负责部署。

② 梁庭望主编：《中国民族文学研究 60 年》，北京：中央民族大学出版社 2010 年，第 124 页。

（二）20 世纪 80—90 年代的少数民族民间文艺学术史

到了 20 世纪 80 年代中期，单一的少数民族文学史编撰的内容和模式得到了进一步的延伸和扩展，主要体现在综合性和系统性的民族民间文学史、文学概论以及地方性和民族性的相关文学资料的编撰工作成为热点。少数民族民间文学史的编撰和少数民族民间文学文本的记录收集，不仅是中国少数民族文学学科建设的重要基础和结构性支撑，同时也是新中国成立后少数民族参与我国文化建设工程的具体而又生动的体现。以少数民族民间故事的收集整理为例，有金德顺故事、满族三老人故事、满族民间故事、孙嘉祥故事等。20 世纪末出版的《中国文学通史》，将少数民族民间文学纳入整个中国文学史中。至此，中国少数民族民间文学史正式进入到一个被官方书写、被系统记录的崭新时期。少数民族民间文学史的发展路径和发展方向经历了从单一到多元、从残缺到完善的过程，其内涵性质也从地方的民族史发展为综合文学史，最终被纳入中国整体文化史的视野。

进入 21 世纪新时代，中国少数民族民间文艺的学科框架逐步完善，少数民族民间文艺的学术研究不断向前推进。随着中华民族共同体意识的增强，各民族文化得到了广泛的关注，实现了地方文化的全面繁荣。在非物质文化遗产保护语境下，少数民族民间文艺的挖掘整理与"非物质文化遗产"保护体系的完善相互融合。只要谈少数民族民间文艺，就一定离不开非物质文化遗产的语境。事实上，非物质文化遗产的保护，为少数民族民间文艺的发展注入了新的活力与生机。少数民族民间文艺传承保护存在的问题是，随着社会现代化步伐的加快，原始形态的少数民族民间文艺不断被排挤和遗忘，甚至离开了日常生活场景。这启示我们，非物质文化遗产的保护要见人见物见生活，将民族民间文艺融入日常生活之中，加强与地方、民众及地方文化传统的联系。在这一方面，《何钧佑锡伯族长篇故事》①堪称典范，该书收集了以口头形式流传的锡伯族民间故事，凸显了少数民族对本族文化的自我认同与文化价值的积极肯定。从非遗语境再到文化史的视域，少数民族民间文艺从单纯的存在于少数民族日常生活，变为参与建构国家文化工程建设的重要资源，少数民族民间文艺的多样化内容丰富了我国的文艺

---

① 何钧佑口述，沈阳市于洪区文化馆采录整理：《何钧佑锡伯族长篇故事》，沈阳：辽宁人民出版社，2009 年。

传统和文化样式，同时承载着少数民族民间文艺多元文明的深刻记忆，书写了少数民族的光辉历程。通过对不同民族文化记忆的传承和叙述，对建立多元一体、和谐发展的现代民间文化传统具有重要意义。从宏观的社会文化史视角来看，少数民族民间文艺被不断承认和推广，其文学艺术价值和社会价值被不断挖掘，也体现了一种民族间文化权利平等和知识价值平等，这种和谐秩序的建立也进一步推动了中华民族共同体的建构和发展。

第三节　中国民间文艺学的结构体系

中国民间文艺学经过百余年的演进发展，已经具备了比较系统、成熟、完善的理论体系。中国民间文艺学的结构体系从历时态角度看，吸纳了五四时期、延安时期、新中国成立后的十七年间，尤其是改革开放以来各个时期的理论成果和文艺思想观念；从共时态横向考察，涵盖了民间文艺各种文体、各个领域的新资料、新观点，使之不断充实和完备，呈现出符合现代学科建设与发展的新态势。从结构上剖析中国民间文艺学的综合体系，能够发现其存在不同面向、不同视野和不同研究对象的分布状态，其体系具有清晰的脉络和谱系。民间文艺学谱系的主体主要包括民间文艺学基本原理、民间文艺史学、民间文艺文体学、民间文艺传承学、民间文艺审美学、民间文艺资料学、民间文艺方法论和民间文艺批评学等多个方面。

一、民间文艺学基本原理

中国民间文艺学基本原理是民间文艺学整个框架体系的基础与根源，承载着民间文艺学主体内容和结构，是民间文艺学学科建设和发展的重要一环，是民间文学学科建设安身立命、区别于其他学科的最根本的要素。民间文艺学基本原理包括发生论、语境论、创作论、特征论、功能论等五个子系统。各个子系统之间相互联系、互为补充，共同构成民间文艺学多维视角的整体观照，以图式列出：

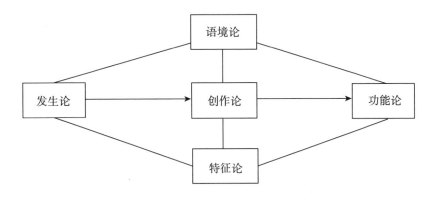

（一）发生论

民间文艺发生论是民间文艺理论中的一个基本问题。从马克思主义的观点看，一切人文现象及关于它的理论、见解，都有其起源、发展、演变乃至衰亡的过程。文艺发生不是一种现象，而是一个逐渐形成的过程，民间文艺的发生主要有"模仿说""游戏说""表现说""巫术说""劳动说"等几种观点。研究民间文艺的发生问题，即研究民间文艺与劳动、原始思维、物质生产、艺术、宗教、民俗、文体的关系，不仅能使我们了解民间文艺产生和发展过程中的根本性因素，也能廓清文艺与社会生活及社会意识形态之间的关系，从而形成对民间文艺本质属性的认识。

（二）语境论

语境论又称为生态论。20 世纪 90 年代以来，民俗学者将"语境"（context）概念引入民俗学的学科研究。需要说明的是，语境并非是一个静止不变的概念，而是随着时间、空间等多种因素不断变化，每种民间文艺的形成都受各方面因素的影响，不同的语境形成不同民众的生活圈和风俗习惯，从而形成不同的文化生态。例如晋西北河保偏（河曲、保德、偏关）的民间文艺，其风格特征既有黄土高原的高亢，也有内蒙古草原的奔放。在语境论方面，江帆的《生态民俗学》[①]论述了民俗生成的生态性本原与经济民俗的生态特征，强调"民俗内置生态性"对地方民俗文化和地方民间文艺的多方面、多层次、多维度的影响。随着当前社会

---

① 江帆：《生态民俗学》，哈尔滨：黑龙江人民出版社，2003 年。

多元文化语境的出现，民间文艺在现代出现了纷繁复杂的形式，研究民间艺术形式需要对其生存与生长语境进行综合研究，从而形成全面的、活态的研究视域。

（三）创作论

民间文艺创作论的研究范围包括劳动人民的创作要求与创作态度、创作的自觉和不自觉性、创作方法、创作手段、艺术风格、民间文艺的创作与民间固有艺术创作的关系等。文艺的形成离不开创作，人通过实践活动创造文艺作品，也通过文艺反映社会意识，因而人既是民间文艺创作主体，也是表现客体。从马克思主义观点来看，"现实的人"是一切活动的出发点，民间文艺的主体是人民大众，表现形式、创作方法、艺术风格必须要符合大众审美情趣，同时衡量文艺作品的标准也要回到"现实的人"，文艺作品作为一种精神生产，只有满足了人民群众的利益需求、思想情感和立场，才能为大众所接受和欢迎。新时代文艺确立了"以人民为中心的创作导向"，要求文艺书写人民群众的喜怒哀乐与精神需求。民间文艺作为反映人民群众精神与情感最直接的艺术形式，只有对其创作过程进行研究，才能了解民众的内心世界，从而更好地指导实践，为人民提供更多的健康有益的精神食粮。

（四）特征论

世间万物都有特征，民间文艺作为形成于"民间"的艺术形式，具有区别于作家文学所强调的个人独创、书面创作、稳定性等特点的本质特征。民间文艺是人民的文艺，其特征体现在外部创作、流传与内部表现两大方面。从外部来说，民间文艺学以民间文艺作品，也即人民的口头创作为主要研究对象，具有集体性、口头性、匿名性等特征，也因其以口头语言为主要载体，因而具有传承性、扩布性、变异性、易逝性等特征；从内部来说，民间文艺作为人民的艺术传统，其最大的特征便是人民性，"感于哀乐，缘事而发"，直接反映人们的生活，表达人民的思想感情，是人民追求与理想的真实体现。与作家文学不同，民间文艺深植于民间，更具有普适性，也更广泛直接地影响了民族的性格。只有对民间文艺的特征进行综合、科学地分析，才可以对民间文艺进行客观、准确、公允地评价，从而在具体研究过程中遵循一定的原则和方法，规范民间文艺学科的构架。

（五）功能论

事物的存在需要有价值，价值通过功能显现出来。民间文艺具有认识、娱乐、教育、审美、调节等功能，也由此产生了历史、科学、文艺史、文学史等方面的价值。这些功能不仅仅是民间文艺本身的功能，也是民间文艺的创造使用者所需要的功能，用来服务于广大民众的生活，反映民众的思想感情。无论是神话、传说、民间故事，还是民间歌谣、史诗、说唱都蕴含着人民大众的生活理想和精神诉求，作为动态发展的艺术形式，民间文艺的功能与价值也在不断延展。在新时代文化语境下，认识民间文艺的功能对我们理解与保护非物质文化遗产、增强民族文化自信心具有重要的社会价值。认识民间文艺的功能也是回应当下文艺建设系统化、知识体系创新化、学科交叉应用化的现实需求，对于中华民族文化的发展具有深刻的现实意义。

二、民间文艺文体学

文体学又称文艺体裁学，而民间文艺体裁学一词始见于张紫晨在 1989 年发表的《从系统论看民间文艺学的体系和结构》。在体裁学尚未诞生之前，相关研究工作早已存在于国内民间文艺学领域，至今积累了一定的研究经验和成果。随着文体学相关学术成果的不断产出，国内研究者逐渐认识到了传统体裁学研究范式存在的各种问题。研究文体最重要的是先明确文体学的发展方向，文体学在民间文艺学中发挥着重要作用，学者应进行建设性的思考，促进民间文艺文体学的根本性发展。民间文艺在长期发展过程中形成了例如神话、传说、歌谣、故事、史诗、谚语、说唱、戏曲等多种文体，总体上将民间文艺作品分为韵文类、散文类、韵散结合类，相应的每种文体都有不同的特征及发生发展的规律。

从民间文艺文体的产生来说，其形成的因素是多元的，有外部和内部两个方面，外部包括时代、地域、民族、生活等，内部包括创作主体、文本特征、文体与情感因素、审美等；从特征上来说，民间文艺文体显著的特征就是内容与形式的辩证关系，两者是一种平等的对应关系，而不会区分成主体和客体的关系；从文体的演变发展来说，中国的文学有口头和书面两大系统，进入阶级社会以后，两者开始分化，形成了各自不同的文体。传统文体在近现代开始转型以后，诗歌、散文的影响力减弱，小说、戏曲等民间文艺发展起来，多种俗文学文体走上舞台，影响着人们的审美观。

民间文艺文体的发展是形式的，也是内容的，进入新时代开始反映新的生活。学者对多种民间文艺文体按照一定的标准进行了划分，需要把握文体构成的特点和层次。各种文体也有交叉融通，出现了同一题材多种文体呈现、多种文体交叉融通的"同源异流""一树多枝"现象。

三、民间文艺传承学

传承是民间文艺的生存特点，对民间文艺进行保护，就必须了解传承。传承主体通俗来说，就是传承人，包括个体传承和群体传承，他们在血缘、地缘关系形成的熟人社会里与听众之间形成相互理解和认同的关系。民俗文化是乡土社会特有的现象，传承是这些民俗文化的特点，要了解其特点，就必须了解乡土社会的特点。血缘与地缘结合，延伸出各行各业、各种信仰的业缘关系，特定的关系为民俗文化的产生提供了基础，天然的场所为民俗传承提供了特殊的语境，适应乡土社会的需要而产生延续，形成了多种民间传承的类型，有口头传承、文字传承、行为仪式传承、图像传承、空间传承等。传承的研究范围主要有传承人、传承方式、传承世系、传承圈等。

四、民间文艺审美学

通过对民间文艺各种现象的研究，例如作品的审美价值、形象美、精神美、语言美等，揭示其美的形态及作品蕴含的审美观念和意识，从而对民众的审美传统有所了解。民间文艺是生命美学最贴切的表现之一，本身具有丰富的美学意蕴、浪漫的色彩和幻想性，体现了中西方不同的伦理思想、审美情趣。民间文艺审美学不同于美学，主要是运用美学的理论对民间文艺进行研究，对抽象的思想认知作具体化的表达，构建新的学科。民间文艺对社会生活进行审美反映，又与民间相联系，具有生活与审美的双重特征。审美学主要是研究人类独特的审美现象，关涉的是人与现实的审美关系，受到历史情况、社会地位的影响，其中，审美意识是研究的核心，有感性和理性两种表现形态，隐含着民众的造物思想、哲学观念、艺术情趣。

五、民间文艺资料学

资料对于任何一门研究来说都是极其重要的，是第一位的，民间文艺的资料来源主要有：典籍文献、口头活态文本和田野调查资料。作为一门独特的学科，民间文艺的资料有其特殊性，主要体现在三个方面，分别是丰富性、地域性和活态性。

丰富性首先是指内容的丰富，其内容涉及政治、经济、社会、地理、民风、民俗、民间叙事、表演仪式等多方面，民间文艺既有与主流社会"大传统"一致的地方，又存在着多方面的差异；其次是指形式的多样，除历代典籍文献《风俗通义》《搜神记》《酉阳杂俎》等资料外，更重要的是地方民俗资料，包括方志村史、文史资料、手抄本、刻印本、宝卷、碑刻等，在众多资料中，口头活态资料占据大多数，"中国民间文学三套集成"便是研究民间文艺的重要资料。

地域性主要指民间文艺依托于特定地域，有着鲜明的地域文化的烙印，与地域环境、人文环境、历史变迁密切相关，例如三晋文化、三秦文化、中原文化、巴蜀文化、荆楚文化、齐鲁文化以及黄河文化、长江文化等。

活态性是民间文艺与其他文艺相区别的一个重要特征。民间文艺有人讲、有人听、有讲述语境，口耳相传、付诸听觉，是永不凝固的艺术载体，例如异文的产生便是活态性的体现，要用开放的眼光看待民间文艺。

六、民间文艺方法论

方法对于从事人文学科的研究者来说至关重要，有了合适的方法就会事半功倍，民间文艺的研究也需要科学的研究方法。方法的来源主要有两个途径：借鉴学科发展的最新研究方法，站在学科前沿的高度上了解把握最先进的方法；从研究对象出发，从所要研究的材料中找到相对应的、相配套的方法来。研究方法主要有三个层级：其一，高层次的思想和认识范畴的方法——哲学的辩证唯物主义的方法。要避免教条主义，掌握马克思主义活的灵魂，运用到自己的学术研究中，将科学方法与中国实际相结合。其二，一般的比较广泛的方法——本学科领域及其交叉学科研究成果与方法，例如文艺社会学、文化人类学等。其三，具体的、特殊的、适合本学科研究的方法，即与自己研究对象相适应的方法，例如民间故事类型研究法、神话原型批评方法，就是适合自身研究的方法。

七、民间文艺批评论

民间文学艺术一直是民间文艺研究的重点。民间文艺批评是可能的，也是必要的，它建立在对人的生活维度的批评之上，与人的生活世界相关。除了文学批评之外，民间文艺批评还具有生命批评这一最重要的维度。然而，事实上，民间文艺学者和民间文艺学教材大都有意无意地忽略了民间文艺批评的存在，造成了某种程度上民间文艺批评的缺席，这应当引起学界重视。民间文艺批评是以民间文艺作品为中心，按照一定批评标准对一切民间文艺现象进行分析和评价的科学活动，包括民间文艺作品、流派、思潮、运动等多方面的研究。民间文艺评论、中外故事类型比较、民间文艺审美研究等都属于民间文艺批评的范畴。民间文艺批评存在的一个重要基础是人们的生活，其不仅仅是对作品的反思，更重要的是对作品反映的人的生活的关注，进而上升到精神高度。民间文艺批评通过反思，回归生活语境，构建超越世俗生活的精神维度，可以引导人们返回爱与自由的生活世界。只有及时对民间文艺进行鉴赏批评，才能让研究工作正常有序地进行，同时，批评者也要具备应有的专业理论素养。

第四节　民间文艺学的学科建设

一、民间文艺学的学科建设意义

自 1935 年钟敬文在《民间文艺学的建设》中首次提出建设中国"民间文艺学"的学科构想始，"民间文艺学"的学科问题成为几代学人着力关注的一个基本问题。在坚持文化自信、弘扬优秀传统文化的新时代背景下，民间文艺是民族文化最深沉的载体，是民族精神的最集中的体现，也是民族自信的重要组成部分。加强民间文艺学学科建设，对于我们了解中国文学，弘扬中华文化具有重要的意义。

首先，从文学研究的角度上来讲，民间文艺学以"民间文学艺术"为主要研究对象，而中国"民间文学"与"作家文学"同属于中国文学研究的重要内容。要想对中国文学进行完整、系统的研究，对民间文学的研究自然不能割舍。作为一种口头文学，民间文学在民众的日常生活中更具有普及性，直接地影响了民族的性格。同时，民间文学的易逝性与变异性要求我们必须将之书面化，以新的形式保留民间最真实的样态。中国民间文学作为中国文学的重要组成部分，拥有自身独特的审美特征、创作机制与经典文本，对其研究也应系统化、科学化，探求其成熟的话语系统与理论范式，以此完整地了解中国文学，了解各民族的思维方式与精神文化。

其次，从文化观的角度上来讲，在当前"全球化"的发展背景下，如何在甚嚣尘上的"西学"中守护好民族文化之本，增强全民族的凝聚力与向心力，成为我们必须面对的问题。民间文艺作为各民族劳动人民创作、享用的文化，始终伴随着民族的发展，从未中断或消失，研究了解民间文艺对促进民族团结，增进民族文化认同，构建民族精神家园具有重大意义。加强民间文艺学学科建设，可使我们在全球化的格局中，充分认识到本民族丰富多彩的文化传统，从而消除文化身份焦虑，增强民族文化自信力。

最后，从"新文科"建设的背景来看，需要在理论架构的角度完善中华优秀传统文化传承与发展的学理基础与研究方法。民间文艺与本民族的历史发展、生活方式、思维方式、情感习惯及道德标准紧密相关，将民间文艺的研究提升到学科层面，有利于进一步梳理本民族的精神文化传统，深刻把握本民族的审美经验、生活方式与生产方式，从而洞察文化传承与创新发展的规律性因素，实现中华民族的文化复兴。

二、民间文艺学的学科建设困境

中国语言文学的范畴原本包括中国民间文学（含民俗学）这一学科，因此中国民间文学与中国古代文学、中国现当代文学、文艺学等学科并列，在高校中文系学科设置中它是一门独立的二级学科。在现代文艺体系结构中，民间文学实际上与作家文学、外国文学并存。这三种文学形式具有各自独特的属性、表现对象和功能特点，反映了不同的文学形式，表现出不可替代的文学艺术价值。到了 1997 年，民俗学（含中国民间文学）被并入法学门类下的社会学一级学科，与社会学下的二级学科人口学和人类学并列。在这里，中国民间文学的学科属性发生了很大的变化。同样，在教育部进一步调整的 2012 版《学科目录》中，民俗学仍被列为法学门类社会学下的二级学科民俗学（含中国民间文学），民俗学的学科主体地位处于尴尬的境地，没有形成自己的主体属性和主体话语。在国家学科体系认证方面，民间文学作为民俗学的一部分，被置于社会学的学科之下。

然而，社会学系对民俗学（含中国民间文学）的接受程度有限，不能充分发展中国民间文学。这种变化不仅意味着学科独立性的丧失，也反映了学科建设和发展方向的迷失，致使民间文学学科的发展越来越困难。当中国民间文学从属于民俗学时，其发展空间实际上并没有扩大，而是进一步萎缩。中国民间文学学科的变化甚至意味着，在未来 20 年中，与该学科命运密切相关的研究者和实践者将继续遇到因学科分类不合理而引发的一系列问题，并承受学科身份丧失所带来的巨大生存压力和焦虑。如果我们不改变学科建设的不合理现状，民间文学学科将会延续这种尴尬的局面，继续陷入巨大的发展危机。从另一个角度看，中国文学似乎有了自己完善、系统的课程体系和理论体系，不再需要民间文学的参与和建构。由此看来，民间文学学科的重要性尚未得到高校大多数学者的认可。

如今，民间文学学科已被边缘化。上述学科分类导致中国民间文学与中国传统语言文学并不在同一个体系中。虽然一些高校在学科建设调整后，又经过重新审核获批，将中国民间文学纳入了中国语言文学目录中，民间文学学科在中文系仍被视为"特殊专业"。同时，中国民间文学专业的研究生与其他专业的互动和知识流动也很少，在此情况下，中国民间文艺学的知识传授与学术研究显得尤为必要。

三、民间文艺学的学科建设策略

（一）坚持以马克思主义为指导，建设马克思主义民间文艺学

日渐紧密的国际交流与汹涌的全球化浪潮共同促使多元文化主义的产生与发

展，从而衍生出将以人为本作为重要思想的学术思潮。研究文化发展的前提与基础逐渐向人的意志、人的情感和人的审美靠拢，以人为中心的研究路径与程式不断影响学科的发展模式。当代马克思主义民间文艺与这一趋势产生强烈的交织，从而形成了必然的联系与相似性。这种联系与相似性体现出马克思主义得以确立的思想文化基础，民众作为民间文艺的第一主体，民间文艺无论是生发、创作、传播还是审美的过程，都紧紧围绕着人民群众自身而展开。目前我国正处于深入继承和发扬中国优秀传统文化的新时代和新语境，随着优秀传统文化的继承与发扬模式的更迭，当代以人为本的社会文化建设愈加需要马克思主义民间文艺理论的指导。马克思主义是一种发展理论，马克思主义民间文艺是在社会实践中逐步形成、丰富和完善的。要避免马克思主义民间文艺陷入单一的研究模式，需要在多维面向、多种主体和多种模式共同发展的情况下，深入不同层次、不同维度、不同面向的文化发展的多重民间文艺世界。总之，研究马克思主义文学艺术理论，建设具有中国特色的马克思主义民间文艺学，必须高举以人为本这面旗帜，这是文化健康发展的重要思想理论保证。

（二）加强民间文艺学学科建设，填补相关学科空白

中国民间文艺学自开创到现在，经过百余年的发展，建立了以文学为中心的知识范畴和学科体系。进入新世纪后，由于学科体制将民间文艺从文学学科划归为社会学学科，导致了中国民间文学学科的边缘化。丰富多彩的民间文学艺术和种类繁多的民族文艺诞生于中国悠久的历史、广阔的领土和众多的民族文化母体中，这些民间艺术与民间文学有一种独特的审美元素与审美理念。当前，国家加强对优秀文化遗产项目的政策和学术支持，实施乡村振兴战略和进一步促进国家非物质文化遗产的保护与发展，从不同的层面引导和推动对民间文学艺术创造性转化和创新性发展，不断培养具有民间文学艺术专业理论背景的全国或地方性人才，建设合理利用民间文学艺术资源的发展制度与体系。在整个中国民间文艺学科建设中，民间文学艺术的审美与意识形态的功用不言而喻。根据当下总体的学科建设现状，中国民间文艺应当不断加强相关学术研究，完善民间文艺理论体系，加强专业人才培养，训练一支优秀传统文化工程保护、传承、研究的后备军。

（三）加强教材编纂，大力支持中国民间文艺学教材编写与出版工作

目前，相对完整的民间文艺学教材有张紫晨的《民间文艺学原理》①和董晓萍《现代民间文艺学讲演录》②。由于张紫晨教材的编撰距今已三十余年，许多新的资料与理论未能吸收进来。董晓萍的教材观点新颖，但是从民间文艺学结构体系来看，专题内容的分布不均匀，相关内容的论述稍显薄弱。因此，编写一本体系完整的教科书顺应了当代中国民间文艺的发展需求。加快教材编写的速度，提升出版教材的编写质量，不仅是培养专业人才的需要，也是社会普及教育的需要。以当前国家对非物质文化遗产保护的需求为例，新教材应涉及人口普查、申报、鉴定、评价、保护、继承、合理利用等环节以及相应的理论和方法，同时应注重借鉴和吸收国际成功经验，在广泛的实践中发展创新等问题。此外，也应挖掘民间文学艺术的丰富内涵，进一步发现民间文艺的多重价值，了解人民的文艺需求，建立正确的历史观、文化观、人生观，研究和拓展社会调查的理论和方法，参与民间文学和艺术实践的保护与发展。在中小学教育中，开展民间文学艺术类非遗进学校活动，从中国民间文学艺术地方教材编写入手，"从娃娃抓起"，让学生了解本土民间文艺，得到艺术的熏陶和美的享受。

（四）开展课题攻关，组织与中国民间文艺理论体系相关课题研究

从 20 世纪以来，建立一门符合中国国情和文化发展模式并具有中国特色的民间文艺学，是一代民间文艺研究学者的学术责任和文化使命。在中国共产党的领导下，民间文学艺术的宣传和传播，在人民的物质生活和精神世界发挥重要功用，特别是在社会转型的时代背景下，民间文艺作为优秀传统文化的重要内容，成为乡村振兴、社会发展的内源性动力。目前，学者通过创立"中国民间文艺学"，建设具有中国本土民族特色的理论体系和话语体系，从深厚的文化艺术思想、鲜明的地域特色和独特的民族精神等方面深入研究，对中国民间文艺资源进行深刻而精确的学术概括与理论总结。最重要的是，各个高校和研究部门分处于不同的区域和相异的文化环境，它们之间相互协作，将会使得民间文艺的研究具

---

① 张紫晨:《民间文艺学原理》，石家庄：花山文艺出版社，1991 年。
② 董晓萍:《现代民间文艺学讲演录》，桂林：广西师范大学出版社，2008 年。

有空间性与完整性。在进行课题研究时，各个专业领域的学者会依托自己的知识背景，不断深入民间进行第一手资料的搜集和民族志的撰写，从而使得民间文艺研究具有深入性和在地性。

我们还需拥有民间文艺研究的国际视野，注意借鉴和学习外国先进理论和方法，建立马克思主义导向、中国特色的系统性民间文艺学。我们应深化民间文学艺术与社会主义核心价值的理论研究，全面梳理和深入阐释民间文艺与社会主义核心价值的有机联系，进一步研究民间文学艺术的历史文化基础、当代精神内涵、民间文艺的继承与创新的形式和机制。还应通过学术课题的研究，促进本专业学术成果出版，加强网络和数据库的建设，推进民间文艺研究迈向新高峰。

思考题：

1.什么是民间文艺学？民间文艺学与一般文艺学比较具有哪些特殊性？阐释民间文艺学学科发展与文艺学学科发展逻辑最深层的区别体现在哪些方面？

2.钟敬文在民间文艺学学科发展建设中有着怎样的影响？

3.从古代民间文艺学术研究到现代民间文艺学术研究经历了怎样的范式转换？

4.如何分析民间文艺学谱系各部分之间的结构性关系？

第二章　民间文艺学的本质特征

　　民间文艺是人民口头语言艺术，它真实活泼、富有生命力，全面而普遍地映现了人民的生活和思想，也反映着真实的社会面貌。探讨和研究民间文艺可以从哲学、政治学、语言学、民俗学、历史学等多个学科的角度来进行，一些学者把民间文艺看作是"历史的残留物"，没有关注它们的文艺意义和价值，甚至不承认它们文学作品的归属性，但从本质上讲，真正意义上的民间文艺学研究应该考虑到，民间文艺作为一种文艺现象，首先应从文学艺术角度对其进行研究。随着研究的深入，人们逐渐看到了民间文艺的重要价值，有关民间文艺的研究逐步形成了一门人文科学——民间文艺学。这里需要指出的是，作为研究对象的民间文艺和作为学科的民间文艺学，有明确的区分，即前者着眼于现象，后者着重于理论概括，但同时二者又唇齿相依，相辅相成。在论述时有时分而论之，有时又合二为一，只是学术视角不同而已。

第一节　民间文艺学是一种"特殊的文艺学"

　　文艺学属于普遍意义上的文艺学，民间文艺学同文艺学存在学科共性特征，但又独具特色。20 世纪 30 年代，钟敬文在《民间文艺学的建设》一文中指出：民间文艺与文人的文艺、书本的文艺，即普通的文艺，存在着很大的差异。他主张把民间文艺学建设为独立的学科，从而使民间文艺的研究更加具有精准性、严密性和系统性。然而当时民间文艺的研究情况是，许多学者习惯于借助社会学、历史学和人类学等其他相邻学科的视角和方法来研究民间文艺，对民间文艺的社会文化内涵较关注较多，却极少观照甚至忽略了民间文艺根本的文学艺术价值。钟敬文察觉到这一关键问题，并进一步指出"民间文艺学是一门特殊的文艺学"①，不能简单直接地只把民间文艺作为社会文化研究的一般资料，而置其文学性和艺术性于不顾，在学术研究的过程中，任何单一和形而上学的做法都是不妥当的。

一、民间文艺的创作主体

民间文艺从属于文艺，它与作家文艺有着平等的学科地位，是劳动人民集体创作的口头语言文学艺术。民间文艺的集体性特征决定了其创作者主要是广大人民，包括农民、传统手工业劳动者和现代化产业工人等，民间文艺是属于劳动人民的文学艺术，并由劳动人民创作和传播。

从创作过程来看，民间文艺的集体创作可以分为以下两种情况：

一种是人民群众在进行生产劳动或参与集体文化活动时即兴创作，抒发感情。如川江号子就是船工们在劳动之余集体创作的，在流传中不断修改，逐步成型。类似的还有碨歌一类的劳动歌，节日祭祀的歌，联欢活动时男女青年的对歌等。

另一种是先由一人创作出梗概或雏形，群体成员根据自己的想法添枝加叶，予以修改。在这个过程中，个人创作会融入集体创作之中，个人智慧便融汇成为集体智慧的结晶。1983 年《楚风》第 3 期刊登了《一个新故事的产生》，其中对民间文学作品如何由集体智慧构筑成型作了生动介绍。这篇故事描绘了一个山区女学生在上大学之后受到外界不良风气的侵袭，精神世界和生活作风与其原本的环境大相径庭，最后酿成了悲剧。这则故事表现出了对当时社会上出现的"进口风习"的讽刺，也侧面表达了对那些片面追求"洋气"而忘本的青年人的规劝。②这就是先由几个人构思故事轮廓，再由旁观者完整讲述，后又在流传过程中得到进一步完善、延伸和发展，最后得以成型的故事。

随着社会文化发展，许多民间艺人、歌手和故事讲述家在扩展民间文学影响力方面做出了独特的贡献。20 世纪 80 年代，一部关于朝鲜族民间故事讲述家金德顺的故事集问世，虽然这些故事并不是由金德顺创作的，但每个故事经她讲述

---

① 杨利慧：《钟敬文及其民间文艺学思想》，《文学评论》1999 年第 5 期。
② 刘守华主编：《民间文学概论十讲》，武汉：湖北教育出版社，1985 年，第 31—35 页。

都极其生动传神，令人如临其境，她的讲述有着鲜明的个人特色，是在重复讲述
故事的过程中完成了对民间故事的艺术加工与再创造。因此我们可以看到，个人
的独创性也是民间文艺作品产生的重要来源，这并不是在否定民间文艺的集体性
特征，而是将其视为集体性特征的一种特殊表现形式。这就提示研究者，在理解
民间文艺学的集体性创作和关注民间文艺学创作主体的同时，还应该对民间文学
个体传承人的作用做出正确认识。

二、民间文艺的表现内容

时代在前行，民间文艺在其发展的每个时期都有层出不穷的新内容，人民含
义的界定也随着时代变迁不断发生改变。但不论世界如何变换，历史前进的车轮
是由劳动人民引领和推动的，这一客观事实是永恒不变的。劳动人民是推动社会
不断发展的源泉，民间文艺作品由劳动人民创造，总是表达着广大人民的爱恨情
绪、价值取向、道德意识和理想愿望。

民间文艺作品是研究社会的某个历史阶段或某个地区、国家、民族及其民众
心理状态的生动材料，它的重要性在于真实地表达了生活在这片广阔时空范围之
内的民众的集体无意识，反映着民众的生产生活和生存状况。在人民创作中，最
普遍的题材和内容反映了劳动改造世界的规律，塑造劳动者的高大形象，诉说劳
动人民被压迫和奋起反抗的故事。比如明末的浙江民歌《富春谣》，真实地描摹
出了劳动人民饱受统治阶级残酷压迫的画面，给人以强烈的直观感受：

> 富春江之鱼，富春江之茶，
>
> 鱼肥卖我子，茶香破我家。
>
> 采茶妇，捕鱼夫，
>
> 官府考掠无完肤……①

此外，关于妇女婚姻生活和斗争主题内容的作品也相当普遍。旧社会的妇女
饱受封建礼教和上层阶级的双重压迫，境遇悲惨，苦不堪言，反抗意识也极为强
烈。《白蛇传》《孟姜女哭长城》《蓝桥》等民间故事以及"望娘家"等歌谣都反
映了封建社会婚姻制度的腐朽以及妇女渴望翻身、要求解放的强烈愿望。

---

① 段宝林：《中国民间文学概要》，北京：北京大学出版社，1981 年，第 7 页。

表达广大劳动人民热爱祖国和家乡、歌颂人民优秀品质也是民间文艺常见的主题。对家乡风物和祖国山河的赞美，对抗击侵略者的民族英雄的歌颂等大量民间故事、歌谣广泛传播。如宋代关于岳飞抗金兵的传说、杨家将忠心护主的系列故事以及近现代反抗帝国主义侵略的歌谣等作品，无不投射出广大人民炽热浓厚的爱国主义情感和拳拳赤子之心。

总之，民间文艺作品的题材内容总是围绕人民普遍关心的问题，真实反映人民的疾苦、希望和期待，以民间文艺创作所独有的现实性和力量感，表现出了某一特定社会集体的成员在其社团发展的某个具体时期的思想、情感以及所有这些元素的融汇。

三、民间文艺的传播媒介

与作家文学相比，口头传承是民间文艺的主要方式和特征。不同于作家文艺的书面创作形式，民间文艺主要是用口头语言来进行生产和传播的，它是"口耳相传"的艺术，它主要诉诸听觉和视觉，再经听众的想象加工，从而把听觉元素转化为意象元素来映现文学艺术形象，使之更加具有可感性、可视性。

民间文艺之所以用口头创作、传承，是因为在阶级社会中，劳动人民被剥夺了读书识字、学习文化知识的机会，难以参与和欣赏书面文学的创作，但他们也有喜怒哀乐需要抒发，因而在劳动过程中以小曲、秧歌、打夯调、船夫号子等形式表现出来，协调劳作，抒发感情。除了阶级社会的原因之外，还应看到口头文艺有其显著的优越性，它以口语为媒介，不受文化程度的限制，使最广大的民众能够欣赏并直接参与文艺创作过程，并能灵活便捷地贯穿于民众的生产生活之中，发挥其娱乐消遣、鼓舞激励的特殊功用。

口头文艺是民间文艺的原初形态，它经过了历代文人的记录整理才得以凭借书面形式广泛传播，部分濒临失传的口头文艺作品正是被转换为文字形式才能历经漫长岁月保存至今，由此可见，民间文艺的书面传承也不容忽视。历史上有许多作家都曾借鉴民间文艺中朴实的口头文学素材，经过自己文学创作从而将其转化成优秀的文学艺术作品，如《水浒传》《聊斋志异》等。这些作品取材于民间口头传播的鬼怪志异故事，经过文人的创造性转化又反哺民间口头文学，丰富了原有的故事情节，提高了原文本的艺术表现力。

　　无论是口头传承还是书面记载，它们都是民间文艺不可或缺的传播媒介。口头性是研究民间文艺特征的重要角度，但与此同时必须注意民间文艺与书面文学的互动关系及其影响。在研究口头文艺的书面形式时，要注意保留口头文艺的语言风格和艺术魅力，忠于口头文艺文本的原貌。那些不顾口头文艺特征，整理时完全按照书面文学格调，改变原作风格的文本，则应当改正。

四、民间文艺的文化功能

　　民间文艺不是一种单一形态的文学，它是作为民众精神意识的综合形态存在于民众生活中的，融汇着历史、文化、艺术、科技、宗教乃至哲学等多方面的内容。民间文艺可以是人民缓解疲惫的娱乐工具，还可以是劳动人民进行生产和斗争的武器，更可以作为人民生活实践的指导教材，用"民众生活的百科全书"来形容民间文艺恰如其分。

　　出于共同的生活需要，人类创造了文化。文化自出现以来便从不同的层面上在它所涉及的广阔领域内发挥并实现着其独特的功效和价值。在民众的日常生活中，民间文艺作品是不可缺少的养料，它与民众的物质生活联系着，是生活中不可或缺的元素。民间文艺的文化功能主要有：

　　1.民众以民间文艺作品为工具进行传统美德教育，从而起到塑造民族性格的积极作用。在广阔的中国大地上，人民在生活中始终保有着中华优秀文化传统，几乎每个中国人都在幼儿时期听着长辈讲故事、唱儿歌实现了人生启蒙，民间童话和儿歌潜移默化地对国人进行着勤劳勇敢、自强不息、热爱劳动、谦虚谨慎等优秀的道德教育。《拔苗助长》《刻舟求剑》等寓言以生动诙谐的故事情节提示人们生活中要避免刻板的、主观的、形而上的方法论思想；"偷吃不肥，做贼不富""与人方便就是与己方便""一口吃不成个大胖子"等流传很广的谚语教会人们正确的行事方式和生活经验，养育出积极健康的民族品格。

　　2.民众可以通过民间文艺作品来感悟人生、认识社会，沐浴在传统美德之下，懂得勇敢进取、创造美好人生的真谛。中国苗族童话《灯花》以"浪子回头金不换，勤劳开出幸福花"的积极乐观的故事主题鼓舞了一代人，甚至有一位日本妇女因为这个简单朴实的故事放弃了因遭逢人生不幸而想要与全家自尽的危险思想，从绝望中走出，重新感受生命的意义[①]，这一切都充分说明了民间文艺所拥有的正向引导和积极乐观的教育作用。封建旧时代的劳动人民没有读书识字和享受文化教育的权利，而从民间口头文学中生长出来的民间文艺作品就成为劳苦大众最为珍贵的人生教材和行动指南。

3. 民间文艺还是维护公共道德和社会秩序的手段。在部分少数民族地区，道德规范和社会的基本准则常用歌谣或其他口头文学形式保留下来，有时还会用民间歌谣来调解民事矛盾和纠纷。如贵州苗族有一种从古代流传至今的"议榔"制度，具体表现为若干寨子聚集在一起，共同召开会议，制订某种集体公约。"榔规"就是议榔所制订的公约，民众在制订公约前推举出"议榔头"，由此人高声朗诵出"议榔词"。该词为排偶句的民歌体，内容首先讲述从古到今有关的"议榔词"，再讲述本次的议榔内容，包括生产劳动、婚姻生活、反抗压迫，以及号召维护集体利益和惩治坏人坏事等。与之类似的形式还有苗族的"理词"、侗族的"款词"、瑶族的"石牌话"等。这些有着特殊功能的口头文艺形式约束着人们的行为，与法规条文有着类似的效果，在现实中承担着调解纠纷、处理矛盾的实际功能。

20 世纪 80 年代，钟敬文在杭州大学的演讲中曾提出了"文化三层次"的理论。他认为中华民族的全部传统文化可以划分为三条干流，第一条是"上层文化"，指古典文学或作家文学，在阶级层面上主要指古代地主阶层所生产和享有的文化。第二条是"中层文化"，指俗文学也即市民文化，郑振铎在《中国俗文学发展史》中将俗文学的创作和享用主体设定为城市市民或有闲情逸致的"有产阶级"，其文艺形式包括弹词、鼓词、说唱、宝卷和民间曲艺等。第三条干流是"下层文化"，即民间文艺，它是由广大劳动人民创造和享用的文化。俗文学有别于民间文学之处主要在于创作主体的不同，俗文学的创作者主要是文人，而民间文学的创作者主要是底层民众。[②]依据钟敬文提出的"文化三层次"理论，中国文艺应该包括专业作家文学（上层文学）、都市通俗文学（中层文学）和民间口头文学（下层文学），但需要注意的是，中国文学还有一个重要的组成部分——

① 丘振声：《从〈灯花〉说起》，《民族艺术》，1990 年第 2 期。
② 钟敬文：《话说民间文化》，北京：人民日报出版社，1990 年，第 3 页。

少数民族文学，比如《江格尔》《格萨尔》《玛纳斯》分别是我国蒙古族、藏族和柯尔克孜族的三大英雄史诗，它们弥补了汉族民间文艺史上缺少史诗的局面，少数民族文学是我国一笔宝贵的文化财富。

第二节　民间文艺兼具文学与文化的双重属性

一、民间文艺的文学属性：现实生活的审美反映

民间文艺具有文学属性，是对有特征、有代表性、经过作者情感过滤的现实生活的审美反映，是一种通过虚构和想象、经过语言的转化来对人生的审美感受做出展现和沟通的艺术方式和形态。这种文艺样式具有丰富的人文内涵，会触及生活的深层本质，帮助人们去寻找人生意义和价值。

文学与民间文艺都具有文学属性，要想探寻民间文艺的文学属性，首先我们需要明确文学的本质特征。艾布拉姆斯于 1953 年出版了《镜与灯》一书，他提出著名的"艺术四要素"理论，认为文学世界是由世界、作家、作品、读者四要素组成，这四种要素相互联系构成了模仿说、表现说、实用说、客观说这四种文学理论。①童庆炳在此基础上又增添了"自然说"和"体验说"。这些文学理论在一定程度上触及了文学的本质，如模仿说从文学与世界、文学与社会生活的关系来解释文学，认为文学是对社会生活的反映，同时观照到了想象、虚构等文学创作手法的作用；表现说从文学作品与作家的关系来解释文学，看到了文学是作家心灵世界的外化；实用说从文学作品与读者的关系来解释文学，看到了文学功利性和审美性的功能；客观说把文学作品孤立出来看待，文学的构成元素有语言、形式、技巧、结构等方面，认为语言是文学的重要特性。

由此可知，文学的属性是对社会生活的审美反映，创作主体以感性为主导对生活进行过滤，通过想象和虚构等创作手法使创作客体带给读者审美感知和审美

---

① [美] 艾布拉姆斯《镜与灯：浪漫主义文论及批评传统》，郦稚牛、童庆生、张照进译，北京：北京大学出版社，2004。

体验。审美是文学的本质特征，其实质是从情感层面去评价现实现象；审美是人的本能体验，是一种原初感受，是任何一个现实中的人都会经历的、必须体验的情感过程。语言是否具有"美"的特征是区分文学和非文学的核心标准之一。文学以语言为载体，是一门语言艺术，最初我们理解文学，就是首先看到了文学形式的语言美，在语言层面上去欣赏文学的美感。但是人们逐渐意识到对社会生活在审美层面的反映也是文学的本质之一，文学是一门人学，在内容上具有丰富的人文内涵，文学能突破生活表象，深入到生活的深层本质，进而在人们的生活实践中寻求人生的意蕴，寻找人生的意义和价值。民间文艺在形式上以语言为媒介和载体，是一种口头语言艺术；内容上反映某一国家或民族的民众群体对社会生活的观念态度和思想情感，是对社会生活的审美反映。

二、民间文艺的文化属性：日常生活的文化实践

万建中在《从文学文本到文学生活：现代民间文学学术转向》中提到中国现代民间文学史的梳理和研究经历了"三次突围"①。首先是突围政治，跳出了多重政治的话语语境和外在意识形态的重负，摆脱了民间文学对政治的依附，凸显其文学性；其次是突围单一的文学性的束缚，而注重文化研究，超越对民间文学的刻板认识，用更加开放包容的民俗民间文学话语加以阐释，使民间文学参与到民俗文化学的格局中去；最后要将民间文学从民俗文化学的窠臼中解放出来，这并非是指要把民间文学与民俗学划清界限，来争取民间文学的独立学科地位，实际上是要还民间文学一个本原存在状态，需要研究者们把目光从民俗领域扩展到日常生活中去。我们认为，提出做语境的还原式研究的愿景是好的，但似乎使得学术研究回到从一个极端走到另一个极端的老路上来。

通过对民间生活进行文学上的提炼，"民间文学"的概念得以确立，这样看似实现了民间文学的独立，实际上却是掩藏了民间生活中真实而普遍存在的文学性，民间文学学科将无数暗含在民众生活中的文学现象合理地屏蔽了，受常见研究中人们习以为常的定义和概念的影响，民间文学在这个过程中异化了。进入 21 世纪，"大文学观"的概念在作家文学评论界被提出，其概念主要涵括了三个维

度，即上层与下层文学、雅与俗文学的融合；近现代文学与当代文学的贯通；文学与历史、文化、经济、政治以及社会等各领域之间的边界的适度消解。虽然在民间文学界并没有出现"大文学观"或是与之相近的概念，但"民间文学生活"在此时适时地问世了。万建中在《新编民间文学概论》中对民间文学的定义做出了进一步阐释，认为它是一门关注民间文学生活的人文科学，其旨在感悟民众的文学生活并进一步对民众如何这样生活做出分析和阐释。[①] 这不是对应"大文学观"所作出的反馈和回答，其实质是指出了民间文学的研究已经进入了新发展阶段这一事实。然而对于民间文学来说，其本身就是民众的一种生活方式，所谓的大与小、广义与狭义的区分并无实际影响意义。对于民间文学的创作主体来说，他们并未形成和具备清晰而独立的表演身份的意识，而对于民众的文学行为来说，本来就难以与其他纷繁复杂的日常生活形态做出区分，所以"民间文学"这一名称的出现本质是为了满足学术研究的需求，而民间文学的各种文体的分化实际上也是研究者们在研究史上构建和拟定出来的，与民间存在着的文学现象没有客观实际的联系，有时与民间的文学实践也并不相符。所以说，民间文学生活观并不仅仅是对民间文学视域的理论扩展，实际上是要让民间文学回归"本我"，走向其原有的存在状态。以往的民间文学常常把文学从民间生活中完全抽离，民间文学生活观的出现也是对这种现象的澄清与反拨。

　　人类的实践行为与动物的生存本能有着根本的区别，动物的行为只是出自生存需要的本能反应，是无意识适应自然的过程，是被动的行为反应。正如马克思所说："动物和它的生命活动直接统一的。他没有自己和自己生命活动的区别。它就是这种生命活动。"[②] 人类的实践行为被称为"生活活动"，这是人类特有的，是一种合意愿、合目的的活动，活动的目的和形式会对劳动者产生吸引力，具有美的效应。一方面，人是有意识的存在物，人的活动也是有意识的，经典的蜜蜂筑巢与建筑师的故事告诉我们，即使是最初级的设计师都具有比蜂群中最灵巧的工蜂们更智慧的地方——设计师在用蜂蜡建筑蜂房以前就已经能在想象中制造出一

---

① 万建中：《新编民间文学概论》，上海：上海文艺出版社，2011 年，第 5—6 页。

② [德] 马克思：《1844 年经济学哲学手稿》，《马克思恩格斯文集》第 1 卷，北京：人民出版社，2009 年，第 50 页。

栋房屋了。在劳动开始的那一刻，劳动者就已经可以在观念中呈现出一个甚至多个结果了，这种意识不仅可以改变客观自然物，同时还可以实现劳动者的意图，劳动者的意图影响着实践的方式和方法，并且从头至尾一直存在于劳动者的认知之中。人的生活活动与动物的生命活动最大的区别就在于人类对实践预期成果可以先于实践本身而存在于意识观念中，之后再通过以自然环境为劳动对象来实现自己的构想和意图。在人类的社会实践中，要使劳动达到预期目的，不是脑海里有目的就能形成，还需要掌握客观世界的规律来从事社会实践，所以社会实践还必须是"合规律性"的，人的生活活动是合目的性和合规律性的统一。

另一方面，人类生产实践活动在以劳动的形式与外界环境进行互动的过程中会同时实现"改造自我""满足自我精神需求"和"丰富客观自然"等多种效应。在人类的物质和精神生产活动中，只要其内容和形式中的任何一方对劳动者存在吸引力就可以与"美"产生联系，进而产生审美活动。这种吸引力使劳动者在肉体或精神的任一方面感受到乐趣，即日常生活所说的"苦中作乐"，大部分底层劳动人民身上都具有这种精神。作为人类独有的活动形式，生活活动使得物质生产活动和精神生产活动得以并存，人类独有的存在和活动形式还包括"文学艺术活动"，其作为人类精神生产活动的一个重要方面，同样是人类对本我力量与本质自我的确认与证明。马克思、恩格斯认为人有两种需要，第一种是低级的物质需要，包括吃、喝、穿、住、行等，为此人类会进行相关的物质生产活动，只有在满足相关的物质需要的基础上人类才能进行第二种需要；第二种是高级的精神需要，包括科技、文学、艺术、宗教等，这样人的生活才会变得色彩斑斓，人本身也会丰富起来。马克思、恩格斯关于人的需要及其分类的理论对于我们认识文艺活动在人类历史活动中的作用和影响有重大理论指导意义，同时也让我们知道，作为一种高级需求，文学艺术在人类生活中有着不可或缺的地位，是人类在自我成长道路上的需求发展带来的必然结果。作为人的一种存在和活动方式，文学艺术活动能够满足人类的最初体验，人的自我意识和生命意识也能在这种原始体验中得到强化，而且人的本质力量就是在文艺的创作与阅读中体现出来的，这就意味着我们并不能随意抛弃掉任何一种文学艺术活动，其在社会中的价值极其重要。

　　文学，是由人民创造书写的，它关涉人民本身，满足人民的精神需要。文学的出发点和归宿点从来都是人民本身。从人类的活动历史来看，因为人类存在着多样化的需求和形形色色的实践与生活方式，那么在人类与外部世界之间就会产生错综复杂的关系，然而最基本的关系还是从实用出发产生的物质性关系。即马克思所说的，想要创造历史的人民，首先要能够生活，拥有得以维持生活的物质基础，于是就需要衣食住行等一切与之相关的要素，因而早期人类的初步实践劳动就是生产满足维持自身所需的物质资料，实际上也就是生产人类自己的物质生活。人类也正是在这些生产实践中改造客观世界和自身。所以说人与现实之间的审美互动关系是在漫长的人类社会实践过程中逐步形成的，而人类实践的对象又是生活化的世界，人摆脱不了自身的生活环境，在行为和思想中都会有生活属性的存在。从人类活动历史上来看，民间文艺的研究对象自始至终都来自生活，民间文艺本身也从始至终都与生活贴近。在漫长的历史时期里，作家文学把握住了精英文化的核心，但在表达民众对生活的感知方面，民间文艺更贴近生活的本质。

　　人民群众用民歌、故事、传说等民间文艺形式表达对世间万物的认知，反映人化的生活世界。不同于作家文学，民间文艺与生活实践紧密相连，是民众集体中形成的生活文化，具有生活文化属性，但并不说明民间文艺就等于民间生活。

　　从特性上来看，首先，民间文艺存在着集体性特点。从创作主体来看，文学活动是作家或诗人为了满足自我的需要，表达个人的情感和认知而进行的创作活动。民间文艺的创作主体不是个人，即使刚开始由个人创作，但在之后的横向扩布和纵向传播中也落入生活世界，经集体修改，符合某一地域广大人民的生活文化和思想认知。其次，民间文艺具有口头性的特点。民间文艺的传播媒介是口头语言，这种表达方式的便捷性就决定了民间文艺的产生具有即时性，无论是田野地头，还是海边渡口，人民在对生活有感知的瞬间，就可口头表达出来。因此民间文艺反映的往往是生活中的事件，人们将生活中所看到的景色、所得到的感悟进行即兴创作，读起来也浅显易懂、朗朗上口。所有的生活场景都能进入文本，但这并不说明民间文艺就等同于民间生活，民间文艺的本质是意识形态，是对生活的审美反映，并不是把所看到的客观世界原样描写出来，而是在描写中展现人们的看法、情感等审美因素。在当代，民间文艺出现了新形态，抖音、快手等新媒介平台中人民群众自娱自乐创作的段子层出不穷，如抖音中的段子"现在老人看不惯，儿女睡到九点半。不洗衣服不做饭，起床就把手机看。边玩游戏边充电，早上起来不吃饭"。短短几句就描述出当代青年一代的生活现状，以及两代之间的生活冲突。最后，民间文艺具有表演性。民间文艺是活态文艺，在表演中表现生活，使人们能够透过表演看透历史真实，窥探生活原貌。民间文艺的表演性注重表演者与观看者的互动，同一表演者面对不同年龄、性别的观看者，表演的内容和方式也会有所调整。所以民间文艺给人的存在感更强烈，比一般的作家文学更具有活力，更注重生活场景和语境性。

民间文艺是人民生活的华彩乐章，要真正理解民间文艺就必须把民间文艺放回到民间生活的广阔世界中去考察。我们要相信民间全部的生活内容、方式和形态都具有文学性，整个民间日常生活世界都充满文学意味。这一理念的出现，打破了文学研究的传统模式，同时突破了民间文学学科领域之中的对于学科边界的限定，最大限度地开阔了民间文学研究的视阈，根本性地改变了民间文学学术空间被挤压的局面。

三、民间文艺是生活的诗性表达：民间文艺的文化诗学关照

"文化诗学"是 20 世纪 80 年代流行于美国的一股文化思潮，它将研究对象设定为西方文化现象与古典文学，特别是以莎士比亚为代表的文艺复兴时期的文学与文化研究，面临的问题主要是解决结构主义和新批评坚持"文本中心主义"带来的局限性。中国学者在 20 世纪 80 年代就注意到"文化诗学"，同时也意识到其与中国文学的研究对象有明显的错位，所以在实际研究中不能一味照搬，但"文化诗学"思想对中国文艺学研究具有相当重要的学科导向价值。

美国的文化诗学思潮需要经过本土化才能在中国文学中运用，文化诗学本土化基于美国文化诗学和中国文学阐释上的相通性和共同点才可能实现。这种相通性主要体现在三方面：一是文化诗学把文学、民俗、历史、哲学等学科都看作密切的联系体，立足于突破学科之间的壁垒，拒绝刻板的学科分类。文化诗学跨学科的性质与中国传统文学和民间文学的阐释是接近的，中国传统文学经史哲不分，两晋之后即使有"经史子集"四部分类，"经"处于统摄地位，文人士大夫

则认为"六经皆史","史"高居核心地位。文学相对"经"和"史"处于附庸地位，从"经""史"出发来分析文学就再正常不过。民间文艺学本身就是多学科交叉的领域，历史学、民俗学、社会学、人类学、民族学等许多学科都与民间文艺学存在交叉元素，研究民间文艺本身就不能单从文学层面来分析。二是文化诗学拒绝形而上的概念，研究偏向具体性。文化诗学面临的问题是解决结构主义和新批评坚持的"文本中心主义"带来的局限性，这种局限性要面向具体的文学和文化现象，并不缺乏形而上的理论辩证。中国传统文学和民间文学都没有走上概念形而上的道路，都是面对具体的文化现象出现和发展的，尤其是民间文学本身就是在广大民众和社会生活中产生和发展的，具有明显的生活文化属性，是民间生活的诗性表达。三是文化诗学思考和解决问题是依靠具体的语境进行研究，还原到其发生、发展、演变的语境中去，在具体的语境中展现文本和社会文化之间的互动。中国传统文学也是在具体的语境中去把握文本和社会文化之间的互动，并赋予文本以意义和价值。民间文艺的真谛只有在生活语境中才能被真正认识到，在生活语境中才能用于理解人民的喜怒哀乐和思想情感，但民间文艺不等于民间生活，而是产生于诗性语境中，是一种诗性文化。

文化诗学与中国传统文学和民间文学的共通性，使文化诗学的概念在20世纪90年代被运用到中国具体的文学研究实践中，从而创建出了中国诗学文化。中国诗学研究方法首先要确立其研究对象和范围，其次要确定中国诗学的研究本体。具体来说，需要明确其研究对象是中国文学之中的"诗意"，而非中国的历史、政治、经济制度、道德意识形态和社会体系与制度等元素。创设与构建中国诗学，应整合逻辑上的深入分析和现代学理上的理论，使传统的诗学回归到诗学自身的逻辑系统中。我们需要站在本体论的角度，把众多的现象整合到本体框架中，这样才能得到一元性的认识成果。本体论是对存在本身的探索，分为非文化本体论（物质本体论）和文化本体论，文化本体论又分为人类学本体论、社会本体论和自然本体论三种本体论。中国诗学属于文化本体论，所以从与之相关的三种本体论来分析，自然本体论就人与自然的关系来考察，以"自然"为逻辑起点，普遍认为中国先秦道家老庄思想是一种自然本体论哲学。庄子《天道》中写到"夫虚静恬淡，寂寞无为者，万物之本也"①，认为一个人的选择应是"不自然"的欲望和要求，强调返璞归真。社会本体论以"人是社会关系的总和"②为逻辑起点，强调人的社会属性，是从伦理角度来看待的。人类学本体论即人类学诗学，基于维柯提出的"诗性智慧"和文化人类学提出的"原始思维"来进行研究，包括刘士林提出的"中国诗性文化"也是基于人类学本体论提出的。中国诗学以此为本体，综合儒释道以及文化起源发展来研究。自然本体论和社会本体论是中华民族传统的思维结构，不同的本体论观察视角就决定了人们对诗学不同的研究方法。

童庆炳在 20 世纪 90 年代提出"文化诗学"的概念，重视对"诗性智慧"的研究，是一种文学整体研究方法。在此之前，维柯在《新科学》中就提出"诗性智慧"，认为关于原始人类最初的智慧就是"诗性智慧"③。"诗性智慧"指人类最早的原始思维，是真正人类思维的开始，也可以说是一种诗性创造，并由此形成诗性历史。在人类文明之前，人类创造的历史就是诗性文化，包括诗性逻辑、诗性伦理、诗性政治、诗性物理、诗性天文等多方面。诗性智慧所代表的是同时代的经验论，打破了从柏拉图、亚里士多德到笛卡尔的唯理论，从另一个方面对人类文化进行了研究。诗性文化是以诗性智慧为精神本体的文化形态，在中国文化诗学中进一步理解诗性智慧的内在机制就很重要。根据维柯在《新科学》中的描述，我们知道诗性智慧是本能的，是情感化的，是非逻辑或者说是前逻辑的。但除此之外也可以从思维方式、语言演变和心理结构等方面来分析诗性智慧的内在机制。第一，思维方式是原始思维，是直觉和感性的，而不是理性和逻辑的，诗性智慧认为物我一体，在物我之间不存在任何抽象符号的中介。民间创作是主客体一体的思维模式，即用我手写我心，是直观和感性的，民间创作直接体现了群体的生命体验和生命情感，体现人民的智慧。像船工号子《冲滩号子》和《下滩号子》等都是在行船中为配合航运、船务等劳动过程而传唱，前者为劳动呼号用

---

① （战国）庄周著：《庄子》，（晋）郭象注，上海：上海古籍出版社，1989 年，第 72 页。

② [德]卡尔·马克思，弗里德里希·恩格斯：《马克思恩格斯文集》（第一卷），中共中央马克思恩格斯列宁斯大林著作编译局译，北京：人民出版社，2009 年，第 501 页。

③ [意]维柯：《新科学》（上），朱光潜译，北京：商务印书馆，1989 年，第 171 页。

语，在劳动中强度大、操作紧张、实用性强。后者抒情性浓厚，歌词都是见景抒情所作，表达了劳动人民对生活的热爱。作家创作则是对象化的思维。第二，语言演变重视图像，是一种实体性的图像或实体性的声音。原始思维依靠和运用实体或者自身存在进行表达，这种表达是具体的而不是抽象的。像汉字造字法中的象形造字，本身就是一种实体性的符号，"声"和"象"是完全一致的。第三，心理结构上根据康德对心理机能的划分，可知知、情、意三要素组成了文明人的心理结构。原始人生命结构的智（认识）、情（审美）、意（真善美）三位一体，思维是物我一体、物我不分的，因此他们的世界具有混沌性和多元性。文明人生命结构中的智、情、意三位则是分离的。民间文学的不少作品中也蕴含着"万物有灵"的观念，在神话传说中体现得更为明显。诗性智慧（原始人的精神方式）与后世理性智慧（文明人的精神方式）相对比，二者有着明显的区别。第一，诗性智慧是人类最初的原始思维，代表的是原始文化，原始人并没有实际意义上的推理能力，但充满了丰沛的感觉力和生动的想象力。第二，诗性智慧具有宇宙一元论内在机制，没有主体与对象的区分，是"我象"思维，即没有主客体的区分，在古人物我一体和物我不分的思维逻辑下，产生了万物有灵观。诗性智慧是非常情绪化的或是出于机能的，是非逻辑的或前逻辑的，是神话的或者诗的。[1] 理性智慧则是二元论的内在机制。

中国文化诗学的建构并不是理论家突发奇想，而是时代的需求，是基于现实文化存在状况提出的理论。自改革开放之后，我国人民富了起来，但是随着社会工业化和市场经济的发展也带来了一系列的问题，环境污染严重、社会贫富差距扩大、人们之间的诚信缺失、精神生活失范等问题，都需要健康的精神文化和人文理想的关怀来引导。在这一背景下，"文化诗学"的提出就是对现实生活的积极反映，在一系列矛盾中重视以人为本，期望引导现代市场经济和人民精神生活的平衡发展。"文化诗学"以诗情画意的眼光去发现生活，以审美和诗意目光关注文本与社会意义价值的互动，从文本语言出发去揭示文学作品的思想文化内涵，在这一过程中又加入文化的视野。文化诗学作为一种文艺理论有其基本的要求，其一是文化诗学具有现实性的品格，面对文学市场化和国际化的问题关怀

---

[1] 刘士林：《诗与禅的似与异》，《西北大学学报》2008 年第 3 期。

文学的现实存在状态，对现代市场化出现的一些迎合人们低级趣味的描写和暴力描写现象进行批判。在民间文艺的创作作品中我们能够看到当今社会发展面临的问题，民间文艺也具有批判现实的品格。其二是文化诗学以文化视野去分析文学艺术作品，从中提炼出一种文化精神。民间文艺作为中华传统文化的组成部分，蕴含着中国传统的民族精神，构成中国独特的民族文化。民间文艺具有和"文化诗学"一样的文化品格，正是因为民间文艺本身就是人们诗意生活的反映，民间文学作为一种审美活动，在人们的日常生活中存在，不仅具有生活文化的属性还是对生活的诗性关照，将生活中诗情画意的一面尽可能表现出来。

第三节　"人民本体论"：
民间文艺是以人民为中心的文艺

"人民本体论"指在文艺创作中坚持人民本位，即坚持文艺创作属于人民的立场，为人民的利益而创作。民间文艺"以人民为中心"的"本体论"建构既是马克思主义文艺学与当代中国实际相结合的具体实践成果，也是习近平新时代中国特色社会主义思想的基本价值取向在思想文化领域的辐射形态。

一、民间文艺的历史构成

民间文艺的历史构成由来已久，它由人民群众创作，在民众群体中流传，人民始终是民间文艺的主角，以下将按历史时期的演变分阶段论述。

（一）古代的民间文艺活动

早在三千年前的周朝，朝廷专设采诗官从事采录民间歌谣的活动，《汉书·艺文志》记载："古有采诗之官，王者所以观风俗，知得失，自考正也。"[①] 这样的描述带有一些理想主义的成分，实际上，各国的乐师采录民间歌谣，一方面丰富了他们的唱词和乐调，另一方面体察民情，反映了民众的现实生活。我国第一部诗

---

① （汉）班固著，（唐）颜师古注：《汉书艺文志》，北京：商务印书馆，1955年，第7页。

歌总集《诗经》经各地乐师采集而来，在三百零五篇歌谣中，民间歌谣大约占一百五十多篇。除了民歌采录，还有人将民间流传的神话、传说用文字记载下来汇编成书，如《山海经》为后世民间文学研究提供了精彩纷呈的古代神话传说。

除了采录民间歌谣，历代文人还喜爱搜集著录奇闻逸事，包括大量来自民间的传说、故事。其中，包含民间文艺资料较为丰富的有晋代干宝的《搜神记》、王嘉的《拾遗记》、梁代任昉的《述异记》等。古代文人对神话、传说、故事、歌谣的搜集和评述，为当代建立现代民间文艺学提供了宝贵资料。可以说在近代文学思潮到来之前，在民族共同体文化的内部，"民间文学主要表现民间的日常生活，或者为改朝换代的新生势力所用，被当作民声人心的标志"。①

（二）现代的民间文艺活动

民间文艺是封建社会时期处于被奴役的广大劳动人民的精神食粮，当"五四"新文化思潮席卷而来，首先受到惠顾的就是民间文艺，可以说五四新文化运动的一项重大成果就是产生了中国现代民间文艺学。

1918年2月，刘半农、沈尹默、周作人在蔡元培的支持下设立了"歌谣征集处"，在全国范围内发起征集歌谣的运动。1918年5月24日起，刘半农将征集到的歌谣编为《歌谣选》，在《北京大学日刊》上发表，1920年12月，"歌谣研究会"成立。1922年12月，《歌谣周刊》发行，共出刊物96期，从收集到的一万三千多首歌谣中，选刊近两千首，发表的论文中有三百多篇是关于歌谣及其他民间文艺体裁的研究。"五四"时期歌谣学研究的总体倾向体现了新文化运动所主张的民主和科学，这与当时思想运动的总方向是相契合的。

1927年末，广州中山大学语言历史研究所成立了"民俗学会"，主要成员为钟敬文、容肇祖、刘万章等，以搜集研究民间文艺作品为宗旨。他们创办了《民间文艺周刊》（后改名为《民俗周刊》），共发表故事近四百篇，研究文章三百多篇，掀起了一股民俗学热潮。

20世纪30年代，随着抗战局势日益紧张，京沪等城市先后沦陷，"现代文学"格局发生急速裂变，受都市印刷资本主义和现代教育体系影响而创制、传播的现

---

① 董晓萍：《现代民间文艺学的形成史》，《北方论丛》1999年第3期。

代都市文学面临生存危机，"人民的文学"走上历史舞台，广大农村从"原来最落后的区域"变成了文化中心。周扬指出："战争给予新文艺的重要影响之一，是使进步的文艺和落后的农村进一步地接触了，文艺人和广大民众，特别是农民进一步地接触了。抗战给新文艺换了一个环境。"①无数小市镇与广大的乡村几乎成为新文艺生存的主要环境。不同于都市文学只是在观念上倡导"文章入伍，文章下乡"，"人民的文学"远离都市、扎根农村，面对近乎文盲的农民和传统落后的乡村境况，突破了文字书写和印刷媒体的限制，拓展出活报剧、街头剧、秧歌剧以及木刻、版画、黑板报等新颖活泼的文艺形式，成为新型人民文艺。

1942 年，延安文艺座谈会召开，毛泽东同志发表了《在延安文艺座谈会上的讲话》，使我国民间文艺工作进入一个全新的发展阶段。马克思主义者从历史唯物主义的基本观点出发，认定劳动人民是创造人类物质财富和精神文明的主力军，因而对劳动人民创造的文艺成果高度重视。《讲话》重新提出了文艺为什么人服务的问题，要求必须学习工农大众的思想感情，创造为工农大众服务的文艺，以坚持创作"工农兵自己所需要、所便于接受的东西"的思想要求文艺工作者，倡导他们深入群众，努力学习民间文艺。这一时期，鲁艺师生在陕北采集民间文艺，民歌部分由何其芳、张松如、毛星等加以整理，编撰成《陕北民歌选》一书。

（三）当代的民间文艺工作

1950 年 3 月，周扬出面组建"中国民间文艺研究会"，推选郭沫若任会长，老舍、钟敬文任副会长。郭沫若在大会上致辞，他从五个方面说明了对中国古代和现代民间文艺进行深入研究的目的，即保存珍贵的文学遗产并加以传播；学习民间文艺的优点；要接受来自人民的批评和勇于自我批评；历史学家可以从民间文艺里吸取最正确的社会史料②；发展民间文艺。民间文艺研究会成立之后创办了《民间文艺集刊》，大力征集民间文艺资料，组织采风运动，高校里也相继开设民间文学课程，培养专业人才，民间文艺事业欣欣向荣。

---

① 周扬：《对旧形式利用在文学上的一个看法》，《中国文化》创刊号，1940 年 2 月 15 日。

② 刘锡诚：《二十世纪中国民间文学学术史》，北京：中国文联出版社，2014 年第 625—626 页。

1958 年，全国民间文学工作者大会在北京召开，制订了"全面搜集，重点整理，大力推广，加强研究"的民间文学工作方针。虽然这个时期的民间文学工作受到了"左"倾错误的干扰，但在全国范围内特别是少数民族居住的偏远地区还是取得了丰硕成果。许多优秀的民间文艺作品如《嘎达梅林》《阿诗玛》《阿凡提的故事》等得到采录出版，一些根据民间文学素材再创造的作品如《百鸟衣》《刘三姐》等，都是少数民族民间文艺宝库中不可多得的珍宝。

1979 年，中国民间文艺研究会恢复正常活动，并于当年年底召开了全国民间文学工作者第三次代表大会，推进了新时期的民间文艺事业。1984 年 11 月，第四次中国民间文艺研究会会员代表大会召开，大会确定在新的历史时期我国民间文学工作的方针是：全面开展搜集和抢救工作，有步骤地加强理论研究，尽快提高学术水平，建设有中国特色的民间文艺学，全面开创社会主义民间文学事业的新局面。在进行民间文学普查和全面搜集的基础上，编辑出版《中国民间故事集成》《中国歌谣集成》和《中国谚语集成》，同时在几年内完成一批具有较高水平的民间文艺学专著，中国民间文艺事业揭开了崭新的篇章。

二、民间文艺以人民性为核心

马克思认为只有人民才是历史创造的力量源泉。社会发展的关键是生产方式的变化和发展，而掌握这种生产力的正是人民。民间文艺以"人民性"为核心，是指民间文艺的本体是"以人民为中心"。"以人民为中心"是习近平新时代中国特色社会主义思想基本的价值取向，贯穿于社会的各个方面，包括精神文化领域。"人民"常常出现在习近平的讲话中，他指出从本质上来说社会主义文艺就是人民的文艺，文艺只有坚持为人民服务、为社会主义服务的根本方向才能做到反映人民心声。文艺创作的方法有很多，但最核心、最本质、最靠得住的办法只有贴近人民及其生活。习近平的这番论述虽然没有具体涉及民间文艺，但民间文艺与社会主义文艺保持协同发展，这对民间文艺工作的具体开展仍然是指导性意见。

"人民的文艺"坚持"以人民为中心的创作导向"，体现了文艺要表达人民心声、传达人民立场、为人民服务的创作要求及价值取向。"以人民为中心"明确了人民在文艺创作中的主体地位，这与国家政务工作中"为人民服务"的宗旨存在一定程度的表述差异，后者只是将人民价值定位于对象存在，而前者则显然将其定位于本体存在，且"为人民服务"的价值诉求必然包含于"以人民为中心"的理念之中。[①]

民间文艺"以人民为中心"的本体论之所以成立，是因为其建立在新中国成立后人民当家作主、真正成为国家主人这一事实上。1942年，毛泽东发表了《在延安文艺座谈会上的讲话》，其中就提出了文艺为人民大众服务的方针。这一方针明确了新的文艺主体必然是人民大众，同时对"人民"的内涵做出了回答。新中国成立之后广大人民群众也真正进入了国家宏大叙事的政治语境中。

论及民间文艺，人们可能会想到民间文艺带有的落后性和封建性，这是由于民间文艺的主体，也就是人民群众尤其是农民受到封建压迫所带有的局限性。但同时，另一方面我们也不能否认民间文艺蕴含的优秀传统和意义价值。新中国成立后，人民是国家的主人，广大农民集体所代表的民族性摒弃了"劣等""低级"等含义，而代表着现代性的荣光。当文艺把人民本体论作为逻辑起点时，在中国特色社会主义体制的支撑下，就确保了中国文艺全范围、深层次、持续不断的坚持"以人民为中心"的命题。"以人民为中心"的命题充分地体现了马克思历史唯物主义，人民是历史的创造者，是社会变革的决定力量。

决定人民本体论作为文艺逻辑起点的原因也是多方面的。首先，人民是文艺存在的意义本源，在创作和研究中要虚心地向人民群众学习，向生活学习，不能以个人的感受代替人民的感受，应该在丰富多彩的生活实践中汲取营养，进行生活艺术的积累，在生活中发现美和创造美。民间文艺本身就是在人民群众的社会生活中产生，由人民群众集体创作、传播和享用。民间文艺的人民性是与生俱来的，人民自然是民间文艺的意义本源。在中国特色社会主义人民当家作主的时代背景下，受西方文学艺术思潮的影响，出现了以拜金主义、利己主义、享乐主义、物质主义等为导向的文学创作，少数对西方精英社会文化的阐释也挤压中国人民的建设成就。当代中国文艺的现状使我们必须理性地处理"价值一般"和"价值现实"的冲突，确保人民在精神文化领域中真正地实现当家做主。其次，

[①]　王列生：《文艺"以人民为中心"的本体论建构——习近平新时代中国特色社会主义文艺思想研究》，《文艺研究》2018年第4期。

人民是文艺存在的利益主体，这决定了人民是文艺存在的现实动力。人民不仅仅是文艺创作的来源，还是文艺表现的主体，更是文艺的鉴赏者，民间文艺也是如此。文艺家只有坚守人民在文艺中的利益主体性，以人民为中心，才能使民间文艺发挥更大的积极能量。

习近平曾在讲话中阐述了文艺事业、文艺战线对党和人民的重要意义，强调了"以人民为中心"的工作导向和"深入生活、扎根人民"的要求，民间文艺的使命是"为人民服务"。人民作为文艺的对象存在，民间文艺继承优秀文艺传统，坚持"以人民为中心"，以"不断实现人民对美好生活的向往"为目标，以民间文艺的传承与发展为己任，深入生活，服务人民，推动民间文艺事业发展。"以人民为中心"不仅体现了文艺作为人民的心声，为人民服务和为社会主义服务的价值诉求，还超越了把人民作为文艺服务对象的判断，给予人民主体性的地位。这种指导转向不仅是语言表达和语境转换的需要，还是对民间文艺活动性质的深刻判断。

民间文艺对"人民性"的把握，不能仅停留在理论知识上，在实际工作中也应当走入民间、深入民间，向人民学习。民间文艺的研究者在以往的民间文艺实践中，仅仅把当地人看作是资料的提供者，以深度访谈的形式去了解民间文艺，去替人民说话，这就完全剥夺了人民的学术言说和书写权力。民间文艺工作者容易下意识地以学者和专家自居，居高临下，自我主体意识强烈，偏离了"以人民中心"为主导的研究，这样并没有真正走入民间，没有深入民间文艺产生的社会生活语境，很难深入地理解民间文艺。在今后的学术研究中，民间文艺工作者应该重新认定地方民众在文艺活动中的主体地位，突破以"我"为中心的民间文艺田野范式，将人民视为平等合作的伙伴，让人民自己说话，给予人民在民间文艺研究中的主体意识和话语权，民间文艺工作者与其替人民说话，不如让人民以自己的方式诉说当地的文艺传统和表演行为。除此之外，民间文艺工作者还可以给予他们应有的创作或学术的署名权，建立平等、协商的民间文艺田野工作机制，从而生产出平等的、共享的田野产品。民间文艺工作者的基本工作思维就是要努力融入和理解人民的真实生活，去发现民间日常生活的文艺真谛，同时将文艺作为珍贵的非物质文化遗产去有计划地收录、整理、分析和讨论研究，尤其是要对濒临消亡的民间文艺加以合理的保护和继承。民间文艺事业是关于人民的伟大事业，习近平总书记的讲话为广大学者树立起了复兴民间文艺的旗帜，鼓励民间文艺研究者向人民学习、深入感受民间文艺生活、体悟民间文艺的审美情趣，从而促进民间文艺的发展，为使我国各民族优秀的民间文艺传统更加繁荣而贡献学术智慧。

很长一段时间以来，西方国家利用本国发达的电影、电视剧和流行音乐作品等相关文化产业大力对外输出资本主义意识形态和价值观念，缓慢而强势地吞噬着中国的本土意识形态和文化主权。在以习近平新时代中国特色社会主义思想为旗帜的当下，越来越多文艺工作者和研究者积极响应党和国家在文艺思想上的召唤，致力于重建中国特色的文艺话语权。以习近平新时代文艺思想为指导，让先进的主流意识形态回归中国人的精神世界，更是要重建中国青少年思想政治教育和精神文化修养培育的阵地。在这样的时代和学科背景之下，"习近平新时代中国特色社会主义人民文艺观"作为马克思主义中国化的新时代思想与经典人民文艺观相融合的产物应运而生。

中国共产党第十八次全国代表大会以来，以习近平同志为核心的党中央领导集体对文艺在社会主义现代化建设中所发挥的重要作用给予高度关注，多次发表关于文艺工作的重要讲话。习近平总书记在 2014 年 10 月 15 日召开的全国文艺工作座谈会上指出，"文艺是时代前进的号角，最能代表一个时代的风貌，最能引领一个时代的风气。"[1] "伟大事业需要伟大精神，实现这个伟大事业，文艺的作用不可替代，文艺工作者大有可为。"[2] 在讲话中，习近平总书记将文艺比作"时代前进的号角""时代风貌的代表"以及"时代风气的引领"，充分展示了党和国家已经开始将习近平新时代中国特色社会主义文艺事业放到社会主义建设的重要支撑的战略高度上。在建设中国特色社会主义事业的新时代，扎根中国大地的新时代文艺事业必将发挥更大的能量，为实现"两个一百年"奋斗目标和中华民族

---

[1]　中共中央宣传部：《在文艺座谈工作会上的重要讲话学习读本》，北京：学习出版社，2015 年，第6 页。

[2]　中共中央宣传部：《习近平总书记系列重要讲话读本（2016 版）》，北京：人民出版社，2016 年，第 197 页。

伟大复兴的中国梦提供强大的文艺精神动力。

"习近平新时代中国特色社会主义人民文艺观"是指以习近平总书记为核心的党中央领导集体所号召的以人民为基本立场的具有新时代特色的社会主义文艺观。习近平总书记指出:"源自人民、为了人民、属于人民,是社会主义文艺最根本的立场和最鲜明的特征,也是社会主义文艺繁荣发展的关键所在。"① 具体而言,"习近平新时代中国特色社会主义人民文艺观"就是以马克思主义及其中国化理论为核心指导思想,以新时代的历史方位为立足点,聚焦中国社会发展之现实情况和现实问题,以为人民提供优秀的文艺精神食粮为宗旨,以人民的精神文化需求的满足为出发点和落脚点,坚持文艺发展"为了人民、依靠人民、由人民共享"的根本价值导向,是关于新时代如何推进我国社会主义文艺事业的根本观点和看法。

习近平新时代中国特色社会主义人民文艺观具有科学性、实践性和问题导向性的基本特点。科学性,是由习近平新时代中国特色社会主义人民文艺观坚持"物质第一性、精神第二性"的唯物论决定的,同时又肯定了"人民群众创造历史"的唯物史观,从而使得秉持习近平新时代中国特色社会主义人民文艺观进行创作的文艺工作者可以以人民为导向,科学严谨地展现和揭示社会问题,发现人民和社会主义文艺之间的实质关系,让文艺作品更好地为人民和社会主义事业服务;实践性,是由习近平新时代中国特色社会主义人民文艺观坚持从实践中来、到实践中去的原则所体现的。只有从真实的劳动生活实践中不断积累经验、发现问题,并以服务于人民和社会为落脚点,才能让文艺作品真正为人民发声、为人们谋幸福,才能真正建立属于中国特色的文化自信,守住中国社会的本土意识形态话语权;问题导向性,是由习近平新时代中国特色社会主义人民文艺观重视文艺作品应该为时代发声、解决时代问题的理念所体现的。一个时代有一个时代人们最关切的问题,问题就是时代的号召之声,就是时代精神的体现。习近平总书记指出:"推进党和国家各项工作,必须坚持问题导向,倾听人民呼声。"② 作为新时代建设

---

① 中共中央宣传部:《习近平总书记在文艺工作座谈会上的重要讲话学习读本》,北京:学习出版社,2015 年,第 55 页。

② 习近平:《之江新语》,浙江:浙江人民出版社,2007 年,第 235 页。

现代化国家的重要方面，文艺事业应该以问题为导向，不仅抓住社会问题，更要注意文艺事业本身存在的问题。在信息经济和社会文化大发展、大繁荣的当下，许多文艺工作者存在脱离群众、以利益为创作导向的创作价值观和作品质量低下、模仿抄袭等问题，这样的文艺市场使得人民的精神需求无法得到满足，社会主义核心价值观无法正确树立和弘扬，文艺作品的国际竞争力不足，最终无法为中华民族伟大复兴的文化事业提供强大而催人奋进的力量。在这种情况之下，习近平新时代中国特色社会主义人民文艺观的问题导向意识必须被正确引导、树立和弘扬，从而使之成为文艺工作者和文艺研究者们时刻坚守的职业操守和信念。

我国社会主义文艺事业的实践仍在如火如荼地进行着，习近平新时代中国特色社会主义人民文艺观的内容也会在习近平新时代中国特色社会主义的文艺事业实践中得到进一步丰富和完善，这一文艺观是党和国家对文艺事业提出的发展要求和导向，需要每一位文艺工作者和文艺研究者深入理解和吸收，从而将其融会贯通，化入文艺作品和文艺研究中，成为人民和时代的发声器和先进价值观、社会意识形态的旗帜，为壮大中国的文化自信，更为实现"两个一百年"奋斗目标和中华民族伟大复兴的中国梦提供最具中国特色的精神文化力量。

三、民间文艺的价值和现实发展

民间文艺具有科学、艺术、文化、教育等领域的多重价值，在习近平新时代中国特色社会主义现代化国家的建设中，民间文艺的价值得以进一步彰显，为增强民族历史记忆，凝聚中华民族共同体意识，提升文化自信发挥更大的作用。就人民日常生活层面而言，民间文艺作品是人民生产生活中不可或缺的精神食粮乃至思想指引，有着娱乐和教育的双重功能，它既是民众在繁忙的日常生活中得以放松和获取快乐的精神园地，也是人民生产生活中获取方法论和人生指引的工具书。具体而言，民间文艺的教育功能体现在以下几个方面：

第一，民间文艺是中华民族精神文化的载体，隐含着真实而朴素的民族文化基因，也是中华民族的文化根脉。民间文艺在历史和当下常被用来作为经典道德教育的优秀教材，潜移默化地影响和培养了中华民族性格。在启蒙教育和家庭教育中，儿歌、寓言故事和童话等文艺作品具有传统美德思想精神的教化作用，如"十兄弟""小马过河""阿凡提的故事"等；中华民族不少优秀的神话、传说和故事里也都包含仁义忠信、诚实善良、锄强扶弱等丰富的伦理道德观念，蕴含着中华民族自强不息、勤劳勇敢、勇于反抗的民族精神。刑天舞干戚、精卫填海、愚公移山等神话中蕴含着中国人民面对强大势力勇于反抗、自强不息的精神。

第二，民间文艺是人们了解中华民族历史的重要媒介。在没有文字媒介的少数民族地区，民间文艺是人民了解民族历史的重要媒介。例如，苗族古歌把苗族从开天辟地到后世大迁徙的重要民族历史记忆通过歌唱的形式进行了传承，充满了神秘而奇幻的想象力和吸引力。类似的少数民族史诗和古歌还有很多，它们都可以被看作是口头传承的历史教科书。除此之外，《三国演义》《岳飞传》《杨家将》等基于民间传说创作而成的历史小说，因为在后世通过民间说唱、民间小调和地方戏等多种民间文艺演出形式，得到更广泛的发扬和传播而变得家喻户晓。

第三，民间文艺蕴含着民间独特的审美价值取向，对民众进行着美的教育，通过日常生活中熟识的事件阐释了什么是美。如民歌中对女性的描述，大多塑造了爱劳动的女性健康的形象，如《四季花开》表现了妇女一年四季的劳动生活。民间文艺中的美是健康的，是在人民的辛勤劳动中产生的。民间文艺的教育价值在青少年和儿童教育中体现得尤为明显，无论是青少年在练习绕口令中训练言语能力还是在聆听神话传说中感知中国传统精神都有益于青少年人生观和世界观的形成。

民间文艺蕴藏着丰富多元的价值意义，它不仅传承着中华民族优秀的文化传统，更因为有着与人民群众的密切联系而具有现实指导意义。在习近平新时代中国特色社会主义现代化国家建设中，民间文艺承担着弘扬社会主义核心价值观的重要任务，是核心价值观的重要精神文化载体之一。只有民间文艺不断兴盛，才能为助推核心价值观的弘扬提供民间根基和最重要的文艺力量。除此之外，民间文艺研究者们也应该清醒地认识到民间文艺学作为一门尚为年轻的学科，还需要在当下以及未来很长一段时间里经由实践和实践中的创新去进一步发展和成长。在任何新事物的成长过程中，难免会出现不同程度和形式的谬误，也会面临诸多质疑，但这都是符合事物的历史发展规律的正常现象，我们应该冷静而积极地面对所有挑战，坚持解放思想、实事求是的优秀传统。始终发扬在学术和艺术领域上的包容性、客观性和民主性。坚持用实践来检验文艺成果，同时注意采纳世界各民族先进的精神文化思想，通过坚持不懈的反复探讨、学术争鸣，向着无限趋近现实社会的客观真理、丰富学术成果的方向而继续奋进。要用一代又一代民间文艺学者的学术热情和严谨认真的学术态度，不断为民间文艺的健康发展注入新鲜活力。

思考题：

1. 为什么民间文艺学是一种"特殊的文艺学"？请具体分析论述。

2. 怎样理解民间文艺的文学属性？民间文艺在社会生活中存在着怎样的审美价值？

3. 相对于作家文学评论界提出的"大文学观"，如何理解民间文艺学中的"民间文学生活"概念？

4. 如何理解"文化诗学"思想在民间文艺或文艺学学科建设中的实际应用价值？

5. 现代民间文艺的文艺活动大概可以划分为几个阶段？划分标准是什么？

6. 为什么说民间文艺要坚持"以人民为中心"？

7. 如何理解新时期民间文艺的学科价值和现实发展？

第三章 民间文艺学的理论来源与跨文化研究

纵观中国民间文艺学的发展历程，我们会发现两条并行发展的研究路径。其一是吸纳西方传入的文艺思想与理论方法，并以此解读中国民间文艺的材料。其二是从中国传统文化与民间文艺资料中建构本土的民间文艺理论。由中外两条路径积累而成的理论资源是中国民间文艺学发展的坚实基础，因此，对这两条路径上的理论资源进行梳理，对于厘清我国民间文艺学的理论来源是极为重要的。在了解并充分掌握了中外丰富的民间文艺资源之后，对其进行跨文化的比较研究便是顺理成章且势在必行的。在比较的过程中，我们不仅可以发现全世界人类共通的文化心理，同时也会发掘出不同国家、民族文化的差异性。

第一节 外来思潮对中国民间文艺学的影响

在民间文艺学发展的历史进程中，民俗学这一学科首先在西方国家确立起来，西方学者在持续的努力中收获了令人瞩目的成果，形成了许多对民俗学学科发展产生深远影响的理论。中国民俗学作为一门独立学科是在五四新文化运动中才逐渐形成并发展起来的。五四新文化运动强调"别求新声于异邦"的价值体系，试图借鉴外来文化来完成对传统文化的改造，在此过程中引入的许多西方文艺理论和思想使得中国的学者开始意识到"民间"的重要性。因此，在探讨中国的民间文艺学理论来源这一问题时，外来思潮是不容忽视的重要部分。

一、西欧的民族主义运动与民俗思想

1.法国大革命与民族主义

在启蒙运动的影响下，1789 年法国爆发了大革命，面对贵族的谋反与外来殖

民者的侵略，全国上下同仇敌忾，高举民族主义的旗帜，在维护国家统一的历程中，民族意识空前高涨。法国大革命宣告了资产阶级对封建主义的胜利，吸引了一大批有识之士前往法国参加斗争，欧洲也因此引发了民主革命与民族主义运动的潮流。

由于法国大革命的影响，"民族"与"人民"开始紧密相连。知识分子们所提倡的"民族"意识，推动了"民族"的内涵从"贵族民族"到"人民民族"的转变。消除了等级意识后，这样的新民族意识逐步被全体人民所认可，从而产生了"想象共同体"概念，并形成了国家集体认同的核心。在此基础上，最终形成了民族主义，它引领着当时的主流意识形态，促进了民族国家的建设进程，并且成为一种精神保障，维护着民族国家形成后的稳定与团结。当一个民族或国家遭受到外来民族或国家的侵略时，民族主义就成为激发民族情感、凝聚民族力量、维护本民族或国家利益的重要思想武器。

民族主义非常重视对本民族语言的探索、发展和研究，并提倡利用民族纯粹的语言、文艺来激发民族精神。民族主义认为，只有保持了本民族的语言，才能保持本群体的独特性，才能维护本群体持续不断的发展。而民间文艺则是民族语言最广泛、最纯粹的保持者，它想象丰富，感情真挚，饱含着人民的思想感情，代表着人民的声音，深受人民群众的喜爱，具有十分旺盛的生命力。重视并搜集整理、创作民间文艺作品，有利于培养民族感情、塑造民族性格、保持民族独立性，更有利于实现"建设民族国家"这一政治性目的。

受到民族主义这种观点的影响，许多学者积极投身于对民间传说、民歌民谣等民间文艺的搜集、整理、加工再创作的活动中。在诸多学者的努力下，涌现出一批民间口头作品和具有民间风格的文艺作品，为世界各国各民族的语言文学发展和深入研究，打下了扎实的理论基础。

2. 赫尔德的思想

德国的赫尔德（1744—1803）是与民俗学密切相关的民族主义核心人物。他的思想深刻地影响了整个欧洲的浪漫—民族主义运动，促使更多学者对民间传统进行阐释，推动了民俗调查、搜集、出版等活动的进程。

赫尔德认为，各个民族之所以会表现出不同的特征，拥有不同的文化、风俗习惯等，是因为各个民族居住地的自然环境有很大差异，环境的差异导致了文化上的差异。此外他还提出，因为不同民族生存发展的环境不同，所以每个民族都有相对于自身而言的一套标准体系，没有"放之四海而皆准"的标准。因为标准不同，所以各个民族文化之间也是无法进行比较的。他站在相对主义的立场上去评价各个民族国家的文化，而这种立场也给予其他民族国家一定的启示：每个民族必须依靠自己的先赋条件去形成适合自己的文化模式。只有在保持自身文化模式独特性的前提下，才能实现世界范围内民族文化的交流与共享。

在当时的德国，法国观念习俗的渗透十分严重，德国已经很久没有按照本土的文化形式进行发展，而是以法国为尊。针对这样的现状，赫尔德号召国民重视本民族传统的文化和生活方式，不要抛弃自己的"根"而去爱其他民族的文化。他认为应该从中世纪晚期去寻找本国的民族精神内涵。

赫尔德首先将目光集中到了民歌，他认为民间诗歌是民族的档案，联系着众多的民族文化事象，有深厚的民族文化底蕴。而在德国这片土地上，那些尚未受到外国文化的影响而保留较好的土著民歌，只存在于农民中间。1770 年，赫尔德开始进行民歌的搜集工作，并于 1778 年将他收集整理的 162 首欧洲和德国民歌整理出版。开始时名为《民歌集》，而后再版时改名为《民歌中各族人民的声音》。这些民歌很好地保存了德国的民族语言与民族文化，成为德国文化自身发展的重要基础。

赫尔德的号召赢得了一大批知识分子的响应，他们也纷纷投入民歌的搜集整理中，并且成功出版了一系列民间文艺著作。路德维希·蒂克在 1797 年出版的《民间童话》，其中既有在德国民间故事基础上进行再创作的童话，也有他个人独创的内容；阿尔尼姆出版了民歌集《儿童的奇异号角》，这本集子中的民歌大部分是在德国老百姓中长期采风得来的，有的民歌甚至是从极为难得的古版书籍中搜集到的。

赫尔德的民族主义思想不仅在德国有重要的现实指导意义，也深刻影响了其他国家，如挪威、芬兰等。这些国家的知识分子接受了赫尔德思想，并运用到解决本国的实际问题上去，开展了对民间文学的搜集整理工作。他们期望通过对本民族民间文艺的整理，唤起本民族人民的爱国之心，形成民族凝聚力，争取民族独立。

二、北欧的民族主义运动与民间文艺

1. 芬兰的民族主义运动与《卡勒瓦拉》

在民族起义的斗争中，位于北欧的芬兰极具代表性。在帝国主义侵占下，芬兰长期处于瑞典的统治范围内，尤其是在文化方面，瑞典语在芬兰的教育发展中占据重要地位。在芬兰民众中，普通的市民阶级几乎将瑞典语视为母语，而以农民为代表的下层民众则以使用本民族的芬兰语为主。18 世纪初期，俄国凭借强大的军事力量打败瑞典，芬兰归属于俄国的管辖之下。俄国对芬兰实施愈加严格的监督与控制，正所谓压迫之处必有反抗，芬兰民众的民族意识逐渐觉醒。芬兰民俗学家、政治思想家斯奈尔曼在民族危急时刻，发表多篇文章谴责政府的无能，以此激起民众的反抗意识。他提出国家要想强大，必须摆脱外界的控制，依靠自身的意志与力量来推动民族事业的发展。文化是一个国家的软实力，对芬兰来讲，实现国家独立最重要的在于语言方面，着力推动芬兰语成为广大民众使用的基础语言。通过共同语言而建立的民族认同感比依靠政治力量来统治更具有稳定性。民族主义者更加注重民间文艺的发掘与宣扬，寻找本民族一脉相承的文化资源，努力展现本民族发展的独特性，构建民众的民族认同感。

受赫尔德民歌理论的影响，一批具有爱国主义精神的民族主义者对民间诗歌进行大量采集。埃利亚斯·隆洛德从 1828 年开始进行民歌采集，他将收集到的芬兰古诗整合在一起，创作出 25 篇古诗，将其命名为《卡勒瓦拉》，并于 1835年出版。1849 年出版了全文共 50 篇、达 2.3 万行的增订版本。

《卡勒瓦拉》被认为是芬兰的民族史诗，它的核心内容是在讲述维亚摩能率领的卡勒瓦拉部族与卢西统帅的波赫约拉部族之间因为争夺"三宝"而产生的纠葛与斗争。这部史诗具有创世史诗与英雄史诗的双重特征，处于二者的过渡阶段。整部史诗以两个部族之间的斗争为脉络，着意刻画了维亚摩能和伊尔马利能两个英雄形象，他们一个能创造出宝物"三宝"，另一个则能带领部族人民进行斗争，最后历经艰险获得胜利，这样的写法很有英雄史诗的特点。

此外，由于《卡勒瓦拉》这部史诗由隆洛德从多个歌手那里收集整理而来，所以 50 首诗歌之间的连贯性并不强，只能勉强用"争夺三宝"这个线索将其串联起来。虽然其中仍有很多偏离此线索的内容情节，但是分开来看，每首诗歌都有很强的阅读性。这种艺术风格虽然缺少了大多数史诗普遍具有的宏大与精密之感，却也形成了自己独具一格的特色。

《卡勒瓦拉》没有受到瑞典、俄国等其他国家的影响，最纯粹地保留了芬兰民族的特点和文化。《卡勒瓦拉》的出版表明了芬兰民族是拥有丰富语言文化资源的民族，芬兰人民有能力自己创作出属于本民族的优秀作品。这部史诗成为芬兰人民深厚的思想底蕴和卓越的创造能力的象征。《卡勒瓦拉》对芬兰文学艺术和语言产生了深刻影响，成为芬兰文艺和民族精神的源泉。可以说，真正的芬兰文艺研究开始于《卡勒瓦拉》。

芬兰的爱国民族主义运动开启了民间采风活动的热潮，从 19 世纪至今，芬兰学者都未曾间断过深入民间、搜集整理民间文学的工作。这场民族主义运动不仅实现了芬兰民族的复兴与发展，也推动了芬兰的民俗学研究。

2. 芬兰历史—地理学派

随着芬兰民俗学的发展，产生了民俗学专业领域的第一个重要学派：历史—地理学派。这一学派的研究方法以及成果对世界范围内的民俗学研究都有着重要的意义。

历史—地理学派在 19 世纪晚期诞生于芬兰，直至 20 世纪中期都在民俗学领域占据主导地位。这一学派的主要创始人是诸留斯·克隆和卡尔·克隆父子。诸留斯·克隆是芬兰的语言学家，他在《芬兰文学史》一书中首次提出运用历史—地理的方法研究民俗学的相关问题，并且运用这种方法对民族史诗《卡勒瓦拉》进行分析。在诸留斯·克隆逝世后，他所留下来的大量调查材料以及历史—地理学派的方法均被他的儿子卡尔·克隆所继承。卡尔·克隆在《民俗学工作方法》中详尽地论述了历史—地理学派的理论原则与操作方法，从而确立了现代芬兰民俗学的理论地位。

历史—地理学派主要是依据传播学派的观点，从文化区和文化中心的角度，来界定不同民间故事的流变过程和区域特征。他们通过对不同类型的民间故事的起源、传播路径以及历史流变的研究，试图找到每种民间故事的产生源头，发掘故事传播、变化的规律。历史—地理学派认为故事的传播中心只有两个，即西欧和印度。同时，他们也提出，民间故事的传播是通过社群或个人的迁移而实现的。芬兰学派的成功实践建立在众多不同文本之上，搜集的异文越多越有利于比较和分析工作的开展。同时，它只注重外在情节形式的变化，而忽略了故事情节的内涵与价值意义，因此不免陷入了形式主义的窠臼。

在具体的操作环节，确定故事原型是核心步骤。这一学派的学者主张广泛收集大量的异文，然后将这些异文放到一起进行比较归类，最后确定故事原型。再将故事原型作为参照物，与其他异文进行比较，分析得出这些异文产生、传播、变化的影响因素。历史—地理学派十分重视建构故事类型，他们认为"故事类型的建构不是民众的随意凑合，而是民众在各种尝试之后得到的比较一致的思想结果，为避免将原本有序的故事化解为无序的资料源状态，让故事的文化意义和价值尽可能保持下来，而不是消解它们，应该让类型的有序状态尽可能地得到保留"①。在故事类型研究方面的代表人物是阿尔奈，他于1910年发表了《故事类型索引》一书，根据基本情节将各民族的民间故事大致划分为三类：动物故事、幽默故事及常规民间故事，而每一组下面又有细分。《故事类型索引》成为民间文学研究中非常重要的一部工具书，它能让研究者更方便快捷地检索到某一故事类型下的各种异文，以及这一类故事的流传地域分布等信息，对学者展开下一步研究大有裨益。

针对阿尔奈研究成果所受社会历史条件限制而出现的一些问题与缺陷，斯蒂·汤普森做了重要的补充和修正，于1928年出版了《民间故事类型索引》一书。民间文艺研究者一般将他们创造的分类编排法称作是"AT分类法"或"阿尔奈—汤普森体系"。这种方法成为民间文学研究中十分重要的方法之一，并且具有较大的国际影响力。许多国家在此影响下，都开始了对本国民间故事进行类型分类整理的工作，并出版相应的检索工具书。

在阿尔奈—汤普森体系的影响下，美籍华裔学者丁乃通编纂出版《中国民间故事类型索引》，德国学者艾伯华撰写《中国民间故事类型》，他们都借鉴AT分类法对中国民间故事类型进行研究。

当然，中国本土的民间文学研究者也开始尝试运用此种方法研究本国的民间

---

① 孟慧英：《西方民俗学史》，北京：中国社会科学出版社，2006年，第129页。

故事。钟敬文先生在《中国民间故事型式》一文中，将中国的民间故事进行分类，整理出 45 个型式，包含中国最普遍最流行的幻想故事和生活故事。在归纳出民间故事的型式后，他针对天鹅处女型故事、蛇郎型故事和田螺精型故事等几种型式的故事做了深入的研究。① 刘守华、江帆、顾希佳等学者也广泛搜集中国民间故事异文，进行比较分析，最后出版了《中国民间故事类型研究》一书。这本书中选择了 60 个常见且有代表性的故事类型，对其文化内涵、审美意蕴、区域特征等进行了分析解读，并且做了跨国家、跨民族的比较研究，概括性论述了中国民间故事的整体特征。②

三、美国民间文学研究思潮的影响

1. 美国民间文学发展背景

在美国成立以前，生活在北美大陆上的印第安人，在长期与恶劣的自然环境进行艰苦斗争的过程中，逐渐积累了丰富的经验，并用口头方式将其进行传播和保存。印第安人能歌善舞，他们习惯于用载歌载舞的形式表达情感，所以他们的口头文学大多是在舞蹈中进行吟唱的诗歌。这些运用在宗教仪式、劳作之余或战后庆祝等场合的诗歌，成为印第安民间文学的萌芽。

15 世纪末，开始有欧洲人移民到北美大陆。这些殖民者对当地原住民实行了残忍而长久的种族灭绝政策，相应的，印第安人也对殖民者的残暴行径进行了反抗。所以，在印第安民间文学中，反抗和革命是一个十分重要的主题。

16 至 17 世纪，越来越多的移民从欧洲来到北美洲，由此也产生了一种独具特色的民间文学。这种民间文学体现出欧洲移民的特色，虽然与印第安人的口头文学风格差别很大，但也不可避免地受到印第安民间文学的影响。

独立战争的爆发激发了美国人民的民族意识，标志着美国文学发展进入一个新的历史转折期，他们在吸收前期印第安民间文学和欧洲移民民间文学营养的基础上，开始创作属于自己的民间文学。同时，在民族主义观念的影响下，一批美国学者开始注重民间文学的理论探索，取得了优异的成绩。

---

① 钟敬文：《钟敬文民间文化论集（下）》，上海：上海文艺出版社，1985 年，第 342—356 页。
② 刘守华：《中国民间故事类型研究》，武汉：华中师范大学出版社，2006 年。

2. 博厄斯与传播学派

博厄斯是美国现代人类学、民俗学的奠基人。他曾经将美国和俄国的学者集合到一起组成"杰塞普北太平洋考察队",对太平洋西北岸印第安人的生存状况展开了长达四十年的考察。长时间的考察使他获得了丰富的第一手资料,促使实证主义的历史研究成为人类学研究的重要方式。

作为传播学派的重要学者,博厄斯对这个学派的理论提出过重要的补充和修正。他提出了"文化区""文化中心"和"文化边区"的概念。他把单一的文化事项称为特质,而服务于同一功能的特质就会构成一个丛结,关系紧密的不同丛结构成一个文化类型,文化类型会沿着文化带分布,相关的文化带最终构成文化区。① "文化中心"是指一个文化区内最明显地表现出文化特征的中心地区。"文化边区"则是指文化区内远离文化中心、文化特征表现较为淡薄的地区。在某种意义上,文化边区也是相邻的文化区之间的一个过渡区域,混合了周边文化区的多种特征。他在提出这些概念之后,最终得出这样一个结论:在一个文化区内,距离文化中心越近,文化特征表现越明显,越远则越模糊。

博厄斯认为复杂的文化是无法独立产生的,重要的发明也不会频繁地出现在多个地区。整个世界的思想文化都是从一个民族传播到另一个民族的,在这个传播过程中,各个民族都会按照自己的需求对其做出改变和丰富,这也在无形中促进了世界文明的整体进步,这样的思想无疑是一种"整体观"理念的表征。在研究民间口头叙事作品时,他也坚持反对单线进化论,运用传播学派的方法解释平行存在的作品,并表现出对于共时性艺术研究的认可与倡导。

3. 理查德·鲍曼与表演理论

美国的"表演理论"也是民间文艺史上的重要理论,推动了研究范式的转变。早期的民间文学以文本为对象进行分析研究。20 世纪 50 年代,在经历两次世界大战之后,后现代主义思潮盛行,去中心、去结构的思维不断影响着民俗学的研究进程。学者们逐渐跳出单纯以文本为对象的研究模式,开始关注民间文化在特定语境中的生成与运用。最早使用"表演"一词的是威廉·詹森,他指出在研究民歌时,不仅要关注文本记录下来的歌词,同时也要将目光投射于民歌表演者的

---

① 孟慧英:《西方民俗学史》,北京:中国社会科学出版社,2006 年,第 112 页。

演唱方式。阿兰·邓迪斯也指出研究者要关注文本所处的语境以及文本之外的结构。

在美国涌现的一批研究表演理论的学者中，以理查德·鲍曼的研究成果最为突出。他在《作为表演的语言艺术》一书中较为系统地论述了表演理论的相关内容。首先，他强调责任的重要性，即表演的责任。对文本的发生语境进行研究，语境固然是处在一定的交流中，并不是所有的交流与交流者都可以构成表演，表演的过程即再创造的过程。其次，要厘清表演过程中的语境问题。语境并不单单是表演过程中周围的物理环境，不同于我们在评价某一个人物时，对他所处的社会环境进行分析。例如一个故事家在讲述时，要在他所处的环境中筛选出与文本表演密切相关的语境。同时，在表演的过程中要注重表演者的创造性，表演者在接受文本后根据他自己的生活经验与理解再进行表演，每一次表演都是对文本的创新与延续。

在表演理论诞生之前，民间文学领域的探索多聚焦于文本的研究。表演理论则开始关注"作为事件的民俗"，注重语境与文本的双向互动，更关注表演者与参与者之间的交流，以及在这种交流中发生的意义再创造。

自 1985 年阎云翔将表演理论引入我国后，我国的学者也开始运用表演理论的相关方法进行研究。2008 年杨利慧、安德明对理查德·鲍曼的著作予以翻译，出版了《作为表演的口头艺术》[1]一书。在吸收表演理论的基础上，刘锡诚提出了"整体性研究"的概念，强调不能割裂或忽视事物之间的联系，要对事物进行全面且整体的把握与研究。他在《整体研究要义》一文中将这一概念的含义归纳为三点：首先，民间艺术、原始艺术和民间口头创作三者是紧密关联的，应该将其作为一个整体来加以观照，决不能割裂或舍弃其中的任何一个部分。其次，应当结合具体的文化环境去审视特定的民间文艺作品。最后，对民间文艺作品的研究，不能将目光仅局限于作品的表层，而应观照到民间文化的更深层次，应综合运用相关学科的理论方法，这样才能对研究对象有正确且全面的把握。段宝林提出了"立体民间文学"的理论。他提出，立体性是民间文学的一大特性，应当用

---

① [美]理查德·鲍曼：《作为表演的口头艺术》，杨利慧、安德明译，桂林：广西师范大学出版社，2008 年。

六维立体思维去观察与分析民间文学，并且要将"立体描写"的方法运用到田野作业之中。

杨利慧在《现代口承神话的民族志研究——以四个汉族社区为个案》一书中运用表演理论来研究中国现代口承神话。①从表演的视角出发，她发现并探讨了许多以往的研究很少触及的问题，例如："现代口承神话的传承和变异是如何在一个个特定的社区中发生的？神话的变迁与特定情境以及社区的历史、社会、政治语境之间存在的关系怎样？古老的神话如何在新的语境下被重新讲述？在神话的表演事件中，讲述人、听众和参与者之间是如何互动交流的？讲述人如何根据具体讲述情境的不同和听众的不同需要而适时地创造、调整他／她的故事？"②杨利慧的这一成功尝试对中国神话学以及中国民俗学的研究是十分有益的。

四、日本民间文学研究思潮的影响

日本的民间文学研究与欧美相比，其独有的特征是，第一，柳田国男作为日本民俗学的创始人，在日本民俗学的发展中起到了支配性的作用。第二，日本的民间文学是"行为的"，重视对祭祀仪式、技术、节庆习俗等行为模式的研究，并且较早运用照片、图像的方式进行研究。而欧美民间文学是"文学的"，它们的主要研究对象是歌谣、史诗、传说、故事等需要语言进行表达的口传文化。

中国与日本是一衣带水的近邻，日本明治维新运动后，在西学东渐的思潮中接受了西方民间文艺先进的理论与方法，中国在很大程度上是以日本为中介来获得西方的先进理论。柳田国男作为日本民俗学之父，其研究理论和方法对日本民俗学界产生了深远的影响。由于他的研究范围十分广泛，其理论成果同时影响到了日本的文学、农政学、经济学和语言学的发展。柳田国男研究民俗学主要是以普通人日常生活的民俗事象为材料，试图说明日本民众的日常生活与历史文化变迁。他主张民俗学是从历史学中产生并独立出来的一门学科，并运用历史研究的方法采集、整理、分类和研究民俗学。

---

① 杨利慧等：《现代口承神话的民族志研究——以四个汉族社区为个案》，西安：陕西师范大学出版社，2011年。
② 祝鹏程：《探寻现代社会剧变中的神话传统——评〈现代口承神话的民族志研究——以四个汉族社区为个案〉》，《民俗研究》2014第4期。

柳田国男的民俗学研究活动可大致分为两个时期：

第一个时期是"山人时期"。这一时期他将目光投向生活在偏僻落后山区里的民众，以他们刀耕火种和采集狩猎的日常生活为研究对象，研究山区民俗的地域特点和历史变迁，并且试图找到造成山民与生活在平原地区农民日常生活习惯不同的真正原因。

第二个时期是"常民时期"，以生活在平原地区的民众为研究对象。"常民"就是指生活在山外平原上的农民，与"山民"的概念相对立。

柳田国男的主要理论可分为以下三个方面：

1. 一国民俗学

柳田国男主张，民俗学应首先是研究本民族和本国的学问，是"认识自我"的学问，当务之急是对本国民俗进行科学的调查研究。[①]柳田国男所主张的"乡土"是一个灵活的概念，可以小到自己生长的村庄，但最大仍要以日本为界限。这里的"日本"指的是日本本土，不包括其他有交流的地区。这样的划分具有学术上的合理性，却也有着政治上的狭隘性。

2. 重出立证法

重出立证法，即"比较研究法"，又称"蒙太奇式照相法"。这种方法从多次重复出现的民俗现象中去分析哪些是基本部分，哪些是有所变异的派生部分。通过比较研究，找出其先后关系，根据现实生活中的横断面来书写历史。[②]这是柳田国男只在《民间传承论》中使用而在其他论著中都没有提到的特殊术语。

柳田国男认为，只依靠收集获得资料是不足以做学问的，重要的是在收集资料之后对其进行综合比较，只有以比较研究为目的的采集才是有意义的采集。他提出的重出立证法是将目光投射于平民大众的类型化的、普遍的日常生活民俗，通过对调查获得的资料进行汇总、归纳、分类与比较研究，对历史变迁做出解释。《蜗牛考》是柳田国男运用重出立证法进行研究的典型例子。首先，他在全国各地广泛搜集有关蜗牛的方言；然后，他对收集到的材料进行了排序、归纳、分类和比较分析，从而概括出该方言的分布规律；最后，他对这一类方言变化发

---

① 钟敬文：《民俗学概论》，北京：高等教育出版社，2010年，第351页。
② 钟敬文：《民俗学概论》，北京：高等教育出版社，2010年，第351页。

展的历史作出自己的解释。

　　3. 民俗周圈论

　　柳田国男首先将"民俗周圈论"的方法运用到对方言的研究上，形成了"方言周圈论"。他指出，方言的地方差异可以表现出古语的退化过程。因为凡国语的改良，都是从文化中心地开始，然后向边远地区波及，越远的地方变化越小。这个方法后来不只限于方言研究，而是扩展为民俗周圈论和文化周圈论。

　　1940 年柳田国男出版了《传说论》一书，详细阐释了传说与历史的关系，并提出了传说圈的理论。他在书中写道："为了研究工作上的方便，我们常把一个个传说流行着的处所，称作'传说圈'。同类、同内容的传说圈在相互重叠的区域，往往趋于统一，但是任何一个小的传说，哪怕是不出名的流传范围很小的传说，也都有个'核心'，即传说的中心点。而传说的核心，必有纪念物。"[①] 人们对传说的相信程度也与人和传说核心的距离相关。距离传说核心越近，人们对传说的相信度越高；距离传说核心越远，则对传说信任度越低；处于传说核心的人可能会比边缘的人更加坚定地相信这个传说的真实性。同时，外来因素的影响也会淡化处于传说圈内的人对传说的信仰程度。

　　传说圈理论对中国民俗学界的影响很大，许多学者运用这种理论对中国传说加以研究，其中乌丙安的《论中国风物传说圈》颇有代表性。在这篇文章里，乌丙安认为，柳田国男的传说圈理论只对传说做了一种平面化的描述，并不能完全概括传说的真实活动状态和文化特征。他认为："就中国风物传说而论，它们在若干大大小小的地缘分布圈之中，还十分明显地交叉存在着民族文化圈、历史活动圈、宗教传播圈以及方言圈（或民族语言圈）等等。只有这些不同的文化结构经过严格的纵横交织才综合而成了完整的风物传说圈。"[②] 他将每一个文化圈看作一个平面的圆形，而风物传说圈就是由多个圆形交叉而形成的立体的球体。在这一思想观点的指导下，作者从民族传说群、历史人物传说群和宗教信仰传说群三个角度对中国的风物传说圈进行了解读，对诸如文成公主进藏、诗仙李白以及五台山、普陀山等风物传说做了详细的阐释与探究。不仅从纵向的历时角度探索了各

---

① ［日］柳田国男：《传说论》，连湘译，北京：中国民间文艺出版社，1988 年，第 26—27 页。

② 乌丙安：《论中国风物的传说圈》，《民间文学论坛》1985 第 2 期。

民族传说的传承特点，而且从横向的共时角度分析了各个民族同时存在的传说的特点，有利于展现民间文学丰富资源和深厚文化底蕴，为民间文学的研究提供了新的视角和切入点。

五、东欧民间文学研究思潮的影响

19 世纪俄国文学的发展是伴随着民族解放运动进行的，在十二月党人起义失败后，民族性问题成为讨论的中心。很多作家注重从文化与思想上来解决本民族的问题，这必然与民间口头创作建立起密切联系，因此众多政治家与学者对下层百姓创作的诗歌产生了极大兴趣。普希金很早便关注民间文学，对民间文学的本质有深刻的了解，他意识到十二月党人的失败就在于脱离了人民群众的力量，人民才是历史前进的动力。他十分赞赏民间诗歌中诗意的力量，创作了大量反抗沙皇统治的民歌，渴望给予人民自由与希望。果戈理的文学创作也在民歌中获得了滋养，普列汉诺夫与高尔基提出了马克思主义的民间文学理论。列宁非常重视民众口头文学的创作，在革命战争期间，他没有太多的精力阅读民间文学作品，但他对民众口头文学的重要性具有深刻见解。他指出在历史变革时期，更要重视对下层百姓口头创作的搜集分析，作家文学的创作要建立在民间口头文学创作的基础上。劳动人民的创作是人民心理的反映，是他们世界观与价值意识的体现。无产阶级需要重视民间口头文学的创作，将其作为阶级斗争武器，赢得民心，以保证取得战争胜利。

这些学者不仅创作出了许多优秀的文学作品，促进了俄国民族文学的发展，他们提出的一些理论概念也对后世民俗学的研究有重大影响。

1. 普希金的民间文艺理论

"普希金是 30 年代进步的俄罗斯民间文艺学的代表作者。普希金不但在自己的诗歌作品中广泛地接受了民间文学的影响，再现了民间文学中的若干主题与形象，而且亲自记录和搜集过大批的民间作品，对民间创作问题也发表过一些可贵的见解。"[1] 在普希金小的时候，他就经常听外祖母和保姆给他讲俄罗斯歌谣、民间故事和童话，这些民间文学的积累成为他日后进行文学创作的重要素材，他的

---

① 刘锡诚：《民间文艺学的诗学传统》，上海：上海文化出版社，2018 年，第 78 页。

小说里会经常运用民歌、谚语、民间故事等多种民间文学形式。

在十二月党人起义失败后，普希金意识到了民间文学的重要作用，他认为这场革命之所以失败，就是因为它脱离了人民群众。普希金非常重视民间创作，认为民间文艺是一切文学的基础。他认为人民口传的语言蕴含着诗意的力量，是丰富、深刻、精确和有表现力的，他主张向人民群众学习语言。在这种观点的指引下，他大胆突破，勇敢地把民间流行的谚语、俗语、俚语等语言形式大量地、巧妙地运用到自己的作品里。普希金的这种创作方式，不仅有利于延续俄罗斯文学的民族风格，而且打破了俄罗斯文学以往深受欧洲影响的局面，创造了新的文学风格。

2. 普罗普的故事形态研究

19世纪以来，很多学者已经运用自然科学的方法对人类社会的文化现象进行探讨和研究，俄国的形式主义延续和发扬了这种学术方法。普罗普就是在形式主义的影响下开始对故事进行研究，他认为形态学就是一种形式研究。

神奇故事是普罗普的主要研究对象，他认为民间故事不是单个存在的，而是分散为各种类型，类型是民间故事主要的组织原则。而只有表达了艺术目标，反映感情和精神世界的具有诗学特征的类型才能叫作正当的类型。虽然世界上的民间故事类型必然有很多相似之处，但是普罗普坚信存在一种共通的普适法则，可以去解释和规范各个类型。

在普罗普的故事形态学理论中，"功能"是一个十分重要的概念，是故事的最小结构单位。它指的是根据人物在情节过程中的意义而规定的人物行为，而故事中的人物是功能的体现者。他认为在神奇故事中，人物是可变因素，功能是不变因素，已知的功能数量是有限的，功能也总是按照一定的次序出现。

此外，他还对神奇故事进行了历史研究，重视在研究中联系故事所处的社会背景以及故事产生和存在的周边环境。他认为历史才是神奇故事产生的基础，理解和运用原始宗教、仪式、神话、风俗习惯等有助于对神奇故事进行解释。在实际生活与宗教对神奇故事的影响方面，他偏向于将宗教的影响放到首位。同时他认为，对神奇故事有直接影响的现实因素是原始思维。

普罗普的研究成果对后世民俗学界产生了深远影响，为20世纪60年代运用结构主义对叙述传统和叙事结构进行研究的民俗学者提供了借鉴。他所做的奠基性工作，在 20 世纪 80 年代以后的后结构主义的研究中依然发挥作用。另外，他的分析方法也被运用于儿童文学、通俗文学、娱乐、电影等多个领域。

3. 巴赫金的狂欢理论

巴赫金是 20 世纪最重要的思想家之一，他提出的"复调""对话""狂欢"等学术话语深刻影响了 20 世纪的学术研究，被各国学者广泛运用到文艺学、美学乃至思想文化等多个领域。

巴赫金这样解释复调的实质："不同声音在这里仍保持各自的独立，作为独立的声音结合在一个统一体中，这已是比单声结构高出一层的统一体。"[①]"对话"是复调小说的基础，对话思想也是巴赫金美学思想的重要部分。巴赫金认为对话思想是对现实的人的存在的深刻反思，他通过对话来反思人的本质和人的存在方式。在他看来，每个人都是独立的个体，有自己独特的价值，没有高低贵贱之分。只有建立了对每个人生命存在的尊重意识，才能真正实现人与人之间的平等对话。

巴赫金的对话思想不仅是针对 19 世纪末 20 世纪初战争和科技发展带来的对人的漠视，也是对他生活的那一时期苏联政治制度对人压制的反抗与批判。他的"狂欢理论"是其文化诗学研究的核心，而"狂欢"这个词可以从四个层面进行理解。

（1）狂欢节

"狂欢节"是民间的一种庆祝活动。与平日不同，在这种节日里，奴隶可以停止劳作，和奴隶主一起狂欢，庆祝丰收，如古罗马的农神节、古希腊的酒神节。在当代社会，狂欢节虽不如古代那么突出，但依然存在于民众的社会生活中。如西方的狂欢节、万圣节、愚人节，中国民间的迎神赛会和社火活动，傣族的泼水节等。

（2）狂欢式

"狂欢式"在巴赫金看来，就是一切狂欢节式的庆祝、仪式、形式的总和。狂欢式具有两个明显的外在特征：全民性和仪式性。全民性指狂欢节是全民参与

---

① ［苏］巴赫金：《陀思妥耶夫斯基诗学问题》，白春仁、顾亚铃译，北京：生活·读书·新知三联书店，1988 年，第 29 页。

其中的，并不是冷静地旁观。仪式性指狂欢节总是有一定的仪式和礼仪，其中最主要的仪式是为"国王"脱冕，为自己加冕，这种仪式以各种不同的形式出现在狂欢式的庆典中。这样的仪式在中国的民间节日里也同样存在，如华北某些地方在民间社火期间要"闹春官"。

狂欢式的内在精神被巴赫金称为"狂欢式的世界感受"，主要包括自由平等的对话精神和交替与变更的精神。巴赫金认为，狂欢节期间消除常规的等级秩序，使得贵族与平民之间的阶级差距短暂地消失，为人与人之间平等地对话提供了良好的条件。此外，在现实社会中，等级、特权、规范、制度等都是绝对固定不变的，皇帝的权威无法动摇。而狂欢节则使得原本固定不变的社会发生变动，在这里一切都是处于变动中的、未完成的，这就为人们提供了打破僵局与桎梏的新思路。

（3）文学作品中的狂欢化

巴赫金在对陀思妥耶夫斯基的小说研究中获得了"狂欢理论"的灵感。他首先将陀思妥耶夫斯基的小说认定为复调小说，随后探究了复调小说的产生根源，最后揭示了复调小说和民间狂欢节文化的内在联系。

巴赫金认为，雄辩术、史诗和狂欢节是小说文体的三个基本来源，由此形成了欧洲小说发展史上的三条线索：雄辩、叙事和狂欢体。而陀思妥耶夫斯基的复调小说正是属于狂欢体这一线索的。他指出，从古到今，所有属于狂欢体的文学文体虽然有着丰富多样的外在表现形式，但内在都与民间狂欢节文化有深刻的联系，有着强大的生命力。

狂欢化文学最早来源于狂欢节，在随后的发展中却逐渐脱离狂欢节本身，形成一种狂欢化的文学传统。古代希腊罗马时期是狂欢化文学的起源时期，文艺复兴时期发展到巅峰。到了17世纪后半叶，狂欢化文学传统取代了狂欢节对文学的影响，推动着文学向前发展，歌德的《浮士德》、爱伦·坡的小说以及普希金和果戈理的作品都是这种情况下的产物。

（4）意识形态的狂欢化

巴赫金主张将狂欢从生活层面转移到意识形态层面，让狂欢精神对意识形态领域产生巨大影响，达到思想的对话，这是巴赫金文化诗学最高层次的追求。这种思想层面的对话是张扬开放的，提倡变化和创新。他认为只有对话的思想才是有活力的、生动的，而思想的独白只能导致封闭僵化。

巴赫金的狂欢理论不仅对作家文学的创作有深远影响，在民俗学领域，许多学者也运用狂欢理论去解读某些民俗文化和民间文艺事象，这也为民俗学者提供了有力的理论武器和新的视角。中国学者接受了狂欢理论并且将其运用在对汉族和少数民族的独特民俗的研究上。例如：段友文、王旭的《崇神敬祖、节日狂欢与历史记忆——山西娘子关古村镇春节民俗调查》①，李家军的《土家族原生态舞蹈的狂欢意味》②，黄文富的《壮族歌圩狂欢化民俗内质考察》③ 和易小燕的《试论乌江流域民间歌谣的狂欢化倾向》④，这些文章都是运用狂欢理论对本土文化资源研究的有益尝试。

第二节　中国民间文艺学理论的本土资源

民间文艺可以称得上是最古老的文艺形式。早在原始氏族社会时人类祖先社会就创作并传播着大量的、以神话和歌谣为主的民间文艺作品。原始的劳动歌谣不仅发挥着协调人们劳动节奏的作用，也忠诚地记录着该时期人类的劳作状况与生产方式。而神话，作为原始宗教中伴随着仪式行为而产生的神圣叙事，是人类最早的认知方式与叙述模式，它通过形象或叙事的形式展现了原始初民对自身、自然界及诸种文化现象的起源以及世界运行秩序的看法。其他诸如史诗、传说、故事等民间艺术形式也伴随着人类文明史的演进而生成发展，民间文艺也因此具有深厚的历史文化内蕴。对古老的民间文艺资源的发掘、解读与传承，是增强文化软实力，实现文化自信的应有之义。

---

① 段友文、王旭：《崇神敬祖、节日狂欢与历史记忆——山西娘子关古村镇春节民俗调查》，《文化遗产》2012 年第 4 期。

② 李家军：《土家族原生态舞蹈的狂欢意味》，《湖北民族学院学报（哲学社会科学版）》2008 年第 5 期。

③ 黄文富：《壮族歌圩狂欢化民俗内质考察》，《歌海》2013 年第 6 期。

④ 易小燕：《试论乌江流域民间歌谣的狂欢化倾向》，《山花》2008 第 9 期。

中国作为四大文明古国之一，与其悠久历史相呼应的是博大精深、经久不衰的中华文化。民间文艺作为中华文化的重要组成部分，历经人民群众数千年的创作与积淀，形成了令世界瞩目的艺术宝库。自上古时期的神话传说始，中国各民族历朝历代都产生并流传着丰富的民间文艺作品，它们真实地记录着中华民族瑰丽的想象、不屈的斗争与步履蹒跚的足迹，汇聚成一条源远流长、永不枯竭的文化长河。按照民间文艺起源、发展与传承的脉络，对中国古代、现代民间文艺资源进行简要梳理，不仅能更清晰地展示中国民间文艺的发展脉络，也有益于借鉴中国民间文艺的宝贵经验，推动当代民间文艺的发展。

一、古代民间文艺学资源

1. 先秦时期的民间文艺

我国民间文艺有文献记录的历史至少开始于先秦时期，女娲、伏羲、大禹等神话都在先秦典籍中有所记载。《山海经》作为一部志怪奇书，反映的内容地负海涵、包罗万象、无奇不有。它不仅较好地保留了神话最原始的形态，而且也是记载神话最多的先秦典籍。夸父逐日、精卫填海、鲧禹治水、羿射九日等神话都保存在《山海经》之中。此外，在《山海经》对古山水的记述中保存着服佩、信仰、禁忌、祭祀等民俗，它们都是今天我们研究古代神话与民风民俗的宝贵资料。在先秦典籍中进行了神话哲学化、文学化的代表作分别是《周易》《老子》中的术数范畴以及《庄子》中鲲鹏之举、混沌之死等寓言。"伏羲"这一神话角色最早在《周易》中得到了详尽的描述。作为西周的历史典籍之一的《穆天子传》，则记录了与西王母有关的神话故事。

先秦时期是中国寓言创作的黄金时代，也是寓言产生并蓬勃发展的重要时期。民间寓言的记录在诸子著作中都有体现。与《孟子》《韩非子》《墨子》等相比，《庄子》中所表现的民间寓言特点更为突出，其中的"任公垂钓""北冥之鱼""蜗角蛮触""庄周梦蝶"等名篇，皆以变幻多端的文笔、汪洋恣肆的想象与幽默讽刺的意味，展示了民间语言独立完整的艺术形态。《韩非子》中记录的民间故事包含丰富的类型，如民间生活故事、民间幻想故事、民间笑话、民间寓言等。《列子》中也保存了一些民间故事，例如《汤问》中的《愚公移山》，这是一篇具有神话色彩的民间叙事作品。

民间歌谣在先秦典籍中，大多以零星的形式被保存记录下来，《尚书》《左传》《国语》《战国策》《晏子春秋》等著作中都记载了商周时期的歌谣。相对来说，《左传》保存的民间歌谣数量最多，类型也较完备。

在对民间歌谣集中记录保存的典籍中，最重要的当属《诗经》和《楚辞》，它们分别表现了北方黄河流域与南方长江流域的民间歌谣的基本状况。《诗经》作为我国最早的诗歌总集，收集有西周初年至春秋中叶五百年间的诗歌305篇。《诗经》中的十五国风，是采撷于十五个诸侯国包括京畿地区的民歌，是中国古代民歌的总汇，内容相当广泛，真实地反映了当时的社会生活与风俗民情。国风中的大多数篇章，皆以现实生活为表现对象，真诚地抒写了劳动人民的情感，这些特征无不契合于民间文学的本质属性。《楚辞》中记录的民歌是氐、羌、巴等民族与中原民族文化交融的产物。其中《九歌》是屈原在南楚祭歌的基础上改作加工而成，因此具有楚国民间祭神巫歌的许多特色，带有浓厚的宗教祭祀性质。《东皇太一》《云中君》等篇目中对于礼赞神明与歌舞祭祀场景的描写，都渗透着楚地独特的民风民俗。

少数民族地区也有口头流传的创世史诗和民族史诗。彝族的《梅葛》是用梅葛调演唱的彝族创世史诗，其内容包含了开天辟地、人类起源、婚恋丧葬等内容，被视为彝族的"百科全书"。纳西族的创世史诗《创世纪》反映了纳西族祖先对宇宙起源与人类世界的理解与诠释。此外，还有并称为中国少数民族三大英雄史诗的《格萨尔》《江格尔》《玛纳斯》等。潜明兹的《史诗探幽》是我国民族史诗研究的重要学术成果，她把史诗放在更为广阔的文化背景上来进行比较，肯定了中国史诗的地位，驳斥了"中国没有自己民族的英雄史诗"的观点。[①]

2.两汉时期的民间文艺

两汉时期，朝廷乐府机关采撷、演唱一些时兴的俗乐歌辞，这些歌辞一部分为文人创作，一部分来自民间。乐府民歌即是汉代音乐机构从民间采集的"俗乐"，大多都是劳动人民或下层士人的作品，也是乐府诗中的精华之所在。"感于哀乐，缘事而发"的乐府民歌，真实地表现了汉代的社会生活与最广大民众的思想感情，体现了汉代诗歌的主要成就。《乐府诗集》为宋代郭茂倩所编，是一

---

① 潜明兹:《史诗探幽》，北京：中国民间文艺出版社，1986年。

部囊括了我国古代乐府歌辞的诗歌总集，它辑录了五千多首自汉魏到唐五代的乐府歌辞以及先秦至唐末的歌谣。著名的民间情歌《上邪》、长篇叙事诗《木兰辞》都收集在内。除了《乐府诗集》，其他典籍中也保存了很多乐府诗和乐府民歌，例如《汉书》《文选》《艺文类聚》和《太平御览》等。徐陵编撰的《玉台新咏》，又名《玉台集》，保存了相当重要的汉乐府诗与民歌，并且还选录了汉时、晋惠帝时的童谣，长篇叙事诗《孔雀东南飞》也首见于此书。汉乐府的民歌以汉代广阔的社会生活为表现内容，多是韵文体。在《史记》《汉书》和《风俗通义》等史籍典册中保存的歌谣，则是以韵文的形式对时政进行评价，揭露残酷无情的社会现象，批判黑暗的政治统治。

汉代的史传文学，十分注重对民间传说和故事的采录，以此作为对历史事件或历史人物的阐释或补充。司马迁的《史记·封禅书》、班固的《汉书·艺文志》等正史文献中记述了丰富的民间传说和民间故事。当然，正史以外的野史中，也保存有相当数量的民间故事，例如刘向的《列仙传》被看作秦汉时代的第一部"神谱"，标志着《山海经》神话系统被替代，形成新的传说系统。刘安的《淮南子》是《山海经》之后保存神话最丰富的一部典籍，记录了大量流传于民间的神话、传说、故事、寓言等，而幻想故事和生活故事则较少被记录在册。

这一时期也有对民俗文化进行初步探索研究的作品，应劭《风俗通义》表现出主动探究民俗的发展变化及其规律、特征和含义的意识。王充的《论衡》则是将一些神话和传说当作反例，用以说明自己的唯物主义宇宙观。可见，从另一个角度来看，民间文学被以一种批判的形式保存了下来。

3. 魏晋南北朝时期的民间文艺

魏晋南北朝是一个酝酿着新变的时期，许多新的文艺现象在这一时期孕育发展。而这一时期的民间文艺，主要在几种不同类型的典籍中得以保存。

志人志怪的笔记小说有干宝的《搜神记》、刘义庆的《世说新语》、张华的《博物志》、任昉的《述异记》和陶潜的《搜神后记》等。张华撰写《博物志》并不是为了保存民间文学，而是在著录山川地理、飞禽走兽的过程中无意记下了一些民间传说。干宝的《搜神记》和刘义庆的《世说新语》分别代表了两种风格的民间文学集成。《搜神记》记录民间传说中神奇怪异故事，主要有精怪传说、风物传说、人神（鬼）之恋、动物报恩等，其中的"干将莫邪""东海孝妇"等故事至今仍广为流传。《世说新语》则更偏重记录魏晋时期的文人名士的言行风貌与奇闻轶事。

一些经典的注释作品，在注释材料中保存了大量的民间文艺资源，其中最具代表性的有郭璞的《山海经注》和郦道元的《水经注》。郦道元的《水经注》在记述 1252 条水道的源流经历中，也记录了沿岸的神话传说、历史传说、风物传说和民歌。

除此之外，贾思勰的《齐民要术》这类专门的农书中就较为集中地记录了大量农谚。"家训"体的《颜氏家训》保存了丰富的生活谚语，杨衒之的《洛阳伽蓝记》则是专门记述了宗教生活等民俗现象。

南北朝民歌是这一时期非常重要的民间文艺，尤其是《木兰辞》的出现，代表着南北朝民歌的最高成就。南朝的乐府民歌主要表现的是城市中下层民众的日常生活与思想感情，且大多数为情歌，被保存在《乐府诗集》的"杂曲歌辞""清商曲辞"和"杂曲谣辞"中。现存的六十余首北朝民歌，大多表达了对自然风光的赞美，对英勇刚武的崇尚，主要保存在《乐府诗集》的"梁鼓角横吹曲"中。

4. 唐代的民间文艺

敦煌变文是唐代、五代重要的民间文艺作品，它主要包括两个部分，一部分是"佛变"，主要是对佛教经卷的解说和佛教传说故事的演绎；另一部分是对民间传说、民间故事的讲唱，可称为"俗变"。"佛变"是敦煌变文的基本内容，"俗变"则较为集中且纯粹地保存了民间传说和民间故事。《敦煌变文集》记载了许多取材于民间传说中的人物故事变文，体现了民间文学主题、形态等方面的变化。据考证《伍子胥变文》是民间文学中伍子胥故事的最早记录。《孟姜女变文》正是孟姜女故事在唐代民间流传的样本，故事被赋予了新的主题意义，体现出唐代民间文学的时代特征。这一类型的变文还有《董永变文》《秋胡变文》《韩朋赋》等。

段成式的《酉阳杂俎》是唐代民间文学记录的经典之作，它具有同时期其他典籍不具备的特点，如记述范围广阔、有相当的可靠性和准确性，具有多学科的研究价值。此外，《酉阳杂俎》中还记录了多种国际上最早的民间故事类型，例如《叶限》是最早的"灰姑娘型"故事，《旁㐌》是最早的"两兄弟型"故事。这些都成为今天民间文学研究的宝贵资料。

唐传奇是唐代作家对民间文学进行改写、编创的产物，表现出了民间文学的原型内容，最典型的是以民间信仰为底蕴的大量神怪鬼魅传说。侠义传说的出现也从一个侧面体现出当时社会的黑暗和人民对正义的向往，《虬髯客传》《聂隐娘传》等都是较为著名的侠义传说，刻画了生动的"侠"的形象。此外，《莺莺传》《霍小玉传》和《李娃传》三篇典型的妇女传奇也是独具风格的，从中可以看出唐代妇女的生活状况及社会地位。

5. 宋代的民间文艺

宋代民间文艺对唐代有许多继承和发展。"讲史"和"小说"两类话本以及传奇，对宋代民间传说和民间故事的保存有重要意义。在北宋时期刘斧的志怪小说《青琐高议》中，《吕先生记》《何仙姑续补》《韩湘子》《施先生》等篇章里可以看到汉钟离、吕洞宾、何仙姑、韩湘子等著名的神仙传说的原型。南宋洪迈在《夷坚志》中记录了许多和精怪、奇人、奇物相关的民间故事，体现了民间文学的神秘性。

在宋代，随着城市经济的发展和市民阶层地位的提升，"说话"活动日益兴盛，受说话形式影响而产生的故事文本也逐渐增加，后世称之为"话本"。"话本"既是民间说话艺人的演说底本，也是保留民间文艺的良好载体，"话本"按内容可分为三类：讲史、说经和小说。民间传说和民间故事为民间"说话"提供了最重要的素材，具有代表性的话本有《碾玉观音》《错斩崔宁》。

宋代的民间戏曲主要在《东京梦华录》和《梦粱录》等典籍中以不同形式被著录，标志着我国戏曲艺术的第一个高潮。《东京梦华录》是一部描述北宋都城开封府风俗人情的著作，它翔实且全面地记录了该时期东京各个阶层民众的生活场景，内容可谓包罗万象。《武林旧事》《都城纪胜》《续东京梦华录》都是以笔记体形式反映南宋都城风土人情的著作。

此外，值得一提的是北宋画家张择端所绘《清明上河图》。该画作以汴河为构图中心，栩栩如生地描绘了清明时节北宋京城汴梁各阶层人物的生活场景，为研究宋代民俗生活提供了极为重要的参照。

6. 元明清时期的民间文艺

民间文艺对元杂剧的影响是十分明显的，是元杂剧的文化基础。元杂剧不仅在曲调方面受到了民间文艺的影响，在剧本中也运用了大量的民间俗语俚谚。

在民间故事的记录方面，宋代文献也对其产生了影响。例如，元好问曾在宋代笔记小说《夷坚志》的影响下创作了《续夷坚志》四卷，无名氏所著的《新刊湖海异闻夷坚志续编》收录了各种传说故事五百余篇。陶宗仪的《南村辍耕录》不仅记录传统的民间传说、故事以及民间习俗，还涉及一些少数民族和域外的故事，是研究民间文艺的重要资料。

冯梦龙所辑录的《挂枝儿》《山歌》保存了大量反映现实生活，表现人间真情的民歌，是明代民间文学搜集整理的重要成就之一。冯梦龙言："但有假诗文，而无假山歌。"这些具有原始生命力的民间歌谣成为当时反抗封建礼教强有力的思想武器。

明代还出现了民间谚语收集编选的高潮，杨慎的《古今谚》《古今风谣》《俗言》等作品记录了大量的流传在各地的民间谚语。李时珍的《本草纲目》记述了医疗和生活知识方面的民间谚语，徐光启的《农政全书》保存了丰富的农业谚语。王象晋的《群芳谱》和王路的《花史左编》则是专门记录花卉栽培谚语的书籍。这些谚语不仅具有较高的科学文化价值，而且有利于我们从多个方面对当时的社会生活进行研究。

明代的传奇小说和笔记小说较多地保存了民间传说和故事，具有代表性的是冯梦龙与凌濛初所编的"三言二拍"，瞿佑的《剪灯新话》、李祯的《剪灯余话》、徐霞客的《徐霞客游记》、杨慎的《南诏野史》等，保存了丰富的风物传说和神仙故事。对民间笑话和寓言故事记录保存较全面的当数冯梦龙的《广笑府》和《笑府》。

清代有许多典籍都对民间歌谣和谚语进行了记录，例如李调元的《粤风》和《粤东笔记》，杜文澜的《古谣谚》《天籁集》和《北京儿歌》等。这些谣谚不仅是当时社会的写照，也记录了我们民族在面对时代巨变时的心路历程。李调元的《粤风》收集了类型齐全的地区民间歌谣，是我国民间文艺史上第一部具有明确地域意识的民间歌谣集。

弹词和鼓词是清代南方和北方分别流行的民间曲艺形式，深受下层民众的喜爱，蕴含着不同地域内民间文化和生活的个性。其中的《义妖传》一篇十分完整地记述了我国著名的白蛇与许仙的传说，可以说，通过这篇弹词，《白蛇传》的故事得到最后定型。

清代民间故事保存在一些笔记小说中，袁枚的《子不语》和《续子不语》，纪昀的《阅微草堂笔记》和蒲松龄的《聊斋志异》是此类笔记中的典型。《阅微草堂笔记》大多记录了以幻想故事和生活故事为主的民间故事。蒲松龄的《聊斋志异》虽然是经过文人加工的产物，但是它仍然相当系统地保存了当时所流传的民间故事。

晚清时期，以夏曾佑、蒋观云、黄遵宪等为代表的改良派学者，为了宣传自己的政治主张，坚持"工具论"的观点，对民间文艺进行阐发，开始利用民间文学，成为民间文艺研究的前奏。

在所有民间文艺文体中，最先引起学者们注意的是神话。梁启超是第一个使用"神话"一词的学者。1903 年，蒋观云在梁启超主编的《新民丛报·谈丛》中发表了《神话·历史养成之人物》一文，被认为是中国神话学史上的第一篇文章。当时还是青年学者的鲁迅也在自己的文章中对神话传说进行了初步的探究。在《破恶声论》里，他对神话的由来、性质以及我们对待神话的态度进行了解释说明。在《摩罗诗力说》一文里鲁迅歌颂了神话中敢于和神抗争的叛逆英雄。

除了神话，晚清的学者也开始发现民间歌谣的魅力，将古代的民歌当作艺术品进行艺术性方面的品评，在这方面，诗人黄遵宪是具有代表性的人物。晚清时期这些学者的初步探索为中国民间文艺学的产生和发展奠定了基础。

二、现代民间文艺学资源

中国的民俗学在 20 世纪初开始兴起，以五四时期北大"歌谣学运动"为开端，逐渐形成一门独立的学科。从 20 世纪初到 1949 年新中国成立这段时期，由于时代背景、社会状况、政治因素等方面的影响，学者们对"民间""人民"的态度和视角也经历了一个从俯视到平视最后到仰视的变化过程。我们以这三次转变为线索对中国民间文艺学的现代资源进行梳理。

1. 文艺的与学术的——五四歌谣学运动奠定的民间文艺学学术传统

五四运动是彻底的反帝反封建的运动，为了发动广大民众参与到运动中来，五四知识分子通过搜集民间歌谣了解国情民风，号召民众参加这场划时代的运动，以达到启蒙的目的，这是"俯视"的态度。

　　"民俗学"这个词最先是由周作人引入，他在 1923 年 10 月北大《歌谣周刊》第 33、34 期上发表的《儿歌之研究》一文中提到了"民俗学"。而最先使用"民间文学"一词的学者是梅光迪，他在给胡适写的信中用"俚俗文学"来定义民间文学。1921 年胡愈之在《妇女杂志》上发表的《论民间文学》一文中，将"Folklore"译为"民情学"，并在民情学的研究范围内明确提及民间文学的部分。1918 年 2 月 1 日，在刘半农、沈尹默和周作人等人的号召下，《北京大学日刊》发表了《北京大学征集全国近世歌谣简章》，正式开始了歌谣征集运动，这就是我国现代民间文艺学发端的标志。

　　1920 年冬天，歌谣研究会在北京大学成立。1922 年 12 月 17 日，由蔡元培发起，刘半农、沈尹默任编辑的《歌谣周刊》正式开始印行。在《歌谣周刊》[①]的发刊词里，明确提出了搜集歌谣的目的：

　　　　本会搜集歌谣的目的共有两种：一是学术的，一是文艺的。我们相信民俗学的研究在现今的中国确是很重要的一件事业……歌谣是民俗学上的一种重要的资料，我们把它辑录起来，以备专门的研究：这是第一个目的。因此我们希望投稿者不必自己先加甄别，尽量地录寄，因为在学术上是无所谓卑猥或粗鄙的。从这学术的资料之中，再由文艺批评的眼光加以选择，编成一部国民心声的选集。所以这种工作不仅是在表彰现在隐藏着的光辉，还在引起将来的民族的诗的发展：这是第二个目的。[②]

这些学者们一方面意识到对民间歌谣进行大量搜集有利于中国民俗学的发展，是在为民俗学的建立提供坚实的资料。另一方面，他们也致力于从民歌中吸取营养，进行白话诗歌的创作，进而创作出本民族的诗，引领中华民族诗歌发展的新道路。

　　在刘半农等人的号召下，众多知识分子和学者参与到了这场运动中，做了大量的工作。五四歌谣学运动成为中国民间文艺研究的良好开端，此后，越来越多

---

① 《〈歌谣〉周刊发刊词》，《歌谣》1922 年第 1 号。

② 北大研究所国学门歌谣研究会：《发刊词》，见《歌谣合订本》第一号第一版、第二版。北京：中国民间文艺出版社，1985 年。

的学者投身于中国民间文艺的研究中。学者们不再局限于民歌领域，而在民俗学的诸多领域进行探索。

胡适是中国第一个明确指出"比较研究法"的学者。他在 1922 年《努力周报》上发表了《歌谣的比较的研究法的一个例》一文，提出了异文比较的歌谣研究法，并引入了"母题"这一术语，这种操作方式和芬兰历史地理学派的研究方法有很大的相似之处。顾颉刚对全国各地广泛流传的孟姜女故事类型进行了探究，从历史、地理等角度分析不同异文内容的差别以及产生的原因，并将研究成果汇集为《孟姜女故事研究集》。此外，还出现了如胡朴安编著的《中华全国风俗志》这样的风俗资料汇编。1916 年，中华民国教育部提出了通过语言改革来实现社会改造的任务，由此，也有学者在搜集民间歌谣的同时开始重视对各地方言的研究。

在这期间，北大"风俗调查会"还策划组织了我国民俗学历史上第一次真正意义上的田野调查活动。1925 年，顾颉刚、孙伏园、容庚、容肇祖、庄慕陵等人对妙峰山香会进行了实地的调查。这场田野调查是中国民俗学史上具有标志性意义的事件，它意味着中国的民俗学研究开始从书斋走进田野，进入了新的阶段。

2.民族的与大众的——20 世纪 30 年代大众化运动与民族形式讨论中的民间文艺

20 世纪 30 年代的文艺工作者从革命斗争的实践中看到了民众的力量，认识到了运用文艺形式组织发动民众的重要性，他们以"平视"的态度对待民众以及民间文艺，掀起了文艺大众化运动，推动文艺与人民大众的结合。在文艺大众化运动中，国统区文艺工作者开展的关于"民族形式的中心源泉"的论争，把运动推向了高峰。林向冰认为民间形式就是文学的"民族形式"的中心源泉，葛一虹则持反对意见。不仅方白、黄芝冈、田仲济等参加了论争，而且胡绳、以群、陈白尘、光未然、郭沫若、茅盾、胡风、老舍也加入了讨论。[①] 双方论争的结果趋向于将五四新文学传统与民间文艺传统通俗的艺术形式结合起来，在抗日战争的民族救亡斗争中，创造出新鲜活泼的、为普通大众喜闻乐见的文艺作品。1944 年1 月，毛泽东《在延安文艺座谈会上的讲话》在重庆《新华日报》摘要发表之后，

---

① 　郭国昌：《20 世纪中国文学大众化之争》，南昌：百花洲文艺出版社。2006 年，第 205—216 页。

国统区的"文艺大众化"论争逐步与《讲话》精神相统一，国统区与解放区实现了"异地同归"，完成了以普通大众为核心的大众话语理论体系建构。

在民间文艺学、民俗学研究领域，一大批专家、学者在国内战争向抗日战争转变的特殊背景下，坚守民间文艺阵地，促进了学科发展。

1926 年北方的政治形势恶化，北京大学的许多教授学者在黑暗政局的压迫下，不得不南下前往广州。由此，中国民俗学活动的中心从北京大学逐渐转移到中山大学。

1927 年"民俗学会"在中山大学语言历史研究所成立，学会的主要活动仍然是搜集民间文学。学会创办了《民间文艺周刊》，由董作宾和钟敬文担任编辑，一共发行了十二期。1928 年更名为《民俗周刊》，由钟敬文、刘万章、容肇祖任编辑，发表故事近四百篇，研究文章三百多篇，出版丛书及专号六十多种。《民俗周刊》在发行 123 期停刊后，又于 1936 年复刊，更名为《民俗季刊》，但受战事影响只出了八期。这本杂志上所刊载的民俗资料大大超过了北大时期。此外，民俗学会还举办了"风俗物品陈列室"，开办了"民俗学传习班"，向师生们展示民间唱本、民间乐器等民俗实物，普及民俗学相关知识。

在中山大学民俗学会影响下，杭州、厦门、福州等地也成立了相关的民俗学会。如广东揭阳的"民间文学会"，浙江娄子匡主持的"民间文艺研究会"等。这一阶段学者们的研究并不局限在民俗学领域，民族学、人类学和社会学等学科也对他们的研究产生了影响，他们是在吸收了多学科领域知识的基础上开展民俗学研究的。

1928 年，中山大学校方指责钟敬文编辑的民俗学丛书中有伤风败俗的内容，对他进行强行解聘。同年秋，钟敬文前往杭州。1930 年，钟敬文与钱南扬、江绍原等人在杭州成立了中国民俗学会，并主办了《民俗周刊》杂志，又将绍兴的《民间》改为《民俗月刊》，并且编辑了《民俗学集镌》第一集"民间文艺"专号，在南京与《开展月刊》合刊出版。1932 年 8 月钟敬文和娄子匡接着编纂了《民俗学集镌》第二集。

杭州中国民俗学会时期，特别是钟敬文的工作，对中国民俗学的发展做出了重要贡献。首先，杭州的中国民俗学会接过了中山大学民俗学研究的旗帜，使中国民俗学的研究逐渐从半自觉走向自觉。其次，钟敬文提出的民间文艺学研究，开始从方法论到学科特色方面来探索具有中国个性的民间文艺学科科学体系。杭州中国民俗学会时期从学科研究中的本体论、方法论及民俗志方面的成熟，标志着中国民俗学研究进入了一个新时期。最后，钟敬文最早提出了中国与印欧国家的民间故事有很多相似的地方，并且开始了跨文化的研究。这就拓展了中国民间文艺学的研究范围，开始尝试与国际民间文艺学接轨。

在抗日战争期间，全民抗战成为民族战争的主要形式，高校学者们投身于解放区进行民间文艺的搜集与整理，通过民间文艺的宣传来鼓舞民众的斗志，民间文艺所反映的人民智慧成为民族凝聚力的重要因素。在抗战年代，闻一多、程憬等大批学者前往西南国统区边区调查，搜集了大量有价值的民间文艺作品，使得少数民族的神话、史诗等民间文艺资料得到传播。

中央红军长征到达陕北地区之后，陕北成为革命的重要阵地，在革命话语下，具有陕北特色的民间文艺在内容与形式方面都发生了很大变化。民间文艺成为发动人民群众参与抗战的重要工具，实用性与目的性明显。政治家将革命话语注入民风民俗中，以提高民众的积极性，增强全民抗战的凝聚力。这一时期，很多民间文艺工作者对民间文艺进行了改编，何其芳、李季按照革命文艺要为工农兵服务的方针，对民间文学资料进行了改编。其中，最具代表性的为陕北民歌，它与古代的祭祀歌舞相关，是黄土高原地域背景下的民众对自己生活方式的抒情咏叹，内容包括放牧、农耕、婚俗等生活场景。经过文艺工作者的改编，民歌变为歌颂中国共产党、表现解放区生产生活、鼓舞抗战的文艺形式。这一时期，民间文艺发生了重要转变，政治性与革命性的话语经常会出现在民歌中。民间文艺与政治话语的结合，给文艺的发展带来了无限的生机。在现实主义思潮的影响下，民众创作出了反映现实革命内容的文艺作品，像红遍全国的《东方红》便是在这个时期产生的陕北民歌，而《十送红军》则出自江西赣南民歌。

这一时期，很多民间文艺被当作革命者进行革命与抗战宣传的重要工具，同时这些革命话语下产生的民间文艺也成为我们了解当时社会的重要媒介。以民间文艺为中介，将人民大众的力量与民族解放斗争连接在一起，呈现出民族性与大众性相结合的鲜明时代特征。

3. 人民的文艺——延安文艺伟大传统的形成

在 1942 年 5 月召开的延安文艺座谈会上，毛泽东同志发表了《在延安文艺座谈会上的讲话》（以下简称《讲话》），这是毛泽东民间文艺理念的集中体现。《讲话》中涉及民间文艺的归属问题，将其归到"文学艺术"的主题下，这就使得之前发展民间文艺的两个目的之一的"学术的"消失了，仅仅将民间文艺当作一种文艺形态来对待。

《讲话》的核心问题是知识分子的立场问题。毛泽东主张知识分子要主动地转变立场，深入民间，在思想感情上与工农兵大众打成一片。毛泽东意识到了民间文艺在抗日战争中的实际作用，将其纳入革命的政治范畴，希望利用民间文艺为政治目的服务。在毛泽东《讲话》精神的指引下，解放区知识分子们以"仰视"的态度对待人民群众及民间文艺，深入民间，向人民学习，同时，开始了对民间文艺的改造工作，使其符合政治标准和艺术标准。陕北具有地方色彩的民间文艺如地方戏、民歌、秧歌、说书等都被纳入了学者的研究视野，其中最具有代表性与影响力的是对秧歌的改造。

1937 年，丁玲担任西北战地服务团主任期间，向毛主席请示工作后，开始改编排练一些短小精悍、适合战时环境又被老百姓喜欢的话剧、歌剧、大鼓、相声和秧歌等。艾青也注意到了秧歌剧的重要意义，他在《秧歌剧的形式》中提出秧歌剧是今天最好的宣传工具之一，是真正为老百姓喜闻乐见、新鲜活泼的文艺形式，最富有群众性。

1944 年秧歌座谈会在延安召开，会上交流总结了秧歌运动的经验，推动了新秧歌的创作。秧歌艺术评论和秧歌艺术研究工作也日趋活跃，轰轰烈烈的"新秧歌运动"开展起来了。新秧歌和以往纯粹由老百姓自发创作的秧歌不同，它是不带有任何宗教意义的，更多表现在中共领导的解放区民众的生活和革命斗争。而且，当时的新秧歌绝大部分都是出自专业文艺工作者之手，群众将新秧歌叫作"斗争秧歌"。《兄妹开荒》是具有代表性的新秧歌，主要以劳动英雄马丕恩父女为原型进行创作，用两兄妹的艺术形象表达了对劳动生产的赞美，对劳动英雄的表彰。

这一时期，也有许多作家在《讲话》思想的影响下进行民间文艺的创作。最有代表性的作家是赵树理，他创作的《小二黑结婚》《李有才板话》等小说都广受好评。他提出了"问题小说观"，努力做"农民代言人"，他是真正站在农民的角度进行观察并创作的，有着"自下而上"的创作自觉性。他一直在尝试运用通俗的方法将国家意志向农民普及，并且向上传递农民真实的声音。他的小说，从内容到形式都是真正通俗化、大众化的。

诗歌领域也出现了"民歌化倾向"，代表作品主要有李季的《王贵与李香香》、阮章竞的《漳河水》、张志民的《王九诉苦》等，其中尤以《王贵与李香香》最为突出。这首诗用陕北民歌"信天游"的形式叙写了三边地区土地革命和一对年轻人的爱情故事，思想性与艺术性完美结合。虽然是作者仿作的民谣，没有被归为民间文艺，但是深得民间文艺之神韵，堪称经典之作。

延安鲁迅艺术学院开设了民间文学课，由何其芳讲授民歌部分。何其芳对民间文学的搜集提出一个重要方法，他认为最好直接从老百姓那里进行搜集。鲁艺师生曾深入陕北农村采集民歌，最后编成了《陕北民歌选》。《陕北民歌选》是20世纪30年代末到40年代中期延安鲁迅艺术学院师生和延安文艺工作者深入民间，直接从老百姓口中采录活态民歌而形成的集大成之作。这次民歌收集整理的目的既有学术的，也有艺术的，编选民歌重视民歌的思想性和艺术性，而不单单为民俗学研究提供资料。

三、当代民间文艺学资源

1. 当代民间文艺学的起步期

当代的民间文艺学研究从新中国成立之后开始，以1950年中国民间文艺研究会在北京成立为标志。郭沫若任理事长，老舍和钟敬文任副理事长。中国民间文艺研究会原本是一个独立的学术团体，1954年加入了中国文联，成为文联下辖的文艺家协会之一。1987年5月改名为中国民间文艺家协会。

研究会的工作主要是对民间文学艺术作品进行搜集整理与理论研究，并创办了刊物——《民间文艺集刊》。1955年4月，中国民间文艺研究会主办的专门性刊物《民间文学》月刊创刊，拉开了对民间文艺进行系统搜集整理与理论研究工作的序幕。《民间文学》的创刊，明确了中国民间文艺学的方向与任务，成为中国民间文学搜集整理与理论研究的主要阵地，在中国民间文学事业发展中具有重要的引导意义。

此外，学者们在民间文艺的理论研究方面也颇为用力。钟敬文在《文艺报》上发表的《请多多地注意民间文艺》和在《新建设》上发表的《关于民间文艺的一些基本认识》等文章都是在探讨民间文艺的思想性和社会价值。同时，他还翻译了高尔基《原始文学的意义》等苏联相关理论，这些理论使得学界对民间文艺的理解和研究产生了变化，由此，需要重建和规范民间文艺的研究体系，主要路径就是重新书写民间文学概论。①

2. 当代民间文艺学的发展期

自 1958 年开始，民间文学研究领域围绕民间文学的范围、民间文学的主流之争、搜集整理以及民间文学的人民性等问题展开了讨论。1957 年，连树声在《民间文学》发表的《关于人民口头创作》中，强调民间文学不同于"工农兵创作"或"人民文学"。随着全国展开新民歌搜集运动，民间文学获得了前所未有的发展机会。

1956 年 8 月，中国科学院文学研究所和民研会共同组成联合调查采风组，由毛星带队，文学研究所孙剑冰、青林，民研会李星华、陶阳、刘超参加。他们的调查宗旨是"摸索总结调查采录口头文学的经验，方法是要到从来没有人去过调查采录的地方去，既不与人重复，又可调查采录些独特的作品和摸索些新经验"②。他们深入少数民族聚居地进行走访调研，搜集少数民族的民间文学，最后出版了各少数民族的简史、简志、民族自治区概况等三种民族丛书。具有代表性的成果有李星华的《白族民间故事集》和刘超的《纳西族的歌》。此后，又组织过八个调查小组前往内蒙古、广东、广西、新疆等八个地区进行少数民族民间文学资源的收集整理工作。

这一时期的民间文学研究非常重视少数民族民间文学，中国科学院主持了"我国少数民族文学史"计划，提出要为每一个少数民族编写出包括民间文学在内的文学史。中国少数民族三大史诗《格萨尔》《江格尔》《玛纳斯》受到国家高度重视，青海等地还成立了专门搜集整理史诗的办公室。少数民族民间文学的文

① 毛巧晖:《新中国民间文学研究七十年》,《东方论坛》2019 年第 4 期。
② 王平凡:《毛星纪念文集》,北京: 学苑出版社,2004 年,第 92 页。

化传播工作也取得了可喜成就，如彝族的阿诗玛、壮族的刘三姐、蒙古族的巴拉根仓在全国广泛流传。

1958 年第一次全国民间文学工作者代表大会上提出了"全面搜集、重点整理、大力推广、加强研究"的任务和"古今并重"的原则，针对采录工作具体提出"全面搜集、忠实记录、慎重整理、适当加工"的十六字方针。在这些原则、方针的指导下，少数民族的珍贵民间文艺资源被记录保存下来，是中国民间文艺发展过程中引人瞩目的成果之一。

3. 当代民间文艺学的繁荣期

1966 年至 1976 年"文化大革命"时期，受极"左"思潮影响，民间文学的发展停滞不前。到了 1978 年改革开放之后，钟敬文、贾芝、毛星、马学良、吉星、杨亮才组成了筹备组，筹备恢复民研会的工作，中国的民间文学研究进入了全新的阶段。

1984 年，中国民间文艺研究会联合文化部、国家民族事务委员会，在全国范围内正式启动《中国民间故事集成》《中国民间歌谣集成》和《中国民间谚语集成》的编辑出版工作，简称"三套集成"。这项工作从各个县开始，是抢救、整理中国民间文学的一项巨大工程，被称为中国民间文学的"万里长城"。"三套集成"是民间文学研究中非常重要的资料，为日后学者们的研究提供了便利。在"三套集成"编撰的背景下，民间故事的理论研究有所突破，同时发现了一批民间故事家，例如裴永镇发现了朝鲜族民间故事家金德顺，在与故事家的交流相处中记录收集了她讲的所有故事，出版了《朝鲜族民间故事讲述家金德顺故事集》[①]，这些都是我国民间文艺的宝贵资源。

80 年代中期开始，民间文学的研究被逐渐纳入民俗学的研究领域中，这种观点受到了欧美文化人类学派的影响。我国的民间文学研究也逐步走向世界，这样的趋势是从 20 世纪 80 年代中芬联合考察开始，并一直延续下去。欧洲民间故事学理论和形态学理论、原型批评理论以及帕里—洛德口头诗学等西方理论的引进，为我国学者开展民间文学研究提供了更多理论参照。中外民间文学的比较研究，为整个民间文学学科的发展提供了良好的切入点和丰富的理论资源，成为促

---

① 裴永镇：《朝鲜族民间故事讲述家金德顺故事集》，上海：上海文艺出版社，1983 年。

进学科发展的动力。

　　进入 21 世纪，国际上流行的"非物质文化遗产"概念进入我国。受此影响，2006 年我国启动了非物质文化遗产项目评审工作，并于同年 5 月公布了第一批非物质文化遗产保护名录，共计 518 项，其中民间文学有 31 项。由此可见，非物质文化遗产与民俗学、民间文艺学的关系非常密切，国家对非物质文化遗产的重视也为民间文艺学的发展提供了广阔的空间。

　　2017 年，由中国文联与中国民协宣布正式启动《中国民间文学大系》的编纂工程。该出版工程以广大人民群众、青少年和中国民间文学爱好者为服务对象，秉持客观、科学的态度，收集整理和出版优秀民间文学作品，萃取精华，去其糟粕，激活资源，服务当代，为增强人民群众的文化自信提供强有力支撑。《中国民间文学大系》作为囊括了中国百年来各类民间文学的集大成之作，也必将有力推动民间文艺学的学科发展。

　　中国的民间文艺学发展至今，仍然面临着不少的困难和挑战。在现代化、城镇化进程中如何审视传统民间文化资源，在传统民俗文化萎缩与式微的背景下如何理解民间文艺的当代意义，在民间文艺传承人老龄化严重、人才断层严重的情况下如何保护与传承非物质文化遗产，这些都是亟待社会各界，尤其是民间文艺工作者探讨与回答的现实课题。此外，在学科设置上，1997 年国家学位委员会对高校的学科设置进行了调整，将民俗学放置于社会学一级学科之下，民间文学包含在民俗学内。民间文学由原来的"中国语言文学"中的二级学科降为三级学科，这些都在挑战着民间文学的学科独立性。但是学者们也不曾停下探索的脚步，在广泛吸收外国理论观念的同时，也在尝试进行创新，转换视角，为突破民俗学和民间文学现有困境而努力着。

　　在新的历史条件下，中国民间文艺学也迎来了大发展大繁荣机遇。乡村振兴战略、中华优秀传统文化传承发展工程的实施，为深深植根于广大农村的民间文艺的发掘、传承提供了广阔空间，为民间文艺资源实现创造性转化、创新性发展提供了可能性。

第三节 接续民间文艺的伟大传统

2015 年前后，国内民俗学界围绕"民间文学的伟大传统"这一学术话题，引发了热烈的讨论，掀起一股学术的热潮。那么，在学界引发论争的"民间文艺伟大传统"的内涵是什么？为什么说中国民间文艺学科的伟大传统是在延安时期形成的？今天如何接续中国民间文艺的伟大传统？这就有必要梳理这一学术观念形成的内在进路。

一、民间文艺蕴含的伟大传统

民间文艺产生于民间，流传于民间，是传导、寄托乃至直接表达民众群体及个人的生存状况、生活诉求、人生感悟与理想愿望的最直接的途径与方式，她天然地与自然、与社会、与人类群体有着鱼水般的亲密关系。正如吕微所概括的那样，"民间文学是人最原始的即必然、应然的存在方式，我们每一个人作为人，都不得不以这种必然、应然的爱的原始方式而存在，而实践，而生活"[1]。民间文艺将一个民族或地域的文化信息和心理积淀完整地、全面地、生动形象地、诗性化地展示出来，呈现为鲜活生动的形态，是我们了解这个民族或这个地域历史变迁、人生图景的理想文本。难怪有的学者会做出这样的推论："我们要了解一个民族，要了解一个民族的精神历史和它的精神内涵，就必须了解这个民族的传统的礼仪习俗、言行规范；要了解一个民族的礼仪习俗、言行规范，就必须了解这个民族的崇拜、禁忌等风尚；要了解一个民族的崇拜、禁忌等风尚，最可靠最有效最直接的途径便是了解其民间文学。"[2]

---

① 吕微：《民俗学：一门伟大的学科——从学术反思到实践科学的历史与逻辑研究》，北京：中国社会科学出版社，2015 年，第 515 页。

② 朱寿桐：《文学与人生十五讲》，北京：北京大学出版社，2006 年，第 324 页。

2014 年，户晓辉出版了专著《民间文学的自由叙事》①，吕微在为该书写的序言中，提出了"民间文学伟大传统"的新话语，这在民间文学、民俗学界简直是一个石破天惊、掷地有声的高论。吕微的序言以《接续民间文学的伟大传统——从实践民俗学的内容目的论到形式目的论》为题，发表于《民族文学研究》2015年第 1 期。他认为："民间文学纯粹实践形式和内在自由目的，其实也就是人类历史和社会文化的价值生活的先验伦理传统和应然道德理想，而这也就是民间文学发生与存在的根本条件和无上理由。"② 本来一贯以集体性为特征的民间文学通常表达的是某种集体共通的思想感情，但是，由于个体生活在群体之中，群体由个体组成，群体的、民族的思想情感恰恰也正是个人的表意对象，尤其是当民族或群体遭遇生死存亡的关键时期，情感的经验个体与神圣的民族群体更是紧紧地维系在一起，19 世纪德国浪漫主义、20 世纪 30 至 40 年代延安时期民间文艺运动就是典型的例子。

二、德国浪漫主义与民间文艺的伟大传统

刘宗迪认为，在赫尔德为代表的德国浪漫主义那里形成了民间文学的伟大传统。他在《超越语境，回归文学——对民间文学研究中实证主义倾向的反思》一文里 ③，从中国民间文学史上的"采风派"和"田野派"的论争与分歧谈起，指出民间文学与民族主义、浪漫主义密不可分。赫尔德所处的 18 世纪后半叶，德国上流社会的文化已经被外来的法国文化所玷污，要寻找本民族文化之根，要发现德国的民族精神，只有到德国本土的乡野民间去寻找。尤其是歌谣，离大自然最近，与民众的心灵贴得最紧，可谓一片天籁，最真实地反映了德意志民族的心声。歌谣、史诗为代表的民间文学对于民族的缔造有着重要的意义，用本民族的歌谣唤醒民族精神，发现真正的德国文化之根，由此形成了民间文学的伟大传统。赫尔德的理论预设在格林兄弟对德国民间故事的搜集、整理、出版的实践中

---

① 户晓辉：《民间文学的自由叙事》，北京：社会科学文献出版社，2014 年。

② 吕微：《接续民间文学的伟大传统——从实践民俗学的内容目的论到形式目的论》，《民族文学研究》2015 年第 1 期。

③ 刘宗迪：《超越语境，回归文学——对民间文学研究中实证主义倾向的反思》，《民族艺术》2016 年第 2 期。

得到确证。赫尔德所倡导的民间文艺运动，不仅在德国掀起了浪漫主义、民族主义热潮，而且在东欧、北欧也促发了争取民族独立解放的运动，产生了《卡勒瓦拉》这样伟大的史诗作品。

　　但是，刘宗迪同时提出"民间文学的伟大传统"是与个人、自由相对而言的，它内蕴的意义是"崇高"，"民间文学从其诞生之日起就反对启蒙主义、个人主义、自由主义，而与浪漫主义、民族主义密不可分"①。并且，他认为户晓辉、吕微论述民间文学伟大传统的基本出发点是自由主义或个人主义、启蒙主义的。在他看来，"民间文学与个人主义、自由主义恰好是水火不相容的"②。这就把浪漫主义、民族主义与个人、自由割裂开来，将民间文学伟大传统的丰富而又深刻的内涵绝对化了。户晓辉撰写了《重识民俗学的浪漫传统——答刘宗迪、王杰文两位教授》一文，对刘宗迪的批评予以回应，他认为浪漫的民族主义包含着自由、平等、博爱和人权，这正是民族主义的理性目的和逻辑条件。"当代民俗学者面临的一个任务就是从浪漫主义返回自由的民族主义，至少从集体和群体中看到并且尊重个体和个人"③。的确，民间文学伟大传统的内涵就在于民族群体的"大我"与社会个体的"小我"、民族解放与个人自由的对接互动，相互融合，最终以文艺为媒介，实现民族解放与人民的幸福。

三、延安民间文艺开创了中国民间文艺的伟大传统

　　中国民间文艺伟大传统的形成是在延安时期。中国共产党延续了"五四"知识分子提出的"到民间去"的口号，将它真正变成了革命实践中的重要一环，让民众和民众的文艺在民族国家建立过程中发挥了前所未有的作用。在毛泽东《在延安文艺座谈会上的讲话》精神指引下，延安文艺工作者在感情上尊重人民群众，与人民大众打成一片；在行动上到群众中去，向人民群众学习，深入乡野山间，搜集保存各类民间文艺作品；在效果上创造出一大批具有中国民族特色的、

① 刘宗迪:《超越语境，回归文学——对民间文学研究中实证主义倾向的反思》,《民族艺术》2016年第 2 期。
② 刘宗迪:《超越语境，回归文学——对民间文学研究中实证主义倾向的反思》,《民族艺术》2016年第 2 期。
③ 户晓辉:《重识民俗学的浪漫传统——答刘宗迪、王杰文两位教授》,《民族艺术》2016 年第 5 期。

为老百姓喜闻乐见的作品。延安民间文艺伟大传统的主要标志是：第一，从民间文艺中发现民族文化传统，凝练民族精神，将民间文艺与民族国家建立、民族的解放、人民的自由幸福联系在一起，实现了民族之"大我"与个人之"小我"、民族解放与个人自由的结合，让民间文艺成为团结人民、鼓舞人民的内源性的精神动力；第二，文艺工作者深入民间生活，理解人民群众的思想情感，学习人民群众的语言，创作出了优秀的文艺作品；第三，延安民间文艺真正实现了从"民间文学"到"民间文艺"的突围与跃迁，不仅搜集传统的故事、歌谣，而且扩展到秧歌、戏曲、说书、木刻版画等多种艺术样式，各种民间文艺文体都留下了被长久传唱的经典作品，使民间文艺实至名归；第四，延安民间文艺是真正的"人民文艺"，是"以人民为主体"的文艺，人民成为整个文艺场域的主角，他们不仅是民间文艺的创作者，也是参与者和享有者，创作主体与艺术客体具有一体化特征。

新中国成立后，民间文学采风、搜集整理以及再创作，正是延续了这一伟大传统。新时代如何接续民间文学的伟大传统，这是摆在学界和民众面前的一个严肃的话题。毫无疑问，面对百年未有之大变局，在全球化、现代化背景下，我们只有扎根于民族民间文化土壤，坚定文化自信，坚持以人民为中心，坚守中华民族的审美追求，深入挖掘整理民间文艺资源，探索创造性转化、创新性发展的路径，在传承中创新，让资源变为资本，从人民的伟大实践和丰富的生活中汲取营养，才能迎来繁花似锦、争奇斗艳的民间文艺满园春色。

第四节　中国民间文艺学的跨文化研究

一、跨文化研究的背景

随着全球化进程的加快，国家、民族之间的交流日益频繁，世界宛若小小的地球村。在文学领域，各民族文学逐渐成为全人类的共同财富。与此同时，对各民族文化之间的关系进行研究成为一种必然，推动着比较文学学科的产生。

为了更好地理解跨文化的研究，我们首先必须厘清文学比较与比较文学的区别。文学比较是在一个国家范围之内，对有内在联系的文学现象进行比较，如对闻一多与郭沫若进行比较研究。比较文学具有跨越民族、地区、语言、文化的特点，比较文学研究是对不同国家、民族的文学现象进行比较。季羡林指出狭义的比较文学是把不同国家的文学拿来比较，广义的比较文学是将文学与不同学科的文化进行比较。钱钟书也曾对比较文学做过界定，即跨国界跨语言的比较研究。

对民间文艺学进行跨文化研究，是民间文学与跨文化学科的交叉研究。很多神话、传说、民间故事在文化交流中广泛传播于世界各地，这是文化多元化的体现，既有相似的情节特征，又有各具特色的文化内涵，体现了民间文学与比较文学不可分割的密切关系。民间文学是比较文学研究重要领地，进行跨文化的比较研究又可以为民间文学带来生机，使民间文学的发展更加全面、完整。民间文学是人民大众以口头形式创作的作品，早期学者在研究中便有比较的倾向。缪勒的《比较神话学》依据语言学的知识体系对各民族神话的产生进行解释。缪勒指出宗教与语言发展的密切相关，神话在人类社会初期、语言体系不发达的时候产生，因此对神话的研究需要从语言学的知识入手，最终得出原始宗教以大自然为信仰的力量，神话都可以追溯到对太阳神的崇拜。法国斯达尔夫人接受了孟德斯鸠的思想，主张地理环境对文学的形成与发展有重要影响，民族的独特气质都会反映在文学中，体现出明显的比较意识。中国学者也以宏阔的视域关注域外文学的研究，芮逸夫在 20 世纪 30 年代提出了"东南亚文化区"的理论，指出东南亚这一区域的文化具有很大的共性，刘锡诚在《中日金鸡传说象征意义的比较研究》一文中对中日两国的金鸡传说从象征意义的角度进行比较，探讨了两国民众在思维方式上的一些共性。

二、分文体的跨文化研究

1. 中日神话比较研究

中日地理位置一衣带水，两国之间的交流从未中断。中日具有很多相似的神话情节，一方面由于两国共处于亚洲大陆，均以农耕生产方式为主，由此产生的神话有很多相似之处；另一方面是因为两国的不断来往与交流。在远古时期，中日两国民众均认为人的灵魂不灭，他们对现世生命的终结并不恐惧，相信人死后的世界才是可以永久依存的世界。在日本神话中，原始人观念中有三个世界，第一世界位于天堂，是神的世界；第二世界为百姓日常所生活的世界；第三世界在地下，称为黄泉国，三个世界平行存在。人们相信人与神可以通过一定的中介进行沟通，在中日神话中均有人神沟通的情节。

由于各国民族文化具有差异性，中日神话也有很多不尽相同的地方。首先在人物形象方面，中国神话中的人物形象奇异，外形多是半人半兽状。掌握不死药的西王母为华夏上古神话中一位重要的女神形象，《山海经》中最早记载西王母的形象为"其状如人，豹尾虎齿而善啸，蓬头戴胜"，一副凶猛可怕的怪兽形象，带着一股嗜杀气息，《大荒西经》中记载为人面虎身，汉代画像中的西王母形象为牛头牛角，随着历史的发展，文本记载的西王母逐渐变为人形。我们熟知的盘古开天辟地，女娲造人，这些神话中的主人公功德无量，形象高大，但都是半人半兽形象。《广博物志》中记载盘古"龙首蛇身"，《史记》记载女娲"人首蛇身"，这都与我国古代民众的图腾信仰有关。日本的《古事记》和《日本书纪》成书较晚，加上日本为"世代系天皇"，更多的是以天皇氏族的传承进行书写，形象多为端庄的人形。同时不同于中国神话中人物形象的高大魁梧，日本神话中有很多"小人"战胜拥有庞大体型的对手的故事。

同时，中日神话的一大区别是日本神话很少有愚公移山、夸父逐日、精卫填海这种类型的神话。受地理环境的影响，日本陆地面积小，四周被海洋包围，民众过着靠山吃山、靠水吃水的生活，生活节奏受自然环境变化影响较大，因此，他们无须从事周期较长的生产劳动。这种环境也影响到整个民族文化心理，即他们不去从事需要较长时间投入的生产活动，必须看到未来的希望才去行动，不会为了没有结果的事情耗费精力。中国的这类神话是体现人类不畏艰苦的精神品质，在恶劣的环境面前努力与大自然进行抗争。日本的民族观念认为人与自然应该是和谐相处的。《古事记》中有记载太阳是日本人信奉的神灵，他们称自己是太阳的后裔，就好比中国人称自己为龙的传人。日本人对太阳的忠贞程度高于其他地方的民众，从国家的名字来看，"日本"即为太阳升起的地方，他们将太阳作为国旗的图案，同时在日本神话中很难看到人类与太阳进行抗争的内容。

2. 中日民间故事比较研究

狭义的民间故事是指劳动人民所创造的具有虚幻色彩的散文体口头叙事文学作品，民间也称"瞎话""古话"。在日本，狭义的民间故事称为"昔话"，广义的民间故事称为"民话"。在中日文化的交流与传承中，两国的民间故事呈现出不可分割的密切联系。

20 世纪 30 年代，钟敬文赴日留学。在留日之前，钟敬文将很大一部分精力用于研究中国民间故事类型，发表了《中国的天鹅处女型故事》《中国民间故事型式》等重要文章。当时，民间故事类型研究的重要方法为 AT 分类法，但这个方法以西方民间故事的特性与内涵为依据进行分类，不适用于很多在东方流传的民间故事类型，因此，钟敬文一直致力于中国民间故事类型研究。日本学者关敬吾在接受西方 AT 分类法的基础上，以日本的故事内容为对象，重新进行分类，并为每一故事类型索引加上编号。钟敬文在留日期间的一个目标便是对中日民间故事进行对比研究，试图在跨国界跨语言的文化对比研究中找出共通性的规律与各自的独特性，以有利于国内民间故事搜集整理工作的展开。柳田国男作为日本民俗学之父，主张"一国民俗学"，对本国家的民间故事类型与内容进行深入研究，便可以从中探索出民族文化的特性。他从文献研究与田野调查两个方面对日本民间故事进行搜集，并对相似的故事进行比较，但很难找出这些故事发展的源流。

受柳田国男"一国民俗学"观念的影响，日本学者将研究视野集中在本国范围之内，很少对国外的民间文学资料给予关注。随着研究的进展，学者们发现很多民间故事的源流与传承问题得不到解决，逐渐意识到了解世界各地民间文学的重要性。日本学者高木敏雄对中日羽衣故事的内容进行对比；君岛久子是中国民间故事的重要研究者，她研究了大量的中国古籍，对中日均存在相似的羽衣故事进行考证，最后得出中国的《搜神记》中最早记载了这一故事的结论；直江广治对中日民间故事中的狗耕田类型进行了对比。改革开放之后，中日两国的交流进一步加强，两国学者联合进行田野调查。伊藤青司对西南少数民族的民间故事资料进行详细考证，出版了《中国日本民间文学比较研究》，详细介绍了羽衣故事、烧炭翁故事等中日存在的相似故事类型。20 世纪末，高木立子师从钟敬文进行中国民间文学的研读，发表了大量民间故事比较研究的论文，如对天鹅处女型与猴娃娘型的故事进行对比。两国学者进行民间故事的比较研究，不仅在于通过对母题、情节要素的异同进行比较，找出故事流传的源头，更深层的意义在于以此探究故事背后所蕴含的不同国家的民族性格与文化意义。

　　这里以狗耕田故事类型为例，介绍中日民间故事的对比研究。中国狗耕田故事的简要情节为一对兄弟在父母去世后分家，兄嫂狡猾奸诈，分家极不公平，哥哥分得了一头会耕田的牛，弟弟只分得了一条狗。但是这条狗到了地里会帮弟弟耕田，过往的行人都不相信这条狗会耕田，于是跟弟弟打赌，弟弟打赌赢了之后逐渐变得富有起来。哥哥知道后，借了弟弟的狗，在哥哥地里，狗根本不去耕田。哥哥非常生气，将狗打死了。弟弟伤心地将狗埋了，不久，坟头长出了一棵树，弟弟摇了摇树干，掉下来很多金子。哥哥知道后，半夜偷偷去摇树，结果掉下来的全是狗屎。日本这一类型的故事称为开花爷爷型，主要情节为一位老太婆在河中洗衣服，漂来了一个桃子，她带回家后变成了一条狗。这条狗跟着老爷爷去耕田，在狗的指示下，老爷爷挖出了很多金子。邻居知道后也跟着这条狗，但挖出来的全是烂石头。后来在狗的坟头长出了一棵松树，老爷爷把它做成了磨，磨出了大米，邻居知道后，借了磨，磨出的全是粪便。

　　可以看出，两个故事的母题与情节基本相似，即善良者得到好报之后，邪恶的一方也去模仿，却每次都遭到报应。这类故事是在农耕社会背景下产生的，在田地中劳动是人民生活的主要方式，体现了劳动人民对善良与正直品质的赞扬，彰显了惩恶扬善的民间正义性原则。但是它们也有很多不同之处，经过中日学者对这种类型故事的发源及流传情况进行考证，认为日本的开花爷爷类型故事是从中国流传过去的，中国的狗耕田故事一般发生在兄弟之间，日本的主人公则更多的是邻居关系。受社会制度及文化习惯的影响，在亲属之间进行财产的继承与传递时，中国的家长一般会将土地等家产平均分给两兄弟，因此在狗耕田故事中兄嫂合谋欺负弟弟，抢走会耕田的牛，留给弟弟一条不会耕田的狗，这种不公平的行为能够引起读者的不满，与民众的现实生活相贴近，可以起到警醒的作用。而日本在财产的分配中以长子继承制为主，在狗耕田故事流传到日本后，由于不符合民众的认知观念，将故事中的主人公改为邻居关系。同时，狗耕田故事中的狗是通过分家产而得，狗拥有耕田的本领，开花爷爷故事中的狗通常是从海上或河中漂来的，像《桃太郎》中的英俊小伙也是从河中漂来，而且狗往往具有神性，可以为主人指引获取财富的道路。中国具有农耕文化的传统，靠耕种为生是传统中国人的生存方式，拥有会耕田的牲畜便是家中的财富，而日本人最初以渔猎或狩猎为生，对农田中牲畜的需求不强烈，再加上日本的农耕文化从中国传来较晚，因此故事中的狗一般是从水上漂来。

这些民间故事带有一定的幻想色彩，是不同国家、不同民族思想与价值观的体现。不同类型的民间故事在世界各地普遍存在，既要对其相似性进行研究，更要注意它们的不同之处。1991 年，钟敬文参加北京大学召开的中日两国民俗比较研讨会，在会上做了《中日民间故事比较泛说》的演讲，提出对中日民间故事的比较研究，首先要尽可能搜集众多的故事个案，对相似的个案进行对比，同时要注重对两个国家的整体特性进行研究。除此之外，要关注中日具有差异性的故事类型，这些故事更能反映出不同民族文化演变的发展规律，发现各个国家民间故事的性质与特点。

3. 中西史诗比较研究

史诗作为民间文艺的一种重要文体，是早期人类留下来的宝贵财富，它对历史上的英雄事迹及重大历史事件进行叙述，对我们研究远古社会的发展具有重要意义。史诗在民间文艺文体中具有极高的地位与价值，人们对史诗的重视不仅在于它的文本本身，更在于它能够将不同社会阶层的人与整个民族社会联系起来，表达一个民族生存与发展的根本需求与历史命运。史诗的发展经历了漫长的过程，是人类特定时代的产物，它融合了神话、故事、民歌等其他文体的精髓。在生产力不发达、科技水平落后的时代，人们将大自然看作具有超能力的存在，无法解释种种现象。随着原始先民生产水平与认识能力的提高，在民间流传的神话已经不能完全满足民众的艺术审美与精神生活需求。人们开始将想象与幻想附加到自己的现实生活中，在文学艺术中创作出既有神性又彰显出浓厚现实色彩的史诗作品。

西方文学的源头在"二希传统"，即希腊文化与希伯来文化。希腊民间文学中著名的史诗为荷马史诗，包括《伊利亚特》和《奥德赛》两部分。中国的三大英雄史诗分别为《格萨尔》《江格尔》《玛纳斯》，后又发现并整理了苗族史诗《亚鲁王》等。我们以《伊利亚特》与《格萨尔》为例，对中国与希腊的史诗进行比较。总的来说，以荷马史诗为代表的西方史诗具有一定的格式与韵律，个人进行改编的内容很少，但中国史诗的发展中，仍然存在后世个人进行改编与润色的可能。

　　从史诗本身的特征来看，它是民众口头创作的产物。《伊利亚特》并非出自一人之手，它从产生到形成经历了漫长的时间。特洛伊战争结束后，在小亚细亚一带的民众中流传着歌颂战争英雄的故事，一些希腊民间艺人与民歌手在公共场合对这些诗歌与故事进行表演，在流传的过程中也不断改编。公元前8世纪，由盲人荷马进行收集整理，公元前6世纪出现以文本形式流传的史诗。学界对中国有没有史诗曾产生怀疑。其实，中国不是没有史诗，而是一直存在于民众的口头流传中。同时，相比于民间流传的故事，史诗的篇幅较长，例如荷马史诗共50多万字，一般是由民间歌唱者讲述。藏族史诗《格萨尔》产生于氏族社会向奴隶社会过渡时期，在藏族大动荡时期，赞颂格萨尔的民歌在藏族民众中广泛流传，佛教传入中国后，一些僧侣开始进行编纂整理。

　　两部史诗均描述了一个人神共存的世界。史诗将神话中的神性带入到人们的现实生活中，表现了人们对神的尊崇，同时人们相信史诗中所描述的故事具有真实性，反映出在民众的观念中神对世界的统领作用。《伊利亚特》仅仅对特洛伊战争中的51天进行描写，史诗以阿喀琉斯的愤怒为中心，阿伽门农作为首领侵占了阿喀琉斯的女奴，阿喀琉斯非常愤怒，独自退出战役，导致希腊在战争中连连失利。他的好友帕特洛克罗斯为了本族的胜利，身披阿喀琉斯的铠甲，结果被敌方赫克托耳刺死。失去好朋友再一次将阿喀琉斯激怒，他奔上战场打败了赫克托耳。这是人的世界。神的世界是由宙斯带领着众神居住在奥林匹斯山上。宙斯作为众神之王，被称为至高无上的神，其他的神都是宙斯与不同女子所生的后代。在双方英雄的战争中，众神也是分为两派，各自支持一方，在战役中发挥自己的神力帮助自己支持的队伍。在被阿伽门农夺走女奴后，阿喀琉斯内心充满愤怒，他一方面想要压住自己的怒气，另一方面又承受不住失去尊严的伤害，此时一位女神下界劝他暂时放下愤怒，阿喀琉斯才拼尽全力与赫克托耳对战。《格萨尔》中同样存在一个神的世界，白梵天王为神界之王，他与神后所生的众多子女共同组成神的天界，掌管着人间社会的发展。格萨尔担负着为民除害、造福百姓的使命，被赋予半神半人的形象。

虽然都是以人神共存的世界为基础，但两部作品所描写的神界生活截然不同。在《伊利亚特》中，宙斯作为众神之主，拥有至上的权力，不仅掌控人间凡事，其他众神也都必须服从宙斯的命令，对于违反者将会以暴力加以处置。宙斯俨然是封建时代的君王，以骄横凶残的方式行使自己的权力，以保证自己的地位。整个史诗是以战争为核心，希腊军队与特洛伊在人间进行战斗，而众神各分两派，往往会因为所支持不同的队伍发生争吵，钩心斗角。同时，奥林匹斯山上的神往往没有明确的意志，时而支持希腊，时而支持特洛伊，还会使出自己的神力戏弄双方，呈现出的是一个混乱、尔虞我诈的神界。可以看出，《伊利亚特》是对人类所生存的现实世界的模仿，神同人类一样拥有七情六欲，会愤怒，也会斤斤计较，只不过拥有人类所没有的神力罢了。众神的为所欲为也是建立在西方人对神的尊崇与虔诚的信仰之上，神的力量与权威是凌驾在人类之上的。在史诗中，各个英雄是神与人结合的后代，身体里流淌着神的血液，阿喀琉斯与赫克托耳都是宙斯神的后裔，拥有超乎凡人的魔力与智慧。同时，在荷马史诗的描述中，主要是歌颂英雄的骁勇善战，即便赫克托耳最终战败，人们依旧会传唱他高大、勇敢无畏、富有责任感的品质。《格萨尔》中所描述的神界较为清净，没有众神之间的矛盾斗争，呈现的是一个和谐安稳的神的世界。白梵天王作为众神之主，是正义与善良的化身，他具有公正无私、高瞻远瞩的高尚道德品质，众神之间分工明确，和谐相处。白梵天王看到人间的民众饱受欺凌，便派格萨尔到人间降妖除魔，为民除害，他关注民生疾苦，爱憎分明，是理想的君王形象。

三、钟敬文的跨文化研究

钟敬文是我国民间文艺学的奠基人与开拓者，具有宏阔的视野与世界性的眼光，他一方面致力于中国民间文艺的本土化研究，另一方面在借鉴外国民间文艺研究的学术成果中，致力于让中国民间文艺走向世界。

20世纪20—30年代是钟敬文民间文艺研究的初期，在杭州的生活与赴日留学这一阶段是他的丰产期。五四运动后，西学东渐、文化人类学对中国学界产生了重要影响。文化人类学强调不同地区文明发展具有很大的相似性，是由于各地人类的心理具有共通性。但由于各地历史与地理环境存在差异，不同地区的文明会有各自的特性。1928 年，钟敬文发表了《中国印欧民间故事之相似》一文，便是采用人类心理的相似性来解释世界文明的相似性。这是钟敬文早期跨文化研究的重要成果，但当时的研究仅仅关注于不同文化之间的相似性，忽略了差异性。1934 年钟敬文前往日本留学，师从西村真次。他原计划的留日的两个目的，一是学习日本与西方先进的民间文艺理论与民俗学理论，二是对中日民间故事、传说进行比较研究。但由于时间等多方面原因，后一目标没有实现。

钟敬文提出一些学科共同使用的方法，如比较法、归纳法，其中比较法便是跨文化研究最常用的方法。还有一些民间文学学科特殊的研究方法，如母题研究、故事类型索引等。他将比较法与民间文学学科的特殊方法相结合，对民间文艺作跨文化研究。钟敬文在留日前后，发表了《中国的天鹅处女型故事》《老獭稚型传说的发生地》等多篇论文，与国外研究学者形成对话。在钟敬文之前，鸟居龙藏、松本信广等日本学者对老獭稚故事进行了跨文化研究，但他们所运用的研究资料不同，鸟居龙藏与今西龙使用的是中国东北关于老獭稚的口传资料，松本信广使用的是越南的资料。1934 年，钟敬文撰写的《老獭稚型传说的发生地》一文，在充分肯定日本学者研究成果的基础上，指出他们所参照的材料不完整，尤其是对三轮山型与天子地型两种故事类型的论证不严谨、不完整。钟敬文搜集了大量中国北方与南方的资料，并从中国古典历史文献中加以考证，拥有了充足系统的研究资料之后，与日本、越南等国家的同型故事进行比较研究。在跨文化研究中，钟敬文非常重视材料的完整性。民间文学的跨文化研究具有重要的意义。首先就是互识，"互识也就是由互动而产生的新的问题"[1]。钟敬文关于老獭稚型传说故事的跨文化研究为国外学者介绍了中国的故事资料与类型，使其对中国丰富的民间文学资料有一个新的认识，同时也在比较中加深了对本国民间文化的理解。其次是互证，"互证则是以不同文学为例证，寻求对某些共同问题的相同或不同的应和，以达到进一步的共识"[2]。中日学者通过对老獭稚型故事的跨文化研究，对这些同类型民间故事的发源地有了更确切的认识。同时，跨文化研究可

---

[1] 乐黛云：《跨文化、跨学科文学研究的当前意义》，《社会科学》2004 第 8 期。
[2] 乐黛云：《跨文化、跨学科文学研究的当前意义》，《社会科学》2004 第 8 期。

以在与异文化的接触过程中，根据自身发展的需要，吸收异文化理论与方法上的精华，补充并丰富本土理论。

钟敬文的跨文化比较研究，立足于本国民间文学的实际，积极地接受国外先进的理论与方法，将中国民间文学的发展置于世界潮流中，努力与国际发展接轨。在全球化进程不断加快的今天，通过跨文化比较，找出不同文化的相似性，探寻它们之间的内在联系，同时在比较中发现不同民族文化的独特性，必将促进中国民间文艺学的发展，推动各国民间文化的密切交流。

思考题

1. 分析外来思潮与中国民间文艺学学科建设之间的关系。

2. 试论述中国古代民间文艺资源的当代价值。

3. 分析五四歌谣学运动在中国民间文艺学史上的地位。

4. 为什么说延安时期形成了中国民间文艺的伟大传统？

5. 可以从哪些维度进行民间文艺学领域的跨文化研究？

6. 结合本讲内容，谈谈你对于民间文艺学理论来源的思考。

第四章　民间文艺文体论

在 20 世纪的百年中，国内文艺学研究一直侧重于文学文本，民间文艺学也是如此。随着后现代主义文论思潮的引进，特别是受 20 世纪 80 年代美学热的影响，国内文艺学研究一直侧重于文学，特别是文本的研究，在民间文学文本的研究中，出现了诸多具有标志性的研究成果，如顾颉刚的孟姜女故事研究、袁珂的神话研究等。作为 21 世纪的显学，民间文艺学理应成为高校重点建设的强势学科，那么，明确学科的研究对象是应有之义。既然是民间文艺学，就不仅要重视民间文学的研究，还要重视民间艺术的研究，既要重视叙事文体的研究，也要重视表演类文体的研究。特别是在大力保护非物质文化遗产的今天，将民间工艺如剪纸、刺绣等艺术形态纳入民间文艺学的研究对象，既是重要的，也是必要的。因此，本章的文体论在介绍民间文学文体的相关知识的同时，也介绍民间艺术的研究。

在各国文化交流愈加深入的今天，应在世界文学艺术的视域下研究民间文艺，以国际视野较准确地提炼和概括中国民间文艺的民族特性，明确我国民间文艺对世界文明产生的重要意义。从国内、国外文学艺术双向循环互动的背景下，重绘中国文学地图，以期实现民间文艺学的健康发展。同时，我国是一个多民族的国家，研究者既要重视汉族民间文艺，也要重视少数民族的文艺。童庆炳在《文学理论教程》[①]一书中，着眼于文学的宏观视野，从五个角度定义文学理论的研究任务，分别为活动论、本质论、创作论、构成论和接受论。文学作品是文学理论研究的主要对象之一，而研究文学作品，离不开对文体的研究。文体是作品的客观表现形式，作品内容影响文体的选择，反过来文体又对内容表达的深度和广度有所制约，因而研究文体是必要的。民间文学作为文学世界中一束奇葩，具有区别于作家文学的显著特征，但本质上属于文学的领域，因而文学理论的概

---

① 童庆炳主编：《文学理论教程》，北京：高等教育出版社，2008 年。

念、原理、方法等，同样适用于对民间文学的研究。换言之，民间文艺学的研究离不开对民间文艺学文体的研究，民间文艺学文体论是现代民间文艺学的重要范畴。

现代民间文艺学的一个重要任务是研究民间文艺的文体，要研究文体，就需解决以下这些问题：民间文艺有哪些文体？这些文体如何形成？社会成员如何认识和运用文体？民间文艺学文体有哪些区别于作家文艺文体的特性？民间文艺不同文体在不同社会历史阶段各产生了什么作用？世界上不同族群、国家、地区的民众对民间文艺文体的选择有什么区别？以上都属于现代民间文艺文体学迫切需要解决的问题，重视该研究方向，能够优化民间文艺学的理论建构，加深我们对民间文艺学认识的深度，拓展研究的广度。

第一节　文体的地位与文体学学术史

一、文体的三个层次

文体，指文艺作品的种类和样式，其外在结构在历史上具有某种稳定的形式，这种形式是随着审美地、艺术地再现和升华生活真实的丰富性，以及艺术家在作品中所提出的审美任务而诞生发展的。对文艺作品的种类和样式的划分经常用"体裁"这一概念，不管是作为教学语言，还是在文章、书籍里，"体裁"被广泛地使用着。在民间文艺学科领域中，学者们对民间文学作品样式的划分也使用"体裁"这一术语，如《民间文学概论》《现代民间文艺学讲演录》《民间文学教程》等。但是，一般"体裁"强调的是一种艺术作品的外在形式，其艺术结构在历史的发展演化中形成了某种稳定的形式。而文学作品分为内容和形式两个方面，内容包括思想情感、故事情节，形式包括话语、结构、风格等。过去一提到"体裁"，学者就将其归到形式方面，我们要强调的文体则绝不单单是形式问题。文体和内容密切联系着，选用什么样的文体是由它特定的表现内容决定的。如歌谣适宜抒发情感，它最主要的特征就是情意真切，往往是民众在情感最饱满澎湃时，脱口而出形成，是民众心声的自然流露。歌谣的语言形式具有节奏韵律感，读起来朗朗上口，具有音乐性。在格式上比较短小工整，有四句头、五字句等固定形式，多用隐喻、双关等修辞手法。这种短小精悍的形式适宜即兴表演，表达真情实感，特有的韵律感使其便于传播。

传说这种文体表达的内容主要有：民众对家乡的热爱，如《洪洞大槐树传说》；对英雄的敬仰，如《李自成传说》；对风俗习惯、名胜古迹的来源和特点的解释，如《端午插青的传说》。而与传说相似的故事，则适宜表现民间交往中的伦理道德，如歌颂主人公的忠诚、善良、勇猛，或表现家庭中的人际关系，如由婆媳、妯娌、兄弟等为主要人物形象展开情节，对地主、恶婆婆等恃强凌弱的角色给予道德谴责，并设计坏人受到惩罚，好人获得幸福的结局，具有强烈的道德训诫意味。民间故事的性质使得这种文体具有民众自我教育的价值，有利于特定社会共同体成员的惯例习俗培养和认知评价的形成，尤其在幼儿的教育方面，具有不可代替的价值功能。而且传说往往在历史的基础上创作，具有一定的可信性，而故事的主要特点就是幻想性。由此可见，如果仅仅以语言、结构等外在形式去分析传说和故事，难以看到两者本质上的区别。只有将表层的文本因素和深层的社会因素结合起来，才能对不同类型文体有全面、立体、深刻的认识。

综上所述，我们将这种既包含内容又具有形式的、关注整体的艺术结构称作"文体"，其内涵既包括外在形式层面，如语言体式、结构组织，也包括深层的社会蕴涵，如价值判断、时代需求、民族传统等。

"文体一是指外在的表层的语言秩序；二是指这种语言秩序所负载、所蕴含的深层的思维格式，即思维方式、论述方式和批评风格等。"[①] 分类方式的不同是由于分类标准的不同，不同的分类标准体现了不同文化的思维方式。"中国文体学谱系则受到先秦文、史、哲融合的文化形态之熏染，如众多文体形态是在先秦礼乐文化及其载体汉代经学母胎中建构起来的，文体发生之初大都出于儒家礼制的政治需要，因而被长期用于特定仪式礼仪中，面对特定阶层，表现特定内容，实现特定目的。礼乐结合蕴含着礼教向审美转化的契机，文体遂成为礼教文化精

① 刘再复：《论八十年代文学批评的文体革命》，《文学评论》1989 年第 1 期。

致化的文本形式和审美表征。"① 在这种文化背景下，中国传统文体学形成了以诗、文为重的倾向，而戏曲被视为末流。在西方，由于古希腊、古罗马民主政治原因，文学在演讲术和修辞学中发展起来，重视语言修饰技巧，"在观众面前表演的诗歌是戏剧；在听众前朗诵的则是叙事诗；自己背朝观众唱或者吟诵就是抒情诗；而小说则要安静地阅读"。② 所以中国传统的"二分法"将文本文体分为韵文和散文；西方亚里士多德在《诗学》中的"二分法"把文学文体分为史诗和戏剧。

童庆炳在《文体与文体的创造》一书中也认为被外在形式规定的文体含义过于单薄，于是对"文体"一词进行重新解释："文体是指一定的话语秩序所形成的文本体式，它折射出作家、批评家独特的精神结构、体验、思维方式和其他社会历史、文化精神。"③ 童庆炳认为这样的"文体"概念更符合中国古代文论的实际，他将"文体"分为三个层次，即文体、语体和风格。

第一个层次——文体，就是文类的体统、体制、规则，其结构在历史上具有某种稳定的形式，以往多数文章都在这个层面上进行讨论。我们参考刘勰《文心雕龙》对文体的划分，可以将文体分为诗、乐府、赋、颂、赞、祝等三十三大类。不同的文体有不同的特点和功能，创作文章首先要确定文章的文体，然后遵守该文体的理论要求和规格要求进行创作。

第二个层次——语体，即语言体式，不同文体具有不同语体，语体是文体与风格间的沟通桥梁。如《典论·论文》中的："夫文本同而末异，盖奏议宜雅，书论宜理，铭诔尚实，诗赋欲丽：此四科不同，故能之者偏也；唯通才能备其体。"④ 曹丕已经意识到不同文体在语言体式上的区别，并较精准地论述了不同文体的特色。再如陆机《文赋》中论述诗这种文体适合抒发情感，因而辞藻华丽，而赋用于陈述事件，所以语言条理明朗。

第三个层次——风格，是艺术作品审美的最高范畴。既然文体和语体已经对作品作出了体制和语言上的规定，那么作家在创作时还有发挥能动性的空间吗？

---

① 贾奋然：《中国古代文体思想史研究的双重维度》，《文化与诗学》2017 年第 2 期。
② [法]达维德·方丹：《诗学——文学形式通论》，陈静译，天津：天津人民出版社，2003 年，第 126 页。
③ 童庆炳：《文体与文体的创造》，昆明：云南人民出版社，1994 年，第 1 页。
④ 曹丕：《典论·论文》，见魏宏灿《曹丕集校注》，合肥：安徽大学出版社，2009 年，第 313 页。

刘勰在《文心雕龙》中提到了这个文体，他认为在"昭体"的同时要适当地"晓变"，即在遵循文体和语体的基本规定的情况下，作家可以灵活创造，巧创佳篇。而这种灵活创造基于作家的性情，"文体"强调作家的性情与作品风格之间的内在联系，作家在运用世代沿袭的文体创作时，性情影响创作，"因性以练才"，经过不断创作，形成自己的独特的风格。

徐复观将文体分为三个次元，首先是体裁，由长短相间的句子排列而成，是代代沿袭的纯形式的规定；第二个次元是体要，以事义为主，既涉及形式，又结合了作者的情感、认知，是创作主体用心构思的结果；第三个次元是体貌，指文学的形相，作品体现了作者的性情和精神风貌，与前两个次元相比更完整更深入。①

综上所述，根据童庆炳建立的"以文体为基点、以语体为中介、以风格为成熟标志的文学文体的动态创造系统"，结合徐复观"三个次元说"及其他学者的观点，本文采用"文体"这个概念研究民间文艺。

二、民间文艺文体的本质特征

民间文艺作为一种文学艺术门类，既是整个文学系统的一个分支，与其他分支相互作用，又与作家文学、通俗文学相对，自成体系；既包括叙事类民间文学，又包括表演类民间艺术。民间文艺的创作主体是广大人民群众，在大自然中劳动、创造时，在受到压迫时，在婚丧嫁娶的民俗活动中，人们用独特的文学艺术形式记录自己的生活经验、抒发自己的感情、描绘多彩的生活，创造出内容丰富多样的文体。

研究民间文艺的文体，需要说明民间文艺文体划分的标准，以及这个划分背后隐含的文化思维，这有利于深入理解和把握民间文艺文体学。

民间文艺可以分为多种文体，民间文艺的文体是在自身发展中经过历时演进而形成，既是一种表现形式，又是一种创作实体。每一种文体的选择都不是偶然的，都与民众想要表达的生活情感、社会内容息息相关，换言之，我们可从文体中看到其表现内容、思想蕴藉、审美评价等要素。一句话，各种文体在整体上体

---

① 徐复观《文心雕龙的文体论》，见徐复观《中国文学论集》，北京：九州出版社，2013 年。

现着内容与形式的统一。

民间文艺需借用一定的形式呈现在民众面前，这决定了其具有内容的社会规定性、历史规定性、文化传统规定性、生活条件和审美意识的规定性等，体现着文体形成时所面对的社会环境、历史条件等外部规定性与文体自身形成发展的规律、特点等内部规定性的统一。

民间文艺文体具有一般的美学特色。每一种文体在长期演变过程中，既发展了前代已有形式，又继承了动态稳定的一套艺术手法。这些艺术手法就是该文体区别于其他文体形式的独特之处，并与各种文体所反映的内容对象相适应。艺术运动具有其独特的内在机制，只有通过文体才能实现。文体有着相对独立的、特殊的内在机制，它体现了艺术创作过程中主客观的统一，也体现了艺术发展过程中的各种常见特征。

民间文艺文体诉诸听觉，产生听觉感受性，由此产生记忆、思维与想象，形成认识过程中的心理现象，进而变成情绪与情感对周围世界的认识和体验，形成一种特定的文艺心理。民间文艺文体与人们的接受心理密切联系，这种接受心理产生在对生活体验、道德感、美感与理智感的认同上，其中，生活体验是创造艺术的现实基础，也是接受艺术的重要心理条件。

民间文艺文体以民族心理和民间传统文化为基础，是民间口头作品的具体样式。区别于作家文学作品的文体，民间文艺文体具有民间美学的创造特点。

钟敬文《民间文学概论》将民间文学的文体分为三大部分：散文类，包括神话、传说、故事；韵文类，包括史诗、叙事诗、歌谣、谚语和谜语；表演艺术类，分为民间说唱和民间小戏。万建中《民间文学引论》，又对民间文艺的文体特征做了具体阐释，他将史诗称作"民族的口述史"，神话是"神圣的叙事"。[①]

三、中国民间文艺文体学研究小史

中国民间文艺文体学在尚未正式形成之前，相关研究就已经展开了，为以后的民间文艺文体研究积累了材料和经验。王旭曾通过历时性分析将中国民间文学

---

① 万建中：《民间文学引论》，北京：北京大学出版社，2006年，第3页。

文体学史分为三个阶段，概括了每个阶段的研究范式以及所依据的学科理论。[①]

第一个阶段是 20 世纪初至 30 年代中期，为中国民间文艺文体史的萌发期。歌谣运动的兴起掀起了民间文艺工作者们对歌谣文本的搜集、整理，出版了歌谣集，如顾颉刚的《吴歌甲集》、董作宾的《看见她》。这种对某个文体的搜集和整理工作很快扩展到神话、传说、故事等其他民间文学文体上，学者开始对分类文体学进行研究，试图对文体的定义、起源、特征、功能、价值等方面做出规定，建立中国民间文艺文体学系统。如胡愈之、杨荫深等都提出了自己的分类体系，但由于搜集材料的数量和质量都有所欠缺，以及部分学者经验不足、急于求成等原因，对文体学的分类工作从一开始就有些单薄，随着时间的推移逐渐显现出一些弊端。"随后的研究者在讨论体裁系统时，往往把主要精力放在如何使得这些分类系统进一步合理化、精细化。亦即，他们检讨的对象主要是其他学者的分类法，而不完全是资料和概念本身。"[②]这一时期，进化论传入我国并深刻影响着民间文艺学这门学科的发展，对神话、传说、故事的研究都产生了深刻影响，赵景深、郑振铎、林惠祥将人类学进化论学说运用到对神话学、传说学的研究中，将神话、传说看作远古时代的遗留物，通过"以今证古"的方法解析神话、传说文本。

第二个阶段是 30 年代中期到 70 年代末，这一时间线包括长时间的战争和新中国的成立。由于日军侵华，北方的高校被迫迁到西南地区，这批南迁的学者大多有留学背景，具有开阔视野，"他们将西方的理论和方法与中国的考据注疏传统相结合，以综合研究为取向；吸收了人类学、社会学、考古学、训诂学、文化学等相关学科的成果和方法，将其融为一体，进行多重互证和比较研究"。[③]如任教南京大学的吴文藻，将人类学功能学派引进中国，致力于人类学本土化、中国化，将人类学与中国国情相结合，解决中国问题，并培养了费孝通、林耀华等人类学学者。1942 年，延安文艺座谈会召开，毛泽东发表了《在延安文艺座谈会

① 王旭：《20 世纪以来中国民间文学文体研究史略》，《励云学刊（文学卷）》2014 年第 2 期。
② 西村真志叶：《反思与重构——中国民间文艺学体裁学研究的再检讨》，《民间文化论坛》2006 年第 2 期。
③ 刘锡诚：《民间文艺学史上的社会—民族学派—20 世纪中国民间文艺学流派论》，《民族艺术研究》2003 年第 6 期。

上的讲话》，解放区受此影响开始关注民间文艺，利用秧歌、民歌、民谣、说书等文体宣传革命。新中国成立后，部分西方理论一度被视为资产阶级学说而拒之门外，学界大力倡导马克思主义和苏联的民间文艺理论。我国民间文艺工作者学习苏联，将民间文艺学视为无产阶级文化的内容，认为民间文艺学是反映无产阶级的生活、思想、精神和愿望的艺术形式，体现人民性和革命性的故事、歌谣等被搜集或创作。如周扬于 1958 年作了《新民歌开拓了诗歌的新道路》的报告。与大跃进运动相伴随的新民歌运动轰轰烈烈地开展起来，政府鼓励民众通过创作民歌来宣传政策、鼓舞干劲，在这一运动中白茆镇成为典范，充分展示革命文艺的白茆山歌成为主流，私情山歌等传统山歌则遭到了遏制。这一文学现象和社会现象引起了学者的反思，陈泳超既肯定了新民歌促进劳动的热情，使民众在劳动中收获乐趣，又指出"有一个事实很重要，我们现在采访白茆那些大跃进时代过来人时，无论是领导、群众，都记得很多邹振楣似的'怪话'、'黑话'，而对于那些铺天盖地的宣传队民歌，包括编创者在内，大多不记得了"。[①]

　　第三个阶段是 70 年代至今，改革开放给中国民间文艺工作带来了新的生机。1980 年，钟敬文主编的《民间文学概论》出版，这本书首次将民间文学文体划分为三大类、十小类，其中三大类即散文类、韵文类、表演艺术类，这一分类体系得到学界公认并沿用至今。但是学者在研究过程中对于文体学的分类体系仍有困惑，无论是广义的民间故事还是狭义的神话，在这些定义调整的背后，仍然存在介于两种文体之间的作品，很难严格地说明一个作品到底属于哪种文体，即文体之间存在着模糊带。这是因为民间文学的文体不是静态的、一成不变的，每种文体都有自己的表现内容与讲述方式。经过演变发展，有的民间故事讲述常常带有传说性的手法，会出现神话传说化、故事传说化的现象，尤其是有些文体有共同的题材，如传说和故事都有动植物题材，更是难以区分，由此产生了文体模糊性。除了这种情况之外，还有更复杂的情况，董晓萍在《民间文学体裁学的学术史》一文中提出要从民众的观念出发去评论文体，然而现实与理论往往存在很大的差距。她举了两个例子："第一个例子，是我国地域广大，一种民间文学作品，

---

① 陈泳超：《革命时代的山歌：革命的和不革命的——白茆山歌历史考察之一》，《民族艺术》2013
　年第 1 期。

在这里是传说，在那里可能是故事；在这里是山歌，在那里可能是戏曲。第二个例子，是我国民族众多，在汉族的叙述中，神话是散文，在西南少数民族中间，有时却是韵文。"① 书面的规定到了复杂的现实情况中就体现出了局限性，针对这一问题，作者给出的解决办法是要抓住文体的本质，要注意到文体是稳定性和相对性的统一。

现代民间文艺工作者提出了语境中的文体研究，2008 年杨利慧与安德明翻译了《作为表演的口头艺术》一书，将"表演理论"引进国内，遂成为民间文艺学的研究热点。杨利慧《现代口承神话的民族志研究——以四个汉族社区为个案》一书以表演理论为指导，重在展示在当代社会语境中仍然以口头语言为传承媒介以及仍承担着一定的实际功能的神话，而不是继续过去的研究主流——以传世文献上记载的书面文本为主要研究内容。她重视研究口述，探索神话的演变与当代社会社会文化语境之间的互动关系，拓展了现代神话学的广度。

尹虎彬也强调"语境"对口头文学的重要性，认为："不同的表演、不同的表演时间、场合，不同表演者、不同的听众，这些不同都会影响口头诗歌的文本。离开了表演，口头诗歌的存在、它的完整性、统一性就不复存在。表演者的技能、性情、听众的反映、场景，这些都是口头诗歌艺术的重要方面……口头文学的交流更加依赖于社会语境：观众的特点、表演的语境、表演者的个性、表演本身的细节等。"② 据此，他倡导中国的史诗研究要建立新概念和新的研究范式。李玉平在《口头文学视野中的文类理论》一文中，也将文体置于话语语境中讨论，研究"文类"与"表演""语境"的互动关系，认为文本是一个动态的生产过程，将表演、创作者、受众、社会历史背景都纳入文类的研究，考察社会生活在特定的言语行为中的生产与再生产，看重文本的社会交际功能。③

---

① 董晓萍：《民间文学体裁学的学术史》，《北京师范大学学报（社会科学版）》1999 年第 6 期。
② 尹虎彬：《古代经典与口头传统》，北京：中国社会科学出版社，2002 年，第 176 页。
③ 李玉平：《口头文学视野中的文类理论》，《民族文学研究》2010 年第 1 期。

第二节　中国民间文艺的分文体研究

民间文艺文体是一个历史的范畴。各种文体自身的发展，固然有其历史线索和独特过程，有其主体与客体之间的复杂关系的演进，同时文体作为整体也有其漫长的历史过程和发展层次。国内外对民间文学文体的划分各有千秋。

一、民间文艺学文体的分类

1. "神话，是人类各共同体（氏族、部落、民族或国家）集体创造、代代相承的一种以超自然形象为主人公、以特定宗教信仰为内核并为其服务的神圣叙事。它既是一种经典性的文学文体，也是远古人类的知识体系和信仰体系。"① 即神话是一种"前文学"现象，是在史前人或原始人中长期流传的一些神奇故事。严格地说，原始神话不存在文本形态，今天我们所知道的看上去比较系统的神话，大都是后人根据各种文物和文献，整理、构思和"还原"而成的，因而具有再创造性。

神话作为一种语言艺术呈现在我们面前，是一种纯粹的文学文体。但在解读神话时，要将其置于原始社会人类精神世界的这样一种思维中进行思考，因为，它还是一种综合着宗教祭祀、巫术、舞蹈的文化现象，承载着原始信仰。

神话是远古时期的民众以原始思维对宇宙万物、自然现象的解释，当时自然界中的风雨雷电、毒蛇猛兽都会给人类带来毁灭性的灾害，对于这些神奇的、异己的力量，原始人无法揭开它们真正的面纱，只能以假设和幻想去认识自然，并试图与自然斗争，他们将这一意愿通过构想形成复杂的情节，从而产生了神话。所以，神话是在生产力发展相对低下的阶段，原始人在意识层面展开的非理性活动，是人类企图认识自然、利用自然、征服自然的愿望在文学上的体现。有的神话内容是氏族部落战争，现存的神话有很多图腾元素，这些图腾就是远古时期不

① 刘守华、陈建宪主编：《民间文学教程》，武汉：华中师范大学出版社，2009年，第32页。

同部落的标志，从现存的神话可以窥见远古时期不同部落间的斗争、兼并、融合。神话表现的内容充满瑰丽的幻想，是现代人理解原始民众思想的宝贵财富。

中国神话按照内容可分为三大类。第一类是对自然现象的解释，人类为了生存必须认识自然、利用自然，由于特定历史阶段生产力发展的有限性，人类的认识亦具有局限性，原始人无法科学地认识星辰、日月、山水等自然现象，他们只能以自己的经验去想象，试图对周围的万物进行解释，反映了原始人朴素的唯物观念。第二类是反映征服自然愿望的神话，如《羿射九日》这个神话就反映了原始人试图改变干旱状态的愿望，他们认为干旱的原因是天上有十个太阳，于是幻想一个叫羿的神用箭射下九个太阳，使人们过上正常的生活。第三类是对社会生活的反映，即不同部族之间的战争神话，如涿鹿之战讲述了黄帝联合炎帝部族与蚩尤部族进行的战争。

古希腊是神话研究的策源地，开始于公元前6世纪至公元前5世纪，代表人物是赞诺芬尼司以及攸赫麦拉斯，他们将神话视为对历史的记述。18世纪，维柯以哲学的方法研究神话。19世纪迎来了神话学的发展时期，出现了多学派争鸣的局面，以缪勒为代表的语言神话学派认为神话是由于语言的演变产生意义隔膜而形成的，以泰勒为代表的进化学派认为神话是人类原始文化的遗留。我国早期的神话研究主要受此学派的影响，周作人、鲁迅、茅盾、郑振铎等，运用进化论、万物有灵论、遗留物说等人类学理论研究神话，并发表了相关成果，如周作人的《童话略论》《童话研究》，郑振铎的《汤祷篇》等系列论文。20世纪西方神话学进一步发展，涉及的领域也更宽广，弗洛伊德和荣格都从心理学角度探讨神话，强调神话中蕴涵着的无意识。英国学者马林诺夫斯基创立了功能学派，讨论神话、仪式和巫术对原始人行为的规范作用，强调神话在原始时代的实用功能。加拿大学者弗莱提出的"神话原型批评"，更加深入地探索神话的本质，被后世学者运用到各个民族的神话研究中，取得了丰厚的研究成果。

2. 传说，以历史、文化、山川、风物为基础题材，与中国文化密切相关，具有鲜明的民族文化特征。不同于西方的"英雄传说"，更不以半人半神的英雄为主题，其表达模式是借助历史人物，联系风物特征，创造各种具有解释趣味的叙事作品。对地方风物的解释与说明，是传说的后期形态。传说前期主要描写奇异人物，如中世纪欧洲流传的浮士德传说，之后为历史人物，如英国关于罗宾汉的故事。传说对山川风物、动植物的说明性的成分超过了民间文学的任何文体，是地方民众对所生活的环境中的一山一水、一草一木和人工物长期细致观察的结果。传说常常把一些富有特征性的事物放在一个有关人物的故事中，进行生动的说明，使人们在了解作品思想蕴含的同时，获得一定的知识和趣味。传说文体的这种讲述模式，在民间文艺散文文体中，具有自身特点。人们把对历史的关心，以及对风物特征的观察凝注在这种智慧的创造中。传说的讲述模式使其具有可信性，既体现了人们的生活趣味，也满足了人们的知识需求，比神话的幻想叙述更具有现实的特征，其审美价值更多表现的只是地方性知识。客体的独自存在，唤起人们主体意识的强化，从而使主体意识反映到独自存在的客体之中，形成对个体事物的形象化认识，并发展成传说表达的惯用型。

传说可以分为人物传说、史事传说、地方风物传说、动植物传说等。人物传说是将历史中的人物作为主人公，叙述他们的事迹。这类传说多选取推动历史发展的英雄，如刘秀、李世民、李自成；或是推动科技发展的杰出人物，如鲁班、孙思邈、李时珍；或是道德楷模，如虞舜、岳飞、于成龙。传说记载了这些人物的光辉形象，歌颂他们的丰功伟绩，也表达了对暴君、奸臣等压迫者或小人的痛恨和批判。史事传说以历史事件为中心，反映民众的立场，颂扬了"替天行道""除暴安良"等行为。地方风物传说主要是解释地方的风俗民情、名胜古迹的由来，如关于端午节吃粽子的传说，这些传说除了解释习俗的来历，还寄托了对屈原等具有中华传统美德的人物的怀念与赞扬。动植物传说试图解释动植物的特征及其来历，如杜鹃"啼血"、五谷的来历等传说。

自 20 世纪以来，传说研究逐渐成为民间文艺研究的一个热点，引起了国内外学者的广泛关注。研究范围扩大到不同地域，甚至延伸到了海外，研究方法也不断更新。90 年代以前立足于传说的文本研究是主流，有源流演变、比较研究、文化审美研究等。源流演变研究代表性成果是"五四"时期顾颉刚的"孟姜女传说研究系列"，运用"古史层累造成"的方法研究孟姜女传说，取得了重大成果，展现了孟姜女传说的演进，该研究从一开始就达到了顶峰，后世的学者对此传说的历史演变和地域传播问题只能基于新材料做些补充，没有多少创新。"比较研究针对传说中稳定的和变异的部分，分析来自文本内部和外部的不同影响因素，从而探究传说本体的变化规律，对于来自异文化的相似现象尤具阐释力。"① 如有研究将中国的牛郎织女传说与西方的俄狄浦斯王神话进行比较，用以契约为主导的三位一体的叙事结构理论对"牛郎织女"和"俄狄浦斯"神话的叙事结构进行比较分析，强调暗含的中西文化思维的差异。文化审美研究是学者们结合传说的历史、地理背景，对传说中蕴藏的文化价值的阐发。在 20 世纪 90 年代以后，传说的研究出现了新的研究方向，中国民俗学逐渐从文本向语境的范式转换，这为研究传说提供了更加立体多元的角度，例如更关注传说与生存语境、地方文化的互动关系。除此之外，都市传说、传说的形态学研究逐渐兴起。

3. "民间故事是广大民众创作并传承的反映人类社会生活以及民众理想愿望的口头文学作品。"② 它有广义与狭义之分，广义的民间故事是指所有民间散文类的口头叙事作品，包括神话、传说、民间笑话等。故事学的研究对象是狭义的故事。狭义的民间故事是指与神话、传说相区别的民间散文类的口头叙事作品，相比于传说与历史的密切相关特性，故事在内容上的主要特征是虚构性。这首先体现在故事中的人物大多是泛指的，不是确切的某个历史人物，而用老大、老二、地主、长工等代称。其次，故事讲述的事件具有"超现实性"，有的虽然立足于生活，但通过夸张等手法的运用，使事件脱离现实，表现了超阶级的幻想。如《灰姑娘》故事中继母虐待继女的情节来源于现实，然而南瓜变成金光闪闪的马车、破衣烂衫变为华服等情节则是虚构的。这种虚构性可以理解为故事这种文体在反映生活时追求的是神似而不是形似，通过幻想和虚构表达民众对美好生活的向往，弥补现实生活境遇中的缺陷。故事还具有程式化的特点，虽然故事中的人物、时间、地点等变来变去，可是在人物角色和情节的设计上有相似性，因此故事可以按类型划分，如"巧女型""蛇狼型""灰姑娘型""问活佛型"等。

格林兄弟是民间故事的早期探索者，他们搜集德国的故事，出版了《儿童与家庭故事集》（即《格林童话》）。在他们的影响下，德国学者大量搜集民间故事并对其做注释。到了 19 世纪末，芬兰的尤利乌斯·科隆和其子卡尔·科隆以历

---

① 王尧：《民间传说研究七十年》，《民间文化论坛》2019 年第 4 期。

② 刘守华、陈建宪主编：《民间文学教程》，武汉：华中师范大学出版社，2009 年，第 64 页。

史地理方法研究民间故事，考察故事在空间上的变迁以及故事的发源地，研究不同类型的异式。20世纪初，安蒂·阿尔奈发表《民间故事类型》一文，提出了故事类型分析法，后经过美国学者汤普森的补充完善形成了系统，称为"AT分类法"，又叫"阿尔奈—汤普森体系"，深化了故事学的研究。俄国学者普罗普将故事作为一个整体进行研究，提出了故事学的形态分类法，开拓了故事学结构领域的研究。他和列维－斯特劳斯都关注故事的历史背景、地理环境，研究故事的形式和历史内涵的关系。20世纪20年代美国学者阿兰·邓迪斯用心理学解析民间故事。洛德、弗里等从人类学角度研究故事表演，形成了故事表演理论。20世纪20年代，以赵景深和钟敬文等人为主导，学者们开始对我国民间故事进行研究。到了八九十年代，我国民间故事学的研究有了较大发展，涌现出一批优秀故事学家，如刘魁立、刘守华、祁连休、许钰、顾希佳、江帆等，出版了具有独特学术价值的研究著作。

故事文体在民间文艺学里是一个复杂的门类。幻想性与现实性交织在一起，同时又依据幻想因素与现实因素的不同，分别呈现出不同的特点。其讲述模式有明显的虚构性，故事中人物泛称，背景广阔，不拘于历史人物和时间背景，情节带有极大的虚构与幻想成分。由于多数情况下，故事都不是按照现实逻辑构思情节，因而其中的奇异性、变幻性、魔法性因素超过民间文学的其他文体。民众对待民间故事的态度不是从中寻求某种解释性知识，而是将其看成"瞎话""古话"来听取。听者在故事的幻想性情节上并不认真，往往是以故事中的道德理想为重点。故事含有对现实的思考与反思，在轻松的形式里寄托着现实生活境遇中未有的社会理想。故事学作为古代遗留物，是探讨初民信仰或情节类型特点的微观琐细的研究。故事学研究的主要任务是从故事与人民的世界观方面、故事与社会理想的基础方面进行理论开拓。与幻想性故事的超人间性不同，现实性强的故事构思逻辑体现较多的社会性，体现了其本身的内在规定性，因此需透过其表象，探索故事中的思想、智慧以及价值观。哈特兰德在1981年出版的《童话学》一书中探讨了世界童话的一致性及童话的起源与分歧，他1985年发表的《禁室》一文详细论述了童话的情节形式。芬兰学者开拓了历史地理学派的比较研究，编制了情节类型索引，使民间故事研究走上情节比较的道路。日本民间故事研究者提出了三段原则与对照结构，关敬吾在《日本昔话》中将民间故事从结构和表现形态上分为单纯形式和复合形式两种，苏联学者提出幻想故事与现实故事的区别。这些世界范围的民间故事研究影响到中国，使中国研究者注意到故事传说情节类型的比较研究。然而，关于民间故事文体的系统理论及宏观研究，进展比较缓慢。其发展趋势，一是走向理论系统化，二是开拓故事与民族文化、民族精神的广阔研究。

4.民间韵文类中歌谣的使用和传播范围比其他门类广泛，但是在世界民间文艺学的研究中，其热度远逊于其他文体。抒情短歌与政治性歌谣发展较迅速，前者以社会生活为纽带，随着社会生活矛盾的展开和人们自身的情感需要，迅速发展并很快臻于成熟；后者以政治生活为背景，以政治得失、民生利弊为触发形成的动力，在社会生活中发挥着指摘时弊、激浊扬清的重要作用。这两种文体的快速发展，是中国社会特有的文化发展现象。我国歌谣学运动开始于"五四"新文化运动之前，在征集、编选、刊布方面有很大的进展。但是，歌谣学理论的发展及体系建立，在短时间内并没有突飞猛进。民间歌谣，无论历史的、地域的，还是民族的，皆量大样多有特色，为理论的研究提供了广阔的条件和坚实的基础。

5."史诗，是民间叙事体长诗中一种规模比较宏大的古老作品。它用诗的语言，记叙各民族有关天地形成、人类起源的传说，以及关于民族迁徙、民族战争和民族英雄的光辉业绩等重大事件。"[1] 史诗与神话一样诞生于远古时期，多在祭祀等重大活动中演唱，但随着时间和环境的变化，史诗失去了远古时期的口头表演语境，作为文本保存在书籍里流传下来。

史诗的发展有其独特的历史进程，创世史诗与英雄史诗是其中两大方面，两者发展并非同步。创世史诗距人类的神话时期较近，在表现人类创世观念时，直接运用了创世神话的材料。英雄史诗一方面将神话英雄化，另一方面又用现实生活资料加以创造，依据民族发展过程的先后，不断投进社会性内容，一直延续至中世纪以至近代。史诗是人类文学中结构严谨、规模宏大的长篇巨制式作品，具有其他文体无法代替的优势。史诗通常并非一人所作，而是随着历史进程的不断推进，由历代民众口头演绎，经过文人搜集、整理、编撰而成，由于其具有历时

---

① 钟敬文主编：《民间文学概论》，上海：上海文艺出版社，2009年，第282页。

性特征，反映了特定历史时期民族的历史、文化、信仰、民俗，具有宝贵的史料价值。当然，作为文学作品，史诗也具有艺术性。史诗研究侧重于民族英雄史诗的探讨，如中国的柯尔克孜族《玛纳斯》、蒙古族《江格尔》、藏族《格萨尔》，国外盎格鲁－撒克逊人的《贝奥武甫》，学者研究其产生时期以及与民族史、史诗与神话及宗教的关系，将其作为文学进行比较分析。对史诗的认识，西方国家要比我们早，古希腊的亚里士多德就将史诗专门列为一个文学类型，并留下了很多史诗理论，通过研究以证明史诗的形式区别于其他文学类型，后世的学者沿着亚里士多德的研究范式继续对史诗进行探索。20世纪30年代，米尔曼·帕里和艾伯特·洛德将民族志的概念引入到对荷马史诗的研究中，创立了口头诗学的研究方法。到了20世纪后半叶，又出现了表演理论、民族志诗学等新学说，运用民俗学、人类学等多学科的方法研究史诗。西德瓦尔特·海西希对《格萨尔史诗》进行异文研究，探讨母题基础。蒙古学者对《格萨尔王传》进行历史溯源。法国石泰安把《格萨尔》与演唱艺人结合起来加以研究，重视史诗与本地原有宗教和民间传说的关系。在史诗研究领域，很多研究都成为专门学问。

6. 民间谚语与民间谜语。民间谚语是人民口头创作中一种很有特点的文体。它形式短小，形象生动，是劳动人民智慧的结晶，其中有不少包含着丰富的生产知识和生活经验，有的还具有深刻的哲理和教育意义。[1] 它是反映民众生活的百科全书，全方位、多层次地反映了劳动生活的方方面面，它记录了劳动生产经验，如"救苗如救火，保苗如保粮"等谚语；它鼓舞了人民斗争，如"瓦片也有翻身日，北风定有转南时"等谚语激励了底层人民对剥削阶级奋起反抗的决心；它总结了生活经验，如"只要功夫深，铁杵磨成针"等谚语赞扬刻苦学习的精神。

谚语的特征首先是形式上的精炼性，一般一两句话就是一个完整的作品，如"春雨贵如油"只需要五个字就可以总结春雨对农业生产的重要性。这种短小精炼的形式容易记忆、便于流传，有利于劳动人民保存、学习各种生活经验。其次是形象性，即谚语多用比喻和对比，如"工农是一家，一根两朵花"，将工人和农民比作一棵树上的两朵花，表现工人和农民的亲密关系。最后，谚语形式整齐，音调和谐，如"灯不拨不亮，理不辩不明"，通过对仗，朗朗上口，具有音

---

① 钟敬文主编：《民间文学教程》，上海：上海文艺出版社，2009年，第312页。

韵美的同时，亦方便记忆和传播。

"民间谜语是带有知识性和趣味性的民间韵文作品，也是一种和游戏娱乐分不开的民间口头语言艺术。"① 谜语由谜面和谜底两部分组成，谜面用来提出问题，谜底则是答案。如"麻屋子，红帐子，里面住了个白胖子"是谜面，"花生"是谜底。谜语最大的特点就在于它的趣味性，出题人给出谜面，竞猜者揭开谜底，猜题的过程是一个需要联想、分析和判断的过程，通过这样的互动，劳动人民在娱乐的同时也可以锻炼思维。

7. 民间说唱与民间小戏，作为口承文艺的一种，具有表演性特征，这种唱白兼作、韵散结合的形式是民间文艺的重要形式，其综合性的艺术特点与民间讲述、歌唱的形式相通，在民间叙事文学及各种韵文体文学基础上形成并发展完善，同时又具有自身独特的形态，对表演者有一定的技艺要求。民间说唱，以其不同曲种和题材形式补充丰富了民间文艺的文体，使民间传说故事的讲述转化为具有音乐性的演唱，从而加强了民间艺术的表现力，扩大了传播范围，并在新的意义与层次上展现出民间创作的智慧与技巧。民间说唱经过艺人的创造性表演，其吸引力和感染力超过一般的故事讲述或民歌演唱，它的艺术欣赏价值及其主要功用在民间艺人的职业、半职业活动中得到加强。民间说唱跨出生活中民间文艺的自然状态的日常功用，成为一种扣人心弦的欣赏艺术，获得在现代化艺术中不断发展的可能。

民间小戏在民间文艺文体中是唯一的一种将文本、音乐、舞蹈融为一体的民间表演形式，是民间在自我教育、自我娱乐的活动中形成的一种表现形式。这种形式以民歌、民间说唱、民间舞蹈等多种固有艺术为基础，提炼出表现民间生活的艺术手段，比民间故事表现的民间生活更加广阔。民间小戏是一种民间艺术活动，也是民间的艺术创造。民间小戏中的日常生活戏占有极大的比重，而且多是讽刺喜剧，幽默活泼，富有生活情趣。在长期的创作与演出活动中，形成了一套符合民众欣赏习惯和艺术传统的结构模式。由于表演的直感性和戏剧情节的生动性，民间小戏在人们的心灵教化上具有极强的感染力，是民间伦理道德观最集中的体现。我国对于民间小戏的探讨兴起于"五四"时期，新中国建立后，各地开

---

① 刘守华、陈建宪主编:《民间文学教程》，武汉：华中师范大学出版社，2009 年，第 144 页。

展了戏曲调查与研究。地方戏与民间小戏密不可分，地方戏的前身是民间小戏，民间小戏发展成为地方戏。地方戏在职业化与城市化、舞台化的程度上远超过活跃在民间的"草台"戏。只有牢固把握民间小戏的民间形态，才能更好地总结民间艺术的规律，更好地理解地方戏发展的历程，研究才具有独特的文体论意义。

二、文体间的模糊带与相互转化

民间文艺的文体，有典型形式与非典型形式，其个性特征与共性特征多层次相互融汇。其中，典型形式与个性特征充分体现着文体的特点，从而使人们易于识别判断。然而，事物的复杂性和理论的相对性，使事物的边缘出现交叉融汇和相互转化现象。民间文艺文体的划分，并不意味着各种文体截然分立，各文体间存在着模糊带与相互渗透的现象。

神话与传说中有许多叙述与解释采取相同的方法，一些经过演变的神话，最终往往与传说的讲述模式结合在一起。此外一些民间故事会采用传说的手法。神话与史诗之间，故事与故事诗之间，童话与童话诗之间，虽然是不同的文体，但也有许多相通之处，它们之间转化的途径、机会很多。随着人类社会的变迁，神话向历史靠拢，其自身内容从神迹转向人王行为，其外部功能也由对自然现象的说明转向对部族社会的祖先意识和族群观念的表达，成为维护部族世系的精神武器，并为英雄传说、英雄史诗的发展提供了基础。神话的传说化、神话的故事化、故事的传说化、山歌的戏剧化，成为口头文艺传播中大量存在的现象。此外，各类民间文艺文体的划分存在着一些矛盾。中国地域广大，民族众多，一种民间文艺作品在不同地区或者不同民族中可能会表现为不同的文体形式，这都造成了作品文体属性与特征的模糊。

民间文艺文体是一个历史范畴，各种文体自身的发展有其历史线索和独特过程，有其主体与客体之间复杂关系的演进，文体作为一个总体概念也有它漫长的历史进程和发展层次。叙事与歌唱是民间文艺文体的第一次分化，此后经过漫长的历程出现第二次分化，即叙事文体内部的分化与歌唱文体内部的分化，分化前期，即出现构思与表达的不同，但并未形成截然的分立，不同文体时常有交叉。到了后期，各自的特征才逐步显现出来。在这个历史过程中，各种文体间发展不平衡，走上了不同的方向。

文体学的研究，横向上，应看到民间文艺各种文体间的交叉、模糊带及相互转化；纵向上，应看到其历史的演变。一切孤立的、静止的文体论都不能完美展现民间文艺文体的丰富内涵和现实意义。

第三节　文体的文化本质与形成过程

一、文体的文化本质

民间文艺文体的本质是文化本质，文化本质决定了文体的不同存在方式，通过民间文艺文体的文学形式得到具体体现。民间文艺文体的文化本质主要有三个层次：1. 形式内容与民间文艺特征的互动；2. 艺术特点；3. 反映观念的形式。在民俗志的文献中，民间文艺各类文体的界限往往模糊难辨，变幻不定，就是这三方面的不同组合所造成的特殊现象。

文体的文化艺术本质，表现在文体的形式内容与民间文艺特征的互动关系上。韵文体的谚语和谜语文体，形制短小。它们的大部分作品，在文艺史上的意义不大，但在民间文化史上却意义重大。例如，在中国这个农业国家，农谚起到了总结生产经验和指导农业生产的作用。民间文艺的文体形式是固定的，但是使用哪种文体取决于民众的需求，因而又是相对的。民众会根据自己的文化水平、价值观念、表达需求、表现内容等多方面的因素，自然而然地选择适宜的文体表达方式，因而民间文艺的文体也体现了特定地域的特定文化，并建构了区别于其他地域的独特的文化特色。例如，我国西南少数民族地区多高亢的山歌，北方少数民族地区多悲壮的歌谣；南方的小调细腻缠绵、委婉动听，北方的山歌高亢悲怆、动人心扉。

民间文艺文体的文化本质表现在艺术特点上，各种文体分别是为适应特定群体生产生活、风俗民情、礼仪程式、场合环境所创造的具有"美感"的艺术。民众群体在生产生活以及各种造物活动中，首先是要满足人作为生物的存在，达到实用功利的目的，与此同时，绝不止步于此，这些活动还倾注着创造者的情感，渗透着创造者的思维，寄寓着创造者的理想愿望，是自由自觉的活动。文学艺术创作的完成也标志着精神性、意念性的满足，实现了对现实缺憾的补偿与超越。以传统技艺为例，它作为文化的载体，一种文明的成果，既是民众生活的有机组成部分，也是一种艺术形态，它与人类生存的各个领域息息相关，涉及物质生活和精神生活的方方面面。中国是一个农业大国，农耕文化是传统技艺繁衍滋生的肥沃土壤，从物质生产需要的犁、锄、耙、耧等农事器具，到饮食起居中的辘轳、篓筐、笊篱、簸箕等生活用品，从交通行旅中的舟船车舆，到居住空间的年画剪纸，无不留下了传统工艺创造的印记。传统技艺正是在生活的各个环节中被创造出来的，具有鲜明的活态流变性特征。因此，研究民间工艺的艺术特征，不仅要将其还原到民众生活环境中去，探索其起源流变，而且还要深入挖掘其背后隐含的民众的造物思想、文化心理。只有同时考量民间文艺文体的生活性和审美性双重特征，在欣赏艺术特征的基础上彰显其文化因素，方可达到对民间文艺文体研究的整体关照。

　　文体的文化本质还体现在其反映观念的方式上。歌谣旨在以歌唱的方式，表达特定时期、特定地域的民众群体普遍认同的价值判断和共同诉求。民间歌谣的情真意切，是民间文艺最动人的特色，有着任何时代作家文学不可与之比拟的魅力。英雄传说产生于氏族社会时期，部落常年征战，死伤者众多，在这种现实条件下，人们自然而然对英雄人物无比推崇，在长期的口头歌颂中，人们又为主人公加上了某些异于常人的特征，以体现主人公的英雄气概，英雄传说由此诞生，其文化本质也在于反映氏族社会对英雄的崇拜。

二、文体艺术含量的形成过程

　　艺术含量是指文学艺术在反映社会生活的过程中，由创作观念、艺术构思、表现手法、语言运用等多种因素综合形成的审美效应。从艺术科学的角度研究民间文艺文体的形式，可以看出，民间文艺文体的艺术含量有其形成过程。国内外学者对此进行大量研究，并形成了几种观点。

　　历史过程论。各种文体在不同的历史阶段都曾产生过独特的影响，这种影响不可取代。各种文体随着社会需求的变化而发展，承载着民间文化享用者的不同世界观。这一观点源自苏联学者古雪夫，他认为民众的物质和精神需求的变化，决定了包括民间文艺在内的艺术形式的变化。在 20 世纪 50 和 60 年代，这一观点传入我国并获得了学者的支持，我国学者将这一研究聚焦到社会的发展和民间文艺文体的关系上，思考社会发展与民间文艺文体的关系。

口传形式决定论。这一观点同样源于苏联学者，他们认为民间文艺作品虽然也有书面记载，但有的文体的留存和传播主要靠口头形式，这种独特的形式对民间文艺文体特点的形成具有重要作用。受这一观念影响，我国早期的民间文艺工作者非常重视口头文本的搜集与整理，而对书面文献没有足够重视，存在一定的局限性。因此，在重视口传资料收集记录的同时，也要看到我国具有丰富的历史文献资源这一优势。

地理民俗论。不同地域有不同的文化，民间文艺产生于一定的环境中，必然散发着该地域文化的气息。民间文艺的文体必然有地域文化因素的渗入，表现出地域性。支持这一观点的学者发现不同的地域孕育了不同的集团，而不同的集团对民间文艺文体的选择不同，所以杂剧多北地悲壮之气，南戏多南方温婉之风。这对研究民间文艺的文体具有启示意义，有利于对民间文学与地理学的交叉领域进行探索。

民族志。这一理论是改革开放后形成的，随着西方社会学、人类学理论思潮的传入，中国学者将民族志的理论运用到民间文学文体的研究中，支持这一观点的学者提倡在民族志的资料网中去寻找民间文艺文体特殊现象的渊源。

民众加工论。支持这一观点的学者强调民众在民间文艺文体发展中的重要性。民间文艺在民众中产生和发展，民众对其进行加工和传播，民众是最熟悉该文体特点的人，经过他们加工的作品鲜活生动，经历时间的考验，在民众中流传开来。钟敬文提出了民众对民间文学作品进行加工的两种形态："加工的第一种形态，是人民根据现实的需要、切身的感受，对原有传说进一步提炼思想、丰富情节……加工的第二种形态，是把同类的事情集中到一个已经成型的人物身上。鲁班传说、包公传说就经过了这样的加工过程。"[1] 民众将许多巧夺天工、能工巧匠的故事都集中在"鲁班"身上，使鲁班成为集美好道德与高超技艺为一身的"箭垛式人物"，成为民众智慧的象征。

---

[1]　钟敬文主编：《民俗学概论》，上海：上海文艺出版社，1980 年，第 187 页。

第四节　语境概念下文体学的发展趋势

一、民间文艺学文体与语境的关系

民间文艺文体在实际划分过程中受语境的影响与制约，民间文艺要想保持永久的生命力，在其传承的过程中，就会体现出变异性特征，最鲜明的表现就是会出现诸多异文。各种民间文艺文体，是不同个体在通过话语活动，表现自己所属的多重社会语境。民间文艺里的多重社会语境，因讲述者或表演者在社会关系中所处地位的不同而有所差异，因而民间文艺的文体也会有所不同。例如，由于生产力发展的局限性，晚期智人对世界是充满敬畏的，他们无法解释日月星辰、山川湖海、自然灾害，所以用神力这种超自然的力量指代各种无法解释的自然现象，透过神话，我们可看出原始人对自然的态度是在敬畏与征服欲中交替进行的。在这种语境中产生的神话，自然只会盛行在生产力低下的原始社会，大多随着生产力的发展逐渐消亡。传说离我们的时代相较于神话而言近了一些，随着生产力的进步，人类认识世界的广度和深度拓展了，因而人类的认识多了些理性的因素，他们可以克服一些自然灾害，解释一些自然现象，因此传说的幻想色彩相较于神话少了很多，很多传说是在讲"我们和英雄"的故事。通过对神话与传说表现内容和情感的比较，可以得出这样的结论：民间文艺的文体反映民众的社会语境，具有丰富的史料价值。民间文艺文体要想生生不息地延续下去，就必须立足于民众生活语境中，并反映民众的需求。

民间宗教作为民众精神世界的重要构成因素，是部分文体形成与发展的关键语境，宗教与文体之间存在着紧密的联系。谈及希伯来文学，对于不了解基督教的读者来说，理解《圣经》中有关宗教的典故是有相当大的难度的。《圣经》是希伯来民间文学各类文体的汇编，包含了神话、史诗、箴言、歌谣等诸多民间文学文体，其中创世神话、伊甸园神话包含了古希伯来人对世界和人类起源的非理性认识;《摩西五经》是一曲希伯来人悲壮的民族史诗,展现了希伯来人颠沛流离的民族命运,表达了希伯来民族坚定团结的民族精神。透过《圣经》,我们可对希伯来这个民族有深入的了解。再如我国的神话自觉或不自觉地与宗教融合后,形成了宗教神话。由此可见,宗教使神话文体得以延续的同时,又促进了神话文体的发展。宗教史与上古神话之间存在着互渗的错综关系,神话既是宗教观念的基础,也是民间文学发展的推动力。

文字作为记录民间文艺作品的主要手段,对作品的流传和文体的形成与发展具有同样重要的作用,文本始终是民间文艺学研究的重要载体。近些年来,民间文艺研究者越来越重视宝卷的研究,既重视宝卷的文本研究,也重视从叙事角度对宝卷进行外部研究。

对民间文艺文体与文献分类的问题,张振犁曾指出,为了反映古代神话在民间传播的整体状况,除关注神话的原始作品之外,同时将调查得来的图片、文字等资料,分类编入各个专题的神话作品,是十分必要的。在民俗志资料中,民间文艺文体不仅仅被当作文学作品看待,在民众的观念中,它们的严肃性大于娱乐性。学者对文体的划分,在民众生活中有时会行不通,在以民众为主体的民俗志环境中,各种民间文艺文体或被口头保存,或被转成民间文献,以多种形式保存。研究民间文艺文体应将学者的研究视角与民众主体的分类观念结合起来,最大限度地丰富民间文艺文体的内涵。

二、民间文艺学文体研究的发展趋势

民间文艺文体论是民间文艺学建立和发展的重要标志,民间文艺学的体系随着文体学的发展而不断完善。文体学在民间文艺学总体理论的发展中也不断强化自身,这种相互作用促使民间文艺学获得新的突破。

在我国,古代文人对民间文艺的研究大多是出于统治阶级教化民众的需要,被动地对民间文艺进行自上而下的收集和研究,如汉代对民间诗歌的采风等。而在几千年文学发展的脉络中,作家文学一直居于文学的主流地位,民间文艺则向来难登大雅之堂,即使是文学批评史的巨著之一的《文心雕龙》,对民间文艺文体的专门论述也很少。刘勰对文体的划分,也是基于文人视角,对作家文学文体予以划分,对民间文艺文体的研究来说,是具有局限性的。我们不能用以往对作家文学阐释而形成的文体论来研究民间文艺，否则只能是一种强行阐释，是不具备科学性和有效性的。在历史发展的进程中，我国知识分子出于强烈的民族意识和忧患意识，始终对广大人民的生活给予强烈的关注，而这种关注随着 20 世纪初中国国门被迫打开而更进一步。从此，民间文艺文体的研究迎来了新时代。但由于 20 世纪上半叶国家始终处于动荡之中，民间文艺学科始终只能在夹缝中苦苦挣扎。20 世纪后半叶，后现代主义开始流行，后现代主义虽然激烈地反传统，却始终重视对理论的探索，文艺理论也不甘落后。理论的发展为民间文艺的研究提供了全新的思维方式，值得我们借鉴。在这一时期，传统的文体的性质、界限开始受到质疑，文体研究领域内发生了重大学术转向。这一时期，出现了巴赫金、鲍曼等学者，他们提出的全新理论是既有理论的挑战。海姆斯结合语言学的理论，在反思民族学的基础上提出了"讲述的民族志"的观点，该观点把关注视点转向讲述，十分强调艺术性的行为和实践。巴赫金的"言语体裁理论"，将文体定义为话语表达的组织原则，核心观点是"对话的语言组织"。巴赫金关注的是交谈如何能贯通那些来源于不同文化、社会、语言环境的多元声音和表达形式。鲍曼借鉴"对话"思想，提出要重新审视表演研究中的扩展问题，促进民间文艺学科的转向。在考察口头艺术的表演过程中，鲍曼认为口头艺术是通过文体来进行表演的。每一次的表演，虽然都是以之前形成的作品为基础，但由于表演活动的不可复制性，由于表演者的不同，民间文艺的每一次表现都与之前有着差别。民间文艺的接受者是广大民众，而在下一次的表演中，接受者可能会成为表演者，以自己独特的经历和思想为基础，对此前个人接受的作品进行有意识或无意识地改造，使作品具有浓厚的个人色彩。由此我们也可以解释民间文艺异文众多的原因，也可以解释民间文艺的变异性特点。可见，"表演"一词对各类民间文艺文体的研究具有普遍的指导意义。

我国学者在借鉴国外社会语言学和表演研究的基础上，尝试建构具有中国特色的文体论。同时，他们主张到民间去，深入田野，亲眼见证民众对民间文艺的表演，争取获得鲜活的一手资料，进而进行有说服力的实证研究。

文体是一种超越知识的经验存在，民众在不同场合使用特定文体来达成不同目标，其意义超过了言语交流本身。事实上，文体是民众对生活、信仰、情感、经验的表达。文体作为主客观统一的文艺表现形式，一方面是反映文艺之美的镜子，另一方面是点亮民众生活的明灯。例如，我们可以通过神话这种文体透视民间信仰在民众生活中的重要作用，理解信仰与神话的互动关系，也可建构民俗学与民间文艺的学科联系，集各学科之长，推进学术研究。因此可以说，民间文艺文体不同于作家文学文体的一点在于它不仅是具有文学意义的话语文本，更与民众生活融为一体。一句话，文体不仅是文学的，也是生活的。

在对文学艺术的长期研究中，作家文学一直是文学研究的主要对象，传统文体也正是根据作家文学而划分的，或由于阶级局限性，或出于对民众力量的轻视，来自民间的文艺文体一直被忽视，很难与传统文体平分秋色。但是，随着封建社会的消亡，社会主义社会的建立，所谓的阶级壁垒正在被逐渐破除，比起传统的书斋式研究，学者们开始呼吁"走向民间"，到田野中去，以实践和理论相结合的方式研究民间文艺文体，而在这个过程中，研究主体越来越重视实践的作用。学者参与到民间生活中去，就会意识到民间文艺的问题不仅是文体，更糅合了特定区域民众的生活经验，这种经验包括生产、劳动等诸多方面。这种多层次糅合的经验是一个复杂的系统，这种文体系统的复杂性足以对传统文体研究提出新的问题和挑战。换言之，研究民间文艺文体，需要考虑文体的"语境"，要将理论与实践相结合。这种不同于传统文艺研究的新范式是对理论和知识的解构，不仅拓展了文体研究的深度和广度，更是对研究方法和研究心理的颠覆性转化。

文体学作为民间文艺学重要的组成部分，以 20 世纪 90 年代为界限，之前学者关注的主要是静态文体学，关注文体的分类、分析，之后更多的学者强调文体的动态发展过程以及语境中的文体研究，关注文体当下的生存状态，总体上说，文体学由文学的研究范式转到了民族志的研究范式。

要发展中国民间文艺文体学，我们不仅要回顾过去，反思当下，还要展望未来。西村真志叶提出民间文艺文体学的未来发展方向，在于将文体视为特定语境中得以发展的"发展形式"或者将文体理解为"话语形式"，第一种研究模式就是口头文学的语境研究，第二种研究模式是从结构主义出发，在体裁内部的语法结构或体裁之间的关系中，通过更柔韧和复合的逻辑去解构困扰体裁学研究已久的二元对立模式。①不论民间文艺文体学的具体发展方向到底是什么，只有在多元化趋势中以开放的眼光研究文体，才能使文体研究向更加科学合理的方向发展。

第五节　世界文学视域下文体学的新发展

一、从区域文学到世界文学

人类早期文明多诞生于大河或海洋沿岸，如地中海文明、尼罗河文明、两河文明、黄河文明、长江文明。文明间的交流有限意味着人类的活动范围有限，造成活动区域有限的根本原因是生产力的低下。因而也可以说生产力的低下是导致区域文明相互隔绝、孤立发展的根源。在生产力漫长的发展进程中，各区域共同体的生产生活方式、文化模式都各成体系，因而又具有鲜明的区域特色。如黄河和长江孕育的中国文明，以土地和气候为生存基础、以灌溉和种植为生产方式的农业经济形态决定了中国人与自然相互依赖、和谐统一的自然观，养成了中国人随遇而安和悲天悯人的心态，并形成中庸、平衡、重视家庭的文化心理。作为特定时代、特定区域共同体成员的生活和审美真实的反映，东方文学总体上也反映了这种人与自然和谐共生的愿望。当今较为流行的共识是东方文化可分为三大体系：阿拉伯—伊斯兰文化体系、印度文化体系和汉文化体系，这三大文化体系虽有区别，又具有区别于他者的鲜明共性特色。

王向远曾在《宏观比较文学讲演录》一书中，运用平行比较的方法提炼、概括区域文学的民族特性，他称中国文学具有现世主义态度，"作家们普遍关注的是现实世界中的悲欢离合，而不是属于彼岸的天堂地狱。几乎所有的诗人作家都以满腔热情去拥抱人生"②。东方文学在总体上体现类似的自然观、人生观、

---

① ［日］西村真志叶:《反思与重构——中国民间文艺学体裁学研究的再检讨》,《民间文化论坛》2006 年第 2 期。

② 王向远:《宏观比较文学讲演录》, 桂林: 广西师范大学出版社, 2008 年, 第 40 页、第 263 页。

价值观，但不同区域的文学又体现了不同区域人民各自的认知和行为方式。

长久以来，区域文学都是文学研究的主要对象，从区域文学中可有效透析出区域社会成员的生产、生活和认知状况。但随着人类逐步拓宽了生存空间，伴随着战争、宗教传播、国家间的友好往来等活动，区域文学之间开始不断交流，相互影响，文学逐步打破了相互隔绝、孤立发展的状态，一国文学也蕴含了他国文学的因子。比较显著的例子是，长期流传于印度民间的经典《五卷书》中的诸多故事，散见于佛教经典之中，随着佛教传入我国，这些故事的情节、人物也开始在中国民间故事中有所体现。通过藏传佛教传播的、以《五卷书》故事为代表的印度故事影响了蒙古族古已有之的神话传说。例如，蒙古动物神话传说《猫头鹰和乌鸦》中出现了乌鸦反对猫头鹰成为鸟王的故事，这个故事来源于《五卷书》第三卷《乌鸦与猫头鹰从事于和平和战争等等》中的第一个故事。[①] 文学之间的国别壁垒被打破，逐步形成了相互交流、在翻译中内化、在传播中创新的局面。为适应文学这种由国家扩展到区域、由区域扩展到全球的趋势，世界文学的概念由此产生。

论及世界文学，必谈歌德。其实早在他之前，不同民族和国家之间的文学就已经开始通过翻译建立沟通，甚至出现了世界文学的发展苗头，学界还有人就此认为魏兰是世界文学这一概念最早的提出者，赫尔德也有过类似的想法。但无论是与否，歌德都是世界文学这一概念产生巨大影响的推动者，所以要追溯世界文学的发展，绕开歌德是不行的。1827 年 1 月 31 日，歌德在和爱克曼谈话时说道："诗是全人类共有的……世界文学的时代即将来临，我们每个人都应该促成其早日到来。"[②] 不过，歌德并没有对世界文学的内涵做过多的阐释。1848年，马克思在《共产党宣言》里指出："由于开拓了世界市场，一切国家的生产和消费都成为世界性的了。……物质的生产如此，精神生产也是如此，各民族的精神产品成了公共的财产。民族的片面性和局限性日益成为不可能，于是多种民族的和地方的文学形成了一种世界文学。"[③] 如果说歌德的世界文学是一种人

---

① [蒙古] 德·策伦索德诺姆：《蒙古民间故事选》，北京：世界知识出版社，1987 年，第 19—20 页。

② 朱光潜译：《歌德谈话录》，北京：人民文学出版社，1978 年，第 113 页。

③ 马克思、恩格斯：《马克思恩格斯选集》第一卷，北京：人民出版社，1995 年，第 275—276 页。

文主义的理想，马克思则把世界文学视为与当时政治经济发展紧密相连的全球性趋势的一种表现，当然二者之间绝非完全对立。歌德和马克思都把世界文学视为一种进步的新现象，他们都具有宽广的世界眼光。由此可见，前人已意识到将国别文学纳入世界文学体系的重要性。值得注意的是，这里所讲的世界文学绝不是一个声部的，而是多个声部的复调大合唱。"没有任何一个民族愿意放弃它的个性。……而且，事实可以证明，我们甚至不会认真地希望各个民族文学之间的差异消失。"①即世界文学不是民族文学的简单相加。因而，可以说，现代民间文艺学的探索并不是国别或区域范围内的孤立研究，而需要在世界文学范围内探索。同样，现代民间文艺学文体的研究也属于世界文学范围内的研究，中国民间文艺文体研究在经历了孤立发展的漫长过程，形成了区别于其他国家民间文艺文体的鲜明特质，眼下只有将我国文艺文体结合世界文学的体系，在不同国别文学文体的交流、翻译、比较研究之中，才能更加深刻、准确地提炼和概括出我国民间文艺文体的民族特性，明确我国民间文艺文体对世界民间文艺文体产生的重要影响，从而增强学科建设的自信心和自豪感。

二、"世界文学"时代的到来

二战后，各国文学陆续进入一个崭新的时代——"世界文学"的时代。到了世界性文学时代，东方世界的作家们融合东西方文化和文学，创造了既具有世界共通性又具有民族性的文学作品，这些作品借助当代先进的信息传播工具，依靠国家间愈加深厚的文化交流，伴随着越来越成熟的翻译工作，而逐渐成为世界各民族共同的精神产品。这个时代的作家都试图使自己独特的民族精神文化在世界文化中获得一席之地，为世界其他民族所理解和认可。他们在作品中大量表现本民族特有的文化传统、风俗民情、审美心理等。因而，文学中的民族性不是闭关排外的盾牌，而是走出国门、走向世界的通行证，这是世界文学时代的总趋势。作为民族文学璀璨的明珠，民间文艺文体不只是某一民族独有的，而且是全人类的宝贵财产，通过不同区域文体的比较研究，不仅能明确区域文体的独有特性，

---

① ［美］韦勒克、沃伦：《文学理论》，刘象愚等译，北京：生活·读书·新知三联书店，1984 年，第 43—44 页。

更能提炼出同一文体在不同区域的独特发展进程中的共同特色，因而重视各文体的比较研究是重要的，也是必要的。

三、文体学研究的新范式

在我国现代民间文艺研究史上，应用最成功的研究方法大概就是"比较研究法"了。最初提倡并将比较法应用于民歌研究的是胡适和常惠。1922 年，胡适在《努力周报》上发表了《歌谣的比较的研究法的一个例》，首次提出了异文比较的歌谣研究法，"研究歌谣，有一很有趣的法子，就是'比较的研究法'。有许多歌谣是大同小异的。"[①]胡适的这一篇文章对我国现代早期的民间文艺研究，产生过重要影响。1924 年 10 月，董作宾发表在《歌谣周刊》的《一首歌谣整理研究的尝试》一文，就是在歌谣领域中实践这种方法的第一个重要成果，也是运用比较方法研究民间文艺的成功范例。比较研究法实际上是文艺研究的一种常用方法，正如邓迪斯所说："从最早的民俗研究开始，如果没有比较，一个人就不可能成为一个真正的民俗学家。"在 19 世纪初的数十年里，格林兄弟很快发现，他们收集的故事在其他国家也同样存在。正像在历史上有联系的语言，可能被证明有同源的词条和相似的句法结构一样，民间故事和其他形式的民俗也能够被证明与其他文化中的故事、风俗有渊源。[②]民间文艺文体的比较研究始于歌谣，发扬于故事领域，对同类型异文进行比较、归纳，判断此种类型文本一些本质的因素以复原其原本状态的研究，逐步从一国扩展到多国，比较故事学应运而生。

中国的比较故事学，始于 1910 年以后。周作人是开创者，20 世界 20 至 50 年代，胡适、季羡林、茅盾等都在这方面做出了贡献。20 世纪 80 年代后，随着比较文学和民间文学研究在中国的复苏，比较故事学研究也呈现出了欣欣向荣的局面。1982 年，钟敬文在《民间文学理论的发展》一文中，对比较故事学兴起的趋势表示赞同并加以提倡。此后又出现了多篇文章，如贾芝《关于民间文学的比较研究法》等，对比较故事学的理论与方法进行了探讨。

---

① 范利主编：《20 世纪中国民俗学经典·史诗歌谣卷》，北京：社会科学文献出版社，2002 年，第 46 页。

② [美] 阿兰·邓迪斯：《人类学家与民俗学中的比较方法》，见《民俗解析》，户晓辉编译，桂林：广西师范大学出版社，2005 年，第 48 页。

　　1991 年，季羡林的论文集《比较文学与民间文学》^①由北京大学出版社出版，
书中大部分文章涉及了印度民间故事在中国的传播问题，许多文章在相关方面具
有示范意义，如《〈五卷书〉在世界的传播》等，从传播研究和英雄研究的角度，
从材料的实证出发，寻求以民间故事为线索的文化交流的轨迹。这些文章中体现
的治学态度和研究方法，对比较故事学的研究产生了一定影响。

　　近四十年来在比较故事学方面影响颇大的学者当属刘守华。1979 年，他发表
了《一组民间童话的比较研究》一文，可以说是中国新时期民间文学比较研究复
兴的信号，后来又连续发表了多篇相关文章。1985 年，他出版了《中国民间童话
概说》一书，其中对中国各少数民族童话，以及中国与阿拉伯、印度、日本的童
话进行了影响研究和平行研究。^②至 20 世纪 90 年代中期其研究更加系统，1995
年他将《民间故事的比较研究》中的十九篇文章和新发表的十几篇民间故事的比
较研究的文章收集起来，编成《比较故事学》一书，以"比较故事学"取代了
"民间故事比较研究"的称呼，体现了强烈的学科意识和学科自觉。^③全书分为上
下两编，上编是基本理论部分，下编是研究案例。

　　在上编中，作者首先介绍了世界比较故事学的学科渊源和流派，包括历史地
理学派、神话学派等，然后，又论述了学科建构问题。在《比较故事学的研究领
域》一文里，他对比较故事学的内涵作了界定："比较故事学不是一般地去研究民
间故事，而是用比较方法研究在跨国跨民族广大范围内流传的故事，还研究民间
故事和相关文化事象的关系。因此我们说：比较故事学是对民间故事作跨国跨民
族跨学科的比较研究的学问。"^④

　　下编是集中体现作者研究成果的部分，内容涉及中国与日本、印度、阿拉
伯、欧洲各国之间民间故事的比较研究。有《印度〈五卷书〉与中国民间故事》
一文，在中国民间故事中找到了与《五卷书》故事情节类似的故事共二十多例，
对其借鉴和变异情况做了分析。^⑤

---

①　季羡林:《比较文学与民间文学》，北京：北京大学出版社，1991 年。

②　刘守华:《中国民间童话概说》，成都：四川民族出版社，1985 年。

③　刘守华:《比较故事学》，上海：上海文艺出版社，1995 年。

④　刘守华:《比较故事学》，上海：上海文艺出版社，1995 年，第 93 页。

⑤　刘守华:《比较故事学》，上海：上海文艺出版社，1995 年，第 168—195 页。

中国少数民族民间文艺的比较研究，主要集中在故事领域。我国是一个多民族国家，对各民族民间故事的研究，必然涉及民族之间的相互交流和影响问题，也必然要运用比较文学的方法进行研究。季羡林在《中国民族文学与外国文学比较》一书的序中提出："中国境内各民族之间的文学关系十分密切，但头绪相当复杂，内容相当丰富，这在目前似乎还是一块没有被开垦的处女地，应该尽快在上面播种，让它生长出苗壮的禾苗。"[①] 到了 1997 年，中央民族大学出版社出版了《中国少数民族文学比较研究》[②] 一书，这就是季羡林先生所倡导的中国境内少数民族文学比较研究的专门著作。此外，研究中国少数民族三大史诗的专著，均涉及与外国史诗的比较。

思考题

1. 什么是文体？如何理解民间文艺文体的三个层次？

2. 如何理解民间文艺文体的本质特征？

2. 结合山西河曲二人台或左权小花戏谈谈民间小戏的特征。

3. 简述袁珂的广义神话观。

4. 简述神话、传说、故事三种文体的共性与主要区别。

5. 简述中日创世神话的区别，并结合民间文学文体相关知识，谈谈中日民间文学所体现的不同的民族文化心理。

---

① 陈守成、庹修宏、陈世荣主编：《中国民族文学与外国文学比较》，北京：中央民族学院出版社，1989 年。

② 马学良、梁庭望、李云忠主编：《中国少数民族文学比较研究》，北京：中央民族大学出版社，1997 年。

第五章　民间文艺传承论

　　民间文艺是一门语言传承艺术，传承性是民间文艺重要的特征之一。在共时性结构与历时性演进过程中，丰富多彩的民间文艺形式承载独特的民族文化记忆和审美心理，展示出民间文艺的历史文化意义及当代价值。民间文艺学又称"传承学"，"传承"是民间文艺跨越历史长河生生不息的内在动力，是打开民俗文化与非物质文化遗产宝库的钥匙。所谓传承就是指对某学问、技艺等代代相传，推陈出新，历经时间洗礼却不间断地滋生新内容的动态流传过程。一般说来，传承一代是三十年，三代以上就是百年之久。民间文艺源远流长，进入 21 世纪仍然焕发出新的生机活力。20 世纪 80 年代以前，民间文艺传承研究一般都倾向于探究作品的内容、形式的变迁，探究作品内容对社会的影响；此后，尤其是随着"中国民间文学三套集成"的问世，民间文艺传承人走进了大众的视野，从对传承本身的研究转变到对传承人的研究，极大地提升了传承人的地位。在非物质文化遗产的保护与传承的背景下，传承现状、传承法律保障、传承与创新发展等成为热门话题，学界从民间文艺生存的内在机制与外部环境两个方面综合考察民间文艺传承现状，以更加深入地揭示传承之内涵。民间文艺作为非物质文化遗产的重要组成部分，是增强民族自信的重要软实力，在我国百年未有之大变局的转型发展新时期正在发挥效力，也必将迎来新的机遇。

第一节　传承与乡土社会背景

　　民间文艺与社会发展之间有着水乳交融的亲密关系。费孝通在《乡土中国》中指出："从基层上看去，中国社会是乡土性的。"[①] 随着中国城镇化、现代化步伐

---

① 费孝通：《乡土中国·生育制度》，北京：北京大学出版社，2003 年，第 6 页。

的加快，现代乡土社会出现了不同于传统社会的乡土性特征。因此，研究民间文艺传承，就必须准确把握传统乡土社会和后乡土社会的特征，唯有在此基础上理解民间文艺传承的内涵及其演变，才能把握时代脉搏，与时俱进。

一、民间文艺传承的内涵

（一）传统乡土社会背景下的民间文艺传承

乡土社会是"传统"的，马克思指出，我们越往前追溯历史，进行生产的个人就越表现为不独立，从属于一个较大的整体。[①] 即资本主义以前的社会，主要表现为人对自然的依赖和人对人的依赖。人的生产劳动能力十分有限，受自然因素的限制，不具备个体独立存在的可能，只有生活在以地缘、血缘为基础所形成的共同体当中才能够生存，人与人之间的狭隘关系，体现为一种直接的依赖关系。传统社会特征包括以下四个方面：

1. 生存稳定，流动性小。在传统乡土社会中，土地是人们赖以存活的根基，人们守着一方土地生存，在土地上随着自然的节律展开农业生产，一代又一代，周而复始，变动极小。在封闭的社区空间，这种生产和生活方式决定了乡村俗民在民俗性格上的恋乡土、求安定、重依附、尊传统的保守性格和经验主义的从众心态。[②] 以此为背景创造出的民间文艺在自然界有规律的岁时变换中传承，在农业文明成熟稳定的结构中传承，充满了传统农耕文化的内容。例如，农业始祖神农氏，教农稼穑的后稷，种田、捕鱼、制陶的虞舜等神话人物都与农业生活紧密相关。还有因农事生产而形成的农谚，作为民众生产经验的总结，指导后世子孙进行农业生产，凝聚着民众的生存智慧。全国各地都能搜集到有关物候、天象、作物、时令的大量谚语，其内容具有一定程度的科学性与可行性。

2. 熟人社会，信任联结。"生活上被土地所囿住的乡民，他们平素所接触的是生而与俱的人物，正像我们的父母兄弟一般，并不是由于我们选择得来的关

---

① 中共中央马克思恩格斯列宁斯大林著作编译局编译:《马克思主义文集第 8 卷》，北京：人民出版社，2009 年，第 6 页。

② 段友文:《论社会现代化进程中的村落文化建设》，《山西师大学报（社会科学版）》2007 年第 6 期。

系，而是无须选择，甚至先我而在的一个生活环境。"①换句话说，受地域血缘限制，乡民在相对稳定的社会中生活，有熟悉的圈子和环境，彼此亲密熟悉。这种亲密产生了一种不假思索的信任关系。此外，乡民可以依赖抽象的象征体系和个人的记忆累积而成的特定地域、特定民族世世代代的共同经验，创作并传承与日常生活密切相关的民间文艺。例如人们劳作歇息时围坐在一起说笑话、讲故事、唱山歌，在庆祝节日的仪式上表演说唱、戏剧和舞蹈，既是一种消遣，也是对美好生活的期盼。

3.熟人社会，差序格局。在传统的乡土社会中，人在围绕自身所形成并承载着的社会关系形成了一种差序格局，这种差序格局是一种以不同个体为中心形成的关系格局。个体处于中心位置，围绕个体的社会关系像水波纹一样愈推愈远，关系根据其远近变化而变化。离中心个体越远，关系越远，血缘关系就是如此，地缘关系亦是如此。根据差序格局的特点我们对不同的人有不同的标准：对亲戚长辈要孝顺尊敬、对兄弟姐妹要友善团结、对朋友伙伴要诚实守信、对陌生人要讲求礼仪，有时这种亲疏远近也会造成所谓的"攀亲带故"的社会现象。民间故事就表现出这样的社会关系和家族关系，比如《狗耕田》的故事体现的正是家族内部长幼有序的观念。

4.乡土社会，礼治秩序。中国传统村落的一个重要特征就是家族统治，国家政权的力量只延伸到县一级，没有能力延伸到山村乡野，中央对基层社会的管理依赖乡绅和乡村普遍存在的组织②，加之熟人社会中的信任关系，使乡民在社会秩序维持上重礼而非崇法，对社会中产生的纠纷问题也习惯于使用祖辈传袭下来的传统礼法与乡规民约解决。勤劳聪明的人们用口耳相传的方式将道德伦理和行为规范渗入一个又一个民间文艺作品中，世世代代传承下来，形成了多姿多彩、熠熠生辉的民间文艺宝库。如《张振环与狐狸精交友》强化了"善有善报、恶有恶报"的传统道德观念，《胡人盗宝》的故事则体现了保守农民对外来民族与新兴商业文化的警惕与排斥。

---

① 费孝通：《乡土中国·生育制度》，北京：北京大学出版社，2003年，第10页。

② 段友文：《论社会现代化进程中的村落文化建设》，《山西师大学报（社会科学版）》2007年第6期。

（二）现代乡土社会背景下的民间文艺传承

随着农业文明向工业文明快速转变，民间文艺依赖的乡土社会也随之发生了一系列变化。农业在国内生产总值中所占的比重不断缩小；广大农村人口离开落后的农村，主动地涌入集各种优势资源于一体的大城市，广泛从事工商业活动，获取货币形式的工资，逐渐融入了城市居民的生活。此外，发达的信息网络使人们"足不出户"就可以接收无限丰富的信息，可视的图像符号交流颠覆了以往"说与听"的交流模式。现代基层社会的乡土性表现在以下几点：

1.稳定性尚存，流动性增强。随着统购统销制度的终结，市场经济的兴起，体制对农民的约束力减弱，市场机会增强。农民在社会向前发展过程中逐渐意识到单一的生产方式已经无法满足家庭的需要，因此会选择通过其他谋生方式或发展其他产业来满足实际生活，而非仅靠土地生存。尤其是女性成员，逐步从家庭、家族中独立出来①，使传统乡土社会的稳定性动摇，农村人口的大量外流。与此相对应，也有一部分人选择利用累积起来的财富回乡发展，带动了城乡之间的人口流动。但人们思想深处根植的求稳心理仍在生活与工作中发挥潜在作用，例如外出务工时，会选择"老乡"作为交往圈；求职时，会偏向公务员、教师等稳定的工作。由此可见，在现代基层社会中稳定性这一乡土特征仍在。人们在这种稳定的结构中继续创作并传承民间文艺，因此，民间文艺具有类型性，同时在母题和情节方面也具有一定的稳定性。

2.熟人社会扩展，信任关系缺失。社会的发展使乡土社会逐渐向现代城镇化转变，其重要特征是以个人为社会结构的基本单位，并建立起新的社会关系网络，熟人社会的中心开始扩展为同乡、同市、同省。这种新的社会关系网络需要在陌生环境中依靠熟人介绍连接起来，其扩大的同时带来的是信任的减少，原先祖辈关系发挥的联结作用大大降低。相比较而言，新型关系网中人们彼此信任较弱，会出现影响社会治理、伦理道德失范等问题，但深受乡土社会影响的人们创作出的民间文艺作品在新的熟人关系网络中依然会体现严格的道德规范和行为准则。

---

① 段友文：《论社会现代化进程中的村落文化建设》，《山西师大学报（社会科学版）》2007年第6期。

3. 关系纽带转变，差序格局仍在。人口的流动性伴随着市场经济的发展而增强，乡村结构不断分化，使得后乡土社会呈现出多样化的发展趋势，例如新起的工业化村落，不但打破了地域限制，更使传统的血缘关系纽带向地缘关系纽带过渡。人们的交际圈越来越大，关系越来越疏远，但以己为中心的差序格局仍然潜在地规范着人际关系，并主导着由亲情关系到利益关系的变化，致使现代基层社会发生根本性转变。在此背景下产生的民间文艺作品不仅涉及亲情，更多涉及人与人之间的利益冲突，如《拆迁拉锯战》《砖窑里的冤魂》等。

4. 乡土礼制衰落，法制占据主位。传统熟人社会中存在皇权干预和乡绅自治，发展到现代基层社会，熟人社会中的各种传统习俗因不适应改变被逐渐摧毁，传统的礼治机制难以发挥内在规则的效力。不适应的上层建筑伴随着社会制度改革而瓦解，法制思想开始逐渐占据主导地位。现代基层社会治理需要将法律体系和道德体系相结合，用完善的法律制度和体系维持社会的稳定发展。但在社会转型期间，礼治秩序和法律制度还存在着诸多矛盾冲突之处，人们通过创作民间文艺作品来反映这样的问题，如根据李一清小说《山杠爷》改变的电影《被告山杠爷》。

在社会转型与文化变迁的时代背景下，民间文艺的传统生存语境发生了变化，植根于传统的民间文艺似乎因与现代社会格格不入而走向衰落。但是，通过传统乡土社会和现代乡村社会特征的比较，我们可以发现，中国社会虽经历多次变迁与思想观念的变革，其乡土本色特征依然存在，即稳定性、熟人社会、差序格局。因此，建立在乡土社会基础上的民间文艺从未而且将来也不会在人们的生活中消失，其所宣扬的道德观念符合社会大众的主流心理与价值信仰，现实生活是民间文艺强大生命力的来源。当然人们也会与时俱进，不断创新，让民间文艺之树常青，如利用新媒体反映礼治秩序和法律冲突内容的新民间故事就是有益的探索。

由此，我们可以对民间文艺传承的内涵进行界定：在依靠血缘关系和地缘关系形成的稳定的熟人社会中，广大民众以口头传承为主，其他形式为辅，一代传一代，创作出符合时代需要的民间文艺，世代传承下去，民间文艺的传承反映了广大民众的生活方式、道德伦理、审美取向、价值判断和信仰观念。

二、民间文艺的创新性传承

民间文艺得益于所属地域的特殊环境，同一种民间文艺形式在不同区域有不同的表现方式，形成鲜明的地域特色，成为独具魅力的民间财富。利用民间文艺资源进行创新性发展、创造性转化，让资源变为资本，就会显示出本土传统文化的巨大优势，是真正实现民间文艺永续传承的可靠路径。例如天津市的"杨柳青木版年画"，在不同时期用年画这一艺术形式表现崭新的时代内容，进行适度的更新与调适，以展现符合当下的时代主题。例如《抗击疫情，中国必胜》的主题模板，就是在新冠疫情肆虐的非常时期与抗疫主题结合，借头戴红十字的哪吒形象，表现出对疫情的无畏和必胜的决心。画中的哪吒面对病毒毫无畏惧之色，手拿注射器，脚踩肆意狂虐的病毒，通过视觉表象传达了深层的文化意蕴，表现出具有中国情怀的生命意识。再如借助网络传播的陕北说书——《新冠变异》，控诉疫情之"疯"，告诫众人莫轻视，珍惜生命，做好防控工作，说书人用朴实的语言，配合打击乐器和肢体语言，形象生动地表达了团结抗疫之主题。

2022年2月4日第24届冬季奥林匹克运动会在"双奥之城"北京开幕，《立春》作为开幕式上紧接倒计时的首个表演环节，让全世界的观众眼前一亮。舒展的绿色春苗象征着春天的到来，寓意着新生的美好与蓬勃的朝气，向全世界人民，向各个参奥的友好国家展示中华民族特有的文化魅力，是中华文化力量的稳定输出。立春是二十四节气中的第一节气，而节气是中国古人根据天体运行结合气候变化规律，对一年的时段进行的科学划分，体现了对自然节律变化的准确把握，在如今的日常生活中也发挥着重要作用。它不仅是能够指导农耕生产的节令体系，更是具有丰富的民俗事象的民俗体系。2016年11月30日，二十四节气正式被联合国教育、科学及文化组织列入人类非物质文化遗产代表作名录。节气是中国古人智慧的结晶，也是中国民俗所蕴含的历史积淀和文化内涵的表现，冬奥会上的生动表演向世界传达了中国人民的智慧和文化底蕴。在中国西南边陲的大理蓝续，人们将白族扎染技艺与冬奥完美结合，以蓝白渐变的方式，将国家级非物质文化遗产的白族扎染技艺结合刺绣、白族蜡染等进行创作，使冬奥会的颁奖台、颁奖托盘等都呈现出东方美学的色彩。这不仅是"绿色""可持续"理念的有力体现，也是中国拥有开放和平的心胸的表征，生动地展现了中华民族的勤劳智慧及融合发展。

民间文艺依托开放共享延续生命，将文化符号公共化，表达了对和平的期望。不同民族地域之间的共享，使得文化发展逐渐成为一种共识，在交流中共生，在共生中认同，文化成为区域间、民族间的精神纽带，反向激发民间文艺内在的创新性，实现由"自为"到"自在"，由"汲取"到"运用"，在创新中传承，民间文艺与时俱进。

第二节　民间文艺的传承主体

民俗文化是我国宝贵的精神资源，是乡村振兴的内生性力量，它突显了人民主体性的内涵。优秀传统文化的保护和非遗保护工作的推进为民族文化建设提供了全新的文化理念和传播力量，为民间文艺的可持续发展提供了时代机遇。文化遗产与人类自身发展相一致且与人类命运相联系，"尊重文化多样性，宽容、对话及合作，是国际和平与安全的最佳保障之一"[①]。这是联合国教科文组织所提出的倡议。非物质文化遗产相对于物质文化遗产更依附于"人"，因此"传承人"是重要的承载者和传递者[②]，对非物质文化遗产的保护应注重对"传承人"的保护。但实际上，现代技术的冲击，尤其是传承人的流失，不利于民俗文化传承，是民间文艺传承的困境，甚至可以说是民俗文化传承的巨大危机。民间文艺的创作、欣赏和传承，离不开民间艺人，而民间文艺要想保持永久的活力，传承主体的传承是重中之重，保护传承人对保护世界各民族传统文化的多元性具有普遍意义。

一、传承主体内涵的界定

乌丙安在《民俗学原理》中指出，"传承"与"传播"含义相近，包括民俗的一切"传"的行动。它既包括由一代传给另一代的传，也包括由一个局面向另一个局面的传，还包括在横的方向直接或间接的传递。[③]2014 年 10 月 15 日，习近平总书记在文艺工作座谈会上指出："以人民为中心，就是要把满足人们精神文

---

① 联合国教科文组织：《世界文化多样性宣言》前言，2001 年 11 月。

② 刘锡诚：《传承与传承人论》，《河南教育学院报》2006 年第 5 期。

③ 乌丙安：《民俗学原理》，沈阳：辽宁教育出版社，2001 年，第 284 页。

化需求作为文艺和文艺工作的出发点和落脚点，把人民作为文艺表现的主体，把人民作为文艺审美的鉴赏家和评判者，把为人民服务作为文艺工作者的天职。"① 因此，民间文艺的关键在于人民，他们是民间文艺的传承主体。

针对民间文艺的传承人内涵，学者从不同角度表达了他们的观点，如张紫晨认为"传承人指长期直接参与民间文艺活动，并通过自身进行演唱或讲述民间作品的传承者；分为群体传承人和个体传承人两种。"② 这是一种广义的观点。在张紫晨给出的定义的基础上，董晓萍从个体传承人的角度对传承人身份进行细致的界定，"在民众集团内部，按照一定的血缘和地缘关系自发产生的，并由民众集体确认的讲述者或表演者，包括民间故事的讲述人和民间说唱、民间戏曲的表演艺人等"③。刘锡诚也对传承人做出过解释，"传承人是非物质文化遗产的重要承载者和传递者，他们以超人的才智、灵性，贮存着、掌握着、承载着非物质文化遗产相关类别的文化传统和精湛的技艺"④。他虽然是从非物质文化遗产的角度进行理解，但是他在概念中对于传承人的作用进行描述，有助于民间文艺学者更准确地界定传承人的内涵。

周全明在研究民间小戏时称，"21 世纪以来，尤其是 2010 年以来，民间小戏研究在文化语境研究范式的基础上，逐渐生发出重视民间小戏艺人实践的研究趋向"⑤。而使民间小戏研究范式由文本研究转到艺人实践研究，是由社会文化思潮、研究方法应用、代表性学术论著出版及学科发展建设等多方面因素促成的，并且在发展过程中，民间小戏的实践范式研究成为未来趋向。事实上，随着民间文艺的发展，民间文艺学研究越来越偏向对传承人的实践研究。尤其是非物质文化遗产的保护工作，改变了民间文化曾经的自生自灭的身份，民间文化成为城乡区域之间的共享文化。而非遗传承人作为传承技艺的核心人物，受到地方和国家的保护及嘉奖，也就是说国家非遗保护也经历了从"物"到"人"的过程。正是因为非遗传承人的重要性，传承人的日常实践也就成为研究焦点。因此，非遗保护也

① 习近平：《在文艺座谈会上的讲话》，北京：人民出版社，2015 年，第 5 页。
② 张紫晨：《民间文艺学原理》，石家庄：花山文艺出版社，1991 年，第 106 页。
③ 董晓萍：《现代民间文艺学讲演录》，桂林：广西师范大学出版社，2008 年，第 310 页。
④ 刘锡诚：《传承与传承人论》，《河南教育学院学报（哲学社会科学版）》2006 年第 5 期。
⑤ 周全明：《从文本到实践：民间小戏研究的范式转换及演进路径》，《民俗研究》2022 年第 1 期。

间接推动了民间艺人实践范式研究的形成。

综上可知，民间文艺传承人是在依靠血缘关系和地缘关系形成的稳定的熟人社会中，长期直接参与民间文艺活动、乐于把独特的民间文艺传承给下一代，并由民众集体确认的讲述者或表演者。按照传承人的人数进行划分，可分为群体传承人和个体传承人。

（一）群体传承人

长期直接参与民间文艺创作流传活动的人们都属于群体传承人的范畴。与作家文学不同，民间文艺是以口头传播为交流和互动的集体共同创造的文化产物。讲述者一般不会声称是自己创作了文本，而通常选择说是从某个地方或者从某个人那里听来的、学来的。民间文艺是由人民集体创作并在群众中流传的文艺形式，它汇集着人民的智慧，反映着人民的愿望。通常情况下作品一经创作便进入了流传阶段，在流传与阅读的过程中完成作品的再创造。正因如此，民间文艺作品得以不断地充实完善，最大限度地囊括人民群众的意志和愿望，表现出大众群体的审美趣味和价值观念。

民间文艺的集体性表现在两个方面：其一，劳动人民在集体生产生活中进行对话式的集体创作。这种集体智慧的特征十分明显，例如，劳动时歌唱的劳动歌谣；战斗时的战歌和猎歌；为欢度节日和庆贺丰收而创作的仪式歌；总结劳作经验的谚语；短小精悍的故事；饶有趣味的说唱……常常都是通过集体创作的方式创造出来的。再如，对台湾高山族原始公社的资料记载也充分证明了民间文艺创作中集体创造的特点。此外，在《艺术的起源》中，格罗塞介绍了拿林奕里人全体吟唱的一首只有一句歌词的短歌，也是民间文艺集体创作的经典例子。其二，采取集体分工方式，有的人先编出了作品的雏形，再由其他人逐渐完善，形成民间传说、故事或民间说唱、小戏等作品。在这种加工琢磨的过程中，讲述者的思想情感与听众的情趣愿望融合在一起。例如我们熟知的王母娘娘也被称为西王母，《山海经》中记载其形象令人恐怖：豹子一样的尾巴、老虎一般的牙齿，头发蓬松，项戴盔甲，长呼短啸；《穆天子传》中，西王母俨然成为一位能够吟诗作赋、通晓世事的儒雅帝王；到了魏晋南北朝，她又被描述成为群仙之首领，是"年可三十许"的丽人。西王母形象的变化逐渐摆脱了原始神话的色彩，她成为道教中的重要神祇，掌管天上宴请和人间婚姻。家喻户晓的孙悟空大闹蟠桃会、牛郎织女鹊桥相会、嫦娥偷取不死药等神话和传说中都有西王母的影子，西王母的形象变得日益完善与世俗化。正是历代人民将神话创造出来，一代一代传下来，又不断进行修改丰富，于是原本朴素简短的故事变得丰满曲折，其中也蕴含着浅显的哲理和道德的规训。总之，民间文艺不是单个人独有的成果，是群体创作并传承的文化结晶。

（二）个体传承人

民间文艺的传承是千千万万群众参加的活动，如果仅仅从口头传播的可能性出发，而不考虑传承的信息量和持续性，那么每个人都可以称为口头文学理论意义上的传承者。在民间文艺创造与流传的集体活动中，每个独立个体都有可能在某一时间地点或多或少地传递他所知道的口头文本。比如，在一特定的场景中，某人突然想起最近听来的一个故事并加以叙述；婴儿出生后，自然地哼唱母亲为她哼唱过的摇篮曲等，都表明民间文艺在个体中得以传承的例子。显而易见的是，参加民间文艺传承活动的人在程度上、时间上、技能技巧和贡献上都有很大的区别。因此，根据个人对民间文艺传承活动的作用来进行划分，个体传承人分为一般传承人和重要传承人。

一般传承人，又称消极传承人，这里的"消极"并不是说个体对民间文艺传承活动起阻碍作用，而是说个体在民间文艺传承活动中作用较小，是指那些能将自己获知的少数的民间文艺作品进行转述，但缺少个人风格和个人创造的传承人。他们付出辛劳将珍贵的民间文艺实物或原始资料保存下来，但是没有能力复原、表演，仅在一定程度上起到了民间文艺作品保存和传承的作用。例如有的人只能讲出个别故事的大致情节，语言内容不连贯；有的人能较为完整地讲述出几个故事，但算不上表演精彩。

重要传承人，又称积极传承人，是指那些综合能力较强的民间故事讲述家、民间歌手、民间说唱艺人，他们持有在文本数量与类型、记忆与创造能力、表演持续时间、技巧水平上，都达到了很高的标准。重要传承人的共性特征有以下几点：

1. 他们大多数在少年时代就深受祖辈的熏陶，在接触了一定数量的民间文艺作品的基础上，对民间文艺产生了深厚的兴趣，对于当地的民间文艺形式十分熟悉，具有较好的基础。

2. 性格开朗，热情大方。自身喜爱观看表演，且乐于展示给他人，在接纳和输出的过程中获得自我价值认同。部分杰出的传承人，不但会将当地的口头故事表演得生动形象，而且对歌谣、谚语、戏曲等传播活动也积极参与。

3. 有过耳不忘的记忆力，善于把听过和书上看到的民间文艺作品储存在自己的大脑中，形成丰富的民间文艺作品库，少则半百，多则上千。比如湖北省宜昌市谭家坪村农民刘德方能讲 400 多个故事；说唱艺人扎巴共说唱 25 部《格萨尔》，录制 770 盘磁带，最后整理出 600 多万字。

4. 出身贫寒，饱受磨难，人生阅历丰富。这不仅让他们对不同民间文艺形式的把握更加全面，对题材的拿捏更加精准，他们借助不同的民间文艺形式来宣泄与倾诉，祈求通过作品表达个人理想与愿望，为自己撑起一片蓝天，同时他们对艰难生活的深刻体悟使得表演更加具有感染力，令在场的观众动容。

5. 富有表演才能，善于口头表达。对传承人的本质要求在于其能够原样表演或实现民间文艺的活态传承。因此，重要传承人善于把民间文艺作品讲述得曲折动人，跌宕起伏，结构完整，同时运用富有表现力的口头语言与肢体语言，给观众身临其境的观看体验，不仅起到传承民间文艺作品的作用，还将自己的审美理想、价值取向和艺术情趣传达出来。重点传承人在当地小有影响力，不但拥有固定观众，甚至能对当地人的生活与思想观念产生影响。

6. 富有创造性，讲述风格独特。他们善于将不同的审美取向进行综合、归纳，然后在作品题材的选择、情节结构的加工处理中，将语言个性化、区域化，进行独特的创造，形成自身特有的传承风格。

7. 积累深厚，具有清晰的传承路径和漫长的从业生涯。在传承人的传承路径和职业经历的调查及认定基础之上，才能确定传承人的代表性及权威性。公共认可只是一个衡量标准。

民间文艺重要传承人除了以上主要共同点之外，由于每个人家庭背景、生活经历、个人学识、性别等的不同，导致他们之间会存在很多差别，形成了民间文艺重要传承人独特的风格特点。① 民间文艺重要传承人是民间文艺传播过程的中枢，是传统口头文艺传承发展的核心力量，称得上是"口头文艺的宝库"。

当今民间文化保护工程的重中之重就是对民间文艺重点传承人的发现和保护，如刘德方出生于1938年，祖籍江西，家居宜昌市栗子坪乡谭家村。他幼时只读过两年半的书，但却聪颖过人，拥有超强记忆力。他凡是看过的书，听过的故事、山歌调子，都能原汁原味、一字不落地讲唱出来。②《西游记》《薛仁贵征东》《薛丁山征西》《隋唐演义》《封神榜》等他可以随时从大脑调动出来。一部《薛丁山征西》要唱三十场，一场就是一夜。每场除唱正本外，还要"打闹台""歇场""穿插""唱花戏"，一夜就要唱数万字的台词儿。从80年代初到90年代初的十多年间，他每年要演唱几十场。③ 他积累的唱本越来越多，嗓子也越唱越亮，他唱红了宜昌市西北山乡，又唱到邻近的宜都、兴山、保康、远安等县，还唱到枝江市、当阳市、秭归县、沙市等地，最远曾唱到武汉。④ 刘德方曾三次娶亲，又三次离婚，后来，他发誓不再结婚，而把自己的爱和情洒在大山，融进山民的心中。如今，刘德方当上了宜昌市文联执行委员会委员和民间文艺协会名誉会长。他决定趁自己身体尚好时再做两件事：一是将自己记忆中的"山货土产"来个竹筒倒豆子——抖出来；另一个就是回到生他养他的大山，继续用歌声去激荡山民的情思，用故事去拨动山民的心弦。目前，他已收了两个徒弟，他说，要使这些优美的"民间特产"能够流传下去，一是要后继有人，二是要在内容和形式上有所创新。

二、非物质遗产的保护与传承

当今世界，文化越来越成为国际政治的一个重要影响因素。文化遗产具有两个方面的维度，一个是其特殊性，另一个是其普遍性，并表现出由此及彼的扩展痕迹。文化遗产的保护具有双重价值，其存在价值间接的决定其经济价值。只有明确意识到存在价值之于经济价值的基础意义，才能更好地利用其经济价值。文

---

① 黄永林、韩成艳：《民间文学重要传承人的特征及采录技巧》，《云梦学刊》2008年第6期。

② 李国强：《民间故事家——刘德方》，《今日湖北》2000年第10期。

③ 李国强：《民间故事家——刘德方》，《今日湖北》2000年第10期。

④ 湖北省宜昌县委员会文史资料研究委员会编：《宜昌县文史资料》第12辑，内部资料，2018年。

化遗产的独特性会吸引更多的游客，带动旅游业及相关产业的发展，带给政府以实际的经济利益，政府出于发展之需求，会对文化遗产保护力度大大加强。越注重保护，其存在价值也就愈发彰显，它的知名度和受关注度也会越来越高，促使经济价值发挥更大作用，这种循环可谓是一种可持续发展的良性模式之一，在良性模式的稳定循环中，为文化传承构建了良好的内部环境。大量实例证明，国家发展中文化遗产在经济中的实际效益显著，具有无可替代的作用。很多发达国家通过文化遗产资源带动各个行业，尤其是旅游业的发展成效显著，甚至有些国家的旅游业和相关联产业的收入会成为国家财政的主要收入，例如意大利和泰国每年的旅游接待收入占国内生产总值的 20% 左右。

　　非物质文化遗产与"人"黏合紧密，离不开"传承人"，除了"传承人"这一"传承主体"，还有与之对应的"保护主体"，主要包括政府管理部门、社区、民众及工商业者和学术界。毛巧晖认为在国家主导的非物质文化遗产保护中，地方政府、学者、民众形成了三股力量，要观照到不同力量对于非物质文化遗产保护的意义和价值，从而为世界提供"中国经验"。[①] 而作为民俗学者，为了能够更好地担负重任，要坚定学术立场，运用民俗学理论结合现代科技进行整理研究，以理论的高度去关照社会民俗现象，讨论现代民俗发展方向及其出路。同时，不能对民俗学做"纯学术派"的学术研究，而是要将科学理念与现实结合起来，诉诸实践，解决实践中的新问题，提供新方法，建立分类别分层次的非物质文化整理方案，并且根据其本身的历史演进规律，运用科学合理的手段加以保护，最重要的是要站在人文关怀的高度，与各地人民真诚交流。传承人作为非物质文化遗产的重要继承人，对非物质文化遗产的传承和创新具有重要意义，培养传承人需要时间，需要方法，也需要物质及各方面的支持，同时需要完善非遗传承人的认定机制，并注意实现性别平等。

　　乡村振兴战略是"十四五"时期起好步、奠好基的关键，如何对农村新出现的问题给予关注并制定对策、促进农村的振兴与发展成为当今的重要问题。从中央制定的各项解决农村问题的方针政策来看，最终的落脚点都是基层建设。民间

---

① 毛巧晖：《非物质文化遗产：文化记忆的展示、保护与实践》，《西北民族大学学报（哲学社会科学版）》2016 年第 4 期。

文艺是由广大的人民群众创造的，最终也应由广大人民群众所享用，并在实践中发挥人民的重要作用。民间文艺中所表现出来的人与人之间的良性关系、优秀的社会文化、正确的社会价值观，是中华儿女根植于心、与生俱来的情怀。因此，民间文艺的保护与非物质文化遗产保护工作紧密相连、相互促进，对激发乡村振兴的内生性活力有重大的现实意义。

第三节　民间文艺的传承类型

人的本质属性就是社会性，民间文艺在人的社会实践活动中得以传承延续。社会按照一定的组织运作，人民群众所创造的民间文艺正是在不同的社会组织运作中传承与生产。这里所说的组织是指那些产生并服务于民间的、具有某种稳定传承特征的民间社会组织。这些社会组织大体可分为血缘型社会组织、地缘型社会组织、业缘型社会组织和神缘型社会组织。在不同的社会组织当中，民间文艺形成了一套属于自己的独特传承体系，依靠具体有形的各类型符号为物质载体，并通过行为传承及仪式传承等非物质传承形式传承发展。根据社会组织形态分类，民间文艺的传承类型分为家族传承、地缘传承、业缘传承、神缘传承和混合传承。

一、家族传承

家族传承是指传承活动主要在家族内部成员中进行，成员之间依靠血缘关系（直系或旁系）一代接一代传承民间文艺，民间称之为祖传。在这一传承模式中，按照性别来划分，又可分为男性传承与女性传承两类路线。

男性传承路线一般沿着男性血缘因袭传承，即老祖—祖父—父亲—自己—儿子。在传统社会中，许多民间文艺的传承主要是在家族中发生的，并有严格的传承制度。这个制度就是"传内不传外""传男不传女"，这种方式使得技艺在极少数人之间传承，从而保证了民间文艺的纯正性和垄断性。[1] 如满族民间故事家李

---

[1]　姜又春:《民俗传承论》,《青海民族研究》2012 年第 3 期。

成明讲述的故事是通过父系血缘传承得来的;《阿诗玛》民间说唱的传承人毕华玉, 出生于"毕摩"（即彝族的巫师）世家, 其传承谱系也是属于男性血缘的家族传承。有的艺人是从男性血缘传承中习得了某一类型的民间文艺, 例如《玛纳斯》的演唱大师居素甫·玛玛依就是由哥哥教授演唱技巧, 将哥哥整理加工的史诗唱本记忆背诵下来进行表演。

女性传承路线包括祖母—女儿—孙女、姑妈—侄女、婆婆—媳妇等。江帆在对辽宁数名女性故事家如李马氏、姜淑珍、金荣、金德顺进行长期调查后发现, 当地女性在社会活动中受到传统观念的限制, 传承活动基本上是在足不出户的情况下进行的。[1]她们的故事传承是家族内部的传承, 而且传承线路带有鲜明的性别色彩, 基本上是女性间的同性传承, 尤以母亲传承居多她们讲述的故事类型和题材, 也都是围绕着农村女性的日常生活。

有的传承人同时接收了家族内部男性和女性亲属的熏陶, 在表演过程中既有女性的温柔细腻, 也融合了男性的豪迈激昂, 使得个人的艺术风格全面多元。如吴歌的传承人陆瑞英集歌手与故事家身份于一身, 幼年时在祖母的熏陶下学会了吴地的民间故事和山歌, 长大后, 跟随着叔叔伯伯下田干活, 习得了粗犷高亢的"喊山歌", 年纪轻轻就在当地的"山歌会"中脱颖而出, 成为当地山歌演唱最出色和最具代表性的传承人。

二、地缘传承

民间文艺传承活动是一种社会性生产活动, 绝不会局限于家族中, 也绝不会局限于某一地区。伴随着人口流动以及文艺形式的变化, 超越家族进入到村落乡镇、进行跨区域传承发展成为必然的趋势。因此, 民众创造并传承的民间文艺就会具有地域性特征。按照地域的大小划分, 可以将民间文艺的地缘传承分为村落型和社会型。

村落型指由村落熟人传承的民间文艺, 以长辈向晚辈讲述为主, 同辈之间彼此讲述为辅。[2]中国乡土社会的基层单位是村落, 从三家村到几百户的大村, 村

---

① 江帆:《民间口承叙事论》, 哈尔滨:黑龙江人民出版社, 2003年, 第83页。

② 董晓萍:《现代民间文艺学讲演录》, 桂林:广西师范大学出版社, 2008年, 第316页。

落类型有单姓村、两姓村、杂姓村，以及母子村、团村等。民间文艺在人口和语言同质性强的环境中传承，其传承的时空分布是均质的，人们传承的民间文艺作品具有类型性。如河北耿村是一个著名的故事村，全村 1000 多人，能讲述故事者多达 130 余人。

社会型是指在一定时间内，出于某些原因如迁徙、移民、战争、旅行等，传承人将带有地方或民族特色的民间文艺从一个社区带到了另一个社区，从一个民族扩散到了另一个民族，在传承过程中还生成了多种多样的异文，在地方或民族集体中，在圣地或日常场合中，呈现出不均质的状态，给民间文艺的分布带来奇特的繁荣景象。从这个意义上说，"传承"中又包含"传播"的内容，即传承是一种地域流动式的传播活动，也就是我们通常所说的"播布性"或"扩布性"。神话、传说、故事、史诗、俗语等有可能形成自己特定地域的"圈"，如"传说圈""故事圈"，并且这个圈并不是固定不变的，在一定的时空中还在不断发生着演化。如"李自成传说的构思，具体的依据就是李自成的行踪点，它的讲述与传播就是围绕此线索进行的，这就决定了李自成传说圈的形成、分布迥异于其他传说，它不一定是以核心点为中心向四周扩散，其形成的影响因素不仅与地形地貌有关，而且与起义军的活动范围、民众的认同程度紧密相连。具体来说，李自成出生地米脂县及陕西境内的传说呈点状分布，其征战地传说为线状分布形态，而死后葬地扑朔迷离，网状分布是其突出特征"[①]。

三、业缘传承

在民间文艺的传承过程中，有部分民间文艺传统只在特定的行业之中传承，因此，这类民间文艺的传承呈现出行业特征，如民间戏曲、民间说唱等就属于业缘传承。业缘传承的基本形式可以分为师徒型和班社型。

师徒型一般是指不具有血缘关系，在一定地域中的双方互相结为师徒的关系。徒弟拜某个师傅为师，主要传习某项民间文艺，从举行拜师仪式到传授技艺，最后到举行出师仪式，都有固定的程式和严格的规范，形成一种社会契约关系。在传承活动中，以师傅向徒弟讲述为主，徒弟随师傅在周围地区游动生产的

---

① 段友文、刘丽丽：《李自成传说的英雄叙事》，《民俗研究》2009 年第 4 期。

讲述活动为辅。[①] 如清末北京的评书艺人招收徒弟有很多讲究，如果某人想拜某位说书人为师，要由行内人介绍与师傅见面，师傅同意后要下请帖请客，在饭馆里摆上几桌酒席。到了正式拜师的日子，众人共聚一堂，在堂中供奉已故的本门前辈的神位。由代笔师书写拜师帖一份，主要内容为：今有某某人，年几岁，经人介绍情愿投在某先生门下为徒学演评书，以谋衣食。今于某年某月某日，某某某在祖师驾前焚香叩禀。自入门后，倘有负心，无所为凭，特立关书，永远存照。介绍人、师傅、徒弟都要在关书上签字画押，这时徒弟才算正式入门。通过这样的仪式，正式宣告确立师徒关系，也等于确定了相互监督的责任。师傅传授给徒弟毕生所学，徒弟遵循"一日为师终身为父"的观念，对师傅敬重孝顺，逢年过节，都要登门携礼拜访。师傅根据行业的行辈会给徒弟一个辈分的字，这是徒弟进入行业获得同行认可的一个通行符号。行业辈分是在家族辈分之外衍生出的另一种"家族"辈分，标志着血缘关系之外的另一个重要的人际关系。[②]

随着师徒队伍的逐渐扩大，民间文艺的讲唱活动也越来越多，人们就以搭班结社外出流动讲唱为主，个人分散讲唱为辅，这就是班社型。在田野调查过程中，众多学者发现活跃在我国农村的民间戏曲和民间说唱班社非常普遍，如河北定县的秧歌班社、青龙县的皮影班社、乐亭县的大鼓班社和河南宝丰县的书会班社等。他们讲述的内容以家庭伦理和历史演义类为主，在社会上产生广泛的影响。

四、神缘传承

神缘民俗简而言之就是指秉持同一种或相类似的宗教信念及价值追求的人，自发地组成一个团体，遵守共同规范，并参与相关的宗教信仰活动而形成的一系列民俗现象。在神缘民俗中，人们以共同的精神诉求为中心，以个体生活的宗教化阐释为基础，结合自身及周边各种社会群体关系，形成规律性的民俗节庆系统和仪式实践方式，构建一个共同的精神归属与心灵家园，具有较强的稳定性和延续性。

---

① 董晓萍：《现代民间文艺学讲演录》，桂林：广西师范大学出版社，2008 年，第 316 页。
② 于雅琳：《谈徐州琴书的师徒传承与师生传承》，《音乐时空》2015 年第 21 期。

　　以贯穿人生始终的大事为例，"从出生、成人、婚配、庆寿直至死亡，通过不同的仪式环节，对个体生命建立起一个不断进行的文化定义与塑造过程。通过这些过程中的信仰观念以及由此形成的神祇信仰活动，实现了群体对个体生命的文化模化过程，使其成为民俗文化中的个体"①。民间习俗在妇女孕期阶段有相当多的规范，例如不可冲撞"胎神"，否则会对胎儿造成不利影响；不能将澡盆拿到室外，以防夜间冲撞黑虎神或者孤魂野鬼。婴儿出生后会有"洗三""满月"等庆祝仪式。"洗三"就是在产妇生产之后的第三天用艾水洗遍孩子的周身，这一习俗发展到南北朝时期便与佛教相联系，随着佛教的传播与传统民间神祇产生了密不可分的关系。而"满月"是指孩子出生整一个月可以露面，同时母亲坐完"月子"，通常要举行的民俗活动。根据民间习俗，这一天需要喝"满月酒"，闽南地区的满月酒较为特殊，被称为"兜喜神"，在这一天首先需在家中祭祖祀神，然后抱着小孩儿走街串户，产妇的娘家会派产妇的兄弟给外甥送"头尾"来，所谓"头尾"就是指婴儿从头到尾所穿的全部衣服②，通过这些仪式，新生儿的社会身份得以形成，建立起与家族和社会的联系。对亡人追悼仪式的时间则通常以七为基数，例如杭州地区的"七七"习俗，在不同的以七为基数直至"七七"的追悼过程中，进行不同的祭祀追悼仪式。"七七"这一习俗起源于大乘佛教，在民俗调查中发现，民间的习俗与佛教的"七七"观念相统一，其目的都是希望死者能够以新的身份进入另一个世界，体现了民众对人死后世界的想象。

　　除了人生礼仪之外，节庆、庙会期间所进行的各种仪式活动都对社区民众产生影响，这既是宗教日常化的表现，也是以民间信仰为纽带促进了社区空间的建构。在节庆庙会中，社区民众围绕着人神关系及信仰诉求，通过具体的信仰仪式获得特有的文化身份，并且在身份认同中传习着该民俗。正是在个体接纳的基础上，神缘民俗为人们践行制度化仪式提供特定的时空场所，成为信仰个体与社区群体联系的重要纽带，并由此衍生出了人生礼仪、节庆、庙会集市等一系列民俗事象。通过仪式活动，信仰共同体的组织性、制度性和独立性得到巩固，在稳定与延续中传承衍变。

---

① 郑土有：《五缘民俗学》，上海：同济大学出版社，2013年，第112页。
② ［日］铃木清一郎：《台湾旧惯习俗信仰》，冯作民译，台北：众文图书公司，1989年，第106页。

五、混合传承

在具体的传承活动中，我们发现，民间文艺的重要传承人往往不拘泥于某一种独特的类型，而是表现为混合传承，即以家族、地缘（村落型、社会型）、业缘（师徒型、班社型）等几种类型混合形成的传承方式，以混合方式传承民间文艺。如河北定县秧歌艺人宋文川，除了外出演戏，平时在家也讲故事，还把子女培养成一代秧歌艺人，是家族传承兼业缘传承的传承人。河北耿村故事讲述人许大汉，从小跟东路秧歌艺人大美菊学唱戏，后来才跟着大伙说故事，是业缘传承兼地缘传承的传承人。《玛纳斯》的著名演唱歌手艾什玛特·买买提，他的父亲从小便教授他演唱"玛纳斯"中"赛麦台依""赛依铁克"等多部篇章。在他少年时，有个热爱民间文艺的财主把县里最有名望的民间艺人额勒斯库尔请到家乡，在其父亲的官邸设起毡房让包括艾什玛特在内的十几名柯尔克孜儿童师从这位艺人，学习演唱史诗和民间叙事诗。之后，艾什玛特还向当地十几位民间史诗演唱家、叙事歌手和故事讲述者学习了诗歌、民间传说与故事。此外，他还向姐夫学习演唱技巧，得到了后者毫无保留的传授。正因为艾什玛特博采众长的经历，通过数十年的精心揣摩、研究与练习，最终成为一位有着极高造诣的民间说唱艺人。可见，他的传承路径既有家族传承，也有业缘传承和地缘传承，是比较有代表性的混合式传承人。

第四节　民间文艺的传承机制

民间文艺是某一民族的民众群体在自然与社会改造过程中所形成的独具特色的经验和知识体系，在长期的传承创新中形成的模式化的文化，通过代代传承，群体成员从中获得认同感与归属感。为了保障传承的顺利进行，民间文艺需要有稳定的传承方式，这些传承方式包括口头传承、文本传承、仪式传承、新媒体传承等。

一、传承方式

（一）口头传承

在以血缘和地缘关系维系的熟人社会中，人们可以面对面进行交流，文字形式不是必需的表达方式，口耳相传模式在传承与日常生活密切相关的民间文艺时更为常见。因此，口头传承被认为是民间文艺重要的传承方式。

口头表达的优越性极大程度上决定了人们运用口头方式传承民间文艺。口头语言是可视可听的，是依赖大脑记忆与语言互动进行的双向信息交流，具有现场性、即时性与短暂性。它与人民生活的方方面面紧密联系，深深烙刻在人们的内心，在表演活动过程中得以生动展现。

传承要表现特定地域民众的生产生活、内心感情，最便捷、最亲切的方式便是原汁原味的方言。方言提供给传承人一套特定的地方术语，将民间文艺融入当地的社会、文化和思想等方面。讲述人或表演者一张口就可以唤起民众的生命体认和地域认同感。如陕北民歌依赖陕北方言，只有用陕北方言来演唱才更显独特韵味。陕北方言保留了部分古音，并且咬字发音时偏重后鼻音，韵母以 n 结尾的都发 ng，如"人（rén）"在演唱时发"réng"。陕北歌曲中也存在大量的方言音腔，如《蓝花花》"生下一个蓝花花，实在爱死个人"中"下（xià）"读作"hà"，"爱（ài）"读作"ng-ài"。[①] 此外，陕北方言中运用了大量叠词，如"青线线""蓝英英"等，深化了陕北民歌的情感表达，还有"六月里来六月六，新麦子馍馍熬羊肉"等陕北民歌借助真实的生活景象，配合方言表演，表现出陕北地区纯真、朴实的风土人情。

（二）书面传承

随着社会不断发展，有一部分民间文艺传承人接受了初等教育或者相关的专门培训，具有了阅读和书写的能力。他们在传习口头文学的过程中，或多或少受到过书面文本的影响，但并不完全依赖里面的内容，而是汲取了其中的营养，将

---

① 时雪:《方言在陕北民歌演唱中的艺术表现作用》，《黄河之声》2015 年第 3 期。

之加工与丰富，并转化成具有自身风格的口头说唱文本，具体的表现形式有手抄本、刻印本、印刷本等。族谱、村志、宝卷等地方文献中保存了大量珍贵资料。

除了传承人受教育程度的影响，文本传承的方式与口头语言本身的特点也有一定关系。口头语言本身的即时性和现场性特点，使得民间文艺作品的保存流传成为一项颇为困难的工作。例如一些口头流传的史诗、歌谣、传说故事等并没有流传广泛，只被极少数民间老艺人熟知掌握，随着老艺人的去世而消亡，面临着失传危险。此外，方言的差异在很大程度上也成为阻碍民间文艺跨地域传播的因素。而书面传承是依赖视觉符号的，是固化的单向信息交流，具有唯一性与持久性，受时空影响小。因此，书面传承方式的运用能起到引导学习、帮助记忆和启发思路的作用，极大地弥补了口头传承的不足之处。

一些民间文艺传承人，在口头传承的基础上自行搜集口头文本，整理形成文字版本，以便流传给后人。例如畲族中那些认识汉字的艺人，将汉族的文学作品，如明清小说、平话讲本等改编成具有本民族特色的唱本，甚至在本民族的英雄传说故事基础之上创造一些口头文本并整理成文字，如《白蛇传》《高皇歌》《十贤歌》等，现存的手抄本多达 130 本，为民间文艺的书面化做出了贡献。"古渔雁民间故事"的传承人刘则亭只有初一的文化水平，无论上船捕鱼、参军，还是后来从事地方文化工作，他都不间断地收集整理渔家文化。目前，他已经收集整理了近千个故事、渔歌、谚语，寻访老渔民的手稿记录近 60 万字，录制数了十盘磁带，整理出版了《渔家的传说》等多部书。蒙古族史诗《格萨尔》现存最早的史诗抄本成书于公元 14 世纪，1716 年的北京木刻版《十万圣主格萨尔可汗传》是其最早的印刷本。迄今发现有记录的史诗说唱本约 120 部。在河西宝卷中，现存凉州宝卷脚本约有 30 卷，大多为木刻版和手抄本，20 世纪 80 年代初期曾出现过一些油印本。酒泉宝卷包括的词牌曲调和唱腔有 70 多种，宝卷有 70 多种 140 余本。①

目前，大量的民间文艺传承案例都以书面与口头共同繁荣的共存形态出现，但是民间文艺仍然以民间口头讲述为主要的流传方式，书面传承起辅助作用。

---

① 胡潇、胡秉俊编：《甘肃文化传承与发展述论》，兰州：甘肃人民出版社，2011 年，第 33 页。

（三）仪式传承

民间文艺的特色体现在仪式上，仪式就是一种文化的展演，是人们在特定的时空中进行的有意义的一种传承方式，仪式表演具有丰富的文化象征意义。

仪式展演有几个重要的要素，包括民间文艺传承的主体、民间文艺传承的客体、民间文艺传承的内容、民间文艺传承的时间、民间文艺传承的场合、民间文艺传承的载体如道具或乐器等。民间文艺传承的主体就是长期直接参与并传习民间文艺活动，由民众集体确认的讲述者或表演者。[①] 民间文艺传承的客体就是民间文艺主体所传承的对象，即听众。民间文艺传承的内容就是民间故事、民间戏曲、民间说唱等一系列民间文艺作品。民间文艺传承的时间不固定，主要包括庆典和节日、农闲季节、耕种季节、阴雨天等。民间文艺传承的场合也很多，比如村落的房前屋后、小巷、街道、野地等。道具或乐器在民间戏曲、民间说唱活动中运用广泛。这几个要素共同作用，才形成了民间文艺的仪式展演活动。

在特定时间、特定场合，面向听众，讲述者（表演者）以口头表达的说辞与唱曲为核心，同时辅以眼神、手势、面部表情、身体姿态、语气语调、模拟声音等，并利用道具和乐器，伴以灵活的舞步，有时还穿插仪式规范和宗教仪轨，进行全面的、综合式的仪式展演。在这种讲唱环境中，讲述者与听众之间存在一种直接的信息交流。讲述者能感受到听众的情绪反应，听众也能从讲述者的表情、语气、手势和习惯用语中，更加深刻地理解文本的内容，也可以不失时机地打断、修正或补充叙述者的讲述内容。所以说，他们的关系是现场的、即时性的，一旦离开了这一特定的时空，便无法进行重复与复制。因而，如果不及时用文字、录音或影像的方式将那些杰出的说唱歌手或故事能手的精彩表演录制下来，他们一旦过世，便存在"人亡歌歇"的巨大遗憾。

（四）新媒体传承

随着我国经济和科技的迅速发展，人们生活节奏的加快，过去那种熟人生活在同一地域、形成共同的生活模式、思维习惯的社会背景发生了重大转变，传统村落社会中的稳定闭塞的状态被打破，民间文艺自发性传承活动的社会根基被

---

① 张紫晨：《民间文艺学原理》，石家庄：花山出版社，1991 年，第 105—106 页。

动摇，其功能和传承的形式发生了根本性的变化，民间文艺进入到新媒体传承新时期。

在人民生活水平逐步提高的今天，手机作为生活必需品，打破了传承的时空限制，成为民间文艺传承的重要物质载体。人们运用微信、QQ、短信等进行日常沟通交流，也会利用抖音、快手、西瓜视频等各种自媒体平台认识了解、转发分享民间文艺作品，如民间故事、传说、笑话、民歌、民间说唱。新媒体传播不但有文字的形式，还有影音视频的形式，能让读者方便、快捷地欣赏到各地的民间文艺作品，同时使民间文艺自身焕发更多活力。

互联网功能众多，影响广泛，在不断地发展中催生了新的文艺形式，即"网络民间文艺"。所谓"网络民间文艺"，顾名思义是指作者的作品依托网络创作、以网络媒介为传承方式，最终传达给接受者。借助网络我们可以观察民间文艺作品的传播路径和传承轨迹。读者或观众可以通过网络快速便捷的搜索、欣赏各种类型的民间文艺作品。此外，借助现代化的音像设备，不同形式的民间文艺作品拥有了更加多元的传承路径，尤其是民间故事、民间说唱、民间戏曲等文艺形式使用现代设备进行现场录制，能够被更好地记录保管。

值得注意的是在贫困的边远山区或农村，基础设施并不十分完善，人们较少接触网络、手机、音像设备等，因此，还有大量保存在穷乡僻壤中的宝贵的民间文艺资源等待发掘。新媒体传承确实在一定程度上扩展了民间文艺的深度和广度，然而，要想探索原生态的民间文艺作品，还需要进一步做好田野调查，走进乡村山野，积极寻找优秀的民间文艺传承人，并适时利用现代新媒体进行记录，让人们感受到原生态民间文艺的魅力。

二、传承动力

"传承动力"由"传说动力学"延伸而来。陈泳超认为，20世纪中国传说研究有三种主要范式，即历史流变研究、形态机能研究与文化审美研究，三者均以文本为中心，缺乏对生产、消费、传承民间传说的具体的人和语境的关注。20世纪90年代以来，强调"表演"的西方民俗学理论进入中国，民间传说研究亦经历了从文本到语境的范式转换。然而区域社会史学者对传说语境的强调更接近于"文化语境"，使用的仍然是口头传说的文献写本，而较少关注现实生活中传说的讲述行为，具有将地方民众均质化的倾向。民俗学者对传说语境的关注，更多集中在传承人身上。由此，陈泳超聚焦地方语境下的传说讲述行为及其生长运行机制，有目的地关注传说变异改编过程，提出"传说动力学"的理论模型。

传说动力学视民间传说为地方话语，借鉴福柯知识考古学的话语建构理论，认为"一切传说皆具备权力属性，任何人也都享有言说的权力"①。在实际语境中，民间传说并非一个自足的完整文本，背后隐藏复杂情节被简要讲述，刻意隐藏的部分是地方民众共享的文化认同，具有排外性。传说的讲述并非为了欣赏一个完整的故事，而是用于日常生活中的交流，直接体现人们的意志和愿望，话语的背后有权力的表达。而"权力的动态表达是'动力'"②。

"传说动力学"意在说明传说的权力性是如何表达并形成公共舆论场域的，借鉴布迪厄的场域理论与文化资本理论，陈泳超将地方传说的非均质动力分为层级性动力、地方性动力与时代性动力。层级性动力依据对传说的影响力，将地方人群分为七个层级，普通村民、秀异村民、巫性村民、会社执事、民间知识分子、政府官员与文化他者。而时代性动力与地方性动力需要通过层级中有特别话语权的人来表达，相比被动的普通村民，"民俗精英"既有主动积极地进行传说讲述的热情与能力，同时又有以时代思潮与正统思想来"规范传说"的责任感，统合了三种动力，因而能掌握更多话语权，他们的讲述有更大的影响力。"民俗精英"并非"民间精英"或"地方精英"，专指对某一特定民俗活动具有权威影响力的人物，而未必具有超出民俗活动之外的影响力。陈泳超把传说动力学的理论模式比喻为一台放映机，三种差异性动力都要通过民俗精英这台"放映机"，才能投射到整体性动力之上，形成地方群体话语。民俗精英具有表达、传承、改造民俗事象的强烈愿望与兴趣，在民俗活动中是最积极的群体。

借鉴"传说动力学"理论，我们认为在民间传说的传承过程中，存在多种不同的动力，但因传承状况的不同，其主导性动力亦有所差异。以山西介子推传说的当代传承为例，沁源县与介休市是当代介子推传说流传最为密集的地区，两个区域地域经济、文化发展有较大差异，虽然两地的介子推传说基本遵循着由简单

① 陈泳超：《"传说动力学"理论模型及其反思》，《民族艺术》2018 年第 6 期。
② 陈泳超：《"传说动力学"理论模型及其反思》，《民族艺术》2018 年第 6 期。

的口头文化形态演变为复杂的文化资本的规律，但沁源县仍以民众口口相传为基本的讲述模式，而介休市围绕绵山景区塑造景观叙事，景观取代人成为传承的重要载体。① 沁源县介子推传说传承的主要动力是普通民众的个体讲述与寒食节祭祀的集体传承，介休市介子推传说则更多表现为文化学者、政府政策、市场与经济的推动。

推而广之，民间文艺的当代传承也存在多方面的动力，多种不同的传承力量构成了民间文艺传承的动力机制。地方普通民众作为传承主体，政府机构与文化学者作为主体之外的传承力量，构成民间文艺传承的多元动力。作为传承主体的地方民众可分为被动传承的一般民众与主动传承的秀异民众，两者虽然在传承中发挥不同程度的作用，但都是民间文艺传承的主体，是民间文艺传承的内生驱动力。政府机构对民间文艺传承起到管理监测的作用，监测民间文艺传承状况与动态，评估传承保护整体情况，并支持民间文艺的文化资本化，引导企业参与文化景观塑造与文旅融合，使民间文艺的文化价值、经济价值、历史价值与社会价值协调发展。文化学者包括地方文化人士、民间知识分子与高校专业学者，分别来自地方文化圈的内部与外部。地方文化学者与民间知识分子兼具一定的文化水平和对家乡文化的强烈认同感，抱有扩大地方文化影响力的责任感，是民间文艺传承的一支主动力量。来自高等院校与研究机构的专业研究者属于文化他者，以外来者身份参与民间文艺的传承，一方面其研究成果深掘地方文化的内涵，可以提高社会关注度，使社会各界更加重视民间文艺的保护；另一方面其参与调查带有研究目的，不免带有倾向性，作为受当地人尊重的外来者，可能会对民间文艺的传承产生影响。

民间文艺多元传承的动力机制说明在新的时代条件下，民间文艺传承需协调多元动力，使多方力量协作形成合力，而非互相掣肘。同时，"神话主义"的研究说明，网络文学、游戏、动漫、抖音等多媒体、超媒体、流媒体等传播手段对神话进行的挪用、整合与重构并未使神话消亡，反而促进了神话的复兴，年轻人更加依赖电子媒介来了解神话，神话主义是神话的第二次生命，同样属于神话传

---

①　段友文、闫咚婉：《介子推传说的历史记忆与当代建构》，《民俗研究》2016 年第 5 期。

承的一部分。① 多媒体时代下的"民俗主义"现象体现着传承主体之外的其他参与者对民间文艺进行转化与再创作的行为。这些参与行为同样属于民间文艺的传承实践，职业导游、网络创作者同样是民间文艺的积极传承人，民间文艺的多元传承动力随着时代变迁亦会扩大自身的内涵。

第五节　民间文艺传承的分文体研究

我们分析解读了民间文艺学的传承内涵、民间文艺传承人的特征及传承类型。那么，不同的民间文艺文体在传承方面是否完全相同？具体会发生怎样的变化？这些问题值得我们思考。董晓萍指出："在搜集整理民间文学作品和开展研究工作的时候，按照语言风格、情节特征、结构形态等要素进行划分，通常把神话、传说和故事归为散文类，并泛称其为'民间故事'。歌谣、史诗、谚语和谜语等，被划为韵文类。民间说唱和民间小戏，被划为表演艺术类。"② 在这样的文体分类标准下，本书将民间文艺传承人和民间文艺作品结合起来，探讨民间文艺传承的分文体研究。

一、民间散文类文体传承研究

神话借助原始思维通过集体表象来表达对社会的最初的认识。初民把自然界中与自己关系最直接最重要的事件和因素用超现实的力量进行解释，集中强化，甚至是夸张再造，于是就产生了和"神"相关的神话传说。广义的民间故事指的是所有散文类民间叙事作品，富有幻想性或者现实色彩。20 世纪 80 年代以后，对民间散文类传承人的研究逐渐兴盛起来，该研究借鉴中国民间故事传承人研究的典型案例与理论成果，从传承人、传承类型、传承方式等方面进一步研究，有着重要的学术价值和实践意义。

第一，传承人研究。从五四运动开始，研究者开始关注民间故事讲述人，侧

---

① 杨利慧：《"神话主义"的再阐释：前因与后果》，《长江大学学报（社会科学版）》2015 年第 5 期。
② 董晓萍：《现代民间文艺学讲演录》，桂林：广西师范大学出版社，2008 年，第 267 页。

重对讲述人的个人生活与讲述故事之间的关系的研究。在 20 世纪 80 年代后，民间故事讲述人的研究主要围绕传承路线以及风格特点等方面进行。直到 20 世纪 90 年代以后，伴随着西方表演理论的传入，民间故事讲述人的研究进入了新的阶段。除此以外，民间故事传承人的研究扩展到对某次具体的讲述活动、某一故事的生活史以及某一故事多次讲述的研究。民间故事的群体传承人和个体中的重要传承人都受到了关注，但是研究忽略了个体中的消极传承人在一定的情况下也可以变为重要传承人，这是未来值得关注的一点。

第二，传承类型研究。对民间故事的传承类型研究从个体与集体的角度进行分类，可以分为家族传承和社会传承两大类。吴雪娇对耿村历史、耿村民间故事特色、耿村民间故事面临的危机和转机、耿村民间故事对当地发展的借鉴意义等一一进行了分析，是典型的村落传承案例。我们发现，在具体的民间故事传承研究中，既有单一的传承类型，也有混合的传承类型，这就需要我们对民间故事讲述人的个人经历进行更详细的把握，对传承人讲述的环境（历史、地理、社会、民俗文化环境）都要进行深入的了解，而且还要调查这些环境对民间故事产生了怎样的影响。

第三，传承方式研究。王自红以鱼通地区的民间故事口头传承为例，分析了口头传承的优点和不足。① 除此以外，安文龙依托故事传承现状对新媒体发达的环境下民间故事的传承展开研究。研究通过沉浸式的虚拟现实技术的展示、互联网大数据的驱动以及知识图谱构建，基于文化绘图及民间故事存续，全方位对传承保护进行研究，使得民间故事研究在新形势下焕发新的活力。② 冯智明以流传在由瑶、汉两族移民组建的桂北庙坪村的渡海神话为考察对象，认为神话与仪式实践之间存在结构性关联。③ 李敬儒、林继富通过师生问答的形式深入分析了民间故事的静态保存与动态传承的利弊，也就是书面传承与口头传承、仪式传承相

---

① 王自红:《康巴藏族民间故事传承的现状——以鱼通地区为例》,《绵阳师范学院学报》2011 年第 10 期。

② 安文龙:《新媒体环境下民间故事传承与传播途径探索》,《东南传播》2019 年第 11 期。

③ 冯智明:《神话叙事与庆典仪式的互文——以桂北瑶族"渡海"神话和禁风节为中心》,《民族文学研究》2018 年第 3 期。

比之下的优势和不足。[①]众多学者在深入调查民间故事传承现状的基础上，对原有的传承方式进行了深入的思考，并结合信息技术对传统的民间故事加以抢救保护，这种努力是值得肯定的。在此基础上，还应该结合当前乡村振兴战略、非物质文化遗产传承和保护的政策，思考民间故事怎样更好地为当地社会服务，进一步彰显民间故事的智慧与魅力。

二、民间韵文类文体传承研究

民间韵文类文体包括史诗、歌谣、谚语和谜语等。史诗伴随着早期人类社会活动而形成，是古老而恢宏的一类民间韵文叙事，是主要通过口头形式保存并流传的长篇故事歌。歌谣由民众集体口头创作而成，短小精悍却饱含丰富情感，人们常以"天籁"称之。谚语，又称"俚语""俗语"，是具有韵律的"谣"。其文体特征是篇幅短小，寓意深邃，字句凝练，句式整齐，能够表达一个完整的意思，有的为单句，有的则是两句、三句或四句。谜语是由民众集体创造、口头流传的一类俗语，其最早的雏形是古代的"隐语"，即不直接将语意表达出来，而是通过曲折隐晦的方式将意思传递给他人。

在民间韵文类文体传承中，以史诗为例，它形成于原始宗教萌生时代，其内容大量地涉及宗教，被称为"神圣的叙事"。史诗常常折射出一个民族远古的宗教形态下的世界观、宇宙观与信仰习俗。柯尔克孜民族的史诗《玛纳斯》形成于萨满教信仰的时代，有关自然崇拜、动物崇拜和祖先崇拜的篇章在史诗中俯拾即是，其中常有神性动物的形象，它们或充当英雄的保护神，或充当英雄的有力帮手，崇拜动物的审美意识表现得相当明显。由于史诗内容的神圣性，演唱过程也充满了严肃感。如蒙古东部的演唱艺人们对于表演《商国故事》十分谨慎，因为故事内容里有大量的神，他们认为，如果演唱时漏唱了一个神，就将少活一年，如果把神的故事唱错了，也会受到神的惩罚。《江格尔》的史诗歌手如要演唱这部长诗，就得持续完整地演唱；听众也要坚持听到演唱结束。倘若有人违反了唱演规则，会被认为犯错了，从而受到惩罚。

史诗讲述者的资历及其讲述过程中仪式性都有特殊的要求，富有一定的神圣性。作为正式的史诗歌手，一些民间艺人在学习、教授和演唱史诗的过程中，被认为其自身也感染了神圣性，艺人成为史诗神圣性的一部分。比如，根据史诗文本的来源与歌手的表演形态，《格萨尔》的说唱艺人有着特定的分类与称呼，分为神授艺人、掘藏艺人、吟诵艺人和圆光艺人。神授艺人大多自称童年时做过奇怪的梦，如梦中格萨尔王教他们演唱某些片段，梦醒后就会演唱，他们认为这是神的指示与授意，从此开始了表演生涯；"掘藏"是藏传佛教宁玛派的术语，意为发现前人的伏藏，据说掘藏艺人前世曾听过莲花生大师讲经或受过他的加持，因此具有能够发掘宝藏的锐眼，从而发现了《格萨尔》的史诗写本；"圆光"本为巫师、降神者的一种占卜方法，是指艺人可以通过铜镜、清水或拇指的指甲盖，看到史诗的文字，借此将史诗内容抄录下来。这些艺人的表演与记录史诗的方法，都表现出强烈的宗教色彩。

一些史诗的表演需要遵循特定的仪式，大多在隆重而庄严的场合进行。如苗族人在演唱他们的神话史诗《苗族古歌》时就有较为严格的要求。首先必须是在重大场合才可演唱，例如婚丧、祭祖等，而演唱者也需是有特殊身份地位的人，例如巫师、年长者等，尤其是在酒席场合，演唱形式更为特殊，客主双方面对着落座，以一问一答式演唱，史诗曲调雄壮而悲凉，一唱就是几天几夜甚至十天半月。

我们可以看出，与民间故事不同，史诗非常具有神圣性，它对讲述人、听众、讲述场合都有特定的要求，它的传承方式也很独特，不只是传统的口头传承、书面传承、仪式传承，还有"神授传承"这种独特的方式。因此，学者在进行史诗方面的田野调查时，一定要先对该史诗的流传环境有清晰的把握，找准史诗讲唱的场合，遵守史诗讲唱的禁忌，在原生态的讲述中感受史诗的神圣，在史诗讲述人允许的情况下用现代音像设备记录下史诗的讲述实况。

三、表演艺术类文体传承研究

表演艺术类体裁包括民间小戏和民间说唱。民间小戏内涵很广，我们所说的民间小戏，主要是指由那些不留姓名的生产者直接创作，由他们"闲中扮演"，长期在广大村镇流传的一种乡间小戏，也可叫地方小戏。[①] 在创作演出的人物、地点方面，民间小戏一般是草台班底，地摊演出；在内容上，民间小戏关注底层民众，有生活气息和群众基础；在艺术形式上，民间小戏多用土语方言，形式自由活泼。民间说唱，一般又被称作"曲艺"，是一种艺术形式，多数是有说有唱的，融文学、表演、音乐三位于一体，带有一定程度的综合性。[②]

民间小戏艺人有三种身份，一种是职业性的，主要靠演出维持生活，演出接不上，也会偶尔参加劳动。一种是半职业的，既务农，也演出，靠务农吃饭，也靠演出吃饭。还有一种，是非职业也非半职业的，纯粹是农民自娱自乐，农闲时或年节中，他们闹闹红火，演出一段，平时以务农为主，不靠演出生存。

民间小戏艺人主要有三种传承方式，即家族传承、地缘传承和业缘传承，具体又可划分为家族型、村落型、师徒型、班社型。家族型以家传为主，一般以男性居多。村落型是以村为单位的集体传承，村中的老师傅是乡村戏曲活动的组织者，也是传艺的主要人物，他们教村中青年演戏，教者和学者并无严格的师徒关系，但是在村中，哪一辈在前，哪一辈在后，都能数得出来，排得上辈儿。师徒型往往有一套严格的行规艺令，如徒弟拜师，师傅要先考察徒弟一段时间，第一看嗓子如何，第二看机灵与否，第三看是否够材料，第四看品行如何，然后正式收为徒弟，还有一系列隆重的仪式。班社型就是职业性的艺人以搭班结社外出流动讲唱，比如安徽省怀宁县的黄梅戏班社、陕西省扶风县天度村的秦腔班社等。

与民间故事、史诗等不同，民间小戏、民间说唱等艺人具有职业和半职业的身份。因此，在进行田野调查过程中，研究者应尽量把与演出有关的唱本、演出单、演出报酬、演出协议等众多珍贵的第一手资料搜集到，还要深入了解民间小戏、民间说唱对传承人生活的影响，了解讲唱艺人在面对不同观众、不同场合时，他们的讲唱活动会发生怎样的改变等等。

综上所述，民间文艺传承的一般原理在运用于不同的民间文艺文体研究时，无论是对于传承人、传承类型还是传承方式，都存在着诸多的不同。此外，民间文艺文体有模糊带，同一情节的作品，流传到 A 地可能是神话，在 B 地就成为传

---

① 钟敬文：《民间文学概论》，北京：高等教育出版社，2010 年，第 273 页。
② 钟敬文：《民间文学概论》，北京：高等教育出版社，2010 年，第 248—249 页。

说，在 C 地可能就成为史诗，面对这样的情况，就必须更加深入地研读文献，细致地做好田野调查，探索这种现象背后的历史原因、人文因素，才能准确地把握具体民间文艺文体传承的规律。

四、小结

传承是民间文艺的生存特点，是民间文艺发展的基本规律之一，是民间文艺在时空维度上呈现出来的基本特征。在民间文艺学的学科体系中，民间文艺传承论占据着非常重要的位置。虽然社会在不断发展，但是"乡土本色"特征依然存在，如稳定性、熟人社会、差序格局，这是民间文艺赖以生存的基础，因而传承的基本内涵得以明确界定。本章以民间文艺传承人作为核心，从传承类型和传承方式两个维度阐释了民间文艺的基本理论。民间文艺的传承人包括群体传承人和个体传承人，其中个体传承人又包括一般传承人和重要传承人；民间文艺的传承类型包括家族传承、地缘传承、业缘传承、神缘传承和混合传承。其中家族传承包括男性和女性传承路线；地缘传承包括村落型和社会型；业缘传承包括师徒型和班社型；神缘传承包括以生命礼仪为中心的家庭神缘传承、以节庆为载体的社区神缘传承、跨区域神缘传承。民间文艺的传承方式包括口头传承、书面传承、仪式传承、新媒体传承。最后，本章节将民间文艺的一般原理应用于民间文艺的分文体研究，并在研究过程中提出一些新的研究视角供学者参考，真正做到理论与具体实践相结合。

思考题：

1. 如何理解传承是打开民俗文化与非物质文化遗产宝库的钥匙？

2. 民间文艺传承人在传承过程中发挥怎样的作用？

3. 如何确定民间文艺的传承类型？

4. 怎样理解民间文艺传承的机制？

5. 如何运用民间文艺学的一般原理对民间文艺传承进行分文体研究？

第六章　民间文艺审美论

　　关于民间文艺学的概念，有两种不同形式的理解：一是"民间＋文艺学"；二是"民间文艺＋学"。第一种形式将文艺学看作一个主体，"民间"作为修饰语来限定文艺学的研究范围，即以"民间文学艺术"为研究对象，以文艺本位来界定学科的性质，是文学意义上的概念，强调的是"民间文艺学是一种特殊文艺学"；第二种形式将"民间文艺"作为学科研究的整体，即以"民间文艺"为研究对象，以文化本位来界定研究范畴，是文化意义上的概念。我们倾向于以文艺本位来理解民间文艺学的概念，同时要兼顾其社会、文化要素，强调民间文艺学的文学化、审美化特征，即诗性特征，以突显民间文艺学作为一门独立学科的性质，即从文化诗学的视域出发对民间文艺进行研究。对民间文艺学的界定，其目的在于明确其研究的范畴，落实学科建设的基本任务。

第一节　民间文艺审美特质的多维表达

　　对民间文艺审美特质的揭示，是民间文艺学的基本任务之一。然而，在以往对民间文艺的研究中，对于民间文艺审美特质的研究却很少得到重视。过去的研究，虽然也有不同程度上对民间文艺的关照，但终究是以服务"观俗""采风""兴观群怨"等政治目的为主；自雅俗文化日渐分离之后，占统治地位的精英文化便将民间文艺作为一种不登大雅之堂的庸俗艺术排挤到文化的边缘，虽然也有一些文人将目光投向乡野，更多的却以其文人士大夫的审美理想对民间文艺进行关照，构建的是一种想象中的"民间"，是一种属于文人士大夫的"桃花源"，忽略了民间文艺的真实本质；"五四"之后，"到民间去"的口号在一定程度上改变了民间文艺的地位，一些知识分子怀抱着浪漫的情怀走向田野，从事对民间文艺的搜集工作，试图在传统文化中找到民族的文化根源，顺应中华民族"救亡图存"的需要，而对于民间文艺本身所具有的审美价值却缺少关注；即使在延安文艺座谈会之后，文艺工作者们被倡导向民间文艺学习，很大程度上亦是借助民间文艺的形式发挥其宣传作用与教育目的，为政治服务。20世纪初期，西方文艺理论大量涌入，人们习惯用传统的精英文化观念与西方美学理论来阐释民间文艺，但民间文艺无论是从审美对象还是审美方式上都同传统的文人审美有着质的不同，一味套用传统经典美学理论对民间文艺进行阐释，导致对民间文艺的美学特征不同程度上的误读。随着近年来大众文化的流行，城市化的急速推进，信息化、全球化浪潮的席卷，民间文艺赖以生存的文化土壤遭到极大破坏，但新变化同时也带来了对于民间文艺当代价值的再度思考，在坚定文化自信、传承和发展优秀传统文化的精神的指导下，传统的民俗文化、民间艺术重新受到重视，在此背景之下，民间文艺自身所蕴含的美学特质有了新的理论建构，成为研究民间文艺的重要组成部分。

民间文艺作为生活的一部分，与民众的现实生活融为一体。也正是与生活融为一体，民间文艺才不会成为无源之水、无本之木。因此，从生活属性去理解民间文艺，其审美特征有三：一是审美主客体的"双重性"，二是审美方式的"在场体验"，三是审美感受的"重复性"。

一、审美主客体的"双重性"

就审美主客体而言，所有文艺大体都可以看作审美主客体在实践中相互作用而形成的产物。而对于作家文学和民间文学来说，其审美主客体是有区别的。"作家文学是作家通过对现实生活的反映创造出来的一种精神客体。"①因此作家在创作作品时，必须要选取他所熟悉的事物和场景，且要有一定的思想认知和审美趣味，于是，作家与他所处的社会生活总是有着一定的距离。而民众审美观恰恰是自由的、没有距离的审美。民间文艺的创作者就是民众自己，所要表现的社会生活就是他们本身所正在经历着的一切，即日常社会生活，而在此基础上所创作出

---

① 肖群:《"审美"乃民间文艺学之"立身之本"——从民间文艺学概念辨析入手》,《宁夏大学学报（人文社会科学版）》2012年第1期。

的民间文艺，便是民众自己的社会生活和情感体验的表现，有着民众对生活现象背后意义的理解。这样，他们从自己的审美观出发，在创作中融入自己活生生的情感、经验、理解以及想象，而不像精英文学那样恪守逻辑和辩证的原则。

朱光潜在《美感经验的分析（三）：物我同一》的论述中，通过自己心中的气质风神与现实中古松的苍劲姿态的互为关照，达成了物我合一的交融境界，使得人成了松，松变成了人，从而形成了一种独特的审美感受。① 可见，文人的审美更多的是保持一种静观，讲求"物我同一"。而文人如果将这种观望的姿态、浪漫的情怀带入到民众生活中去，他们其实是无法真正了解民众的喜怒哀乐和真正欲求的。正如陶渊明笔下那宛如"桃花源"般的田园生活，渗透的却是文人的理想与审美追求，他以文人士大夫的审美心态来关照田园，关照田园生活，才有了"采菊东篱下，悠然见南山"的自得与惬意，面对艰苦的农事活动，才会得出"衣沾不足惜，但使愿无违"的心灵感悟，可它终归是属于士大夫的审美趣味，它独立于民间，亦不属于民间。文人士大夫以他们的想象来构建民间的生活，始终同真正的民间隔了一层。而这种静观的姿态，虽然也有着同自然、同人的心绪的融合，却显得静态而庄严，清醒而理智。而民众却是真正面对生活的本来样貌的，他们用最直接的方式抒发内心最真切的情感，歌唱他们最切身的生活，一切都发乎心灵、情绪、欲求，"在这种特殊的创作活动中，创作的主体常常又是对象本身，主、客之间几乎相融无间"②。也正是在这种主体与客体融为一体的审美活动中，人与自然、人与环境、人与社会才取得一种和谐的动态平衡。

二、审美方式的"在场体验"

除了群体创作，"群体在场"审美效果也是民间文艺重要的审美特征，即注重现场的情境。"作家的创作，主要以个体的方式进行，而民间创作，更多的是一种群体性的在场情境的审美活动。作家文学强调独创性或个人风格，而民间文学的审美体验只有在展演现场才能真正完全实现。"③ 很多民间文学艺术都是即景

---

① 朱光潜：《文艺心理学》，上海：复旦大学出版社，2005 年，第 29—46 页。
② 李惠芳：《中国民间文学》，武汉：武汉大学出版社，1996 年，第 25 页。
③ 肖群：《"审美"乃民间文艺学之"立身之本"——从民间文艺学概念辨析入手》，《宁夏大学学报（人文社会科学版）》2012 年第 1 期。

生情而产生的，其所反映的社会内涵，都有它的时代背景和发生语境，只有置放到特定的情境和语境中去考量，人们才能理解它的内涵。

　　民间文艺的审美同民众的生活息息相关，不可分割，民间文艺的独特魅力就浸润在民众的日常生活中，于是民间文艺的审美方式就注定不同于作家文艺，其在场情境的审美方式就体现了这一点。比如，民间二人台小戏《打樱桃》、黄梅戏《打猪草》等表现的是青年男女在劳动中的热烈欢快的情绪，而山西民间小戏《走西口》则表现了一对新婚夫妻被迫离别的悲伤情感。民众审美观是通过文本表演由民众和民间艺人双方共同塑造的[1]，展演现场一方面强调讲唱人的表演个性，同时也要求讲唱人必须遵循传统的范式，即"戴着镣铐跳舞"。此时，讲唱者所展现的不仅仅是个人表演，同时表现的是一种地方传统。在特定场域中，表演文本、展演现场和听众反应，三者共同构成一个文化空间。这个文化空间能让民间口头文本发酵，实现"此界与他界、神灵与怪诞、精神与肉体、狂欢与谐谑形象的二元身份转换，表达审美杂境的自由本质。"[2]蒙古族史诗《英雄的格斯尔可汗》在描写王妃之美时，通过情感上的错位，产生强烈的审美效果：

　　　　六月的蝴蝶飞来，错认她是一朵花，

　　　　六岁的小孩见她，忘记了牵手的妈妈；

　　　　八月的蝴蝶飞来，错认她是一朵花。

　　　　八十岁的老人见她，恨不得恢复青春的年华。[3]

　　民众的这种审美心理往往"随物以宛转……是心理世界与物理世界的转换，造成了错位修辞，而这种转换，是具有随意性和无穷性的"[4]。但是一旦展演结束，特定场域与文化空间消失，民众失去了在场情境的"现场感"，审美体验也就告一段落。因此，民间文艺的在场审美与生活情境是合而为一的，祭祀仪式、歌舞活动、节俗仪礼等日常民俗活动，都伴随着民众的审美享受，鲜明体现着在场情境的审美方式。而其独特的"在场式"审美体验方式，也极大程度上满足了当地

---

① 董晓萍：《现代民间文艺学讲演录》，桂林：广西师范大学出版社，2008年，第293页。

② 董晓萍：《现代民间文艺学讲演录》，桂林：广西师范大学出版社，2008年，第293页。

③ 吴蓉章：《民间文学理论基础》，成都：四川大学出版社，1988年，第41—42页。

④ 童庆炳：《中国古代心理诗学与美学》，北京：中华书局，1992年，第4—6页。

民众的情感沟通与交流的需要。原始社会时期，人类依靠集体而生存，彼时个人与集体尚未发生分离，个体与个体之间，个人与社会之间沟通没有障碍，可是，随着人类个体意识的进一步增强，人与人之间，人与社会之间沟通减少，尤其是近代工业化的推进，人类进一步挣脱了对氏族、血缘、神灵的依赖，陷入了一种彼此隔绝的孤独之中。在现实生活中，人们有太多的悲欢无法沟通，人们迫切地想要再度回到曾经。而这一种强烈的情感诉求，则在民间文艺的审美活动中得以再度回归。在群众所共同接受的审美作品中，人们彼此理解，因为作品体现人们过着的是同一种生活，在狂欢之中，民众受到感染，情感得以沟通，"民间文艺学将生活呈现出来并使生活成为审美的现场，正是生活存在和美学存在的有机整合，才始终是民间文艺学自足的本体特征而不是其阶段性的特征"①。

三、审美感受的"重复性"

在传统艺术观念下，杰出的艺术一定具有自己独特的个性，它是天才的，是独一无二的，是不可复制也是不可模仿的，而独特性往往会带给人们新奇的审美体验，即一种陌生化的审美视角。而那些千篇一律的、不断反复的程式化的作品则几乎不能称之为艺术，人们自然也无法因其产生独特的审美感受。而民间艺术却恰巧与之相对，它所产生审美感受的很大一部分都是来自其自身的"重复性"，即人们对民间文艺的审美是一种认同感式的审美。民间文艺作品并不要求其艺术作品进行创新或具有个性化色彩，反而那些因袭旧制、代代相传的艺术形式容易受到喜爱。一则传说、一首民谣、一出小戏都会反复出现在人们的日常生活当中，即使它们被不同的人在不同的地方重复了无数次，人们仍旧津津有味地听着、唱着，从中获得愉悦与美感。而也正是这种重复性，使得民间文艺进入到民众的日常生活活动中，通过不断重复的审美体验使"民间文艺作品内容和形式不断延伸，使得其审美期待视界成为永恒"②。

其一，民众在重复的审美体验中能够体会民间文艺的艺术美。民间文艺本

---

① 肖群：《"审美"乃民间文艺学之"立身之本"——从民间文艺学概念辨析入手》，《宁夏大学学报（人文社会科学版）》2012年第1期。

② 万建中：《民间文艺的审美法则与优势》，《中国文艺评论》2016年第1期。

身作为一种艺术，能够使民众获得情感上的愉悦，民间文艺"有的壮美，有的优美，有的滑稽，有的崇高，给人以巨大的审美享受……给人以幽兰似的芳香和美的享受"①。这里有探索自然、改造世界的美，"人类的艰难困苦的草创时期所表现的创造要求、创造活动和创造成果，使神话包含了无比丰富的创造美"②；又有象征和平与幸福的美，"孔雀公主"的故事在傣族人民中广为流传，感染着人们的心灵。

其二，民众在重复的审美体验中能够发现民间生活的美。民间文学将人民的生活同艺术融合起来，使人民即使在最艰苦、最绝望的时刻仍怀揣着对人生的希望，怀有对自身情感的意义和自身存在价值的认同。例如，陕北民歌中有不少描写家庭生活的民歌，《碾糕面》《擦洋粉》等民歌通过对具体细微的生活场景的描绘，展现了真实可感的生活气息，传达了人们的日常生活情趣。

其三，民众在重复的审美体验中能够加深对传统的眷恋与认同。一个人在特定区域生活，在其成长过程中，必然会受到此种文化传统的影响，并对此种文化有着特殊的亲切感情，而这份情感和对此种文化的深刻理解往往是外来人所不具备的。与此同时，民间文艺自身亦是群体意识的历史沉淀物，表现的是下层普通民众整个群体的共同理想和审美趣味。正是这种共通的情感、共同的愿望与内在的联系，使得民众对文艺作品反复品味琢磨，从而获得对传统的眷恋与认同。所以说，"民间文学审美期待视界的确立，主要基于民间文学特有的区域情感，民间的审美趣味和取向总是导向于对自己传统的认同和眷恋"③。

需要指出的是，这种重复的审美感受的获得依赖的是一种集体的认同性。这种认同性历经千百年，从原始文化产生至今，在漫长的历史中被人们代代相传，沉淀在人们的记忆与集体意识中，形成自己独特的象征体系与文化内涵，被人们所认同。这套象征体系内涵丰富，既有着具体的象征符号，也有着抽象的示意符号，即"既有原始文化的活态传承，又有社会经济发展到一定程度之后产生的

---

① 吴蓉章：《民间文学理论基础》，成都：四川大学出版社，1998年，第40页。

② 屈育德：《神话·传说·民俗》，北京：中国文艺出版社，1988年，第28页。

③ 肖群：《"审美"乃民间文艺学之"立身之本"——从民间文艺学概念辨析入手》，《宁夏大学学报（人文社会科学版）》2012年第1期。

各种世俗愿望与世俗理想的文化表现，还渗透着儒、道、佛等文化大传统的种种影响"①。其中原始文化中所涉及的图腾崇拜、神灵崇拜等以及由此而生发的对生存、繁衍的祈祷，仍旧是人们最基本也是最原始的诉求，于是那些生育繁殖能力极强的动物、植物仍被作为民间艺术的重要主题，比如葫芦、鲤鱼、青蛙、老鼠、兔子等；而随着社会的发展，对生命延续的渴望发展为对"福""禄""寿"等一系列世俗愿望的憧憬，于是各种财神、禄神、寿星也在民间文艺的主题中逐渐壮大，长生富贵、加官晋爵、子孙昌盛等各种世俗愿景不断出现在各种民间文艺中。除了世俗愿景的诉求，民间文艺的象征体系也无可避免地受到了传统文化的影响，成为民间文艺内涵的构成部分。流传后世的种种话本、小说、戏曲、宝卷、弹词，其主要思想也不离善恶报应、忠孝节义等传统所认可并宣扬的观念，也基本是传统文化所要求的。有了原始文化、世俗愿景、传统文化的沟通与传承，民间文艺的审美主体在历史和空间上就有了文化的集体认同感和强烈的沟通性，民众从而在"重复性"的审美体验中获得美的享受。

第二节　审美的日常生活转向

"民间"并非是一个单一维度的概念，站在中国的文化体制下从文学的角度来讲，是指来自中国民众——这一中国民间社会群体中所固有的文化传统，并具备三个重要特点：一是它产生于民间，成长在乡野，在国家意识形态和权力控制较为微弱之地，因此留存了相对自由活泼的形式，能够鲜明地表达出民间民众最为真实的生活和最为真切的情感；二是因其自由的形式，在一个普遍压抑的社会，其最高表现形态只能是审美的；三是它因为拥有民间宗教、哲学、文学艺术的传统背景，用政治术语说，民主性的精华与封建性的糟粕交杂在一起，构成了独特的藏污纳垢的形态。②审美的发生离不开"民间"这样一个大的文化传统场域，反过来，民众的日常生活也逐渐被审美化。"（审美）似乎已不再专属于文学

---

①　季中扬:《民间艺术的审美经验研究》，北京：中国社会科学出版社，2016年，第142—143页。

②　陈思和:《陈思和自选集》，桂林：广西师范大学出版社，1997年，第207—208页。

和艺术，审美性、文学性也不再是区别文学与非文学、艺术与非艺术的根本的或唯一的特征。"①审美化的意义在于打破了艺术（审美）与日常生活的界限，传统意义上的审美不再仅仅是文学、艺术的配属，而开始从文艺向生活发生移位，它作为自由的活动不仅要注重心理感受，而且要关注内在价值，因此，审美的日常生活转向就显得尤为重要。

从日常生活中，我们可以看出民间审美的基本观念，贯通着民众"生活化艺术"的丰富实践。那些常见的炕围壁画、剪纸窗花、砖雕墙绘等艺术形式，其审美功能并非是独立的，它在满足人的实际需要与精神慰藉中实现了其自身独特的审美价值。民间生活是一种艺术化的生活，它是藏污纳垢与纯真质朴、灵魂和肉身、审美和生活的统一，是一种"生活美学"。关注民间生活，"把生活看作是人类一切活动（也包括审美活动）的最高原则，这恰恰是一种哲学意义上的'返璞归真'，也是民间审美文化给予'美学思想'的重要启示。"②

一、雅俗文化的分野

在中国长期的历史发展过程中，逐渐形成了以"雅"为特征的文人士大夫审美文化以及以"俗"为特征的民间审美文化。雅文化在上流知识阶层中流传，如古典文学、文人书法、山水画、官窑陶瓷等；俗文化则在民间底层社会中流传，如老百姓的口头文学、地方小戏、民间舞蹈、民窑工艺等。文化精英常常漠视、贬抑民间艺术，由此带来的影响便是一些民间工艺可谓巧夺天工，却被排除在艺术史之外；他们将民间艺术视作"难登大雅之堂""下里巴人"的艺术活动，即使是对那些最精湛的民间文艺也都嗤之以鼻，不肯给予他们合理的评价。一味贬抑、漠视民间文艺并不利于传统审美体系的构建和完善，民俗艺术是民俗生活的反映，是民俗内涵的审美化存在，传统的审美体系将之排挤在外，"限制了民俗艺术与美的亲和关系，也造成了传统审美体系的缺陷"③。

---

① 金元浦：《别了，蛋糕上的酥皮——寻找当下审美性、文学性变革问题的答案》，《文艺争鸣》2003年第6期。
② 徐国源：《美在民间——中国民间审美文化论纲》，上海：上海人民出版社，2018年，第61页。
③ 陶思炎、孙发成：《民俗艺术的审美阐释》，《西南民族大学学报（人文社会科学版）》2010年第5期。

　　季中扬指出经典美学对于民间艺术的鄙夷与贬抑主要是由两种根深蒂固的美学观念造成的，"一是艺术应该出于纯粹的审美目的，不应该带有社会功利性，二是艺术应该表现艺术家的个性与创造性，因袭旧作称不上真正的艺术"①。经典美学的观点虽然有可取之处，但也有一定的局限性。首先，在民俗美学的范畴中，其美学的原始表达是与实用功利和象征性联系在一起的，它的美学色彩同现实功能的发挥密切相关。但民俗艺术毕竟是对现实提炼加工后的产物，同现实世界相比，有着自己独特的审美目的。其次，民间艺术并不讲求个性，它的存在在于满足群体性审美，在特定的情境表达民众的愿望和信仰。民间艺术大都以吉祥、圆满、美好为追求目标，凡能表现出这种向幸福、向兴旺、向富裕靠近的艺术，都是美的。"民间艺术的根基是民间性，离不开民间的节庆、婚嫁、庙会等民间文化活动与民俗信仰，脱离了这个语境，群体性的、介入式的审美经验就难以发生。"② 所以，不应该用经典美学评价经典艺术的方式去看待民间艺术，而应该进入民间的特殊审美语境，这样才能真正发现民间艺术的审美价值，"在非经典的美学视域下，民间艺术展现出多感官联动、融入性及认同性等审美特征。这些不同于美的艺术的审美经验，恰恰昭示着民间艺术独立的美学价值"③。

二、民俗与美感的"二重奏"

　　特定的文化空间积淀着特定的审美情感和审美判断，按照人们的生活观念，生成了独具特色的地域民俗，而民俗的魅力就显露在其生活的审美价值中。叶朗在《美学原理》中提到"民俗风情是重要的审美领域。因为这里包含有人生、历史的图景"④。它饱含着民众最真切的喜怒哀乐，这种风情便唤起人们审美的共振，而得以继续传播，从而构成"民俗"与"美感"的二重奏。

　　湘西世界在沈从文笔下处处充盈着美，朴实而简单的乡村生活及风俗民情体现了一种"人文美"。这种美也烙印在湘西民歌中，如有一首歌这么唱道：

① 季中扬：《民间艺术的审美经验研究》，北京：中国社会科学出版社，2016 年，第 22 页。
② 季中扬、高小康：《民间艺术的审美经验与价值重估》，《艺术探索》2014 年第 3 期。
③ 张娜：《非经典美学视域与民间艺术美学话语的重构——评季中扬〈民间艺术的审美经验研究〉》，《民间文化论坛》2018 年第 2 期。
④ 叶朗：《美学原理》，北京：北京大学出版社，2009 年，第 488 页。

郎在高山打一望呦，

妹在河里洗衣裳呦，

叫声妹妹呦，

等等我来呦……

这首民歌具有典型的地域风情之美。"对山歌"是湘西的传统文化，也是其日常生活最具特色的景象。每到傍晚，少女们就会三三两两串门，聚集在河边吊脚楼上的闺房里，打开窗户对楼下的小伙子们唱山歌，小伙子们也用山歌回应。如果对上心仪的对象，便会请媒婆上门提亲，成就一段美好姻缘。

"由于特有的文化机制和审美特性，民歌传承和延续着原始文化的表达机制，以及个体与他人交流的直接性"[①]，它既能够表达民众最本真、最真切的情感诉求，也能够反映出该地域民众的原生态生活，以及在这种人生原态中所蕴藏着的文化意蕴、精神内涵、民众历史记忆和民族文化心理等。进一步说，民间艺术作为一种从日常生活中生长出来的艺术，体现的是与精英艺术审美相反的美学观念，即日常、实用、无距离、融入性等特点。融入性体现在审美空间与日常空间融为一体，即审美关系的发生并不需要特殊的时空，人们随时随地都可以亲近美与艺术，就如湘西的"对山歌"那般自然。地域之美、民歌之美、人类的情感之美都融入湘西的民俗之中，构成"民俗"与"美感"的交汇融通。

第三节　审美意识的结构层序

钱中文曾在 20 世纪 80 年代针对文学的本质问题提出了影响深远的"审美意识形态论"，他认为："审美意识与意识一样古老，形成于人的长期劳动、生存实践活动中。审美意识在长期发展中积淀了人的生存感受与感悟，先在口头语言的形式中获得表现，成为一种审美意识形式。"[②] 因此，研究审美意识在审美过程中

① 王杰：《民歌与当代大众文化——全球化语境中民族文化认同的危机及其重构》，《广西民族大学学报（哲学社会科学版）》2006 年第 6 期。

② 钱中文：《论文学审美意识形态的逻辑起点及其历史生成》，《文学评论》2007 年第 1 期。

所起到的重要作用十分必要，而审美意识也越来越成为审美研究的核心问题。审美意识作为一个由多种要素相互联系并作用的有机整体，大致分为静态和动态两种结构。其静态结构层序从审美主体的体验出发，强调人的情感认知；而审美意识的动态层序侧重从认识论与伦理范畴的角度思考问题，强调人的理性体认，静、动两个层序蕴含了审美反映论的萌芽。

一、审美意识的静态结构

审美意识的静态结构由审美感受、审美心理和审美理想三个层次构成。审美感受是感性层次，最具活力和丰富性，是审美的最低层次；审美理想是理性层次，它规定着审美意识的范畴，是审美的最高层次；审美心理则介于审美理想和审美感受之间，既是审美感受做升华，又是产生审美理想的前奏。这三者层层递进，共同塑造审美意识静态结构的丰富性和完整性。

（一）审美感受

审美活动的起点是感受活动，一个人只有感受到了美的对象的存在，抓住了审美对象的感性特征才有可能对对象产生反应，必须有对对象的亲身感受才能进一步获得美感。而审美感受则是建立在审美感觉上。黑格尔认为，在人的感官中，对于艺术事物的认识与感知只涉及视觉与听觉，其余的感官则同欣赏艺术无关。到了近代，美学家克罗齐认为一切感觉在审美中具有平等的地位，一切感觉所获得的印象，经过直觉的综合作用形成一个完整的形象，克罗齐认为这就是审美。根据克罗齐的观点，审美的感受是建立在审美的感觉之上的，而审美感觉是不分什么是视觉的、什么是听觉的、什么是味觉的，人的一切感官都是审美的感官。

人的审美感官、审美感觉可能是相通的，但这不代表人的审美感受是一样的，人作为审美的主体，其生命形式及经历经验是极具个体性的。不同的观赏者，如黄发老人与垂髫小儿、诗人与歌手，面对同一景象，因个人情感、经历的不同往往会产生不同的审美体验，即所谓"美不自美，因人而彰"①。

---

① 出自唐代著名文学家、思想家柳宗元的散文《马退山茅亭记》。

（二）审美心理

审美心理是在审美实践中形成的心理，审美意识结构最重要的组成部分便是审美心理。有学者认为："审美意识的结构方式表明，审美意识涉及人的一切心理功能，是心理诸形式、诸功能综合的、和谐的、自由的统一性活动，特别表现为感知、理解、想象、情感四种要素的自由结合和独特的相互作用。"[①] 首先来理解这四个层面的含义及其所产生的独特作用：

感知即意识对内外界信息的觉察、注意、知觉的一系列过程。感知可分为感觉过程和知觉过程，感觉和知觉的定义有所不同，初级的感觉来自人的感官对事物的直接反映，比如蓝色给人的感觉大多是宁静的、平和的，而红色给人的感觉大多是热烈的、温暖的；自然界中的鸟叫声、风吹竹林声，虽然没有刻意的曲调、和音和变奏，但听上去也很悦耳。正如滕守尧在《审美心理描述》中所论述的，事物各个方面的特征是由知觉来把握的，是"形状、色彩、光线、空间、张力等要素组成的完整形象的整体性把握，甚至还包含着对这一完整形象所具有的种种含义和情感表现性的把握"[②]。而民间文艺的审美也极大程度地运用了感知的这一心理要素，它不仅仅局限于对外界单一方面的感知，而是运用多感官的联动审美方式，进而将民间文艺所具有的审美属性与日常属性结合起来，将"美""乐""善"融为一体，形成其独特的审美价值。例如，在一些节庆的民俗表演中，人们在热闹的氛围中，看表演艺人进行表演，男女老幼挤在现场，可以随时应和、大笑，与表演者共同完成节目的表演，这时的人们不再是被舞台隔绝的旁观者，而是真切的参与者，是表演的一部分，或者说已经忘却了表演的仪式性，真正沉浸在表演的内容、节日的氛围中。人们耳朵听到的是庙会上的笑声、叫声、交谈声，眼睛看到的是各种纷杂的表演，参与人与人之间的交往活动。这时我们会发现，我们的审美体验不再是来自耳目，而是心灵，而这种近乎"迷狂"的审美体验也已经不再是简单的听觉、视觉、触觉等感觉所能界定的。

想象是构成审美心理的又一重要因素。屈育德认为，民众的审美观是一种想象性的创作活动，表现出了民众在日常生活和改造自然的活动中所体现出来的集

---

① 邹华：《审美意识的结构和功能》，《西北师大学报（社会科学版）》1988 年第 1 期。

② 滕守尧：《审美心理描述》，成都：四川人民出版社，1998 年，第 54 页。

体意识和崇高品德。民众经常把生产活动诗化和神化，并借助神话传说的形象或叙事情节等，传达民间审美艺术的内涵。① 例如，"孟姜女哭长城"的传说流传至今而艺术魅力不减，既在于创作者赋予女主人公孟姜女的美丽端庄、足智多谋、敢于反抗的美好形象，又在于其与秦始皇斗智斗勇的过程和悲剧命运所带来的震撼力。孟姜女对秦始皇提出一系列严苛的条件，甚至哭倒了长城，与民众对封建统治者及封建礼教的强烈不满发生共鸣。而想象的艺术魅力正在于此，"在这殊死决斗中，我们为女主人公的机智、凌厉而喜悦；为秦始皇的丑态、狼狈不堪而讽笑；更为孟姜女这一美的化身被毁而悲痛"②。也正是这种艺术魅力使其历经千百年而神韵不减，在民间广为流传。

情感在审美心理活动中的作用是至关重要的。只有主体把自己的情感融入对象中，与对象融为一体，体验到审美对象的情感震慑，而不是只进行理智的判断、分析，才有美感产生。立普斯认为审美就是"移情"，所谓"移情"就是将主体所具有的力量和情感，全部投注于客体中，即将自己所具有的情绪、心理状态全部移入自然中，物我合一，从而得到审美愉悦。所谓移情，就是看到了情感在审美活动中的重要作用。只有具备情感，物象才有生机与个性。中国古代审美思想中常常有这样的描述："感于哀乐，缘事而发""情哀则景哀，情乐则景乐""登山则情满于山，观海则意溢于海"，这就是人们审美情绪和情感的抒发。杜甫的"无边落木萧萧下，不尽长江滚滚来"，温庭筠的"碧草含情杏花喜，上林莺哢游丝起"，落木、长江、杏花、莺等物象都是诗人或喜或哀的情感的映射。也正是人的情感的投注，才使得诗中的物象有了丰富的意涵、蓬勃的生命力，从而产生强烈的审美效应。

文学具有虚构性的特点，民间文艺作品也不例外，所以在阅读的过程中，理解成为审美过程中必不可少的环节。在对民间文艺作品进行欣赏时，我们需要理解"实用"状态和"虚幻"状态，将生活的真实同艺术的真实区分开来，将艺术的情节和感情同现实生活区别开来。民间文艺虽然与人们的日常生活息息相关，可它同样不是现实的复制，而是在一定审美理想的关照下，对生活的素材。进行

---

① 屈育德：《神话·传说·民俗》，北京：中国文联出版公司，1988 年，第 25—35 页。

② 巫瑞书：《民间文学名作鉴赏》，长沙：湖南文艺出版社，1988 年，第 69 页。

加工。而又因为有审美理想的关照，作品在一定程度上偏离了真实世界，例如，《毛衣女》和《天牛郎配夫妻》的民间故事中都有天女到人间洗浴的情节，女子洗浴是民众日常生活中的真实状态，而天女下凡则是"虚幻"状态，这就需要读者或听众在接收和欣赏的过程中正确理解和区分。但同样不可否认的是，正因为在审美理想的关照，主体审美意识中的非自觉性充分发展，使得主体同客体相融合，于是，我们读这些民间故事时，亦会相信其真实性，认为里面的角色是活生生的人物，这就是文学虚构性所带来的"幻真性"，即桑塔耶那所说的"艺术是有意识的自我欺骗"。

　　感知、想象、情感、理解这四者之间是互相联系、互相作用的关系。具体表现为"在现代审美意识的内部结构中，饱满的激情推动着活跃的想象，联系着充分发展了的理解和大大扩展了的感知，理解和感知在情感的渗透和想象的作用下结合在一起，理解引导感知扩大着对象世界的范围，感知在扩大范围的同时体现、发展着理解"①。同时，它们又推动审美心理的创造性活动，审美心理"在感知审美对象，获得审美情感的同时，会根据一定的审美理想，通过联想、幻想以及诸如通感、错觉等形式，进行创造或再创造活动，创造出尽可能独有的、个性特色的、传情达意的审美对象"②。

　　（三）审美理想

　　在感知、想象、情感和理解的相互作用中，审美意识还包含了审美理想这个更高的层次。所谓审美理想，就是民众借助民间文艺作品所表达的对于真善美的追求，从内容来看，审美理想偏重于理性，但从形式来看，它仍然呈现为生动的感性形式。审美理想是审美意识的核心，它发源于无意识。人们生活在现实世界中，不仅有着现实的需要，还有着超越的需要，即我们对自由的渴求与超越。而这种要求会在特定审美对象的刺激下，挣脱束缚，从而萌芽、升华为审美理想。审美理想作为其审美意识活动中最重要的环节，在民间文艺审美过程中的作用也不言而喻。"理想的追求，是民间文学审美处理中的一个重要环节，也是其美的

① 邹华：《审美意识的结构和功能》，《西北师大学报（社会科学版）》1988年第1期。
② 曾耀农：《论审美心理过程及其特点》，《北京联合大学学报（人文社会科学版）》2001年第3期。

形态的重要表现。"① 之所以这么说，是因为这一理想能够将我们从天性中那些最低级的欲望所形成的污浊的泥潭中挣脱出来，让我们看到人类的高贵、生命的神圣、生活的希望，从而使我们不断朝着未来前行。但同时，它又使我们内心经验深处的那种对于艺术的珍贵而又深挚的感情保持下去。的确，就是这样一种奇异的创造性的力量，把人生理想化②。

在民间故事《田螺姑娘》中，一位贫苦的青年人日复一日地在田里劳作，而他某天偶然捡到的一只田螺却化身为勤劳美丽的田螺姑娘，陪伴他过上了幸福的生活。这个故事所体现的是民众在长期艰苦而枯燥的劳作中对于幸福美好生活的向往。还有陕北民歌《兰花花》、民歌体叙事长诗《王贵与李香香》，都寄托着民众对美好生活的设想，而这些作品中所蕴含的对于真善美的理想的追求，最终将人的精神引向一个无限灿烂辉煌的崇高境界。

在达到个人理想的圆满境地时，审美理想也使得一个民族的民族精神、民族理想得以传承。"中国民间叙事学中常常有非常突出的理想模式"，③ 即民间故事中的主人公大多呈扁平形象，性格鲜明而单一，但因为承载了民族审美理想中的一个方面而变得崇高而伟大，虽单一却高贵，例如垂死而化身万物的盘古、为民除害的后羿、忠勇双全的关帝、主持正义的包拯等，而值得注意的是，这些民间故事中的民族英雄并不受主流的英雄观束缚，例如李自成这样一个在正史中被定为贼寇的农民起义军领袖，在民间叙事中则被描绘为一个敢于反抗、足智多谋的英雄，是苦难深重的百姓心中的救世主，是街头巷尾歌谣里的"杀牛羊，备酒浆，开了城门迎闯王""吃他娘，穿他娘，吃着不够有闯王"的拯救百姓于水火的盖世英雄。而这些被民间的审美理想所建构的人物和他们的传奇事迹，在口耳相传中，辈辈相承，在各种仪式中被反复演绎，于是他们身上所承载的民族的审美理想就成为一种"最深刻、持久、隐秘的影响"④，存在于人们的集体无意识中，成为民族的优秀文化传统。

---

① 张紫晨：《民间文艺学原理》，石家庄：花山文艺出版社，1991年，第169页。
② ［英］李斯·托威尔：《近代美学史评述》，蒋孔阳译，上海：上海译文出版社，1980年，第237—238页。
③ 郭昭第：《中国叙事美学论要》，北京：人民出版社，2016年，第175页。
④ 郭昭第：《中国叙事美学论要》，北京：人民出版社，2016年，第176页。

二、审美意识的动态结构

如果说审美的静态结构更多的是对现实世界的一种精神性的感悟和把握，那么审美意识的动态结构更多表现为人对现实世界的一种心灵化实践和理性认知的深化，它是一种更具创造性的审美反映活动。具体来说，审美意识的动态结构包含四个层面：感性意欲、理性目的、感性体认以及理性认知。审美意识的动态结构既有感性的存在，又有理性的参与；既包含人的欲望和目的，又包含人的体悟和认知。

（一）感性意欲

感性意欲是指在人们的审美实践过程中，情感和欲望占据主导地位，自发的、不受理性束缚的一种意识状态，它深藏着人类的原始欲望。弗洛伊德认为人类有两种最基本的原始欲望，性欲与攻击欲，即人们常说的"生本能"与"死本能"。弗洛伊德最先揭示了人心深处以性欲为核心的深层欲望，这些原始欲望在千百年的历史中沉淀为人类的无意识心理，一旦被唤醒，则拥有着强烈的情感。但这些原始欲望在现实中被压抑，受到理性的束缚、道德的遮盖，人类的原始欲望无法宣之于口，就郁结于心，成为一种不能言说的苦闷。不同于严肃文学中在压抑的现实理性中寻求欲望的解放，民间文艺较为自然地挣脱理性的束缚与意识的控制，它以一种极为感性化的手段，用娱乐、游戏的方式与态度，即兴创作，宣泄人的欲望与情感，于是在情感层面，民间文艺就带给人一种别样的美感体验。民间文艺中的民间传说、民间故事流传千百年，民歌如莲花山令、山歌、爬山调、信天游等，很多都适合即兴演唱，表现的感性因素比较多。一般来说，抒情民歌中所表现的感性意欲较多，例如陕北民歌中的男女情爱和情欲就表现得大胆而热烈，比如《叫声哥哥你快回来》《兰花花》等就以女性的口吻大胆表达对情哥哥的思念和爱意。新民歌《泪蛋蛋掉在酒杯杯里》表现的是一位女性在夜深人静的时刻对心上人的思念，醒来才发现是一场梦幻，痛苦愈发显得浓烈，于是真挚深切的情感从内心喷涌而出。传统民歌《兰花花》则唱出了一位少女对纯真爱情的追求和对旧社会包办婚姻的憎恶与反抗，"你要死来早早地死，前晌你死来后晌我兰花花走。手提上那个羊肉怀里揣上糕，拼上性命往我哥哥家里跑。我见到我的情哥哥有说不完的话，咱们俩死活哟长在一搭。"，而山西河曲民歌《想亲亲》则更加直白大胆地将男女之间的爱意宣之于口，从"想亲亲想的我手腕腕软，拿起个筷子端不起个碗"到"雪花花落地化成了那个水，至死哟也把哥哥你那个随"，两人的感情日渐笃定，于是"咱二人相好呀一对对，切草刀铡头不呀么不后悔"。这些作品热烈明朗地将人的感情摆在阳光之下，呈现出民歌独有的清新明亮的风格。

（二）理性目的

文艺不仅带有独特的审美感性特征，还具有人类社会活动的理性认知特征。于是，文艺既是形象的，又是理性的，即"文学创作、阅读及形象本身都可能与某种间接或深层的理性考虑有关，这是由文学的人类活动属性本身决定的"[①]。具体来说，创作者在进行文学艺术创作过程中有自己的理性目的，这个目的可能是影响世界、改造世界的目的，也可能是获得名利的现实目的；阅读者在进行文学阅读欣赏的时候也可能是出自各种各样的理性目的。就民众而言，他们与现实的物质生产紧密相连，通过身体的劳作来换取生存资料，而这种功利的目的物质不可掩盖。所以，通过文艺创造出的理想世界，可以让人暂时摆脱现实物质生产的功利性束缚，从而补偿了人在现实生活中的不足与缺憾，满足人们对于自由、幸福、圆满等精神和情感层面的需要。例如民间故事中所体现出的显而易见的补偿特征，现实中人们因为爱情婚姻的不自主、阶级的难以跨越，才有牛郎织女鹊桥相会、梁祝化蝶生死相随、孟姜女哭长城坚贞不移、白蛇传人蛇相恋常驻人间的爱情传说的流传。它们中有的跨越阶级，有的不顾生死，有的甚至跨越物种，故事中主人公的困境与悲剧无不是在控诉封建社会对爱情的扼杀与阻挠，那些终得圆满的结局亦是现实中不可实现，只能在人们的想象中得以补偿；同样，因为现实的黑暗，底层人民常常处于投告无门的绝望中，于是民间故事里才有了铁面断案、大公无私的"包青天"的传说，才有了冤案最终昭雪的人间正义。可以说"正是这种补偿性才有力证明了民间叙事史的价值和意义。现实的缺憾和匮乏正是民间叙事史世世代代传承不息的根本原因。"[②]

---

① 童庆炳：《文学理论教程》，北京：高等教育出版社，2004年，第65页。
② 郭昭第：《中国叙事美学论要》，北京：人民出版社，2016年，第177页。

（三）感性体认

审美意识的动态作为一种思想的实践、社会认知功能的反映，是一种审美实践力量。这种力量与其说是给主体提供理性的认知，不如说更多的是给予主体以情感的力量。换言之，"情感性比形象性对艺术来说更为重要。艺术的情感性常常是艺术生命之所在"[1]。审美对象是构成审美经验的感性的存在，作家在创作过程中，正是将自己的感性体认和情感力量融入审美对象中。如《荷马史诗》中的英雄阿喀琉斯、赫克托尔和奥德修斯都有着英勇善战、足智多谋的形象，而其本身所体现出的英勇、顽强、智慧等精神品质都是对人的生命意志和生命力量的确证。古希腊人通过这些形象看到自己的本质力量，感受到自己的生命意志。中国也不乏英雄史诗，被誉为"中国少数民族三大英雄史诗"的藏族的《格萨尔王传》、蒙古族的《江格尔》、新疆柯尔克孜族的《玛纳斯》都具有英雄传奇色彩，表现出了人们对生命力量和生命意志的崇拜与赞美。文艺创造的全部历史证明，文艺家的艺术创造，就是将那些充满了生命困惑与复杂矛盾的现实看作实现人自由意志的过程而进行体味和感悟，从最冗长平静的生活中发现人的高贵之处与生命的意义。

（四）理性认知

审美反映必须要借助一定的媒介和载体才能作用于人，作用于现实生活。因此，想要达到审美反映所要传达的深层理性认知，对于审美感性的认识便不可缺少。而感性认识里所涉及的认识内容则包含着各种因素，它既有社会、政治的，也包含着伦理、道德的等，同时，这些因素又并非全然只是知识，它同情感结合在一起，呈现出一种感情化的现象。在此基础上，它所呈现出的感性认识较之于科学理论、概念定义便有着更加丰富的内涵。

民间文艺在一定程度上对民众的认知起到塑造的作用。举例来说，陕北民歌《十二月忙》就蕴含着非常丰富的文化知识，通过新颖有趣的问答方式，对社会上形形色色的人物进行具体而详细的描绘，歌词中充满了各种各样的生活常识、

---

[1]　李泽厚：《美学论集》，上海：上海文艺出版社，1980年，第563页。

经验规律和人情世故。① 所以，民歌除了拥有审美文化功能，一定程度上还为民众认知世界打开窗口，无形中提升人们的理性认知能力。再如另一首典型的历史典故类民歌《十二英雄》，其中包含了丰富的历史传奇故事，这些历史故事中所蕴含的经验教训，有可能在培养塑造广大民众的世界观、人生观和历史观方面发挥重要功能。

第四节　民间文艺作品的审美鉴赏

我国民间文学作品和民间艺术作品不计其数，来自各民族、各地区民众的日常生活，它们反映了普通老百姓千姿百态的人情世相，包蕴着民众丰富多彩的生活经验。正因如此，这些作品，带有浓厚的生活气息，更能反映民众的审美观念和审美趣味，也符合民间文艺的审美价值规律，为了更好地接受和理解这些民间文艺作品，需要对其进行鉴赏与阐释。

艺术审美指导下创作而成的作品，它蕴含了生产者的审美理想与独特情感，进而产生了美的形象，但此时这一文艺生产活动尚未结束，因为它尚未与他人发生联系，还只是一个孤立的形态，只有经过他人的阅读与感知，才能显示出它自身的意义与价值，完成它自身功能的发挥。于是，在文艺作品完成之后，艺术接受就成了审美活动的另一种重要形式。艺术生产与艺术接受以作品为中间媒介，共同构成了审美活动的重要环节，而也就是在这两个主体的双向活动中，艺术作品才最终完成。在艺术接受中，根据不同的性质状况，又分为鉴赏性接受、批评性接受和阐释性接受三种形式。其中，鉴赏性接受侧重于从审美的视角切入，强调对美的追求与享受；批评性接受则是从社会意义入手，通过对作品进行理性的分析与评价，从而实现作品广泛的社会价值；阐释性接受则侧重于挖掘作品的知识内涵与历史内涵。三种不同的接受形式各有其侧重点，但它们彼此之间又并非完全割裂，在一定程度上它们相互联系，其中，无论是批评性接受还是阐释性接

① 强东红：《陕北民歌的审美维度与文化价值研究》，北京：人民出版社，2019 年，第 172 页。

受，其基础都是鉴赏性接受，即使在以它们为主的接受活动中，也经常伴随着鉴赏性接受，"不能鉴赏或不伴之以鉴赏，批评与阐释都很难进行，很难准确"①，同样，鉴赏性接受也离不开批评性接受与阐释性接受，"没有一定的批评和阐释相伴，鉴赏就不能深入，作品的审美价值也很难真正实现"②，于是对于民间文艺的正确鉴赏也就成了理解民间文艺真正美学特质的重要环节。

一、在生活情境中交融

民间小戏是民间文艺作品中常见的一种形式，也是民众喜闻乐见的一种表演方式。其内容就是老百姓日常生活中的事象，常见的有：种麦、推磨、挑水、送饭、砍柴、扯笋、放牛等，民间文艺的创作者就是民众自己，所要表现的社会生活就是自己本身的日常社会生活。民间小戏《打猪草》就是从日常的务农生活中产生而来，唱词如下：

女：郎对花，姐对花，

一对对到田埂下。

男：丢下一粒籽，

女：发了一棵芽。

男：红秆子绿叶，

女：开的是白花，

男：结的是黑籽，

女：磨的是白粉，

合唱：做的是黑粑。

此花叫作（呀的呀得喂）

叫作荞麦花。

女：面朝东，什么花？

男：面朝东，是葵花。

① 曹廷华：《文艺美学》，重庆：西南师范大学出版社，1990年，第259页。
② 曹廷华：《文艺美学》，重庆：西南师范大学出版社，1990年，第259页。

女：头朝下，什么花？

男：头朝下，茄子花。

女：节节高，什么花？

男：节节高，芝麻花。

女：一口钟，什么花？

男：一口钟，石榴花。

女：郎对花，姐对花，

不觉到了我的家……

这出民间小戏所表现的是一对青年男女在劳动生活中发生的一场小风波，女主人公金花不小心碰断了两根竹笋，鲁莽而又愤慨的农村小伙子金小毛便要找金花算账，这场因误会而产生的生活喜剧正是民众日常生活的反映。而在此基础上所创作出的民间戏曲，也是民众自己的心理、情绪和愿望的反映。比如在这出小戏中，少年金小毛想要打人的行为表现了他的直率鲁莽，也从侧面表现出劳动人民对劳动的果实的珍视。他也正是在田野生活中，才与金花"不打不相识"，生出一场美丽的误会，从而展现了劳动的欢乐。当生活中的欢乐与表演时的喜悦相互融合，便会产生一种强烈而又深切的爱。这出小戏表现了农村少男少女在有趣的接触中由于相互体贴、了解而产生的恋情与缠绵，表现了民众的心理，反映出他们对纯洁爱情的赞美和向往。

这出民间小戏借助于诙谐语言和盘歌对舞讲述故事，形成了欢快、炽热的独特风格。当民众以审美的眼光看待这些民间文艺时，"民众"和"文艺"之间的一种审美关系也就由此而产生了。也就是在作为主体的民众和作为客体的民间文艺之间生成一种意向性结构，这种意向性结构在主体同客体结合起来时，成为动态的存在。而民间文艺的魅力不止于此，它能让民众的在场体验达到高潮，由于表演的是他们倍感亲切的劳动，抒唱的是他们藏在心里的话，一种天然的自我表现的愿望在一定程度上得到满足。这时，广大民众往往会进入一种交融状态，在这种状态中，他们会感觉到摆脱了日常生活，进入另一个可以满足其欲望的想象世界。并且在这种观看和享受中，他们能感觉到与平常不同的自由轻松感。民众的审美是自由的、没有距离的审美，审美的主客体是相互交融的。这种交融的状态、自由的感觉，被迪萨纳亚克用"洋溢"这个术语来描述：当行为和意识融合在一起，当一个人不再自觉或客观地意识到自己正在做什么，只是毫不费力地"恰如其分"地做着时，他就会感到"洋溢"……因而个体体验到"我"与他人"界限"的融化。[①]

二、在民俗文化中浸润

民间艺术是一种多感官联动的融入性审美，我们应该深入了解民间生活和民间文化，从而发现民间艺术独立的审美价值。陕北、晋西一带具有代表性的民间表演艺术——伞头秧歌，正是这样一种极具审美价值的民间文艺活动，其承载着民众生活中的信仰、情感、娱乐等精神内容，也彰显着民间艺术独特的魅力与价值。它是一种逢年过节才举行的民间文艺表演活动，蕴含丰富的民俗文化底蕴。以一段伞头秧歌的表演为例：

当秧歌队开始起奏时，伞头唱道：

"哎，菩萨稳坐莲花台，文昌爷降下九重天，送子娘娘送子孙，牛王哟马王就保万民。"

然后，所有秧歌队员开始"接下音"：

"哎咳依哎哟，牛王哟马王就保万民。"

接着，伞头还演唱了如下这些秧歌：

"哎，南面菩萨西面文昌，东面还盖起了三官老爷庙，各路神仙在空中，子孙后代要你照料。"

"哎，进了庙门我抬头看，阎王老爷在正殿里站，众位神仙都灵验，一年那四季保平安。"

"哎，莲花台上（那）坐如来，全村（那）老小来拜年，你老（家）保佑天收了，年年（价）为你搭戏台。"

我们可以看到，盛大的仪式表演和直白的唱词中，实际寄托着民众的四季平安、多子多福、五谷丰登的美好祈愿。表演的时节多是在上元灯节，上元灯节是

---

① [美] 埃伦·迪萨纳亚克：《审美的人——艺术来自何处及原因何在》，户晓辉译，北京：商务印书馆，2004年，第111页。

天官的诞辰，而天官是掌握村落祸福的全能的神灵。陕北、晋西的民众相信，天官诞辰是向其求福泽、祈太平的最佳时机。民众向天官祈求庇佑，祈求农业的丰收与稳定，祈求村落的安全与兴旺，并为神灵表演民间歌舞来娱神、迎神以期得到神灵的回应与赐福。

喧闹的氛围、诙谐的效果，是伞头秧歌表演所要追求的。作为陕北、晋西年节期间的仪式性展演活动，伞头秧歌以它夸张的装饰、夸张的表演乃至夸张的语言营造出一场民间的狂欢。在这种情境之中，一切自然界、人类社会的"存在"都失去了常态，这种陌生感所带来的是一种混沌的世界，也正是在这样的世界里，民众往往建构起一种狂欢式和仪式化的文化氛围。正是因为此种"非凡"的仪式程序，伞头秧歌得以跳出日常生活的局限，同现实获得一种独特的审美联系。为了实现艺术审美的效果，伞头秧歌往往是采用戏谑诙谐和夸饰意味浓郁的滑稽手段来表演的。对此，王杰文将其解释为："伞头秧歌的表演体系所呈现的混乱无序、颠倒、放纵却是在逾越理性、践踏禁忌、张扬本能、颠覆日常生活中的惯习与逻辑。"[①]也正是在这样超出日常的节日狂欢之中，构成了"民俗"与"美感"的二重奏。

三、在审美意识中超越

陕北民歌一直深受广大民众的喜爱，作为一种活态流动的审美经验，它来源于普通民众的日常生活，与广大民众的日常生活保持着密切联系，渗透于日常生活的每个角落，并且发挥着非常重要的文化功能。下面以陕北民歌《怕老婆》为例，歌词如下：

一更里（呀）害怕老婆一盏灯，头顶上灯盏（呢就）泪淋淋，洒了油（哟）（油来么油油来么油）害怕老婆打一顿。

二更里（呀）害怕老婆一盏灯，光炕上睡觉（呢就）难平身，难平身（哟）（身来么身身来么身）害怕老婆把眼瞪。

三更里（呀）害怕老婆一盏灯，左转身右转身（就）睡不稳，睡不

---

① 王杰文：《仪式、歌舞与文化展演——陕北·晋西的"伞头秧歌"研究》，北京：中国传媒大学出版社，2006 年，第 250 页。

稳（哟）（稳来么稳稳来么稳）害怕老婆心惊惊。

四更里（呀）害怕老婆一盏灯，奶奶（哟）奶奶我叫几声，叫几声（呦）（声来么声声来么声）害怕老婆不答应。

五更里（呀）害怕老婆我恨爹娘亲，怎给我抬揽下个恶婆神，恶婆神（哟）（神来么神神来么神）恶婆死了心平定。

在这里我们可以看到，歌词中所描绘的婆娘是一个霸道、强势的形象，丈夫在她的压迫下谨小慎微、战战兢兢。至此，日常生活的秩序颠倒过来了，强者变成弱者。这些妇女在这节日般的狂欢活动中可以充分体会主人的角色，可以肆意戏谑平日不得不畏惧的男人。民间文艺作品多是民众情感、意欲的表达，这首《怕老婆》也不例外。这里所展演的戏谑化、反常化的生活情景，正是普通民众在日常生活中所缺少的和渴望的。歌手在演唱时上创造了一个暂时脱离生活的幻境，把自己和民众的日常生活中的情绪投射出来，把现实生活中不能实现的欲望给予想象性的满足。这样，观众就会在欢笑声中与歌手一起释放被伦理道德所规范或者被生活条件所限制的欲望。这是民众审美意识中的"审美感受""感性意欲"和"想象"等因素共同在发挥作用。

但是，"这类诙谐尚不具有如此强大的颠覆社会秩序的功能，它只是通过一种口头语言的狂欢，通过想象和虚构，使听众尤其是妇女实现一种集体精神的放纵，并通过阵阵哄笑，来洗涤宣泄她们内心深处积累已久的愤懑与不满，从而化解有可能威胁共同体的危险能量"[①]。正如前文所述，文学具有虚构性的特点，民间文艺作品也不例外，所以在阅读过程中，理解成为审美过程中必不可少的环节。在对民间文艺作品进行欣赏时，我们需要理解"实用"的状态和"虚幻"状态。换言之，就是要把真实生活中所发生的事和所产生的感情与在审美过程中所看到的事情或产生的感情区分开来。民众在欣赏这首《怕老婆》时，并非不知道这只是一个文艺游戏，虚幻而让人发笑，现实的生活中女性往往才是弱者。但他们依然愿意欣赏这样的歌曲，说到底，这是在文艺的世界中进行宣泄，而这种文艺游戏与社会现实的距离适当，给人以安全感。

从这首民歌或这一类型的民歌来看，尽管陕北民歌以广大民众的日常经验为

---

① 强东红：《陕北民歌的审美维度与文化价值研究》，北京：人民出版社，2019年，第204页。

基础并始终与其保持密切联系，但显而易见，无论从形式上还是内容上来看，它们都超出了普通的日常经验。人们在惊奇于这种反日常的情景之时，也将其积累起来的不满与压抑宣泄掉了，留下的只有在阵阵哄笑之后所获得的轻松感。同时，这也是普通老百姓对自己的日常经验和情感经验的观照和体验，这充分说明民歌行为是一种带有鲜明审美性质的情感经验。另外，我们也可以看到，这种超出日常的审美经验所传达的是民众内心深处对于"真善美"的追求，正因为日常生活中存在种种不合理的现象，不公平的事情，而人们又无法快速地从根本上予以解决，民众就只能诉诸文艺作品，如《怕老婆》这首民歌的背后其实蕴含着妇女渴望获得平等地位、渴望获得尊重和自由的深层心理，也正是在这种传唱和欣赏中，她们一方面获得了自己内心的补偿和精神的升华，另一方面也对男性予以暗示。最终，这种精神超越能够从根本上调节人类的行为与思想，企及人生至高境界的自由，使人类活动有益于实现整个人类群体生存与发展的最终目的。①

审美化生存是人的最本真存在的方式，也是人的生活的最高、最终目标。民间文艺审美通过对现实生活的实用、功利的超越，激发人在审美实践过程中的各种意识，从而满足人的各种情感、愿望、理想等需求，使人回到自然化的生活状态，最终实现人精神层次向更崇高境界的升华，从而实现对人的"全面而自由的发展"这一最高目的的热烈追求。民间文艺审美研究正是立足于"以人为本"的立场，以民间文学艺术为研究对象，探讨关于文艺审美的内在结构与外部特质及其所隐含的种种规律。民间文艺学的审美研究，还是一块未开垦的处女地，对其进行探索必将发现更广阔的天地，也必能开辟一个独立的体系。

思考题

　　1. 如何理解民间文艺审美的多维向度？

　　2. 民间文艺的审美性是如何向日常生活进行转向的？

　　3. 审美意识的层序结构中对于"动态结构"是如何划分的？它们各自的组成

①　陶思炎、孙发成：《民俗艺术的审美阐释》，《西南民族大学学报（人文社会科学版）》2010 年第 5 期。

要素都有着什么特点和联系？

4. 如何看待文学中的"雅俗之分"？它对于我们建构完整的审美体系有何启发？

5. 结合具体的民间文艺作品，用民间文艺审美理论进行鉴赏。

第七章 民间文艺叙事论

叙事作为一项人类独有的行为方式，自人类诞生起就已经出现，并在人类发展的过程中一直扮演着举足轻重的角色，其主要功能体现在信息的交流和置换、情感的表达和文明的传承方面。正如阿瑟·伯格所说："我们的一生都被叙事所包围着，尽管我们很少想到这一点，我们听到、读到或看到（或兼而有之）各种传闻和故事，我们就在这些传闻和故事的海洋之中漂游，从生到死，日日如是。"①例如神话，作为远古时期关于神活动的叙事文本，因叙事结构、叙事方式、叙事语言的变迁而在后世形成诸多异文，具有一定的叙事性，"表现了人类语言表达能力和思维能力的发展，对事物相互联系关系的认识，以及在这个基础上增长的叙事能力"②。直到今天，我们也会闲聊、讲笑话，观看电影、电视，写日记，发短信，日常生活中的方方面面都有叙事参与。

关于叙事学的研究一直颇受学界关注。在当代叙事学诞生之前，文艺批评领域热衷于对叙事结构、叙事技巧和叙事美学等方面进行探讨。20世纪60年代，法国结构主义发展迅猛，叙事研究领域借用结构主义方法超越了以往的研究范式，开始对叙事文本的内部规律和结构逻辑进行充分研究。经典叙事学作为20世纪形式主义文论的一部分，使叙事作品批评理论摆脱了以往历史化、零散化、主观化的批评方法，而更注重叙事技巧和结构规律的科学化、系统化的分析，叙事学研究的深度进一步加深。进入20世纪70年代，解构主义盛行，结构主义被置于被批判的位置。而80年代以后，对叙事作品的意识形态分析逐渐成为主流，后经典叙事学、后结构主义叙事学等新的研究路径相继出现，经典叙事学聚焦于形式与审美的研究范式受到了强烈冲击。但或遵循经典叙事学的研究路数，或借

---

① ［美］阿瑟·伯格：《通俗文化、媒介和日常生活中的叙事》，姚媛译，南京：南京大学出版社，2000年，第1页。

② 张紫晨：《民间文艺学原理》，石家庄：花山文艺出版社，1991年，第175页。

助其他新兴研究范式，叙事学研究产生了可观的学术成果，多种研究方法相互影响、相互促进，开启了叙事学研究的多元化发展。

与西方不同的是，改革开放以来，中国学术界正处于政治批评过后逐渐回归形式与审美研究的时期，经典叙事学著作在此时被大量译介，并在国内形成了研究高潮。中国传统叙事研究注重内容研究，忽视叙事形式。随着西方理论中国化思潮的兴起，在中国叙事学研究领域，具有本土文化特色且立足于文化整体的民间叙事研究得到了突显，引起了学界的关注。

民间叙事作为一种研究对象，是与文人叙事、官方叙事相对的概念。以口语、文字、身体、图像等为载体，民间叙事可分为口头叙事、文字叙事、身体叙事、图像叙事等不同形态；从形式来看，神话、传说、史诗、故事、戏曲歌舞、庙会仪式、寺庙图像、民间文书等无一不是民间叙事，体量庞大，纷繁复杂，包括物质的、社会的、精神的、语言的四个维度，反映了区域民众的日常生活、思想观念、审美倾向等内容，凝聚了本民族的实践经验和生活智慧。目前关于民间叙事的研究突破了重点关注民间文学的研究视野，逐渐将活态的、遗产性的文化事象纳入了研究领域。这不仅推进了叙事理论本土化的进程，也促进了叙事学研究在文化归属和民族意义层面上的人文关照。

第一节　口头叙事

口头叙事包罗万象，神话传说、史诗曲艺、歌谣谜谚、都市传说故事、校园鬼故事、网络段子皆属于口头叙事的范畴，是民间文艺在不同历史条件下形成的文体形式。口头叙事作为民俗学研究的重要内容，标志着民俗学新的研究范式的出现。民间文学又被称为口头文学，口头创作是民间文学创作和传播的重要形式。随着叙事学的发展，从叙事角度对民间文学的文体进行研究的论著大量出现，随之带来了对民间文艺文体分类的质疑。学者们不断反思民间文艺文体划分模糊与界限不明确的问题，这是传统文体学所面临的困境，而从叙事学的角度出发看待民间文艺，避免了一直存在的有关文体划分问题的纠纷。在这里，我们对口头叙事的概念进行界定，并深入讨论其特征和功能，以区别于文人叙事、官方叙事、精英叙事等非民间叙事类型。[①]

一、口头叙事的定义与属性

口头叙事是基于民众日常生活世界产生的口头语言和行为方式，主要指作为艺术叙事的口头叙事活动，是对于情感意义的审美表达、生活意义的实践理解、文化意义的精神关照。关于口头叙事，我们在这里主要探讨语言层面上的叙事，依照叙事内容和叙事空间的不同可将其分为日常叙事和审美叙事。

口头叙事首先来源于生活，生活性是口头叙事的基础。要真正把握口头叙事，首先要回到产生叙事的生活场景中，找到完整的叙事语境。人们在日常生活中进行正常的交流，必须借助叙事这一口头表达方式，"在话语制度之中，体裁以符合他们概念理解的方式被编入到其生活世界之中，并体现了特定社会成员之间的认知关系"[②]，日常叙事也就产生了。日常叙事指一种口头上的、人与人之间面对面的交流，以语言为载体的日常叙事往往是零散的，所以要完整理解日常的口头叙事就必须借助一些其他要素。第一是语境，交流双方处于同一时空，被叙述的事件所发生的环境就不言而喻，所以日常叙事不需交代复杂的背景。其次是了解事件本身发生的过程。第三是共同的评价体系。[③]在以上三点的基础上，碎片化的日常叙事才能完成它的功能，这也是日常叙事和审美叙事的区别所在。

日常叙事除了有以上要素以外，还有三个主要属性：

首先是生活属性。生活性是口头叙事的本质属性，关于口头叙事的生活属性的观照是一种文化意义层面的探讨，而非纯粹文学形式的讨论。日常叙事与日常生活的关系呈现出互相交融的协调，具有重复、零散和平淡等特点，这也决定了日常叙事的两种表征：口语化和地方性。[④]它不像艺术叙事具有强烈的节奏感和

---

① 邢莉主编：《新编民俗学概论》，北京：北京师范大学出版社，2016 年，第 251 页。

② [日] 西村真志叶：《日常叙事的体裁研究：以京西燕家台村的"拉家"为个案》，北京：中国社会科学出版社，2011 年，第 277 页。

③ 刘魁立：《民间叙事机理谫论》，《民俗研究》2004 年第 3 期。

④ 梁家胜、刘继辉：《论民间叙事的生活质性》，《贵州民族大学学报（哲学社会科学版）》2017 年第 6 期。

紧凑感，往往没有预设的内容，以地方方言的口头语言进行对话，发生的时间、地点具有随机性，往往在村头、街口、水井旁、涝池边、古树下等村落中的集体场所发生。日常叙事的内容以日常生活为中心，叙事的主体通常是普通民众，不像故事主人公有着传奇性的经历，他们往往过着习以为常的、重复性的普通生活，叙事发生的空间即为民众的日常生活空间，日常叙事本身就是生活的有机组成部分，大量存在于人们的日常交流和社会交往过程中。

其次是审美属性。现实生活中审美化过程包括浅表层面的审美因素和更深层次的审美变化，后者影响到现实本身的基础结构，如物质现实、社会现实和主体现实。[1]生活本身像一个文本，而我们是生活的作者或者导演，主导着自己的生活轨迹。在物质层面和社会层面上，消费主义的盛行、影像媒介等科技手段的进步深刻影响了人们的生活方式和行为方式，日常生活在物质化、消费化、影像化的基础上正在逐步被审美化的进程支配，追求审美快感的方式已然不同。这一进程使得日常生活走向了审美叙事，具有了日常和审美的双重特征，一方面是重复化和模式化的，另一方面是新奇的和艺术的。生活在变化中不断重复着，在重复中又被赋予美的追求，体现了生命本真的审美意蕴。但日常叙事审美化也影响了人们对现实的总体认知，个体之间的相互交往亦为审美所制约，这也引起了许多学者对审美庸俗化的担忧。

第三是交流属性。交流中的日常叙事具有多重性和一定的内在结构及规律，有学者认为它还是一种通俗艺术形式，这些都说明日常叙事在人际交往网络中占有重要一席。交流意味着叙事行为不可能依靠一人之力完成，往往在两人或多人之间进行，将交流置于社会关系中得以考察叙事行为发生的内在结构和体系。其一，即席即兴的日常叙事在一代一代的传承中沉淀为一种相对固定的叙事传统和习惯，我们寒暄、打招呼时的常用语，历经实践检验而形成的谚语俗语等，体现了人们进行对话的交流方式，在交流中形成了社会信息的沟通渠道，是传统信息交往的"网络"形式。其二，它是固定的叙事主体和叙事场域下形成的叙事传统，比如逢年过节的走亲戚、串门、拉家常等亲朋好友在年节期间进行的传统叙事活动，其叙事的场所、主体、内容和时间往往比较固定。其三，日常叙事传统具有

---

① [德] 韦尔施著：《重构美学》，陆扬、张岩冰译，上海：上海译文出版社，2006 年，第 11 页。

地方性特点，叙事发生的地点通常在村落空间，很多日常叙事和村落叙事传统相结合，体现出"乡土根性"的生发逻辑。

　　审美叙事也被称为艺术叙事，是一个与日常叙事相对的概念，是积累了大量的、零散的叙事经验后形成的，主要指与日常生活物质需求无关的、与精神相关的那些叙事①，审美叙事满足了民众自身的精神和情感需求。日常叙事和审美叙事之间既有区别，也存在联系。民间叙事是一种存在于日常生活中的艺术叙事，而艺术叙事源于日常，又在日常中发挥作用。日常叙事和艺术叙事皆是真实生活的一种反映，所不同的是，艺术叙事通过虚构、夸张等艺术表现手法有选择地对生活进行反映，是对生活的升华和再创造。与日常叙事相比，艺术叙事情节更集中，人物冲突更激烈，充满变化，富有节奏感。而一些看似与日常生活截然相反的表现正是艺术叙事来源于生活的证明，由于日常生活中缺少这些令人兴奋的审美因素，人们通过艺术叙事可以填补精神和情感上的空白。兼具日常性和审美性的民间叙事更是证明了艺术叙事与日常生活息息相关，比如同一类型的故事在不同地区会产生多种多样的异文，西方故事中的青蛙王子在中国叙事中可以对应蛤蟆儿子，他娶的不是公主而是富家小姐，办的婚礼亦是传统的中式婚礼；在中国藏族地区还有关于青蛙骑手的故事，文本中的青蛙是一个赛马冠军，娶的是头人的女儿。不同故事的异文反映了不同流传地的日常生活场景，是故事讲述者受到特定区域社会的影响，经过个性化的加工，通过对生活的真切观察和体验而产生的艺术化表达。这是日常生活对艺术叙事的影响，也是艺术叙事主动融入现实生活的产物，这样的故事总是给人"奇而不离，怪而不诞"的审美体验。

　　事实上，日常叙事和艺术叙事的区别并非泾渭分明，日常生活中的口头叙事往往同时具有日常性和审美性，对其分类取决于研究者把重点放在哪一特性上。作为民间知识的艺术叙事是一种复杂而有序的叙事整体，在传承的过程中有其内部所共有的叙事法则和叙事逻辑，叙事到底是怎么产生的，又是如何进行的，这一点往往被我们习惯性忽略。以下是目前研究成果中的一些洞见。

　　第　，艺术叙事具有结构化、固定化和模式化的时间线索。这一点体现在故事的开头和结尾，故事主人公和事件发生的时间、地点大都是含混模糊的。主人

---

① 董乃斌、程蔷:《民间叙事论纲（上）》,《湛江海洋大学学报》2003 年第 2 期。

公一般没有特别明确的名字，重点往往在交代人物的身份，而地点也常常用"村子里""有一户人家"等指代，一笔带过，不加赘述，呈现闭合式的叙事脉络，所以在开头和结尾常常有"过去""在很久很久以前""最后"等时间上的表达。这些不确定的表达可以有效地脱离现实语境，把听众带入非日常的情境中，为艺术虚构提供了广阔的叙事空间，这样的叙事模式达到了更好的叙事效果，以模糊化的表现方式带给人们无尽的想象和遐想。主人公在经历了一系列不同寻常的事件后，生活最终归于平静，叙事的结尾固定为民间叙事的"大团圆结局"，从而给予人们在日常生活中所追求和渴望的幸福感。这时听众和主人公产生了共鸣，日常生活中的缺失也得到了填补，在无限的回味中，情感和精神得到了极大的满足。

第二，艺术叙事中程式化的人物和情节设置体现了"二元对立"的美学原则。民间口头叙事中的人物非恶即善，以大是大非为基本矛盾来推动情节的发展，这一点在民间童话中表现得尤为突出。民间童话是民间故事中最富幻想的一类，尽管有大量超现实的成分，它依然遵守着一定的公序良俗，现实世界的规则往往隐藏在字里行间，呈现出最隐秘顽强的集体观念和人类共同情感。民间的幻想世界来自现实世界，故事背后蕴含的是集体意识，而非个人特有的价值判断。所以即使在口头流传中产生了各种各样的异文，但在一定流传范围内，核心类型和故事亚型稳定存在，经典类型包括两兄弟型、田螺姑娘型、天鹅处女型等，这也是学者得以分类总结出故事类型的原因。善与恶的属性常常体现在箭垛式人物身上，比如后母、女巫、猛兽等角色在童话中几乎是邪恶反派的代名词，仿佛"他们"存在的意义就是阻碍主人公获得幸福，而结局必定是正义战胜了邪恶，这种爱憎分明具有道德批判的力量和审美教育的功能。在宝物型故事中同样体现了"好人获宝得福，坏人获宝遭殃"的民间叙事的正义性逻辑，幻想和现实在这里得到了充分融合，如《神笔马良》讲述了以马良为代表的善良的普通人得到宝物后帮助穷人、惩治恶官的故事，叙事脉络简单清晰，善良的人必然代表着正义的一方。

第三，根据文本情节的组合方式，艺术叙事结构可分为线性结构、圆形结构、重叠式结构三种。线性结构表现为"开头 – 中间 – 结尾"的直线式叙事方式，文本中各元素通过一条单纯的情节线索进行组合，并贯穿文本始终，是三种叙事结构中最为简单的情节组合方式，在故事情节元素不断向前推进的过程中到达故事的结尾，达到一定的叙事效果。这一结构往往在体量简短的笑话等体裁中更为明显，受众更易抓住叙事主线和文本的主要矛盾。如山西万荣笑话《顶牛》的叙事主线为两个小孩在乡村狭窄的山路相逢时以"顶牛"（一种民间游戏）一决胜负，互不相让，其间老人路过进行劝说，最终以两小孩儿僵持不下的状态表现了万荣人"挣"的性格特点。

圆形结构是一种闭合式的、首尾呼应的叙事结构，"每个情节都与上下情节相加，最后退回原点，形成封闭的圆形，使情节首尾复合、循环往复。"① 根据不同情节元素的叠加方式，又可具体分为闭合式单线结构和重叠式结构。

闭合式单线结构出现在故事体量较小的文本中，通过简短完满的情节完成叙事。如土家族爱情叙事长诗《锦鸡》，体例为七言四句，故事讲述出身悲苦、卖身土司的主人公春哥上山砍柴途中救下了被蟒蛇精追捕的锦鸡，为报答救命之恩，锦鸡脱下仙衣，变身美丽的姑娘，帮助春哥赎身，并与春哥结婚，过上了恩爱的生活。这一故事为典型的毛衣女型故事，全诗分卖身、斩蛇、赎身、灭火、重逢、闹婚六个部分，故事情节连贯，线索单一，环环相扣，故事的重复性体现在主人公爱情的每一次波折中，故事结局是恶人得到了惩罚。

重叠式结构即为重复式叙事，往往在神话传说、史诗故事等长篇叙事文本中更为常见，体现在不断创造矛盾和解决矛盾的过程中，是叙事节奏跌宕和扣人心弦的关键所在，也是艺术叙事的重要标志，呈现出丰富性和多样性的故事情节特点。根据重复的不同组合方式，重叠式叙事的结构可分为以下三种。

第一种重复方式为句子内部的重复。较为常见的是名词、形容词短语和动词的重复，是一种可以体现口头叙事美感的"抒情性"重复。如陕北民歌《蓝花花》开头描述蓝花花的长相令人赏心悦目，"青线线那个蓝线线，蓝个英英地采，生下一个蓝花花呦，实实的爱死人"，以蓝、青两种明亮的色彩表现主人公长相的清秀，陕北方言中叠词的使用让歌曲具有一种特殊的美感。且歌词重复使用"的那个""呦""呀"等衬词和语气词，加强了演唱中情感的表达，具有浓烈的陕北

---

① 李皓:《民间叙事中的圆形结构及其艺术功能》,《世界文学评论（高教版）》2019 年第 2 期。

乡土气息，表现了信天游的悠扬舒畅、奔放有力，也刻画出主人公蓝花花坚强勇敢的鲜明性格，完美彰显了女性抗争的自主意识。

第二种重复方式是以句子或段落为单位的重复。这种重复是"叙事性"重复，主要有三迭式和次数无限两种模式，它们在构造叙事情节的同时，还有重构听众体验的功能。首先，三迭式重复是指"由一种或多种角色通过异同的行为，而构成的事件的连续状态"[①]。这是民间故事中最常用的表现手法，同样的故事情节往往重复三次，即三段式的叙事方式，这一方式展现了不同人物在经历同样事件时不同的应对方式，从而通过对比的手法，在不同的应对方式中鲜明地表现了不同人物的性格特点，以凸显故事主人公或良好或恶劣的性格特质，在事件过程中达到赞扬、鞭笞或引人发笑的叙事目的。普罗普曾用"2+1"的公式总结三迭式重复，即假设有重复三次（或多次）的事件 E，我们把它们分别写作"E1，E2，E3"，三次重复之间往往同中有异，而 E3 是程度最强的事件，或者是与 E1 和 E2 性质相反的事件，分量大于 E1 和 E2，同时也为整个故事画上句号。由此可以总结出三迭式重复的基本公式：（E1+E2）+E3；三个情节的重要程度可以总结为：E3>E1、E2；三个情节的长度可以总结为：E3>E1>E2。三次重复情节之间的细微差别构成了具有音乐感和节奏感的叙事美，也可以说是一种回顾过去的手段。

根据构成重复的角色类型不同，三迭式重复可以分为同一角色参与的重复和不同角色分别参与的重复两种类型。同一角色参与的三迭式重复会产生 E1、E2、E3 程度上的递进发展，E3 作为整个事件的最高潮，让整个叙事达到"不再发展的饱和状态"。这种类型的缺陷在于容易拖沓而让听者失去兴趣，而高明的叙事人则会利用事件的发展来增加叙事的趣味性。在不同角色参与的三迭重复中，E3 通过与前两个事件呈现相反性质来获得分量。

次数无限式重复与三迭式重复有三点不同：第一，重复次数不确定；第二，叙事由一个转折性事件分为前后两部分，参与重复的角色会在两部分都出现；第三，在前一部分出现的重复事件基本分量相同，后一部分则有逐渐增大的趋势。次数无限式重复有以下三种形式：

---

① ［日］西村真志叶：《中国民间幻想故事的叙事技巧：重复与对比》，见吕微、安德明主编《民间叙事的多样性》，北京：学苑出版社，2006 年，第 70 页。

（1）顺序式。可以总结为公式：$E1+E2+E3... \neq E1+E2+E3...$。前半部分的重复情节在叙事的后半部分按照原来的顺序被解决，前后两个部分因此而保持了连贯性，在叙述问题被一一解决的过程中，主角的缺乏状态得到了补偿。

（2）倒叙式。可以总结为公式：$E1+E2+E3... \neq E3+E2+E1...$。以问佛型故事为例，故事可以分为主人公求佛途中和问佛归来两大部分，由于去路与归途的空间无法改变，所以重复解决问题的顺序呈现为倒叙。

前两种方式的不同点在于顺序式无限式重复只围绕一个核心事件，倒序式无限式重复围绕一个核心主题的同时，每一个重复事件又单独产生意义。前者是众人合力解决问题，后者是主人公帮助众人后，大家共同获得圆满结局。

（3）分配式。分配式次数无限式重复都是顺序叙事，但也存在两种情况，可以分别总结为两个公式。一是：$E \div x = E1+E2+E3+...+Ex$。故事的一开始会有某一事件重复多次，并出现多位事件参与者。然后这些参与者分别经历新事件，直到这些事件解决完毕，故事结束。另一个是：$E \div x \neq E1+E2+E3+...+Ex$ 或 $E \div x \neq E1+E2+E3+...+Ex+Ex+1$。这里的不等号主要表示人物状态的变化、情节分量的变化和事件参与者数量的变化。

第三种重复方式是段落外部的重复，即"讲述人把发话内容变成情节、情节变成发话内容、听众的期待等变成语句段落，来重现事件"[①]。这种重复具体有两种情况：

第一种是叙事内容和叙事情节之间的重复。这一重复主要通过发话内容和情节之间的转换与转向体现。例如民间叙事中常见的预知和预言情节，某些故事人物会用自己天生的能力或者习得的知识预先说出即将发生的事或某种行为将导致的后果。而预言之后的情节基本是依照预言的内容进行发展的。从说出预言到预言实现，是一种发话内容到情节的顺利转换。此外，常见的还有誓言、祈祷等发话内容，也同预言一样，在之后的叙事中会转化为情节，展现的同样是誓言的遵守和祈祷实现。

第二种是语句和听众期待之间的重复。这种期待在民间故事中最为常见，一

[①]　[日] 西村真志叶：《中国民间幻想故事的叙事技巧：重复与对比》，见吕微、安德明主编《民间叙事的多样性》，北京：学苑出版社，2006 年，第 81 页。

般体现在对禁令的违反和对故事结尾的事先把握。民间叙事，尤其是民间故事中出现的"禁令"母题，总是与"违禁"母题成对出现，听众在听到禁令母题时会自然地期待相对应的违禁母题出现，而叙事者则通过情节讲述来完成这种期待。在民间故事或童话故事中，对故事结尾的事先把握通常建立在大团圆结局的基础上。叙事开头的固定套语已经让听众对结局有了预先期待，民间口头叙事中的人物描述秉持着非善即恶的原则，大多数时候叙述人会满足听众的期待，让"善良"的主角得到圆满的结局，而反面人物则会受到应有的惩罚。

重复的叙事技巧之所以在口头叙事中常见，除了它作为技巧性语言的表达特点之外，还在于这一策略可以使叙事主题保持连贯，叙事形态更加稳定，这种技巧的不断传承让重复成为一种叙事传统，而这种传统可以让叙事人和听众在自己熟悉的叙事规律中获得相应的心理期待和情感满足。

第四，叙事中心在传承过程中最为稳定。情节基本脉络、人物关系网络和特定的表现手法是传承的核心部分。这是传承人在学习过程中必须熟练掌握的叙事技巧，经过长年累月的重复性练习，传承人再进一步加入非传承本质的个人特色，与现场演述过程中的临场发挥和时空因素共同构成了完整的艺术叙事。

最后，从叙事文本、超文本和叙事意义三个方面对口头叙事的定义和认识进行总结。从叙事文本来看，口头叙事具有一定的叙事法则和稳定的叙事结构，叙事情节、情节结构、情节组合方式、人物设置、语言艺术皆属于这一层面。而在超文本层面上，口头叙事的发生具有时间和空间的限制，讲述人、听众、文本、时空共同构成叙事的核心要素。在同一时间和空间里，叙事主体通过特定的媒介进行沟通和交流，在事件的发生过程中产生对话。从对话的过程来看，整个周围的环境、氛围、场景，演述过程的全部空间和时间，都包容在这一层次里。[1] 从对话的内容来看，是眼神、动作、语言之间的互通促进理解，而这一理解建立在叙事者彼此之间共有的价值体系和评价体系之上。这便涉及叙事的文化层面，口头叙事折射出区域社会的文化传统和思维模式，故事异文中丰富的细节变化展现了生活的多样性和传承的个人性，不同民族和地区的习俗传统被不自觉地纳入叙

---

[1] 刘魁立：《民间叙事机理谫论》，《民俗研究》2004 年 3 期。

事中，反映了民众的审美旨趣和价值体系。

二、口头叙事的特征

关于口头叙事的特征，根据不同的分类标准有不同的界定方法，我们认为口头叙事是一种整体的民间知识和地方性知识体系，从形式特征和文化意义两个层面共同探讨，可以得出以下结论。

第一，叙事性。

叙事性是口头叙事的根本特征，以语言为交流媒介，随机应变，灵活性强。口头叙事具备清晰明确的叙事中心和主题，以民间文艺文体学的界定为标准，延续钟敬文对民间文学"三大类十小类"的分类方式，我们将其分为以下三类。其一，散文体。散文体的叙事方式以神话、民间传说和民间故事这三种文体为代表，其语言不讲究用韵，力求通俗易懂，简洁明了，但注重情节要素的安排，以叙述情节为重，用环环相扣的情节推动故事发展。其二，韵文体。韵式的叙事常见于史诗、歌谣、谚语、民歌、民间叙事诗这五种文体中，以韵律性的语言形式在叙事中融入细腻的情感，具有叙事与抒情交融的特点。如蒙古族民间叙事诗《嘎达梅林》根据真实的历史事件创作而成，采取唱白结合、以唱为主的形式，即以抒情歌唱为主，以叙事念白为辅，由一人表演，拟情于声，以演唱为主来展开故事，因此具有浓郁的抒情色彩，这种抒情性渗透在情节发展和人物刻画之中，推动情节发展。[①] 这首嘎达梅林之歌，听起来雄浑悲壮、荡气回肠，表现了特殊时期蒙古族人民对起义英雄的崇敬和爱意。其三，韵散结合体。这是以上两种叙事方式的结合，兼具散文叙事和韵文叙事的特点，散文叙事舒朗简洁，韵文排叠节奏鲜明，具有独特的叙事美感。常见于民间说唱和民间戏曲这两种文体中，且多出现在我国少数民族的口头叙事活动中。在表演现场，听众可以在听觉上享受到散文和韵文交替的音乐美，这是民间口头叙事独有的叙事魅力。

第二，抒情性。

口头叙事中充满丰富的情感，抒发和表达情感是叙事形成的基础，满足情感

---

① 吴重阳、陶立璠主编：《中国少数民族民间文学作品选讲》，昆明：云南人民出版社，1984年，第578—586页。

需要也是口头叙事的功能之一。不论日常叙事还是艺术叙事都不可避免地带有叙事人的情感因素，艺术叙事中的情节和人物无不寄托着民众的情感。口头叙事中的情感在得到普遍生发后，形成具有统一性的社会意志，它也就获得了传播和传承的条件。长时间广泛流传的口头叙事包含着深沉真切的情感，且这种情感能够为民众所认同，在传播和传承过程中有些情感会被放大、加强，或受到排斥，或发生变异，而其中所凝聚的共同情感可以让流传范围内的个人感受到精神共鸣，找到情感归宿。因此口头叙事是了解一个地区、族群集体情感和审美传统的重要依据。

第三，表演性。

口头叙事是一种综合性语言活动，包含了诸多表演元素，一类是诸如肢体动作、语气语调语速、声音的高低强弱等语言外部的辅助元素，另一类是拟声词、感叹词等语言内部的表演元素。这两种类型的元素互相配合，让口头叙事更生动传神，补充了单纯的文字所无法传达的内容，二者共同形成了口头叙事的特殊结构。日常交流中的口头叙事还具有公共属性，每一个交流中的人都参与到了文化"表演"当中，成为文化的创造者、传播者和参与者。

第四，秩序性。

"一种叙事的出现可以看作是对其他模棱两可的潜在的可选择的叙事的压制和取缔。或许正是叙事的力量创造了当前的秩序，与此同时的其他潜在的叙事则不断提供秩序的新版本，使得叙事在人们的生活中变得如此普遍。"[1]叙事的有序性体现出的内在逻辑、规律和秩序，将叙事同其他传递和理解世界的方式区分开来。

口头叙事的秩序性体现在以下三个方面：首先是语言的秩序性。凡叙事皆有顺序，不论是日常闲聊还是给人讲故事，没有逻辑顺序的乱讲会让人不知所云，即使是零散的对话也要有前后逻辑关系。艺术叙事更讲求"说话"内部的逻辑关联，情节的发展顺序和人物的先后出场顺序都是艺术叙事的核心结构，叙事主题、讲述人、接受者、叙事时空是叙事发生的必要条件。在井然有序的叙事结构

---

① ［英］奈杰尔·拉波特，乔安娜·奥弗林：《社会文化人类学的关键概念》，张亚辉译，北京：华夏出版社，2009年，第267页。

下，口头叙事才能有效地传达主旨思想。

其次是叙事结构的秩序性。在口头叙事中，不论是口头文本还是已被记录下来的书面文本，皆由情节、人物、环境、叙事语法构成，由语言构成的情节在叙事矛盾的推动下渐次发展，在事件中引导着人物的行为，环境描写充当冲锋陷阵的狙击手，最后叙事达到高潮，一次完美的叙事得以完成。在讲述者具体的言语中，秩序井然的叙事结构是他的预设，并固定为现场表演的话语模式，在与听众的交流互动中产生情感的共鸣。所以，外在的叙事结构往往和内在的精神内涵紧密相连，人与人通过语言这一媒介形成时空链接，对话中的个人体验和交流成为东方的叙事结构和叙事传统。

除了文艺意义上的秩序性，口头叙事的秩序性还体现在它建构了社会秩序。口头叙事作为一种社会行为，它的出现本身即是社会秩序的复现，它参与并建构了社会秩序，形成一种集体无意识。比如我们彼此见了面要寒暄，逢年过节要互相祝福，这些口头叙事都体现了特定的社会传统，随着时代的发展，新的秩序不断被构建出来，渐次形成惯习。由此可见，口头叙事是民族传统文化的延续和传承，也体现了一种共同的社会生活秩序，规范着社会道德的价值取向。

第五，组合性。

口头叙事文本由诸多母题类型和亚型构成，这些母题被串联组合成整体的叙事。每种叙事都有相对稳定的母题库，母题与母题之间的连接关系有疏密之分。①在口述现场，讲述者可以灵活地对母题进行组合，构成千变万化、富有个人色彩的口头叙事，母题的组合能力对讲述者来说是口头叙事传承的一大技能，越能熟练掌握母题的变化和组合方式，他的讲述能力和临场发挥能力便越强。

第六，变异性。

口头叙事充满变化，变异性是口头叙事的一大特点。世上没有两次口头叙事是完全一样的，即使是同一讲述者，在不同时间、地点，面对不同听众时，讲述也是有差异的，这也是口头叙事区别于书面文字叙事的魅力所在。日常叙事会根据对象、事件和场合的不同而变化。即使是相对稳定的艺术叙事，在保留传承核心的基础上，演述人在口述中也会随时根据现场情况变动和创作新的情节，创造

---

① 邢莉主编：《新编民俗学概论》，北京：北京师范大学出版社，2016年，第265页。

出极具个人色彩的口头叙事作品。

三、口头叙事的功能

作为人类的一种实践方式，叙事的功能体现在人们如何看待和理解行为背后的意义上。美国学者拉波特对叙事的意义进行了简明扼要的总结：

> 叙事为当前提供了一种感知世界的途径，借此进行记录、讲述、界定、勾勒、归序、建构、塑造，并系统化地联结各个事件……这使叙事成为一种有力的工具，一种消除经验的零碎性并跨越时间建构世界的手段；叙事和讲述一样都是一种行为工具。[①]

拉波特在这里充分肯定了叙事的文化性和社会性。作为一种有力的工具，口头叙事主要有以下功能：

第一，表达功能。人们通过口头叙事表情达意，这是口头叙事最基本的功能。这种表达是针对说话者而言的，为的是表达，尤其是情感表达，叙事者通过选择时间、空间和叙事内容，借助表演、修辞等表达手段，以期感染听众，达到自我宣泄的目的。

第二，教育功能。在无文字社会中人们主要通过口头语言进行沟通交流，因此口头叙事对于识字率低的社会和受教育程度低的人群来说具有举足轻重的教育功能，同时也是教育儿童的有效方式。相较于学校教育的严谨和规矩，口头叙事作为早期教育是相对自由的，可以发生在闲暇的农闲时节，或者某个静谧的夜晚，但对人一生的影响是深远的，犹如血液之于身体，彼此相融，犹如神话塑造了早期人类对世界和自我存在的认识。即使是在文字普及的今天，口头叙事的教育意义依然是不容忽视的。较之其他教育方式，口头叙事更具人情，充满生活气息，其中蕴含着真挚而朴素的情感，在伦理道德教育和民族品格的传承中发挥着重要作用。如为我们所熟知的"牛郎织女""曾子杀猪""愚公移山""孟母三迁"等传统故事，鲜明的教育意义是故事讲述的目的，传达着是非善恶的道德判断、生命认知的哲学观念，体现了中华民族历经千百年形成的民族精神。

---

① [英]奈杰尔·拉波特，乔安娜·奥弗林：《社会文化人类学的关键概念》，张亚辉译，北京：华夏出版社，2009年，第267页。

　　第三，交流功能。口头叙事产生于交流，交流功能是口头叙事的基本功能。阿瑟·伯格认为口头叙事是由参加者、部分、阶段、线性顺序、因果、目的等维度构成的。参加者是产生叙事的主体，即人；在叙事过程中，部分由谈话构成；阶段是指谈话过程中的开头、中间部分和结尾；参加者你言我语的互动构成了说话的线性顺序；这一顺序中自然呈现了说话的因果关系；有因必有果，一段谈话的起因与结果即是叙事的目的。[①] 交流是由双方或多方合作进行的线性语言活动，需要遵守一定规则才可以顺利进行，交流需要所有参与者的积极努力来让对话可以围绕某个主题进行，交流的参与者没有固定的角色，他们既是说话人也是倾听者，每个人都轮流说话才能称之为交流。在交流中我们必须遵守一定的语言规则，以使对话能够顺利进行，对话者彼此能够明白叙事的意图。不同的叙事方式可以体现出交流参与者之间的人际关系，叙事者的身份地位、态度情绪等叙事以外的社会性成分，这些都可以使交流更有效率地进行。

　　第四，娱乐功能。口头叙事中充满了幽默的元素，这些令人捧腹的叙事为人们的生活增添快乐，也可以愉悦身心，拉近人与人的关系，营造轻松的氛围，这其中最典型的就是民间笑话。民间笑话之所以能令人发笑、受人欢迎不只是因为有趣，还因为这些笑话根植于日常生活，讲的都是人们身边的故事，在笑声中传播了实用的生活智慧和人生哲理。

　　第五，补偿功能。民间口头叙事带来的审美愉悦是对民众精神生活的一种补充。在艺术叙事中，人的审美快感来自内在心理与外在世界在某一点达到的审美同构，这种审美同构的体验在本质上是"一种契合和一种拥抱"[②]，在生命的律动中达成同自己的对话。在民间口头叙事中普遍存在对立的结构，对立的形成和消解是这种结构共有的组成形式，其表现出的是自然界和人类社会中对立统一的普遍规律。叙事主体在口头叙事中通过主人公的积极行为打破旧平衡，建立新秩序，在对立到统一的过程中体现出"动态平衡"的原则，这一原则正是民间口头叙事的深层结构，这一结构之所以受到民众的普遍接受和喜爱，是因为它具有

① ［美］阿瑟·阿萨·伯格:《通俗文化、媒介和日常生活中的叙事》，姚媛译，南京：南京大学出版社，2000年，第144—145页。
② 江帆:《民间口承叙事论》，哈尔滨：黑龙江人民出版社，2003年，第28页。

"类生命"的特征，可以唤起人内心深处的共鸣，从而产生愉悦感，实现了"异质同构"①。民间口头叙事给予了民众一定的心理补偿，从而形成一种积极进取的审美愉悦。

总之，人们之所以热衷于口头叙事是因为它能够超越官方和主流话语霸权，发出真正深入人心的声音，这种声音传达出的是一种在野的权威，是民众对自身话语权的主动宣示。口头叙事所隐含的善恶是非和伦理道德观念强化了社会的道德秩序和行为规范，这种叙事也是一种不成文的行为准则。民间口头叙事"通过对人世沉浮的反复验证，在人们缓缓成熟的朴实意识里为人生提供了注脚"②，它不仅验证了人世的沉浮，更是一个民族生命历程的见证，承载着一个民族的文化记忆和文化传统。在实现中华民族伟大复兴的过程中，口头叙事中蕴含的中华优秀传统文化是我们伟大征程上的重要力量之源。

第二节　身体叙事

民俗学最初被定义为"民众的知识"，早期的民俗学家把这种"知识"主要界定在"口头传统"的范围内，致力于神话、传说、故事、歌谣、童话等民间文学的研究。口头文艺最初的生发载体是口头语言，随着历史的发展变迁，文字的产生、纸张的发明、印刷术的普及，促使人类可以通过书面语言进行交流。时至今日，现代传媒的快速发展使得人类的叙事媒介日益多元化，进而改变了我们的交流方式。这一叙事历程的变迁与民俗学学科发展和学科视野的拓宽是两相契合的。20 世纪 80 年代以来，西方社会文化经历了深刻变迁，哲学思潮发生了相应更迭，而西方学界的身体转向是对西方哲学的身体与意识二元对立、肉体是灵魂的羁绊这一文化传统和思维模式的反思，并影响了现象学、文化人类学、哲学等人文社科学科领域的理论探讨。③

---

① 江帆:《民间口承叙事论》，哈尔滨:黑龙江人民出版社，2003 年，第 29 页。
② [意]卡尔维诺:《意大利童话》，"序言"上海:上海文艺出版社，1985 年，第 8 页。
③ 彭牧:《身体与民俗》，《民间文化论坛》2018 年第 5 期。

　　美国民俗学家凯瑟琳·扬于 1989 年在美国民俗学会上提出了"身体民俗"
一词，以期关注以身体为核心的民俗文化，但事实上，民俗学家和人类学家从未
停止过对身体的研究。彭牧作为目前国内身体民俗研究的主要学者，提出将身体
作为民俗的基本属性之一，因为"民俗生活在社会化过程中的作用从根本上是形
塑、生产和再生产符合特定文化传统的身体"①。这一观点肯定了民俗对身体的本
质作用。"身体民俗"的提出为民俗学研究打开新的研究视域，以生动感性的身
体感知为对象，从实践的角度重新理解民俗文化中的身体叙事，从而打破了以往
零散化、符号化、文本化的研究范式，也让民俗学者重新思考田野作业中的身体
性，反思民俗学者在田野作业中秉持的"客观"和"中立"，鼓励学者从田野中
的观察者身份跳脱出来成为学术视野中的被观察者，这是一种学术视野的转变，
也是实践身份的转变。在民俗生活中，民众的知识不仅仅在口头上，身体也是创
造、传承和享用民俗文化和地方知识的媒介。民俗通过反复实践融入身体中，也
呈现为文化记忆和身体技能，同时表征为身体性的感知和体悟。

一、身体叙事的定义和分类

　　身体是人认识和实践的主体。民俗学领域的身体研究正在努力超越符号化的
抽象研究，而把身体作为一个角度，重视身体体悟和感知的方式与状态，试图描
述全感官经验在不同文化中的多样性，超越视觉与文本的偏向，身体民俗的研究
将进一步拓宽民俗学研究的理论探讨，打破学科壁垒，与更多学科产生对话。"身
体"作为"叙事"的基础性符号，在以民间文艺和民俗学学科为研究本位的前提
下，身体叙事是关于民间文化的身体书写。学术研究应以身体为叙事媒介，主要
关注表演的身体、田野作业的身体和文化实践的身体。

　　唐·伊德沿袭现象学的传统，提出了"三个身体"的理论，三个身体即物
质身体、文化身体和技术身体。②从物质性来看，身体是活生生的血肉之躯；从
精神层面来看，身体受到社会的、文化的、历史的规训和塑形，多面向的身体

---

① 彭牧：《民俗与身体——美国民俗学的身体研究》，《民俗研究》2010 年第 3 期。
② 杨庆峰：《物质身体、文化身体与技术身体——唐·伊德的"三个身体"理论之简析》，《上海大
　学学报（社会科学版）》2007 年第 1 期。

内涵预示着身体叙事研究的多样化取向，因此我们认为身体叙事包含以下三个方面：

文化的身体。身体不仅是肉体本身，更是文化的承载物和表达的媒介。作为一种身体民俗现象，文身和身体彩绘体现了文化对身体深入肌肤的一种刻写，我们在不同场合下选择不同的服饰装扮也体现了文化对身体的塑造。"物质身体"的基本特征是物理性，作为自然生理意义上的肉体，受到生物本能和欲望的牵扯，而身体的自然属性经过文化的控制和规训后，就带有了深深的文化印记，被塑造为"文化身体"。在具体的民俗活动中，民众以自己的身体展演着日常生活，拜师仪式中徒弟向师傅磕头行礼，节日仪式里人们向祖先神灵敬香，庙会活动中信众的朝拜，无一不是身体参与民俗实践的体现。"身体在场"带给人们独一无二的心理体验和心理感受，这一感性认知反向形塑了身体叙事的延续和传承。

社会的身体。社会规范着文化行为的边界，根据拉波特的看法，肉体被各种社会身体限制[1]，身体作为感知的对象和表达的媒介，如果把它看作完整的社会组织，它的内部结构、外部表征是被限定的，人的社会性别、地位、年龄作为影响因素，对合适与不合适、美与丑、规范与不规范的判断在这里呈现出绝对的二元对立，身体被社会刻写，完成了社会性的改造，自然人跨越为一名社会人，这是社会准入的条件。如身体叙事的禁忌主题规范着人的社会行为和社会观念，被禁止的行为告诉人们，一旦越界便会受到惩罚，从而让人们产生畏惧，达到了身体规约的目的，社会秩序和社会生产得以顺利进行。

民俗实践的主体。"民俗视野下的身体叙事是指两个民俗主体之间直接以身体作为媒介或者载体进行叙述交流的叙事行为。"[2] 从这一角度来看，身体叙事重新探讨了民俗学界一直以来关于"民"与"俗"的关系问题，身体作为"民"与"俗"二者得以关联的桥梁，让我们重新审视民俗，从"生活世界"到"标志性文化统领式""表演理论""身体民俗"，我们不断探讨"民俗是什么"的问题，从身体叙事的角度对民俗本质特征的思考，让我们意识到身体是民俗实践的主

---

① ［英］奈杰尔·拉波特，乔安娜·奥弗林：《社会文化人类学的关键概念》，张亚辉译，北京：华夏出版社，2009 年，第 25 页。

② 邢莉主编：《新编民俗学概论》，北京：北京师范大学出版社，2016 年，第 273 页。

体，"民"以身体为载体实践着"俗"，"俗"以身体为媒介规约着"民"。

民俗心理的主体。身体与意识本体论的掣肘有其学术的内在缘由，以尼采为代表的哲学理论，认为不存在纯粹的意识，自我是肉体的感觉，否定了柏拉图式和笛卡尔式的灵肉分离观点。除却哲学层面的探讨，结构主义、后结构主义和女性主义等思潮促进了西方身心二元论的转变，即身体不再是心灵的障碍和羁绊，也不再与心灵无关，人是灵肉合一的整体。物质与精神的对立似乎不再是那么简单，身体是心灵产生感性认知的必要条件，思想无法跳脱出身体的窠臼。岳永逸指出："中国民间信仰的层次不仅仅是精神层面的，它同样直指身体本身，是身体自身的一种感受和渴求。"[1] 山西娘子关古村镇的春节社火习俗中，以圣母庙为叙事空间，三官爷为叙事对象，民众作为叙事主体，举行选灯官、报灯官、接印、交印等一系列仪式，以保证正月闹红火的顺利进行。[2] 严格的选举仪式以仪式动作等身体行为表达了特定区域民众对神的虔诚，并借助神威对社会形成威慑，以身体实践的方式满足了人神共娱的信仰心理。

二、身体叙事的特征

早在语言产生之前人类就在依靠身体进行交流，身体叙事就是用身体语言进行交流。《毛诗序》论及了情感与身体的关系，"情动于中而形于言，言之不足故嗟叹之，嗟叹之不足故咏歌之，咏歌之不足，不知手之舞之，足之蹈之也"[3]。人的情感可以通过歌唱、舞蹈等身体语言得到表达，而身体行为是人内心情感的外显。身体叙事按表演性、场域和叙事结构的不同可以分为以下几类：

日常身体叙事。日常生活中的身体叙事是民俗活动的核心，在日常生产生活中人们无时无刻不在进行身体叙事，我们的日常起居、工作娱乐、衣食住行都是一种身体叙事。

艺术身体叙事。身体艺术叙事是身体和表演技巧有机配合进行的叙事，比如

---

[1]　岳永逸：《磕头的平等：生活层面的祖师爷信仰》，《中国农业大学学报（社会科学版）》2009 年第 3 期。

[2]　段友文、王旭：《崇神敬祖、节日狂欢与历史记忆——山西娘子关古村镇春节民俗调查》，《文化遗产》2012 年第 4 期。

[3]　赵则诚、陈复兴、赵福海：《中国古代文论译讲》，长春：吉林人民出版社，1984 年，第 1 页。

民歌、小戏、说唱、舞蹈的展演都属于民间艺术的身体叙事。身体艺术叙事在有限的时空内表现为具有明显结构的"文化表演"，表演者和观众处于不同时空维度中，共享艺术文化，彼此互动。

仪式身体叙事。在仪式场域和特定时间进行的超常态身体表演就是仪式身体叙事。身体叙事在仪式展演和口头传统中产生互动，仪式性的身体叙事具有特殊含义，仪式中有身份特殊的人扮演特殊角色，比如能与神沟通的人。[①]在仪式活动中，身体作为一种通道和场所，传递出秩序规范和叙事逻辑。如成年礼象征着一个人年龄的过渡阶段，以过渡仪礼帮他隔离过渡时期的邪祟，度过"阈限"。同时，过渡仪礼使人进入一种具有游戏性的非日常俗民生活中的时空状态，人们在这一时空中脱离了周而复始的日常生活，获得一种特殊的身体体验，来满足狂欢的欲望。

不论属于以上哪一类型，身体叙事皆符合以下特点：

首先，叙事人和接收人同时在场。身体叙事是面对面的交流，其叙事意义是在现场实现的。叙事人和接收人要处于同一时空场域才能构成身体叙事的叙事语境。身体叙事是全部感官共同参与交流的过程，提供"多感官联动审美"[②]的体验，身体感官在审美活动中发挥作用，即使在互联网媒体通讯普及的今天，全感官身体叙事也是无法被替代的，是一种感官审美的盛宴。因此，身体在场是身体叙事的基础及核心。

其次，变异性和唯一性。任何一次身体叙事都是独一无二的，每一次身体叙事都会有或多或少的变异，现场的身体叙事充满了随机性和变异性。当我们着眼于长时间的历史变迁中，即使是最传统的表演也无可避免地带着不同时代的烙印，而每一位表演者对身体叙事的诠释都是一次带有个人色彩的再创作。身体叙事在叙事人和接收人的互动中完成，参与的人不同，叙事的意义也会完全不同，不可复制的特点正是身体叙事的最大魅力。

最后，身体叙事和口头叙事互动进行。身体叙事和口头叙事是不可分割的整

---

① 邢莉主编：《新编民俗学概论》，北京：北京师范大学出版社，2016年，第277页。
② 季中扬：《民间艺术的审美经验研究》，北京：中国社会科学出版社，2016年，第80页。

体，他们共同组成了一组"文化符码"①。比如在仪式叙事当中，除了娱神的歌舞表演、特殊的体饰等身体叙事，咒语祈祷等口头传统也是不可缺少的部分。

三、身体叙事的功能

内涵复杂的身体在叙事中的功能也是多种多样的，除了日常的交流，身体叙事还在心理治疗、自我表达、知识体悟、社会构建等方面发挥着重要作用。

表达功能。身体叙事是日常表达的重要组成部分。人类自我身份的认同首先便是对身体的认同，即意识到身体是自己的，是与外界分开的。② 我们的性别、职业、性格、信仰、人际关系等身份表达和自我认同都依赖身体演述来完成。依照生存空间，身体可以分为"私有身体"和"公共身体"两部分，私有身体进入到公共空间以后，通过衣着服饰、言行举止等身体调控来获得社会文化上的身体认同，而回到私有空间，这种身体调控就会放松。身体在各种不同的环境下进行不同的叙事表达，从而产生了各种各样的身份。

交流功能。交流是身体叙事最核心的功能。在交流中，身体通过非语言的表情动作传达情绪等信息，这种交流有时可以超越语言限制。在仪式中也有通过异常行为来证明人可以与自然和神灵交流的身体叙事。比如中国古代祭祀稷神祈丰的仪式为例，稷是中国的植物神，是五谷之神。祭祀后稷仪式的第一个特征是舞蹈，且其舞蹈内容都与耕作农事有关，如"驱雀""簸扬"都是祭祀时的舞蹈动作。其祭祀的另一个特征是要有神尸③。神尸作为稷神的替身，围绕在众人之中，众人共同舞蹈颂歌，这就是祭祀后稷时的场景。《诗经·大雅·生民》写道，"厥初生民，时维姜嫄，生民如何？克禋克祀，以弗无子。履帝武敏歆，攸介攸止。载震载夙，载生载育，时维后稷。"这段颂诗描写的是后稷的诞生场面，同时也是五谷神的诞生仪式，这里的"帝"实际指的是神尸，"姜嫄"也并非真正的"姜嫄氏"，而是参与仪式祭祀的妇女，她们扮演成"姜嫄"和谷神后稷的"神尸"共同舞蹈，通过演出再现后稷诞生的场景来与神灵沟通。

---

① 邢莉主编：《新编民俗学概论》，北京：北京师范大学出版社，2016 年，第 278 页。

② 许德金、王莲香：《身体、身份与叙事——身体叙事学刍议》，《江西社会科学》2008 年第 4 期。

③ 夏维波：《中国古代祈丰仪式原型初探》，《外国文学研究》1998 年第 1 期。

记忆功能。"身体的行为表现都是学习而来的"①，身体有很强的学习能力，是民俗知识传承和记忆的载体。在无文字的情况下，身体是可以传递文化知识的重要路径之一。身体可以复现记忆，并且有其独特的方式，通过虚构复现真实的文化感受，比如一些集体参与的庙会红火、祭奠仪式等，这些依靠身体传承的记忆往往呈现出的是一个群体内深层的文化认同。叙事人和接收人同时在场的特点也决定了每一次身体记忆的复现同时也是一次身体记忆的传递，但凡参与到身体叙事中的人都会获得相应的身体记忆，在一次次的传递中，集体的身体记忆也得以延续。

治疗功能。身体叙事可以调动人的全部感官，在叙事过程中，由许多有象征意义的神圣符号建构营造的虚构世界可以让患者走出现实世界，从而得到心理上的治愈。在除夕夜人们通过具有仪式性和神圣内涵的特殊身体行为在充满年味的治疗空间中释放心理压力，在欢声笑语中平衡身心节律，为迎接新一年的工作生活做好准备。再如听房的习俗，其来源有两种说法，其一是源于血缘婚之说。在一项重要的习俗废除之后，其内在固有的结构不会立即消失，而是会以另一种形式被保留下来。"所谓血缘婚就是指同辈的所有女人（不分长幼）都是所有同辈男子的妻子。"②血缘婚被废除以后，这一部分的文化结构就出现了空缺，这种文化上的空缺投射到人的身心，被转化为"心理空缺"，而这种空缺需要通过身体的仪式来慰藉和弥补，因此俗民用听房、闹洞房的仪式让社区内与新郎同龄的男性象征性地做新娘的丈夫，弥补了这一文化结构的缺失和俗民身心的失衡，这种弥补"心理空缺"的民俗身体叙事正是发挥了它的调节作用和治疗功能。

约束功能。我们的身体是被不断训诫而形成的符号化的身体，而在所有约束身体的规范中，"民俗一旦形成，就成为规范人们的行为、语言和心理的一种基本力量"③。以高跟鞋对女性的身体规训为例，虽然在刚被发明时它是男女共用的着装，但在社会规约的不断规训下，高跟鞋已经成为女性特有之物，成为"女性群体独有的身体表达"，是一种女性社会文化符号。这种规约随着女性主义的

① 许德金，王莲香：《身体、身份与叙事——身体叙事学刍议》，《江西社会科学》2008 年第 4 期。

② 陈秋：《"听房"习俗的"身体人类学"解读》，《原生态民族文化学刊》2010 年第 3 期。

③ 钟敬文：《民俗学概论》，北京：高等教育出版社，2010 年，第 3 页。

兴起，曾被作为男权社会对女性的性别区隔而遭到抵制。但随着女性对身体自主权的不断争取，高跟鞋不再被视为两性平权道路上的绊脚石，相反的，它作为一种凸显女性审美追求的身体技术成为了女性体现自主性意识的工具，各种样式的高跟鞋代替了过去单一样式的设计。一种在过去针对女性身体的规训产物，随着女性主体意识的增强，反而成为追求身体解放的工具。可见对身体的规约虽然永远存在，但规约的内容和含义却不是一成不变的，身体与外界环境的关系是互动的，身体被文化刻写，同时也在刻写文化，从身体规范的变迁中可以看到社会文化的变迁和历史的进程。

第三节　图像叙事

图像是人类以视觉为基础对世界进行模仿复现的一种传达方式。2005 年以叶舒宪为代表的文学人类学派首次提出了跨学科研究方法论范式——四重证据法，该方法将传世文献资料作为一重证据，将甲骨文金文等新出土文字材料作为二重证据，将口传文化、仪式展演等人类学研究特色资源作为三重证据，将考古发掘的遗址、文物和图像等作为第四重证据，并总结出以第四重证据为主的探索方向和研究策略——"物证优先"原则。其中图像作为重要的研究证据，广受学界关注。当今时代是视觉和图像传媒逐渐占据主导的"读图时代"，学术界也出现了叙事学研究的"空间转向"，图像叙事成为国内空间叙事学的重要部分和研究分支，由时间、线性的文本阅读转变为空间、平面甚或多维度的视觉观看，这就是图像时代的显著特征。[1] 图像的本质性特点是时间性和空间性，自古以来，人类就试图通过图像艺术的创造来控制时间，时至今日，相机等工具的发明催生了复制型的图像创造，这些图像创造活动都是人类试图把握现在而"掌握永恒"的象征行为。人们必须通过具体可感的物质我们才能把握时空，而图像正是凝固的某一时空的情景，是时间和空间的统一体。

---

① 邢莉主编：《新编民俗学概论》，北京：北京师范大学出版社，2016 年，第 286 页。

一、图像叙事的概念和特征

关于图像的定义，龙迪勇认为"凡是人类创造或复制出来的原型的替代品（原型既可以是实存物，也可以是想象的产物），均可以称之为图像"①。图像叙事的物质载体随着科学技术的发展而与时俱进。史前时期，人们以石板、陶器为载体，创造岩画、彩陶绘画；商周时期有了青铜器，人们就将艺术图像刻画在青铜器上；汉唐时期有了帛、漆器，于是出现了帛画、漆器绘画；同时期人们"视死如生"的丧葬观念使得墓室壁画得以兴盛，出现了汉画像石与画像砖等墓葬艺术；宋元明清时期随着纸的出现有了大量的纸质艺术图像，如系列耕织图；而寺庙壁画自中古时期一直延续至今，包括水陆画、社会风俗画、佛道画等类型。在具体的图像叙事门类中，我们可以总结出叙事的主题，并将图像划分为历史图像、祭祀图像、农耕图像、科学图像等。

民俗图像叙事是把某一民俗场景、民俗事件进行空间化的叙事。在民俗研究中，图像作为重要的研究文献具有其他叙事媒介无法替代的作用，其具体内涵十分丰富，包括民间艺术家创造的装饰性图像，如年画、剪纸、刺绣、花馍；具有民间信仰内涵的神像佛像、壁画、符纸；原始先民记录日常生活场景的壁画、岩画；古籍中描绘民俗图景的图像，像宋应星《天工开物》、张择端的《清明上河图》；现代照相和录影设备留存下来的民俗图像和影像等，都属于民俗图像叙事的范畴。

民俗图像的叙事形式多种多样，但其叙事内容都是对民俗生活的再现和再创造。民众是民俗图像的享用者、创作者、传播者。实用性是民俗图像的基础特性，是以日常生活为表现内容、借助不同媒介而形成的艺术化表达。民俗图像具有实用、保存、传承、表达的多重价值，是口头传统、身体叙事之外的另一种叙事媒介和象征符码。

民俗图像叙事的特征如下：

空间性和可视性。不同于口头叙事的线性时间思维和抽象语言表述，"图

① 龙迪勇：《空间叙事学》，北京：生活·读书·新知三联书店，2015年，第413页。

像叙事的本质是使空间时间化"①。"图像是一种空间的形式表现出来的时空统一体"②，这一本质性特征意味着图像叙事必须关注观者的意识，需要利用观众的意识完成空间的时间化，从而建构出叙事的秩序和逻辑，例如美术是以空间为存在方式的艺术，主要包括建筑、雕塑和绘画，而民间艺术中的汉画像石、木版年画、花馍等民间美术类非遗作品同样无法脱离空间而存续，它们有固定的叙事载体和程式化的叙事模式，往往将某一时间点上的场景，或者不同时空背景下的事件集中于一幅画面上，具象化为视觉图像，以调动观众的审美感官。

直白性和易传播性。图像叙事有直观的特点，有时可以跨越民族、语言、时代等重重障碍，其内涵不言自明。虽然一些群体内部特有的审美观念仅靠图像也许难以传播到其他群体，比如不懂汉语的人一定无法理解中国民间图像叙事中猫和蝴蝶同时出现表示"耄耋"，寓意长寿，也不会明白端午节画五毒是驱邪禳灾的象征。但是涉及人类共同生命体验的象征性图像，其基本含义的传达往往不会受到限制，比如骷髅的图像象征着死亡或邪恶，鲜花的图像则传达了美丽、祥和的意境。

持久性和可复制性。口头叙事和身体叙事都需要交流双方同时在场，有即兴和不可复制的特点，图像叙事却可以像文字一样保存下来，跨越时空，在更大范围内传播。而同等空间内的文字所记录的信息远没有图像丰富，尤其是一些细节上的描述，比如某一农具的形制，在图像中只需要寥寥几笔就可以生动地体现出来，而文字可能需要许多细节的描写，其呈现出的效果还未必比图像直观。

二、图像叙事的分类

民俗图像叙事可以分为可视层和文本层两个层面。可视层由图像元素构成，主要包含描述某个民俗事件或场景的"民俗事象"，以及描述民俗事物和人物的"民俗物象"。文本层指的是话语组合的程式结构和表达方式。根据叙事方式的差异，民俗图像叙事可以分为以下几类：

第一类，叙述性民俗图像叙事，指用叙述性的图像进行事件叙述或实现现

---

① 龙迪勇：《空间叙事学》，北京：生活·读书·新知三联书店，2015 年，第 419 页。
② 崔海妍：《国内空间叙事研究及其反思》，《江西社会科学》2009 年第 1 期。

象、物象的复现。叙述性的图像通过细致地描绘场景发生的空间环境、时间环境和人物等要素，试图恢复和重建其语境，使观看者在一系列的图像符号中感受特定时空中的事件发生和内在逻辑，以此完成叙事。如汉画像石中出现了大量星象图，"日中金乌""月中蟾蜍"代表了汉代先祖阴阳转化的宇宙观和生生不息的生命观，充满对死后世界的想象。[1]

第二类，象征性民俗图像叙事，指借助图像符号通过隐喻、寓意、谐音、对比等象征方式来表达符号本身之外的意义。作为事象层的图像文本并不追求形似，而是用概括、神似甚至夸张变形的图像符号来辅助内在意识的表达。象征性的民俗图像在吉祥图案叙事中最为常见，根据构图方式和象征表达的特点可以分为两类：意象构图型和语图拼组型。[2]

意象构图型是指被民间普遍接受的民俗意象组合而成的图像叙事结构。这些民俗意象的来源可以分为两种类型，其中一种是出自民间典故的民俗事象，比如牛郎织女、八仙过海。这类事象并不是为了叙述典故而出现，其代表的往往是民间信仰和原始崇拜、宗教信仰等交汇融合后的特定民俗含义。另一个民俗意象的来源是由原型物象组合而成的意象构图[3]，指的是来自民俗生活、原始神话思维和民俗典故的意象。如山西忻州一带的炕围画，内容丰富多样，有"太公垂钓""竹林七贤"等历史人物画，"春江花月""风雨归舟"等山水画，"二十四孝"等故事画，画面色彩浓烈温暖，给人以情的感染和美的熏陶。[4]民间面塑艺术家以富有创造性的想象力将"司马光砸缸""八仙过海"等具有教育意义的传说故事转化为面塑，叙事话语的转变使得故事呈现更具艺术性和生动性。

语图拼组型是汉字与图符有机组合构成的图像叙事。有的是把汉字变形成图案，比如各种各样图案化的双喜字，经常在器物上用作装饰的万字纹、寿字纹、

① 段友文、叶蕾:《陕北晋西汉画像神话的生命意识》,《贵州民族大学学报（哲学社会科学版）》2021年第3期。

② 程安霞:《符号叙事学视域下民俗图像叙事模式探析》,《北方民族大学学报（哲学社会科学版）》2016年第5期。

③ 程安霞:《符号叙事学视域下民俗图像叙事模式探析》,《北方民族大学学报（哲学社会科学版）》2016年第5期。

④ 段友文:《从炕围画看晋北民间风俗》,《中国文化报》2014年3月17日第8版。

回字纹等；也有直接将有寓意或谐音关系的文字与图案组合构成的图像叙事。作为民间美术的面塑往往以动植物、人物造型为主，以具有美好寓意的造型符号表达对生命的美好追求，如"莲花"与"鱼"的意象组合表示"连年有余"，与"莲子"的组合表示"连生贵子"；再如"五福捧寿"的图案组合是五只蝙蝠围绕"寿"字，以谐音的叙事手法含蓄地表达对健康长寿的追求。

第三类，辅助性民俗图像叙事，主要指记录民俗的文字中插入的民俗图像叙事，图文互为补充。比如《天工开物》《山海经》中都配有大量插图，这些配图本身具有叙事性，同时还具有辅助和补充说明的作用。

三、图像叙事的叙事方式

图像作为一种空间艺术，在表现时间方面有天然的缺陷。[①] 为了突破表现媒介的天然缺陷，艺术家往往通过各种方式试图突破图像叙事的时间缺陷，民俗图像主要采用以下三种叙事方式：

第一，单一场景叙事。单一的场景叙事会截取一个线性事件中最能承上启下的关键场面进行描述，通过这个最有生命力的典型场面可以让观者推演想象出图像中没有直接给出的内容，在接受者意识中形成时间的流动，达到叙事目的。这种手法在图像叙事中最常见，难度也最大。具有暗示性的"瞬间"打破了视觉媒介的叙事局限，不仅让瞬间的图像有了时间上的延展性，也突破了图像表达对想象空间的局限。

第二，纲要性叙事。纲要性叙事以图像并置的方式呈现，是一种多重事象的叙事，"即把不同时间点上的场景或事件要素挑取重要者'并置'在同一个画幅上"[②]，这些场景和要素一般是围绕共同主题的一组具有视域期待的图像，所展示的不仅是"一瞬间"场景，而是与一个主题事件相关的无数个"瞬间"组合成的复合场景，是一种突破时空限制的大胆创造，具有共时性。

第三，综合叙述。综合叙述是以时间或者空间为逻辑顺序，把一系列不同时间发生的多个场景融合在同一画面中的图像叙事方式。其中以空间为逻辑的图

---

① 龙迪勇：《图像叙事：空间的时间化》，《江西社会科学》2007 年第 9 期。

② 龙迪勇：《图像叙事：空间的时间化》，《江西社会科学》2007 年第 9 期。

像叙事往往构图复杂，有更强的表现力，叙事者把整个故事中的人物、情节、物象抽离出来，在绘制过程中再根据画面的空间布局安排每一要素的位置。对这种逻辑的理解必须从画面整体出发，理解叙事者绘图时对整体画面的构思，单独抽出一个情节往往难解其意。这种逻辑背后是一种"时间的隐退"[①]，作者把叙事完全交给了空间，叙事不再遵守时间规则，相关的内容有可能出现在画面的任何地方，整个事件没有起点和终点，而是形成了循环的、浑然一体的视觉整体，给人目不暇接的视觉观感。

除了浑然一体的画面，民俗图像叙事还会采取分离视觉的手法在画面中安排不同时间发生的情景。分离视觉是一种用分割线把每一个场景分割成不同视域的图像排列方式，可以让叙事的各个情节更加清晰，对图像内容的包容性也更大。这一叙事手法多用于寺庙壁画、墓室壁画等绘画空间，比如一场旷日持久的战争、一年四季的农耕活动等宏大的叙事主题，都不是仅靠一副图像就可以叙述完整的，创作者一般会浓缩多幅图像来表现。常见的视界分离方式有通过平行线分隔的方式以及通过建筑、景观进行区分的方式。以建筑、景物等进行区分，可以使"分割线"有机地融入画面，辅助叙事，运用这种方法需要创作者对整个事件有深刻理解和高超的表现技艺。

叙事的价值和意义是通过接受者的解读体现的。肉眼直观看到的图像与看不见的记忆和精神紧紧相连，叙事者用创作图像的方式传达了精神内涵，接受者则对直观图像进行了向精神图像的转化，叙事在观者的意识中得以完成。图像本身是这一复杂转化中的枢纽和中介，精神图像才是内涵叙事所要真正传递的内容。民俗图像叙事需要民俗经验和民俗记忆的解锁，不同接受者会从民俗图像叙事中得到不同的信息。从观者的角度出发，图像符号的意义有三个层面的表达：

第一层为视像层，通过点、线、面、色彩等元素对现实存在的事物或形象进行塑造，多数反映自然题材、事实题材或表现性题材。事实题材是有事实意义的原初题材，就是对我们现实生活中所见事物的直接反映。表现性题材是对所描绘对象的进一步认识和感受，比如在剪纸中常见的"喜上眉梢"图案，梅花和喜鹊都是现实中存在的实物，很好辨别，喜鹊落在梅花枝头这一场景在感官上给人喜

---

① 龙迪勇：《图像叙事：空间的时间化》，《江西社会科学》2007 年第 9 期。

悦美好、生机勃勃的感觉。

第二层为主题层，反映约定俗成的传统题材，通过有寓意背景的形象、故事等，表现特定的内容，存在概念性和理解性的抽象内容，解读时需要一定民俗知识，仅靠直观的观察也许无法解读到位。再以剪纸"喜上眉梢"为例，喜鹊是民间表达"喜"的经典吉祥图案，而"梅梢"谐音"眉梢"，这两组寓意组合在一起就成了"喜上眉梢"。可见，这一层的解读是超越了现实世界的概念性解读。图像作为视觉的叙事符号，经过漫长历史的沉淀传承，与某种心理融为一体，成为民俗图像叙事中特殊的叙事语言，是特定群体的文化传统，在群体外很难引起共鸣。

第三层为象征意识层。象征意识层是用构图方法和"图像志意义"的组合阐明一种根本原则，在视像层和主题层领悟到的象征性内容都是为这一根本原则服务。比如春节作为一年中辞旧迎新的吉祥节日，祠堂里的祖先牌位、堂屋里的卷轴式家谱，房屋空间内悬挂的灯笼、窗户上的窗花、门上贴的春联，都体现了"吉祥喜庆"的叙事目的，这些除旧迎新的象征物构成了完整的神圣空间，与世俗的生活实践紧密结合，物象符号转化为一种精神诉求。[①]

四、图像叙事的功能

第一，民俗图像叙事具有认知功能。图像有形象性和可视性，是一种可以记录和传播知识信息的媒介，具有传达意义的功能。在没有文字参与的情况下，民俗图像叙事是民众获得知识和认识的重要途径。图像是一种超语言认知的沟通途径。[②]具有象征性的民俗图像符号构成了特殊的图像叙事，这些符号在特定群体中的反复使用和流传是构建民俗社会结构和思维模式不可缺少的工具，通过使用同样的图像符号，群体内部逐渐形成了约定俗成的共识，在民俗图像构成的空间里，世世代代生活的人们共用着一套图像叙事符号，符号背后的内涵也不断被人们接受，虽然有些符号带有浓重的历史气息，但也并不影响其形式和内涵的传

---

① 程安霞：《符号叙事学视域下民俗图像叙事模式探析》，《北京民族大学学报（哲学社会科学版）》2016年第5期。
② 邢莉主编：《新编民俗学概论》，北京：北京师范大学出版社，2016年，第296页。

承。同时，新的符号和内涵也在不断产生，通过民俗图像进行了叙事获得了认知范围的不断扩大和丰富。

第二，民俗图像叙事具有记录功能。民俗图像叙事是一种现实生活的记录，也是思想观念、审美信仰的记录，这些图像凝聚了无数普通人的情感和智慧。民俗图像所记录的内容都是不加掩饰的，是对人们最真实的想法和内心渴望的直接反映，是民族记忆和历史文化的表征。这种表征意义在图像的传承过程中逐渐加深，深刻地反映了区域民众的价值观念。

第三，民俗图像叙事具有审美功能。民俗图像的审美意识与传统的审美意识是高度一致的，其审美观念是一种集体的审美，一种保持了原初意义的审美，一种实用优先的审美。民俗图像的实用性可以给人带来愉悦感受，在民俗图像中蕴含着真挚的生命情感和对生活的热爱，民间艺术家通过图像符号所反应的是他们生活和劳作的整个世界，图像符号是他们对平凡世界的诗性表达。

论及民俗图像叙事的审美功能，有必要进一步分析民俗图像寓意的三个要素和美学成因：

首先是观念性寓意图像。这类型的图像是历史文化积淀与传承的产物。观念性寓意图像是一种先验符号，它是与人类切身利益相关的对象（审美对象）被历史逐渐固定化的产物，并从属于某种精神而存在于人类意识中，后逐渐演变成为某一种观念的替代物，故与原始图腾图像崇拜有联系。原始人类将自然物象人格化，创造出图腾崇拜，这种原始信仰逐渐渗透到人类社会的各个领域。图腾是人类文明发端的一种观念性图像，先民早期的图像艺术叙事不是对客观存在的复刻，而是依照信仰观念和审美观念创造的具有象征性的艺术图像。比如龙、凤、龟、麒麟"四灵"神兽形象，伏羲、女娲等神话人物图像，其背后的寓意内涵是原始信仰和当时社会的伦理道德以及观念制度的融合，体现了人类的精神观念。这种观念性寓意图像的美学价值在于其纯粹、精炼的精神内涵和自由夸张的表现力，传达了对自由超脱的向往和人与自然宇宙可以超越现实直接沟通的渴望。

其次是群体意识性寓意图像。其成因是"历史的变迁和地理环境的差异，而产生的审美意识上的整体与差异性"①。不同区域的历史地理环境造就了群体之间

① 史世任：《汉民俗图像艺术的建构》，《南方文物》2007 年第 4 期。

的千差万别，群体审美意识的差异呈现在图像中就产生了各式各样的艺术表达。每个群体都有其群体内共享的带有特定寓意的图像，这些图像是融入了群体性格的特定审美情趣的表达。从流域和地域的划分来看，我国黄河金三角区域自古以农业为本，农耕文化孕育了北方星罗棋布的家族村落，形成了乡村百姓的生活习俗，塑造了人们恋土重农、耕读传家、务实守成的性格。[①] 因此民间剪纸、刺绣、木版年画等民间艺术中呈现的人生理想和热闹喜庆的生活态势是这一区域民众的群体性价值追求。

最后是个体主观寓意图像。民间艺术家在绘制图像时，所融入的情感、审美是依照个人主观进行的艺术表现。民间叙事图像是民间艺人通过个人的主观感受对观念性寓意图像和群体意识型寓意图像的有机结合，以此来展现其个人的审美诉求和精神体验。如民间手工艺品山西黎城布老虎作为第二批国家级非物质文化遗产，体现了民间崇虎的信仰和原始虎图腾的崇拜。在民间新生婴儿满月、五月初五端午节期间，盛行由姥姥、奶奶等女性给孙辈制作虎头鞋、虎头帽、虎形枕的习俗，不同女性制作的虎的形象异彩纷呈，以"虎"为核心的叙事表现了民间对以虎为象征的顽强生命力的追求。

第四，民俗图像叙事具有补偿功能。人们在现实生活中无法满足的愿望和对美好生活的期盼都可以在图像叙事中得到心理上的满足，人们也习惯于用这种方式来补偿现实生活中的缺失。不论是吉祥图案中的祥瑞含义，还是神灵画像的护佑作用，都是一种能实现自我心理补偿的智慧，是具有实用价值的图像叙事。晋北自古以来处于中原农耕文化与北方游牧文化的交汇地带，这里植被缺乏，土地贫瘠，尤其是到了冬天，更是风急天高，满目荒凉。乡村民众为了营造温馨诗意的生活环境，请民间的绘画匠人在屋内的炕头灶间绘上色彩亮丽、内容丰富的炕围画，其内容既有青山绿水、芳草春花，也有城市风景、现代建筑，更多的是民众喜爱的戏曲人物、传统故事，室外荒漠辽阔的大环境与室内温暖漂亮的小环境形成了鲜明的对比，民众的心灵得到慰藉，生活得到了艺术的升华。

---

① 段友文:《山陕豫民间文化资源谱系建构与乡村价值发现》,《山西大学学报（哲学社会科学版）》2021 年第 2 期。

五、小结

叙事学发展至今，已经突破了经典叙事学所专注的文学研究领域，进入了更广阔的文化研究层面。除了对神话、传说、故事、歌谣等民间文艺文体的叙事研究外，民间叙事研究还涉及图像叙事、身体叙事、空间叙事等多重叙事研究路径，这种多元一体的整体叙事研究推动叙事学走向更高的研究层次，也为民俗学研究提供了一种前所未有的学术视角。

现阶段的中国叙事学依然处在大量译介与吸收海外前沿理论的阶段，面对来自西方的叙事学理论，必须立足于中国的文化土壤建设具有中国特色的叙事学。民俗文化是构成传统文化的重要成分，以民间文化为研究对象的叙事学，以交叉性研究丰富了民俗学以及传统叙事学研究理论，为传统叙事学提供了新的研究对象，拓展了学科的研究范围，同时推动了外来叙事学理论的本土化进程。在这种背景下，中国民间叙事研究不仅推动了叙事学的多元化发展，也促进了中国本土叙事理论的进步，对泛叙事化理论的探索同样具有重要意义。

思考题：

1. 民间文艺叙事有哪些基本特征？

2. 口头叙事的基本特点是什么？

3. 艺术叙事作为一种复杂而有序的叙事整体，其叙事法则和叙事逻辑体现在哪些方面？

4. 如何在民间文艺学学科视野下理解身体叙事？

5. 如何理解叙事学这一概念？并简述空间叙事与图像叙事的关系。

6. 图像叙事的叙事方式有哪些？

第八章 民间文艺资料学

　　资料的搜集与整理是学科研究的基础，钟敬文最早提出民间文艺资料学的概念，指出它在民间文艺学学科领域的重要地位。民间文艺学的研究需要大量扎实而可靠的资料，民间文艺事象具有多样性与鲜活性，多以口耳相传的形式传播，保留在人们的记忆之中，这就要求民间文艺研究者走向"田野"，深入群众，通过广泛而又细致的调查、采访和记录，获取具体的民间文艺文本以及相关的资料。

第一节　民间文艺资料学概述

一、民间文艺资料学的内涵与范围

　　民间文艺学是一门重视资料的学科，长期的资料搜集、整理、保存与应用过程，促进了民间文艺资料学的形成。钟敬文在 20 世纪 90 年代就认识到了民间文艺资料的重要性，提出构建民间文艺资料学的主张。他认为"民俗是一种民众文化事象，对它的研究，不仅仅是理论考察，它的资料本身也是有价值的"①。"民间文学作为一种学术体系和学科体系，它应该包括如下几个方面：民间文学理论、民间文学史、民间文学研究史、民间文学作品选读以及民间文学方法论及资料学。"②一些传统的民间文艺学者常常将民间文艺资料与民间文艺作品的记录文本等量齐观，在钟敬文看来，民间文艺资料学包括资料的来源、资料的采集与整

---

① 钟敬文：《建立中国民俗学派》，哈尔滨：黑龙江教育出版社，1999 年，第 45 页。
② 钟敬文：《谈谈民间文学在大学中文系课程中的位置》，《北京师范大学学报（社会科学版）》1996 年第 6 期。

理、资料的鉴别以及资料的保存等多个方面。

从民间文艺资料的类别来看，除文献资料以外，还包括图画、遗迹、实物等资料。顾颉刚在研究孟姜女故事时，梳理了来自全国各地的典籍文献，对一些文学作品、碑刻、图画等资料给予高度的重视。学者刘福铸也认为：未来除了关注传统的文字、绘画资料，还有工艺、建筑、杂技等许多物质文献资料之外，许多民间口传资料、民间技艺等非物质类文献也值得进一步的挖掘与整理。[①]民间文艺资料还包括直接应用于人们日常生活之中的文字或实物类资料，文字类资料有家谱、宝卷、历书、经书、医书等，实物类资料有农具、乐器、祭祀用品、手工艺品等。

综上所述，民间文艺学领域的资料范围包括一切能为民间文艺学研究提供有效信息的文字与非文字资料，而民间文艺资料学，则是一门对相关民间文艺资料进行系统、科学的搜集、整理、分类、保存、应用与研究的学问。

二、民间文艺资料的属性

民间文艺资料的基本属性包含三个方面，即丰富性、地域性和活态性。就民间文艺资料的丰富性而言，主要体现在三个方面：首先是内容方面的包罗万象。民间文艺资料不仅具有文学价值，对民俗学、人类学、历史学、民族学等其他学科领域的研究也同样具有重要参考价值。其次是形式的多种多样，可分为文本资料、图像资料、影音资料、实物资料四大类，每一大类下又划分为若干小类，可谓种类繁多。最后是资料来源的多层次性，既包括典籍文献、历代方志中所保存的民间文艺资料，也包括流传于田间地头、街头巷陌中的口头民间文艺资料。

俗话说"十里不同风，百里不同俗。"产生于不同地域文化环境中的民间文艺资料无论是内容、形式还是语言等方面都不可避免地被打上地域的烙印，从而展现出鲜明生动的地域特征。诸如神话、传说、故事、歌谣、谚语、民间说唱、民间戏剧等丰富多彩的民间文艺形式，无不是对当地民俗风情、宗教信仰、道德伦理、生活方式等多方面的生动记录，无不反映了某一特定区域内民众的文化记忆与思想情感。

---

① 刘福铸：《妈祖文献资料的搜集整理与展望》，《浙江海洋学院学报（人文科学版）》2015 年第 5 期。

活态性是指民间文艺资料对民间文艺本然特性的逼真描绘，这一特性具体体现在以下几个方面：民间文艺的底本是"活"的，虽有固定的主题，但每次展演都会呈现出新的样态；民间文艺的展演是"活"的，由情境的不同而即兴发挥，每一次展演都是一次新的创造；民间文艺的受众是"活"的，不同的受众共同参与到民间文艺的展演和创造之中；民间文艺的场景是"活"的，场景的不同将会为民间文艺的展演带来不同的影响；民间文艺的传播是"活"的，每到一处，都会与当地的自然地理、历史文化、风土人情相结合，并由此产生新的变异；民间文艺的历史是"活"的，在不同的时代将会呈现出别样的风貌。立足民间文艺资料的这一特性，需要我们改变传统的"文本"观念，从"活态"这一新的思维角度重新审视那些作为出版物的书面文本和作为搜集稿的记录文本，反思传统民间文艺资料学理论的缺陷与不足，走出机械与僵化的思维局限，在新的语境中得到新的发现。

三、民间文艺资料的分类

从理论上讲，一切能为民间文艺学研究提供有效信息的文字和非文字资料，都可称之为民间文艺资料。面对不胜枚举、种类多样的民间文艺资料，如何对其进行划分归类，是摆在我们面前的一个重要问题。

民间文艺资料分类标准众多，从呈现载体角度分类，可分为文字资料、图像资料、影音资料和实物资料四类。文字资料是民间文艺资料的主要形式，以纸张为载体的文本可分为手抄本、刻印本和影印本，古籍文本又可分为孤本、善本、珍本和通行本等多种类型。图像类资料在载体上又可分为纺织品、建筑物、纸张等。影音类资料可分为录音、录像、摄影三大类。实物类资料的载体按照用途可分为生活用品、祭祀用品、表演用品、手工艺品等多种类别。

这里值得关注的是碑刻资料。早在西周时期，就已经出现了金石作为记录信息的载体。在漫长的历史发展演进中，虽然碑刻的内容、形制和种类发生了一系列的变化，但立石为碑、其上镌刻文字作为一种纪念或标识的传统模式却一直传承下来。碑刻纪录的内容极为广泛，几乎涵盖了社会生活的方方面面，且一般记载有较为明确的时间、地点、人物和事件等，为研究者们从不同的学科角度，分时段、分区域、分专题的研究提供了条件。此外，碑刻作为"一次性文献"，其文字一经上石，本就不易改动，因而其真实性较强。

多年田野调查搜集资料的过程中形生的理念和方法是"考之于碑刻，证之于文献，验之于民间"，三种方式相互配合，可以增强民间文艺学资料研究的真实性与科学性。我国传统社会通常会以碑铭的形式记录下重要人物、事件、社会制度等。据此，我们可以依托与社会规约、宗教信仰、仪式活动和社会组织等相关的碑刻资料，通过对碑刻资料的综合分析，考察社会的变迁与发展，重返"历史现场"，追根溯源，理清脉络，深化对民俗文化的认识和对民间文艺学的研究。

从民间文艺资料的功能和性质来看，资料又可分为研究记录型和生活实用型两类。研究记录型的资料包括研究者通过实地考察所记录下的文字、图像、影音、历史文献或是出自其他非专业人士之手的、调查报告等资料。生活实用型资料是在民众日常生活中具有实际使用功能的道具或物品。

上述所举是两种常用的分类方式，我们还可以从资料的来源、主题内容等方面来分类。对民间文艺资料的分类为学者们进一步的学术研究提供了重要的参考资料，同时也为搜集与整理民间文艺资料提供了可借鉴的方法。

第二节　民间文艺资料的搜集整理

一、民间文艺资料搜集史

搜集、整理民间文艺资料这项工作已有漫长的历史，从先秦以来的许多典籍文献中可以得到印证。早在西周时期的《周易》中，就有一些对商代奴隶社会中民间谣谚的记载。《诗经》中的《国风》《小雅》保存了大量的周初至春秋中叶的民歌民谣。此外，先秦时期的历史著作和哲学著作中也都记录和保存有歌谣、谚语和故事等民间文艺资料。汉魏时期，民间歌谣搜集整理工作有了突破性的进展，统治者效仿周天子采诗以观民风的举措，正式在国家设立乐府机构采集民间歌谣。虽然这项举措是为了维系封建统治，满足国家礼乐文化建设以及宫廷内的声色娱乐需要，但确实也起到了搜集和整理民歌的作用。

　　我国古代有许多重要的、记载民间文艺资料较为集中的典籍文献，而那些散见于类书、地方志等著作中的民间文艺资料更是不胜枚举。这些文献中的民间文艺资料有的直接采录于民间，有的间接从其他典籍文献资料中摘录。它们在收录的详略、记载的内容等方面情况虽不尽相同，但不可否认，它们在搜集、整理与保存我国古代民间文艺资料方面都做出了不同程度的贡献。

　　"五四"前后，歌谣学运动蓬勃兴起，民间文艺资料的搜集整理工作有了新进展。1918 年 2 月，刘半农、周作人、沈尹默等人创立歌谣征集处，在全国范围内征集歌谣，于 1920 年成立歌谣研究会。1922 年 12 月，《歌谣》周刊正式创办，最初由刘半农、沈尹默担任编辑，尔后由周作人、常惠接替编辑一职。这个刊物为当时歌谣的大范围收集整理做出了重要的贡献。据统计，出版的 96 期刊物共收集歌谣 13908 首。第 49 期《歌谣》周刊开始扩大收集范围，从最初的收集民间歌谣发展到对民间故事、民间传说、民间习俗等各类别民间文艺的全面采集与研究。这一举措为当时民间文艺的研究工作奠定了坚实的基础，影响深远。《北京大学征集全国近世歌谣简章》和《歌谣》周刊的发刊词集中反映了当时中国学术界知识分子的民间文艺观。"本会搜集歌谣的目的共有两种，一是学术的，一是文艺的。"① 这在我国民间文艺学史上具有跨时代的重要意义，它第一次明确以大范围搜集、整理民间歌谣，以为了学术研究和文艺创作的进一步发展为目的。同时，它还提出了我们在民间文艺搜集整理工作中应有的态度和方法。这些先进、成熟的理论观点在当时的学术界起到了振聋发聩之作用，不仅反映了当时我国民间文艺学者们理论思考的深度以及在学术研究领域所达到的高度，更为后来的民间文艺研究提供了有益的方法论指导。

　　广州中山大学语言历史研究所于 1927 年成立民俗学会，这一学术团体虽然是在北京大学歌谣研究会的影响下成立的，但其阵容和规模却远远超越了前者。民俗学会的多数学者都以搜集整理民间文艺资料并对其进行学术研究为主要任务。研究会创办了《民间文艺》周刊，由钟敬文、董作宾任编辑，出版 12 期之后改为《民俗》周刊，钟敬文、容肇祖、刘万章相继担任该刊物的编辑，这是继

---

① 《〈歌谣〉周刊发刊词》，原载《歌谣》周刊第一号，1922 年 12 月 17 日。《周作人民俗学论集》，上海：上海文艺出版社，1999 年，第 98 页。

《歌谣》周刊之后在国内学术界颇具权威性和影响力的民间文艺类学术刊物。中山大学还曾专门举办过一期"民俗传习班"，这是一项极具开创性的学术活动，为日后民间文艺学领域的学术研究培养了一批后备人才，他们在搜集整理民间文艺资料方面同样做出了突出的贡献。

从五四时期至 1930 年这段时期，可谓是我国现代民间文艺学从筚路蓝缕到硕果累累的重要发展、转型期。在这一历史阶段中，如果说前几年尚处于倡导、发轫阶段，那么后几年可谓是学术研究成果的大丰收时期。各大刊物上发表的相关学术论文不胜枚举，这一阶段，编辑出版的各类民间文学作品选和研究专著更是多达数百种，《神话研究》《中国神话研究 ABC》《孟姜女故事研究集》《祝英台故事集》《歌谣论集》《吴歌集》等是其中的代表作。尽管这一阶段的学术研究成果极为丰硕，但在当时的社会历史条件下，学术研究也存在一定局限，主要体现在以下两个方面：一是开展学术研究活动的范围较为狭窄，学术研究工作局限于知识分子阶层，未能与广大人民群众相结合；二是指导学术研究活动的方法论还不够先进与科学，所采用的基本上仍旧是西方民俗学或人类学的学术方法。虽然马克思主义在中国广泛传播，但大多数学者还未能运用马克思主义的立场、观点与方法来指导民间文艺资料的搜集、整理以及相关的学术研究工作。我们应全面客观地认识当时的学者们所从事的这项具有开拓性的工作，并对他们在建立新文艺、新学术方面所做出的突出贡献给予充分的肯定。

抗日战争时期，活跃于东南沿海一带的采风工作陷入了沉寂。云、贵、川、康一带因自然地理因素而得以暂时免受战火的波及，京、津和沿海大城市的许多高等院校纷纷迁入，学术研究活动随之在这一区域活跃起来，极大地促进了西南少数民族民间文艺资料的搜集整理工作以及对各民族语言、民俗等方面的调查工作。与此同时，解放区各文化团体为广泛动员全民族抗战而积极创作，大量印发抗日歌谣和革命歌谣，这些作品在动员与鼓舞群众、团结与教育群众方面发挥了巨大的作用。

1942 年延安文艺座谈会之后，解放区展开了如火如荼的民间文艺搜集与整理工作。何其芳的《从搜集到写定》一文中指出民间文艺搜集整理工作的指导性方针，"要直接向老百姓去搜集"，"根本的是要有一种尊重老百姓的态度"，"要有一种尊敬老师与耐心向学的精神，对于他们的作品也要尊重"。对于民间文艺资料的搜集整理工作，何其芳也同样有自己的一番见解，他指出"首先要忠实地记录""同一民歌或民间故事就应该多搜集几种，以资比较参照""在写定民歌时，字句不应随便改动增删"。① 上述观点不仅为当时的学者指明了在搜集整理民间文艺资料时应有的态度与方法，对于我们今天的搜集整理工作同样具有重要的指导作用。在这种方法论的指导下，民间文艺资料的收集整理工作成效极为显著，出版了诸如何其芳和张松如合编的《陕北民歌选》、苗培时辑录的《歌谣丛集》、合江鲁艺文工团编纂的《民间故事》等。

新中国的成立为我国民间文艺事业的进一步发展提供了稳定的政治环境并创造了较为优越的学术氛围，一个大繁荣、大发展的搜集整理与学术研究的黄金时代到来。1950 年，中国民间文艺研究会成立。为了大范围的收集整理民间文艺资料，《民间文艺集刊》《民间文学》等杂志相继创刊。20 世纪 50 年代初，一些高等院校相继开设了民间文学课程，这是我国近现代高等文科教育史上的一件大事，也从另一方面反映了人民文艺在新中国所具有的重要地位。

从 1949 至 1966 年，我国民间文艺工作者对各民族的民间文艺作品进行搜集与整理。1958 年，在毛泽东的大力倡导下，全国上下掀起了新的采风运动，第一次全国民间文艺工作者代表大会提出了"全面搜集，重点整理，大力推广，加强研究"的民间文艺工作指导方针，并就采录工作提出了"十六字方针"，即"全面搜集、忠实记录、慎重整理、适当加工"。在国家方针政策的指导下，一场全民性的民间文艺搜集整理工作轰轰烈烈地开展起来，在较短的时间内就收集到了大量的新民歌和传统民歌。对少数民族长篇叙事诗和民间故事的搜集整理成效也十分显著。据统计，在 1949 年至 1966 年这短短的十七年间，单就各省、市、自治区出版社所公开出版发行的各民族民间文艺作品集，就多达两千四百余种。这一工作同时推动了民间文艺学的研究，促使民间文艺正式进入国家主流文化领域。

1958 年的采风运动在取得巨大成就的同时也存在着一定的弊端，当时有人提出"人人写诗""人人唱歌"之类的口号，在诗歌创作中存在单纯追求数量而忽

---

① 何其芳：《关于现实主义》，上海：新文艺出版社，1956 年，第 148 页。

视诗歌质量、弄虚作假等现象，甚至有些地区还要求工农群众停工停产来大搞民间文艺创作等。很显然，当时的人们受时代的局限，错误地将"大跃进""人民公社化运动"中一些"荒唐"的做法运用到了民间文艺学领域，严重影响了当时我国民间文艺事业的健康发展。总的来说，新中国成立之后"十七年"对民间文艺资料的收集整理工作还存在一些不足，例如对于民间文艺资料的收集整理工作，只是提出过一些指导思想和原则要求，但由于学术背景不同，搜集整理的目的和用途不同，对这些方法论的理解存在分歧，这就导致了民间文艺搜集工作步调无法一致，所搜集到的民间文艺资料质量也是良莠不齐，主要体现在以下三个方面：一是缺乏历史主义的态度，因而对许多民间文艺资料精华与糟粕的辨别常常会存在偏差；二是将古为今用的原则一味简单化，常常用现代的政治、道德标准来要求和修改古代的民间文艺作品；三是忽视民间文艺的多功能性，而一味地对其进行"文学化"的重塑，从而使原有作品失去了本来面目和多重价值。

　　1984 年，"民间文学三套集成"的编纂拉开了序幕。这件功在千秋的伟业既保存了民间文化，又为日后的民间文学研究奠定了基础[①]。直至 2009 年，这项声势浩大、意义非凡的文化工程正式竣工。在"民间文学三套集成"采录的过程中，已经有学者开始关注到民间文艺的生活属性。贾芝曾指出："歌谣集成不仅是各族人民歌谣作品的集萃，同时也包含了对与歌谣相关联的民俗的调查研究成果。"[②]段宝林也提倡将口头语言之外的动作、表情、现场互动等诸多采录语境记录下来。但当时的采录者们显然并未普遍认识并运用"立体描写"这一采录方式，而是在采录过程中执着于"一字不落"的记录规范，使得原本"多姿多彩"的民间文艺展演最终成了千篇一律的文字记录。

　　1998 年，文化部民族民间文艺发展中心主持编纂了"中国民族民间文艺集成志书"，收录了大量的民间文艺资料。2008 年，该机构启动了《中国节日志》的编纂工作，组织大量人力、物力和财力完成了"中国节日志（文本）""中国节日影像志""中国节日文化数据库"三项重大成果。2012 年，该机构启动了《中国

①　万建中：《〈中国民间文学三套集成〉学术价值的认定与把握》，《广西民族大学学报（哲学社会科学版）》2010 年第 1 期。

②　贾芝：《谈谈"中国歌谣集成"》，《文艺理论与批评》1993 年第 5 期。

史诗百部工程》，以文本、影像和数据库三种形式完成了"中国史诗影像志（百部）""中国史诗资料集（百部）""中国史诗数据库"三大工程。从民间文艺资料汇编项目中可以看出，其命名形式由"集成"变为"志"，说明民间文艺资料搜集整理工作开始注重从田野作业中获取资料，确保所采集资料的多样性、真实性与学术研究价值。在记录方式上，同样出现了重大的改进，除了依托传统的文字方式记录外，还辅之以录音、摄像等现代技术手段，便于获取、记录与保存民间文艺资料。

民间文艺资料的搜集整理工作是中国民间文艺学领域一项不可或缺的重要内容，其对内可促进民间文艺学的研究与发展，对外可与历史学、人类学、社会学等多学科之间形成对话，因而具有多学科的研究价值。受近现代以来中国不同历史阶段下巨大文化变革的影响，中国民间文艺资料的搜集整理工作更是走过了一条漫长而曲折的道路。从区域局部的搜集整理走向覆盖全国各民族的搜集整理，特别是后期由国家主导、专业知识分子参与的民间文艺资料建设工作，更是把当今民间文艺资料的搜集整理工作推向了专业化、科学化的进程之中，并为今后民间文艺资料建设的进一步发展打下了坚实的基础。进入 21 世纪，非物质文化遗产保护的浪潮为民间文艺资料的搜集与整理提供了新的契机，现代信息技术的广泛应用推动了民间文艺资料采录的多元化以及数字化资料库的建设，这些都为民间文艺资料的搜集、整理与建设带来了新的发展机遇。

二、民间文艺资料搜集整理的原则

"全面搜集、忠实记录、慎重整理、适当加工"是 1958 年第一次全国民间文艺工作者代表大会上就搜集整理民间文艺资料工作所提出的"十六字方针"。在这一方法论的指导下，当时的采录整理工作得以顺利展开并取得了巨大的成果。时代发展至今，这一方针对我们今天的搜集整理工作仍具有重要的借鉴意义。

（一）全面搜集

全面搜集，其范围大到一个民族、地区，小到一篇作品的异文，从时代、地区、内容、体裁等方面都要力求全面地搜集资料，甚至口头流传的伪作也可搜集。这既是方针，也是原则。但是对于每个具体搜集者来说，自然无法做到全面，因此我们要从实际出发，有目的、有选择、有重点的搜集。

第一，搜集各种体裁、各种思想、不同时代、各种形式的民间文艺作品。对于各种体裁、各种时代、各种思想的民间文艺作品都应该进行搜集，不论是散文类体裁，还是韵文类体裁；不论是神话、传说、故事，还是民间说唱、小戏、谚语和歇后语；不仅要搜集内容健康向上的民间文艺作品，也要注重搜集存在消极内容的作品；搜集民间文艺作品不以新旧、古今为标准，不仅要搜集传统的民间文艺作品，还要搜集近代和现代产生的民间文艺作品。

第二，搜集各种民间文艺作品的异文。由于民间文艺作品大多是以口头形式进行流传的，在流传过程中不可避免地会产生各种异文。尤其是民众所喜闻乐见、广为流传的民间文艺作品，往往会产生多种异文。通过对这类异文的搜集整理，可为我们的研究工作提供扎实的材料，进而发现其思想价值、艺术特色、流传情况，从而对民间文艺的创作特点有一个较为深入的了解。

第三，搜集记录民间文艺作品讲唱、表演的情境。民间文艺具有互动性，因而我们对民间文艺作品的搜集不能仅仅停留于文本，还因注重对讲唱、表演情境的忠实记录，这其中不仅包括讲唱民间文艺作品时的声调、语速、韵律、节奏、表演技巧等，也包括展演民间文艺作品过程中表演者和观众的互动行为，甚至是舞台布景、服装道具、音乐舞蹈等。总而言之，凡是与民间文艺作品讲唱、表演时的情境相关的要素，都要予以搜集记录。

第四，搜集与作品相关的材料。在对民间文艺作品进行搜集整理时我们还应注重对相关背景资料的搜集，譬如与作品相关的风土人情、宗教信仰、方言俗语等，又或是讲唱者的姓名、年龄、籍贯、职业、文化程度、家庭情况、个人经历、传承情况等。总之，对背景资料的搜集整理越扎实细致，我们对民间文艺作品的了解和认识也会愈发深刻。

（二）忠实记录

忠实记录是民间文艺资料搜集的必要前提。要做到忠实记录，需要搜集者对自己所搜集的民间文艺作品不加任何主观修改，而是如实的对其进行记录。应注意以下几点：

对民间文艺作品的记录不能有任何改动，尤其是那些已经残缺不全的作品，更不能随意修改增补。由于民间文艺作品的讲唱活动具有偶发性，往往转瞬即逝，记录难度较大，这要求采录者事先要对作品的内容和情节有所了解，记录时才能心中有数、从容不迫。

准确记录方言俗语。民间文艺作品来自民间，因而具有鲜明的地方性和口语性，为保持作品的原汁原味，以便最大限度地展现作品的地域风情，采录者应对民间文艺作品中所包含的方言俗语如实记录。采录者事先要充分了解当地民众的语言，在记录时还要选择适当的方言用字并对其加以注释。

完整记录演唱过程。采录者在记录民间文艺作品时要尽量做到与讲述或演唱同步，这一点颇具难度，因为在很多情况下，许多民间文艺作品的讲唱活动是即兴的，因而采录者只能依据记忆对作品内容进行补记，但以这种方式记录下来的作品往往经不起推敲，例如采录者很难不添加自己的个人色彩，又或是难以无一遗漏地回忆起表演者讲唱时所使用的语气词、感叹词等。据此，我们鼓励采录者对这类民间文艺作品进行二次乃至多次记录。

（三）慎重整理

整理者要以科学的精神，采取严肃认真的态度，对采集到的民间文艺资料进行慎重整理，将民间文艺作品从口头表达语言转换成书面文字。整理稿要忠实于作品的原貌，做到不改变原作品的体裁、形式、主题、情节、人物和语言风格。[1]

要仔细、认真地分辨民间文艺作品的各种文体和样式，充分还原其艺术风格，不可按照个人喜好随意改动，或凭借主观意图和想象进行修改。在民间故事里，因为对照原则，作者常常塑造性格、品德截然相反或相对的人物形象，整理者不应凭借主观意图将这些人物形象合并在一起，应该忠实记录这些人物（以及其他故事形象）的名字、性格、身份、行为活动、人物彼此之间的关系以及人物的命运等。

在整理民间文艺作品时，要对语言进行适当加工润色。比如在整理故事时，我们要把讲述故事的口头语言，变成书面文学语言。在整理时有的方言土语带有

① 中国民间文学集成总编委会办公室编：《中国民间文学集成工作手册》，内部资料，1987年，第3页。

一定的特殊意味，可以保留并给予注解。而有的方言土语过于生疏，又毫无特殊表现力，就可以改成意思相当的书面语言。对于语句残缺不全、表达意思含糊不清以及用词不当的地方要进一步加工锤炼，使语言规范化。在整理时要去掉记录稿中不必要的重复语言，改正知识性和逻辑性的错误，理清情节发展的脉络，以增添原始记录的光彩。除此之外，整理者也要了解相关民族的语言、历史、地理、风俗、习惯、宗教、信仰等知识，使整理的内容最终体现出原汁原味的风土民情。总之，整理故事的语言既要达到书面文字语言的基本要求，又要保持口头语言朴素生动的特点。

三、民间文艺资料搜集整理的方法

民间文艺资料的搜集与整理不仅是一项重要的调查研究活动，更是民间文艺学领域内开展各项学术研究工作的前提与基础。搜集整理工作的直接目的，首先是为了保存这些珍贵的民间文艺资料。然而，保存的最终目的是为了应用，不能仅仅是为了保存而保存。掌握充分而可靠的民间文艺第一手资料对于这些优秀民间文艺作品的传承与传播、对于民风民俗的了解、对于相关学术研究的开展与深入、对于民间文艺作品创作的繁荣等方面，将会发挥重要的作用。

民间文艺的搜集整理作为一项严谨科学的工作，不能仅仅依靠工作热情，还应当有明确的目标与规划，相关人员要有扎实的知识储备以及必要的技术保障。对民间文艺资料的搜集整理通常是一种多元的、多档次的，并且处于多种要求之下的实践工作。所谓的多元性实践，是指不同地区、不同民族、不同搜集工作者的实践具有多元性的特点。所谓的多档次性，是指在搜集整理工作中，专业工作者和群众的搜集实践并存。在群众的搜集整理实践中，有专业文化素养较高者的实践与专业文化素养较低者的实践。所谓的多种要求，主要可分为诸如出版群众读物一类的普通要求和出版科研学术成果一类的高层次要求。对于民间文艺工作者而言，对民间文艺资料的搜集整理属于严谨规范的高层次科学实践，应以高标准来要求工作，才能确保实践成果的质量。

民间文艺资料的搜集方式主要有两种，即个体的定居式搜集与组织采录队搜集。个体的定居式搜集是指搜集者个人长期居住于调查地进行全方位细致深入的资料采录，这种搜集方式因与群众的密切联系而成效显著。例如长期定居于山东沂蒙山地区的民间故事搜集家董均伦和江源，他们收集资料的过程就像是拿盆等雨，只不过凳子是他们的"盆"，端一把坐在村落中的民众身旁，等待古老的民间故事如雨一般落下。这需要一定的幸运，空手而归也是常态，但往往好故事一出口，就如一场春雨润泽大地。由于他们长期扎根于民间，不仅改变了自己的生活习惯与文化思维，在表达方式和艺术趣味方面也与广大民众趋势一致。

组织采录队搜集是开展科学调查的主要形式，通常由五至八人的团体构成，具有明确的搜集目的与计划，能够按照预定的搜集计划在预设的时间内完成相应的搜集任务，达到预期的效果。这种调查方式往往可以在较短的时间内突击性地连续完成较多的搜集任务，但要想达到这种效果，需要有合理的人员配备、灵活的组织形式、充分的准备工作以及切实可行的调查计划。每到一地，要尽可能与当地的相关部门取得联系，认真听取他们的介绍和建议，取得他们的支持与帮助，在调查过程中还需要完成工作日志、卡片登记、调查总结等必要工作。

关于调查采集民间文艺资料的步骤，可分为初步调查与正式采录两种。初步调查又可称为"试调查"，是正式采录的前奏，调查人员在初步调查阶段需要做到：

（1）熟悉调查课题和调查区域的相关文献资料，这一点对于进一步制定访谈提纲和访谈计划大有助益；

（2）要对调查课题和调查区域之前的采风情况以及相关的档案资料有所了解与研究，这将有助于我们对这一区域的民间文艺流传与发展情况以及下一步搜集采录工作准确把握；

（3）要对调查地诸如生产特点、人口结构、教育水平、民俗方言等基本情况做到心中有数，这样在接下来的正式采集工作中就会更加得心应手。

正式采录是搜集工作的主要环节，主要依靠的作业方式是实地采访，即调查者向访谈对象提出问题并记录其回答。调查者的访谈又可分为自由访谈和指导性访谈两种。自由访谈意味着调查者与访谈对象之间处于自然的谈话状态，无须拘束，自由对话，畅所欲言。采用这样的访谈方式所得到的材料更为真实可靠，往往还会有许多的意外收获，即了解到一些调查主题以外的信息，为进一步的研究发展新的线索和思路。指导性访谈指的是调查者需按照事先准备好的采访提纲引导访谈对象提供信息，这一访谈方式对达到预期的调查目的十分有效。

从采录形式上，采录工作可分为全面采集与分类采集。全面采集是指搜集者在采集工作中对作品的内容、形式等要素不加区分，全部搜集，这种采录方式将有助于对那些尚未涉足或是涉足较少的区域展开资料发掘与学术研究。分类采集又称为专题采集，即重点针对某一类型的资料进行采录，显然，这种采录形式是在针对某一项具体课题进行研究时所必备的。

从采录的程度上，将采录工作分为一般采录与深度采录。一般采录并不要求采录者进行深度挖掘，只进行普通程度的采录即可；深度采录则不同，需要采录者有"穷追不舍""刨根问底"的精神，不仅要针对某一主题进行深入的挖掘与整理，也要对采集到的相关资料进行一定的调查与研究。

在对民间文艺资料的采录过程中，还有学者提出"综合性社会考察法"，这是一种为整体性研究服务的资料采集方法，它要求采集者的视野要尽可能开阔、全面，不能仅仅局限于采录专题本身，而要放眼更广阔的社会历史，凡与调查主题相关的一切资料，都要尽可能采录，因而通过这种采录方式所得到的资料不再是单纯的某一类型的采录资料，而是多侧面、多角度、多层次的研究资料，这意味着采录工作与研究工作结合在了一起，并带有更多学术研究的成分。

在对民间文艺资料搜集与整理的基础上，我们还需对所得资料进行一定的检验。民间文艺口耳相传，因为记忆保存的特殊性，再加上搜集整理翻译这些资料过程中的复杂性，使得这些采录资料在行之于文字的过程中常常会产生许多变异。对于我们的相关学术研究活动而言，所依托的资料信度越强，所得出的研究成果也就越具有可靠性。对资料可信度的检验就成为我们使用与研究这些资料之前的重要步骤。

四、民间文艺资料的应用与建设

21世纪现代信息技术突飞猛进，建设民间文艺资料数据库成为学者们共同的心愿。中国社会科学院民族文学研究所作为我国第一个从事口头传统研究的专门机构，2002年在原有的图书资料室基础上成立了"数字网络工作室"，为推进中国少数民族文艺资料学的建设和信息化发展奠定了基础。2006年，民族文学研究所建成了一个实体档案库，收集了我国各民族传统的文本、图片、录音和影像等形式的资料。2009 年，中国少数民族文学媒体资源管理系统初步建成，我国少数民族民间文艺资料数字化的建设迈向了新的高度。2010 年 5 月，该所整合了多年来民族文学资料建设的各方面资源，正式成立了"中国少数民族文学资料中心"，将推进中国少数民族口传文学数据资料库建设作为重点工作。

　　民间文艺资料数据库是利用现代信息技术整合文字、图像、影像等多种类别民间文艺资料的信息检索系统，为研究者们的信息检索、资料获取与学术研究提供了较大的便利。需要注意的是，民间文艺资料的数据化是一项跨学科合作的工程，一方面需要专业学者提供资料，另一方面又需要技术人才对这些学术资料予以数字化转换，因而需要相关专业领域加强合作，在实践中探索与总结经验，需要不断提高科学技术手段，从而增强处理民间文艺资料的水平与能力。总之，民间文艺资料数据化共享平台的建设意义重大，任重道远，只有从技术、制度、学术等多方面不断探索，才能构建起一个科学、合理、有序的民间文艺资料网络共享平台。

第三节　民间文艺的田野作业

　　民间文艺的"田野作业"亦称"田野调查"，指调查者通过实地调查的方式，对存在于民众日常生活中的各种民间文艺事象进行搜集和审视，并在此基础上尝试对其历史面貌、发展流变、内涵与功能等进行理解与阐释。田野作业既是一种实地考察与搜集资料的方法，更是一种复杂而又深刻的文化活动。田野作业不仅是获取第一手研究资料的过程，也是调查者感受他者文化的过程，还是与被调查者进行交流互动的过程。田野作业方法将成为与传统的文献梳理法相对应的研究方法，在当代民间文艺研究中具有不可替代的作用。

一、民间文艺田野作业的理念与原则

　　"田野"指研究者进入到的研究对象所生存的环境，"田野"是一个学术概念，泛指展开调查的场所，而并非是指田间地头。民间文艺的"田野"主要取决

于所研究的民间文艺事象，哪里有民间文艺事象的存在，哪有就有可供调查的"田野"。

民间文艺学兼具人文学科与社会学科双重属性，就其人文学科的属性特征而言，需要在知识层面对民间文艺给予充分的人文关怀；而作为一门以实地调查为基础的社会科学，就需要研究者们深入到民间文艺赖以生存的栖息地——民众社会，去"采集"民间文艺的瑰宝。田野工作揭示了将"民俗作为一种过程"①的本质，而不仅仅是作为一种现象和结果。民间文艺学应该走出书斋，走向它赖以生存的生活世界中去。民间文艺田野的现场，有四个基本的对象：讲述者、听众、研究者和民间文艺文本。民间文艺学所特有的地域性、民族性、时代性等特征使得民间文艺工作者只有深入到研究对象真实的社会生活环境之中，去观察、去询问、去感受、去思考，才能切身理解民间文艺在当今社会中的生存状态与意义，因而每一次的田野作业都是独一无二、不可复制的体验。

中国民间文艺学的田野作业发轫于 1918 年北京大学的歌谣征集活动，这也是现代民间文艺学和民俗学开创的标志。我国早期的民间文艺学家曾以搜集民间歌谣为起点，深入到广大民众之中展开实地调查。在 1925 年 4 月 30 日至 5 月 2 日，顾颉刚、孙伏园、容庚、容肇祖、庄严一行五人对妙峰山庙会展开了相关的民俗调查，这被学术界视为中国现代民俗学史上首次有计划、有组织，且较为规范的田野作业。这次田野调查把民俗的田野作业由过去的"采风"提升为一种科学而又规范的研究方法，成为现代民俗学田野调查史上一个具有标志性的重要事件。

在少数民族社会语境中，民俗事象构成了各民族文化的基础和主体。它既可彰显各民族文化的丰富性与特殊性，又为处于不同历史文化背景下的民众提供了相互沟通和理解的桥梁，其传承、发展与演变的特性也在一定程度上折射出产生这一民俗文化的土壤——社会历史文化语境的变迁。因文献资料的有限性与局限性，我们对少数民族民俗文化的认识与理解就更加依赖于民间文艺工作者们走进田野、深入到民众的日常生活之中所展开的实地调查与研究。

---

① 张建军：《民俗学田野作业的理论与实践》，《沈阳大学学报（社会科学版）》2016 年第 4 期。

我们认为民间文艺田野作业需要遵守以下基本原则：

1. 文化整体观原则

文化是一个整体，具体文化事象并不是孤立存在的，只有构成文化整体视域下的各组成部分之间相互关联、相互映衬，文化才能生成一定的意义和价值。因而对不同类型文化事象进行区别并不意味着它们实质意义上相互独立，而仅仅是为满足学术研究分类的需要。各类民俗文化事象之间往往是交叉融合的，这启示我们在进行田野作业与民间文艺研究时，要秉持文化整体观的原则，即使我们要调查研究的对象是某一类型的民俗文化事象，也绝不能片面、孤立地去看待它，而要注重分析它与其他各类民俗文化事象之间的相互关系，将其视为一个民俗文化整体的一部分来看待和把握。只孤立地专注于某一具体的民俗文化事象，不利于我们把握该民俗文化事象在整个文化体系中的相对位置，使我们陷入"只见树木不见森林"的认识误区，导致对这一民俗文化事象理解与阐释的偏差。

2. 田野伦理原则

民间文艺的田野作业必然需要与来自各方的人发生联系与互动，开展田野调查时要尊重各方相关权益，遵守相关的伦理道德原则，这主要包括以下三个方面：首先，要尊重和保护访谈对象的隐私权、肖像权等一系列个人权益。如需要公开对其访谈的内容，则一定要征得访谈对象的同意。其次，调查者事先应对本次田野调查成果所可能引起的影响做出一定的评估，并采取相应的保障措施以尽可能的"趋利避害"。对访谈对象而言，要保障其不因协助完成调查而影响正常的工作生活和社会关系。对调查区域而言，我们要努力维护其现有的生态环境和发展模式，不能因为田野调查活动而使其遭到过多的外界干扰，影响到区域正常的运转模式。最后，还需注意对调查地文化生态的保护，充分尊重当地的风俗文化习惯，尽可能与调查区域和调查对象建立良好的合作关系。

二、民间文艺田野作业方法举要

（一）田野作业操作过程

1. 田野作业前的准备

在开展田野作业之前，需要做好以下准备工作：第一，通过大量检索和查阅文献资料，了解调查对象的基本情况以及前人的研究成果，在此基础上最终确定本次田野作业的研究主题和中心内容；第二，根据所掌握的资料和线索，选择适宜的调查地点，一般而言，以选择民俗事象分布较为集中或是前期调查资料较为丰厚扎实的地区开展田野调查为最佳；第三，要结合调查地的自然与人文情况以及所要研究的主题，初步拟定详细的调查提纲。这些前期的准备虽然看似烦琐，但却对田野调查工作至关重要。倘若对调查地的一些基本情况缺乏了解，当真正步入田野开展调查研究时，就很容易被错误信息"迷惑"，无法从中敏锐地辨别出为人忽视或是关注度不够的研究点，或是这一类民俗文化事象与其同类相比的独特之处，这不仅会影响田野调查的时间与精力分配，还会降低田野调查的效率与质量。

（1）资料文献和调查设计的准备

阅读民俗学、民间文艺学、社会学、人类学等相关理论书籍，进行相关学术文献检索，拟定调查研究计划。

熟读地方文献资料，尽可能在进入田野调查前阅读诸如地方史志县志、村志、地方文史资料等各种资料。除此之外也要阅读相关研究论文，将研究重点摘录出来。在阅读上述文献后，应及时总结相关研究计划和建议。

研究问题设计，具体包括普泛问题（指对调查对象基本情况的了解）、专题问题（指具体针对研究内容而设计的问题），提问方式包括随机提问、预设提问等。

撰写研究计划，包括预设阶段性调查目标、确定田野调查需解决的主要问题等。应该准备多个问题，确立多个研究对象和调查任务，以便在原计划的调查无法进行时，整个田野工作不致完全中断。要注意调查任务要分清主次、轻重。

（2）调查物质的准备

经费系列，包括筹款来源、现金储备、备用银行信用卡等。

票证系列，包括红头文件（在进行中外联合田野调查或到未开放地区调查时，对方需要根据文件精神安排接待）、盖章的介绍信（用于与地方政府部门、村委会等联系）、身份证或护照、工作证、研究生证等，社会学将此称为"有身份进入"。

资料系列，进入田野前的资料准备，一般有地方志资料、直接对象资料、相关研究资料、研究理论资料等。可参考《民间文学三套集成》和《非物质文化遗产普查手册》。还可以准备歌手、故事家、曲艺艺人、戏曲演员等传承人用以演述的底本。

技术设备系列，包括笔记本电脑、扬声器、打印机、录音机、照相机、摄影机、录音带、电池、标签纸、编号册等。这些田野作业的必备器材，在民间文艺调田野查中也同样适用。需要注意的是，民间文艺田野调查的重点是对民间文艺口头演述过程的记录，这里涉及声音、表情、动作、演述阶段、观众互动等元素，所以摄影机应该是所有器材里最主要的装备。照相机负责全景的记录或者对局部的瞬间捕捉。

书写工具系列，包括笔和纸、替芯、削笔刀、橡皮、胶条和别针等。笔和笔记本是记录民间文艺资料最基本的工具。

食宿用品系列，包括手表、手电、行李箱、衣服、简易被套、洗漱用品、防雨防潮用品、卫生用品、少量食品、水果、饮品（茶叶、咖啡）、小药品、胶带等。

礼品系列，包括给调查对象的小礼品，如烟、纪念品等。

通信联络系列，包括调查者的通信录、手机、电话卡等。

（3）安排调查路线和时间

调查人数以二到三人为佳，注意性别平衡，应分工明确、互相帮助。具体分工包括记录、摄像、访谈等。

行程安排、时间分配、调查地点的路线、车次等。

服从团队纪律，保证人身安全，外出活动应3人以上一起。

（4）心理准备

有时，田野实践与预期研究设计不符，田野工作进入盲区。这时候需要田野工作者及时调整心理。

田野工作者缺乏训练，进入当地后可能会表现出对当地文化生活的不适应。准备不充分，就会使研究思路紊乱，导致田野工作效果不佳。

长时间的田野工作会使人身心疲惫，要及时调整情绪。一般讲，阶段调查以十天左右为最佳，时间再长，田野工作者的研究兴趣和状态都会受到影响。

实地调查有可能会遭遇生理上的不适应，比如图调查对象的不配合、提纲设计出现较大漏洞等所影响。田野工作者要提前做好心理准备，保持乐观心态，不能遇到挫折就灰心丧气。

2. 田野调查的基本内容

针对所需调查的民俗事象，要秉承"事象相关"的理念，在田野作业中应当把握好宝贵的实地考察机会，尽可能地开展多方面的调查与研究，主要包括以下几个方面：

（1）该民俗事象是什么样的。即对民俗事象本身"是什么"进行细致描摹，从活动开始至活动结束要做什么？什么是最主要的？

（2）在什么时候做。该民俗与当地的物候、节令有怎样的时间对应关系？

（3）在什么地方做。该民俗事象所对应的自然生态环境如何？场地和场合的选择有何讲究？由什么人来选择决定？

（4）怎样组织实施。该民俗的实践惯常是由什么人来主持或策划组织？由什么人来具体实施？如何分工？分工的效果如何？

（5）源起或功用是什么。该民俗事象的起源、流变是怎样的？主要目的是什么？会有什么积极的或消极的效果？面对积极或消极的后果，该如何应对？

（6）传承及使用情况如何。该民俗事象的流传范围是怎样的？主要由哪些人传承？通过怎样的方式传承？效果如何？其中的利弊关系是怎样的？其传承有什么样的经验启发或困境？

（7）相关的禁忌是什么。针对特定的民俗活动，什么身份的人不能参与？在整个过程中不能做什么、不能说什么？在什么地方或时间不能做？为什么？

（8）调查者的参与程度如何。即该民俗对异文化持有者的开放程度如何？哪些环节可以让调查者参与或观看？哪些不可以？为什么？调查者是主动参与还是受邀参与？被调查对象社区的反应如何？

（9）与该区域社会整体历史文化语境的关系。该民俗事象在该民族整体文化中处于什么位置？与邻近同一民族或不同民族地区的同类民俗事象相比，有何特点？本族人关于这样的对比判断的评价是怎样的？[①]

上述所列举的只是在田野作业中一个较为基础、具有普适性的调查纲要，而在具体的田野调查研究中，还需要做到具体问题具体分析，即根据调查对象的具体情况，结合田野作业的主题，制订出更为详细、更贴近于研究主旨的调查提纲，并根据实际田野作业的开展情况做出及时的调整与完善，提高田野作业的效率与质量，不断拓展田野调查的深度与广度，并为后续的相关研究活动提供丰富、扎实又有价值的参考资料。

3. 田野调查资料的整理与调查报告的撰写

通过田野调查可以获取多种形式的田野资料，例如观察记录、访谈记录、拍摄记录等。这些资料弥足珍贵，需要对其进行妥善的整理。观察记录包括对人物与事件的记录，还包括对实物的测绘记录，这需要在文字记录的基础上辅之测量数据和简图。访谈记录包括笔录和录音。由于笔录往往存在记录较为仓促的情况，要及时根据现场记录的关键词和较为简略的语句对其进行补充和还原；录音记录的整理需要标明时间、地点、访谈内容、访谈对象等基本情况。在田野调查过程中收集到的影像资料，也要记录下拍摄的时间、地点以及影像资料中所涉及对象的相关情况。

在对田野调查资料进行整理的过程中，要秉持忠于原貌、仔细核对的整理原则，为下一步田野作业调查研究报告的撰写提供可靠的材料基础。在对多种形式的田野调查资料进行整理汇总之后，还需结合之前所拟定的研究计划去衡量所搜集到的田野调查资料是否充分，并据此做出补充调查的备忘录。确定调查环节已基本完成之后，就可以开始着手撰写田野调查报告。在这一过程中，需要忠实于第一手资料，不能根据先前拟定好的调查研究计划和预设结论来筛选田野调查资料。在撰写田野调查报告时，不能人为地挑选那些认为符合预设结论的资料或是故意隐瞒一些与预设结论不尽一致甚至自相矛盾的调查事实。还原与呈现特定区域的真实面貌，才是我们进行田野作业的根本目的。

---

① 毛艳、洪颖、黄静华：《西南少数民族民俗概论》，昆明：云南大学出版社，2012年，第196页。

（二）民间文艺田野作业方法

1.参与观察法

西方现代人类学之父弗朗兹·博厄斯最早提出"参与观察法"这一田野作业要求。所谓的参与观察法，不同于以一个旁观者的身份不动神色地"静观其变"并记录下自己的所见所闻，而是要求研究者在田野作业中融入当地社会，通过长期与特定的民俗文化承载主体共同生活，以获取第一手的田野调查资料，以当事人的视角来观察和理解民俗文化事象的内涵。

大多数的民俗文化事象是散落于民众的日常生活之中的，对当地的民众而言，这早已成为人们习以为常的一种生活方式。对这类民俗事象的调查，仅凭借对访谈对象的询问，会使他们无从开口。调查者们应尽可能多参与调查地区的日常生活，努力尝试去学习当地的语言和民歌等，调查者的这种态度和举动所展现和传达出来的是一种与调查对象平等交往的态度，而不是一个高高在上的研究者的形象，这样将会极大的增强调查者与调查对象之间的交流与互动，使田野调查活动的开展更为顺利。只有调查者对调查对象的文化系统有了全局性的把握和了解之后，才能更好地理解与阐释这一民俗文化事象的深刻内涵。

"学习人类学，最主要的不是要背诵什么方法论的准则，而是要逐步形成一种洞察能力，使自己能够在遥远的地方敏感观察各种文化中生活方式及其暗含意义的重要性。"[1]民间文艺学的田野作业也是如此，我们只有深入到民间文艺的演述情境中才能感受到其独特的艺术魅力，进而更好地理解这种文化事象对当地民众的重要意义。

2.访谈法

在调查者参与观察一些外显的民俗文化事象时，还需要通过访谈来深入了解当地民众对这一民俗文化的观念与看法。在这一访谈过程中，调查者自身通过之前的观察体验所形成的一些初步理解正好可以与访谈对象的阐释形成对照，并对潜在的"主位"视角和"客位"视角进行一定的调整。

访谈主要以通过向访谈对象提问或与之就某些问题展开交流与讨论的方式进

---

[1]　王铭铭:《人类学是什么》，北京：北京大学出版社，2002年，第61页。

行。根据访谈对象在回答问题时能够自由阐述的开放程度，可将访谈分为以下三种，即结构性访谈、半结构性访谈和无结构性访谈。结构性访谈是指调查者根据所要研究的课题，事先设计好具体的问题，从而系统地就这些问题与访谈对象进行交流和对话；半结构性访谈是指调查者在访谈过程中，不仅要求访谈对象回答事先设计好的问题，同时也允许并鼓励访谈对象自由阐述一些与之相关的问题，这种方式有助于调查者在获取到具体问题答复的同时还可以了解到访谈对象对于这一问题的态度与看法；无结构性访谈是指调查者设计一个开放性的话题，从而启发访谈对象对这一问题进行自由阐述，这种方法将有助于对调查区域社会历史文化的整体了解。当然，在具体的访谈过程中，还需结合访谈对象的合作意愿、现场反应等情况，灵活运用上述方法开展调查，以期达到最佳的访谈效果。

在访谈过程中，应尽量避免对访谈内容进行当场记录，这样不仅可以减轻访谈对象的紧张感，同时还将有助于获取到更多更为真实的信息。成功的访谈不应当是调查者直截了当地将问题"抛"给访谈对象让其回答，而应当是通过看似无关紧要的闲聊敏锐地从中捕捉有用的信息，并通过对多方信息的串联，最终获得一个较为全面的答案。在访谈过程中如若遇到语言障碍需要当地人翻译的情况，一定要使翻译先理解你的访谈原则，从而防止他在翻译的过程中出现简化问题甚至代答问题的情况。毕竟翻译也是处于这一文化系统的当地人，对于调查者所提问题往往也能做出一定的回答。我们可以把翻译作为一个单独的访谈对象对其进行调查访谈，但当他作为翻译这一身份时，务必要尽可能避免他在翻译过程中的个人介入情况。

3. 发现故事与处理故事

民俗的意义存在于对民俗的叙述过程，而并非是民俗事实本身。对于民间文艺研究者而言，民俗事象只有得到叙述与阐释才有其存在的价值与意义。一个民间文艺研究者对于他通过田野调查所获取的材料的建构或是解释，需要置于读者对这一民俗故事的可理解的模式下。正如人类学家利科尔所说："故事是'自我解释的'，当叙述过程被阻塞，为了进一步'跟随下去'，我们就插入解释。这些解释可以被接受的程度是：它们可以嫁接到讲故事的原形上去。"① 也就是说当我们在评价一份民间文艺田野调查记录是否客观公正时，其实不在于记录本身，而在于记录方式，也就是指田野调查者对这一民俗事象的叙述和阐释。

田野作业的关键环节在于发现故事并对其进行故事化的处理，这种处理方式指的是具有解释意义的叙述。故事为田野作业中的当事人之间、当事人和叙述者之间提供了对话与交流的空间，而田野调查者能够对这些田野故事展开叙述，也在一定程度上说明了调查者对相应的民俗文化事象有了某种深刻而独到的认识与体会，因为这种叙述本身也意味着阐释。

目前学术界的田野民俗志之所以给人以千篇一律、老生常谈之感，其主要原因不在于描述不够客观细致，而是其中没有田野故事，没有引人入胜的悬念。对田野作业的描绘不能仅局限于这一程序中的方法、过程与结果，而应对这一民间文艺的演述过程进行"情节性操作"，这样才能使其细致生动、引人入胜。

三、"走在民间"——关于田野作业的思考

近百年的中国民间文艺学、民俗学学科经历了在国家学科体制中分类和地位的不断变化。20 世纪 80 年代后期，民间文艺研究开始向田野作业倾斜。由于民间文艺田野作业从对象到方法皆与人类学、民族学等学科重合，这在无形之中消解了民间文艺学田野作业的特性。对"田野"的思考与审视，反映了民间文艺学学术研究的取向，这要求研究者反思传统研究模式，并力图寻求新时代环境中新的发展路径。

1. 注重活态与生成

结合新时期的研究实践与学术倾向，民俗学已经深度社会科学化，该转变要求民俗学研究向社会科学的研究范式进行转换。民间文艺学的研究对象是活生生的人的生活世界，学者的应从对民众生活世界的持续关注与探究中产生知识和思想，面向当下社会建立自己的学术基础。民俗文化与众多因素都形成了相互涵纳与嵌套的关系。民俗，是兼具时间性与空间性的人类生活文化概念。在"田野转

---

① ［法］保罗·利科尔：《解释学与人文科学》，陶远华等译，石家庄：河北人民出版社，1987 年，第 286 页。

向"的态势下，民俗学研究学者关注活态与生成的层面，以人的活动为基点，充分参考、借鉴、吸纳相关学科的理念、思路、视角与方法，采用整体化的研究模式。

日本学者岛村恭则将"生世界"这一社会学概念引进了民俗学领域。在研究上，这一概念意味着民俗学在对象的设定上是非常自由的。作为民俗学对象的"民俗"，是"在'生世界'中产生并活态存在的经验、知识、表达"。不是在"生世界"产生并活态存在的东西，则不能被当作"民俗"来对待。① 赵世瑜在《民俗学的人文学学科特征》中认为："民俗学是一门研究文化传承的学问，它既不像历史学只关心过去，也不像人类学主要关注当今，它考虑的是现在的生活文化是如何从过去被传承到当今的，因此其关键在于这个动态的过程。"② 因此，民俗学要关注民俗活动所处的政治氛围、社会细节，要从人的社会属性、文化认同等社会学的眼光切入，以整个社会的意识形态和价值观念来进行整体研究，用稳态的社会知识视角来观察社会。研究者不仅要用鲜活的眼光来审视，更要关注作为活动主体的人，以及人与自然、人与社会之间的关系。而田野调查的意义，并不仅仅在于收集民众的活动材料，更要研究"活"的个案，在活态与生成中考察某种传统如何被具体地应用与传承。

2. "田野"与"文本"

进入 21 世纪之后，不少学者对民间文学的田野作业原则提出质疑，反思民间文学研究重心从文本到田野转移的现象。陈建宪、施爱东、高丙中等学者认为学界过于重视田野作业，轻视文本研究，将民间文学在生活中的展演视为本体，忽视民间文学本身，这种研究方法存在一定的偏差。施爱东在《告别田野》中强调田野是一种研究的手段，而不是研究的目的。他认为民俗学的学术进程相对缓慢的原因，恰恰是学者没有认清田野作业的从属性位置，没能与时俱进地认清我们目前的条件和不足。③ 陈建宪在《走向田野回归文本——中国神话学理论建设

---

① 毕雪飞、岛村恭则：《"生世界"：日本民俗学发展的新动向——日本民俗学者岛村恭则教授访谈录》，《民俗研究》2018 年第 4 期。

② 赵世瑜：《民俗学的人文学学科特征》，《民俗研究》2011 年第 4 期。

③ 施爱东：《告别田野》，《民俗研究》2003 年第 1 期。

反思之一》中，以神话学作为讨论平台，从学理的角度辨析"田野"与"文本"的关系，并借以明确民间文学的传承主体。陈建宪认为"神话文本较之于传承语境在本体论层面有着重要的价值，因为它是传承活动的对象与内核，有如接力赛中传递的接力棒"①。民间文学界不少学者也都提出了类似的观点。当然，一些学者试图从另一个层面调和田野与文本的关系，认为在研究中应该具体问题具体分析，不能一味否定田野作业的作用。持这种观点的有巴莫曲布嫫，她认为不应反对学者的策略选择，文本研究也好，田野研究也罢，个人的学术路线与学科的发展，皆离不开二者，实现田野与文本的互动则更好。②

在"田野"与"文本"的学术论争过程中，人们由此产生了更为多元且深刻的认识。田野作业是一种必要和合理的研究手段。但是民间文学研究不能一味只重视田野调查，完全不考虑文本。过于偏重田野的研究视角会造成一种"喧宾夺主"的本质性错误。因此，民间文学的研究一定要把握好文本与田野的主从关系，不应把民间文本的田野简单地等同于人类学、民俗学的田野意义，应该把田野当成是一种文本的生成空间和阐释性语境。民间文学的田野作业是一种服务于民间文学作品的科学记录、合理阐释的手段，而不是民间文学研究的"本体"。

3. 从"文"到"人"

20 世纪初，一些学者提出了"走向民间"的口号。《到民间去》（Going to the People）便是 20 世纪末对 20 世纪初"走向民间"运动的一种再现。③著名的格林兄弟从民间搜集语言与童话故事，展现了德意志民族的传统民俗，宣扬民族主义使德国成长为一个统一的现代国家，他们在一定程度上成为民俗学家的杰出榜样。民俗学在学者眼中就是通过田野调查挽救濒临消失的文化传统的一门科学，而"走在民间"的概念是对"走向民间"的概念在意识上的根本转换。④

---

① 陈建宪：《走向田野回归文本——中国神话学理论建设反思之一》，《民俗研究》2003 年第 4 期。

② 巴莫曲布嫫：《叙事语境与演述场域——以诺苏彝族的口头论辩和史诗传统为例》，《文学评论》2004 年第 1 期。

③ [美] 洪长泰：《到民间去：中国知识分子与民间文学，1918—1937》，董晓萍译，北京：中国人民大学出版社，2015 年。

④ 张举文：《从走向民间的田野到走在民间的实地：意识形态范式的转换》，《民俗研究》2020 年第 2 期。

张举文认为，"走在民间"表述的是民俗学者与民众的"平等"——不是知识和社会地位的平等，而是对"人""社会""知识"等概念的平等态度。只有将自己视为与对方平等的人时，才可能正确认知对方，同时也认知自己，才能把学问与民众的生活本质结合起来。①

> 以"眼光向下"或"走进民间"的态度去看待民众的传统实践，这本身是以固化的对立视角来看待传统及其实践者，并错误地认为："启蒙者"不是"民众"，民众没有理性去发现其传统实践中的"文明"。而事实上，启蒙者之所以能从民众中"发掘"出文明，正是因为民众以此来维系其群体的传统，其实践使得人类文明传统得到传承。倘若民众没有能力提炼自己的传统实践之精华，也就不存在启蒙者能发掘的文明了。同时，"启蒙者"也正是受到民众的传统实践的滋润而成长起来的，而不是可以脱离其特定的社会和传统实践凭空出现的。②

"走在民间"使我们开始对伦理观念、政治、经济利益、地方话语、学者话语等田野方法之外的问题进行反思。2011 年，在争论"民俗学是人文学科还是社会学科"这一话题时，刘铁梁提出"民俗作为交往的语言和手段最丰富和最充分地凝结了当地人心心相通的生活感受，所以才成为我们研究当地社会生活的核心对象"，提倡民俗学者要"经由模式化的民俗来感受生活"③。这一主张凸显出民俗学的人文色彩，倡导对"当地人生活感受"的关心。在田野与写作中研究者要达到与当地人的"共情"，这取决于投入其中的温度与感受。刘铁梁指出："在实地调查和资料叙述的经验中……过多地对民俗进行主观抽象或评论，却有可能偏离民俗本然的鲜活面貌和在生活中实际发生的意义。"④ 调查中过度的主观抽象，可能会导致民俗事象成为一种脱离原有情境的文化遗留物。因此，田野访谈中传统的实证式民俗志在向交流式民俗志转变，研究越来越贴近于民众日常生活、个体

---

① 张举文:《从走向民间的田野到走在民间的实地：意识形态范式的转换》,《民俗研究》2020 年第 2 期。

② 张举文:《从走向民间的田野到走在民间的实地：意识形态范式的转换》,《民俗研究》2020 年第 2 期。

③ 刘铁梁:《感受生活的民俗学》,《民俗研究》2011 年第 2 期。

④ 刘铁梁:《感受生活的民俗学》,《民俗研究》2011 年第 2 期。

感受与细腻的精神世界，个体叙事与集体叙事相互建构，研究者更加注重与民众之间的交流与对话实践。

民间文艺田野作业不再是简单的文本搜集整理，关注对象由"物"转移到"人"。重回学科本位，田野研究的归旨在"人"，核心在于"人与知识"，从人的角度产生对话。"走在民间"取代"走向民间"，其目的是完成一次民间文艺学田野作业的方法范式转换和意识形态范式的转换。

第四节　民间文艺资料搜集、整理与应用个案研究
——以碑刻资料为例

一、碑刻资料搜集整理现状及展望

碑刻资料以石制材料来承载信息、传递思想和表达情感，集文物价值、艺术价值、学术研究价值、文旅价值等多元价值于一身。它不仅可作为文献资料的重要补充，成为我们研究民间文艺学、民俗学的"活档案"，还可以开辟民间文艺学、民俗学研究的新领域。正因如此，碑刻资料历来受到文人或是学者们的关注与重视。对碑刻资料的收集与整理至少可追溯至唐宋时代，韩愈在《石鼓歌》中记录了秦代石鼓文刻石的发现与保护，欧阳修在《集古录》中对汉代等碑刻的碑文予以收录，宋代赵明诚、李清照夫妇合著的《金石录》是中国最早研究碑铭的专著，此外还有顾炎武的《金石文字记》、王昶的《金石萃编》、陆增祥的《八琼室金石补正》等一大批整理研究碑刻的专著。近代以来，罗振玉在对碑刻资料的搜集整理工作方面贡献尤为突出，王国维称赞其"二十年所搜罗……虽世间古物不止于此，然大略可得十之六七"①。前人的研究成果不仅为我们保存下了一大批珍贵的碑刻资料，还饶有见地地总结出了一套搜集、整理、鉴别与考证碑刻资料的方法论，为后世碑刻资料的收集、整理、保存与运用提供了重要的借鉴意义。

---

① 钱伯城、郭群一整理；顾廷龙校阅:《艺风堂友朋书札》，上海：上海古籍出版社，1980年，第1017页。

改革开放以来，文史类研究者们重视对碑刻资料的搜集、整理与出版工作，成果丰硕，为学术界提供了丰富而有价值的研究资料，为相关的研究工作的纵向发展做出了重要的贡献，这主要体现在以下两个方面：

首先，搜集、整理和出版碑刻资料的数量众多、涉及范围广。我国对碑刻资料的搜集、整理与出版工作高度重视，从近几年获批的国家社科基金项目中可以看到，不少项目涉及对碑刻资料的搜集整理。据统计，已整理出版的碑刻资料文本多达三百余种，覆盖面也甚广，不仅包括全国各省、自治区和直辖市一级的碑刻资料搜集整理汇编本，也包括市乃至县一级的碑刻资料搜集整理汇编本和专题性的碑刻资料搜集整理汇编本。

其次，碑刻资料的整理方式与出版方式多元化。对碑刻资料的整理通常包括解题、释录、点校、考释等多种方式。从目前已出版的碑刻资料书籍中可以总结出以下几种常见的整理模式，分别是"释录＋标点（注释）""照片（拓片）＋解题"和"照片（拓片）＋解题＋点校＋考释"①。就目前碑刻资料的出版形式而言，主要有排印本、影印本和数据库三种形式，这三种常见的出版形式或是单独呈现，或是以相互组合的形式呈现。

碑刻资料的搜集、整理与出版工作还存在诸多的不足之处，例如目前所搜集到的碑刻资料较为零散和原始，碑刻资料的家底不清，情况不明，大量散落在民间，仍有待学者们去系统地开发、搜集与整理；相关的碑刻资料集在内容的选取和编排体例方面存在诸多的不合理之处；搜集整理和出版的碑刻资料良莠不齐等。

近年来由于国家对碑刻资料搜集整理工作的重视、学术研究的发展以及科技水平的进步，碑刻资料的搜集整理工作迈上了一个新的台阶，这需要在以下几个方面予以重视：首先，要从多方面着手，尽可能地挖掘和抢救散落于民间的大量碑刻资料。例如，国家要做好相关的统筹规划工作，从政策和经费上予以必要的支持；各地学者也要与当地的文化部门和技术部门强强联手开展合作，一方面对尚未挖掘到的碑刻资料进行抢救式挖掘，另一方面也要尽可能地采取一切保护措

---

① 宾长初、鲁朝阳：《碑刻资料整理出版的现状与展望》，《桂林师范高等专科学校学报》2020 年第 1 期。

施对碑刻资料进行必要的修复甚至搬迁。当然，要更好地实现对碑刻资料的搜集整理还需要充分调动社会各界的积极性，使之共同参与到这项文化遗产抢救工程中来，从而最大限度地发挥碑刻资源的优势，提升其生命力。其次，应针对目前在搜集、整理和出版工作中出现的一些问题来改进整理方式，丰富出版模式。例如可以依托现代信息技术手段，将前期对碑刻资料的搜集整理工作数据化，建立碑刻资料数据库，数据库不仅具备了传统纸质资料的相关功能，还可拓展碑刻资料的使用功能，从而便于人们对碑刻资料的进一步检索与使用。第三，进一步完善对碑刻资料的编排工作并提高碑刻资料搜集、整理与出版工作的质量，要做到这些，搜集整理者和出版者不仅要有严谨认真的态度，更需要有丰厚的学养、扎实的文字学功底以及相关的文史基础训练。最后，重视和发挥部分体制外人员的优势，如他们对当地碑刻资料地理位置的熟悉，在采录碑刻资料过程中与当地群众的沟通协调能力，以及对部分碑刻资料的识读与辨认等方面的能力优势，这样可以在一定程度上弥补专业搜集整理者的欠缺。

二、碑刻拓印基本方法

碑刻资料大多植于土中或埋于穴内，加上石料质地坚硬而又沉重，空间移动较为困难，限制了它的流通与传播，因而拓印技术应运而生。碑刻拓印在中国有着悠久的历史，对碑刻文物的传承与保护有着重要的意义，也是民间文艺田野作业中一种常见且重要的获取一手资料的方式。碑刻拓印的操作流程一般分为准备、上纸、敲打、上墨、揭取、收存六个环节，具体操作事项如下。

（一）准备

要想使自己的拓碑作业达到最佳的效果，需要做好大量的准备工作，如碑刻的清理、工具的选取、纸张的裁减、墨汁的调制等。就碑刻的清理而言，碑刻日久天长必定多有污垢，在田野作业过程中，学者面对往往的是饱受风吹日晒的野外露天碑刻，如若这些污垢不能得到及时的清理，将严重影响拓片质量。对于碑刻的清理工作，要以不损伤碑刻文物为前提和原则，用酸碱度极高的溶液对碑刻进行清洁是绝对禁止的。正确的做法是先用中性水洗刷碑刻，再用竹签小心地剔除水洗无法清洁到的污垢，对于碑刻上的文字与纹理，更要谨慎处理。通常我们需要棕刷、打刷、木槌、拓包、喷雾器、抹布、毛巾、盆等工具，还要根据实际情况酌情配备其他工具。

（二）上纸

拓印纸张分干湿两种，需依据实际情况选择不同的上纸方式。野外拓碑通常有风，因湿纸容易被风吹破，所以上纸时应采用干纸。干上纸时首先需要在碑刻表面刷上一层清水或是稀释后的办公胶水，刷碑后需要左手拿宣纸，右手拿着蘸有清水的排刷，一手放纸，一手刷纸，最后再用棕刷均匀细致地刷一遍，使纸张与碑面完全贴合。干上纸还可以采用一种更为简便的方法，把事先准备好的纸张铺在碑面上，用喷雾剂将其自然打湿，再用排刷和棕刷分别刷一遍，使纸张平整而无褶皱。

湿上纸时需要把事先准备好的纸张以每折需留出一厘米翻口的方式折叠好，然后将纸张放入清水中，待完全浸润后即可捞出。将捞出后的纸张用干毛巾包裹后用力挤压，从而将纸张内多余水分排干。接着把这张纸从翻口处揭开并按压在碑上，用棕刷将纸刷平整。如若在刷纸过程中出现了褶皱或气泡，可将褶皱或气泡处的边角揭开，然后再往外刷，直到将褶皱处刷平，把气泡赶出。

（三）敲打

当纸张平实地贴在碑刻上后，要用打刷对其进行敲打，这一环节的重点在于依据实际情况掌握好力道，对于平整处要稍加用力，凹凸处所用的力度要较轻。

（四）上墨

在完成上述操作环节后，就进入了上墨阶段。在上墨之前最好进行试拓，确认浓淡合适后即可正式上墨。上墨无严格固定的次序要求，倘若是平碑，从前后左右各个方向来上墨均可，但这种情况相对较少。一般常见的是立碑，这需要自上而下依次扑拓。拓碑通常不可能一次性完成，需要不断重复这一操作流程，直至字迹清晰，墨色浓淡一致，这一环节才算完成。

（五）揭取

拓片上墨完成后即可取下，需要注意的是，揭取拓片不可操之过急，而需要等拓片八九成干时才可取下，这是因为过湿的拓片易出现破裂现象，而八九成干的拓片既不易破损，且易于取下。在遇到黏合较重不易揭取的情况时，切记不可使用蛮力，拿出喷雾剂对准粘连处轻喷几下即可顺利揭取。如若出现拓片破损的情况，不要慌张和懊恼，可用宣纸块做适当的修补。

（六）收存

拓片做好后要经过自然晾晒方可叠起，需将折叠好的拓片放入纸袋内或是装裱成册妥善保管，并在整理袋上注明该拓片的相关情况，包括制拓的时间、地点，制拓者姓名，有条件时还可建立电子信息库以方便检索、查阅。拓片如若长期保存，还要保持存放室内的空气流通，干燥清洁，并要避免阳光的曝晒。

三、数字化时代下碑刻资料的保护与应用

近年来，数字化与民间文艺资料研究的结合成为一种新的趋势。近些年兴起的数字民俗学就是以数字信息理念和技术手段，将传统的民俗资料和人文研究转化成数字典籍、数字程序和数字研究。这一手段能够有效解决传统民俗资料保护、传承和分类的难题。

应用数字化手段可以对碑刻内容进行有效的保存，降低对碑刻文物的维修成本。碑刻文物本身易受到自然因素的影响，有时也会遭到人为的破坏，因此具有特殊性。通过三维重建、虚拟现实等一系列现代化信息技术手段可以实现修复，最大限度地还原碑刻内容。传统的碑拓、临摹等搜集整理方式易受到诸如时间、气候、环境等诸多外在因素的影响，还会耗费大量的人力、物力和财力，严重影响碑刻搜集整理工作的质量和效率。数字化时代下信息技术手段的使用则可以有效弥补此类不足，便于对碑刻资料的长久保存和运用。此外，借助 OCR 图像识别技术、搜索引擎检索系统等现代技术手段，还可以创建一个包含文字、图片、影像等多维信息于一体的碑刻资料数据库。

目前国内较为知名的碑刻数字化系统主要有两种。一是中国国家图书馆的特色资源"碑帖菁华"中文拓片资源库。该资源库现有元数据 2.5 万余条，影像 3.1 万余幅，以馆藏的历代甲骨、青铜器、石刻等拓片 23 万余件为基础进行建设。使用者可通过计算机网络查询，根据拓片的"题名""责任者""年代""出土地

点""主题词"和"索书号"检索,寻找所需拓片的扫描件与元数据(拓片相关属性的描述)。二是北京书同文数字化技术有限公司的《中国历代石刻史料汇编》全文检索版。该系统辑录 1.5 万余篇石刻文献,并附有历代金石学家撰写的考释文字,总计约 1,150 万字,还可以进行碑刻的三级纲目浏览(书—年代—碑名)与释文的全文检索。

　　碑刻数字化研究平台运用现代信息手段贮存、整理、研究碑刻,不仅可以全面而永久保存碑刻信息,同时也为检索和进一步的研究与利用提供了便利。北京师范大学进行"近世碑刻数字化典藏及属性描述"重大项目,目的是要提供一个能够统一搜集、整理、加工、保存、检索碑刻资源的计算机网络支持系统,并在此基础上针对历代碑刻的各项研究开发相关的应用功能,辅助碑刻实用字形的采集与整理研究,满足民俗典籍文字研究中心和中国文字整理与规范研究中心的研究需求。总而言之,民间文艺资料信息化平台建设任重而道远,这就需要我们从制度、技术以及文化等方面不断探索,推动民间文艺资料的数字化建设形成有形的体系,搭建更加专业化、系统化的共享平台。

思考题:

　　1. 民间文艺资料学的基本属性是什么?

　　2. 民间文艺资料的"活态性"体现在哪些方面?

　　3. 民间文艺资料整理应遵循什么原则与方法?

　　4. 民间文艺田野作业的基本原则有哪些?

　　5. 在田野作业过程中有哪些注意事项?

　　6. 请试着设计一个田野调查计划,并撰写调查报告。

第九章　民间文艺学研究方法论

　　民间文艺学研究的方法论是人们认识民间文艺、了解民间文艺、分析民间文艺的重要手段，它作为一种学科工具，是进行各项研究的前提与基础。在互联网信息时代，民间文艺的研究逐渐摆脱固有的、封闭的思维定式，向着多角度、开放式的研究范式转变。目前在民间文艺理论研究与社会实践的领域，学习掌握、不断更新相关的方法论，有助于拓宽研究领域，获得新的发现，同时也是推动社会科学研究发展的需要。民间文艺学方法论的内涵较为丰富，具有一定的层级性。钟敬文特别强调方法论对民间文艺研究的重要性，他把方法论研究设置为博士生进入高层次研究的第一课，将民间文艺学方法总结为"方法三层次论"。

　　第一个层次，是高层次的思想和认识范畴的方法，即辩证唯物主义与历史唯物主义，也可称为哲学的层次。他强调要把握马克思主义活的灵魂，使之成为一种研究方法或实际的指导思想，将其运用到专业研究中来。要学会借鉴哲学领域最新的研究成果和哲学分支学科的领先成果，指导自己的学术研究，例如张祥龙《胡塞尔、海德格尔与东方哲学》①、张政文《感性的思想谱系与审美现代性的转换》②、衣俊卿《文化哲学——理论理性和实践理性交汇处的文化批判》③《文化哲学十五讲》④ 等。阅读这些学术成果会帮助我们了解学术前沿，增加学术研究的深度。

　　第二个层次，是一般的、比较广泛的方法，即大部分学科及其交叉学科共同使用的方法，例如分析法、比较法、归纳法以及调查法、统计法等。学术研究不能各自为政，更不能人为地设置学科壁垒，而是要有海纳百川的学术胸襟，力

①　张祥龙：《胡塞尔、海德格尔与东方哲学》，《中国社会科学》1993 年第 3 期。

②　张政文：《感性的思想谱系与审美现代性的转换》，《中国社会科学》2014 年第 11 期。

③　衣俊卿《文化哲学——理论理性和实践理性交汇处的文化批判》，昆明：云南人民出版社，2005 年。

④　衣俊卿：《文化哲学十五讲》，北京：北京大学出版社，2004 年。

求打通本学科与邻近学科的关系，学会融会贯通。民间文艺学专业的学者不仅要熟悉本专业基础理论与方法，也要与所属的一级学科相关学科门类建立起密切联系，如文艺学、美学、古代文学、现代文学、比较文学等。同时，要关注民俗学、社会学、民族学、文化人类学等学科的前沿动态，巧妙地借鉴这些学科的前沿成果与最新研究方法，提升研究的理论高度。

第三个层次，是具体的、特殊的、适合本学科研究对象的方法。进行学术研究，一方面要了解前人的研究成果，梳理与研究对象相关的学术史，具有"对话意识"；另一方面要从所研究的具体对象出发，找到与之相对应的研究框架与具体方法，其研究成果才会有独到的发现。民间文艺学研究方面，主要有原型批评理论、历史地理方法、传说圈研究法、情节类型以及母题研究法等，娴熟自然地运用这些方法是一个学者逐渐成熟的标志。在掌握与运用民间文艺学方法论时，应注意对研究方法的统筹把握。本章内容以民间文艺研究方法的层级性理论为引领，由宏观到微观、由理论观念到实践案例，对民间文艺学研究方法的基本原理、构成体系及具体运用展开论述。

第一节　民间文艺学研究的路径、问题及原则

一、民间文艺学研究的路径

民间文艺学是一门与民众生活密切相关的学科，民间文艺作品广泛地存在于民众的生活，并处于不断地流传与变化的过程中。民间文艺的研究既可以通过调查实践的直接路径，进入民众生活，获取丰富鲜活的第一手资料，也可以从已有的文献中去查找，这是民间文艺研究的间接路径。

民间文艺是由人民群众集体创造的，在民众生活中产生、演变，民众生活是其发生发展的源泉。民间文艺作品不是固定在书本中的，而要在民众的口耳相传中流存。因此，民间文艺的研究必须贴近民间生活，并深入其中。民众生活的范围极其广泛，涵盖了在日常生活中的劳动生活、爱情生活、文化生活、民俗生活

以及社会生活等，日常的现实生活影响着民众的思想以及对民间文艺作品创作的态度。此外，民间文艺具有的口头性与变异性，其在发展的过程中极易受到其他因素的影响。民间文艺的研究应当回归民众的生活，通过田野调查，进行实地走访调研，获取当地民众生活的最新动态与口头创作的重要资料，这是民间文艺学研究的直接路径。

除此之外，从文献中查找资料是民间文艺学研究的间接路径，也是重要的路径之一。文献记载，既包括古代著录的有关民众生活的作品，也包括流传至今的民间文艺作品。这些文献资料经过记录、编撰、描绘，对研究不同时代的社会背景、民众生活以及思想文化具有重要价值。20世纪早期北京大学发起的歌谣运动，以歌谣周刊为核心，收集的范围由最初的歌谣、谚语、民间文艺的相关论文，逐渐拓展到谜语、民间小曲、民间故事、民间传说、歇后语、拗口令，最终发展到无甄别地广泛收集，收集过程中尽量保持作品的俗字俗语。受民间文艺学学科属性的影响，研究资料并不是单一且固定的，而是种类丰富、不断演变的，所以在查找文献资料时，应该无甄别地广泛收集，同时也应进行走访调查，进行文献与田野的对读。

除了查找与本领域相关性较强的资料外，对于其他关涉性较强领域的资料也可以参考、使用，在资料收集方面做到兼收并蓄。例如社会学、人类学、宗教学等，这些学科涉及人类思维发展以及人与社会之间的关系，对研究民间文艺学具有重要的参考作用，也为研究提供了新的角度，使得研究更加有深度。此外，语言学、艺术学等学科也为民间文艺学的研究提供了重要的借鉴，利用这些学科可以把握民间文艺学作品的音律、节奏、语言等外在形式、结构方面的内容，从而更好地理解作品，并还原作品应有的韵味，使记录在册的民间文艺作品以生动、鲜活的形态呈现于眼前，而不是刻板的材料堆积。

二、民间文艺学研究时应注意的问题

在民间文艺学研究的过程中，资料的查找与搜集尤为重要。在采用直接路径与间接路径搜集资料、分析研究的过程中，遇到的一些观念性问题，应该根据民间文艺学自身的学科特点，规避错误观念，使其发挥出引导实践的作用。

第一，客观性。事物的存在与发展都要受到客观规律的制约，在发挥研究者主观能动性的同时，必须遵循客观规律。民众生活的空间是客观存在于社会中的，民众是社会生活的主体，是客观存在着的事物。民间文艺学的研究人员既是民众中的一员，作为研究对象客体中的一分子而存在，也作为研究的主体而存在，具有多重身份，需客观辩证地看待研究对象。因此，在研究过程中既要站在研究者的立场上发挥主观能动性，积极探索、寻找有价值的资料，又不能脱离客体的本质去臆想、创造并不存在的结论。

第二，全面性。事物之间并不是孤立存在的，而是相互联系的，它们之间的联系或是直接或是间接。在民间文艺学的研究过程中，要注意民众生活事象与其他事象、直接资料与间接资料、本学科与其他学科之间的相互联系。从大局出发，以全面的观点，统筹全局，将研究对象综合起来考量，从事实的全部总和及事物的联系中去把握对象，不可局限于部分，从而影响研究结果的全面性。

第三，发展性。事物是不断发展的，民间文艺既有历史的文献资料，又有活态的、不断发展变化的田野资料。流动性是民间文艺存在的最基本形式，因此要在发展中研究民间文艺学，并在生活中不断发掘与社会实践密切相关的民间文艺作品。学者应在不同的发展阶段中考察活的民间文艺现象，顺着它的发展进行线性研究，从而揭示民间文艺的整体规律。

第四，科学性。科学性是指材料的真实性与可靠性。首先，在寻找与分析资料时，要对材料的真实性做出判断。在对作品发生的年代及其社会背景掌握的基础上，分析其是否忠于原貌，是否经过加工、改造，进而判断材料是否可靠；其次，是从研究者的角度出发，在对搜集好的、有价值的资料进行编写过程中，应最大限度地还原作品本来面目，要保持严谨态度，不可随意更改，不可因记录不当而使作品脱离本来面目，产生较大误差。因此，在记录、整理资料时应保持科学、认真的态度，做到最大限度地还原作品的本来面貌。[①]

---

① 张紫晨：《民间文艺学原理》，石家庄：花山文艺出版社，1991 年，第 20—21 页。

三、民间文艺学研究应遵循的理论原则

（一）民间文艺学文本研究的基本理论原则：互文性

西方互文性理论强调文本与文本、文本与文化之间的联系。民间文艺学研究引入了互文性理论，无论是对民间文艺学的书面文本，还是口头文本，互文性理论都有着强大的解释张力。在民间文艺学的文本研究中，互文性理论有以下两点可供借鉴。

第一，互文性理论强调文本之间的互文关系。在民间文艺学的口头文学领域，同一文学作品在流传过程中会产生异文，在不同历史时期、不同地区产生变体。互文性要求将流传于不同时期、不同地点的民间文艺学作品加以收集、整理，再将其放在一起对比，通过文本的比较发现其中的问题。

以藏族史诗为例，《格萨尔王传》流传的地区相当广泛，在西藏、云南、青海、甘肃、四川等地都有流传，收集到的各类手抄本与木刻本总数为 289 部。其中，被文人记录的版本有 80 多部，据统计，每部有 5000 诗行、20 万字，总数大约为 40 万行、1600 万字。由于产生时间很早，不同地域之间也进行着广泛传播，再加上史诗本身是一种开放式的文本结构，因此《格萨尔王传》处于不断地变动的过程中。《格萨尔王传》的文本始终围绕着格萨尔除暴安良、为民造福、统一高原的主题，也是该史诗的基本线索，从中衍生出来的情节虽然繁多，但都基本围绕这一主题。此外，由于灵活开放的史诗结构，讲唱艺人在传承时会做一些细微的调整，或是与当地风土人情相结合，或是加入了自己的主观感受，使得口头文本不断增多。具体来说，《格萨尔王传》分成三个部分：开篇、征战部分、结尾。相比较而言，开篇和结尾较为固定，而中间的征战部分变化较大，存在部数的多寡、同一部的繁简等差异，艺人在讲唱战争时有更大发挥空间，对部族战争可以进行不同的描绘。艺人运用自己的历史地理方面的学识，对史诗进行新的构思与创造，使得文本呈现多样化的特征。

第二，互文性强调文本与文化之间的关系。除了对文本内容进行比较之外，互文性原则还要求发掘文本所承载的丰富文化内涵。同一类型的作品，在不同的

区域中有着不同的情节发生、发展程式，这与不同区域的文化差异有着密切的联系。例如关于人类起源的神话，中国有女娲抟土造人之说，古希腊也有普罗米修斯以神为范本抟土造人的神话。再如关于火的神话，中国有燧人氏钻燧取火，古希腊有普罗米修斯盗取天火。这些文本之间既有相似性也有差异性，这与背后所承载的不同文化密切相关。

在民间文艺学的研究中，要遵循互文性原则，注重分析文本与文本的关系，文本与文化的关系，要在文化语境中考量民间文艺学作品，不能仅仅局限于作品本身。

（二）民间文艺学文本研究的实践原则：语境在场

语境有两层含义：一是指话语、语句或语词的上下文的关系；二是指话语或语句的意义所反映的外部世界特征，在社会政治、文化、经济等要素的作用下，文本与其产生背景之间的关联。马林诺夫斯基最早提出"语境"的概念，他认为语境是对语义与环境之间的关系进行的综合考量。如果分析作品时只专注于作品本身，而忽略了其所产生的环境是有失偏颇的。在此基础上，他还提出了"情景语境"与"文化语境"的概念，认为文本固然很重要，但是离开了语境，故事也就没有了生命。这些因素在研究中具有同等重要的地位，应该与文本一样受到重视。在民间文艺学的研究中应用广泛的表演理论，也要求在语境中对作品进行思考。表演理论强调听者走进表演者当中，要深入表演者所承载的文化环境进行研究。研究民间文学的过程中，表演理论旨在将文本还原到生存的文化语境中，将民间文化看作是人类文化的重要部分。这种方法将研究者与表演者结合，使研究更深刻、更具有价值。[1]西蒙·布朗纳的实践理论强调考察人们应用传统进行实践的行为，与表演理论相比，实践理论更加注重传统，所涵盖的研究对象不仅包括口头艺术，还包括物质民俗与社会行为。从研究的深度来看，实践理论不只限于描述与呈现口头艺术，还可以解释实践背后深层的文化原因。

民间文艺既是传统的、过去的，也是当下的、不断变化的。在民间文艺学的研究过程中，要遵循文本的互文原则和语境在场的实践原则。随着社会语境和

---

[1]　马若飞、何小平：《论民间文学文本研究的理论原则与方法》，《广西社会科学》2011 年第 4 期。

话语的变化，延续至今的民间文艺作品，既产生了实践上的变化，也产生了对传统意义的重新解释。民众每一次的重复与创作行为，都是个体对民间文艺的日常实践，并且个体所做出的演绎、调整、创造和抵抗，也会反馈到民间文艺中，并推动系统本身的变化。因此，互文原则和实践原则可以作为一种有效的模式去解释、分析民间文艺的产生发展过程及其丰富的文化内涵。

第二节 民间文艺学研究的方法体系

民间文艺学的研究方法主要涉及三个层面：一是总的指导方法，即马克思主义科学方法论；二是较为广泛的研究方法，其中包括与民间文艺学具有交叉性质学科的方法以及西方文艺批评理论；三是基本的研究方法与技术，侧重指从实践角度来指导民间文艺学研究过程的方法。

一、民间文艺学研究的指导方法论

从方法论角度看，凡是能够科学地揭示社会生活和文化现象规律的方法，都可以作为指导社会科学研究的一般性方法，其中包括基本的理论假设、研究原则等。在民间文艺的研究中必须以一定的理论和方法论作为指导，马克思主义社会科学方法论可用于哲学理论与社会科学理论的研究，对人文学科具有统筹性的指导作用。它一方面是指导思想的理论工具，另一方面又是认识社会与文化的方法，属于最高层次的思想和认识范畴的方法论，具有宽泛的应用领域。马克思社会主义科学方法论不同于其他一般的哲学方法论，它在历史唯物主义和社会历史观的基础上形成，对开展社会科学研究具有直接的指导意义。历史唯物主义是马克思主义社会科学方法论的基础，为马克思主义社会科学方法论提供了一般的方法论指导，而马克思主义社会科学方法论是历史唯物主义在社会科学研究领域的具体化。历史唯物主义和马克思主义社会科学方法论是处于不同层次的两种方法论，它们对于具体的社会科学研究都具有指导作用，但历史唯物主义对具体的社会科学研究只是具有总体和间接的作用，而马克思主义社会科学方法论对具体中国社会问题研究具有直接的指导作用。

马克思主义的社会科学方法论是一个创造性的开放体系，它对人类在社会认识和社会实践中所创造的一切合理的方法进行吸收与总结。马克思主义社会科学方法论的基本原则包括：客观性原则、主体性原则、整体性原则、具体性原则和发展性原则。社会科学方法论原则是哲学世界观对社会科学研究方法发挥指导作用的中介，它制约、支配着研究过程的各个阶段和各个环节。首先，方法论原则制约、支配着研究课题的选择，遵循不同方法论原则的人，有其自己考虑问题的特定的角度，因而在选择研究课题时，就会表现出一定的差异性。其次，方法论原则还在一定程度上影响、制约着研究方法、研究手段、研究工具的选择和运用。再次，方法论原则还影响、制约着研究途径、研究步骤、研究态度等因素。所以，马克思社会主义科学方法论对于科学研究的各个阶段与环节，都发挥着重要的方向性指导作用。

民间文艺学是一个民族在日常生活语境中集体创作、在漫长历史中传承发展的语言艺术。它既是该民族生活、思想、感情的自然表露，是有关历史、科学、宗教知识的总结，是审美观念和艺术情趣的表现形式，也是该民族集体持有和享用的一种具有民族传统的特殊生活文化。马克思主义社会科学方法论作为学术研究的指导性理论，在民间文艺学的研究中具有重要的意义，是最高层次的方法论，起到纲领性作用。研究者在研究民间文艺学的过程中，应以马克思主义社会科学方法论作为指导，以辩证的、历史的、发展的、相互联系的思维进行分析，将认知不断系统化、逻辑化，从而揭示社会发展的一般规律。①

二、一般性的研究方法

在民间文艺学的发展过程中，许多西方的研究方法被引进，特别是西方文艺批评理论，如心理批评、原型批评、形式主义批评、结构主义批评等。这些方法扩展了民间文艺学研究的领域，为研究者提供了新的角度与思路。此外，相关交叉学科领域方法论的发展，例如哲学、心理学、美学、文化学等，在民间文艺学的研究中也具有重要的价值和意义。

---

① 袁方：《社会研究方法教程》，北京：北京大学出版社，2000 年，第 24 页。

（一）系统论的原则与方法

系统论是研究系统的结构、特点、行为、动态、原则、规律以及系统间联系的理论。它的基本思想是把研究和处理的对象看作一个整体系统来对待，主要任务是以系统为对象，从整体出发来研究系统整体和组成系统整体各要素的相互关系，从本质上说明其结构、功能、行为和动态，以把握系统整体，达到最优目标。

系统论的开创者是美籍奥地利人、理论生物学家贝塔朗菲。他根据生物现象，提出了一般性的系统论思想，主张应当把生物学当成是有机整体和系统来考察。他发表的《关于一般系统论》《一般系统论基础、发展和应用》等著作都强调系统的整体性原则。系统理论在自然科学、技术科学、社会科学和思维科学等领域中得到广泛的运用，产生了很大的学术影响。系统最优化原则即系统整体大于部分之和，这一方法论要求我们在研究民间文艺时，要把研究对象看作一个系统、一个整体，将系统内部的各个要素综合起来考量，从相互联系之中研究系统内部的运动过程。系统理论对于研究民间文艺的整体结构和各种研究课题的子系统与母系统之间的关系，具有重要的借鉴意义。它有利于把握民间文艺学的整体结构、框架体系以及民间文艺学内部各种现象之间的联系，有利于把民间文艺学这个系统放在别的系统或更高层次的系统中加以认识，如整个民族文学系统、社会文化系统以及民间文化史系统等，有利于揭示民间文艺学的地位、价值与意义，并从整体上理解民间文艺学这门学科。

（二）接受美学的原理与研究方法

接受美学又称接受理论，产生于 20 世纪 60 年代中期，首倡者为德国文艺理论家、美学家汉斯·罗伯特·尧斯，其著作《文学史作为文学科学的挑战》是接受美学成为独立学派的宣言。尧斯认为，作品的教育功能和娱乐功能要在读者阅读中实现，而实现的过程即是作品获得生命力和最后完成的过程。读者在此过程中是主动的，是推动文学创作的动力；文学的接受活动，既受作品的性质制约也受读者的制约。接受美学把文学接受活动分为社会接受和个人接受两种形态。读者作为生物的和社会的本质，在意识或下意识中所接受的一切信息，都会影响到其对文学作品的接受活动。

接受美学的研究方法是把读者能动的接受活动及其对作品的影响，作为文学创作过程的重要环节来研究，这使人们更加注意文学作品的社会效果和读者的接受意识，这种方法同样对民间文艺学的研究具有重要的意义。例如在民间文艺的传承过程、传承人对传承作品的影响方面，民间文艺作品的传承人具有双重身份，既是作品的享用者，又是作品的传承者、创作者。传承人在某一时间、地点作为享用者接受民间作品，又在另一时间、地点作为传承者在讲述民间作品。在讲述的过程中，传承者往往加入了自己对该作品的理解与认知，因此在讲述的过程中又会进行二次加工与再创作，他的审美意识和观念会对所传承的民间文艺作品造成改变，这就是民间文艺的口头性，口头性也决定了民间文艺作品时刻处于流变发展的过程。此外，传承者在作品讲述时，讲述内容会进入倾听者的意识中，倾听者也会因为自身情况，产生对作品的自我理解，在脑海中进行重塑认知，导致作品在流传过程中出现变异的现象。由于这些现象的存在，接受美学方法便可以与民间文艺学之间建立联系，二者之间是相互联系、相互作用的。民间文艺学既可以作为接受美学原理的例证，也可以在接受美学原理的影响下进行本学科的研究，并丰富和发展接受美学的理论方法。

接受美学的原理和方法对于民间文艺学研究具有重要的参考价值。在民间文艺传承的过程中，在对作品传承圈和传承路线的研究以及对传承过程中接受者在再传播过程中参加创作的行为研究中，接受美学的方法论有助于揭示民间文艺现象的传播—创作—再传播—再创作，以及作者—传播者—再创作者—再传播者的循环中的规律。

（三）二重组合原理及其方法

二重组合原理来自德国心理学家弗洛姆对人类性格的分析，他强调每一种性格都具有二重性。二重组合原理常被应用于文艺批评之中，用来对作品人物的性格进行分析，展现人物性格的矛盾的双重性。

二重组合原理对民间文艺学的研究有重要的启发作用，有助于对民间文艺多角度的认识与评价，而不是进行片面、单一地认知。利用二重组合原理可以更为清楚地认识民间文艺学的性质。民间文艺学作为民众的文学，是不同时代民众声音的传递与民众思想、意识的反映，除了传达民众意愿及对生活的态度等积极作用之外，民间文艺作品中也有一些封建腐朽思想，因而具有复杂性，这种复杂性表现在作品中人物性格的双重性与矛盾性之中。通过对二重组合原理的认识，可以辩证地分析作品人物，加深对作品的理解。此外，还可以从其他角度运用二重组合原理。从民间文艺学的性质来看，民间文艺学是文学性与科学性的有机结合体，文学性与科学性是民间文艺学同时具有的两种属性。此外，民间文艺传承中的稳定性和流传中的变异性，创作的集体性与传承人的个体性，娱乐性与实用性，以及作品因素中的历史积淀与现实投影等，都可以从二重组合原理和方法的角度进行研究，对事物进行辩证统一的分析，有助于民间文艺学方法论方面的扩展。①

三、基本研究方法

基本研究方法在民间文艺学研究中起着重要的作用，是研究者在研究过程中所必须掌握的、操作性较强的方法。下面列举几种重要的研究方法：田野调查法、观察法、参与实践法、作品分析法、归纳演绎法和考据法。通过对这些基本研究方法的了解，可以进一步掌握民间文艺学的具体研究范式。

（一）田野调查法

田野调查是民间文艺学常用的一种资料搜集方法，由于研究者在实地调查时，经常到田间、地埂、山林中，因此称之为田野调查。田野调查法作为一种可操作的科学调查研究方法，是与案头作业相对应的，是一种直接进入自然生态环境或社会文化环境中，进行观察、了解、记录、调查的方法。田野调查作为一种调查研究方法由人类学科开创并完善，先后被考古学、语言学、社会学、心理学、民族学、民俗学等学科采用。使用田野调查的方法是由民间文艺的口头性和表演性所决定的，民间文艺学的研究者必须进入田野，去直观感受民间文艺的各种信息，除了获得美感享受、直接通过感官体验民间文艺的表演过程与效果之外，通过对表演内容、过程的记录，研究者能在具体情景下考察民间文艺，更直接地、深刻地认识民间文艺。

---

① 张紫晨：《民间文艺学原理》，石家庄：花山文艺出版社，1991年，第27—28页。

　　田野调查按其阶段可以分为准备阶段、开始阶段、调查阶段、撰写调查研究报告阶段、补充调查阶段；按其调查内容大致可以分为全面普查、专项调查、专题调查、专访调查等形式；按其采录方式又可分为随机采录、定居采录和采风队采录等形式。在田野调查中应遵循全面搜集、忠实纪录、慎重整理、科学写定等原则。[1]20 世纪 40 年代，鲁迅艺术学院的师生在陕西省北部地区农村，进行调查搜集民歌的工作，并完成了《陕北民歌选》，这是延安文艺座谈会以后的第一部民歌选集。20 世纪 50 年代初期，中央音乐学院民族音乐研究所的研究人员，前往山西省河曲县搜集民歌，完成《河曲民歌采访专集》，书中不仅对河曲民歌进行忠实记录，其中多篇调查报告，还详尽地介绍了河曲地区民众的日常生活。延安时期和新中国成立之后的两次民歌搜集调查，都是民间文艺运用田野调查方法的例证。

　　（二）观察法

　　观察法起源于田野工作，是指研究者根据一定的研究目的、研究提纲或观察表，用自己的感官和辅助工具去直接观察被研究对象，从而获得资料的一种方法。科学的观察应具有目的性和计划性、系统性和可重复性。观察一般利用眼睛、耳朵等感觉器官去感知观察对象。由于人的感觉器官具有一定的局限性，观察者往往要借助各种现代化的仪器和手段，如照相机、录音机、录像机等来辅助观察。民间文艺学研究中观察法的运用，具体指在民间进行走访、调查时，有目的、有计划地观察民间活动并记录、分析民间口头传承活动的规律。其原则是不惊动被观察的对象，在尊重民间文艺自然规律的前提下进行观察与研究，研究者在此过程中扮演观察者的身份，而不是参与者。

　　（三）参与实践法

　　参与实践法要求调查人员需要直接进入调查对象的生活环境中，在该环境下扮演其中的一员，与被调查者形成良性、亲密的互动关系，从而细致、全面地体验、了解和分析调查对象的情况。研究者在调查民间文艺生活时不能以旁观者自

---

① 刘守华、陈建宪：《民间文学教程》，武汉：华中师范大学出版社，2009 年，第 203—205 页。

居，而应融入民间生活的氛围中，去亲自体验、感受民间文化活动氛围、环境、具体活动程序、活动方式等。其特点是参与性强，研究者既是观察者，又是体验者，从而加强对民间生活的理解与感悟。参与实践法有助于帮助研究人员更加详细地了解所需调查的对象，了解和分析研究对象的心理因素和其行为模式背后的原因，有利于在深度体验中发现问题、理解问题，从而解决问题。

（四）作品分析法

作品分析法又叫产品分析法，是对调查对象的各种作品进行分析研究，具体包括笔记、作业、日记、文章等，从而了解情况，发现问题，把握特点和规律。作品分析法在民间文艺学中指通过直接途径与间接途径搜集好资料后，对所搜集的作品进行整理、分析，或按照类别，或根据内容、结构进行分析，并运用民间文艺学研究的角度和方法对材料进行发掘。本方法要求研究人员细致、严谨，其特点是工作量较大。这种方法对于掌握民间文学知识，理解作品内容、价值与功能等具有重要作用。

（五）归纳演绎法

归纳与演绎是写作过程中进行逻辑思维的两种方式，也是认知世界、得出科学结论的基本方法。人类的认识规律是先接触到个别事物，而后推及一般，又从一般推及个别，如此循环往复，认识不断深化。归纳就是从个别到一般，演绎则是从一般到个别，在此过程中，研究者获取的感性经验可上升为理性思考，从中可以总结出规律。归纳与演绎法以哲学关系为基础，在实践中不断向真理靠近。归纳演绎法在民间文艺学领域中是指对民间文艺作品分析研究之后的归纳和总结，它是在对研究对象进行大量的分析、思考的基础上的一种理性活动，其特点是具体分析、局部研究，用总体的眼光进行综合性、全局性思考，从而得出整体性的观点。

（六）考据法

考据法是中国本土的一种注重客观实证的学术研究方法，也是民间文艺学研究的基本范式之一，是早期的民间文艺学者常用的技术手段。民间文艺学资料散乱零碎，在传承演变过程中会出现历史化、哲学化和文学化现象，研究者往往需要对文献资料进行整理和考辨，运用排比、分类、归纳、演绎等逻辑推理方法，对作品产生的时代背景、地域特色、语言风格等情况进行细致考证，来保证资料的科学性，以此来推理和印证研究对象及其结论的准确性。

第三节　民间文艺学的跨学科研究与具体方法

一、民间文艺学的跨学科研究

（一）文化人类学研究方法与民间文艺学

文化人类学是人类学的重要分支，主要从文化特性的角度研究人类的行为、思想及情感模式，由美国考古学家霍姆斯于 1901 年创立。早期文化人类学主要以原始文化为研究对象，其代表作是泰勒的《原始文化》。自问世以来，文化人类学这一学科实现迅速发展，研究流派逐渐增多，研究领域也逐渐扩展，对文化演进历程、文化传播规律、文化社会功能、文化内在结构和原始文化遗留问题均有涉及。

作为一种研究方向与视角，文化人类学对民间文艺学影响深远。"五四"时期文化人类学的理论和方法就已传入了我国，并深刻影响了我国的民间文学研究。《中国神话研究初探》就是在文化人类学的影响下完成的，作者茅盾称之为"用人类学的神话解释法以权衡中国古籍里的神话材料"[①]。到了二十世纪八九十年代，利用文化人类学来研究民间文学的现象越来越普通。根据有关学者辑录的1985 年—1997 年国内关于文化人类学研究的 400 余篇论文中，有关民间文学研究的就有 130 余篇，占比达到了三分之一，研究对象主要是神话和故事。例如叶舒宪的《黄帝四面的神话哲学》、刘锡诚的《民间故事的文化人类学考察》、陈建

---

① 茅盾：《中国神话研究 ABC》，马昌仪编《中国神话学文论选萃》（上编），北京：中国广播电视出版社，1994 年第 124 页。

宪的《中国洪水神话的类型与分布》、刘晓春的《灰姑娘故事的中国原型及其世界意义》等。从这些丰富的研究成果中可以看出文化人类学与民间文学有着越来越多的契合点，在众多学者的不断尝试下，民间文学的研究取得了新的成就，学科与学科之间逐渐融会贯通。

　　具体来看，文化人类学的研究方法主要是通过对选定的民间文艺学对象材料加以分析，以文化人类学的视角进行解读，从而了解该研究对象背后所透视出的文化要义、思想意识和本土知识，并认识其蕴藏的文化价值。例如，研究者通过文化人类学视角去分析某一地域内的民间文艺学文体、内容，或是当地的乡风民俗等，对其文化内涵进行归纳和总结，可以掌握该地民众在特定时间、特定地域的思想以及当地的文化发展变迁，有利于认清民间文化的本质规律，从而更好地传承与发扬民间文化。

　　（二）历史—地理比较研究法与民间文艺学

　　历史—地理学派又称"芬兰学派"，于19世纪末、20世纪初兴起于芬兰，其创立者是语文学家兼民俗学家科隆父子。科隆父子认为，民间文化（主要是民间文艺作品）有一个由朴素简陋向繁复精美的演变过程。每一个重要题材都有它的原始形态、发生时间和原始的发祥地。科隆父子通过对不同地区的相关民间文化异文的比较，对题材模式的迁徙和流变状况进行探索，力图确定其形成时间和流布的地理范围，从而尽可能地追寻这种题材模式的最初形态和发源地。1909年，该学派创办了学术刊物《民间文学工作者协会通报》，成为推进民间文学研究的最有影响力的国际学术园地。他们的具体研究工作分为以下几个方面：第一，尽可能搜求同一故事的丰富异文，把它们汇聚在一起，作为一个类型进行考察；第二，从这些异文中提取作为最小叙事单元的母题或情节单元，并按照母题的排列组合情况，解析归纳出若干亚型；第三，寻求这些亚型包含的历史地理因素，构拟出它的原型和发祥地；第四，将原型同相关异文进行比较，分析这些异文在不同时空背景上的变化情况，这样就可以看出一个故事类型的演变史，也可以由此评判相关异文在故事演变过程中的地位及其特征与价值。①

———————

① 刘守华、陈建宪：《民间文学教程》，武汉：华东师范大学出版社，2009年，第247页。

历史—地理方法又称历史—地理比较研究方法、芬兰学派方法，是由芬兰学派总结创造出的研究民间文学的方法。芬兰学派的学者在研究过程中发现，同一个故事情节、故事类型在不同的国家、地区内容均有变化。因此，研究者需要选定所要研究的故事类型，根据横向的跨地域研究以及纵向的历史发展过程研究，进行异文资料的搜集与整理，最后通过对比分析得出故事形成与流变的规律，并从中探析故事发展变化的原因，从而更好地认识民间故事的本质特点。

芬兰学派的历史—地理方法具有开创性，他们主张尽力搜求更多的异文，在此基础上对母题、类型加以解析，关注异文的历史地理因素和故事生活史的考察。他们在民间故事的情节划分、统计分类、编纂索引方面有突出贡献，为各国学者所称道。但该方法也有明显不足之处。刘守华曾对该学派和研究方法做出了客观评价，他认为"芬兰学派严谨精细，为搜寻一个故事的来龙去脉不惜花费巨大精力的治学精神令人赞叹。已有的结论虽有局限性，却给后继者提供了扎实的基础。那些具体方法虽出于芬兰学派的独创，而他们在实际研究工作中，还是十分注意融汇文化人类学、民俗学、民族学等方面的成果予以综合运用。以这种新颖独特的方式来对民间故事做深入的微观研究，确实令我们眼界大开"①。

中国拥有鲜活的口头叙事资料和丰富的书面文献资料，在此基础上运用历史—地理方法进行民间文学研究极具优势。我国几代民间文艺学者，在运用该研究方法时，联系中国历史文化实际与固有学术传统，不断进行调整，加以完善，产生了丰硕的研究成果，推动了我国民间文艺学的发展。

刘魁立充分运用历史—地理研究方法研究蛇郎型故事和螺女型故事，撰写了《中国蛇郎故事类型研究》《中国螺女型故事的历史发展进程》和《叠进故事初探》等文章。蛇郎故事在我国众多地区广泛流传，存在于各个省份与不同民族之中。研究者通过对搜集来的不同版本的蛇郎故事进行比较，发现并总结不同版本中的情节异同点。在搜集与整理资料的过程中，既包含了不同年代蛇郎故事的内容流变，还包括了不同地区的蛇郎故事异文。整体上，他运用了芬兰学派的方法进行民间故事类型的研究，从而得出了蛇郎故事稳定与变异的原因，归纳出了这一故事类型的母题，为研究蛇郎故事提供了规律性的总结与具体的方法。

---

① 刘守华：《独辟蹊径的中西叙事文学比较研究》，《外国文学研究》1992 年第 4 期。

陈建宪在《中国洪水神话的类型与分布——对 433 篇异文的初步宏观分析》一文中，以 433 篇中国洪水神话异文为基础，利用历史—地理学派的研究方法对其形态进行分析。这些异文来自全国除福建和山西以外的各个省份，涉及 43 个民族。具体研究过程是：研究者先搜集整理数量众多的异文，按照民族和发表时间加以编排；接着抽取每篇异文中的典型母题，将其采集地点在地图上标出，从中可以清晰看出神话异文的分布状态；在此基础上，研究者参照有关的历史文化背景，确定主要的故事类型，追踪它们可能的发源地、族属、原型、传播过程、文化内涵以及与周边洪水神话的关系等等[①]，从而归纳出了中国洪水神话的四个亚型，即为"神谕奇兆亚型""雷公报仇亚型""寻天女亚型"和"兄妹开荒亚型"，深入阐释了中国洪水神话的丰富性与原始性。

（三）比较研究法与民间文艺学

比较研究法是对人与人或物与物之间的各个方面的异同点进行比较、研究、分析和判断的方法。它是认识事物的一种基本方法和手段，通过对不同事物的对比，找出其异同并分析产生分歧的原因，总结规律，从而把握事物的本质特征。关于比较研究法在民间文艺学研究中的运用，钟敬文在 1981 年的一篇文章中就已指出它的必要性："比较方法，是近代科学（不管它是自然科学或是人文科学）广泛使用的方法。因为比较能使事物更容易显露出它的性质或特点，在民间文艺学的领域中更是一贯被采用的、有效的一种研究手段。"[②] 同时，他明确指出，比较方法适用于民间文学研究时应该注意的地方，"今天在民间文学研究领域里使用比较方法，除了首先必须服从于先进的观点和基本方法之外，还须精细地检查所比较作品相同点或差异点的大小、轻重，并考虑那些作品中的相同点或差异点，跟流传地人民的思想及民间文艺的特点是否有亲密的关系。这样才能使我们的论断安放在比较可靠的基础上"[③]。

比较研究方法在民间文艺学领域中的运用，主要以民间文学的比较为主。研

---

① 杜臻:《历史地理比较研究法在我国民间文学研究中的运用——以刘守华、陈建宪、刘魁立为例》,《语文学刊》2016 年第 1 期。

② 钟敬文:《新的驿程》,北京:中国民间文艺出版社,1987 年,第 252 页。

③ 钟敬文:《新的驿程》,北京:中国民间文艺出版社,1987 年,第 252 页。

究者通过对作品的比较，揭示不同国家、地区的民间文学产生发展的演变规律，从比较中能更好地发现民间文学的性质与特点，这对民间文学的发展具有重要意义。以比较文学的学科规范为参照，刘守华认为，作为比较民间文艺学的分支，其研究重点应放在对民间文学作跨国、跨民族和跨学科的比较。

民间文学的跨国跨民族比较是基于国家或民族之间文化多样性而展开的。比较国与国之间、民族与民族之间的民间文学的相似性与差异性，民间文学获得了丰富的诠释空间。

民间文学跨国研究中，以日本学者伊藤清司的《日中两国民间故事的比较研究》①为典型。日本民间故事研究者继承柳田国男注重口头流传的民间故事的传统，在研究过程中，逐渐认识到海外有很多与日本相同类型的民间故事，于是日本学者自觉地转向了对与日本相邻的朝鲜、中国的民间故事进行比较研究。其中，《狗耕田》故事就是一个有趣的且值得研究的研究对象。《狗耕田》故事源于中国，在流传日本、朝鲜的过程中逐渐与当地的风土人情相结合，从而形成大同小异的特点。狗的出场方式的不同成为作者比较的重点：中国的《狗耕田》故事由兄弟分家讲起，长子常利用自己的特权欺负年幼的弟弟，于是弟弟只分得一只狗的情节由此而来；朝鲜《狗耕田》故事中，弟弟十分孝顺，于是狗从父亲墓后走出；在日本《狗耕田》故事中，由于日本在中世纪实行的是遗产长子继承制，次子一般在长子手下劳动，所以并没有分家的情节，狗来自海上。从《狗耕田》故事这一细节的比较分析可以推断出故事在不同国家流传时，往往会与本国的社会背景密切联系，中、日、朝的"狗出场"反映出了三个国家不同的社会制度和遗产继承制度，隐含着不同国家民众的文化心理。

我国是一个多民族的国家，各个民族都保留着本民族的文化，因此对跨民族的民间文学作品研究成了民间文艺学研究的重要任务。林继富的《欲盖弥彰遭遇灭亡——"头上长角"型故事试析》运用比较的方法，详细地分析了各民族"头上长角"型故事起源地的相似与相异之处。同是这种故事类型，在藏族和维吾尔族故事中国王头上通常是长了一对角，而在蒙古族和朝鲜族的故事中，主要流传

---

① ［日］伊藤清司：《日中两国民间故事的比较研究》，载《中国、日本民间文学比较研究》，辽宁大学科研处编印（内部资料），1983年，第46—60页。

的是"驴耳汗型"，即国王头上长了一对驴耳朵或马耳朵。尽管"头上长角"故事有许多民族化的变异，但是故事所包含的文化内涵和宣扬的思想是一致的，都是抒发民众对残暴君主的愤怒之情。可见只有通过跨民族比较，才能对各个民族在口头文学领域的独特创造以及文化上的相互关联给予科学阐释。

此外，跨学科比较也是民间文艺学比较研究的重要内容。宗教、民俗因其学科与民间文学有着极大的关联性，故成为民间文学跨学科比较研究中常出现的学科。

首先是宗教和民间文学的比较。民间文学中的许多神话、传说、故事都受宗教的影响，民众将宗教文化中的人物形象纳入自己的口头叙事中，表现出与宗教文化截然不同乃至对立的特质。这其中既有歌颂神灵为民消灾祈福、赋予其人情味的传说，也有抨击神灵昏庸霸道、祸害百姓的民间故事。需要注意的是，既要看到宗教对民间文学的重要影响，又要看到民间文学对宗教因素的改造和背离，不应混为一谈。刘守华的《道教与中国民间文学》较为充分全面地剖析了道教与中国民间文学的密切关系，对受道教影响的传说、故事、民歌、曲艺做了论述，总结出道教与民间文学的相互渗透性，论著独创新颖，为民间文艺学的跨学科研究开拓了道路。

其次是民俗与民间文学的比较。民间文学反映着民众的世俗生活和心理愿望，而民众的世俗生活也充实和丰富着民间文学的发展。万建中教授《解读禁忌——中国神话、传说和故事中的禁忌主题》一书从民间文学与民俗的角度出发，深入解答了民间文学的民俗禁忌的理论问题。作者将民间叙事的禁忌主题划分为完全式禁忌主题、非完全式禁忌主题和故事外的禁忌主题三种情况，以此来区分故事中的禁忌主题与民间的禁忌习俗相一致或不一致的具体情形，具有重要的学术价值。跨学科研究对有关联的文化事象进行对比阐发，从异同处寻得文化演进的规律。

民间文学的比较研究，实际上是比较文学方法在民间文学研究上的运用，但比较文学发展初期，内容几乎都来源于民间文学。所以，比较文学从诞生之日起就与民间文学结下了不解之缘，二者相互渗透，密不可分。比较研究方法可以广泛而灵活地运用在各类民间文学的研究上，如刘守华用比较方法对故事作跨国、跨民族、跨学科的研究，深耕几十年，成果丰硕，他的比较故事学研究既为民间文艺学学科发展开拓道路，也为比较研究方法提供了多种可能，在方法论上极具参考价值。再如叶舒宪站在国际化立场上，通过人类学的视角对中国神话进行比较研究，不仅在中国神话研究领域成果显著，而且不断译介国外神话学研究最新动态，为中国的比较神话学发展奠定了坚实的基础。

随着民间文艺学与学科研究方法论的发展，民间文艺学的几种基本研究方法被不断深化实践，不断产生新的内涵，在这方面值得我们认真关注。

二、民间文艺学具体研究方法

（一）神话—原型批评方法

神话原型批评源于 20 世纪初英国古典学界崛起的仪式学派（即剑桥学派），它的系统理论出现于 20 世纪 50 年代末期。1957 年，加拿大学者诺斯罗普·弗莱出版了著作《批评的剖析》，该书标志着神话原型批评的诞生，被视为神话原型批评理论的"圣经"，弗莱被认为是神话原型批评的创始人。[①] 这一理论的形成、发展过程在不同阶段有不同的观点。学界普遍认为，英国人类学家弗雷泽的"仪式派"人类学思想和瑞士心理学家荣格的"集体无意识"学说及"原型"理论给神话原型批评的产生提供了理论基石。在文化研究过程中，研究者通过批评，力图发现文学作品中反复出现的各种意象、叙事结构、人物类型、故事线索等，找出这些作品存在的共性及其基本呈现形式，通过对规律性模式的总结，把一系列原型广泛应用于对作品的分析、阐释和评价，从而开辟了文学研究的新的角度与空间。[②]

神话原型批评从"原始思维""集体表现""无意识"等视角认识人类心灵世界，表现出了极大的开放性和不同文化传承中的拓展性，为文学作品阐释提供了独特的角度。民间文学作品涉及体裁相当广泛，具有流传时间长、分布范围广等特点。"五四"以来，民间文艺学不断发展，各种理论源源不断地进入民间文学

---

① 马振宏：《论神话原型批评》，《陕西学前师范学院学报》2014 年第 2 期。
② 叶舒宪：《神话—原型批评的理论与实践（上）》，《陕西师大学报（哲学社会科学版）》1986 年第 2 期。

研究的视野，神话原型批评理论大约在二十世纪八九十年代作为国外文学批评理论引入我国，拓宽了文学的研究视野，也逐渐在研究中被运用。

神话原型批评理论以其系统性、宏观性等特点为文学批评注入了新的活力，为我国文学研究的转型提供了帮助。神话原型批评打破了作品之间的时空界限，将有联系的作品联结起来研究，通过对作品之间相关性的研究，发现、总结其普遍性，力求找出其发展演变的规律，揭示了不同时期、不同地域人们思想、心理上的变化，也体现了文学现象和古代神话、仪式以及原型之间的密切关系。[①] 神话原型批评理论的不足之处在于重视对作品原型的探讨，而轻视作品的个性特征。艺术来源于生活，同一原型在流传过程中受不同地域、历史、文化及作家个性的影响，呈现出丰富多彩的特点和审美意蕴，原型批评理论侧重于对作品深层结构原型的考察，寻求作品的同一性，而忽视了作品的个性与审美价值。

叶舒宪是中国神话原型理论发展的领军人物。1986 年他开始系统地介绍神话原型批评理论，发表了长篇述评文章《神话—原型批评的理论与实践》，对神话原型批评理论的起源，神话、原型等概念的发展流变，神话原型批评理论的体系建构，方法的多种倾向以及优缺点等进行了详细介绍。1987 年，陕西师范大学出版社出版了他编译的《神话—原型批评》，成为国内学者积极接受、使用这一批评方法的催化剂。这本书为国内学者了解西方文学如何脱胎于神话、如何借助神话原型进行置换与重构提供了清晰的理论、资料支持。之后，一大批学者纷纷开始利用神话原型批评方法研究中国文学和文化，取得了令人瞩目的成绩。

（二）传说圈理论

传说圈由日本民俗学家柳田国男在其著作《传说论》中提出。它的提出，是对传说理论的进一步建构与发展。柳田国男认为，为了研究工作的方便，可把传说所流行的处所称作"传说圈"。传说圈有以下特点：第一，同种类、同内容的传说圈相互接触并存在相互重叠的区域，而传说又有相互吞并和融合的情形。第二，各自孤立存在的传说圈内，各自流传着独立的传说，这些传说受自然地形和生活习俗的束缚，经常是孤立存在的。传说有以纪念物构成的中心，加上它的辐

---

① 　王文参：《神话原型批评对中国民间文艺学建设的方法论意义》，《文艺评论》2005 年第 4 期。

射区域，就是传说圈的范围。处于传说圈内的人倾向于相信传说，而处于圈外的人倾向于不信；处于传说圈中心的人，其相信程度比边缘地区要强，且相信程度大致由中心向四周递减。

在论述传说体裁特点时，柳田国男指出传说的一个重要特点是可信性，书面的东西是相对固定的，而口头的传诵却始终表现出发展变化的状态。柳田国男在《传说论》的第六章指出了与昔话（民间故事）相比传说所具有的特点：

第一，传说有人信，而故事（昔话）则不然。他认为，从前可能有过这样的时代，凡是知道传说内容的人，都将其奉为事实；但现在相信的人是越来越少了。同一家人，老少两代，态度就常常不一样。而昔话，则是后来人们根据所处的现实生活自觉编撰的虚构性较强的文学作品，往往带有一定的主观幻想性与随意性，寄托了人们对生活苦难的申诉与对美好生活的热烈渴望。因此，昔话相对于传说来讲，少有人信以为真。

第二，传说有其中心点。这里所说的中心点，是指传说必有"纪念物"，即与该传说有关的地理历史风物。纪念物使得传说相对于故事而言具备了解释性和说明性。它的作用不仅为传说的产生提供客观证明，而且也增加了其可信度，使人们更加信服。此外，距离传说中心的远近对传说的流传度与影响力具有很大的相关性。距离传说的中心越远，人们受其影响也就越小，对该传说的反应也就越为冷淡，在讲述的时候，经常加上"据说、听说"之类的词语。

第三，传说具有叙述的自由性与可变性。柳田国男认为，故事是叙述不受形式限制的自由性、可变性。故事的讲述模式较为固定，具有清晰的规律与形式，也有固定的语言和顺序，把故事的要点贯穿起来即可。传说则不仅没有固定的形式，它的语言并不固定，而且还要对应当时的情景，经常处于现编现说之中。

根据传说圈的分布区域与范围，众多学者对分布在不同地域的神话、传说、故事进行了整理与研究，在柳田国男"传说圈"理论的基础上作出进一步的推进，并对分析、建构新的研究角度做出了重要贡献。乌丙安的《论中国风物传说圈》中，提出了"'风物传说圈'的研究是传说圈理论研究的核心部分，剖析风物传说圈是解决传说理论与实践诸问题的关键"[①]的观点。他反对柳田国男对"传

---

① 乌丙安：《论中国风物传说圈》，《民间文化论坛》1985 年第 2 期。

说圈"概念的解释，认为他仅从地理方面揭示了传说圈的中心点、范围等，而没有联系与之相关的其他社会文化现象，例如民族文化圈、历史活动圈、宗教传播圈以及方言圈等。此外，他还系统地划分了风物传说圈的类型，将传说群分为民族传说群、历史人物传说群、宗教信仰传说群，根据不同类型群体的划分，论述了其不同的流传特点、风物特点、传说圈的形成原因等，进一步完善了传说圈理论。

传说圈理论在中国的发展产生了丰硕的学术成果，我国学者研究主要以针对具体传说的个案研究而展开，如巫瑞书《炎帝神农传说圈试探》、段友文《李自成传说的英雄叙事》、余文华《建文帝传说圈及其重庆中心论》、汪保忠《河南伏牛山牛郎织女传说圈研究》等。

在此我们以《李自成传说的英雄叙事》为例来剖析我国学者对"传说圈"理论的运用，从中了解研究者在其研究过程中如何对理论进行解构又如何使其适用于个案研究的。该文作者选定李自成英雄叙事主题后，搜集了大量文献资料，并到实地考察与访谈，获得活态的口述资料。在分析资料的基础上，根据传说的分布范围进行了地域的划分，将其分为了三个板块：陕西、京晋豫、鄂湘，即三个传说圈。作者认为李自成传说的传播与讲述围绕李自成的行踪展开，"它不一定是以核心点为中心向四周扩散，其形成的影响因素不仅与地形地貌有关，而且与起义军的活动范围、民众的认同程度紧密相连"[①]。按照李自成出生、起义、失败的线索，作者概括了各个传说圈内的故事类型和亚型，进而总结了传说故事蕴涵的民众思想。

《炎帝神农传说圈试探》一文主要探讨炎帝神农传说的流布，作者将这类传说的传播地域划分为陕西宝鸡传说圈、湖北厉山（随州）传说圈和湖南茶陵传说圈。在研究过程中，作者借鉴乌丙安的传说圈理论，结合传说圈的历史文化背景、名胜古迹、风俗礼仪、民间作品等，将传说放入其赖以生存的深厚土壤中予以考察。此外，作者还结合炎帝神农传说将传说圈结构划分为中心点、主干部分、延伸部分三部分，具有理论探索意义。

"传说圈"理论的研究，着重于统一类型传说的地域分布以及传说在不同区

---

① 段友文，刘丽丽：《李自成传说的英雄叙事》，《民俗研究》2009 年第 4 期。

域内流传的内容、影响力，还对不同的传说圈内文化的流动性与交互性及其演变流传的过程深入挖掘。"传说圈"理论为研究民间文艺作品提供了新的角度与方法论的支撑，但在世界范围内，相关研究成果还不够丰富，理论建设尚不完备，还需要进一步研讨和深化。

（三）故事类型研究法

民间故事的评论研究有诸多方法，其中故事类型法是从类型切入民间故事、从微观到宏观揭示民间故事特质的一种有效方法。陈建宪在《〈白水素女〉"偷窥"母题发微》一文中谈到民间故事看上去让人眼花缭乱，但实际上却又有相当固定的模式，以致许多国家和地区都有"民间故事类型索引"的出版。[①]

故事类型法也称类型索引法，属于类型分类研究方法。这种故事分类方法源于芬兰民俗学者阿尔奈与美国学者汤普森。1910 年，芬兰学者阿尔奈发表《故事类型索引》一书，分析比较了芬兰和北欧一些国家以及某些欧洲国家的民间故事，将这些故事同一情节的不同异文归为一个类型，并写出简洁的提要，然后分类编排，统一编号。该书发表后，影响很大。1928 年，美国印第安纳州立大学的汤普森出版了《民间故事类型索引》，对阿尔奈的体系进行了补充和修订。二人所创立的分类体系被称为"阿尔奈—汤普森体系"，简称"AT 分类法"。该方法将故事分为了五大类，编为 1-2499 号。具体分类如下：

1. 动物故事（1 号 -299 号）

2. 普通民间故事（300 号 -1199 号）

3. 笑话（1200 号 -1999 号）

4. 程式故事（2000 号 -2399 号）

5. 未分类的故事（2400 号 -2499 号）

AT 分类法的产生为学术界研究民间故事提供了新的学术思考体系，为学者研究本国、本区域的民间故事提供了方法论的借鉴，具有相当广泛而深远的影响。但其分类方法仍存在不足之处，例如故事范围的界定、故事类别的划分、类

---

① 陈建宪:《〈白水素女〉"偷窥"母题发微》,《华中师范大学学报（人文社会科学版）》1999 年 3 月。

型编排的顺序等方面仍需进一步探讨。

　　我国学者在借鉴、吸收西方故事分类方法的基础上，结合本土的民间故事，创造出了本国的故事类型方法。1931 年，钟敬文发表了《中国民谭型式》一文，归纳出 45 个中国民间故事类型并写出了情节提要。此后几十年中，中国民间故事类型体系的研究成果引人瞩目，相关著作主要有四本。一是在 1937 年问世的《中国民间故事类型》，由德国学者艾伯华编纂而成，共归纳出 300 多个故事类型。该书按照中国民间故事的特点进行分类编纂，对其进行归纳，涵盖面很广，中国常见的民间故事都被收揽其中。钟敬文评价该书是"关于中国民间故事的一部具有相当意义的学术工具书，它是一百多年来西方学者所撰写的一部比较有价值的中国民俗学力作"。① 二是在 1978 年出版的《中国民间故事类型索引》，由美籍华人学者丁乃通所作。该索引将故事与神话、传说剥离开来，从 580 余种、7300 多篇故事中归纳出 843 个类型，对每个故事类型的细节描述更为具体。该书运用了 AT 分类法的原则，采用了国际通用的编码，将中国民间故事纳入了国际体系，也为国外学者研究民间故事提供了便利。三是 2003 年在中国台北出版的《中国民间故事集成类型索引》，作者是台湾学者金荣华。该书以《中国民间故事集成》为对象，以"丁氏索引"为基础进行改进，将所有类型重新命名，并增列了几十个新的类型。四是 2007 年河北教育出版社出版的《中国古代民间故事类型研究》，作者祁连休通过大量翔实的资料，全面归纳了古代民间故事类型，并以其演进轨迹为线索，梳理描绘了中国古代故事的全貌。从这四部著作可以看出，丁乃通和金荣华大致遵循国际 AT 分类法，而艾伯华和祁连休则按照中国故事本身情况另外分类。陈连山将这一现象概括为中国民间故事类型研究的普遍性与特殊性之争，并反思了 AT 分类法是否适用于中国故事研究的问题。陈连山认为，AT 分类法是目前唯一以民间故事类型最高普遍性为目的的类型体系，因此，中国故事的类型体系应参照它去建立更具普遍性、更完善的世界民间故事类型，这也是民间文艺学在运用故事类型方法研究时需要关注的问题。

　　故事类型索引法为民间叙事文本的研究带来了很大的便利，但与此同时，其局限性也是需要注意的。毕竟索引所能搜求的故事资料有限，而我们在研究时所

---

① ［德］艾伯华:《中国民间故事类型》，北京：商务印书馆，1999 年，第 3 页。

用到的大量资料是来自田野和日常的。此外，索引是作为检索民间故事的工具书而编纂的，对于故事类型的叙事形态只能做粗略的描述，而无法展示故事各方面的丰富性。

（四）母题研究法

"母题"是一个舶来词，一般认为，母题一词由德国学者科尔勒首先提出，后来被应用于民俗学研究领域。民间文学作品很多，对于文体内部结构的分析是研究的重点。母题作为一个世界通用的单位被用来分析民间文学内部结构，是民间故事分类的基础。对于"母题"的概念，历来有众多争议。有关学者将欧美学术界对母题的概念的界定概括为如下几种观点：其一，认为母题是作品主题的一部分，即作品意旨的意思。倡导这种观点的代表人物是俄国形式主义学者托马舍夫斯基；其二，将母题界定为一种背景、一个广泛的概念，具有中性的特性，代表人物是比利时学者特鲁逊；其三，认为母题是一个故事中最小的成分，由于该成分有独特的文化蕴含量，从而能够在传统中长久持续，美国民俗学家斯蒂·汤普森是这种观点的拥护者。[①]

在中国故事学界，通常以美国学者汤普森在《世界民间故事分类学》中对母题概念的论述作为参照：一个母题是一个故事中最小的、能够持续在传统中的成分，它具有某种不同寻常的动人的力量，母题大致可分为 3 类：其一，故事中的角色——众神，或非凡的动物，或巫婆、妖魔、神仙之类的精灵，或是传统的人物角色，如受人怜爱的最年幼的孩子，或残忍的后母；第二类是用以设计情节的某种背景——魔术器物，不寻常的习俗，奇特的信仰，等等；第三类是单一的事件，这一类囊括了绝大多数母题。[②] 陈建宪在继承汤普森对母题概念阐释的基础上，指出"作为民间叙事文学作品内容的最小元素，母题既可以是一个物体（如魔笛），也可以是一种观念（如禁忌），既可以是一种行为（如偷窥），也可以是一个角色（如巨人、魔鬼），它或是一种奇异的动、植物（如会飞的马、会说话的树），或是一种人物类型（如傻瓜、骗子），或是一种结构特点（如三叠式），

① 刘惠卿：《母题何为——文学母题和母题研究法溯源》，《湛江师范学院学报》2010 年第 1 期。
② 万建中：《民间故事母题学研究概观》，《文化学刊》2010 年第 6 期。

或是一个情节单位（如难题、求婚）。这些元素有着某种非比寻常的力量，使它们能在一个民族的文化传统中不断地延续。它们的数量是有限的，但是它们通过各种不同的组合，却可以变化出无数的民间文学作品。"①

我国最先倡导与应用母题研究法的是胡适，他译介了母题的概念。胡适提倡运用母题研究法去研究民间文学作品，并主张通过资料的搜集，把众多材料进行比较研究，从而找寻其纵横变化的痕迹。他在《歌谣的比较研究法的一个例》中写道："有许多歌谣是大同小异的，大同的地方是他们的本旨，在文学的术语上叫作'母题'。小异的地方是随时随地地添上的枝叶细节。往往有一个'母题'，从北方直传到南方，从江苏直传到四川，随地加上许多'本地风光'；变到末了，几乎句句变了，字字变了，然而我们试把这些歌谣比较看看，剥去枝叶，仍旧可以看出他们原来同出于一个'母题'。"② 他认为要对作品进行筛选、对比，去粗取精，剥去具有大同小异特征的枝叶，去寻找歌谣的"本旨"，即"母题"。

在胡适的影响之下，民俗学家开始将这种方法应用于研究当中。例如，董作宾率先用母题研究法研究民间歌谣。他选择的歌谣是在当时流传很广的作品《看见她》，他从歌谣研究会收集到的一万多首歌谣中筛选出 45 首具有同一母题的民间歌谣《看见她》，从中解析出了三个母题：（1）"娶了媳妇不要娘"；（2）"寻个女婿不成材"；（3）"隔着竹帘看见她"。通过对歌谣的对比和研究，董作宾认为该歌谣在地理分布上呈现出"两大语系"和"四大政区"的特征，并得出该歌谣的发源地为陕西的中部地区。③ 此外，较为著名的母题研究法运用的成功案例是顾颉刚的《孟姜女故事研究》，他搜集了孟姜女故事的大量资料，并从历史学的角度进行了考据、分析，运用历史演进的方法对流传于各个朝代的孟姜女故事进行对比，找寻故事流变的过程。他对"哭夫墙崩"题材的考证和梳理，开创了我国民间文学研究的新路。

母题研究法在当下的研究中应用非常广泛，除了对歌谣体裁的研究外，神

---

① 陈建宪：《神话解读——母题分析方法探索》，武汉：湖北教育出版社，1997 年，第 22 页。
② 胡适：《胡适文存》二集卷四《歌谣的比较研究法的一个例》，合肥：黄山书社，1996 年，第 581 页。
③ 刘惠卿：《母题何为——文学母题和母题研究法溯源》，《湛江师范学院学报》2010 年第 1 期。

话、故事、戏曲等母题研究也有相当迅速的发展。例如王宪昭《中国民族神话母题研究》①、刘魁立《论中国螺女型故事的历史发展进程》②、陈建宪《论中国天鹅仙女故事的类型》③、段友文《南蛮盗宝型传说母题的文化阐释》④等等。

王宪昭《中国民族神话母题研究》是在其博士学位论文基础上出版的一部力作，由民族出版社出版，是我国学者将母题概念在中国民族神话研究中的成功应用。作者在掌握大量资料的基础上，以母题为研究方法，成功构建起我国各民族神话的综合研究体系，是一次完整意义上的对中国民族神话的深入挖掘。首先是对母题的概念进行更加明确的阐释，作者认为："母题是神话叙事过程中最自然的基本元素，可以作为一个特定的单位或标准对神话故事进行定量或定性分析，在文学乃至文化关系方面，能在多种渠道的传承中独立存在，能在后世其他文体中重复或复制，能在不同的叙事结构中流动并可以通过不同的排列组合构成新的链接，表达出一定的主题或其他意义。"⑤在此概念的基础上，作者通过对文本资料的分析整理，按照客观通用的标准，对各民族神话母题进行抽取和归纳，划分出起源母题、神的名称母题、灾难母题、秩序母题等基本类型，每一基本类型下又逐级细分，建立一级类目、二级类目、三级类目，使各民族神话文本体系内部具有清晰的层次性。作者还从宏观角度对民族神话的内涵、共性与个性、积淀与流变以及对后世的影响等问题进行探讨，深入挖掘民族神话母题的独特文化价值。

母题作为神话分析的元素，既显示出民族神话基因中的文化共性，又凸显了各民族神话所隐含的民族心理、民族审美意识和民族情感的差异性。民族神话母题研究的意义在于："一是通过神话母题研究，将汉族和少数民族神话置于同一个研究平台，初步建立起较为系统的中国民族神话母题评介体系，使神话的研究领域有所扩大。二是通过神话母题研究，提供我国民族神话研究的参照数据，并利用'母题'在民间文学和文化研究中的广泛适应性，把民族神话作为一个特定对

① 王宪昭：《中国民族神话母题研究》，北京：民族出版社，2006 年。

② 刘魁立：《论中国螺女型故事的历史发展进程》，《民族文学研究》2003 年第 2 期。

③ 陈建宪：《论中国天鹅仙女故事的类型》，《民族文学研究》1994 年第 2 期。

④ 段友文：《南蛮盗宝型传说母题的文化阐释》，《民间文化论坛》1998 年第 10 期。

⑤ 王宪昭：《民族神话研究中的母题分析法》，《重庆师范大学学报（哲学社会科学版）》2007 年第 3 期。

象与社会学、人类学、民族学等学科沟通起来。三是通过神话母题研究,进一步确立中国民族神话在中国文学中的地位,澄清和纠正以往神话研究中对中国少数民族神话的一些模糊甚至错误的认识。"① 该作品从母题视角出发综合研究我国各民族神话,是我国民族神话学、民间文艺学研究的一次有益尝试。

三、民间文艺学方法余论

以上我们所谈到的方法及其实践案例,大部分是以民间文学为研究对象而展开的具体研究,而学界对于其他民间文艺的方法论关注较少,这也是当前民间文艺学研究存在的缺陷。

民间文艺学的研究与学科建设一直处于不断发展中,但学科内部对各种民间文艺文体的研究是不均衡的。"作为散文的叙事体裁,神话与民间故事研究一直是民间文艺学的主流,尤其是 20 世纪 80 年代以来,研究成果不断涌现,蔚为壮观。作为韵文的歌谣体裁,史诗研究在国际学术交流中也取得了较为显著的成绩。与神话、民间故事及史诗等民间文艺研究相比,民间小戏研究显得较为滞后。"② 基于此,周全明梳理并总结了民间小戏的研究过程,发现民间小戏研究自民国以来经历了从文本层面的小戏转变为语境层面的小戏和生活实践层面的小戏的认知过程转变,形成了文本作品研究范式、文化语境研究范式和艺人实践研究范式三种研究范式,研究范式的转变与社会文化思潮、学科建设和研究方法等因素有关,这种方法论上的反思对于民间文艺学研究具有重要意义。

如何促进民间文艺学内部各文体、各门类研究的均衡发展? 对民间文艺学方法论的回眸是一个关键,也就是在方法论上的自觉意识。梳理民间文艺中各类艺术现象的研究方法的特点与思想轨迹,总结其方法论发展规律,结合新文科背景,重新探索民间文艺和学科内部的深层关联,从而更好地促进民间文艺学学科建设,这是我们今后应关注的重点。

---

① 王宪昭:《民族神话研究中的母题分析法》,《重庆师范大学学报(哲学社会科学版)》2007 年第 3 期。

② 周全明:《从文本到实践:民间小戏研究的范式转换及其演进路径》,《民俗研究》2022 年第 1 期。

思考题：

　　1. 如何理解钟敬文民间文艺研究的"方法三层次论"？

　　2. 民间文艺学研究应遵循哪些理论原则？应注意哪些问题？

　　3. 民间文艺学的基本研究方法有哪些？

　　4. 民间文艺学的跨学科研究方法和具体研究方法有哪些？试举一案例进行分析。

　　5. 试运用类型研究法、母题研究法对你熟悉的民间故事类型予以分析。

　　6. 试运用传说圈理论分析你熟悉的民间传说。

第十章　民间文艺学研究前沿动态

　　1949 年至今，民间文艺的发展经历了五个阶段：1949—1957 年民间文学这一学科得以独立；1958—1966 年伴随着新民歌运动的开展，民间文艺学得到大发展；1966—1976 年民间文艺学研究陷入停滞，直到 1978 年才开始恢复，进入另一个发展期；20 世纪 90 年代，在民俗学快速发展的背景下，民间文学逐渐偏离自身的文学轨道，研究本体逐渐丧失；21 世纪以来，在多种理论和非物质文化遗产保护运动的共同作用下，民间文艺研究有了多维视野和范式，呈现出新的发展态势。

第一节　民间文艺理论研究

　　20 世纪 80 年代，许多新兴的学科、学派、思潮、方法涌入中国，学术界吸收了大量新鲜的血液，民间文艺研究范式为之一新。民间文艺学者对其研究对象的性质有了更深入的认知，因此在研究方法上也及时进行了调整。不同于传统认知中的民间文艺的文本是静态的观点，现有研究认为对文本的理解需要结合语境。21 世纪的民间文艺工作者们越来越清晰地认识到这一点，民间文艺文体都不同程度地发生了从静态文本研究向动态语境研究的转变，这与以下几种重要理论的传入和本土化实践密不可分。

一、口头程式理论与程式化研究

　　口头程式理论，由哈佛大学的一对师生帕里和洛德共同创立和完善。这一学说的出现，对学术史上著名的"荷马问题"做出当代解释，同时也创立了实证研究和比较方法的理论范型。

20世纪，针对荷马问题有两种不同的说法。分辨派持"荷马多人说"，认为"荷马史诗"是多人合力创作的作品；与之相对立的统一派，持"荷马一人说"，认为它出自个人创作。帕里对以上观点都持怀疑态度，他主张"荷马史诗"源自一个流传久远的演唱诗歌的传统，史诗从传统中汲取营养作为立足之根。为了印证自己的猜测，他和洛德去南斯拉夫考察，将存活于当地的活态的演唱形式与《荷马史诗》的书面文本进行对比，试图对荷马问题做出新的解释。

20世纪90年代，中国学者逐渐注意到了口头程式理论的学术价值，我国的史诗研究逐渐转向动态。最早对口头程式理论进行译介的学者是尹虎彬，他在1996年翻译了《故事的歌手》，同时在《口头诗学的本文概念》一文里提出口头诗歌的本质属性能否成为中国史诗研究者所要研究的问题这一论题，这也与他最初的学术构想遥相呼应。朝戈金翻译了《口头诗学：帕里—洛德理论》，并在《民俗学视角下的口头传统》中提出民众理解口头表述的准绳是长期积累的生活经验，表达主体的记忆是否可靠，现场的讲述环境是否和谐，都会影响表述本身。口头诗学的价值在于改变研究者对于民间文艺各类文体的本体研究视角，在于多视角探索并促进系统化学术取向的形成，而并不在于个案研究的累加。当然，个案研究为整体学术取向的形成提供基本材料，夯实基础，这也毋庸置疑。由此看来，口头诗学对其他民间叙事研究有着极为重要的方法论意义。同时，朝戈金在《朝向21世纪的中国史诗学》中对史诗研究在中国的发展历程进行梳理，概括了研究格局的变化走向，总结了目前工作存在的问题，并着重介绍了口头传统研究在中国的实践成果。相关文章还有高荷红的《口头传统·口头范式·口头诗学》、苏茜的《中国口头诗学理论与现实意义评述》以及王艳的《口头诗学理论的范式转换及理论推进》等。

民间文艺在传播、发展的过程中受到口头程式理论的影响，民族史诗首先吸纳了口头诗学特色，呈现出鲜明的口头性、程式化转向。朝戈金以《江格尔》作为研究对象，对其词语和句法进行分析，首次证明"程式句法"存在于蒙古史诗之中。

其他类型的民间文艺也呈现出"程式化"表达的特征。黄旭涛在《民间小戏中的口头诗学——山西祁太秧歌的一种研究视角》中把祁太秧歌中的程式性现象作为研究对象，采取口头程式理论的研究方法，分析其中具有程式意义的"官乱弹"。他认为："秧歌的文本就是由不同的程式性语句和叙事单元组合而成的，艺人通过记忆程式性套语和结构来记忆文本，根据程式性套语和结构提供的框架进行创作和演出。"① 李素娟通过对口头程式理论的借鉴，对刘三姐歌谣中的词语程式、句法程式和程式化表达三方面进行分层研究，拓宽了刘三姐歌谣研究的学术空间。② 高荷红从口头程式理论角度分析神歌，对《满族萨满神歌译注》文本进行分析，概括出八类程式，分析其在萨满创作、表演时所起的重要作用③，此外还对满族神歌祭祀仪式进行程式化分析。④ 做类似研究的还有刁丽伟、王丽娜，她们以牡丹江地区满族家族祭祀活动为个案，分析满族家族祭祀中的仪典程式化现象。⑤"程式化"研究成为民间文学普遍运用的有效方法，口头程式理论的动态研究范式对我国民间文学的研究起到了重要作用。

随着新媒体时代的来临，口头诗学理论与实践出现了"非遗化""媒体化""数字化"三种转向。在非物质文化遗产运动以不可阻挡之势席卷全球的大背景之下，由于民俗学家和人类学家的积极推动，大批口头文学进入非遗保护之列。同时，快速崛起的互联网和新媒体不仅改变着人们的生活，也催生了新的文化传播交流方式。抖音、快手等短视频传播媒介的兴起，使口头文学从单一的口耳之学变成多元的视听之学，迎来新的机遇。口头传统的"多媒体转向"，使每个人既成为信息的接受载体，又成为信息的传播者。在这种情况下，口头传统产生了"数字化"转向，借助互联网和数据库进行活态存储和利用。三种转向浑然一体，共同引领和推动了口头传统的发展趋向。

口头程式理论作为民间文学重要的研究理论之一，近些年应用极广，频繁地在各类博硕论文和期刊数据库文献中出现。郭翠潇认为口头程式理论在中国本土

---

① 黄旭涛：《民间小戏中的口头诗学——山西祁太秧歌的一种研究视角》，《民俗研究》2005 年第 3 期。

② 李素娟：《程式化表达：词语、句法及主题——刘三姐歌谣论析》，《民族文学研究》2017 年第 2 期。

③ 高荷红：《满族萨满神歌的程式化》，《民族文学研究》2005 年第 3 期。

④ 高荷红：《满族神歌仪式的程式化》，《民族艺术》2005 年第 3 期。

⑤ 刁丽伟、王丽娜：《牡丹江地区满族祭祀仪典程式化研究》，《牡丹江师范学院学报（哲学社会科学版）》2010 年第 6 期。

的研究特点是：研究对象丰富，涉及多种文本；涉及多个民族；研究对象分布地域广；多学科研究视角。[①] 这样的概括是准确而全面的。口头程式理论的应用和口头诗学的发展促成了学界和社会各界重视口头传统的局面，口头传统艺术正在与影视、动漫等高度融合，视听结合成为新的口头传统艺术呈现方式。在口头传统艺术保护方面，除多项口头传统艺术和口头文学进入非遗保护范围外，数字民俗学亦提供了一种记录与保护口头传统的新方式，利用数据库做好口头传统资源记录和储存工作，既方便查找，也很大程度上防止了数据资源的散失。以上这些新的发展趋向，将会为口头传统的研究和发展提供助力。

二、民俗志研究与民族志诗学

第一部真正学术意义上的民族志是马林诺夫斯基的《西太平洋上的航海者——美拉尼西亚新几内亚群岛土著人之事业及冒险活动的报告》。[②] 从"文化书写"层面看，民族志是对他者、他族、他地的田野调查及文化的"深描"。人类学研究者在民族志的写作过程中注意到了文化元素所处的社会场合和时空的重要性，并通过被研究者的观念去分析他们的文化。随着学科不断地发展，在民俗学层面，民族志逐渐发展为民俗志，成为民俗学研究的基础性方法。

我国自古以来就有书写民族志的传统，汉代的《史记》是首部以官方名义书写的民族志，但在传统学术研究中，没有民族志这一概念。钟敬文在"建立中国民俗学学派"的学术构想中第一次把"民俗志"作为一个现代学术概念提出。它的出现得到了民俗学界的广泛认同，而且为学科建设实践提供了学理基础。西方的民族志研究对象是他者，在调查上注重长时段研究和参与式的观察。实地调查、田野工作是民俗研究的重要路径，民俗志写作是民间文学由口头资源转向文本资源的重要手段，是民俗学研究的经典范式，成为民间文艺研究至关重要的路径。

20世纪初早期民族志研究者对口头诗歌进行深描，试图恢复土著民族诗歌

---

① 郭翠潇：《口头程式理论在中国研究生学位教育领域的应用（2000-2017）——基于133篇硕士、博士学位论文的计量分析》，《民俗文学研究》，2018年第6期。

② [英] 马林诺夫斯基：《西太平洋上的航海者》，弓秀英译，北京：商务印书馆，2016年。

的原貌，并且解决将口头诗歌录为书面文字时产生的歧义和缺失。但在实际操作中，为了区别不同的表演技巧，转换时所用到的大量符号缺乏统一的标记方式，给实际操作带来困难。比如，海默斯用口头诗歌规律性的"韵律"确定诗歌的分行。

21世纪以来，我国学者杨利慧、朝戈金等人都从不同的视角出发对民族志诗学进行了阐释。杨利慧指出民族志诗学的"核心思想是要把文本置于其自身的文化语境中加以考察，并认为世界范围内的每一特定文化都有各自独特的诗歌"[①]。民俗学家们的民族志研究，不仅使成果广为流传，还为中国少数民族诗歌民族志诗学性质的口传演述和书面记录提供了理论和实践依据。冯清贵以民族志诗学的方式，对次仁罗布小说中的地方性知识、民族集体记忆进行了深描。[②]朱刚以民族志诗学的理论还原白曲演述的实际样貌和白族民歌真实的存在状态。[③]

学者从民族志诗学理论出发做了大量分析，并且创造性地将其运用在少数民族诗歌的考察中。姜迎春运用了包括民族志诗学等多种学术理论，探讨在新的时代背景下《嘎达梅林》文本的搜集、整理和翻译等工作的原则。[④]民族志诗学理论为我国少数民族诗歌，或者说少数民族文学研究提供了一种新的视角，而少数民族文学的创作也自觉或不自觉地被民族志诗学理论所影响。民族志诗学对语言学、文学批评等领域也有较大影响。

在广泛运用民族志诗学进行个案研究的同时，国内外民俗学者也没有停止过对这一理论流派的批评和反思。杨利慧认为民族志诗学仍有不足之处，是一种认识论上的自相矛盾，是一种不自觉的对书写能力的过分扩大和迷信。针对第一点，她认为民族志诗学虽然声称自己是去中心的诗学，但仍然有一种隐藏着的标准，一种不明显的中心。第二点则指文字不能全面表现所有的表演形式，而民族

①　杨利慧：《民族志诗学的理论与实践》，《北京师范大学学报（社会科学版）》2004年第6期。

②　冯清贵：《民族志诗学视域下次仁罗布小说的西藏叙事》，《西藏研究》2016年第6期。

③　朱刚：《白曲演述传统与诗行观念——白族山花体民歌的民族志诗学反思》，《贵州民族大学学报（哲学社会科学版）》2015年第6期。

④　姜迎春：《民族志与口头传统视野中的民间文学文本——以叙事民歌〈嘎达梅林〉文本迻录为个案》，《民族翻译》2009年第4期。

志诗学太过扩大文字的表现功能。[①] 但总体而言，民族志诗学仍然拓宽了我国民间文艺研究的视野，尤其是创新了我国少数民族民间文艺研究的视角，推动了少数民族民间文艺研究进程。

21 世纪以来，随着民族志的传入和民俗志的崛起，以及在民族志诗学范式引领下，我国学者开始注重对民间文艺进行动态的语境研究，将研究内容从文本、语言扩大到其他叙事层面，比如身体叙事、符号叙事等。符号叙事研究方面，叶舒宪提出了"第四重证据法"，对玄鸟、虎、熊等进行了图像符号学的分析论证，对其中蕴含的隐喻性进行学理性的阐释。总体而言，新的研究手段使用我国民间文艺更加趋向动态研究，推动了民间文艺的研究视野向多元开阔的方向转变。

三、"实践"与实践民俗学

高丙中认为，民俗学不仅是一门文人的学问，学者要在现实中寻找民俗学的可能性，以日常生活为研究对象。户晓辉不止于此，认为实践民俗学不仅要以日常生活为对象，同时也要以日常生活为目的。他决意从学科历史和学科理论中寻找实践民俗学的可能性和必要性。"实践民俗学者认为，只有在以生活世界为先验基础的日常生活中才能看见完整的人，才能相信普通民众完全有能力把实践法则当作民俗实践的理性目的。这是实践民俗学与其他学科在研究日常生活时的最大不同。"[②]

户晓辉写过大量研究实践民俗学的论著，他在《谈谈实践民俗学》里讲到民俗学从民俗返回日常生活的目的。"民俗学把民众日用而不知的日常生活事项纳入学术视野，它的意义不仅是为了观察事实，更是为了理解其中的超验意义和先验价值。另一方面也不仅是为了在研究对象上拾遗补阙，扩大我们的视野和研究范围，更是为了重新理解并激活日常生活中的理性成分，让它们在现代化进程中获得合理合法的地位并发挥其正当功能。"[③] 户晓辉认为实践民俗学是反思的民俗学，提倡站在先验的立场上看待人的实践。刘铁梁认为实践民俗学是"面向日常

---

① 杨利慧：《民族志诗学的理论与实践》，《北京师范大学学报（社会科学版）》2004 年第 6 期。

② 户晓辉：《实践民俗学的日常生活研究理念》，《民间文化论坛》2019 年第 6 期。

③ 萧放、朱霞主编：《民俗学前沿研究》，北京：商务印书馆，2018 年，第 89 页。

交流实践的民俗学"①。不同于刘铁梁的看法，王杰文认为实践民俗学本质上是一门思辨的学问，而非经验研究，与经验民俗学相比，实践民俗学更关心当下困顿的现实与日常生活。"实践民俗学"要求学者直接面对与民众在交互意义上共同面临的根本问题，即"人的自由的问题"，注重研究者与民众之间的交流与对话实践，促使研究方式由实证民俗志向交流民俗志转变。"实践民俗学试图在日常生活中还原民众作为自由人的先验条件，把民俗关注的中心转向民俗行为背后的实践理性的目的条件。"②

户晓辉在《日常生活的苦难与希望——实践民俗学田野笔记》一书中，全面、系统地阐释了实践民俗学的理论体系。对于实践民俗学，首先，要回答"什么是实践"，在寻找这个问题的答案之前，有必要区分实践概念的日常意义和哲学意义。康德将人的认识能力划分为知性和理性，在一定意义上，"实践"就是理性的重要功能，也就是理性能力，指的是普通民众的日常生活行为，实践民俗学则是对民众日常生活实践的复杂性与丰富性的深入理解与阐释。③也就是说，人具有按照原则行动的能力，研究应站在实践的立场上关注人的意志、目的、愿望，认识民俗实践的理性目的。同时，理性的目的论是实践民俗学的基本立场之一。

其次，为什么需要实践民俗学？实践民俗学的另一个基本立场就是要站在先验的立场来看人的实践。胡塞尔认为："现象学不应当是一门关于实在现象的本质科学，而应当是一门关于被先验还原了的现象的本质科学。"④户晓辉从实践民俗学的现象学存在论立场，重新界定民间文学的本质及其特征，并提出实践民俗学与传统民间文学口头性和集体性相互对应的语言实践形式，以及交互主体的实践目的的普遍形式等。实践民俗学的根本在于彻底摒弃实证科学的客观认识范式及其对理论与应用的划分，完全从实践理性的自由意志来看待民众的民俗实践并以此进行民俗学自身的一切实践。实践理性的自由意志既是实践民俗学的前提，又是实践民俗学的内在目的。⑤

---

① 刘铁梁：《个人叙事与交流式民俗志：关于实践民俗学的一些思考》，《民俗研究》2019年第1期。
② 王杰文：《"实践民俗学"的"实践论"批评》，《民俗研究》2018年第3期。
③ 王杰文：《"实践"与"实践民俗学"》，《民俗研究》2019年第6期。
④ [德]胡塞尔：《纯粹现象学通论》，李幼蒸译，北京：商务印书馆，1992年，第45页。
⑤ 户晓辉：《非遗时代民俗学的实践回归》，《民俗研究》2015年第5期。

再次，实践民俗学的伦理原则认为，在把人当作手段的同时一定也要当作目的，包括自身的目的和作为人类的理性目的。[①]实证论的民俗学是了解世界的学问，而实践民俗学却是试图改变世界的理论。实证论的民俗学基本上不考虑伦理问题，实践民俗学将伦理问题作为重要的原则，其旨归在于把人当作目的，人已不再是单纯的手段（物）。因为人本身才是目的，如果只是将人当作手段，那么人就不再是人，而是变成了物。也正因为如此，只有脱离单纯的实证论，民俗学才能进入实践研究，才能真正把人当作目的。实证论的民俗学在转向实践论民俗学的过程中，以实践理性为目的，民俗学必然会遇到交互主体的伦理问题。因此，实践民俗学理性地面对田野伦理和研究伦理，将对他者和自身的道德责任与伦理义务放在第一位。

总之，实践民俗学认为"民俗是人的实践，是我的实践，那我们怎么看待民俗，也就怎么看待自己"[②]。实践民俗学是反思的民俗学，正因为有反思，有先验立场、有理念，所以它才是批判的民俗学，在批判自己的学科传统和社会传统的同时，也对现实展开批判。

四、表演理论与语境化研究

表演理论是 20 世纪末国际民俗学界最热门的理论，对中国民俗学也产生了显著的影响。代表人物理查德·鲍曼在《作为表演的口头艺术》一书中提出，表演理论是以表演为中心，动态的形成过程应是重点研究对象，并强调作家和表演者责任的重要性，认为每一次表演都是对文本的创新。

在搜集整理民间文学三套集成的过程中，学者认为传统的文本分析无法满足田野调查的活态场景，这为表演理论的传入提供了宝贵契机。1985 年阎云翔在《民间故事的表演性》中将表演理论引入我国。同年，段宝林比较了民间文学与作家文学的差异，并把表演性和即兴创作特点作为研究的重点。1988 年，刘锡诚提出了"整体研究"的学术观点。

进入 21 世纪，表演理论更为流行，被越来越多的人使用和探索，例如江帆

---

① 户晓辉:《人是目的：实践民俗学的伦理原则》,《民族文学研究》2017 年第 3 期。
② 萧放、朱霞主编:《民俗学前沿研究》,北京：商务印书馆,2018 年,第 87 页。

以辽宁民间故事讲述者为例，探讨讲述者、听众和研究者在口承故事表演空间中的互动情况。①王杰文运用过渡礼仪和狂欢化理论对陕北、晋西伞头秧歌的表演行为进行了分析，研究了文化展演与生活秩序的关系。②

　　学者们一直在为表演理论的本土化而努力，中国民俗学者将它与本土各种文体研究相结合，深入研究各民间文艺文体的"表演"过程，对文本和语境的关系进行了重新思考。周全明认为当下民间小戏的文化语境研究范式受到了外来学术思潮、学科建设情况、理论研究方法的影响，呈现出两种范式，"一是不再简单地将民间小戏视为一种'口头'文学，而是视为民俗文化的一部分，认识到民间小戏属于一种文化现象；二是民间小戏研究也不再单纯地基于文学作品分析而总是将剧目内容作为研究中心，而是走向田野，将民间小戏放在一定的文化语境中进行考察"③。

　　目前，国内表演理论的研究分为表演理论的引介、个案研究和评述三个方面。中国的表演理论在本土化实践中实现了多种理论的共通互用和对文本与语境关系的重新思考，使中国的民俗学者更加重视对语境、过程、表演者、研究者及其互动关系的研究。学者将研究的重心放在"实践的情境性语境"中，关注情境、事件和现场。同时民俗研究的眼光开始朝向当下，民俗学真正成为一门"当下之学"。

　　表演理论自身存在的以及它在本土化过程中出现的问题也逐渐浮出水面。除表演理论存在的问题外，其实许多研究者对表演理论本身还存在一些误解，杨利慧《语境、过程、表演者与朝向当下的民俗学——表演理论与中国民俗学的当代转型》一文结尾剖析了这种误解，并进行了较为清晰明了的阐释。④总体而言，表演理论开启了研究者对语境和文本关系的重新思考，为文本的研究提供了崭新的视角，推动了民俗学的研究范式从以民间文学为中心向着以表演性日常交流实

---

①　江帆：《口承故事的"表演"空间分析——以辽宁讲述者为对象》，《民俗研究》2001 年第 2 期。

②　王杰文：《仪式、歌舞与文化展演——陕北·晋西的"伞头秧歌"研究》，北京：中国传媒大学出版社，2006 年。

③　周全明：《从文本到实践：民间小戏研究的范式转换及其演进路径》，《民俗研究》2022 年第 1 期。

④　杨利慧：《语境、过程、表演者与朝向当下的民俗学——表演理论与中国民俗学的当代转型》，《民俗研究》2011 年第 1 期。

践为中心转变。[1] 但同时由于它对表演和语境的强调，一些研究者在研究时会不自觉地忽视文本，过度重视表演过程的细枝末节，影响总体研究方向和进程。表演理论作为一种外来理论，在本土化的进程中也必然会受到阻碍，但反思这些问题也正是我们创新表演理论应用方式的方向，是表演理论发展必须经历的过程。

第二节　民间文艺分文体研究成就

民间文艺以口耳相传的形式在人民大众中广泛流传，切实地反映了劳动人民的日常生活，是人民大众抒发思想感情的重要载体，具有独特的审美价值。新中国成立以来，一批又一批的学者在民间文艺这片广袤深厚的土地上辛勤耕耘，收获颇丰。七十余年研究历程使民间文艺这一新兴学科从一棵幼苗迅速成长为参天大树，其前景非常广阔。这昭示着民间文艺是开放、自由的学科，既是过去学，还是现在学，也是未来学。前人的研究成果和基础理论在被不断地巩固和丰富，新的学术前沿成果也如雨后春笋般不断生发。我们以民间文艺各种文体作为参照，结合民间文艺思想史的演进和搜集整理工作的逐步完善，简要介绍民间文艺新的研究领域和学科前沿成果，对学者们在这些方面所做的探索和努力进行概括性的总结。

一、民间文艺思想史和搜集整理工作

（一）民间文艺思想和研究范式的新转换

民间文艺思想史是由学者们的研究思想精粹汇集而逐步构建起来的。民间文艺学的学术思想的演进与社会环境的变化、外来思潮的影响、学者多领域的探索有着密不可分的关系，对此也有学者进行专项研究。民间文艺研究范式发生了新的转换，并由此而衍生出新研究方向。钟宗宪认为："民间文学的研究视角，可以从三个角度来加以省思：第一，文化记忆与传播流变的角度；第二，回归文学基

---

[1]　毛晓帅：《中国民俗学转型发展与表演理论的对话关系》，《民俗研究》2018 年第 4 期。

本研究的角度；第三，民俗学方法运用的角度。"①这三个角度较为全面，基本上涵盖了民间文艺学者的研究路径。第一个视角是从民间文艺传播的角度出发，也即从口头传播过程或是记录的书面文本出发来进行研究。第二个视角实则是一种反思，因为民间文艺与民俗学关系密切，甚至长期被"误置"于民俗学学科之下，研究者只将民间文艺视为"民间风俗的载体或遗留物"，而对民间文艺的文学本位相关内容关注较少。这种反思既是对之前研究偏向的纠正，也是对之后研究方向转换的一种引导。第三个视角是学科交叉为研究开辟的新路径，新文科提倡学科之间的交叉发展，这要求我们应用相关学科的知识和方法来研究民间文艺。以上三个角度，与 21 世纪民间文艺研究视野的转向是基本吻合的。

随着口头诗学、表演理论和故事形态学等新理论的传入，民间文艺本位的缺失与之前研究出现的民俗学偏向被纳入了学界的反思范围。学者们认识到追随传统作家文学研究和完全用民俗学批评范式来研究民间文艺并不合适，两者并不能严丝合缝地嵌套。研究者们通过微观研究和宏观总结，孜孜不倦地为这个问题提供着"新答案"。

民间文艺特有之处在于口头性。研究者对民间文艺口头性的研究从未停歇，从口头性出发，致力于找到适合于民间文艺本身的研究和批评路径。形态学、口头诗学和民俗志诗学都是其中较为重要的理论成果。但近年来形态学研究较为沉寂，并未出现重大成果。

民俗志研究也是近些年来学者们探索的重要领域，王晓葵《灾害民俗志：灾害民俗学研究的视角与方法》、张士闪《当代村落民俗志书写中学者与民众的视域融合》和王霄冰《节日民俗志的提出及其关注重点》，分别从灾害、村落和节日民俗志角度来进行研究，或是把民俗志作为一种资料来参考，或是将其作为一种研究方法来使用。但民俗志研究本身也存在一些问题，黄龙光认为"传统的民俗志写作范式往往使民俗志成为一种记录的资料集合，它缺乏对民俗的进一步阐释和解析，并对民俗主体关注不够"②。为避免民俗志成为一种资料的无效叠加，学者们在书写民俗志时应该更加深入，达成研究主体与民俗主体有效的、良性的

① 钟宗宪：《论民间文学的学科认知与研究方向》，《民间文化论坛》2005 年第 5 期。
② 黄龙光：《民俗志范式的反思》，《西北第二民族学院学报（哲学社会科学版）》2007 年第 5 期。

互动，而且这种互动最好是对彼此都有益的。

非物质文化遗产保护是 21 世纪以来的研究热点，并且已经逐步走上学科化的道路。非遗保护将民间文学和民俗学研究带入了新的历史境遇，赢得了极高的社会关注度。

（二）民间文学的搜集整理工作

民间文学的搜集整理工作最早可以追溯到先秦，《诗经》中民歌的篇幅占大多数。近代五四时期前后，歌谣研究会的成立和《歌谣》周刊的创办更是为民间文学搜集整理工作注入极大活力。究其根底，民间文学的搜集整理与民间文学的文学性并无太大关联，它更应该被纳入民间文学学术史的梳理和研究中去。值得注意的是，民间文学搜集整理并不仅仅是字面意义上简单的收集、抄写，并进行整理的机械性工作，而是"一种过滤机制，一种表述手段，一种意义生成方式"[1]。它更像是一种移植过程，从口头移植到书面文本，从民间场域移植到学术视域。按照这样理解，植物移植会因水热条件等产生一系列外在性状和生长周期的变异，而民间文学的这种"移植"，也必然会有增减、润色等变动。新中国成立后，关于民间文学搜集整理的原则问题，贾芝在《谈各民族民间文学搜集整理问题》总结出"全面搜集、重点整理、大力推广、加强研究"[2]的原则，之后的研究者也都基本认同并遵循此原则。

进入 21 世纪以来，非物质文化遗产保护的兴起为民间文学搜集整理工作带来了新的发展机遇，随着时代发展和科学技术的进步，数字化、影像记录等手段已经相当广泛地应用于学科研究之中，民间文学的多项重大学术工程均以数字化作为其主要收集和保存资料的手段，例如"中国节日影像志""中国史诗百部工程"均将影音文献置于主导位置[3]。利用现代传播媒介搜集整理民间文学资源，对其表演性能够做到一种回放式的还原，相较于单薄的文字记录，能够更大程度地保留民间文学的鲜活形态，研究者和民间文学的受众们也能拥有更丰富的审美感受和情感体验，对民间文学的研究和传播是颇有益处的。

---

① 叶涛主编：《新中国民俗学研究七十年》，北京：中国社会科学出版社，2019 年。

② 贾芝：《谈各民族民间文学搜集整理问题》，《文学评论》1961 年第 4 期。

③ 毛巧晖：《民间文学搜集整理七十年》，《民间文化论坛》2019 年第 6 期。

二、神话学研究

神话研究在民间文艺学领域积淀深厚，成果丰硕，备受学界青睐。无论将神话作为一种文体还是作为一种传统文化资源来看待，神话学的学科建设和研究都是具有重大意义的。[①]21 世纪以来，旅游业、传媒业、互联网等文化产业的发展成为大势，如何实现神话在当代语境下的可持续性发展，彰显其文学、文化、历史等多方面的价值，成为学界关注的重心。下面将从神话界定、神话学理论方法拓展、方法论研究、资源转化研究四个方面展开论述。

（一）神话界定研究

神话的界定始终是学界持续讨论的话题。1949 年来，我国学者普遍认同的"神话"定义依循马克思主义观点，以《中国大百科全书》（第一版）中对神话的界定为代表。1982 年，袁珂提出了"广义神话论"[②]，拓宽了神话的外延。吕微以哲学思辨的观点，批评了经验论的神话定义，提出"神话形式优先论"的神话判断标准。[③] 杨利慧在神话界定的问题上主张打破"神圣性"的限制，从而解决古典神话研究中名实不符的矛盾，突破古代与现代、神圣与世俗、本真与虚假之间的壁垒。[④] 此外，还有傅光宇在《三元——中国神话结构》中建构的中国神话的"三元结构说"，[⑤] 邓启耀《中国神话的思维结构》对神话内在思维结构进行了深度阐释。[⑥] 台湾学者钟宗宪《中国神话的基础研究》和关永中的《神话与时间》也有一些新见。总的说来，"神话"界定问题呈现出多元视角，为进一步拓宽神话学研究奠定了基础。

---

① 叶舒宪、李家宝：《中国神话学研究前沿》，西安：陕西师范大学出版总社，2018 年。

② 袁珂：《从狭义的神话到广义的神话——〈中国神话传说词典〉序（节选）》，《社会科学战线》1982 年第 4 期。

③ 吕微：《神话作为方法——再谈"神话是人的本原的存在"》，《民间文化论坛》2017 年第 5 期。

④ 杨利慧：《神话一定是"神圣的叙事"吗？——对神话界定的反思》，《民族文学研究》2006 年第 3 期。

⑤ 傅光宇：《三元——中国神话结构》，昆明：云南人民出版社，2014 年。

⑥ 邓启耀：《中国神话的思维结构》，重庆：重庆出版社，2005 年。

（二）神话史和神话学史研究

袁珂 1988 年编纂出版了《中国神话史》，除这部通史之外，还有一些断代神话史研究成果问世，如赵沛霖《先秦神话思想史论》、吕微《中国民间文学史》"神话编"部分。21 世纪以来，学者们继续深入探索，杨利慧《现代口承神话的民族志研究——以四个汉族社区为个案》是一本代表性著作。[①] 该书运用民族志方法，从文献资料入手，探讨了神话在民间、社区生存现状问题。近年来少数民族神话研究也产生了很多优秀成果，如吴乔对花腰傣族神话观和宇宙观的民族志研究，张多对哈尼族神话民族志的研究等。我国少数民族神话资源丰富，如若能突破语言和生活习惯等壁垒，少数民族神话民族志的研究会更加深入，这对于神话研究和少数民族文化资源保护都有重要意义。

（三）方法论研究

除了比较成熟的母题研究、原型分析、民族志研究等方法，21 世纪叶舒宪提出了"四重证据法"和"N 级编码理论"。"第四重证据"主要是利用古文物的图像进行研究，在他的诸多著述中都有表现。一些学者也利用神话图像进行研究，比如萧兵《图像的威力：由神话读神画，以神画解神话》、刘惠萍《玉兔因何捣药月宫中？——利用图像材料对神话传说所做的一种考察》等。20 世纪国内对神话图像的研究围绕考古图像展开，21 世纪以来的研究具有多样化的特点，主要集中于图文之间的关系是否对立、审美的演变历程等方面。

在"四重证据法"的基础上，叶舒宪进一步提出"神话历史""大小传统""神话编码"等理论模型[②]，并将其运用到神话学研究中。以大传统和小传统的重新划分为基础，叶舒宪梳理了包括文字出现之前的文化文本（器物和图像）、文字、古代经典[③]，与"四重证据法"互为补充。总的说来，方法论方面的本土化创新强化了我国在学术研究中的话语权，需要一代又一代学者继续努力。

[①]　杨利慧、张霞、徐芳、李红武、仝云丽：《现代口承神话的民族志研究——以四个汉族社区为个案》，西安：陕西师范大学出版，2011 年。

[②]　叶舒宪：《中华文明探源的神话学研究》，北京：社会科学文献出版社，2015 年。

[③]　叶舒宪、章米力、柳倩月：《文化符号学——大小传统新视野》，西安：陕西师范大学出版社，2013 年。

（四）资源转化研究

随着 21 世纪以来旅游业、现代传媒、互联网等文化产业的快速发展，神话以其独特的文化吸引力和生命力受到了越来越多的关注，神话在当代工商业社会、互联网社会中的变迁与创造性转化成了一个热点话题。

2006 年起，《长江大学学报（社会科学版）》设置专栏"神话学与神话资源转化研究"，田兆元、孙正国、杨利慧等诸多学者对神话资源转化的原则、路径、困境等进行了研究。然而，有关学者在这方面的论文较为简短或是随感式的，一定程度上缺乏系统分析和深入的田野研究的支撑。

杨利慧为代表的神话主义研究集中代表了学界的前沿探索成果。2005 年起，针对 20 世纪末西方兴起的"新神话主义"思潮，叶舒宪撰写系列文章阐发"新神话主义"对中国的意义。[1]他阐述第二类创作时以《指环王》为例，着重分析了这部作品作者托尔金两个"再认同"式的创作动机，结合社会背景和作者生平，做出了较为全面的评述。当然，新神话主义创作的成功也与受众，或者说是消费者对传统神话资源中预留的极大想象空间的浓厚兴趣有关。

神话资源也许不止在文艺创作领域可以得到转化，在其他行业和领域同样可以发光发热。张成福《从地方神灵到人文始祖——青岛韩家民俗村遗产旅游对神话资源的创造性转化》[2]和包媛媛《电子游戏与神话资源创造性转化研究综览》[3]这两篇文章分别从旅游业和电子游戏产业两个不同的产业领域来分析神话资源的转化。文化产业是神话资源转化较为集中的领域，至于神话资源在其他行业和领域的转换还需我们去发现和探索，为神话资源转化创造新的可能。而孙正国则从当代语境和"公共空间化"两个角度来分析神话资源在社会中转化的过程，研究这种转化实现的条件和可能性。[4]研究神话资源当代转化取得系列性成果者当属杨

---

① 叶舒宪：《人类学想象与新神话主义》，《文学理论前沿》2005 年第 2 期。

② 张成福：《从地方神灵到人文始祖——青岛韩家民俗村遗产旅游对神话资源的创造性转化》，《长江大学学报（社会科学版）》2020 年第 5 期。

③ 包媛媛：《电子游戏与神话资源创造性转化研究综览》，《长江大学学报（社会科学版）》2020 年第 1 期。

④ 孙正国：《当代语境下神话资源的"公共空间化"》，《长江大学学报（社会科学版）》2008 年第 1 期。

利慧倡导的神话主义研究。她是这样界定"神话主义"的："神话主义是指现当代社会中对神话的挪用和重新建构，神话被从其原本生存的社区日常生活的语境移入新的语境中，为不同的观众而展现，并被赋予了新的功能和意义。"① 在她的界定和划分中，旅游以及电子传媒等当代语境对神话资源的重新解读都应纳入"神话主义"的范畴中，如张成福和包媛媛的文章，都是"神话主义"研究的新成果。

此外，吴新锋、祝鹏程、高健、包媛媛、张多等学者从具体案例中阐发当代中国的神话主义现象，充分显示出神话主义研究的阐释力。从新神话主义到神话主义，不仅能够反映七十余年来中国社会文化发展与嬗变的历史进程，更能够凸显中国神话在不同时代焕发出的生命力。持续开展对中国神话古今对话、创造性转化的研究，能够为当代中华文化复兴提供精神动力。

三、传说学研究

民间传说与其他民间文艺文体相比，创作年代较近，内容也更贴合世俗生活。至于传说与故事的区别，柳田国男认为有三："传说有人信而故事则不然""传说有其中心点"和"叙述不受形式限制的自由性、可变性"② 。但当研究者对传说和故事做纯文本的研究时，就会发现两者逐渐趋同，有时可进行同义替换。主题流变研究史中，顾颉刚的孟姜女故事系列研究首屈一指，进入 21 世纪后，施爱东对"历史演进法"的局限性做出探讨，强调以实证史学的方法研究民间文学。文化审美研究与"历史演进法"并行发展，至今仍然发挥着重要作用。关于四大传说的研究仍在持续发展。21 世纪传说研究在继承前述经典研究方法之上拓展深化，从文本研究向语境研究转换，在景观化与都市传说等方面都有创新之处。然而，与我国丰富的传说资源相比较，传说的理论研究仍然滞后。

（一）语境研究

相较于 20 世纪基于传说文本的研究，21 世纪的传说研究方法更加丰富，学者们走向田野对传说进行语境化、地方化的考察，在传说与历史的关系上，探索

---

① 杨利慧：《神话 VS 神话主义：神话主义异质性质疑》，《云南师范大学学报（哲学社会科学版）》2016 年第 6 期。

② ［日］柳田国男：《传说论》，连湘译，北京：中国民间文艺出版社，1985 年，第 26—27 页。

传说与地方文化传统的互动关系。总之，语境导向的研究范式已经成为传说研究的重要维度。

传说和历史的关系始终是学界热议的话题，传说承载着民众的历史记忆，是维系族群的基础，赵世瑜、万建中等学者强调了传说与历史的同构关系，推动了口述史、社会史、区域文化史等学科的进一步发展。在探索传说与语境的互动关系上，关于传说的现实功能、传说的发生传播、传说与信仰的互动等研究成果不断涌现。

（二）景观化研究

21 世纪以来，随着多媒体、互联网等新兴产业的兴起，传说的景观化研究越来越受到人们的重视。

余红艳认为，景观叙事系统"由传说图像、雕塑、文字介绍、导游口述等共同构成"。①作者在文章中以"白蛇传"传说的法海洞和雷峰塔两地为基础，分析相应的景观叙事，并着力说明这种景观叙事如何作用于传说传承和传播机制，文章末尾还提到了这种传说的景观化叙事为当地带来了可观的旅游经济效应。景观叙事已不是冷门话题，为了促成景观叙事的传播并构建某种城市文化符号，各地政府也尝试建造相关文化场域，力求使这种文化进入公众视野。

毛巧晖则分析了嫘祖传说的景观叙事，提出如何将民众俗信、民间传说、文化表达熔铸为一体是民间文化活化以及景观纳入地域文化系统的关键。②将传说景观化与地区文化符号打造、地区旅游经济发展相关联，可能会探索出一条传统文化资源新利用、区域文化旅游内涵新拓展的道路，对于区域内民众提升自身文化认同、加固区域的"文化记忆"有重要作用。

（三）都市传说

都市传说是民间传说的重要分支之一，国外的都市传说可以追溯到 20 世纪

---

① 余红艳：《走向景观叙事：传说形态与功能的当代演变研究——以法海洞与雷峰塔为中心的考察》，《华东师范大学学报（哲学社会科学版）》2014 年第 2 期。

② 毛巧晖：《民间传说与文化景观的叙事互构——以嫘祖传说为中心》，《贵州民族大学学报（哲学社会科学版）》2018 年第 3 期。

初，且发展势头迅猛，而我国对这一领域的探索才刚刚起步。李扬翻译出版了
《美国民俗学概论》，该书第九章对"都市传说"做了介绍，这是国内首次引入
"都市传说"概念。与传统传说反映的历史人物和地方古迹不同，都市传说反映
的社会话题，基本上集中在都市这一场域，或者说是集中在当代都市生活这一语
境之下。都市生活出现的新热点、新的社会问题，都可能成为都市传说的题材。
而研究这些都市传说形成后的文本、传播范围和社会影响，又能从一定程度上反
向追溯到民众对社会热点问题的看法和心理活动。

　　近年来都市传说备受关注，校园传说、鬼传说、恐怖传说、网络传说都在涌
现。但是这类新兴传说，文化积累薄弱，故事情节混乱，可修改性强，传播范围
有限，难以被较大群体持续认同。刘锡诚指出："我不认同把已经看到的都市传说
算作民间故事和民间传说，但这并不妨碍民间文学研究者去研究它。"[1] 此外，中
国都市传说不是一味照抄欧美，它有属于自己的特色。伴随社会高速发展，各种
社会问题不断凸显，都市传说仍有一定的反映社会现实、维护社会秩序的功能。
不可否认的是，中国都市传说研究体系尚不完善，在范围、深度、视角等各方
面，仍然有很长的路要走。

（四）形态学研究

　　民间传说形态学研究是近年来的新兴学术话题。形态学研究一般是指脱离
时间与空间因素，从纯文本的角度对作品进行解剖式的研究。显而易见，这种研
究方法因其抽离时空，忽视社会背景，很容易被人诟病。但这种研究角度对于分
析、整理情节序列，探索情节变异空间非常适用，不仅仅应用于传说，在故事研
究领域也较为盛行。形态学研究侧重于对无语境状态下纯文本叙事规律进行分
析，同时，"传说形态学"被看作是"故事形态学"的延伸概念，传说形态学普
遍借鉴故事形态学的理论基础，例如刘魁立的"生命树"模型、施爱东的"节点"
理论。21 世纪以来，传说学着力建构自身独特的理论体系，形成独特的研究范式。
张志娟《论传说中的"离散情节"》通过剖析传说中游离于主体叙事的"离散情

节"，分析出传说叙事背后存在一个先在的、隐而不彰的知识框架做支撑。[①] 施爱东的《故事的无序生长及其最优策略——以梁祝故事结尾的生长方式为例》一文着眼于梁祝故事的结尾，将来自不同时代和地区的梁祝故事作为一个集合，分析其形态的多样化。陈泳超还以洪洞县的习俗为例，进行了形态研究的地域维度的尝试。[②] 朱佳艺《传说形态学的"双核结构"——以无支祁传说为例》以流传于淮河下游地区的无支祁传说为例，提出"双核结构"的学术构想，为学界研究"传说形态学"提供了新的角度。[③]

（五）传说理论建设

尽管传说的研究范围不断扩大，形式也十分丰富，但我国传说学的理论体系还很不完善，这是 21 世纪的传说研究需要重视的。柳田国男《传说论》是被引用最多的基础理论著作，但研究者们对这部著作的解读和应用也并不完整，还有较大的探索空间。程蔷、张紫晨、贺学君和黄景春都著有传说学的相关著作，既有纯理论构建的，也有分析专题传说的。[④] 段友文、闫咚婉在《介子推传说的历史记忆与当代建构》中对介子推传说进行了历时态与共时态的梳理，将民间传说与文献资料、空间遗迹进行三重对照解读，较为全面地勾勒出介子推传说历史记忆的建构过程，并指出在多种动力机制的作用下，介子推传说在当代拥有了一种新的发展形态，它是资源、遗产、资本三者在博弈中形成的一种最优状态。陈泳超在《民间传说演变的动力学机制——以洪洞县"接姑姑迎娘娘"文化圈内传说为中心》中提出了"传说动力学"理论，"所谓的传说动力学，是指在一个具体的文化情景中去考察传说的变异过程，并暂时忽略无目的、自发的变异情形，比如口传心授的记忆差别之类，而专注于那些具有明显动机的变异过程，也就是说，某一传说之所以被这样讲而不那样讲，其中包含着讲述者可被观测的实际目的，

① 张志娟：《论传说中的"离散情节"》，《民族文学研究》2013 年第 5 期。

② 陈泳超：《地方传说的生命树——以洪洞县"接姑姑迎娘娘"身世传说为例》，《民族艺术》2014 年第 6 期。

③ 朱佳艺：《传说形态学的"双核结构"——以无支祁传说为例》，《民族艺术》2020 年第 6 期。

④ 程蔷：《中国民间传说》，杭州：浙江教育出版社，1989 年；张紫晨：《中国古代传说》长春：吉林文史出版社，1986 年；贺学君：《中国四大传说》，杭州：浙江教育出版社，1995 年；黄景春：《民间传说》，北京：中国社会出版社，2006 年。

是讲述者自觉推动了该传说的变异"①。段友文认为该研究"研究重心在于作为地方话语的传说演述文本上，关注的是'某一传说之所以这样讲而不那样讲'的原因"②。户晓辉认为这个理论"把民俗学或者传说学的理论性研究推到了实践研究的层面"③。

邹明华在《专名与传说的真实性问题》一文中提到专名是传说真实性的重要来源④，近年来也有学者进行断代式的传说研究史的梳理，如陈祖英《20世纪中国民间传说学术史》和毕旭玲《20世纪前期中国现代传说研究史》等⑤。学科基本理论的建设与完善是学科发展的强大动力，传说学基本理论还有待进一步总结、完善和提升。

四、故事学研究

民间故事研究在我国民间文艺学领域硕果累累。历代文献丰富的故事记载，民间口耳相传的活态文本资源，外来理论的传入，都为我国故事学研究提供了得天独厚的条件，故事学研究方面佳作频出。但故事学研究并不是多头并进，均衡发展的。故事形态学、文化人类学、类型学和主题学等成为故事学研究的高峰，但这些高峰也形成了阻碍学术发展的壁垒。在上述几个研究方向中，每年都有新的研究成果问世，微观研究数不胜数，隐隐出现重复和趋同之势。各种理论和方法的传入使得我国的故事学研究似乎成为一种技术分析流水生产线：得到故事文本—运用方法分析情节和类型—进行系统化梳理—得出结论。故事学的研究似乎太重于理性的梳理和分析，"而不是感受之学和生活之学"⑥。这也告诫我们研究民间故事不能在已有的圈子里打转，要寻求一条突围之路。

---

① 陈泳超：《民间传说演变的动力学机制—以洪洞县"接姑姑迎娘娘"文化圈内传说为中心》，《文史哲》2010年第2期。
② 段友文、闫咚婉：《介子推传说的历史记忆与当代建构》，《民俗研究》2016年第5期。
③ 户晓辉：《"传说动力学批评"》，《民间文化论坛》2014年第4期。
④ 王尧：《民间传说研究七十年》，《民间文化论坛》2019年第4期。
⑤ 陈祖英：《20世纪中国民间传说学术史》，《赣南师范大学学报》2018年第4期；毕旭玲：《20世纪前期中国现代传说研究史》，华东师范大学博士学位论文，2008年。
⑥ 万建中：《20世纪中国民间故事研究史》，北京：北京师范大学出版社，2011年，第314—317页。

（一）故事学理论和故事史研究

故事学理论和故事史研究是故事学研究最基础和传统的方向，自故事学研究肇始，一批又一批的研究者都在为故事学理论和学术史这座宫殿添砖加瓦。故事学体系的建构方面，有多部著作为其打好稳定基础，如刘守华《故事学纲要》和许钰《口承故事论》等①，这些作品从文类特点、情节、功能、叙事艺术等多方面建立和巩固了故事学体系。在叙事理论方面，刘魁立《民间叙事机理谫论》将叙事层次分为三层，相对完整地总结了叙事流程。②而故事诗学研究已成为故事学的一个新方向。刘魁立通过对浙江三十三则狗耕田故事异文进行共时性比较，构拟出一个独特的"生命树"模型，同时提出中心母题、母题链、消极母题链和积极母题链等新术语；③董乃斌、程蔷对民间叙事、文人叙事、经典叙事间的复杂关系进行深入考察，总结出民间叙事与文人叙事的互动循环图线。④此外还有施爱东的"节点"、康丽的"类型丛"等新概念。民间故事史研究方面的主要论著还有祁连休《中国古代民间故事类型研究》、刘守华《中国民间故事史》、顾希佳《浙江民间故事史》《中国古代民间故事长编》等。

刘守华的故事诗学研究颇有影响力，其代表作是《走向故事诗学》。他力求在进行故事研究时向文艺学和美学回归，在方法和审美原则上，都应向故事的文学性靠拢。用传统的人类学和民俗学的方法分析故事固然是一种重要方法，但刘守华认为故事乃至民间文学的文学价值应该放在首位，故事只有通过诗学解读，其文学价值才能被有效地发掘出来。这样的倡导和研究，也可以说是一种反思。随着故事研究对文学本位的逐渐回归，故事诗学也会有较为广阔的研究前景。

中国民间故事史的书写方面，刘守华《中国民间故事史》是一部系统完善的专著。这部著作首次进行了文献记载的民间故事梳理工作，并梳理了民间故事在

---

① 刘守华：《故事学纲要》，武汉：华中师范大学出版社，1988年；许钰：《口承故事论》，北京：北京师范大学出版社，1999年。

② 刘魁立：《民间叙事机理谫论》，《民俗研究》2004年第3期。

③ 刘魁立：《民间叙事的生命树——浙江当代"狗耕田"故事情节类型的形态结构分析》，《民族艺术》2001年第1期。

④ 董乃斌，程蔷：《民间叙事论纲（下）》，《湛江海洋大学学报》2003年第5期。

漫长历史中的发展脉络。① 祁连休《中国民间故事史》则从历史朝代入手，将民间故事发展概括为几个阶段，构建了相对完整的古代民间故事发展史。② 林继富和李晓城认为该书在条理清晰地阐述中国古代民间故事进程的同时，兼顾对相关古籍和所载故事的记录和分析，涉及多数过去中国民间故事史料撰写者所不曾或较少留意的古籍文献，也论及了一些前人所未曾或较少涉及的论题。③

地方故事史的研究也有许多学者正在关注和探索，但少数民族故事史似乎还鲜有学者进行系统的总结和梳理，仅有一些少数民族文学史著作将其列为一个章节进行讨论。少数民族故事史领域的研究，正是研究者们应该努力的方向。

（二）故事比较和类型研究

近年来随着学者们不断开拓新的研究领域，新的故事资源逐渐被发现，故事的比较研究方向也得到了丰富，出现了中外故事比较、汉族与少数民族故事比较以及少数民族与少数民族故事比较等。研究者往往选取一个角度进行不同地域之间的比较研究，例如陈嘉音、毕雪飞《多维视阈中的中日画中妻故事研究》就以"画中妻"这种故事类型对具体对象加以分析。④ 除某一类型故事的比较外，故事中某一类形象的比较研究也是研究者乐于钻研的角度，如女性形象、儿童形象、流浪汉形象等。《"父女妥协"与"男性依赖"——中朝父女类型民间故事女性形象比较》这一类文章，就属于这方面的研究成果。民间故事有时以不同的形式存在于其他文体之中，如笔记体小说、说唱文学等，这些同题材而不同文体作品的比较也颇有趣味，例如潘晓爽《敦煌变文与河西宝卷比较研究》中就涉及变文和宝卷中的民间故事内容。⑤ 总体来讲，跨学科和多角度的开掘，为故事比较研究注入了新的生机与活力。

类型学是故事研究中一个比较独特的研究方法。类型学研究受到外来学术

---

① 刘守华：《中国民间故事史》，武汉：湖北教育出版社，1999年。

② 祁连休：《中国民间故事史》，石家庄：河北教育出版社，2015年。

③ 林继富、李晓城：《建构中国民间故事史的知识体系——读祁连休先生〈中国民间故事史〉》，《民间文化论坛》2015年第4期。

④ 陈嘉音、毕雪飞：《多维视阈中的中日画中妻故事研究》，《民间文化论坛》2019年第3期。

⑤ 潘晓爽：《敦煌变文与河西宝卷比较研究》，上海师范大学硕士学位论文，2020年。

成果的影响，起步较早，成果也较为显著，AT 分类法至今仍是故事类型学研究的主要方法。刘守华主编的《中国民间故事类型研究》结合多学科研究方法，对民间流行的故事文本进行分析，是故事类型学研究的扛鼎之作。近年来故事类型研究热度不减，仍然有许多佳作值得关注。祝秀丽《嵌入、连缀、复合：蛇郎故事的组合形态》以蛇郎故事这一具体的故事类型为主要分析对象，深入挖掘和分解故事的组合形态；漆凌云《他山之石与本土之根：故事类型学在中国的译介与研究》从故事类型学研究史方面入手，梳理分析故事类型学从国外传入到本土生发构建的过程。[①] 故事类型学的微观研究成果比比皆是。民间故事类型索引作为故事类型分析的基础依据，也是研究者们一直着力完善和修订的项目。不仅现在通行的民间故事索引在不断被完善，古代民间故事、少数民族民间故事索引也在从无到有的发展过程中，成果显著。但类型学研究也存在一些问题：故事类型学微观研究成果数不胜数，基本都是以分析文本—划分类型—分析文化意蕴、叙事美学、文本背后的社会意义、地域特征这样的路径来进行研究，但分析到最后一般都无法得出一个有代表性，或者是可以作为学术范型而被应用的结论。个性色彩足够鲜明，但无法从中总结出共性，这是故事类型学研究今后要解决的问题之一。

（三）故事的文化人类学研究和讲述研究

故事文化人类学研究法是故事研究初期就开始运用的方法，这种方法的普遍应用是西方文化人类学成果被翻译和介绍到中国并产生较大影响的结果。神话原型批评、结构主义等方法受到国内研究者的关注，文化人类学方法一度成为故事解读的主流模式。但在这种方法流行一段时间后，学者们就发现了它的问题：缺少对创作主体及民众感情和心理的关注，只是在"遗留物"理论统领下解释民间故事来源问题。简单来说，就是这种方法可以回答故事"怎么产生""为什么产生"，但无法回答"为什么会产生这样的故事""为什么故事这样丰富"的问题。近年来"回归故事本位"的呼声逐渐高涨，研究者们更希望能从故事本身找到文

---

① 康丽：《从"故事流"到"类型丛"：中国故事学研究的术语生产与视角转向》，《民族艺术》2020年第 4 期；祝秀丽：《嵌入、连缀、复合：蛇郎故事的组合形态》，《民族艺术》2020 年第 3 期；漆凌云：《他山之石与本土之根：故事类型学在中国的译介与研究》，《民族文学研究》2018 年第 4 期。

化人类学方法难以给出的答案。

　　故事的讲述是一种人类活动，所以研究故事的讲述肯定绕不开讲故事的人。如果说民间故事的采录和民间故事集成的编撰是一项抢救性工程，那么对故事讲述家的发现、走访及采录他们口中的故事，则是一场时间更为紧迫的抢救。因为故事讲述家们年龄普遍较大，他们心中存储、口中讲述的民间故事会随着他们的离世而消失。故事村的发现和记录更是这样，随着现代化和城市化进程不断加快，村庄的消失早已不再是天方夜谭。祝秀丽《村落故事讲述活动研究：以辽宁省辽中县徐家屯村为个案》一书就将故事讲述活动还原回村落语境中去，呈现出故事讲述活动根植于民间、来源于日常的一些特质。[①] 此外，故事讲述人的生活史也会对故事讲述活动产生影响，这方面也已有学者做过相关研究。在当代社会生活中，传统的故事讲述活动已不再是主流，借助现代媒体传播和数字技术来讲述故事成为一种新样态。讲述者和听众不必再限于同一个场所，网络连通大江南北，多人可以"云共享"故事的盛宴。以这种样态出现的故事能够以声音、图像等各种形式传播，受众广泛。这种故事的"再民间化"已有学者进行研究，但仍有许多可以发掘之处。

　　漆凌云将故事学的突围之路从四个方向展开论述："眼光向外""眼光向内""眼光向下"和"本土话语"。[②] 概括起来就是我们要有吸收和借鉴国外研究成果的眼界和勇气，也要有将其与本土学术研究结合，不使一方盖过另一方的能力和底气，还要有将视野从书斋放回民间，探索民间故事"野蛮生长"场域和语境的应时之举。故事研究是如此，其实民间文艺研究也是如此。只有在自己的土地上扎得深，扎得稳，才能经得住风雨，迎得了八方来宾。

（四）新时期的故事学研究

　　20 世纪 90 年代，刘守华在艾伯华《中国民间故事类型》、丁乃通《中国民间故事类型索引》和金荣华《中国民间故事集成类型索引》三大索引基础上进行研究，把 60 个常见故事类型作为研究对象，分析同一类型故事的母题组合情况，

[①]　祝秀丽：《村落故事讲述活动研究：以辽宁省辽中县徐家屯村为个案》，北京：中国社会科学出版社，2013 年。

[②]　漆凌云：《中国民间故事研究七十年述评》，《民间文化论坛》2019 年第 3 期。

为后世研究开辟了道路。类型研究还具有跨学科特点。

刘魁立《论中国螺女型故事的历史发展进程》梳理了中国历代古籍中有关螺女的记载，归纳了两大不同的系统，认为螺女型故事至今仍然有着自己强大的生命力。李道和《弃老型故事的类别与文化内涵》把弃老型故事分为两类四种，并试图分析故事的成因，指出人类在漫长的历史发展中在精神文明方面的进步。董晓萍《猫鼠型故事的跨文化研究》指出猫鼠型故事在中日两国民间均有记载，试图在比较之中发现创新点，并通过对钟敬文和季羡林先生的治学精神的研究，反思今日研究之不足。

进入 21 世纪以来，中国民间故事类型索引的编纂朝本土化和国际化方向迈进。金荣华《民间故事类型索引》、宁稼雨《中国先唐叙事文学故事主题类型索引》都将 AT 分类法和中国本土文化资源结合起来进行研究。斯琴孟和尝试利用数据库技术编撰一部世界视域下的包括 AT 和 SM 体系的《蒙古族民间故事类型索引》。①

（五）语境研究

伴随着 20 世纪 80 年代田野调查方法的推广，语境研究受到了学界的重视。"作为民间故事讲述主体的故事家、讲述语境的故事村、讲述活动等逐渐被纳入了民间故事学的学科体系。"②

关于故事讲述主体的研究，一般集中于故事家的认定、故事家的个人生活史和讲述个性等方面。刘晓春在《一个故事家的记忆与想象——孙家香和她的故事》一文中选取孙家香为对象，对其生平以及讲述的故事中地方性色彩浓烈的部分进行了探讨，试图揭示时代的洪流在个体身上是如何体现的。王丹在《从乡村到城市的文化转型——刘德方进城前后故事讲述变化研究》一文中以刘德方为研究对象，以他在不同时间空间内的讲述故事为样本，分析其前后变化及成因，力图为保护传承人做出自己的贡献。

---

① 斯琴孟和：《关于编纂〈蒙古族民间故事类型索引〉数据库建设的一些思考》，《民间文化研究》2016 年第 1 期。

② 杨秋丽：《中国民间故事近 30 年研究回顾与总结——以期刊论文为研究对象》，湘潭大学硕士学位论文，2014 年，第 39 页。

"故事家所处的地域文化语境和叙事传统，深深影响着故事家的故事讲述。于是，对故事家的考察范围延伸到对故事家生存空间的关注。"① 相关研究主要涉及对村落故事进行解读、分析村落变迁对故事的影响，以及对村落的保护研究等。

受表演理论、民族志诗学等理论影响，讲述语境成为一个备受关注的话题，民间故事的讲述通常都是在一定"情境"下发生的，故事讲述是讲述者与听众的双向互动，听众的身份、反应、参与都会影响到故事家的讲述。

总的来说，虽然语境研究开始被重视，但故事研究仍面临模式僵化、创新不足的困境。故事研究必须在深入挖掘本土资源的基础上开拓新范式，完善故事学话语体系。

五、史诗学研究

史诗是规模宏大、记述内容较为原始厚重的民间文艺文体。它一般脱胎于民族产生初期，记载着民族起源的传说、民族战争和民族英雄光辉事迹等内容。中国本土史诗研究大致走过了"搜集—整理—分析—研究范式转换—多元思考"的研究路径，要建立史诗研究的"中国学派"，还需要砥砺前行。本节主要从 21 世纪初盛行的口头诗学研究和史诗研究入手，探索我国史诗研究的新动向。学界对中国史诗的研究已逾百年，1949—1966 年是史诗的发现与搜集阶段；1966—1976 年史诗搜集整理工作停滞不前；1978 年后，少数民族史诗搜集整理工作迎来新契机，呈现出良好的发展势头，同时史诗起源研究兴盛起来，尤以对《格萨尔》《江格尔》《玛纳斯》的研究最为突出。21 世纪 90 年代，在"弘扬主旋律，提倡多样化"的文艺政策下，国外的各种诗学理论陆续被引入国内②。巴·布林贝赫等学者开始投入情节类型研究与比较研究的领域，做出了自己的贡献。

（一）学术史研究

步入 21 世纪以来，学界开始反思总结，诞生了一些著作，例如扎西东珠

---

① 杨秋丽：《中国民间故事近 30 年研究回顾与总结——以期刊论文为研究对象》，湘潭大学硕士学位论文，2014 年，第 43 页。

② 冯文开：《史诗研究七十年的回顾与反思（1949—2019）》，《民间文化论坛》2019 年第 3 期。

和王兴先《〈格萨尔〉学史稿》、李连荣《中国〈格萨尔〉史诗学的形成与发展（1959—1996）》，但是，中国史诗学术史的研究仍然存在不足之处：1.缺乏相关研究的编年专著；2.各个历史阶段的史诗研究过于分散，联系不够紧密；3.对总体性把握不足；4.与外国的相关领域研究交流较少；5.现有研究成果数字化程度不足。

（二）史诗研究的口头转向

口头诗学的传入必然会为我国史诗研究拓展新的空间，提供新的研究范式。研究者们希望能将口头诗学内化为本土话语，创造性地解决我国本土史诗研究的学术性问题。21世纪以来，针对20世纪的书面研究范式，朝戈金、尹虎彬、巴莫曲布嫫等学者开始进行理论反思，力图纠正将史诗看作书面文学而展开的探讨理路。朝戈金的《口传史诗诗学的几个基本概念》在吸收东西方学术思想的基础上，立足我国研究的实际情况，对"史诗""史诗创编""诗章""主体或典型场景""故事范型"等几个基本概念进行了梳理。① 尹虎彬的《古代经典与口头传统》是一部系统介绍口头诗学基本概念、历史研究和跨学科特点的著作，还阐发了口头诗学对我国民俗学和民间文学的发展的重要意义。② 巴莫曲布嫫提出了"五个在场"，即"史诗演述传统的'在场'、表演事件的'在场'、受众的'在场'、演述人的'在场'和研究者的'在场'"。她认为，"以上'五个在场'要素是考量田野工作及其学术质量的基本尺度，同时我们还必须强调这'五个'关联要素的'同构在场'，缺一不可"③。在口头诗学总体理论指导下进行本民族史诗个案分析研究，巴莫曲布嫫将口头传统研究数字化，相关文章有《口头传统专业元数据标准定制：边界作业与数字共同体》。④

巴·布林贝赫的《蒙古英雄史诗的诗学》是史诗本土研究的代表作，既关注

① 朝戈金：《口传史诗诗学的几个基本概念》，《民族艺术》2000年第4期。
② 尹虎彬：《古代经典与口头传统》，北京：中国社会科学出版社，2002年。
③ 巴莫曲布嫫：《叙事语境与演述场域——以诺苏彝族的口头论辩和史诗传统为例》，《文学评论》2004年第1期。
④ 巴莫曲布嫫、郭翠潇、高瑜蔚、宋贞子、张建军：《口头传统专业元数据标准定制：边界作业与数字共同体》，《民间文化论坛》2018年第6期。

到了蒙古族史诗这样一个相对空白的研究领域，又融合了多学科研究方法，对蒙古族史诗进行了立体的、本土化的诗学构建。① 除此之外，对于新媒体视野下的史诗传播研究，学者们也予以重视，有《新媒体环境下〈格萨尔〉史诗传播途径及效果调查——以果洛州甘德县为例》等研究文章发表；在史诗学科构建方面，学界通过确立重大课题、开设论坛、建立数据库等方式不断为其添砖加瓦，对此巴莫曲布嫫《中国史诗研究的学科化及其实践路径》一文做了相对详细的介绍和阐发。② 总之，史诗研究的本土话语体系建构是一个漫长艰难的过程。虽然史诗研究在学科系统化、资料数字化等方面尚有不足，但当前面临的最核心的问题是原创性核心理论的缺失。"21 世纪，伴随构建中国特色哲学社会科学的学科体系、学术体系、话语体系的提出，中国史诗研究话语的提炼和本土诗学体系的探索成为当今史诗研究的重要话题。如何提炼出中国特色的史诗研究话语，推动中国史诗学的确立，进而使中国史诗研究范式成型，是我国史诗研究的最终目标。"③

六、歌谣学研究

北京大学歌谣征集活动是现代中国民间文艺学诞生的标志，为民间文艺学第一次真正出现在国人视野举行了一次宏大的诞生礼。而以《歌谣》周刊为阵地的歌谣搜集、整理和出版活动，即使在民间文学搜集整理史上也是具有奠基意义的。虽然歌谣研究有如此光辉的开端，但后续发力不足，在理论建设和方法应用上仍有欠缺。

歌谣是民间文艺的重要组成部分，中国的歌谣研究大致可以分为三个阶段。20 世纪四五十年代至七十年代中期，民间歌谣研究基本延续了延安文艺座谈会的精神，新民歌运动逐步兴起，强调歌谣的宣传作用；20 世纪 70 年代中期至 20 世纪末，对新民歌运动的反思促使歌谣的民间性特征被重塑，同时再次形成歌谣搜集整理热潮，在进行大量田野调查之际，歌谣研究开始注重地域文化的特点，几

---

① 巴·布林贝赫：《蒙古英雄史诗的诗学》，呼和浩特：内蒙古教育出版社，1997 年。
② 张美：《新媒体环境下〈格萨尔〉史诗传播途径及效果调查——以果洛州甘德县为例》，《青藏高原论坛》2016 年第 1 期；巴莫曲布嫫：《中国史诗研究的学科化及其实践路径》，《西北民族研究》2017 年第 4 期。
③ 冯文开：《史诗研究七十年的回顾与反思（1949—2019）》，《民间文化论坛》2019 年第 3 期。

种大型歌谣丛书出版发行，新的歌谣研究机构"中国民俗学会"（1983）"中国歌谣学会"（1984）相继成立；21世纪初期至今，在非物质文化遗产保护工作全面开展的背景下，歌谣研究向多学科交叉方向持续深入发展。

（一）歌谣史研究

在歌谣学术史方面，学者们孜孜不倦地进行探索。王娟在《中国古代歌谣：整理与研究》中对中国历代歌谣进行梳理，将历代歌谣分为九类。① 段宝林《中国古代歌谣整理与研究》在现代民俗学学术理念下对古代歌谣进行了全新的整理与研究。② 周玉波《明代民歌研究》从不同的维度出发，对李开先、冯梦龙等人在民歌传播史上的地位和贡献进行了比较研究。③ 柳倩月《晚明民歌批评研究》通过对"寄生"在明人各类著述中的只言片语、零散论述的梳理概括，试图还原丰富的明代民歌批评语境，是一部全面考察晚明民歌批评的专著。④ 陈书录《中国历代民歌论》是教育部哲学社会科学研究重大课题攻关项目的结项成果，全书分为三大部分：轨迹与特征篇、交叉与互动篇、文献整理篇，全景式、系统化地展示了中国民歌的丰厚文献与民歌理论，大胆进行以文学研究为本位的民歌理论创新，并在方法上实现多学科交叉互动，将中国历代民歌研究大大向前推进了一步。⑤

（二）歌谣与新体诗

歌谣学研究与新诗发展同时起步，歌谣体式对新诗创作具有重要参考价值，因此学界也开始探讨二者之间的联系和相互作用。如燕世超《批判的武器难以创新——论"五四"前后白话诗人对民间歌谣的扬弃》，指出五四时期的白话诗通过学习民间歌谣冲破了旧体诗的禁锢，但在自身发展的道路上发现缺少了诗歌本身固有的韵味，进而对这一段历史进行反思。⑥

---

① 王娟：《中国古代歌谣：整理与研究》，北京：高等教育出版社，2014年。
② 段宝林：《中国古代歌谣整理与研究》，北京：高等教育出版社，2014年。
③ 周玉波：《明代民歌研究》，南京：凤凰出版社，2005年。
④ 柳倩月：《晚明民歌批评研究》，北京：中国社会科学出版社，2015年。
⑤ 陈书录等著：《中国历代民歌史论》，北京：经济科学出版社，2017年。
⑥ 燕世超：《批判的武器难以创新——论"五四"前后白话诗人对民间歌谣的扬弃》，《文学评论》2002年第5期。

（三）保护研究

歌谣保护研究在当今社会也越来越受到政府和地方管理部门的重视，相关研究有罗远玲《审美人类学主客位视野中壮族歌圩及其文化符号意义》①。如何在城市化进程下保存原生态民歌，发挥其应有的社会文化功能，是学界研究的热点之一。

（四）不足之处

歌谣研究的主要方法是比较研究法和人种学的研究方法，段宝林一直在强调民俗学、民间文学研究的立体性，21 世纪以来，歌谣的活态性和吟唱传统被重视。在新文科背景下，学者在进行歌谣研究时重视当地民众生活环境和社会制度演变，以及其深层的文化意识。研究者对少数民族歌谣，特别是仪式歌谣予以探索，从歌谣文本分析民族信仰。比如夏敏对喜马拉雅山地歌谣和藏地歌谣文化的研究②，还有黄泽、洪颖对南方稻作民的研究③、陈艳萍对回族歌谣的生死观念的研究④、李莉对土家族方言歌谣的地域风情的研究⑤、郭崇林对黑龙江地区多民族仪式歌谣与民俗生活的研究⑥，以及张剑对苗族歌谣的族群文化的研究⑦，都具有很强的代表性。

对"歌谣研究"这一关键词进行检索，会发现其实检索出的相关研究论文并不在少数。但其中对歌谣本身内容或者表演进行研究的并不多，大部分是从歌谣的内容出发去探索地域文化特征或者是某个特定时代的社会文化背景，而毕旭玲

---

① 罗远玲：《审美人类学主客位视野中壮族歌圩及其文化符号意义》，《广西民族研究》2003 年第 2 期。

② 夏敏：《喜马拉雅山地歌谣的跨文化传播》，《云南民族学院学报（哲学社会科学版）》2000 年第 4 期。

③ 黄泽、洪颖：《南方稻作民族的农耕祭祀链及其演化》，《思想战线》2001 年第 1 期。

④ 陈艳萍：《云南回族歌谣中的生死观探析》，《云南民族大学学报（哲学社会科学版）》2006 年第 4 期。

⑤ 李莉：《土家族方言歌谣的修辞类型及其艺术特点——以恩施自治州土家族为例》，《文艺争鸣》2011 年第 1 期。

⑥ 郭崇林：《黑龙江多民族仪式歌谣与民俗文化比较研究》，《民族文学研究》2010 年第 3 期。

⑦ 张剑：《论苗族传统歌谣文化的历史内蕴与族群意识》，《求索》2013 年第 12 期。

《上海都市型红色歌谣的内容类型与文化特征》则是分析上海红色歌谣的内容和特征，将之与乡村红色歌谣进行对比，凸显出上海红色歌谣的西化特征，从而总结出上海独特的城市文化精神。①红色歌谣是一大研究热点，相关研究文章数量较多，大多都与根据地文化或歌谣的宣传教育功能有关。相比之下，单纯从审美角度研究歌谣的成果就少一些，但也有一些精彩的研究文章，如户晓辉《美感何以得自由：歌谣的纯粹鉴赏判断》等。②但从根本意义上来讲，无论是"歌"还是"谣"，其表演性和唱诵传统是绝不能被忽视的。郑土有所著《吴语叙事山歌演唱传统研究》在唱诵传统这一方面开掘颇深，他将文本、语境和歌手加以综合分析，探索吴语叙述山歌的创作、演述和传承过程。③歌谣研究仍存在很大问题，首先就体现在歌谣的基础理论建设上。目前还没有系统化研究歌谣理论的著作问世，只在一些论文中会论及，这阻滞了歌谣研究的发展，许多研究者想要查询和引用歌谣基础理论，甚至需要去查找 20 世纪二三十年代的作品。相比于神话学和故事学等其他民间文学文体研究，歌谣学理论更显得薄弱。除理论基础薄弱以外，对歌谣曲调和音韵的忽视也是一个问题。作为研究文学的学者，研究歌谣多是以歌谣文本为基础进行研究，这倒也无可厚非。但这种片面式的研究直接割裂了歌谣语言、文本与音乐的关系，这对歌谣的音乐性明显是一种抹杀。近年来有学者意识到了这个问题，开始将目光放在歌谣的音乐性研究上，但能综合歌谣的文本、语境、仪式和音乐的研究仍然鲜见，这应是歌谣学者今后要探索和突破的方向。

七、谚语研究

谚语作为劳动人民对生活实践经验的总结，最早可追溯到先秦时期，直到"五四"时期才开始有了现代意义上的研究，但仍处于松散化状态，并未形成严密的研究体系。新中国成立后至今，民间文艺学者在社会谚语、农谚、气象谚语的搜集、辑录与整理方面已经取得丰硕成果，尤其是 20 世纪 80 年代《民间谚语

---

① 丁庆旦:《徽州民间歌谣中的农耕文化解析》,《名作欣赏》2020 年第 33 期; 毕旭玲:《上海都市型红色歌谣的内容类型与文化特征》,《上海文化》2020 年第 10 期。

② 户晓辉:《美感何以得自由：歌谣的纯粹鉴赏判断》,《民俗研究》2020 年第 5 期。

③ 郑土有:《吴语叙事山歌演唱传统研究》,上海：上海辞书出版社,2005 年。

集成》县、市（地区）、省卷本的编纂出版，建立了一座民间谚语研究的宝库，谚语研究也得以系统全面地开展。21世纪的谚语研究，从文本转向语境，并在谚语史方面取得显著成绩。

（一）语境研究

随着对民间文艺谚语研究的逐渐深入，语境研究越来越受到学者的重视。黄涛撰写了《采录和书写俗语的语境：新时期俗语搜集整理的学术准则——以〈中国民间文学大系·俗语卷〉编纂为重点的讨论》，指出俗语语境信息包括七种要素：主体要素、时间要素、空间或地点要素、行为或事件要素、情境或背景要素、心理或观念要素、功能要素，强调了新时期谚语研究中对语境研究的高度重视。①

对谚语文本的研究从静态转向动态，从研究静态的谚语文本转向研究动态的语境中的谚语文本，在此研究范式下，学界从文化透视的角度对谚语进行研究。对谚语作审美研究的较早的成果有段友文《民间谚语的美学思考》②；有学者从谚语中观察国人文化伦理观念，比如谢正荣在《从藏族谚语解读犬非藏族图腾》中梳理了藏族犬图腾的发展演变流程，分析了谚语中贬低犬地位的现象的成因，为犬为何能成为藏族的图腾提供了不同的视角；或者从交叉学科的视角出发研究谚语，比如张绰庵与韩红雨在《中华武术谚语文化特征管窥》中总结出武术谚语的文化特征，认为其不仅有对武术动作经验的总结，更反映了中华民族传统优秀文化；还有对谚语的比较研究，如刘富华、左悦在《认知隐喻视阈下的汉族和蒙古族动物谚语比较研究》中分析了动物在汉族与蒙古族谚语中不同的含义，进而探究两个民族的文化。谚语具有丰富的内涵，在对谚语进行语境化的考察时，学界对谚语的理解也向纵深发展，真正将谚语和文化紧密地联系起来。

（二）谚语史书写

作为民众口传艺术的谚语，几千年来从未断绝。谚语研究者们看到了中国谚语史的发展流变过程，21世纪以来，在谚语发展史方面，代表性著作是安德明

---

① 黄涛：《采录和书写俗语的语境：新时期俗语搜集整理的学术准则——以〈中国民间文学大系·俗语卷〉编纂为重点的讨论》，《民俗研究》2021年第1期。

② 段友文：《民间谚语的美学思考》，《山西师大学报（社会科学版）》1989年第2期。

《中国民间文学史·谚语卷》，这是祁连休、吕微主编的多卷本《中国民间文学史》其中的一卷，本书从历时态角度对各个历史时期典籍文献中的谚语做了全面详细的梳理概括，指出"谚语不仅是一种文学的形式，而且还是一种综合的、活的文化现象，必须在具体的语境也即应用中才能体现出其意义的完整性，并发挥作用"①。除谚语通史外，还有谚语研究的专门史，如彭博《元史中所见蒙古族古代谚语和格言》。此外，一些研究成果并非专门以谚语史为切入点，却仍与谚语有一定关联，比如李世萍、屠伊君《〈左传〉谚语研究》，张佳玉《〈史记〉歌谣、谚语研究》，刘晓梅《〈宝训〉谚语研究》等。关于谚语史理论方面的探讨，有李耀宗《中国谚学若干问题谭要》，此外还有一些学者对谚语做断代史研究。王建莉《中华多民族谚语史研究的回顾与前瞻》梳理了新中国成立后谚语发展的阶段和特点，也指出了谚语研究的不足；岳永逸《谚语研究的形态学及生态学——兼评薛诚之的〈谚语研究〉》主要从介绍郭绍虞和薛诚之的谚语研究入手，分析了谚语的溯源、比较与分类以及谚语的体裁，勾勒了谚语发展生态，并分析了将谚语视为交流活动与生活事件的整体研究的可能性。②

八、曲艺说唱研究

长期以来，曲艺都被指代为各种"说、唱、变、练"的难登大雅之堂的把戏，在中国文学艺术中的地位没有得到足够重视。直到 1949 年新中国成立后，曲艺才作为独立的艺术门类得以确立，此后曲艺研究逐渐正规化和制度化。1966 年—1976 年，曲艺事业严重受挫，直至改革开放，学术研究的新思潮才给曲艺发展带来新的生机，曲艺研究呈现渐进发展的趋势。21 世纪以来的非物质文化遗产保护运动，促进了曲艺说唱的新发展。

（一）民族志研究

同谚语研究一样，曲艺研究也面临着研究范式的转变，21 世纪以来，在民族志诗学和表演理论推动下，曲艺研究者接受了民族志研究方法。民族志研究强

①　安德明：《中国民间文学史·谚语卷》，石家庄：河北教育出版社，2019 年。

②　王建莉：《中华多民族谚语史研究的回顾与前瞻》，《内蒙古大学学报（哲学社会科学版）》2020 年第 4 期；岳永逸：《谚语研究的形态学及生态学——兼评薛诚之的〈谚语研究〉》，《民族文学研究》2019 年第 2 期。

调从日常生活层面切入，探究曲艺与文化之间的内在关联，从文本中分析民众生活、情感和历史文化信息。例如卫才华《太行山说书人的社会互动与文艺实践——以山西陵川盲人曲艺队为例》一文，认为太行山说书人在不同历史时期通过文化政策互动、市场互动、礼俗互动，长期保持并发展了说唱曲艺传统，太行山说书已经成为连接传统与当下、政府与民间、市场与习俗等多种社会博弈的艺术表达。[①] 岳永逸《老北京杂吧地：天桥的记忆与诠释》、马志飞《马街书会民间曲艺活动的社会机制研究》、杨旭东《当代北京评书书场研究》、吕慧敏《生生不息的车辘辘菜：东北二人转在乡土社会中的传承》等都打破了传统曲艺志书将音乐、表演场景、表演者等因素分而论之的方法，将曲艺表演看作一个整体加以阐释。同时，学界还出现了一系列有创造性的理论与概念，如岳永逸的"城墙内外的曲艺"倡导曲艺研究要打破既有的官民、雅俗、大小传统等二元认知的桎梏[②]；祝鹏程的"动态的文体观"强调要将文体看作一个处于动态建构中的存在进行民族志研究[③]。

民族志研究关注当下，今天互联网、新媒体等媒介愈发盛行，曲艺表演主场逐渐从乡村转向都市，学者们与时俱进，对曲艺都市化、商品化、媒介化进行研究，例如王杰文《媒介景观与社会戏剧》、施爱东《郭德纲及其传统相声的"真"与"善"》。同时，研究开始把重点转向曲艺传承者和表演者，突出民众的主体意识，关注民众的生活诉求和内心世界，比如李文平《山西沁县说书人的生活史与社会互动研究》从个体的生活现状、参与的社会活动等方面入手，研究非遗运动背景下传承人的命运。

民族志研究推动了曲艺研究由静态向动态转变，学者不仅关注文本，还关注文本生成过程；不仅关注表演，还关注表演主体。将曲艺看作一个多因素建构的动态资源，成为21世纪曲艺研究的重要路径。

---

① 卫才华：《太行山说书人的社会互动与文艺实践——以山西陵川盲人曲艺队为例》，《民族艺术》2016年第4期。

② 岳永逸：《城墙内外：曲艺的都市化与都市化曲艺》，《思想战线》2013年第1期。

③ 祝鹏程：《文体的社会建构一以"十七年"（1949—1966）的相声为考察对象》，北京：社会科学文献出版社，2018年。

1. 曲艺资料库建设

21 世纪以来，随着非遗保护运动的有序展开，民间曲艺越来越受到各方的重视，曲艺资料搜集、整理方面取得了显著成绩。首先，诸如刘英男主编《中国传统相声大全》、唐力行主编《中国苏州评弹社会史料集成》等资料出版工程顺利推进。其次，曲艺资料建设逐渐走向数字化和影像化，中国民间文艺家协会发起"中国口头文学遗产数字化工程"，对各类曲艺文本进行数字化处理，并建立数据库。天津《中国传统相声集锦》、中国曲艺家协会《中国曲艺名家名段珍藏版》、上海《弹词流派唱腔大典》等工程也都产生了积极影响。总的说来，21 世纪的曲艺资料建设在不同的维度取得了很大成就，但是资料整理的科学性仍需提升。

2. 曲艺史书写

21 世纪曲艺史的书写仍然是一个热门议题，既有对曲艺艺人的传记和口述史的撰写，如由陈涌泉口述、蒋慧明记录的《清门后人——相声名家陈浦泉艺术自传》，又有从纯学术的角度展开的理论著作，如姜昆、倪锺之主编的《中国曲艺通史》。地方性曲艺史论有耿瑛《辽宁曲艺史》、张凌怡《河南曲艺史》等。针对以往将艺人与复杂多元的日常生活分离或将曲艺发展史简单看作艺人进步史的研究范式，21 世纪的曲艺史书写对其中的权力关系进行了充分的反思，加强了对曲艺改革史的研究，相关著作有何其亮《在个体与集体之间：二十世纪五六十年代的评弹事业》。他们将曲艺史放在国家发展史中进行考察，分析这些艺术是如何在政治、市场、技术、时代、受众等多重影响下发展的，摆脱了以往将曲艺历史和艺人抗争史、进步史等同起来的线性进化论，建立了新的曲艺研究范式。

（二）曲艺非遗化

在如火如荼的非遗保护运动中，许多曲艺作品已经被非遗名目所收纳，研究成果也越来越多。相关文章有王菲、刘浩、王爱鸟《"非遗"视角下对"一勾勾"戏剧的传承与发展研究》、黄紫英《湖北汉川善书的传承发展研究》、于红《山西陵川上郊村"古建筑书鼓曲艺砖雕"非遗保护体系构建研究》、曹金果《湖南省曲艺类非遗的保护与开发研究》、孙家勤《广西文场活态保护研究》。由于工具化和功利化倾向的存在，"非遗化"同样在相当意义上改变了曲艺原有的价值体系。[①]
官员、媒体、研究者以及"认定"传承人在非遗保护中占主导地位，被保护者处
于被动地位，这种现象应引起今后研究者的重视。

九、民间文艺小戏研究

民间小戏是民众自身为创作主体进行表演、观赏，最后达到娱乐自我、表
达自我的效果，是中国民间文艺的重要组成部分。民间小戏研究在不同发展时期
呈现出不同的发展特征，受到不同政治与时代话语的影响，1951—1966 年，民
间小戏因其教育功能受到了重视。"双百方针"和"戏改"的政策进一步促进了
小戏改造，《中国地方戏曲集成》带动资料搜集，民间小戏理论研究获得初步发
展。1966 年—1978 年，小戏研究一片沉寂。1978—2000 年，文学艺术本体研究
成果丰硕，学界焦点逐渐转向文化语境。进入 21 世纪以来，在交叉学科和非遗
保护运动推动下，民间小戏研究进一步繁荣发展。黄旭涛将这一时期的研究成果
划分为五个领域：民间小戏的仪式功能研究、民间小戏表演传统与乡土社会关系
研究、民间小戏艺人群体研究、民间小戏遗产保护研究、各种剧种的史论研究。[②]
我们将其概括为三方面：文本研究、语境研究与艺人实践研究。

（一）文本研究

文本研究主要体现在理论和内容上。在内容方面，民间小戏的仪式功能研
究继续向纵深发展，主要体现在对原生态民间小戏文化意义的阐释上。相关研
究有刘祯《〈天官赐福〉文本的文化阐释》。剧种史论研究方面对剧种发展史进
行了梳理。在理论方面，重视学科交叉的视角，相关研究有李玫《中国民间小
戏史论》[③]。

声势浩大的非物质文化遗产保护运动为民间小戏的传承发展提供了全新的
切入视角。首先，推动了文本资料的搜集和整理，例如夏玉润、高寿仙《凤阳花
鼓全书》。另外，在《中国民间文学大系》中，"民间小戏"被单独列为一个类

---

① 林旻雯，岳永逸：《言地语人：曲艺研究七十年》，《民间文化论坛》2019 年第 6 期。

② 叶涛主编：《新中国民俗学研究 70 年》，北京：中国社会科学出版社，2019 年。

③ 李玫：《中国民间小戏史论》，北京：中国社会科学出版社，2016 年。

别，表明了学界对于民间小戏的资料搜集整理工作的重视。[①] 其次，非遗保护运动促进了各类剧种的分类研究，比如魏力群《中国皮影艺术史》、康保成《中国皮影戏的渊源与地域文化研究》。[②] 此外，理论探讨方面也有相应成果，比如刘祯《论民间小戏的形态价值与生态意义》、刘文峰《从百戏盛典看民间小戏的传承创新》。一大批学术期刊、学位论文以中国民间小戏或某类小戏剧种为研究对象，探讨非遗保护的具体实施方案，如黄海莲、陈金燕、谢红《戏剧类非物质文化遗产的传承与创新研究——以广西贵港市平南牛歌戏为例》。

（二）语境研究

21 世纪学界对民间小戏传承人的生活状况和组织形态的关注度大大提升，如王超颖《山西雁北耍孩儿传承人调查与研究》，强化了对戏班和艺人的关注，力图实现对小戏生成过程和民俗内涵的整体感知。同时，学者通过深入乡村社会和表演场域进行语境分析，探讨小戏中蕴含的民俗文化意义，相关论著有杨红《当代社会变迁中的二人台研究——河曲民间戏班与地域文化之互动关系》。

（三）艺人实践研究

2010 年以后，民间小戏研究逐渐从文化语境研究转向民间小戏的艺人实践研究。周全明在《从文本到实践：民间小戏研究的范式转换及其演进路径》一文中认为这种研究范式从整体上超越了前两种研究范式对民间小戏自身的观照，关注的重点从"戏"转向"人"，换言之，从关注民间小戏到关注民间小戏艺人，艺人不再是被忽视的"道具"，而是具有文化创造力和文化自信的传承人。[③] 徐薇在《自我·角色与乡土社会——对民间二人转艺人及其生活世界的个案研究》中注意到二人转艺人的情感状态，并以此为切入点挖掘其与乡土社会的文化结构之间的联系。[④] 沙垚在《吾土吾民：农民的文化表达与主体性》中采用人类学民族志

---

① 黄旭涛：《中国民间小戏七十年研究述评》，《民间文化论坛》2019 年第 4 期。

② 魏力群：《中国皮影艺术史》，北京：文物出版社，2007 年。康保成：《中国皮影戏的渊源与地域文化研究》，郑州：大象出版社，2011 年。

③ 周全明：《从文本到实践：民间小戏研究的范式转换及其演进路径》，《民俗研究》2022 年第 1 期。

④ 徐薇：《自我·角色与乡土社会——对民间二人转艺人及其生活世界的个案研究》，北京：中央民族大学出版社，2011 年。

的研究方法，以关中皮影戏的发展情况为研究对象，试图探析新时代背景下农民文化表达的当代价值。①

总之，21 世纪的民间小戏研究正处于全面繁荣时期，在研究方法、研究范式、研究对象等方面都有突破。

第三节　民间文艺专题研究

一、民间资源景观化与文旅融合

叙事学是景观化的理论基础，同时作为符号的景观具有叙事性。保罗·伯苏的《景观中的叙事》和马修·波提格与杰米·灵顿的《景观叙事：讲故事的设计实践》，都提到了"景观"的概念，他们认为景观可以作为场景推进故事的发展，而故事赋予景观历史和文化意义。

景观与传说的关系一直是传说学研究的热点话题之一。柳田国男在《传说论》中，就将"传说的纪念物"视为传说的核心，并指出现实生活中的物体一旦进入传说叙事，就成为传说的纪念物，同时指出，包括景观在内的地方风物具有唤醒记忆的功能。②钟敬文主张传说大都在解释包括景观在内的"风物"。③赵巧艳、闫春《伏羲传说与景观叙事的互构——黄河乾坤湾地名标识的人类学解读》一文通过介绍当地政府利用伏羲传说文化资源，建设乾坤亭、青帝坛等景点，分析伏羲传说与景观叙事的互构以及景观空间的特质。④

"当代社会传统口述叙事日渐萎缩，景观越来越多地承担起讲述传说、传承

---

① 沙垚:《吾土吾民：农民的文化表达与主体性》，北京：中国社会科学出版社，2017 年。

② [日]柳田国男著:《传说论》，连湘译，北京：中国民间文艺出版社，1985 年。

③ 钟敬文:《钟敬文文集（民间文艺学卷）》，合肥：安徽教育出版社，2002 年，第 530 页。

④ 赵巧艳、闫春:《伏羲传说与景观叙事的互构——黄河乾坤湾地名标识的人类学解读》，《中南民族大学学报（人文社会科学版）》2019 年第 3 期。

传说价值的叙事功能，这是当代民俗的显著特点。"① 民间传说资源转化为文旅资源的实践之路得到了市场的认可，学者何祖利以西施传说为个案，提出西施故里旅游区的规划方案；镇江学者康新民提出了对白蛇传这一传说资源的景观转化的构想；杭州学者莫高在细致梳理白蛇传传说风物群的基础上，提出以景观促进区域旅游的开发理念；伍鹏提出了梁祝文化公园的整体开发思路。这些以地域代表性传说为研究个案、以传说资源的景观转化为开发思路的实践性研究成果，为我们以民间景观为整体研究对象、进行区域性景观生产和景观叙事研究，提供了有益的借鉴。各地文化旅游相关部门都已认识到了民俗旅游景观对于凝聚民俗文化内涵、打造城市或地域文化符号的重要作用，民俗村、民俗文化产业园频频落成，还有更多的旅游景观正在建设当中。毋庸置疑，这些民俗旅游景观能够加强民众对民俗文化的兴趣与认同，树立文化自信，但这种做法也带来了许多的问题，过度重视景观化问题突出，比如将原有文化遗址拆除重新构建景观、多地争相建设景观以争夺某一传说的来源地称号、已建成景观后续的维护和宣传缺失导致景观的荒废及资源资金的浪费等。这不仅仅是研究者应该关注的现实问题，更是地方政府和文化干部们应该关注和引以为戒的问题。

21 世纪以来，景观化研究逐渐成为学术热点，许多学者对此做出探索。毛巧晖基于湖北远安嫘祖传说的考察，指出景观不仅是传说的物质载体，而且它在作为传说的"物"的表达的同时，对传说具有反向建构作用。民间信仰是景观建构和民间传说的灵魂，二者以信仰为支撑互生共构。② 景观化书写不仅限于传说，刘国臣《黄河流域伏羲神话形象的民俗文化研究》就是神话资源景观化的探索之作。相关研究还有肖婷《景观叙事与景观意义的再生产》、李鹏燕《黄鹤楼传说群的生成及其景观叙事研究》、药锐红《灵空山传说群的生成及景观叙事传承》等。

在景观化和民俗旅游紧密联系的背景下，现代社会景观的意义与功能进一

① 余红艳:《走向景观叙事：传说形态与功能的当代演变研究——以法海洞与雷峰塔为中心的考察》,《华东师范大学学报（哲学社会科学版）》2014 年第 2 期。
② 毛巧晖:《民间传说与文化景观的叙事互构——以嫘祖传说为中心》,《贵州民族大学学报（哲学社会科学版）》2018 年第 3 期。毛巧晖:《日常生活、景观与民间信仰——基于湖北远安嫘祖传说的考察》,《江汉论坛》2016 年第 5 期。

步深化。在民间口述传统文化讲述者和听众人数锐减，讲述空间逐渐压缩的背景下，通过文化景观发展旅游业，促使口头叙事走向景观叙事，可以使民间传说焕发出新的活力。[①] 更为重要的是，将文化资源转化为旅游资源，能够推动地域经济发展。但是，民间传统文化如何在经济要素和价值需求冲击下保持本真性，也是一个需要关注的问题。

资源产业化的前提是这种资源可以满足特定区域民众的生存和传统文化发展的需求，进而达到持续地进行再生产或者自我更新和自我保护的目的。民俗资源亦是如此，如何将民俗资源打造成文化符号或文化品牌，如何在产业化利用和文化保护中寻找平衡点，实非易事。研究者们在探寻民俗文化产业化路径上颇费心思，做出了具有本土特色的分析和总结，也从学者角度提出了一些建议，相关研究如杨冬《基于媒介传播下的中原民俗文化产业化发展研究》、程鹏《民俗文化的三条路径——以泰安市泰山石敢当产业为例》。[②] 他们认为，民俗文化产业化的过程需要多方共同参与，学者、政府、媒体、企业甚至个人都应贡献出自己的一份力量。但各方应各尽其责，彼此制衡，不能偏颇，否则民俗的产业化会持续向某一方向滑落，甚至产生负面影响。对民俗产业化的程度也需要进行一定的把控，产业化过度，变成纯粹的商业，是对民俗文化的一种损害。将民俗文化资源合理地产业化，打造文化品牌和创意性产业，既需要借鉴和吸收普适性的经验，也要注重本土化的经验。目前民俗资源产业化在旅游业方面体现最为明显，应用最广泛。至于这种民俗资源的产业化能否在别的产业中也占据一席之地，还需要进行进一步的考察和研究。

二、民俗资源非遗化转向与非遗保护

非物质文化遗产保护方兴未艾，全国各地形成了民间文化遗产化的趋势，这是地方社会借助文化资源寻求自我生存和发展的努力。民间文化遗产化，即将原

---

① 肖婷：《景观叙事与景观意义的再生产——以赫图阿拉城努尔哈赤传说为例》，辽宁大学硕士学位论文，2017年。

② 杨冬：《基于媒介传播下的中原民俗文化产业化发展研究》，《文化创新比较研究》2019年第20期；程鹏：《民俗文化产业化的三条路径——以泰安市泰山石敢当产业为例》，《中原文化研究》2018年第1期。

本是普通民众所创造的处于边缘地带的民间文化进行官方评定，使之成为国家、省、市、县四级文化遗产之一，从而受到各级政府部门的有效保护。这一举措不仅使地方的边缘民间文化走进大众视野，而且为其带来了全新的发展机会。

在民间文化遗产化的过程中，民俗学者们进行了积极有益的探索。徐赣丽、郭悦关注民间信仰在遗产化进程中的变化。徐赣丽以广西田阳敢壮山"布洛陀文化遗址"为研究对象，介绍在非物质文化遗产保护运动的背景下，布洛陀如何成为壮族传统文化代表，并推断民间信仰与国家正统有着密不可分的关系。① 张多主要以神话为镜，观察社区遗产化进程，发现在遗产化过程中，神话叙事走出传统仪式语境，在神话主义的逻辑下改变其表演的语境，成为文化政治的显在符号和重要角色。② 毛巧晖以北京市怀柔区琉璃庙镇杨树底下村一带元宵节的"敛巧饭"风俗和湖南资兴瑶族的"还盘王愿"活动在遗产化过程中分别转化为"敛巧饭民俗风情节"和"盘王节"为例，探讨民俗活动的遗产化过程。③

苑利、顾军的《非物质文化遗产学》，在"民间文化保护"框架下介绍了非遗保护的基础知识与基本理论。王福州的《非遗文化形态学》，运用了艺术人类学等多种学科方法，并总结了田野工作经验，深入探讨非遗本体及内涵，其理论适用于非遗保护实践工作。④ 对联合国教科文组织《非物质文化遗产保护公约》的阐释和解读方面有巴莫曲布嫫《非物质文化遗产：从概念到实践》，该文从一系列历史文件入手，解读非物质文化遗产的内涵。刘晓春从建构论角度探讨非遗保护的意义，发表了《文化本真性：从本质论到建构论——"遗产主义"时代的

① 徐赣丽：《民间信仰文化遗产化之可能——以布洛陀文化遗址为例》，《西南民族大学学报（人文社科版）》2010年第4期。

② 张多：《女娲神话重述的文化政治——以遗产化运动为中心》，《北京社会科学》2016年第8期。张多：《遗产化与神话主义：红河哈尼梯田遗产地的神话重述》，《民俗研究》2017年第6期。张多：《从哈尼梯田到伊富高梯田——多重遗产化进程中的稻作社区》，《西北民族研究》2018年第1期。

③ 毛巧晖：《遗产化与民俗节日之转型：基于"2017'敛巧饭'民俗风情节"的考察》，《北京联合大学学报（人文社会科学版）》2018年第1期。毛巧晖：《文化展示与时间表述：基于湖南资兴瑶族"盘王节"遗产化的思考》，《民间文化论坛》2018年第3期。

④ 苑利、顾军：《非物质文化遗产学》，北京：高等教育出版社，2009年；王福州：《非遗文化形态学》，北京：中国文联出版社，2019年。

观念启蒙》。巴莫曲布嫫注重非遗传承人的价值，将非遗与人的关系结合得更为紧密。① 在非遗保护策略及社会效应的探讨方面，既包括非遗的调查与研究方法，又包括非遗的传承与发展现状。冯彤《中国少数民族非物质文化遗产调查研究》集结了少数民族非遗研究的学术论文和调查报告，可以让人们了解少数民族非遗保护的现状与特殊性。杨利慧《遗产旅游与民间文学类非物质文化遗产保护的"一二三模式"——从中德美三国的个案谈起》，寻求非遗保护在文化建构、社区认同方面的身份位置。针对某一具体非遗项目做传承和保护研究的成果众多，如潘丽的《舞台花鼓灯的文化传承与基因变异研究》，在分析安徽花鼓灯在现代社会中的传承与变异情况的同时，探讨了花鼓灯在当代语境下发展的一些问题。非遗保护对于智库研究和区域文化资源平台建构有着重要的意义，刘瑾主编的《岭南音乐舞蹈发展研究》汇集三地研究者成果，对岭南地区音乐舞蹈传承发展现状做了研究概述，为岭南文化研究搭建了学术平台。此外，夏循祥、巴莫曲布嫫、张举文、彭牧、周跃群、夏楠等人都有关于"遗产化"的思考。②

遗产化是一把双刃剑，它在给民间文化资源带来新的发展生机的同时，也带来了新的考验。原先以自由的形式存在于民间的民俗文化，一旦成为官方确认的非物质文化遗产，很可能会变得官方化、商业化，表演色彩加重，民间文化的本真性存续成为一个需要思考的问题。黄永林在探索非物质文化遗产保护实践路径时提到，非物质文化遗产的本质是一种在特定的文化生态环境下形成的原生态文化，并且认为原生态文化是存在于自然状态下、民众生活中的，植根于某个地域且与时俱进的文化。原生态文化具有不可再生性，但原生态文化的生存空间正被

---

① 巴莫曲布嫫：《非物质文化遗产：从概念到实践》，《民族艺术》2008 年第 1 期；刘晓春：《文化本真性：从本质论到建构论——"遗产主义"时代的观念启蒙》，《民俗研究》2013 年第 4 期。

② 夏循祥：《"狗肉好吃名声丑"：民俗遗产化的价值观冲突——以玉林"荔枝狗肉节"为中心的讨论》，《文化遗产》2017 年第 5 期。巴莫曲布嫫：《遗产化进程中的活形态史诗传统：表述的张力》，《民族文学研究》2017 年第 6 期。张举文：《文化自愈机制及其中国实践》，《北京师范大学学报（社会科学版）》2018 年第 4 期。彭牧：《非物质文化遗产的当下性：时间与民俗传统的遗产化》，《民族文学研究》2018 年第 4 期。周跃群：《保护与发展的权衡：民俗文化遗产化视野下的动物伦理反思》，《非物质文化遗产研究集刊》，2019 年，第 68—80 页。夏楠：《规范·认同·升华：大禹治水神话的资源化与遗产化实践》，《长江大学学报（社会科学版）》2019 年第 4 期。

工业文明挤占，甚至面临着"破坏性开发"的困境。① 文化一旦脱离了它所存在的自然和人文环境，脱离了其所存在的文化圈，就会失去其生命力和活态性，以至于走向衰亡。② 在这样的现状下，如何在维护民间文化资源本真性的前提下探索遗产化的合理路径，成为当前非遗研究的重中之重。王霄冰以浙江衢州的国家级非遗项目"九华立春祭"为例，认为要想在本真性、活态性与承续性之间找到平衡点，传承主体的确立和当事人文化自觉意识的提高是破局关键。③ 王丹《少数民族非物质文化遗产保护现状和问题研究——基于国家级非遗项目和代表性传承人的分析》从少数民族非遗问题入手进行整合式分析，而周星《非物质文化遗产保护运动和中国民俗学——"公共民俗学"在中国的可能性与危险性》则是从公共民俗学这种"舶来品"进入中国本土语境的角度来分析非遗保护在实践中产生的一些问题。克里斯托弗·布鲁曼和吴秀杰对文化遗产与遗产化进行了批判性观照④，艾哈迈德·斯昆惕和马千里也对遗产化进行反思，论述遗产化可能会产生的后果⑤。

过分强调非遗的经济价值，就会本末倒置，使非物质文化遗产丧失活力，成为消费主义的牺牲品。同时，在将非遗资源转化为旅游资源、经济资源的过程中，也存在着许多问题。高知名度非遗资源往往有着高曝光度、高利用度，能够吸引更多的游客。但有的非物质文化遗产知名度偏低，容易被忽视，难以得到有效的利用、保护和开发。同时，非遗项目很多存在着生产性开发不足，产品单一，缺乏创意的问题。

如何摆脱"非遗"资源转化中"本真性"与"商业化"的结构性困境？这就需要我们在两种路径中找到一个平衡点。刘德龙在探索如何平衡非物质文化遗产生产性保护中的几种关系时认为，只有创新发展，才能更好地传承。在非遗资

---

① 黄永林：《"文化生态"视野下的非物质文化遗产保护》，《文化遗产》2013年第5期。

② 马知遥：《非物质文化遗产的当代传承》，《东方论坛》2020年第2期。

③ 王霄冰：《民俗文化的遗产化、本真性和传承主体问题——以浙江衢州"九华立春祭"为中心的考察》，《民俗研究》2012年第6期。

④ 克里斯托弗·布鲁曼，吴秀杰：《文化遗产与"遗产化"的批判性观照》，《民族艺术》2017年第1期。

⑤ 艾哈迈德·斯昆惕，马千里：《非物质文化遗产及其遗产化反思》，《民族文学研究》2017年第4期。

源转化为经济资源之时，时常会出现不平衡现象，这是人们对非遗知识了解不充分、选择的非遗开发路径不合适的结果。^①非遗保护的首要条件就是明确保护对象和保护重点，既要看到现代文明对传统工艺、仪式活动的冲击，坚决维护传统文化的活态性，又要在保持其本真性的同时，运用市场手段，使传统文化资源焕发生机。

三、民间文艺与创意产业

20 世纪 90 年代后，对文化资源产业化的研究不断深入，对民间文化资源的创新性发展、创造性转化路径的探索受到了各方的重视。中国民间文化源远流长，有丰富的资源积累，神话、传说、故事、史诗、歌谣、谚语、民间艺术、民俗文化、民俗礼仪等都是可利用的文化资源。将文化资源转化为文化产业，既是文化资源自身存续发展的有效路径，又是提升当地文化竞争力的有力举措。对文化资源进行开发利用，创造文化商品，带来经济效益，从而为文化资源保护提供必要的资金支持，这是文化资源保护的良性循环。

对一定区域内的文化资源进行产业化开发，是对其进行保护性传承的重要方式。我国学者对民间文化资源产业化的路径进行了分析和探索。努尔古丽·如孜从阿凡提故事产业化的成功案例中探寻其模式及特点，总结民间资源产业化开发的可能性经验。^②程鹏以泰安市泰山石敢当产业为样本，从物象、语言与仪式三个层面进行了研究，探讨了产业化背景下民俗文化发展道路上遇到的问题。^③

民族、地区文化的独特性为文化资源的产业化奠定了差异化发展的基础。蒋依娴、王秉安以台湾鹿谷乡溪头妖怪村为例，对当地妖怪传说文化进行创意激活和重组，提出独特的乡村社区营造模式，同时指出在此过程中需要规避的问题。"在民间文化资源的开发、利用、保护、继承和持续性发展等方面做不到和谐统一，对民间文化资源的市场分析及定位偏差，没有系统的规划和保护机制，民间

---

① 刘德龙：《坚守与变通——关于非物质文化遗产生产性保护中的几个关系》，《民俗研究》2013 年第 1 期。

② 努尔古丽·如孜：《阿凡提故事文化产业化现象研究》，西北民族大学硕士学位论文，2020 年。

③ 程鹏：《民俗文化产业化的三条路径——以泰安市泰山石敢当产业为例》，《中原文化研究》2018 年第 1 期。

文化资源就会产生一定程度上的损毁和流失。"①2005 年，柯杨将目前国内的民间文化产业化途径归为四种类型：消费商品型、旅游资源开发型、表演艺术商业化经营型、有偿展览型。②

在经济全球化和创意浪潮的推动下，以文化和创意为核心的文化创意产业迅速发展，成为 21 世纪的朝阳产业。文化创意产业的概念源于英国，产生于 20 世纪 90 年代，是一个源自个人创意、技巧及才华，通过知识产权的开发和运用形成的具有创造财富和就业潜力的行业。③文化创意产业和传统文化结合已成为一种趋势，它们是对立统一的，传统文化为创意产业提供了源源不断的思路，舍弃传统文化，文化创意产业将成为无水之源、无本之木，传统文化能提升人们对创意产业的认同感；创意产业则是推动传统文化提档升级的有效途径。刘爱华、艾亚玮从影视作品、动漫作品、民俗旅游、电脑游戏方面分析创意产业中的民俗主义现象，指出民俗主义在创意产业中以一种微妙"变脸"的形式大量存在，他们肯定了这种设计，认为这是对民俗文化的延伸和发展，同时认为创意产业能够为民俗学发展带来新契机，但当下民俗学者对此重视不够。段友文、王禾奕以山西省万荣县阎景村为研究对象，对村中特色传统文化资源进行梳理，对当地文化创意产业开发优劣进行了分析研究。④此外，民间资源的动漫化转向也是一条可资借鉴的道路。"动漫艺术自诞生起就与民间文学结下了不解之缘，民间文学是动漫艺术的源头活水，为国产动漫提供了丰富的内容和形式要素。"⑤推动民间文学资源朝动漫化方向发展，是弘扬民间文化和振兴国产动漫的一举两得的选择。徐金龙、黄永林、叶继平、白玉帅、袁怡昕等人对民间文学与国产动漫的整合创新做出了新探索⑥，试图将约定俗成的民俗符号、民俗传统、民族文化精神作为文化产业的内生动力，创造出真正具有民族文化特色且独具竞争力的文化产品。

① 李砥：《民间文化资源产业化问题与对策研究——以秦皇岛为例》，《人民论坛》2012 年第 4 期。

② 柯杨：《关于民间文化产业化的三点思考》，参见白庚胜，许柏林主编：《文化产业兰州论剑：中国民间文化艺术产业建设研讨会论文集》，北京：民族出版社，2006 年，第 98 页。

③ 金元浦：《文化创意产业概论》，北京：高等教育出版社，2010 年，第 30 页。

④ 段友文、王禾奕：《论古村落传统文化资源与创意产业的深度融合——以山西省万荣县阎景村为例》，《山西大学学报（哲学社会科学版）》2014 年第 1 期。

⑤ 黄永林、徐金龙：《民间文学与国产动漫的不解之缘》，《民族艺术研究》2011 年第 6 期。

⑥ 黄永林、徐金龙：《民间文学与国产动漫的不解之缘》，《民族艺术研究》2011 年第 6 期。

　　创意产业和非遗保护关联紧密。陈建宪、朱伟、田阡等人都对非遗和创意产业的关系进行了研讨。田阡从理论和实证方面对非遗与文化创意产业的互动关系进行探讨，指出非遗文化创意产业发展的方向应该由官方力量主导，以民间知识持有者为主体，学者提供智力支持，以文化的再生产作为发展路径，从而解决二者互动过程中的问题。①

　　生产性保护这一概念是在静态保护不能解决实际产生的问题的情况下应运而生的。2009 年举办的"中国非物质文化遗产传统技艺大展"活动中，参与者对生产性保护进行了深入探讨。2012 年 2 月文化部印发的《关于加强非物质文化遗产生产性保护的指导意见》中给生产性保护作出明确的定义。② 生产性保护已成为重要的工作方法之一，产业化发展方式在非遗民间资源上已经得到广泛运用，例如运用全息投影技术对傩文化进行立体化产业化开发。③ 如何看待生产性保护与产业化的关系，也是当下的热议话题。

　　刘魁立围绕四个观点进行分析，指出要切忌"一窝蜂"的产业化，任何产业化都必须以"非遗"项目的核心技艺和核心价值得到完整性保护为前提。④ 刘晓春、冷剑波也指出产业化和生产性保护的三点区别，即产业化追求规模化、标准化，生产性保护强调保护独特性、差异性；产业化以利益为导向，生产性保护以保护为终极目标；产业化可能导致掠夺式开发，而生产性保护强调保持其"本真性""整体性"，对一些非遗实行产业化在现实操作层面不一定行得通。⑤ 此外，还有许多学者，诸如徐赣丽、蒋明智、章顺磊等都对非物质文化遗产的产业化开

---

① 田阡：《非物质文化遗产文化创意产业发展路径研究》，《社会科学战线》2015 年第 4 期。

② 《文化部关于加强非物质文化遗产生产性保护的指导意见》，《中国文化报》2012 年 2 月 27 日。

③ 高薇华、白秋霞：《"非遗"语境下傩文化的立体化产业与全息技术应用》，《文化遗产》2015 年第 5 期。

④ 刘锡诚：《"非遗"产业化：一个备受争议的问题》，《河南教育学院学报（哲学社会科学版）》2010 年第 4 期。

⑤ 刘晓春，冷剑波：《"非遗"生产性保护的实践与思考》，《广西民族大学学报（哲学社会科学版）》2016 年第 4 期。

发问题进行了探讨。①

总之，文化创意产业的发展能够适应新时期文化消费的需要，应该得到重视，但市场化和商品化只是传统文化维持生命力的手段，最终目标还是保护与传承。在产业化开发和生产性保护之间，需要保持平衡，这样才能使民间文化资源得到恰如其分的保护性开发。

四、数字民俗学与非遗数字化

民间文艺资料的搜集整理是研究工作的基础，随着社会现代化进程的加快，传统口头文艺生存空间逐渐缩小，20 世纪以来，记录、研究和保护口头传统逐渐成为一种学术自觉。传统的口头文艺记录方式是书面文本记录，随着文本研究向语境研究的转向，静态文本记录也逐渐转向对动态演述的记载。现代传播媒介使采录工作更加立体化，数字化是口头传统记录建档工作的必然选择。

《中国口头文学遗产数字化工程全记录》一书分五编介绍了数字化工程的历史、现状和未来。② 为了更好地保护"二十四节气"这一文化遗产，中国农业博物馆于 2018 年建设了相关的数据库。我国正致力于口头文学宝库建设，这是每一个民间文艺工作者的世纪梦。

乌丙安认为，我国的非遗数字化保护及数据库建设在各个方面都处于起步阶段。2008 年，董晓萍在《现代民间文艺学讲演录》中设置了专章对数字化进行阐释，作者认为，现代民间文艺学面临两个机制的变化：一是学科评估机制，二是专业人才培养模式。在转型过程中，利用数字化技术把传统研究手段现代化，把传统优势资源和研究成果转化成全人类共同财富，从而推动现代民间文艺学建设。转型主要从三个方面进行：一是建立具有深度人文含义的民间文艺原始数据和数字数据系统，二是建立民间文艺研究与保护一体化的解释系统，三是建立现

---

① 徐赣丽：《非遗生产性保护的短板和解决的可能——以壮锦的实践为例》，《西南民族大学学报（人文社会科学版）》2014 年第 9 期。蒋明智：《非物质文化遗产——悦城龙母文化的产业化之道》，《民间文化论坛》2011 年第 5 期。章顺磊：《产业化视角下黄梅戏传承与发展的困境和出路》，《文化艺术研究》2016 年第 3 期。

② 冯骥才：《中国口头文学遗产数字化工程全记录》，北京：中国文史出版社，2014 年。

代文化空间中的交流系统。① 在理论建构方面，董晓萍提出民俗学与数字信息学交叉必须要解决的问题，也点明了这种创新性课题的价值所在。正如她所要表达的："民俗文化和计算器，经过改造维修，可以同时为两种文化服务。人类只让它们为一种文化服务，它们就成了另一种文化的杀手。人类让它们为两种文化服务，它们就是全人类的好帮手。"② 她所要做的，正是让"民俗文化"和"计算器"处在高度和谐的状态，秉持着共赢宗旨为两种文化共同服务，甚至产生新的学术生长点，达到 1+1 > 2 的效果。她和她所带领的研究团队成果显著：他们与多部门、多学科合作完成了中国民族民间文艺分类数据 GIS 空间演示的软件研制，以及数字钟敬文工作站、数字故事博物馆等一批项目。③ 这些学科融合交叉合作塑造的民俗文化精品，也是我国文化软实力的一种展示。2014 年，杨红编著了《非物质文化遗产数字化研究》一书，汇集了国家文化部文化科技创新项目"非遗数据库构建分类及信息资源元数据研究"的阶段性成果，第一次系统地梳理了当前国内外的非遗数字化实践，提出了非遗数字资源的核心元数据元素集方案，建立了非遗项目分类编码体系，就我国当前非遗数字化存在的现实问题提出了系统的解决路径，填补了我国在数字化研究领域的空白。④ 刘先福、张刚从数字化空间演示的角度，对当代民间文化的抢救整理做出思考。⑤ 欧剑、王妍根据京剧的程式化特点研究出一种基于体感技术的京剧器乐声场再现技术，构建了具有语义的京剧声音数据库，为京剧的大数据研究提供可能。⑥

　　将民俗学与数字信息学结合，建立数字民俗学，成为当下民俗学建设的重要方面。董晓萍认为至少需要解决四个问题，即建立四套理论：数字民俗搜集理论、数字民俗分类理论、数字民俗传输理论和数字民俗模拟理论。⑦ 数字民俗学的建立有利于增强民俗学研究理论与方法的活力。

---

① 董晓萍：《现代民间文艺学讲演录》，桂林：广西师范大学出版社，2008 年，第 484 页。

② 董晓萍：《数字民俗搜集理论》，《民间文化论坛》2014 年第 5 期。

③ 董晓萍：《民俗学高等教育的变化、对策和阶段性实践》，《西北民族研究》2010 年第 4 期。

④ 杨红：《非物质文化遗产数字化研究》，北京：社会科学文化出版社，2014 年。

⑤ 刘先福，张刚：《民间文化的数字化类型与空间演示——基于《中国民族民间文化空间信息系统》的思考》，《民俗研究》2014 年第 5 期。

⑥ 欧剑，王妍：《基于体感技术的京剧声场的数字化构建和再现》，《文化遗产》2015 年第 3 期。

⑦ 董晓萍：《数字民俗搜集理论》，《民间文化论坛》2014 年第 5 期。

激活非遗资源的数字生命力对于非遗保护和传承尤为重要，但在数字化过程中，也要把握核心，让非遗稳定、有质感地传播下去。目前，我国非遗数字化仍处于起步发展阶段，行业标准、各地实践以及应用研究都尚在探索时期。非遗数字化必须以实体资源为基础，现代化传播为媒介，还要避免一味追求新技术的倾向。数字化所起的主要作用，是优化保存与呈现方式，放大与延伸非遗价值。

五、都市民俗学与网络民间文学

我国地域广阔，民俗文化丰富多彩，但是随着城市化与现代化进程发展，广大乡村传统民俗遇到挑战，民俗文化传承受阻，许多优秀传统民俗文化面临困境，时代的变化造成了部分民俗事象的消亡。旧的民俗在消失的同时也会催生新的民俗，都市民俗学与网络民间文学应运而生。

"中国都市民俗学的发展历程大体经历了三个阶段：20世纪80年代，与乡村民俗学相对应的'都市的民俗学'；90年代，以'都市民俗'为研究对象的'都市的民俗学'；21世纪以来，作为学科建设和范式转型层面上的'都市民俗学'。"[1]程鹏将中国都市民俗学的研究对象分为都市里的民俗与都市化的民俗两类，认为其对应两种学术指向：一种是作为区域民俗学的一类，对应乡村民俗学；另一种与现代化的诉求相联系，对应传统民俗学。[2]徐赣丽认为"定位于都市中产阶级生活方式的民俗学研究"，具有建构都市民俗学的可能。[3]岳永逸以老北京的"杂吧地儿"作为研究对象，意图重新评估世界范围内类似地方与其所在城市之间的关系。[4]胡玉福以上海市一名街头歌手的街头生活为研究对象，对生活在都市中的群体予以关注和讨论。[5]总的说来，都市民俗学为民间文艺研究提供了崭新的研究视角与研究场域，已经成为21世纪以来最为流行的民间文艺研究动态之一。都市传说是城市民间文学的重心，李玉涵研究了90年代开始流传

---

① 刘垚，沈东：《回顾与反思：中国都市民俗学研究述评》，《民间文化论坛》2015年第6期。

② 程鹏：《都市民俗学与民俗学的现代化指向》，《民间文化论坛》2014年第4期。

③ 徐赣丽：《中产阶级生活方式：都市民俗学新课题》，《民俗研究》2017年第4期。

④ 岳永逸：《"杂吧地儿"：中国都市民俗学的一种方法》，《民俗研究》2019年第3期。

⑤ 胡玉福：《都市民俗学对都市个体及其创造性知识的关注——以一位上海市街头歌手为例》，《民间文化论坛》2014年第4期。

于坊间的"上海吸血鬼"传说的叙事建构、传播机制，挖掘都市传说在谣言、传言和传说之间的演进过程，并反观都市传说反映的社会心理。① 还有学者从文化比较的角度来探讨都市传说的文化内涵，从民间文学视角研究谣言是近年来衍生的研究方向，施爱东的研究成果很有代表性，发表了《谣言的发生机制及其强度公式》等文章。② 城市歌谣方面亦有研究者涉猎，除毕旭玲研究上海红色歌谣外，罗治佳通过研究城市新民谣，发现了城市新民谣作为一种都市民间文学本身所具有的表演特性和文化特征，并对其呈现出的民间文学特征、民俗属性及其在现实语境中传统与现代结合后产生的功能与价值做了新的探究。③ 研究者们逐渐开始重视同样能够作为民间文学生发传播场域的城市，对城市民间文学的研究也愈加丰富。

将民间文学置于城市文化建设的语境下，是一种文学资源创造性转化的举措，各学科领域的学者都从自己的学科知识背景出发去分析这一现象，相关研究主要以个案分析为主。涂怡弘采取符号社会学派的路径，以高雄市的节庆活动为研究对象，探讨传统节庆民俗与现代城市产业的融合，并分析通过节庆民俗而传播的独特的城市文化符号。④ 民间文学和民俗文化资源是城市文化符号构建的主要元素，城市文化名片的知名度往往也得益于民间文学和民俗文化的传播。研究者们从个案研究实例出发，试图总结出民间文学资源向城市文化符号转化的一些普适性理论和方法，为我国城市文化符号的构建提出建设性意见。当然，城市文化符号的构建需要政府、社会组织、学者和民众群策群力，绝非是任何一方能够单独促成的。

21 世纪以来，学界将关注点投向了民间文学网络化。高艳芳认为，当前的网络民间文学研究尚集中在概念界定、媒体影响和特征辨识等方面，缺乏系统性理

---

① 李玉涵：《当代"都市传说"的叙事建构与传播机制——以"上海吸血鬼"传说为个案》，华东师范大学硕士学位论文，2020 年。

② 施爱东：《谣言的发生机制及其强度公式》，《民族艺术》2015 年第 3 期。

③ 罗治佳：《民间文学视野下城市新民谣》，青海师范大学硕士学位论文，2018 年。

④ 涂怡弘：《符号学视野下台湾现代节庆与城市意象传播——以高雄市为例》，福建师范大学硕士学位论文，2015 年。

论阐述、交叉性学科探讨、操作性实践指导。^①与此同时，社会热点事件促使大量网络民间文学作品的生成，这类作品的迅速扩散和广泛传播对舆论也产生了或积极或消极的作用。因此，网络民间文学研究必须发挥民俗学的学科价值，成为一种"民众之学"，而不能成为流于表面的网络"推波助澜"之学。针对2016年春节前夕"上海女孩逃饭"的网络帖子，户晓辉发表意见，认为这个历时半月的网评事件，不仅仅体现了假新闻效应，更是一场网络民间文学表演。必须引入实践民俗学的目的论原则，分析网络民间文学表演，建立网络公民所需要的责任伦理与形式规则。^②亦有更多学者着力于此方向的个案研究。安文龙《新媒介环境下民间故事传承与传播途径探索》一文主要分析民间故事的传承发展现状，认为将民间故事与互联网融合是"民间故事传承破局之路"；邱睿《新媒体语境下民间故事数字化创作研究——以走马民间故事为例》则以具体的重庆走马民间故事为研究对象，总结走马故事在传承发展中凸显的问题，试图探究出保护走马故事的数字化方法，最后分析了《走马腔调》这一基于走马故事而设计建立的网站的具体技术运用，以及该网站对于传承走马故事内涵和观念的效果；施爱东在《谣言作为民间文学的文类特征》一文中对网络谣言的变异、传播等问题展开探究。^③网络是一个多面体，网民能够享受网络上丰富的文化资讯，但同时也能躲在电脑屏幕后发表"自由"言论，影响舆论走向。

网络民间文学的出现使民间文学的某些特征获得了更加充分的展现。信息技术手段更新和重塑了民间文学的传播载体，但并不能改变民间文学的存在形态，更不能改变传统民间文学的本质特征。从传播媒介上看，网络对民间文学的介入最为全面和深入，主要是因为网络写作带有民间口语的特征。^④从传播手段来看，民间文学在历史上大体经历了四个阶段：纯粹的口头文学、口头与书面混杂的文学、书面文学和网络民间文学。^⑤

---

① 高艳芳：《网络民间文学研究的审视》，《民俗研究》2019年第2期。
② 户晓辉：《网络民间文学表演的责任伦理与形式规则——以"上海女孩逃饭"的网评为例》，《民间文化论坛》2018年第2期。
③ 施爱东：《谣言作为民间文学的文类特征》，《民族艺术》2016年第3期。
④ 万建中：《民间文学引论》，北京：北京大学出版社，2006年，第67页。
⑤ 户晓辉：《民间文学的自由叙事》，北京：社会科学文献出版社，2014年，第53页。

　　这一变化背后呈现的是现代科学技术的进步在网络文化领域的投射，间接地促成民间文学语境的变化。从技术传播上看，民间文学语境的变化只是整个技术进步的一粒尘埃，虽微不足道，但在民间文学学科内，如蝴蝶效应一般，对其影响是巨大的，整个学科的呈现方式、内容特征、研究方式随之发生变化。这引起了众多学者的关注，他们开始将研究视角从传统的社区日常场景拓展到新兴的社会文化空间，尤其是与电子媒介技术高度融合的口头民间文学，主要涉及网络游戏、移动短视频平台等。目前国内基于网络游戏对民间文学资源的开发实践所进行的研究，主要集中在对网络游戏等新文化空间的生产逻辑，以及民间文化在转化实践过程中存在的问题方面，目的是为开发和保护民间文学资源提供借鉴。①

　　互联网时代数字化的社交方式改变了民间文学的传衍、存续机制。② 以抖音、快手、火山为主的移动短视频平台对民间文学的挪用和重构，加快了网络民间文学的形成、发展和成型。作为一种新兴的社交媒体，短视频平台为中国传统民间文化资源的创新性发展提供了新型的传播媒介。在数字化时代，民间文学表现出强大的传播和扩散能力。实际上，网络民间文学与传统民间文学的不同之处在于语境的变化，传统民间文学的语境是真实存在的日常社区场景。网络民间文学的兴起，在一定意义上，打破了民间文学这种常规的内在生成语境，创生了电子媒介语境。虽然民间文学的生成语境被重新塑造，但是民间文学内在的生成演变逻辑并未发生本质上的变化。

　　总体而言，网络民间文学正朝着多文体融入、多样化手段传承保护的方向发展，这对于民间文学来说是一条新路，但新路上也问题重重，荆棘丛生。研究这一领域亦需要借鉴多学科知识和理论，需要研究者有着强烈的关照现实的情怀。都市民俗学和网络民间文学的生成都是时代的产物，随着现代化、城市化的不断推进，两种研究被越来越多的学者所重视，走向深入，呈现出新的发展态势。此外，与新样态伴随而来的传播方式的转变，也是一把双刃剑。一直以来，民俗文化资源多依靠线下进行传播，具有一定的局限性。依托互联网的普及，有价值的民俗文化迅速发挥其商品价值功用，带动相关产业链发展，并反向推动民俗本体

---

① 程萌：《网络游戏中民间文学资源的创新转化》，《文化遗产》2021 年第 5 期。

② 张多：《抖音里的神话：移动短视频对中国神话传统的重构》，《西北民族研究》2021 年第 1 期。

的继承和发展。微信、微博、抖音、快手等传播媒介的广泛使用，为网络民俗的宣传带来了便捷，但大多网络民俗文化宣传以经济发展为目的，时常有传播不全、创新缺乏的弊病，少有对民俗文化的整体性继承与发展。

六、新文科背景下的民间文艺学建设

中国的民间文艺学孕育于晚清，伴随着"五四歌谣学运动"而兴起，至今已有百年历史。民间文艺学作为一门重要的学科，一直肩负着培养民间文学、民俗学人才的重任，在学科竞争越来越激烈的今天，时代对专业的人才培养提出了更高的要求。

在时代发展变革的关键时期，"新文科"概念应运而生。2017 年美国西拉姆学院率先提出"新文科"概念，他们所阐释的新文科主要是专业重组，不同专业的学生打破专业课程界限，进行综合性的跨学科学习。2018 年 10 月，中华人民共和国教育部决定实施"六卓越一拔尖"计划 2.0，中国新文科开始浮出水面。建设新文科就是要立足新时代，回应新需求，促进学科融合，提升时代性，加快文科建设中国化、国际化进程，引领人文社会科学新发展，从而服务于社会主义现代化国家建设中"人的现代化"建设目标的实现。①

新文科是社会发展的大势所趋，这对民间文艺学的学科发展来说既是机遇又是挑战。民间文艺学的学者应该把本专业和社会发展、时代要求结合起来，站在时代的前列，坚持敢为人先、勇于创新的精神，从教学理念、教材编写、教学方式等各个方面进行改革。

（一）培育交叉学科人才

新文科要求各学科之间交叉和融合，我国 13 部委在启动新文科时也明确提到，新文科建设是要推动哲学社会科学与新科技革命交叉融合。但同时我们也需要意识到学科之间的交叉融合不是目的，而是手段，最终目的是要提高高校服务经济社会发展能力，同时也是为了更好解决现实世界中的问题。民间文学专业要按照"新文科"建设的要求，培养具备创新能力的复合型人才。要认识到民间文

---

① 樊丽明，杨灿明，马骁，刘小兵，杜泽逊：《新文科建设的内涵与发展路径》，《中国高教研究》2019 年第 10 期。

艺的特殊性，它并不是单纯的文学概念，而要放置到具体民间语境中去考察。新文科打破了传统文科的局限，为学界重新审视民间文艺的特性提供了机会。民间文艺与历史学密不可分，远古时期的历史已无具体文字记载，历史往往保存于神话传说之中。民间文艺与民俗学息息相关，我国的民俗学运动正是从搜集民间文学——歌谣开始的。民间文艺与语言学也有相近之处，方言是民间文化的基本载体，也是语言学研究的基本对象。正是由于民间文艺与各个学科有内在的关联性，培养相关交叉学科的人才有了理论依据。

（二）加强专业性实践

民间文艺是一门专业性很强的学科，田野调查是其最基本的作业方法。不同于传统的人文社会学科，民间文艺是一门与普通民众生活紧密相关的学科，要求我们走出书斋，走向田野，走向被以往学界所忽略的地方。高校不仅要注重书本知识的传授，也要侧重对具有实践技能的学科方向加大扶植力度，使学生在掌握本专业知识的前提下可熟练应用现代信息技术，在视频记录、采集音像、绘制地图方面更加专业。只有这样，才能打破横亘在学科之间的厚壁，突破单一学科造成的研究局限，以及学术研究与社会需求之间的脱节，这不仅有助于我们对一些问题提出新观点，而且还可以使本学科及跨学科的方法视野和研究领域得到拓展和更新。

（三）编写体系完备的教材

"新文科建设的根本是优化课程设置体系、培养复合型人才。"[1]教材是课程教学的保障。钟敬文主编《民间文学概论》的出版，标志着民间文学在高校教育领域"教材荒"的终结。《民间文学概论》出版至今，国内民间文艺学者在编写教材方面倾注了心血，后续编写的教材可以大致分为四类：基础理论教材、专题性教材、跨学科民间文艺教材、国外民间文艺教材译介。随着国内民间文艺学研究领域的不断拓深，旧教材已经不能满足使用的需要，时代呼唤承载新气息、新观念、新内容的教材出版。

---

[1]　樊丽明、杨灿明、马骁、刘小兵、杜泽逊：《新文科建设的内涵与发展路径》，《中国高教研究》2019 年第 10 期。

后续的教材编写应做到以下几方面：

1. 编写具有时代特色的教材。传统的教材广为流传，但是会形成一种稳定的思维模式，固化了学科的发展模式，应该将富有时代性的学术思想以及发明发现反映在教材里面，出版符合新时代的创新型教材。

2. 重视少数民族的民间文艺教材。我国是多民族的国家，民间文艺是多元一体的多民族文艺，但是少数民族民间文艺、民俗学教材的编写却仍旧局限在少数民族集聚的高等院校，并没有在全国范围内的高校的相关学科领域开展。如果只把汉族文学作为书写主体，会难以准确把握我国民间文艺实际发展的整体面貌，甚至会得出与事实相反的结论。在编写教材时应该坚持多民族文艺共同发展的原则，适当突出少数民族的优秀民间文艺作品，完整、客观地呈现中国民间文艺地图。这不仅有助于激发少数民族学生对于自己身份的认同感，更是对我国民族政策的呼应之举，有助于维护祖国统一和民族团结，铸牢中华民族共同体意识。因此，我们要编写包括少数民族民间文艺在内的民间文艺学教材，推动少数民族民间文艺从边缘走向中心、从高山峻岭走向课本课堂，走向更加广阔的天地。

3. 加强互动式教材的编写。教材编写体系是否严谨科学，一定程度上是对其相关学科发展水平的反映。民间文艺学教材作为高校教学的必备工具，必须重视互动式教学。民间文艺本身是具有浓郁趣味性的一门学科，应该把民歌、戏曲、说唱等具有强烈感染力的艺术表演形式设计为互动环节，以营造出更好的课堂氛围，并充分利用多学科研究的成果，丰富教学形式，引起学生的兴趣，把书斋学习和田野学习相互结合起来。

民间文艺具有不同于作家文学的独特性质与内涵。随着中华民族优秀传统文化越来越受到社会的重视，随着"新文科"计划的提出与实施，民间文艺迎来了全新的发展机遇。只有站在时代的制高点上，突破传统的思想观念和思维方式，与其他学科同成长共命运，民间文艺才能在新时代焕发生机和活力。

思考题：

1. 简述口头程式理论、民俗志研究、实践民俗学的内涵。

2. 如何运用表演理论来研究民间文艺？

3. 在经济要素和价值需求冲击下，民间传统文化如何保持本真性？

4. 如何应对"非物质文化遗产学"对民间文艺学的挑战？

5. 如何开展以互联网为载体的民间文艺研究？

6. 新文科背景下民间文艺学的发展机遇在何方？

附录一

民间文学教材建设的百年回眸

　　一个学科的教材体现了该学科的知识体系与理论成果。民间文学教材是民间文艺学基本理论的重要载体，有着明确学界共识、催生学术增长点、指导后学等重要作用。民间文学教材自 20 世纪 20 年代开始出现，在五四新文学传统影响之下，经过了基本术语并不统一的萌芽时期，初步形成了民间文学与作家文学二元对立的话语逻辑。50 年代以来，民间文学教材继承人民的文艺——延安文艺的伟大传统，在外来苏联经验、国家文化建设与学科内部逻辑的碰撞间，民间文学教材体系在困境中酝酿成熟，80 年代之后，民间文学教材进入了出版热潮。民间文学搜集整理运动的大规模开展，亦使得少数民族民间文学这一重大内容得以纳入民间文学教材体系，少数民族民间文学教材出版亦取得显著成果。然而，民间文学概论体系的易复刻性，造成民间文学教材数量虽多，理论水平却极为近似，很多后来者仅是对"祖本"更换例证或对表述的重编，许多教材并未在钟敬文《民间文学概论》的基础上有大的突破，初版于 1980 年的《民间文学概论》仍是本学科最权威的教材。然而《民间文学概论》是偏重于重要问题与基础知识的入门教材，理论的诞生距今已有 40 余年，供本科生了解民间文学知识尚可，为更高层次的学生提供用于研究的理论工具则显不足。张紫晨《民间文艺学原理》、万建中《民间文学引论》与董晓萍《现代民间文艺学讲演录》三本教材具有一定的工具作用，却有各自的优缺点，且亦出版十数年，难以呈现学界日新月异的发展变化。

　　从民间文学教材建设史的视角来看，教材编写呈现出"民间文学"与"民间文艺学"两种不同的概念体系分立的状态。"民间文学"自梅光迪于 1916 年提出之后，超越了"白话文学""平民文学""俗文学"等概念而成为 20 世纪二三十年代非作家文学研究中的显性话语，虽然仍与"民间文艺""民众文艺"等多词并用，但其指代的与作家文学对立建构的文艺形态却愈发鲜明。与之相对应，"民间文艺学"的概念早在 1935 年被提出，却长期未受到重视，直到 20 世纪 90 年代民俗文化学的兴起，将长期纠缠不清的民俗学与民间文学进行明确的区隔，"民间文艺学"作为一门学科才得到承认。"民间文艺学"从学科领域与研究对象两方面对"民间文学"进行拓展。

本章以从"民间文学"到"民间文艺学"的学科史历程为线索，在回顾百年来民间文学教材建设的得与失的基础上，反思民间文学教材应有形态，探索民间文学教材建设的可能性，这将有助于民间文艺学基本理论的更新，民间文艺学高等教育的进步，使民间文艺学的学科立足点更加稳固，更好地应对学科从属的困境。

第一节　1927—1949：民间文学教材建设萌芽时期

一、民间文学教材的初创

1926 年，北方政治形势恶化，北京大学歌谣研究会的工作中断，中国民间文艺学的发展重心转移到中山大学语言历史学研究所民俗学会、中央研究院民间文艺组与杭州中国民俗学会三地，现代民间文艺学进入了一个新时代，其工作重心与工作方法都发生了向人类学与民俗学的偏移。[①] 歌谣运动时期，民间文学被视作文学主流，学者试图以民间文学补足新文学的文艺学研究视角已经转变为英美人类学的研究视角。林兰、芮逸夫、钟敬文、顾颉刚等诸多学者运用人类学与民俗学方法进行的民间叙事研究硕果累累，民间文学研究更加正规化，报纸、期刊、杂志和出版社也积极出版民间文学作品选及研究论文，民间文学的理论教材也在这一时期开始出现。钟敬文 1935 年留日时写作的《民间文艺学的建设》开

---

① 刘锡诚：《二十世纪中国民间文学学术史》，北京：中国文联出版社，2014 年，第 289 页。

篇即言："一种科学的成立，绝不是很偶然的事，也不是任凭一二好事的学者可以随意杜撰的事。最要紧的，是那对象必须具有可以成为一种科学的内外诸条件。"20 世纪二三十年代民间文学的发展，被钟敬文认为是建设民间文艺学学科"不容许再迟缓了"的征兆，学科建设不仅具备了条件，而且内外条件充足到要"少壮的学者们"利用"眼前优裕的条件"努力地开拓新兴科学的园地。① 相比歌谣研究时代一班来自不同背景的学者各自为战的状况，这一时期，民间文学的课程与教材从无到有，专业学术人才的培养开始起步，学科建设进入萌芽时期。

　　1923 年北大风俗调查会成立后，张竞生开设了"风俗学"课程，开民间文学类课程风气之先。② 其后中山大学于 1927 年开设"民间文学"课程，1928 年开设民俗学传习班，课程内容涉及民间文学（顾颉刚讲授"整理传说的方法"，钟敬文讲授"歌谣概论"，庄泽宣讲授"民间文学及教育"，刘奇峰讲授"希腊神话"），民间文学类课程逐渐走入大学教育，至 1938 年已有十余所大学开设民间文学类课程，不乏北京大学、清华大学、复旦大学、中山大学等名校。③

　　随着民间文学课程进入高等教育，民间文学搜集、研究、教学工作实践的经验逐步积累，民间文学理论著作也开始出现。现今所见最早的民间文学概论著作是 1927 年出版的《民间文学》，作者徐蔚南。本书是仅有 65 页的小册子，却包括了民间文学概论和中国民间文学史两部分，如作者所言："民间文学范围极广，本书目次虽寥寥十则，但关于民间文学的全体，大致已包举无遗了。"④ 前五章为民间文学概论，标题为：民间文学是什么，民间文学的守护者，民间文学的价值，民间文学与文学，民间文学的分类。具体内容包括民间文学的定义、传承、功能、特征，民间文学与作家文学的关系，民间文学文体划分等基本理论。其中，徐蔚南将民间文学与作家文学的对比引起了刘锡诚的关注，称其为：借鉴

---

① 　钟敬文：《钟敬文民间文学论集（下）》，上海：上海文艺出版社，1985 年，第 1 页。

② 　萧放：《民国时期大学民俗学学科建设述略》，《中国大学教学》2017 年第 2 期。按：本文称魏建功担任 1924 年北大"民间文艺"课程的教员，然而魏建功 1925 年才本科毕业留校任教，其他文献皆称魏建功于 1935 年开设"民间文艺"课程。

③ 　参见王璟：《20 世纪二三十年代民间文学类课程设置探析》，《民俗研究》2020 年第 4 期；施爱东：《学术队伍无法速成：1928 年的中山大学民俗学传习班》，《文化遗产》2009 年第 4 期；萧放：《民国时期大学民俗学学科建设述略》，《中国大学教学》2017 年第 2 期。

④ 　徐蔚南：《民间文学》，上海：世界书局，1927 年，第 1 页。

西方人类学理念，但从中国民间文学具体情况出发，站在文学立场对民间文学进行界定。[①] 民间文学与作家文学的对比其实是全书的核心，这不仅如刘锡诚所言是其"切入点"，更是其理论建构的基点。作为概论性著作，对"民间文学"这一概念进行定义是最初步也最关键的一步，体现着全书的指导思想。徐蔚南对民间文学的界定是通过与作家文学的对比完成的，他通过创作过程、作者、创作动机、传承方式、创作后是否改动、读者这六方面的对比，将民间文学定义为："民间文学是民族全体所合作的，属于无产阶级的、从民间来的、口述的、经万人的修正而为最大多数人民所传诵爱护的文学。"[②] 这个定义突出人民主体性，体现了民间文学的特征，是当时较为科学的定义。

徐蔚南的《民间文学》虽然属于科普性质读物，文风活泼顺畅，但不乏学术的严格性，在当时有较大影响。心系学科发展的钟敬文在当年 11 月即写作《"民间文学"——评徐蔚南〈民间文学〉》一文予以回应，肯定了其首创之功，称其理论概括精妙明白，颇具特色。但仅通过与作家文学的对比来界定民间文学，不足以凸显民间文学自身的特征，且全书篇幅太短，稍显简略。[③]1930 年杨荫深出版的《中国民间文学概说》和 1932 年王显恩出版的《中国民间文艺》两部概论性质的著作显然受到徐蔚著作的影响，都将民间文学与文学的对比作为重要内容，框架上也强调民间文学的分类和民间文学的价值，但两者也有各自的学术特色。

将民间文学与文学进行对比，其实已经隐含着后来由钟敬文所提出的"民间文艺学是特殊的文艺学"这一思想，既强调民间文学自身的特殊性，通过与作家文学的比较完成民间文学的本体建构，明确其学科特色；又强调其属于文艺学，本质上具有文学属性，避免民间文学学科被人类学与民俗学裹挟。杨荫深实际已经注意到这一点："虽也有人提倡研究，然而时不经久，到现在又烟消云散了。而且关于这种研究的书籍，现在也很少见——虽有，不过是些民间文学的搜

---

① 刘锡诚：《二十世纪中国民间文学学术史》，北京：中国文联出版社，2014 年，第 332—334 页。

② 徐蔚南：《民间文学》，上海：世界书局，1927 年，第 6 页。

③ 静闻：《"民间文学"》，《民间文艺》1927 年第 3 期。后收录于《钟敬文民间文学论集（下）》《钟敬文文集·民间文艺学卷》等钟敬文文选中。

集而已。"① 他的《中国民间文学概说》的一个重要特点即强调民间文学是文学，体现了作者的目的和旨归。他借美国文论家韩德对文学的定义，说明文学有四个条件，即思想、想象、感情、一般人能理解并感兴趣，而民间文学有"自然的音律，精妙的结构"，有其思想、感情与想象，一般人都能理解，因而传承千年不灭，所以是值得我们研究的"真正的文学"。② 这实际是《中国民间文学概说》第一章"民间文学是什么"的主要内容。杨荫深对民间文学的定义就是"真正的文学"，这显示出其文艺学的基本立场。

杨荫深《中国民间文学概说》共分六章，全书 180 页，相比徐蔚南的著作缺少了论述民间文学传承的章节，增加了"民间文学的由来"一章专门论述民间文学的生成史。本书的特色为：（一）坚持文艺学立场。将民间文学与文学的区别概括为口述的与写述的、群众的与个人的、平民的与贵族的、自然的与雕饰的四点，表现出鲜明的以民间文学改造新文学的文艺学立场。（二）论述了民间文学生成史，并认为文字诞生以前尚无民间文学与文人文学的分野，文字话语权威建立之后文人文学夺取话语权，民间文学仅流传于民间；"宝卷"和"弹词"等讲唱文学受到了佛曲影响、传说是由神话演变而来等观点独具特色。（三）在民间文学的分类上较徐蔚南之观点前进了一大步。徐蔚南的故事、歌谣、片段材料的三分法完全参照英国民俗学的列举式归纳，缺乏系统性和理论性。杨荫深则对比文学的小说、诗歌、戏剧三分法，将民间文学分为故事、歌谣、唱本三大类。故事包括神话、传说、趣话、寓言，歌谣包括童谣、山歌、时调、谜语，唱本包括唱词和唱曲。作者为每一小类下了简短明确的定义。虽然这些定义并不妥当，当时即有人提出这一体系未包括地方传说、谚语、谜语、歇后语这些拥有大量材料的常见文体，且作者对神话、传说的定义不明确，容易与地方传说混淆，③ 但这一体系的明晰程度和科学程度显然高于徐蔚南的分类。陈泳超特别注意的是杨荫深对唱本的强调，认为这是基于中国民间文学实际情况的较大进步。④（四）第六章大

① 杨荫深：《中国民间文学概说》，上海：华通书局，1930 年，第 2 页。
② 杨荫深：《中国民间文学概说》，上海：华通书局，1930 年，第 2—3 页。
③ 叶德均：《"中国民间文学概说"》，《万人月报》，1931 年创刊号。
④ 陈泳超：《20 世纪关于中国俗文学概论与发展史著作述评》，陈泳超：《中国民间文学研究的现代轨辙》，北京：北京大学出版社，2005 年，第 249 页。

量罗列民间文学材料，占全书篇幅 70% 以上，实际上将作品选引入概论体系。

　　相较《中国民间文学概说》，王显恩的《中国民间文艺》更多地沿用了徐蔚南《民间文学》体系。全书共七章，框架上和前两书类似，论述民间文学和作家文学异同，民间文学的意义、价值、分类、产生。第一章论述民间文学学术史及最后一章论述民间文学的搜集整理工作为前两书所未有。总的来说，本书虽面面俱到，体系较全面，但作者创见相对较少，以复述前人论述为主。譬如他对民间文学的定义基本延续徐蔚南的观点，对民间文学的文学性质和民间文学的价值表述与杨荫深的观点类似。本书的特色有三：一是资料价值较高。第一章记载了文学革命以来民间文艺学术活动，对各地的民间文学组织和刊物介绍详尽。二是对民间文学的范围有深入的思考。本书名为《中国民间文艺》，全书使用的皆是"民间文艺"这一术语，虽然以民间文学为主，却也涉及民间音乐，对民间文艺学的学科边界有自己的理解。第四章列举了中外学者 22 种民间文艺的分类方法，评价比较后给出了自己基于韵文与散文分野的分类方法。三是对民间文学的变异现象给出了一定的解释。

　　20 世纪至 30 年代中期，已有十余所大学开设过民间文学、民俗学课程，总课程次数不下 30 次，一些总结教学经验的教材也开始出现。1934 年方纪生的《民俗学概论》是目前所见最早的民俗学教材，论述系统而成熟。第四章"故事歌谣及成语"论及民间文学，基本采取了人类学派的立场。1935—1936 年魏建功在北京大学开设"民间文艺"课程，编写讲义《民间文艺讲话》。他通过具有音乐特点的汉赋追溯诗、乐、舞一体的古代文化，认为民间文学在实际流传中往往有三者一体的特点，明确了"民间文艺"的名称。讲义现存三篇，题为"民间文艺与雅乐""民间文艺与音乐""民间文艺与伎艺"，非常强调民间文学与音乐的关系，论述了歌诗与音乐的关系。[1] 由于讲义未完，仅涉及歌谣一种文体且论述的范围局限于古代，但可感其独创之处。他不仅让敦煌学研究进入俗文学领域，并且提出古代民间文学的创作与传承很大程度上依赖职业艺伎，可谓颇有见解。

---

[1]　段宝林：《魏建功先生与民间文学——纪念魏建功先生百年华诞》，《西北民族研究》2002 年第 2 期。

二、民间文学教材初创期的不足

这一时期的学科建设显示出探索性的特点。此一阶段的民间文学课程与教材以介绍、启发为主，注意深入浅出并明确基本概念，其意并不在培养学生的学术研究能力，缺乏专业训练环节。学科初创，绝大多数授课教师都是来自其他专业领域，譬如魏建功是语言学者，从古代文学视角切入歌谣研究，并注重音韵；庄泽宣是教育学者，讲授民间文学及教育课程。多数学者学科意识淡薄，不强调民间文学的独立地位，视其为民俗学、文学、历史学、语言学等学科的补充，服务于各高校文史学科建设的需要。从歌谣运动中走出来的民间文学学科呈现出"学术的"与"文艺的"两种倾向，表现为课程属性的割裂，显示出其时学界缺乏对民间文学双重属性的理解。

学科初创期的多学科参与也意味着非专业性，这使得民间文学学科呈现吸附性特征，学科归属不明，一部分课程被冠以"民间文艺""民间文学""民间文学纲要"此类总括性的名称，依附于历史学、语言学与民俗学，人们将民间文学理解为生活文化与民众知识的一种，对其文学性关注较少；更多的课程依托于歌谣、神话、童话等各民间文学文体，依附于文学，处于文学类课程框架体系下，作为古代文学和白话文学的补充，其日常生活性常被忽略。[①] 陈泳超指出："人类学家、民俗学家对少数民族地区的深入调查，带动了民间文学研究的方法更新和程度加深。但是从整体上看，这些研究都不以民间文学本身为旨归，而是拿民间文学作资料，进行人类学、社会学的研究，民间文学的整体面貌反而因此弱化了。"[②]

这些民间文学类课程不仅学时短、学分少，不受学生重视，大多昙花一现，仅仅开设一学年之后就再无声息，像是一时兴趣之举，师生的好奇心恐怕远大过求知欲。朱自清在清华大学开设"歌谣"课程便是如此。"歌谣"课程在当年学风保守的清华大学中国文学系课程中显出难得的新颖性，引起了学生的兴趣。然

---

① 参见王璟：《20世纪二三十年代民间文学类课程设置探析》，《民俗研究》2020年第4期。

② 陈泳超：《作为运动与作为学术的民间文学》，《民俗研究》2006年第1期。

而，尽管朱自清梳理了歌谣史料，介绍了歌谣运动的实践，更吸收了外国学者的理论，形成了较为完整的歌谣理论体系，该课程却并没有顺利开设下去成为常驻课程，讲义也处于未完稿的状态。① 民间文学学科从诞生时就具有的临时性、运动性等特点，成为民间文学学科壮大的重要阻碍。

　　这一时期的理论著作多是各高校学者为了自身授课便利编写，以总结课堂经验的讲义形式存在，学者缺乏单独编纂教材的精力，仅有少量印刷流传于师生内部，多数未完稿，显示出学术队伍的势单力薄。同时，也意味着教材建设动力的缺乏，推动民间文学教材编纂的社会需求尚不存在，多数学生并不具备对民间文学的真实的兴趣和足够的了解。钟敬文热心创办的中山大学民俗学传习班有 22 名正式学员，到课程结束时却只剩下 6 位，颇显尴尬。② 教材与理论著作的学科立场常常大相径庭，基础概念尚未明确统一，民间文学的定义和范围仍有争议，作为研究对象的"民间文学"仍然面貌模糊。俗文学是否属于民间文学，说唱文学是否属于民间文学，民间音乐是否属于民间文学研究范畴，研究对象是民间文学还是民间文艺等，此类探讨常见，却未有公论，实践中呈现为术语使用上的歧义性。同时，此时期的民间文学教材却在使用"概说""概论"式结构框架上趋同。虽然立场和结论各不相同，教材编写者大都选择了以民间文学的定义、价值、分类、特征四方面构建基本的理论框架，且看重民间文学各文体的分类方式与特征描述，文体成为民间文艺学的核心概念之一。因民间文学的定义具有模糊性，如徐蔚南"民族全体""属无产阶级的""最大多数人民"等描述难以作为判断某一文体是否属于民间文学的具体标准，宝卷、弹词等俗文学以及说唱文学即面临如此困境，于是编纂者都选择了以穷举法列出他们认为属于民间文学的文体，从侧面回答"民间文学"是什么这一问题。这一思路也影响了之后民间文学教材体系，一方面埋下民间文学本体论隐患，另一方面使民间文学教材形成独有的框架结构。

---

① 王璟：《20 世纪二三十年代民间文学类课程设置探析》，《民俗研究》2020 年第 4 期。

② 施爱东：《学术队伍无法速成：1928 年的中山大学民俗学传习班》，《文化遗产》2009 年第 4 期。

三、民间文学教材建设的五四传统

歌谣研究是中国现代民间文艺学的起点，北大歌谣运动对民间文学学科建设具有极强的形塑作用，将歌谣视作民族共通的情感，由此引发的"平民文学"与"贵族文学"的对立，形成了民间文学教材编撰的"五四传统"。这一传统一是强调"国民文学"，认为民间文学是反映民众心声的、比作家文学更高级的"国民文学"，既为民间文学铺垫了人民性的底色，又形成了民间文学与作家文学在比较中建构的理论逻辑基点，为民间文学学科与教材的塑形提供了本土理论资源；二是开创了"文艺的"与"学术的"两条研究路径，涵盖了民间文学的文学文本性与生活文化性，奠定了从文本与文化两方面进行民间文学研究的基本思路。

民间文学教材在其初创期非常明显地借鉴了西方人类学、民俗学的观点。1921 年，胡愈之《论民间文学》一文最早系统地对民间文学进行总论，其定义与分类基本取自人类学：

> 民间文学的意义，与英文的'Folklore'和德文的'Volkskunde'大略相同，是指流行于民族中间的文学；像那些神话、故事、传说、山歌、船歌、儿歌等等都是。……到了近世，欧美学者知道民间文学有重要的价值，便起首用科学方法研究民间文学。后来研究的人渐多，这种事业，差不多已成了一种专门科学，在英文中便叫'Folklore'——这个字不容易译成中文，现在只好译作'民情学'，但这是很牵强的。民情学中所研究的事项分为三种：第一是民间的信仰和风俗（像婚丧俗例和一切的迷信禁忌等）；第二是民间文学；第三是民间艺术。所以民间文学是民情学的一部分，而且是最重要的部分。[①]

虽然"Folklore"在胡愈之的论述中分别具有民间文学与民情学的不同指代，产生作为学科的"Folklore"与作为研究对象的"Folklore"的歧义，但这种歧义

[①] 胡愈之：《论民间文学》，苑利：《二十世纪中国民俗学经典·民俗理论卷》，北京：社会科学文献出版社，2002 年，第 3—5 页。

恐怕源自英国，"Folklore"同样既指"民众的知识"，又指研究它的学科。[①]胡愈之参照英国人类学家托马斯（N.W.Thomas）的观点，将民间文学分为故事、有韵的歌谣和小曲、片段的材料三大类，几乎是照搬了西方民俗学的分类方式，说唱文学等中国本土民间文艺现象不在其中。此后徐蔚南、杨荫深、王显恩等人以添加讲唱文学、重划边界等方法对其进行完善，但也基本延续了这一分类方式，民间文学教材仍有很浓重的西方民俗学的影子。

1918年北京大学歌谣征集运动的参与者具有多学科背景，他们对歌谣的看法也有"文艺的结晶""民俗学的材料""儿童教育的工具""方言研究的宝库"等种种角度。正如《歌谣》周刊发刊词所言，当时搜集歌谣的目的有二，一是"学术的"，二是"文艺的"。"学术的"目的业已点明，即借鉴西方人类学与民俗学理论，研究作为"民俗学上的一种重要的资料"[②]的歌谣。"文艺的"则不仅要"表彰隐藏着的光辉"，书写国民心声，更期盼在歌谣之上产生"民族的诗"，其新文学立场鲜明的同时，暗含着对民间文学中诞生"国民文学"的期待。民间文学的价值在于为新文学革命服务，学者希望从民间汲取营养以打造具有国民性的国民文学。

五四文学革命主将胡适提出了"双线文学"观，以包括"民间文学"在内的"活的文学"来对抗以古文文学为代表的"死文学"，主张"一切新文学的来源都在民间"，其两种文学的对抗是文学发展的动力的文学史观，深刻地影响了民间文艺学的话语逻辑。[③]无论徐蔚南、杨荫深、王显恩、钟敬文还是此后较长时期内的民间文学教材编纂者，都通过这种二元对立结构得出了"民间文艺学是特殊的文艺学"的结论。由二元对立结构可拓展至"三线文学""五线文学""源与流""中国文化三大干流"等诸多话语的继承与流变的理论，这形成了属于中国民间文艺学的内在传统与理论资源，民间文学学科体系的理论探索不再局限于对西方人类学、民俗学的借鉴。

---

① 参见李小玲：《作为学科的中国民间文学——兼及对胡适白话文学的新阐释》，《文艺理论研究》2012年第5期。

② 《歌谣》周刊发刊词，刘锡诚：《二十世纪中国民间文学学术史》，北京：中国文联出版社，2014年，第97—98页。

③ 刘波：《20世纪上半叶中国民间文艺学基本话语研究》，北京：人民出版社，2014年，第28—41页。

第二节　1949—1966：新中国成立初期的民间文学教材建设

1949 年新中国成立后，因为战争中断的民间文学教育又重新回到高等院校的课程序列当中，且由于其人民本位，民间文学受到国家话语的推崇，被正式列入大学学科体系，获得了独立的学科地位。与 20 世纪二三十年代民间文学被民俗学遮蔽的境况相反，此时民俗学因其浪漫民族主义倾向和西方中心主义视点被视为资产阶级学问而受到遏制，民间文学则成为新的文化传统构建中的重要成分。在中国民间文艺研究会的主导下，民间文学理论探索与搜集整理工作同时展开。1952 年大规模的高等院校院系调整中，民间文艺课程以"人民口头创作"的名称成为师范院校的必修课，一些院校开始招收研究生。民间文艺学课程建设走上正轨，与之配套的教材建设也提上日程。

20 世纪 50 年代初期，为了凝聚师资、调整理清学科结构、合理配置资源而进行了高等教育改革，改革总体成功的同时也具有机械照搬苏联方法的缺陷[1]，比如将民间文学课程称为"人民口头创作"。教材建设也跟随苏联的脚步，《苏联口头文学概论》是 1952 年以苏联模式为中心的高等教育改革后出版的第一部民间文艺学教材[2]，是当时学科建设的重点参照对象。本书是对苏联中学文学教科书中口头文学部分的翻译，内容十分简短，仅有两章。钟敬文为本书作序，"大力介绍苏联先进学术界这方面的优异成就""在苏联先进科学的指导下，我们能够怎样避免错误和快步前进"，[3] 显现出中国民间文艺学话语的依附与迷失。[4]"人民性"

① 邱雁：《关于一九五二年的高等学校院系调整问题》，《天津师范大学学报（自然科学版）》1982 年第 2 期。

② 萧放、贾琛：《70 年中国民俗学学科建设历程、经验与反思》，《华中师范大学学报（人文社会科学版）》2019 年第 6 期。

③ 人民口头创作学习会：《苏联口头文学概论》，上海：东方书店，1954 年，第 1—11 页。

④ 刘波：《试论中国民间文学话语的依附及其迷失（1945—1959）》，《民族文学研究》，2014 年第 5 期。

成为权威话语之时,最关注"人民性"的学科之一却几乎失去自身的立足之地,受政治意识形态的规训。1958 年新民歌运动如风一般席卷全国之时,几乎所有的民间文艺学者都投身到新民歌的研究中去,随着政治运动的开展和新民歌运动的停止,民间文艺学也陷入沉寂,难以跻身高等教育课程序列。

回到这篇序言本身,钟敬文提出了三个问题:第一,民间文学的范围界限;第二,民间文学的特征;第三,民间文学的当下创作。这三个问题亦是当时学界关注的重点。本书译者连树声于 1957 年发文《关于人民口头创作》,引发了一场关于民间文学的范围的讨论,其中也包括对当下人民的创作是否属于民间文学以及民间文学特征两个问题的讨论。[①]这些讨论背后的实质是"口头文学"或"口头创作"取代"民间文学"的趋势下,民间文学的五四传统与延安民间文艺传统间的冲突与融合。

五四知识分子的歌谣运动的"文艺的"路径旨在从民间汲取营养以创造新的国民文学,具有"强制启蒙"的性质。早于刘复四年,周作人就已经以个人名义展开歌谣征集活动,却只有一位他的友人化名响应。刘复以北大名义征集歌谣,加之以校长蔡元培要求各地协助的影响力,终于形成了全国性的回应,歌谣征集运动就此拉开序幕。与五四时期以民间文艺补足新文学,取法民间而生成"民族的诗"的文艺学理想不同,这一时期民间文艺搜集整理的目的是"教育"与改造,塑造社会主义"新民",是新中国国家形象建构的一部分。[②]从抽象的"民族全体"到具有特定政治意涵的"人民",民间文学经历了"人民性"的转换,"人民的文艺"取代了民间文学成为"显性话语",结合了苏联理论与国家形象建构的"人民口头创作"便成为非作家文学的学科代称。

延安时期的解放区文艺开创了伟大的人民文艺传统,人民性得到宣扬,文艺工作者需以人民为本位,为人民的利益而创作。民间文艺因而得到重视,作为最接近"人民的文艺"的文艺形态,从边缘走向中心,搜集整理与创作实践工作均有很大的提升。延安时期民间文艺运动的主要成就被贾芝概括为:"首先是民歌;

---

① 刘锡诚:《二十世纪中国民间文学学术史》,北京:中国文联出版社,2014 年,第 665 页。
② 毛巧晖:《民间文学批评体系的构拟与消解——1949—1966 年"搜集与整理"问题的再思考》,《西北民族研究》2018 年第 2 期。

二是新秧歌的产生和演出；三是改造说书。"① 延安民间文艺运动从实践中来，到实践中去，旨在"为人民"存在，而非单纯来自人民，相比过去的民间文学研究具有更强的实践性与互动性，强调主体与客体存在于同一时空场域之中，因而他们对民间文艺的理解更深入。此处提及的秧歌与说书，以及未提及的由中国民间音乐研究会搜集整理的道情、秦腔，均是在此前的民间文学教材中相对被忽略的文艺形式，延安文艺工作者不是教条式地借鉴西方的民间文学分类，而是从实际生活出发，延展了民间文学的范围。此时"民间文艺"的使用，不是作为非作家文学的"民间文学"的同义替换，而是具有基于中国本土文化生态进行学科拓展的深刻意义，突破了文字与口语的限制，木刻、版画、黑板报、年画、民间音乐等无语言文字的视听艺术走向中心，"民间文艺"在更广的意义上定义了民间文化活动。

民间文艺的搜集整理在延安文艺传统中有很重要的地位。何其芳《陕北民歌选》是延安民间文艺运动的重要成果，贾芝"首先是民歌"的评价体现了其地位。他在《关于编辑"陕北民歌选"的几点声明》中提出："我们编辑这个选集，不是单纯为了提供一种民俗学和民间文学的研究资料，而且希望它可以作为一种文艺上的辅助读物。因此，入选的民歌，便要求在思想性和艺术性上都有可取之处，方为合格。"② 这一编选整理的态度并非单纯的学术研究立场，而带有其实践意义，搜集整理工作重点转向了文艺上的改编与改造。延安解放区的作家们把民间文艺视作需要批判继承的文化遗产，民间文艺亦属于"旧形式"的一种，若要对其进行利用，就必须加之以新内容。因而《陕北民歌选》有意地减少了对民间普遍存在着的酸曲的采录，大力着墨于新产生的革命民歌，柯仲平《论中国民歌》（1939）的观点具有代表性，他认为民歌往往存在帮助封建统治稳定的听天由命思想，只有无产阶级革命运动以后产生的新民歌，才充满反帝反封建、反对一切压制与剥削的思想情感，民歌是优秀的、活的大众艺术，但它只是新的大众诗歌

---

① 贾芝：《延安文艺丛书·民间文艺卷》，长沙：湖南文艺出版社，1988年，第12页。
② 何其芳：《陕北民歌选》，哈尔滨：光华书店，1948年，第1页。

的基础因素，需对其优点进行吸收。^①与五四时期依靠个人兴趣爱好与学校对学生的号召、仅在知识分子范围内进行的搜集整理不同，20 世纪 40 年代的学者注重深入现场，直接从乡村民众处采集。何其芳《从搜集到写定》（1946）强调直接向老百姓搜集，要有尊重百姓的态度，这些从实际调查中得来的经验逐渐上升为理论原则，形成民间文艺搜集调查的集体工作模式。

　　1957 年刘魁立与董均伦、江源关于民间文学搜集整理问题展开争论，许多搜集研究人员参与其中。搜集整理问题的核心是该秉持怎样的态度，刘魁立仍然坚持《歌谣》周刊发刊词的"投稿者不必自己先加甄别，尽量地录寄，因为在学术上是无所谓卑猥或粗鄙的"^②一并采录以供研究的学术立场，董均伦、江源则继承刘复"不涉淫亵，而自然成趣者"^③的有所选择的搜集方法，只是其选择的标准由"不涉淫亵"变成了排除封建迷信内容，传达群众心声。经过这次讨论，1958 年中国民间文艺工作者大会制定了"全面搜集、重点整理、大力推广、加强研究"的十六字方针与"忠实记录、慎重整理"的原则，尽管关于搜集整理工作的讨论并未因此而结束，融合两种传统的尝试已然开始。全面搜集、加强研究更倾向于学术立场，重点整理与大力推广侧重符合政治与文艺二重审美标准的民间文艺作品。忠实记录之后的慎重整理，依然需要排除迷信与淫亵要素，"整理的目的就在于扬弃民间文学创作中的反动思想毒素和不健康成分"^④。实际上，搜集整理的讨论最终导向了具有中国特色的、建立于实践基础上的民间文艺资料学。

　　尽管从时间上来看，延安时期并未产生系统性的民间文学教材类著作，然而共和国早期的民间文学学术实践与教材编纂，是对延安民间文艺传统的承续与规模化扩展。延安文艺对民间小戏的重视与成功的改造实践拓宽了民间文学的内容领域，这一时期的教材都将民间小戏、曲艺视为极为重要的部分，与民间叙事

---

① 柯仲平：《论中国民歌》，王琳、刘锦满主编《柯仲平诗文集 4 文论》，北京：文化艺术出版社，1984 年，第 109—123 页。

② 《歌谣》周刊发刊词，刘锡诚：《二十世纪中国民间文学学术史》，北京：中国文联出版社，2014年，第 97—98 页。

③ 《北京大学征集全国近世歌谣简章》，刘锡诚：《二十世纪中国民间文学学术史》，北京：中国文联出版社，2014 年，第 95—96 页。

④ 吉林大学、辽宁大学、黑龙江大学、吉林师范大学、哈尔滨师范学院中国语言文学系合编：《民间文学概论》（内部资料本），沈阳，1959 年，第 241 页。

文体和歌谣并列。"人民性"作为民间文艺的重要特征固定下来，取代了"阶级性""民族全体"等术语。1950 年中国民间文艺研究会成立后，开展了全国性的民间文学搜集整理运动，搜集整理成为这一时期民间文艺学领域的核心话语[①]，搜集成为与研究同等重要的学术活动，民间文学教材均将搜集整理的原则与方法作为重要部分着力阐述，民间文学的学科领域得到拓展。同时，因为搜集整理活动的进行，中国各民族、各地域的民间文艺典型作品不断得到发掘，民间文艺作品选因此得以成为民间文学教材体例的固定组成部分。

一、公开出版的民间文学教材

除下文另述的钟编教材外，这一时期公开出版的民间文学教材有赵景深的《民间文艺概论》（1950），匡扶的《民间文学概论》（1957），张紫晨的《民间文学知识讲话》（1963），吉林大学、辽宁大学、黑龙江大学、吉林师范学院、哈尔滨师范学院中国语言文学系合编的《民间文学概论》（1959），以及编译苏联教材《苏联口头文学概论》（1954）共 5 本。

赵景深《民间文艺概论》是作者于 1950 年在复旦大学讲授"民间文艺"课程时整理学生笔记而成的讲义，他提出民间文艺具有广义和狭义两种，广义的民间文艺应包括通俗文艺，并点明此书就广义的民间文艺而立论。这一论点和作者本人的通俗文学研究立场一致，也与杨荫深《中国民间文学概说》的立场有相近之处，杨荫深后来转入俗文学研究，其俗文学视角早有体现。全书共八章，标题分别为"民间文艺的意义与性质""民间文艺的遗产"民间文艺的语言""民间文艺的内容""民间文艺的技巧""民间文艺的音韵""民间文艺的分类""民间文艺的搜集与整理"。本书总体框架仍然延续前一时期的讲义式结构，围绕民间文艺的性质、价值、分类、搜集整理、民间文学史、民间文学与作家文学几个问题展开。虽然并无专章论述民间文学与作家文学的关系，但在第二章"民间文艺的遗产"以民间文艺视角梳理中国文学史之时，便以贵族文艺与民间文艺对立的视角进行，并认为民间文艺是文艺之源，作家文艺继承民间文艺后逐步僵化，其观点

[①]　毛巧晖：《国家话语与少数民族民间文学资料搜集整理——以 1949 年至 1966 年为例》，《广西民族师范学院学报》2012 年第 2 期。

继承杨荫深《中国民间文学概说》第二章的观点，在当时即遭到于彤的批评，认为其划分不符合史实，过于机械地以论代史。^①对于民间文艺的定义，赵景深仍然延续徐蔚南的观点，只是在文字上稍加调整，同样遭到了于彤的批评。在民间文艺的价值与民间文艺的搜集整理上，赵景深都提出了符合当时文艺政策的观点，认为民间文艺是改造民众的工具，强调其工具价值，搜集整理也应以改写推广为主。于彤却看到了赵景深文艺学立场的软肋，即仅关注民间文艺的文学审美价值却不关注其中蕴含的民众思想史，因而会认为民间文艺含有大量糟粕亟须改造，而这不符合事实，民间文艺的形态虽然包藏污秽，但更主要的方面是传达民众反抗压迫的意志。^②此书表现出新中国成立初期知识分子自我改造的简单与机械，对于全新的马克思主义方法的肤浅理解。换言之，民间文艺学基本话语的转变使本时期民间文学教材需要由过去的"民间文学"立场转变为"人民文学"立场。^③本书的特色在于用大量的篇幅探讨民间文艺的表现技巧，讨论民间文艺的语言特色、技巧运用、音韵特点，这是作者最为注重的方面，虽然这种重视是由于作者的民间文艺仅有优美形式可取的错误观点。

匡扶的《民间文学概论》是这一时期较为成熟的民间文艺学教材，陈泳超评价为："该书虽然薄薄一册，但所论述的问题非常多，也非常细致，是大纲式的要言不烦，其理论概括大致代表了50年代的通行观点。"^④全书共十讲，总体架构突破了民国讲义式框架，不再大篇幅地分论民间文艺的不同文体，而是集中地探讨民间文艺学的本体理论，对民间文艺的认识也超越了前人的片面立场，重视民间文艺的艺术特色的同时又强调民间文艺是人民真实历史的反映，具有历史真实性，强调民间文艺包含人民性与爱国主义，对民间文艺的认识更加立体。

第一讲"绪论"对民间文学进行了清晰明确的界定："为人民群众所创作的，

---

① 于彤：《评赵景深的〈民间文艺概论〉》，《文艺报》1953年第4期。
② 于彤：《评赵景深的〈民间文艺概论〉》，《文艺报》1953年第4期。
③ 刘波：《20世纪上半叶中国民间文艺学基本话语研究》，北京：人民出版社，2014年，第196—198页。
④ 陈泳超：《20世纪关于中国俗文学概论与发展史著作述评》，陈泳超：《中国民间文学研究的现代轨辙》，北京：北京大学出版社，2005年，第288页。

并在广大的人民群众中所流行的口头创作，称作民间文学。"①作者提出民间文学是文学中独特的口头创作，民间文学理论也是文学理论的一部分，且是极重要的一部分，学者应坚持民间文艺学的文学本色。对于民间文学的创作，作者在既往的模糊的"集体创作"论的基础上提出很多民间文学作品是有才华的民间艺人所独创，或是文人创作，但他们表达了人民大众的思想感情，虽然作者的名字被遗忘，其作品却活在人民的记忆里。对于民间文学的功用，除了作为阶级斗争的武器，作者也认识到其教育作用。民间文艺作品所包含的丰富知识与劳动技能，能鼓舞人劳动的热情，丰富其精神生活，还能起到讽刺与批评实现的作用。

第二讲谈如何区分"民间的"与"非民间的"，强调民间文学具有阶级性，实则显示出民间文学搜集整理问题讨论的影响。

第三讲"民间文学的特质和分类"提出了民间文学的五大特质：口头性、流传性（包括历时的传承与共时的扩布）、集体性、无名性、一定的表现手法。这一提法理论概括性很高，几乎已经接近20世纪80年代《民间文学概论》的水准，对民间文艺的分类则没有太大的进步。第四讲"民间文学的人民性"谈到，文学的人民性体现为反映人民真实的生活与思想，反映人民的理想愿望，或是反映一切不合理现象。作者认为人民性是随时代变化的，不同时代的人民性具有不同表现。第五讲概括出民歌的艺术特色，包括表现手法上的比喻、形象、夸张、联想、重叠和语言上的形象性、本色化、清新感、精炼度。第六讲谈民间文艺反映了民众的真实历史。第七讲谈民间文艺表现出的爱国主义。第八讲谈民间文学与文人文学的关系。第九讲谈民间文学的发展，即"推陈出新"。第十讲谈民间文学的搜集整理，梳理了发展早期、五四时期、解放区时期、新中国成立后民间文学搜集整理工作的状况，并总结出搜集整理人员应有的认识和准备，具体操作中该避免哪些问题等。1980年钟敬文在主持《民间文学概论》编写工作时，评价本书有诸多可参考之处，尤其是对人民性、艺术性、爱国主义、文人文学之间的关系以及搜集整理工作等方面的论述。②

① 匡扶：《民间文学概论》，兰州：甘肃人民出版社，1957年，第1页。
② 乌丙安：《我和〈民间文学概论〉——兼对钟敬文教授指导〈概论〉编写意见的回顾》，丙安小屋，https://www.chinesefolklore.org.cn/blog/index.php?action/viewspace/itemid/5692。

乌丙安的《人民口头创作概论》原计划由上海出版社出版，由于反右扩大化而终止，仅小批量印刷、内部出版。[①] 本书虽未公开出版，但其框架体系对 20 世纪 80 年代《民间文学概论》的影响很大。全书分为上下两编，上编总论，下编专论。第一章论述马克思主义民间文艺学理论；第二章论述民间文艺的人民性；第三章论述民间文艺的基本特征，提出民间文艺具有集体性、口头性、变异性的特征；第四章论述民间文艺与作家文艺的关系；第五章论述神话与传说；第六章论述民间故事，将故事分类为魔法故事、动物故事、生活故事与笑话；第七章论述歌谣，将歌谣分类为劳动歌、仪式歌、生活歌、情歌与故事歌；第八章论述谜语和谚语；第九章论述新时期的民间文学。本书的基本内容来自北师大 1952 年至 1955 年"人民口头创作"课程，其章节排列结构被钟敬文《民间文学概论》吸收。

实际上，这一时期未公开出版发行的民间文学教材恐怕不在少数。北京大学图书馆藏有段宝林撰写的《中国民间文学概论初稿》（1960）以及两本《民间文学讲义》（1963、1966）。[②] 兰州大学中文系四年级民间文学小组编写有《"中国民间文学概论"教学大纲》[③]，该概论教材于 1958 年 11 月举办的教育与生产劳动相结合展览会上展出[④]，是否出版未知，该教材与大纲的具体撰写者存疑。[⑤] 1958 年，新疆大学的王堡曾从云南大学等高校获取民间文学油印自编教材，后来买买提伊敏·胡达拜地根据其讲授内容编写了维吾尔文教材。[⑥] 1955 年，赵景深计划

---

① 乌丙安：《我和〈民间文学概论〉——兼对钟敬文教授指导〈概论〉编写意见的回顾》，丙安小屋，https://www.chinesefolklore.org.cn/blog/index.php?action/viewspace/itemid/5692。

② 参见王萍：《民间文学对民间小戏研究的理论贡献——以中华人民共和国成立至 20 世纪末为主要讨论对象》，《西北民族大学学报（哲学社会科学版）》2019 年第 1 期。

③ 兰州大学中文系四年级民间文学小组：《"中国民间文学概论"教学大纲》，《兰州大学学报》1958 年第 2 期。

④ 《兰大历史上的今天》，兰州大学新闻网，2015 年 11 月 1 日，http://news.lzu.edu.cn/c/201510/36980.html。

⑤ 同时期另一篇署名兰州大学中文系四年级民间文学小组的《高举民间文学的无产阶级红旗——曹觉民"中国人民口头创作"批判》一文作者为尚延龄。尚延龄曾与同学合著《民间文学概论》，可能即为此书。参见孙占鳌，张军山：《杰出的文艺理论家尚延龄》，《丝绸之路》2015 年第 24 期。

⑥ 参见热依拉·达吾提：《新疆民族民俗学的学科建设》，《温州大学学报（社会科学版）》2011 年第 6 期。

编写"人民口头创作概论"讲义，与山东大学关德栋三次通信，从信件内容来看，关德栋亦曾着手编写讲义。① 可见在民间文学以"人民口头创作"的名义进入高等教育学科序列之后，随着民间文学的搜集整理工作与课堂教学实践的深入，原有的民间文学教材不能满足授课的需要，各高校都有自编民间文学教材的需求与实践。然而这些自编教材或停留于大纲讲义，或未能公开出版，仅供数届师生教学之用，均未能造成大的影响。这说明了20世纪50年代民间文学学术活动的兴盛，随着系统性少数民族民间文学搜集整理运动的大规模开展，围绕搜集整理问题、民间文学的思想性与社会价值、民间文学的基本特征、文学史的源与流问题、民间文学范围界限问题产生的几次大讨论，这些学术活动推动着中国民间文学基本理论的成熟，实践与讨论产生了新的学术共识，一种有别于西方人类学、民俗学传统的新的学术传统正在形成。1980年钟敬文《民间文学概论》正是此学术传统的集大成者，该书系统详细地阐明了这一自20世纪50年代开始形成的民间文学知识体系，奠定了民间文学的经典样态。后来各地高校的教材编纂风潮正是此时期教材编纂活动的一种延续，是各校总结民间文学教学实践成果的产物。

　　然而，另一方面，这些教材多半夭折，既因为在当时的环境下，民间文学的工具性与功利性价值虽得到凸显，实证性与学术性却受到规约，也因为民间文学学科自身并不成熟，大规模的教育教学实践刚刚展开，没有足够的沉淀。民间文学学科建设的几个重要时期如中山大学时期、杭州时期、延安时期实际上形成了不同的传统，中间缺乏连续性，学界没有可以直接继承的对象，20世纪50年代正是对这些传统进行整合的开始。

二、钟敬文民间文学概论体系的初步形成

　　钟敬文是同时代学者中最关心学科建设与教育的民间文学的奠基者与开拓者，20世纪二三十年代的大学民间文艺学课程大多只开设一到两次，唯有钟敬文于浙江民众教育实验学校长期讲授民间文学课程。期间他编写了《民间文学纲要》讲义，此讲义成为钟敬文对民间文学概论教材探索的起点。1948年钟敬文在香港达德学院执教并编写讲义，拟以《民间文学概论》的书名出版。1949年回

① 参见车振华、王鲁娅:《赵景深论"人民口头创作概论"信札考略》,《民俗研究》2011年第2期。

国后至 1952 年院系调整前，钟敬文为北京师范大学、北京大学、辅仁大学三校
讲授"民间文艺"和"民间文艺研究"课程，同时对原有的讲义修订补充，名为
《民间文学》。①1950 年，钟敬文辑录了 22 篇文章，编撰了题为《民间文艺新论集》
的教学参考书，这一理论教材加文选的分册模式后来延续到 1980 版《民间文学
概论》中。1952 年院系调整后，课程改名为"人民口头创作"，该课程讲义与《民
间文学》讲义一同收录到《钟敬文全集》第二卷民间文艺学卷第四册当中。

　　《民间文学》讲义诞生时间较早，框架较为独特。导言谈及为什么要研究民
间文学，怎样研究民间文学，并点明此课程旨在培育深入思考的专业人才。本书
文体分论占篇幅较小，也能体现这一点。与其他只为让文学系学生对民间文艺建
立一个基本概念的教材相比，《民间文学》的目标显然更高些。除了民间文学的
定义与特征、作用、分类、搜集整理、民间文学与文人文学对比这些最基础的问
题之外，本书还明确地提出民间文学的社会学、民间文学的美学、民间文学与其
他学科的关系、民间文学与通俗文学、民间文学中的智力与伦理这些其他教材未
深入讨论的问题。运用人类学、民俗学、社会学、神话学与美学等诸多理论，本
书构建起对民间文学较为立体完善的综合考察框架，对西方理论兼收并蓄、为我
所用，与同时期教材单一的理论来源形成对照。本书对民间文学、文人文学、通
俗文学的区分是 1982 年钟敬文所提出"三大干流"说的雏形。董晓萍认为，民
间文学理论、口头文学与书面文学互促共生的理论、通俗文学理论是这本讲义的
骨架。② 根据董晓萍的观点，学习本书时可同时阅读理论文选《民间文艺新论集》
以及其他民间文艺作品选。

三、被遮蔽的民间文艺

　　中华人民共和国早期，民间文艺学热度非凡，搜集整理与研究活动同时展开
并且卓有成效，民间文艺学成为高等教育阶段中文系的必修课，民间文艺学的黄
金时代看似就要到来，然而民间文艺自身却遭到更高地位话语的遮蔽：对民间文

---

① 董晓萍：《民间文学理论的"骨架"》，《读书》2019 年第 2 期。
② 董晓萍：《民间文学理论的"骨架"》，《读书》2019 年第 2 期。

艺搜集整理问题的讨论，遮蔽了民间文艺批评的发展。[①] 民间文艺屈服于权威话语，其人民性流于表面，民间文艺因其工具性得到重视，人民被视为被改造的对象，人民的参与主体性与利益主体性并未得到体现，"人民性"仅是符合权威话语利益的"人民性"。

与前一时期的千人千面、异彩纷呈不同，本时期教材的框架和表述都更为类同，这种现象一方面可被视为学科属性的明确，基础理论获得共识，另一方面却证明学术研究多元性被压制。民间文学、民间文艺、民间故事等多样化的名称全部被统一为"人民口头创作"。对口头艺术的无上强调，恰恰掩盖了民间文艺的非口头层面，口头文本得到空前重视，肢体语言与现场表演却遭到忽视，一脉相承的俗文学也失去了发声的权利。对苏联理论的照搬，挤压了中国本土理论的生长空间，钟敬文在多学科对比的视角中建构民间文艺学的创见没有得到呼应，在作家文艺与民间文艺对比的思路中建构民间文艺本体仍是主流。

尽管本时期民间文学的学科建设得到了巨大发展：高等教育课程常态化，体系化教材编纂工作进展明显，民族民间文艺搜集整理工作硕果累累，民间文艺期刊、组织建设卓有成效……但从当下回顾当初，便会发现如今所面临的学科困境当时已然浮现。民间文艺学的运动性特点时至今日仍然存在，学科建设的内生性动力不足，基础理论难以突破，学术对话难以进行，知识生产面临危机，纵观民间文艺学学科史，便会发觉本学科经常被政治话语左右，少有独自发展的空间。

第三节　1978年至今：新时期的民间文学教材建设

一、《民间文学概论》与教材编写热

1978 年夏，教育部在武汉召开了文科教材座谈会，将民间文学重新列入高等教育课程当中，却面临没有教材的窘境。1978 年 10 月在兰州召开的少数民族

---

① 参见毛巧晖：《民间文学批评体系的构拟与消解——1949—1966 年"搜集与整理"问题的再思考》，《西北民族研究》2018 年第 2 期；韩雷：《被遮蔽的民间文学批评——对民间文艺学六十年的反思》，《文学评论》2011 年第 1 期。

文学教材编选会议上，许多教师向钟敬文表达了对民间文学教师培训和教材建设的强烈需求，于是钟敬文提出了进修班培训和教材编写结合的模式，得到了北师大和教育部的支持。[①] 此次进修班的重大成果就是具有划时代意义的钟敬文主编的《民间文学概论》的诞生，它是第一部现代民间文艺学的大学教科书，达成了将民间文艺学体系化、构建民间文艺学理论系统的目标，将民间文艺学学科高校制度化，标志着我国民间文艺学学科理论框架在长期探索后的第一次定型。[②] 此次进修班的另一个成果是培养了一批民间文艺学的播火者。虽然有学者以学科良性发展的视角批判这种跃进式短期培训，认为其无法培养专业人才，顶多是培养了民俗爱好者，只能作为一种常识教育使人入门，认为这种短训式教育不值得推广。但在当时语境下，即使是培养爱好者也具备其历史意义，从爱好者走入研究的不乏其人。[③]

《民间文学概论》基于钟敬文自身的理论探索，参考了赵景深《民间文艺概论》、匡扶《民间文学概论》、乌丙安《人民口头文学概论》三部 20 世纪 50 年代的教材编纂而成，分为《民间文学概论》与《民间文学作品选》两册。其基本结构为三部分，即民间文艺学基本原理、民间文艺学搜集整理论、民间文艺学各文体专论，继承了 20 世纪二三十年代以来教材建设的优秀成果，具有较为严谨的结构。作品选可视为对文体专论的补充。然而书中的民间文艺学基本原理事实上仅探讨了民间文学的本体理论与功能理论，对生成理论、生态理论、文本理论、审美理论均未进行深入的探讨，核心仍是在与作家文学的对比中建构民间文艺学。《民间文学》讲义中探讨过的审美理论，以及将民间文艺学与其他学科对比的理论创新并未延续到《民间文学概论》当中。本书的"引论"性质使其仅介绍了比较稳定的基础知识，更多地呈现其研究与前人成果的共性。

第一章"概述"基本延续《民间文学》，阐述民间文学的概念和范围，说明研究民间文学的目的、立场和方法，是本体理论中最直接的基础部分。第二章

---

① 钟敬文主编：《民间文学概论》，北京：高等教育出版社，2010 年第 2 版，第 1—2 页。

② 董晓萍：《现代民间文艺学讲演录》，桂林：广西师范大学出版社，2008 年，第 171—172 页。

③ 参见施爱东：《学术队伍无法速成：1928 年的中山大学民俗学传习班》，《文化遗产》2009 年第 4 期；施爱东：《"概论思维"与"概论教育"》，《西北民族研究》2004 年第 1 期；毛巧晖：《郝苏民与新中国民间文艺："在场者"的历史表述》，《民族文学研究》2020 年第 4 期。

"民间文学的基本特征"结合了乌著与匡著，阐述民间文学的集体性、口头性、变异性、传承性四个特征。"这些特征不是民间文学的全部特征，只能说是它和作家文学相区别的基本特征。"[①]第三章"民间文学与社会生活的关系"继承了 20 世纪 50 年代民间文艺工具本位思想，强调其教育作用、认识作用的同时，也补充了民间文艺的审美作用与娱乐作用，阐述了民间文艺是一种生活文化的观点。第四章"民间文学与作家文学的关系"从两方面论述民间文学与作家文学互相影响的关系。第五章论述各民族民间文学，这是前人教材很少涉及的。第六章讲述民间文艺的传承人。第七章论述搜集整理问题，基本继承了 20 世纪 50 年代搜集整理工作十六字方针的思想。第八至十四章是文体分论，基于韵文与散文的分野将民间文艺分成神话、传说、故事、歌谣、史诗、叙事诗、谚语、谜语、民间说唱和民间小戏十类文体，分别论述各文体的定义、主题内容和艺术特点，并配以大量中国民间文艺的实例，这部分占据了全书一半的篇幅。

《民间文学概论》的理论体系基于 20 世纪 50 年代学科建设成果，成熟于 20 世纪 70 年代末，带有其时代特点与局限性，倾向于"意义"与"关系"，学理探讨较少而直观感受较多。本教材实际上是自 20 世纪 30 年代民间文学教材萌芽阶段以来，对既往理论的一次大整合。20 世纪 30 年代对民间文学特征的定义——口头性、人民性、阶级性等术语被概括为"集体性、口头性、变异性、传承性"的"四性"特征，结合搜集整理实践，民间文学的定义更为精确，理论框架更加完善，本书面世是民间文学教材的第一次成熟。从历史原因上看，此时期对"民俗学"概念的遮蔽消失，由于之前被"人民文学"的概念遮蔽，民间文学研究反弹式发展。但另一方面，这也意味着民间文学教材发展缓慢，走过近半个世纪的历程才发展出第一个成熟体系。

钟敬文主编的《民间文学概论》出版后，作为高校中文系的基础教材，产生了极大的影响，引起了各地高校以其作为范本编写概论教材的风潮，至 20 世纪末，有 20 余本概论式教材出版。这些教材基本延续了钟编概论的理论框架，具有相似的理论水平。影响较大的有 1987 年吴蓉章《民间文学理论基础》、1987 年彭维金《民间文学漫话》、1985 年刘守华《民间文学概论十讲》、1993 年刘守

[①]　钟敬文主编：《民间文学概论》，北京：高等教育出版社，2010 年第 2 版，第 18 页。

华《民间文学导论》、2002 年刘守华《民间文学教程》、1994 年汪玢玲《民间文学概论》、1995 年高国藩《中国民间文学新论》、1999 年李惠芳《中国民间文学》、2004 年黄涛《中国民间文学概论》等，这些教材是四川大学、西南师范大学、华中师范大学、中央广播电视大学、中国人民大学等高校开设民间文学类课程的教学经验成果的总结，是 20 世纪 80 年代民间文学课程重回高等教育序列过程的一部分，是民间文学教育从北京师范大学等少数学术核心院校扩散至全国，遍地开花的成果。

这些概论教材基本沿用钟编概论体系，均从民间文学的概念、特征、功能与价值、与社会生活的关系、与作家文学的关系、各民族民间文学的互相影响、民间文学的搜集整理这些方面论述民间文艺学基本理论，随后是民间文艺各文体分论，概念界定改换前人表述而并无本质上的改变，体系结构具有相似性。

施爱东于 2004 年在《西北民族研究》上刊文《"概论思维"与"概论教育"》，系统地论述了钟敬文《民间文学概论》体系的构成，并介绍了 20 世纪末编写概论教材的热潮，对照搬钟敬文体系而无创新的概论教材进行了分析，进而反思导致这一现象产生的运动式"概论"思维，这一研究成果不仅思想深刻、发人深省，更具有学术史意义，概论思维一词写入学术史。本文发表后，教材编纂者脱离钟敬文体系，综合近十余年学术发展成果，展现出了学术视野转换的理论建构意识，对教材理论创新具有了更高的自我要求。譬如 2009 年出版的万建中的《民间文学引论》，作为引论性质的基础参考书虽然仍然以民间文艺文体分论为主体，但民间文艺学基本原理的论述显然引入了"口头程式理论""狂欢化诗学"等新理论，对民间文学的概念界定和特征描述包括了民间文学的生活文化属性与活态性，并介绍了民间文艺美学、民间故事形态学等新的研究方法与视角，且在文体分论中加入了自己对禁忌的研究成果，在保持了钟编概论框架体系通俗易懂优点的同时，将理论方法更新，是一部优秀的基础性教材。只有对已有的学术范式予以创新发展，才能给学界以方向，学者才能明白前路何在，明白该继承什么、该舍弃和突破什么。

二、少数民族民间文学教材的出现

20 世纪 50 年代开始，对少数民族民间文学的搜集整理与翻译工作有序进行，至 80 年代成果斐然，《阿诗玛》《刘三姐》《格萨尔》《江格尔》《玛纳斯》《创世纪》等少数民族民间文学经典文本经整理与翻译得以面世。因而，对少数民族民间文学进行知识整合，编纂相应教材的需求随之产生。1980 年云南大学中文系举办了全国 19 所高校青年教师参加的"全国《少数民族民间文学概论》师资培训班"。钟敬文亲自到云南大学为学员授课。在培训班讲义的基础上学者们拓展完善，形成了第一部《少数民族民间文学概论》。[①] 这本由朱宜初、李子贤主编的《少数民族民间文学概论》（1983）多次重印，至今仍是少数民族民间文学领域的权威教材，体例与钟敬文《民间文学概论》近似，同样应用了钟式概论教材框架，首先阐述少数民族民间文学的特征、意义、起源、发展，然后分文体进行论述。因少数民族文化中存在较多的原始宗教色彩，本教材着重论述了少数民族民间文学与原始思维、原始文化、图腾崇拜的关系。

此后，又出现了数部少数民族民间文学教材。中央民族学院少数民族文学艺术研究所编写的《中国民族民间文学》（1987）体例较为特殊，实质是集合了 55 篇各少数民族民间文学概况的论文，介绍性、资料性强于理论性。王堡的《新疆民族民间文学研究》（1986）为新疆民族民间文学研究论文集，同校的乌斯曼·斯马义著有《维吾尔民间文学体裁》（1994）、《维吾尔民间文学概论》（2009）等维吾尔语教材。[②] 陶立璠的《民族民间文学基础理论》（1985），李景江、李文焕著《中国各民族民间文学基础》（1986），王光荣等编写的《民族民间文学原理》（1993），赵志忠的《中国少数民族民间文学概论》（1997）等教材同样基于概论框架体系，可被视作概论编写热潮的延续。

三、民间文学教材新成果

（一）从概论到原理：张紫晨《民间文艺学原理》

张紫晨的《民间文艺学原理》出版于 1991 年，面世时间早于很多概论式教材，却是很长一个时期内唯一的一本民间文艺学原理类论著，拥有与概论体系完

---

① 张多：《基于文史传统的交叉学科实践——云南大学民间文学／民俗学学科建设省思录》，《民间文化论坛》2021 年第 6 期。

② 热依拉·达吾提：《新疆民族民俗学的学科建设》，《温州大学学报（社会科学版）》2011 年第 6 期。

全不同的理论建构。全书共十一章，并无概论教材常涉及的作品分论内容，而是以民间文艺学的理论体系建构为核心。本书最大的特色，就是对民间文艺学各种理论进行学术史脉络的梳理，并且基于历史语境评述这些理论，寻找诸理论的缺陷和突破点，呈现出新历史主义的时代思想风貌。

　　本书的旨归是作为学科的"民间文艺学"，而非作为研究对象的"民间文学"，因而并未以民间文学的概念与范围为基础，而是从界定"民间文艺学"这一学科开始，因而走出了传统的在民间文艺与作家文艺的对比中进行学科本体建构的模式，形成在人类总体知识体系中厘定"民间文艺学"的学科位置，来建构民间文艺学的本体理论。第一章从"民间文艺学是一种人文科学"讲到"民间文艺学是一种特殊的文艺学"，在对世界民间文艺学学科史的梳理与对民间文艺学的学科特点的概括基础之上，将"民间文艺学"与历史学、民族学、考古学、文艺学、民俗学等其他相关的人文学科区分开来，强调"民间文艺学"在人文学科中具有独立的地位，进而介绍民间文艺学的研究对象和范围。第四节"民间文艺学的任务"阐述民间文艺学的理论体系，说明民间文艺学的任务就是说明民间文学现象的本质，"以高度的理论概括与升华，树立完整的科学体系"①。第五节"建立中国式的马克思主义的民间文艺学"梳理了世界民间文艺学发展中的重要学派和重大理论成果，对中国民间文艺学的建设提出了形成具有中国特色的民间文艺学理论体系的要求。

　　张紫晨将民间文艺学的理论分为民间文艺学基本原理、民间文艺传承学、民间文艺分类学、民间文艺体裁学和民间文艺美学五部分，形成完整的理论系统。民间文艺学基本原理包括民间文艺学本体理论、民间文艺学方法论、民间文艺起源论与创作论、民间文艺功能论、民间文艺价值论、民间文艺搜集整理论、民间文艺史学，基本涵盖了学科教材建设的既往成果并有所突破，走出了概论体系"有限变异"、缺乏创新的阴影。民间文艺史学、民间文艺资料学、民间文艺体裁学的提出是本书的重大理论创新点，理论体系由民间文学搜集整理拓展到建设民间文艺资料学，由民间文学学术史一枝独秀发展为民间文艺科学史与民间文学作品发展史的并列，由民间文学作品论上升到民间文艺体裁学，《民间文艺学原理》

_____

① 张紫晨：《民间文艺学原理》，石家庄：花山文艺出版社，1991年，第9页。

大大丰富了前人建构的框架。

（二）重读现代民间文艺学：董晓萍《现代民间文艺学讲演录》

2008 年出版的董晓萍的《现代民间文艺学讲演录》是一本对钟编概论体系进行全面反思的教材。本书作为北京师范大学"民间文艺学"课程的讲义，与民国时期讲义的内容简略、用语直白的特点不同，具备学术论著的严谨与丰厚性，每章后附录的讨论课实录，体现了教学实践的成果与特色。

本书共六章，第一章"重读现代民间文艺学史"并未从民间文艺学基本原理开始探讨，而是回归中国现代民间文艺学诞生的起点，考察民间文艺运动与民间文艺思潮的发生发展，世界各国民间文艺研究对中国学者的影响，并考察中外学者早期对中国民间文艺现象的研究。既往教材多将学术史的梳理放在最后一章，在介绍作者当前对民间文艺学基本原理的认知后，以学术史的梳理起到"辨章学术，考镜源流"之意，使读者看到民间文艺学学术流变的历史，思考其未来走向。董晓萍却反其道而行之，以对现代民间文艺学诞生的历史场景的还原，来"明确现代民间文艺学的性质与研究理念"[①]，完成对民间文艺学的学科定位，同时兼备了对前人成果的反思。

第二章"重读现代民间文艺学"同样于学术史的视野中完成对民间文艺学本体理论的建构，从梳理学者的代表性观点开始由古及今地介绍了学界对民间文艺学学科性质、概念和范围的理解的变迁，并在与其他诸多学科的对比中进一步明确民间文艺学的学科边界。"重读《民间文学概论》"一节是对《民间文学概论》的总体客观评价与对《民间文学概论》主体部分的作品分论的概括与扩充。第三章"现代民间文艺学的文本理论"从文本论的角度论述了民间文艺学的基本原理，包括民间文艺的特征与对象、民间文艺创作理论、民间文艺体裁理论、民间文艺审美理论四部分。第四章为"现代民间文艺学的传承理论"。第五章讨论民间文艺学的分类理论。第六章"现代民间文艺学的数字化"反映时代变化下民间文艺资料学与研究分析所用到的全新技术手段，是本书最新颖的一章。

---

① 董晓萍：《现代民间文艺学讲演录》，桂林：广西师范大学出版社，2008 年，第 22 页。

第四节　民间文学教材的可能拓展方向

回首民间文学教材建设近百年的历程，最核心的问题是民间文学教材建设的目标。施爱东以为，概论所提供的仅是学术生产的初级工具，是"接受民间文学知识的门径，进了门就该往前走"[①]，其言语间对更高理论水平著作的渴求体现了一个时代的学术焦虑。但概论式教材以其广阔的应用领域与强大的解释能力，为初学者提供了最基础的知识框架，仍然有其存在的必要。林继富认为："这种概论模式，并没有什么不好，反而，它意涵着中国民俗学已经形成较为稳定的，并且被学人认同的基本内容。"[②]但是，民间文学教材不能仅局限于概论模式，必须吸纳具有时代性的学术创新与思想潮流，展现最前沿的研究方法、理论探索与问题视野。"概论"式教材只能为作为初学者的本科生提供基础知识，学界缺乏的是能让硕士研究生乃至博士研究生切入学术研究领域的高水平教材。

21世纪的前20年已经过去，民间文艺学基础理论新的发展形势敦促着教材体系的再次更新。近二十年来，在民间文艺学人的强烈学科危机感下，民间文艺学不断与强势学科对话，丰富自身理论、寻求学科立足点与地位，此种追求推动了学者对民间文艺学基础理论的探索。于是我们回顾现有的民间文学教材，进一步提出了新的问题：我们需要怎样的民间文学教材？如今的民间文学教材该如何书写？当代民间文学教材书写存在着以下几种拓展的可能性。

一、从"民间文学"到"民间文艺学"的拓展

钟敬文于1935年提出"民间文艺学"概念，但长期以来"民间文学"仍是指代本学科的习惯用语。新时期以来，民俗学重新回到高等院校教育体系，民间

[①]　施爱东：《"概论思维"与"概论教育"》，《西北民族研究》2004年第1期。

[②]　林继富，张旺：《中国民俗学教材建设研究——基于20世纪80年代以来民俗学教材分析》，《赣南师范大学学报》2017年第4期。

文学脱离"人民口头创作"的话语的束缚，与民俗学一起得以逐步形成多层级的研究生培养体系，硕士研究生、博士研究生的招生规模扩大，在注重国际学术交流的同时，形成了民间文学学科理论的新共识。1991 年，钟敬文发表《关于民俗学结构体系的设想》一文，决定将民俗学与民间文艺学分开发展。① 许钰同年发表《民俗学与民间文艺学》，重新使用"民间文艺学"一词，并将其视作与民俗学交叉而又分立的学科。此后 1992 年张紫晨《民间文艺学原理》即体现了钟敬文对学科结构体系的新构想，"民间文艺学"逐渐取代"民间文学"成为学科名称。"民间文艺学"概念提出较早，又经历长期的学术检验，内涵得到丰富，最终成为一门独立的学科。

"民间文艺学"这一概念和"文学"一样带有一些歧义。② "民间文艺学"是"民间之文艺学"，还是"民间文艺之学"？前者则将"民间"视作"文艺学"的修饰，指向以文艺学为基础的民间文学理论研究。张紫晨《民间文艺学原理》即持此种观点，将民间文艺学界定为特殊的文艺学，以文艺学理论框架驾驭民间文学诸文体要素。后者则将"民间文艺学"界定为一门研究民间文学与艺术的独立学科，打破了文学的藩篱，模糊了学科界限。其研究对象不止民间文学，还包括民间艺术，将民间文化的艺术表达形式视为一个整体，进行总体研究，强调整合民间文学、民俗学、艺术学等相关学科，形成独立的学科体系：

> 应当给予"民间文艺学"以独立的、体系化的学科定位，改变割裂、分置于民俗学和文学等具体学科领域的局面，从而更全面充分地把握其本质属性和内在的逻辑关系。同时，也要充分把握民间的文学与艺术的关系，改变割裂"民间文学"与"民间艺术"使之从属于不同学科分而治之的局面，从本源出发，把握"在民间，文学和艺术经常是杂糅在一起的"的现实和规律，在"民间文艺学"的意义上进一步展开研究。③

民间文学和艺术是常常杂糅的，民间文艺的"一树多枝"④ 现象并不少见，同

---

① 董晓萍：《钟敬文先生对新时期民俗学科的重大建树——兼谈〈北京师范大学学报〉与民俗学科的发展》，《北京师范大学学报（社会科学版）》2012 年第 5 期。

② "文学"之歧义，既可指作为文本的"文学作品"，又可指对文学作品进行研究的学问。

③ 潘鲁生：《关于"文化遗产学"与"民间文艺学"的学科建设思考》，《民俗研究》2021 年第 4 期。

④ "一树多枝"指同一故事内容或母题分别以小戏、说唱、传说等不同文艺形式展演的现象。

一母题原型常以不同的表现形式出现在受众面前。这使得"民间文艺学"的定义无论从哪个意义上，都无法将作为研究对象的民间艺术完全剥离。20 世纪 30 年代，是民间文学基础理论与教材的萌芽阶段，"民间文学"与"民间文艺"大同小异，均包括歌谣、说唱、戏曲这些具有民间音乐要素的艺术形式。张紫晨亦言"为了方便，则称其为民间文艺学，但其研究对象，仍然主要是民间文学……在这中间也有一些具有民间艺术的性质，如民间说唱、民间小戏……"①，两种"民间文艺学"的分歧主要在于是否将非口头性质的民间艺术纳入研究范围之内，如民间绘画、民间雕塑、民间剪纸、民间舞蹈等民间艺术形式。

　　长期以来，"民间文艺学"对此类艺术形式的忽略，源于其对民间文艺本体性质的认识，即对民间文艺"口头性"特征的强调。"口头性"与"文本性"对立，区隔了民间文艺与作家文艺，凸显的是对民间文艺文学文本性的关注。后一种"民间文艺学"则关注民众生活世界中实际存在的文艺形式，注重对民间文艺生活文化属性的发掘，从研究对象的生活性与研究范围的角度，对"民间文学"进行拓展。前一种"民间文艺学"更注重作为独立学科的学科体系，既包括对民间文学的研究，亦包括对民间文学的搜集整理活动与民间文艺学史的研究，从学科领域架构的角度拓展"民间文学"。"民间文艺学"得到学界公认，说明"民间文学"的研究实践证明了从两种不同方向进行学科拓展的必要性，民间文艺学教材仅有张紫晨《民间文艺学原理》、段宝林《中国民间文艺学概要》、叶春生《简明民间文艺学教程》与董晓萍《现代民间文艺学讲演录》等寥寥数本。而其中真正对民间文艺学史、民间文艺搜集整理学术活动、民间文艺资料学等新学科领域进行探索，以及对民间美术、音乐、舞蹈等新研究对象进行较为全面的介绍的教材更少。新时代民间文艺学教材的撰写，必须坚持从"民间文学"到"民间文艺学"的转化，从学科领域与研究对象的两个角度，扩展并丰富教材的框架结构，展现中国民间文艺学的独特性。

二、从文学文本向生活语境的回归

　　现代民间文艺学主张对民间文艺进行静态与动态的综合研究，相对于传统的

---

① 张紫晨:《民间文艺学原理》，石家庄：花山文艺出版社，1991 年，第 8 页。

文本的静态研究，针对民间文艺演述时空场域的动态研究更具热度。民俗文化学的兴起为民间文艺学提供了新视角与新方法，民间文艺文本被置入民俗活动现场审视，民间文艺与仪式、信仰、时空节律等民众日常生活行为间的密切联系被发现，从生活语境出发，整体理解民众世界观中的民间文艺成为主流研究方向。这是对长期以来的文本／语言中心主义的反思，对搜集整理写定文本活动的反思，"打通口头文本、身体文本、视觉文本和仪式文本的区隔，以多元文本超越以往单一记录文本的研究范式"[①]，民间文艺学具有了更宽广的视野，不再把自身局限于对文学性的追求与文学学科边界之内，历史学、社会学、民俗学、人类学都成为民间文艺学的借鉴对象。然而，基于表演理论与田野调查的学术研究实践，却逐渐模糊了民间文艺学自身的学科定位，民俗文化学淹没了民间文艺学。对民众日常生活世界的研究必须基于这样一种观点，即民众生活世界存在其文学审美性，民间文艺学应以发掘日常生活的文学性、艺术性与民间审美性为旨趣。

三、民间文艺学文本批评理论的建构

1918 年北京大学歌谣运动形成了"文艺的"与"学术的"两条不同的路径，分别针对民间文学的文学属性与生活文化属性，长期并行不悖地作为民间文艺研究的学术模式独立存在，很少显现出融合的趋势。20 世纪 30 年代学术重心的南移和西南少数民族资料的发掘使得后一条道路更加活跃。20 世纪 50 年代搜集整理运动则让前一条道路经历了一时的繁荣，最终，"全面收集、重点整理、大力推广、加强研究"的"十六字方针"将民间文学区隔为文学鉴赏与实证研究两部分，加深了这两条道路的割裂。20 世纪 80 年代以来，实证研究占据了绝对优势，文艺批评淡出了民间文艺学。[②] 对民间文艺批评的忽略，使得民间文艺学教材中绝少涉及民间文艺的文本批评理论，仅董晓萍《现代民间文艺学讲演录》一书将其作为教材的一部分，但相比全书其他部分，仍显得篇幅略短。民间文艺学文本批评理论的核心价值——民间审美，仍然是一片未开垦的处女地，而民间文艺的

---

① 万建中:《从文学文本到文学生活：现代民间文学学术转向》,《西北民族研究》2018 年第 4 期。
② 毛巧晖:《民间文学批评体系的构拟与消解——1949—1966 年"搜集与整理"问题的再思考》,《西北民族研究》2018 年第 2 期。

创作生成理论、接受理论、文本阐释理论等更堪称荒原，等待着学人去开掘。随着民俗文化学研究的兴起，民间文学的社会价值与应用价值得到强调，文本研究逐渐衰落，文学审美本位存在缺失现象。我们认为，民间文艺学研究应坚持文学本位，秉持文学性优先而文化性为辅的立场。

现代民间文艺学立足于对田野语境与现场表演的重视，强调当下性与在场感，看重从田野关系中得来的不可重复的口头叙述，对写定的口头文学①文本有所忽视。民间叙事形态研究的生命力证明了"口头文学"的学术价值，"语境"并不能成为解决一切问题的钥匙，其解释力有一定效度和限度。"语境"并非全部的生活世界，只有与文本发生联系的部分才能纳入"语境"当中，然而这一选择的标准实际上受我们对文本自身理解的限制，因而有必要丰富对口头文学文本的理论阐释，通过进一步深入文本，反思什么是"语境"。

既往的民间文学文本研究局限于民间叙事的形式批评，未涉及其他民间文艺文体，也并未包涵心理批评、身份批评、接受美学批评等丰富的当代文本批评理论。固然，针对作家文本的当代西方批评理论无法削足适履地用于民间文艺学研究，过度使用会使中国自生理论陷入失语状态，但对于一种新理论的系统建构来说，完整自足的西方文艺学理论有其参照价值。民间文学"三套集成"与民间文艺"十套集成"虽然有不重视语境与表演的缺陷，却仍然是民间文艺学研究不可或缺的重要资料。如何更好地利用这份资料，而不是将其单纯地视为开展田野调查的索引，构建民间文艺学文本批评理论是一种可能的途径。民间文艺学文本批评理论的建构不仅有着为学界提供新方法的可能，同时也是民间文学教材理论深度的生长点。

四、将多媒体形式纳入民间文艺学教材

现代民间文艺学对现场表演的重视难以通过文字形式的教材展现。传统教材对民间文艺诸文体的介绍很容易停留在文本层面的"作品选"上面。而文本批评

---

① "口头"与"文学"是相矛盾的一组概念，口头语言艺术为当下与在场的表述，具有不可重复性。而"文学"是以文字为载体的写定本，不可更改。"口头文学"只能用来表达对口头语言艺术的转写，这种转写无法等同于口头艺术本身。参见赵毅衡：《重读〈红旗歌谣〉：试看"全民合一文化"》，《礼教下延之后》，成都：四川文艺出版社，2013年，第18—29页。

理论的匮乏又使得"作品选"常常难以得到深入的剖析，大多只能选而不论，民间文艺批评呈缺位状态。这样的"作品选"既难以呈现民间文艺的田野生存实态，又难以承载民间文艺各文体最新研究成果，或许只能使读者获得关于中国民间文艺名篇的目录式印象。

将新媒体形式引入民间文学课堂并非新鲜事物，甚至已是现今民间文艺学高等教育教学的常态。音视频影像技术带来的直观感与感性认识对民间文艺学教学的裨益早为学人所知，1992年董晓萍在北京师范大学为本科生教授"民间文学概论"课程时，即使用磁带机播放知名歌手演唱的经典民歌曲目。^①民歌与民间小戏因其音乐性成为课堂音视频展演的常客。民间叙事与史诗的现场演述形态是否也可以以音视频形式在课堂教学中展示？除了音视频形式，作为"第四重证据"的图像也应在民间文艺学教材中占据一席之地，毕竟民间美术的阐释与解读难以脱离图像。

民间文艺学教学中多媒体形式的运用，一方面存在对音乐的偏重，另一方面缺乏专业性，更多作为一种教学尝试，没有形成常规定制。用于教学的音视频，多数并非由民间文艺学研究者制作，而是来自网络。这些视频多是录音棚的产物，难以体现展演语境，录制时间年代也常常不同。作为民间文艺学教材组成部分的数字多媒体资料，或许应由同一研究机构的一批专业学者制作，针对性呈现田野作业实景与成果，还原现场语境并加之以阐释与批评，形成与民间文艺学教材配套的新时代"作品选"形态。

五、结语

民间文艺学教材的建设仍然任重道远。如何将学界最新的理论成果编入教材当中？怎样处理好民间文学的文学属性和生活属性两方面的比重，使"文艺的"与"学术的"两条研究道路不至于割裂？诸多问题影响着民间文艺学学科的未来。民间文学教材建设在百年历程中，借鉴西方人类学、民俗学传统，基于本民族理

---

① 详细曲目为：康定情歌、世上哪有树缠藤、凤阳花鼓、孟姜女、莲花落、小两口抬水、十不闲、抠心鬼雇活、尼姑思凡、云南花灯《十大担》、黄梅戏《天仙配》、京韵大鼓《伯牙摔琴》、雨不洒花花不红。通过这些曲目的选择，可对北京师范大学90年代的民间文艺学本科教学做一管窥。

论与文献资源，中国民间文艺学的理论体系于 20 世纪 30 年代初现雏形，经由延安民间文艺传统的丰富，最终于 20 世纪 80 年代成熟，形成稳定的理论体系。这一理论体系完成可以说相当缓慢，其完成的延后性显然对学科发展形成了负面影响。对钟敬文时代的研究范式的依赖，使得新的研究范式形成缓慢，民间文艺学的基本理论长期得不到更新。

作为学科的民间文艺学自诞生起就有其社会实践性，五四歌谣运动认为文学革命即社会革命，背负着以"民族的诗"进行救亡图存的社会使命。延安文艺肩负战争政策宣传、团结一切势力、巩固抗日民族统一战线的时代任务。五六十年代的民间文艺学更有描绘社会主义新时代下的人民新面貌的国家形象建设职责。如今，民间文艺学又承担着非物质文化遗产保护的社会责任，杨利慧提出从"民俗教育"到"非遗教育"的转变，认为非遗保护运动对北师大民俗学教育产生了极大影响，开展了大量以非遗保护为中心的公共民俗学实践。[①] 但学科社会参与不能以牺牲学科内部发展演进为代价，"非遗教育"不能完全取代民间文艺学教育。民间文艺学、民俗学学者从事非遗行业，构建非遗学科的同时，不能遗忘自身学科本位、忽视民间文艺学基础理论建设。继承以钟敬文民间文艺学思想为代表的民间文艺学高等教育遗产，沿着民间文艺学的五四传统与延安传统的脉络，正视从"民间文学"到"民间文艺学"一字之变的学科发展内涵，最终产生符合新时代面貌的成果，填补研究生教学民间文艺学教材的空缺，是民间文艺学学者不能推卸的责任。

---

① 杨利慧：《从"民俗教育"到"非遗教育"——中国非遗教育的本土实践之路》，《民俗研究》2021年第 4 期。

附录二

刘勰《文心雕龙》民间文艺体系建构的开启意义

民间文艺学是以民间文学艺术为研究对象的一门科学。从学科自身来看，它是文学与艺术的交叉，是生活与文艺的融通，是一种特殊的"文艺学"。民间文艺学学科体系的构建涵盖了文艺学、艺术学、民俗学、社会学、人类学等多个学科，可以为新文科背景下多学科的交叉融合提供一个具有引领性和参照价值的学科建设方案。20 世纪 80 年代以来，民间文艺学的学科归属一直处于"分割、附属"的两难境地，探讨民间文艺学的生成逻辑、演变规律有利于消解既往的尴尬局面，同时对创建具有中国特色的、本土化的民间文艺理论具有切实的学术意义。"体大而虑周"[①]的《文心雕龙》备受国内外学者的青睐，然而很少有研究者探索刘勰的民间文艺观，特别是忽略民间文艺作品对其理论体系的奠基意义。[②]

孔子提出的"诗教"文学观已然成为古代文学的传统，刘勰同样推崇温柔敦厚的诗教，这种文学为政治教化服务的创作思维观念直接影响着刘勰对作家文人创作的评论。他在《文心雕龙》这部鸿篇巨制里，"对民间文学的态度是冷漠与不屑、鄙夷与排斥，突出表现在他对先汉民歌、汉乐府、晋乐府的评论中"[③]。他对民歌的轻视主要集中在《乐府》篇，认为民间文艺多以"俚俗粗野"的形象出现，不仅评价《桂华》《赤雁》等曲子为"丽而不经""靡而非典"，而且汉乐府中成就最高的民歌如《步出夏门行》《孤儿行》《妇病行》《陌上桑》，乃至《上邪》《孔雀东南飞》也难入他的法眼。相对于"乐，感人深"的娱乐功能，他更认可

---

① 章学诚：《文史通义（上）》，罗炳良译注，北京：中华书局，2012 年，第 881 页。

② 陈勤建：《〈文心雕龙〉中的民间文艺构架》，《民间文学论坛》1987 年第 1 期。

③ 朱永香：《白璧之微瑕——刘勰对于民间文学的态度》，《湘潭大学社会科学学报》2002 年第 7 期。

雅正中和的诗教之乐。刘勰反对"淫乐""郑声",其原因一方面是由于宗经,他以周王朝的雅乐作为衡量标准;另一方面是由齐梁时期的理论批评现实决定的,当时的诗歌正在向宫体的"靡靡之音"偏轨,刘勰出于"执正驭奇"的创作理念,对乐府的批判难免苛刻。但是,刘勰对作家作品的评议、对文艺创作规律的概括始终潜隐着"溯源式思维",即论述各种文体的文学艺术,其源头必然要追溯至民间文艺。因此,在矛盾而复杂的态度背后,他无意中构建出一个"民间文艺的世界",隐含着民间文艺体系的生成逻辑。表面看来,刘勰对民间文艺的描述只有只言片语,零星分布,但若将其前后勾连,相互比照,便能发现其中的"民间文艺体系"之雏形。可以说,刘勰《文心雕龙》对民间文艺体系的建构具有开启之功。本文从"文艺整体观"的学科视野,对《文心雕龙》与民间文艺的关系进行全面梳理,进而挖掘《文心雕龙》蕴涵的民族民间理论资源。

第一节　起源论:观澜溯源的诗性特征

起源论是探讨《文心雕龙》与民间文艺发生的理论,是对作家文学与民间文学的创作思维的关联性的一种研究,目的是从根源上探究刘勰的文艺理论发与民间文艺资料具有同构性的缘起,研究其意识以及反映在创作思维中的无意识性。中华文化中的民族意识要求对"起源"进行探索,追逐"起源"的思维为文学与艺术创作提供了源头活水,是探源式艺术性思维发展的内生动力。从起源论视角探讨刘勰的民间文艺思维主要涉及"溯根意识"与"诗性思维"。

一、"溯根意识"

《文心雕龙》开篇言"人文之始,肇自太极"。可见,刘勰的创作思维就是从文学作品的起源开始论起。"中国古代文论研究历来有'振叶寻根'、'观澜索源'的传统。"[①] 这种追根溯源意识在大多数文学典籍中都可以找到,可以说"探源寻根""史足以明智"的思维使得大部分中国学者喜爱探求学问之本源。"原始以表

---

① 李建中:《反(返)者道之动—古代文论研究的文化人类学视野》,《文学评论》2004年第4期。

末，释名以章义，选文以定篇，敷理以举统。"①《文心雕龙》中诸多篇目叙笔的开始就论述诸文体的起始源流，厘清文体的发展脉络，最终在此基础上进行文体的规范与鉴赏。"庖牺画其始，仲尼翼其终……若乃《河图》孕八卦，《洛书》韫乎九畴。"② 刘勰反复提及中华民族的文学根源是上古神话，这与民间文艺学的起源观有异曲同工之妙，民间文艺的源头也是上古神话。

"民间文艺学的起源主要是原始口头文学的起源。"③ 原始口头文学是人类早期社会文化的遗留，生动展示了原始人类部族群体的文化观念与意识形态，原始人类的心灵意识以语言为载体转化为原始口头创作，被时代传承与改写，这就形成了上古神话。刘勰在《文心雕龙》中对上古神话的追溯最多，认为神话是多种文体的起源，虽然他在《辨骚》篇对神话传说有"诡异之辞""谲怪之谈"的论述，但他同样意识到原始民间叙事的独特魅力，"刘勰之所以对神话传说持非议，主要因为'子不语怪、力、乱、神'的思想根深蒂固"④。神话的产生是建立在人与自然万物关系之上的，正是这种关系推动了多种文体的进一步发展。

民间文艺的原始口头文学研究同《文心雕龙》的"溯根意识"有着相似的探索轨迹。口头文学为作家创作提供了源头活水，同时作家文学的创作将民间文艺书面化，使其传播范围更广，流传时间更长，接受群体更多。从起源论的层面看，《文心雕龙》与民间文艺的原始口头文学都具有溯源寻根的同构共生的特性。

二、"诗性思维"

鲁迅先生曾高度赞扬《文心雕龙》"东则有刘彦和之《文心》，西则有亚里士多德之《诗学》。"⑤ "诗学"所代表的诗性思维对文艺理论研究具有导向意义，诗性思维成为文艺学者研究的一个重要向度。

《尚书·尧典》云："诗言志，歌咏言，声依永，律和声。"⑥ 这是中国诗学的开

---

① 周振甫:《文心雕龙今译》，北京：中华书局，2013年，第456页。

② 周振甫:《文心雕龙今译》，北京：中华书局，2013年，第11页。

③ 张紫晨:《民间文艺学原理》，石家庄：花山文艺出版社，1991年，174页。

④ 刘中文:《论刘勰的民间文学观》，《北方论丛》2001年第3期。

⑤ 鲁迅:《鲁迅全集·论诗题记》，北京：人民文学出版社，1981年，第332页。

⑥ 王世舜:《尚书译注》，成都：四川人民出版社，1982年，第18页。

端，从"诗言志"中可以理解"诗学传统就是抒情传统"①。诗性智慧由此可以体现两方面的内涵，一是创作主体在创作过程中展现给读者的情感，这一思维主要表现为对艺术性和审美性的抽象思考，对艺术性与审美性的研究成为古代文论研究者关注的重心，《文心雕龙》衍生出的"龙学"也是其中重要的支脉之一；二是文化人类学学术词语，指"原始人类所共有的思维特征，就是万物有灵，万物共情，万物同形"②，它是《文心雕龙》的重要特征，也是本文探赜索隐的旨归，它指向的是民间文艺学。在"诗性思维"的作用下，民众发挥集体智慧的创造力，形成民间文学不断变化的叙事性书写模式。这一书写模式就是"自由书写模式"③，自由书写的叙事风格更贴近于生活，更关注感性体验，民间文艺创作中的"诗性思维"推动着民众日常生活的感性发展。

刘勰将文学的创作过程表述为从"心生"到"言立"，从"言立"到"文明"的思维过程，然而在没有文字的上古神话时期，原始人类通过诗性智慧创作出上古神话，这些神话就是诗性思维的典型表现，反映出原始人类的共情思维模式。由于中国史前文明的多元构成和区系类型文化的地区特征的制约，以及混沌意识的日渐减弱、历史意识增强，不合理的、非理性的因素逐步被改造，兽形的、人兽同体的神向着人形过渡。④随着阶级社会的产生，理性思维的加强，原始神话的创作进入停滞状态，转变为"神话化的思维"，影响着作家文学，神话的流传方式也不断地历史化、合理化，当下民众思维中的"诗性思维"或"神话思维"可以说是上古神话的遗留物。刘勰就是在这种"神话化思维"的影响下形成了"诗性思维"，他的作品是原始神话的文学再创作，原始神话为作家文学作品增添了神秘色彩，同时成为多数文人的创作素材。原始神话的"诗性思维"与刘勰的"诗性智慧"具有相同的模式，都折射出原始先民留下的无意识的非理性世界观。

---

① 任树民:《先秦两汉抒情文学的诗性特质研究》，山东大学博士论文，2008 年。
② 李建中:《文心雕龙讲演录》，桂林：广西师范大学出版社，2008 年，第 12 页。
③ 闫咚婉、段友文:《上古帝王神话的叙事谱系与文化转向》，《民族文学研究》2020 年第 2 期。
④ 刘锡诚:《民间文艺学的诗学传统》，上海：上海文化出版社，2018 年，第 126 页。

第二节　创作论："物—情—辞"的双重转化

创作活动是创作者在灵感的驱动下进行的精神生产，在这一复杂创作过程中，创作者运用多种思维与感官，"将自己的审美意识物态化为艺术作品"①。文艺活动在创作过程中将精神活动物化为可观可感的艺术产品，而在完成这一项将思维形象化的过程中，"形神分离"的原始宗教思维、"双重转化"的文艺创作规律与"江山之助"的自然观三种思维是刘勰的创作观与民间文艺创作的相通之处。

一、"形神分离"的原始宗教思维

"民间口头文学，可以有两大范畴。一是人类早期的原始艺术范畴，一是进入文明社会以后民间创作的范畴。"②原始人类的口头艺术创作并没有民间与非民间的区分，其文学起源于原始宗教、原始崇拜、原始信仰等巫觋意识。这一观念的典型特点就是"形神分离"，基于万物有灵论影响下的自然崇拜而发展出人格化的各种神灵。原始阶段民众的宗教观念被不自觉地融入原始的音乐、舞蹈、文字之中，带有强烈的艺术创作的不自觉性。这种创作的不自觉性，逐渐成为中国民众的多神信仰与崇拜。"土反其宅，水归其壑。昆虫毋作，草木归其泽。"③这样的歌谣创作是农神祭祀下文学的原始形态，表现为用祈使句的语气，与有生命或无生命的存在进行对话，原始神性思维蕴于其中。

伴随着生产力的提高，社会分工明显，阶级的分化使文学创作开始分层。民间创作与非民间创作的文学作品并行于世，民间口头文学的创作主体逐渐转化为处于社会下层的普通民众，民间文学的创作依然承续着"形神分离"的思维，在口头创作中依旧产生着巨大的影响。同时，阶级分化后的非民间文学在"形神分

---

① 彭吉象：《艺术学概论》，北京：北京大学出版社，2005年，第138页。
② 张紫晨：《民间文艺学原理》，石家庄：花山文艺出版社，1991年，187页。
③ 王文锦：《礼记译解·蜡祭》，北京：中华书局，2001年，第347页。

离"的潜意识指导下，逐渐发展成《文心雕龙》中"神思、神游、遨游"的创作形象力之说，《神思》篇解释了文艺创作过程中创作者的精神活动与艺术想象空间，这样的"神游"思维与原始的"万物有灵"意识有着同源性。

尽管文学创作表现出明显的阶级性的特点，非民间文学创作仍然保持着"万物有灵、形神分离"的创作风格。"形在江海之上，心存魏阙之下。"①刘勰对神思的释名可以追溯至庄子的"身在此却心在彼"之意。"神思"的创作论就是强调想象与灵感的迸发，将创作客体内化为创作主体心中的"意象"，是对"形神分离"的进一步发展，更加重视"思"的作用。由"形神分离"的创作观发展为作家文学的"神思虚静"创作观，这与民间文学中的原始宗教的万物有灵创作观有着极其相似的特征，这两者在本源上具有同根性。

二、"双重转化"的文艺创作规律

"文艺理论就是文学创作经验的总结"②，刘勰将文艺创作的规律归纳为"物—情—辞"，即文学创作思维的双重转化：第一次转化是由眼中之物到心中之情；第二次转化是由心中之情到笔下之言。与"清代画家郑板桥所精辟论述过的画竹过程的三个阶段：从'眼中之竹'——艺术体验；到'胸中之竹'——艺术构想；再到'手中之竹'——艺术表现"③有创作规律上的一致性。"客观存在的'物'、主观意识的'情'和抒情状物的'辞'是文学创作的三个基本要素。"④作家的创作完成之后一般是将作品交付与他人，虽然其中表现的是作家本人的情感，却旨在与读者产生共鸣，或者说作家文学中的创作一般是借助所见到的眼中之物化于文字以达到娱他的效果。"创作主体与创作客体之间存在着明显的空间距离与情感距离"⑤，作家文人的身份与世俗生活有着一定的隔膜，这就与民间文艺创作有着巨大的反差。民间文艺则是以我口写我心，体现出创作主体与创作客体一体化的特殊关系，广大民众是民间文艺创作的主体，他们既是生产者，又是创作者，

① 周振甫：《文心雕龙今译》，北京：中华书局 2013 年，第 248 页。
② 牟世金：《〈文心雕龙〉创作论新探（上）》，《社会科学战线》1982 年第 1 期。
③ 王宏建：《艺术学概论》，北京：文化艺术出版社，2015 年，第 221 页。
④ 牟世金：《〈文心雕龙〉创作论新探（上）》，《社会科学战线》1982 年第 1 期。
⑤ 段友文：《论民歌的审美意象》，《东方丛刊》2000 年第 4 辑。

总是自己创作并制造出自娱的效果。刘勰对作家文学创作论的谋划是对作家文学创作双重转化特点的理论阐释，这与以缓解高强度劳动的疲劳为主要目的的民间文艺创作也有暗合之处。

广大劳动群众有其独特的"民间文化圈"，在这个文化圈中，"主要是民间艺术文化传统和口承文艺文化传统"①。劳动群众的文艺创作并不是施以笔墨，也不为寄托情思，而是将文艺创作与他们的生产与生活相结合。民间文艺创作规律总是影响着民众的生活，这与作家文学的创作规律相左。作家文学中"详于情言关系，精于物情关系，深于情言关系"②的创作规律与民间文学"服务于劳动生产与生活"的创作规律不同。但不论是哪一种文体，文学的特质都是"情动于中而行于言"③。《文心雕龙》提出的"双重转化"创作规律尽管与民间文艺创作规律不完全一致，然而仍为研究民间文艺创作主体的心理机制提供了更加明晰的研究方式，使我们理解民间文艺中群众的智慧思考成为可能。两种不同的创作风格相比较，更能突出民间文艺实用性与功能性相结合的文学创作特征。

三、"江山之助"的自然观

作家文学或者民间文艺创作过程中，创作者往往在此时此景中才能完成情绪与思想的表达，民间文艺研究历史上著名的"芬兰学派"采用历史地理研究方法，发现一些民间叙事不仅在亚洲、非洲的不同国家间流传，而且在全世界几乎所有民族中都可以找到它们的踪迹，但不同地区的同一类别故事，仍然表现出一些不同的文化属性，呈现出地方性书写的特征，这就是"江山之助"的影响。

"然则屈平所以能洞监《风》《骚》之情者，抑亦江山之助乎？"④刘勰这里的意思是说屈原能够"用楚语，写楚事"⑤，其实就是楚地的山川启发了他的思绪。"江山之助"就是指山川自然为创作者提供灵感与思路，帮助其写出绝佳的文章。张璪的"外师造化，中得心源"肯定了艺术创作需要创作主体主观心理的情感，

① 张紫晨：《民间文艺学原理》，石家庄：花山文艺出版社，1991 年，189 页。
② 牟世金：《〈文心雕龙〉创作论新探（下）》，《社会科学战线》1982 年第 2 期。
③ 郭绍虞：《中国历代文论选》一卷本，上海：上海古籍出版社，1979 第 63 页。
④ 周振甫：《文心雕龙今译》，北京：中华书局，2013 年，第 417 页。
⑤ 李建中：《文心雕龙讲演录》，桂林：广西师范大学出版社，2008 年，第 143 页。

艺术行为方式受到非理性因素的影响，这就使得艺术创作与自然科学的客观观察研究区别开来。"画家在观察描绘山水时应当熔铸进主观的情思，才能畅通无阻，达到'万趣融其神思'。"① 造化即江山，通过心中的情感将所观之物塑造成艺术的形象，这是对"江山之助"的自然观的充分肯定，并将其当作关捩。

"地理环境就是人类创造历史的舞台和背景，人类的生活与地理环境有着千丝万缕的关系。"② 在魏晋南北朝之前，尚未形成文学的自觉，早期文学创作的地域性大于作家的个人艺术性，这一时期形成了早期的文学地域风格论。以山川景物、地方古迹为参照形成的风物传说，是民间文艺创作"山川之助"的典型代表。"树木形貌奇与不奇，山石形貌的怪与不怪，泉井桥庙的各种形迹与特征，经过人们的审美过程，意义便格外鲜明。"③ 民间文艺作品受到不同山川景物的影响，创作出同一母体源流下不同分支的民间叙事。

山川景物对作家文学的创作的影响在于启发灵感，激发创造力与想象力，使创作者融合个人情感并形之于言。"意象创造的过程也是自然的人化、客体对象的精神化过程，创作主体通过对相应的客体对象的变革、缀合、融化，使情意获得感性形式，创造出自足的精神世界。"④ 民间文艺的创作则是将自然景物与社会生活相结合，使得自然山川成为社会生活的一部分。民间文艺的创作一般不突出个体作者，这也体现出民间文艺的集体性，在这种集体智慧的传承中，人民群众创作出湘妃竹、相思鸟以及连理枝等自然景观与现实生活结合的产物。与作家文学不同的是，民间文艺中有一部分作品，比如民间曲艺、民间戏曲，需要创作者、表演者与观众三者合作方可完成，需要"在场性"的审美体验。

马克思论述前阶级社会的民间文学的创作过程时提到"任何神话都是用想象或借助想象以征服自然力，支配自然力，把自然力加以形象化"⑤。这里的"自然力"与刘勰创作《文心雕龙》过程中提到的"江山之助"一致。神话、传说以及

---

① 彭吉象:《艺术学概论》，北京：北京大学出版社，2005 年，第 210 页。

② 吴承学:《江山之助—中国古代文学地域风格论初探》，《文学评论》1990 年第 2 期。

③ 张紫晨:《民间文艺学原理》，石家庄：花山文艺出版社，1991 年，167 页。

④ 段友文:《论民歌的审美意象》，《东方丛刊》2000 年第 4 辑。

⑤ 马克思:《政治经济学批评》序言、导言，中共中央马克思恩格斯列宁斯大林著作编译局译，北京：人民出版社，1971 年，第 33 页。

故事体现了民间叙事的民族性、地域性以及不可复制的美。[①] 正如恩格斯在评价格林兄弟的《儿童与家庭故事》时提到，这些童话的"地方痕迹"，倘若换到莱茵地带，就不会有其生命力和感染力。[②] "地方痕迹"对民间文艺的塑造起到了决定性的作用，民间文艺作品表现出来的地域性主要得益于其独特的"江山之助"，正是独特的地貌、历史、民族等特征塑造出了不可复制的民间文艺作品。

第三节　文体论："三种次元"的相互融通

"'体'从一开始就是人生命体的总称。"[③] "体"指的是身体，既包括身体的外在存在形态，也包括其内在精神。因此，"文体"既要包括创作作品的文辞，也包括创作者的精神风貌。徐复观将刘勰的文体分为三种次元，即"体裁—体要—体貌"的升华历程，"体裁之体常代表一种腔调，此腔调若完全顺情而发，成为抒情的性格，则有时不必经过体要的经营，也常形成艺术性的体貌"[④]。童庆炳也将文体划分为三个层次，即"体裁、语体与风格"[⑤]。李建中将文体分为体制、体式、体貌。虽然上述三位学者对文体的层次划分所使用的术语不同，但是都突出了创作者在创作过程中所用的修辞方式、语言表达以及文体样式。这"三种次元"相互作用，共同影响着作家文学与民间文艺作品的呈现形式。

一、修辞方式

"《文心雕龙》堪称中国第一部伟大的修辞理论著作，是我国修辞学领域的一份宝贵遗产。"[⑥] 从修辞学史的视角来看，刘勰突破了前人在文艺理论中修辞的观

① 参见刘锡诚：《民间文艺学的诗学传统》，上海：上海文化出版社，2018年，第20页。
② 参见伊瓦肖娃：《十九世纪外国文学史》，杨周翰译，北京：人民文学出版社，1958年，第383页。
③ 李建中：《文心雕龙讲演录》，桂林：广西师范大学出版社，2008年，103页。
④ 徐复观：《中国文学论集·徐复观全集》，北京：九州出版社，2013年，21页。
⑤ 童庆炳：《文体与文体的创造》，《童庆炳文集》第四卷，北京：北京师范大学出版社，2016年，第37页。
⑥ 郑远汉：《我国第一部修辞理论著作—〈文心雕龙〉》，《华中师范学报》1982年第4期。

点。"《文心雕龙》使用了主要包括对偶、比喻、用典等在内的大量辞格。讲究声律和藻饰，重视结构安排。"① 刘勰在《文心雕龙》中运用的大量的辞格在民间文艺作品中也经常出现。作家文学创作追求"文以载道、诗以言志"的思想高度，即文质并重，文章创作"文""质"都是不可或缺的，既要看重文采修辞，又要看重思维表达。于是刘勰在创作论中，提出了多种修辞方式，如比兴、对偶、夸饰、事类等，这些修辞方式在民间文艺创作中同样是重要的创作手法。下面以兴为例进行叙述。

在民间歌谣中常出现具有地域特色的起兴句"五谷里（那个）田苗子，数上高粱高""桃花来你就红来，杏花来你就白"。欲言此物先言他物，是起兴句的重要手法，这里的此物与他物所表现出的思想情感是一致的。作家文学中的他物一般比较遥远，多为作家阅读经验中的某物，抑或者是作家神思之物。但民间文艺作品中的他物一般是实际生活中存在的，民众经常使用的、可见的他物，比如"桃花、杏花、田苗子、高粱"等民众身边之物，就常被运用于创作之中，成为口头传承作品的重要意象。作家文人为了保证文章的高雅性常常选择不为常人使用的起兴物，民间文艺作品创作中的起兴物则常常通俗易懂，能产生更为动人的情感冲击，这种冲击随着不同听众或者观众的二次感知使得民间文艺表演艺术达到情感的高峰。

"民众在创作民间文学作品时，并不把它当作文艺创作来对待，民间创作活动，常常伴随着物质生产或生活一道进行的。"② 正是因为民众将民间文艺作品的创作与生活相连，民间文艺创作是一种生活艺术，具有强烈的生活属性，民众的创作总是无意识的或者下意识的。民间文艺作品的生活属性的体现之一是起兴物选择较为日常、能见，这样的包含生活特征的起兴句在作家文学作品中较为少见。民间歌谣中存在着大量的起兴句，这些句子是在建立在坚实的生活基础之上的生活艺术，其易于记忆且朗朗上口，在流传中逐渐形成固定的曲调模式。歌谣中常常出现的重复以及反复吟唱，增加了民歌的艺术效果。

---

① 何越鸿：《〈文心雕龙〉修辞研究》，武汉大学博士论文，2015年。
② 万建中：《〈中国民间文学三套集成〉学术价值的认定与把握》，《广西民族大学学报》2010年第1期。

"民歌中比兴手法的运用，由来已久。屈原的'沅有芷兮澧有兰，思公子兮未敢言'，和公元前 5 世纪的《越人歌》中的'山有木兮木有枝，心悦君兮君不知'，在比喻手法、风格、语言句式等方面都是相似的。"① 随着场景、时代主题的变化，民间文艺的创作也发生着变化。"民歌作为广大民众'心灵的声音'，既是人类最珍贵的精神财富之一，又是最脆弱、最易消逝的文化遗产。"②《文心雕龙》的修辞理论为民间文艺作品鉴赏提供了理论支持，民间文艺工作者可以根据这些理论对民间文艺、作品进行深刻阐释。

二、语言表达

《章句》篇提道：夫人之立言，因字而生句，积句而为章，积章而成篇。文章的写作过程是"字—句—章—篇"一个连续循环的过程。刘勰的文章对字句的把握可谓深思熟虑，这种自然而然的形态主要体现在《声律》篇，"夫音律所始，本于人声者也"③。这里提出不论是乐器还是音乐都是对人声音的模拟，因此声律的把握是对人心的把握。作家文学或者民间文艺中语言表达是对观众或者听众进行情感冲击的重要手段，语言特色在不同文体中有不同的表现形式。

作家文学语言与民间文艺作品语言的共通之处就是"情真"。"情真"对于创作者来说是最重要的创作条件，追求高官厚禄者，很难创作出关于田野的隐居生活的作品，一心隐居田野者也很难创作出政论文章，言与志反，文岂足征？民间文艺作品中的歌谣也具有"动情"的语言色彩，由于民间文艺具有强烈的地域性，大都表现为用方言进行艺术创作，表达了率真的情感和大胆的追求，歌谣对民间百态的描绘，将民间的审美观淋漓尽致地展演出来，也是民间文艺作品"情真"的表现。

《文心雕龙》与民间文艺作品都是将人内心深处的情感表达于语言，形成不同的文学样式，其对"人心"的感知具有相似性，可以说"情真"的特征在作家文学与民间文艺中同时存在。"朴素、简洁、形象，是民间文学语言共同的特点。

---

① 钟敬文：《民间文学概论》，北京：高等教育出版社，2010 年，第 58 页。

② 段友文：《非物质文化遗产视野下的民歌保护模式研究——以山西河曲"山曲儿"、左权"开花调"为例》，《山东社会科学》2013 年第 1 期。

③ 周振甫：《文心雕龙今译》，北京：中华书局，2013 年，第 301 页。

民间以真实为生命。"① 真实与淳朴是文学语言中一种特殊风格，受众群体大多是人民群众，民众最了解自己的生活，他们通过民间文艺来抒发自己的情感。民间文艺的展演过程总是调动多种感官，要求创作者在语言风格上更贴近民众，使观众身临其境，产生情感共鸣，因此其语言表达也符合独特的大众审美观。

三、文体样式

民间文艺作品呈现给大众必须借助一定的形式，而对形式的选择具有客观性。② 这种客观规定包括对内容的规定、地域的规定、文化的规定、生活的规定以及审美标准的规定等，并因此形成了民间文艺的不同文体类型。刘勰在文体的分类上有两层标准：第一层是"有文有笔"，即"无韵者笔也，有韵者文也"。③ 也就是我们常说的文笔之争。第二层就是详细分类，在文与笔的基础上将文体的具体类型分离出来。《文心雕龙》中的文笔在民间文艺文体中也同样得以呈现，"在搜集整理民间文学作品和开展研究工作的时候，通常又把神话、传说和故事归为散文类，称为'故事'；歌谣、史诗、民间叙事诗、谚语和谜语等，被划为韵文类。"④ 通过韵散为标准的分类，可以清晰地看出民间文艺创作者创作的重心。

刘勰在《文心雕龙》中梳理了各种文学文体的发展脉络，在溯源过程中发现了原始诗歌、原始神话的痕迹，"按《召南·行露》，始肇半章；孺子《沧浪》，亦有全曲；《暇豫》优歌，远见春秋；《邪径》童谣，近在成世。"⑤ 中国歌谣发展史，以五言诗的产生最为典型，其肇始为原始歌谣。"沧浪之水清兮，可以濯我缨；沧浪之水浊兮，可以濯我足。"这首《孺子歌》正是楚地五言民歌，从五言民歌发展到文人作家笔下的骚体诗，可以看出民间文艺作品对文学文体样式的影响。大多数文学文体都来自民间，正如鲁迅所说"歌、诗、词、曲，我以为原为民间物，文人取为己有。"⑥

---

① 钟敬文：《民间文学概论》，北京：高等教育出版社，2010年，第10页。
② 参见张紫晨：《民间文艺学原理》，石家庄：花山文艺出版社，1991年，144页。
③ 周振甫：《文心雕龙今译》，北京：中华书局，2013年，第385页。
④ 董晓萍：《现代民间文艺学讲演录》，桂林：广西师范大学出版社，2008年，第267页。
⑤ 周振甫：《文心雕龙今译》，北京：中华书局，2013年，第58页。
⑥ 鲁迅：《鲁迅书信集》，北京：人民文学出版社，1976年，第492—493页。

　　如果说诗、乐府、赋、颂赞、祝盟等文体篇章是对民间文艺的隐性继承，那么《谐隐》第十五就是对民间文艺的显性讨论，整篇论述谜语等具有隐语性质的文体，刘勰认为"抑止昏暴"的谐辞内容好，形式好，"有足观者"，而对其中俗艳下流的内容，持否定态度。"刘勰把谐隐这两种不大受人重视的民间文学样式，立专篇进行研究，说明他的见识的确在当时的一般文人之上。"① 这说明，刘勰对民间文艺并非完全否定。民间谜语属于民间文艺中一种韵散结合的特殊文体，用精练的语言艺术形式彰显出民间群体智慧。刘勰在文体论中对各种文体的起源都追溯至原始民间文艺，民间文艺意识一直潜藏在其文字背后，形成一张民间文艺之网。

第四节　接受论：创作与鉴赏的心灵呼应

　　《文心雕龙》第四十八开篇曰"知音其难哉！音实难知，知实难逢，逢其知音，千载其一乎！"② 这里的知音有两个含义：一是一种行为，指的是对文学艺术作品进行鉴赏和批评的行为；一是文学批评鉴赏的主体，"刘勰的鉴赏批评论，就集中体现在《知音》篇里"③。可以说《文心雕龙》中运用的"知音"成为中国古代文学理论鉴赏与批评的代名词，成为古代文论中"接受论"的指代。文艺接受理论包括作品对于知音者的作用与影响，知音者对作品接受的过程，作者对知音者的期待，以及知音者对作品的批评鉴赏等一系列问题。

一、"知音"的民间叙事流变

　　民间传说在现代的流传中也常常表现出地方化趋势，这种情况是我国传说不断产生并日益丰富的原因之一。④ 地方化叙事的广泛性，就形成了同一民间传说

---

① 漆贤泉：《浅论刘勰对民间文学理论的贡献》，《荆州师专学报（哲学社会科学版）》1985 年第 3 期。
② 周振甫：《文心雕龙今译》，北京：中华书局，2013 年，第 435 页。
③ 李建中：《文心雕龙讲演录》，桂林：广西师范大学出版社，2008 年，第 152 页。
④ 中国民间文学集成全国编辑委员会：《中国民间故事集成》总序，北京：中国 ISBN 中心出版，1999 年，第 9 页。

的不同流变，伯牙子期的知音传说世代相传，其中蕴含的情感成为友情的真挚表达，知音一词由此成为好友的象征。湖北汉阳的"知音传说"被列入省级非物质文化遗产名录，伯牙子期的民间传说体现在地理空间中，与湖北地区"集贤村、马鞍山、琴断口"等现实存在的风物与地名相关联。

知音传说在春秋时期就已经开始流传，刘勰将其化用为"文学批评理论"的鉴赏主体，这样的改变更能体现出知音传说在民间流传的广泛性，民间文艺成为作家笔下的创作素材。关于伯牙、子期结知音的民间传说，在人们的口头与笔下所蕴含的文化内核，早已超出明代说话人所称道的贫贱之人和达官贵人交友之平等，而迈进到追求人际精神和谐的更深层次了。[①] 民间传说在不同时期精神内涵的转变，表现出不同时期的活态传承，正是由于精神内核的不断丰富变化，"知音"才变成了文化的象征符号之一。

1977 年，《高山流水》古琴曲作为世界名曲中的一首，乘坐美国发射的卫星探测器进入太空之中，寻找外星文明中人类的"知音"。从中华民族的象征符号升格为人类整体的象征符号，民间叙事的作用不可小觑，知音已然被"符号化"，成为中华文化的意义表征。

二、"知音"的接受论

知音者可以分为两种：第一种是作家文学中出现的文人学者的知音者，是民间文艺研究者，是观众与欣赏者，又是鉴赏者；第二种是与表演者多元互动的日常民众，即听众或者观众。民间文艺作品与讲述人的现场活动、听众的现场反应，共同构成一个声音空间。"这个声音空间要比文字记录的含义大得多，它能够让'文本'发酵，而这种发酵了的文本，才是真正的民间文艺。"[②] 民间文艺理论中的接受论主要指的是表演者与观众的互动，即民众对表演者的艺术作品、情感表达以及表现形式的主观性评论与回应，没有接受论就谈不上民间表演，更谈不上民间文学艺术。在特定的社会文化背景下，表演者、现场环境、听众共同构成一个特定的多向互动的舞台，这种互动表现了种种情境，从而展现了种种社会

---

① 刘守华：《伯牙子期传说的文化解读》，《江汉学术》2013 年第 1 期。
② 董晓萍：《现代民间文艺学讲演录》，桂林：广西师范大学出版社，2008 年，第 219 页。

关系和文化历史脉络，民间文艺传承呈现出一个多元互动的模式。① 这种多元互动的传承方式使得民间文艺表演的效果更加显著，情感的共鸣为民间文艺的鉴赏提供了感情依托。

在口头文学流传过程中，更需要多元互动，这就涉及了接受理论，在互动过程中，应该遵循一定的"语码模式"，即传播理论中的编码与解码过程。解码的过程就是"接受论"的过程，口头文学同样是知音的过程，表演者与知音者共同形成了一个多元的文化空间，在这个空间中，文化实现了二次创作，为民间文艺作品的流传与流变提供了可能，民间文艺正是在这样的多次创作的过程中，实现传承与发展的。在民间文艺展演过程中，观众与表演者处在同一个文化空间，以面对面的方式，最终完成双方共同参与的传承行为。

刘勰在《文心雕龙》中提到"缀文者情动而辞发，观文者披文以入情"，作家文学创作者要动情然后才有好的作品，而知音者要先看到作品才能产生情感的共鸣，创作者与知音者在处理情与文之间的关系时恰恰相反。但是，创作者要如何创作出好的文学作品与鉴赏者要如何做出完美的批评，刘勰给出了统一的答案，即"操千曲而后晓声，观千剑而后识器"。创作者与鉴赏者都需要大量阅读，不断观察，反复操练。民间文艺中也是需要创作者与知音者的，鉴赏的深度以及知音的理解与知音者的个人经历有着很大的关系。孙剑冰讲述的"刘三"的例子，"他还没唱完，就惹得满屋子里的人抱着肚子直笑。过后有人说'这都是他的亲身经历'！"② 就能说明这一点。创作者亲身经历与知音者产生情感的互动，知音者将自身的经历再投射于这个文化空间之中，这就完成了民间文艺作品的接受过程。

知音者鉴赏的范围除了共时维度之外，还有历时维度，文艺的发展需要长时间的承继，文艺作品随着一代又一代的传承才被赋予无限丰富的意义，其对知音者的影响不断向前延伸。无论是作家文学作品还是民间文艺创作，总是要经历时间的考验，才能锤炼出优秀的作品，好的作品总是能打动一代又一代的知音者。在共时与历时的相互作用下，知音者能够在不同群体、不同时期达到相似的认

---

① 董晓萍：《现代民间文艺学讲演录》，桂林：广西师范大学出版社，2008 年，第 345 页。
② 董晓萍：《现代民间文艺学讲演录》，桂林：广西师范大学出版社，2008 年，第 345 页。

知高度，知音者与创作者形成了无意识的"共情"，为文化的繁荣与发展提供了保障。

第五节　功能论：民间文艺的意义彰显

"相同形式的木杖，可以在同一文化中，用来撑船，用来助行，用来作简单的武器。在每一事例中，它都实践着不同的功能。"[①] 文化的功能指的是其在人类社会中所处的地位，能表现出的思维，以及其存在的价值。人类出于本身的需要创造出文化，文化也被人类所需要。"文化即在满足人类的需要当中，创造了新的需要。"[②] 民间文艺的出现一方面由于人类自身情感的需要，人们调动身心多个感官系统，感受除了劳动之外的美的享受；另一方面刺激人类对劳动的激情，使人们以更加饱满的心态投入到新的劳动中去。《文心雕龙》与民间文艺理论之间相互影响，相互构建，两者都展现出各自的功能与意义，进一步探讨二者之间的"选择性亲和"可以为民间文艺体系的生成提供理论依据。

一、"后来辞人，采撷英华"：民间文艺之资料源泉

民众的生活是一切文学创作取之不尽的宝库，民间文艺在多个方面影响着刘勰的《文心雕龙》。刘勰在运用民间叙事资料时，选取最多的就是上古神话与民歌，他对上古神话和民歌的论述，遍布整部著作。"若乃羲农轩皞之源，山渎钟律之要，白鱼赤乌之符，黄金紫玉之瑞，事丰奇伟，辞富膏腴，无益经典而有助文章。是以后来辞人，采撷英华。"[③] 刘勰肯定了民间文艺内容之奇特，文采之斐然，承认后来文人作家多对其予以借鉴，认为《诗经》是"圣人之文章"，《诗经》的神圣地位众所周知。在《文心雕龙》中刘勰已经承认"诗官采言"，且明确认识到所采的是"匹夫庶妇"之言，能清楚地认识到《诗经》的主要内容来自民间，

---

① 马林诺夫斯基：《文化论》，北京：中国民间文艺出版社，1987年，第16页。

② 马林诺夫斯基：《文化论》，北京：中国民间文艺出版社，1987年，第91页。

③ 周振甫：《文心雕龙今译》，北京：中华书局，2013年，第37页。

虽没有从民间文艺角度着墨，但《文心雕龙》首次承认民间文艺资料的价值，其对民间文艺理论的完善具有重要的意义。

刘勰在创作过程中，化用民间文艺资料来说明自己的文论观点，这就反映了对民间文艺作品态度的改变。然而他虽然保存了不少民间文学资料，但是其体系不完善，记录不精确。尽管如此，刘勰仍然堪称前代文学理论集大成者，在其之前，中国古代文论的观点都散落于不同的文学典籍之中。刘勰能广泛涉及诸子百家学说，大量引用民间文艺学作品，说明刘勰认为其"有助文章"。

二、"岂惟观乐？于焉识礼"：礼制的回归

"支配物质生产资料的阶级，同样也支配着精神生产的资料。"[①]古代阶级社会的文人本身代表上层统治阶级的思想，因此其民间文艺意识并不明晰。《文心雕龙》开宗明义，其重要创作思维是"原道、徵圣、宗经"，整部巨著是"儒的世界"，其对儒家正统思想的构建与维护贯穿始终。刘勰很难完全超越时代的局限，但他并不否认民间文艺思维的价值，虽然其对民间文艺的运用主要是作用于礼制社会与国家政权。"神理共契，政序相参。"[②]刘勰认为民歌发展还是要与政教相配合，只有这样才能"万代永耽"。刘勰提到隐语与笑话的作用主要是用于"讽刺朝政"，可以挽救危机，消除困乏。

纪昀曰"观《玉台新咏》，乃知彦和识高一代。"[③]刘勰代表的是文人作家，其创作主导思想主要是儒家正统思想，其所推崇的自然是"君子宜正其文"的观点，认为文人作家笔下创作出的作品应具备积极进取的思想。而民间文艺工作者在搜集整理民间文学过程会出现"君子宜正其文"的状况，对民间文艺原始资料进行二次创作的概率非常高，某一口头叙事的传统事象在被文本化的过程中，经过搜集、整理、翻译、出版的一系列流程，出现了以参与者主观价值判断和解析为主导的文本制作格式，这一过程称之为民间叙事传统的格式化。[④]这种格式化与刘

---

① 钟敬文：《民间文学概论》，北京：高等教育出版社，2010年，第65页。
② 周振甫：《文心雕龙今译》，北京：中华书局，2013年，第63页。
③ （清）纪晓岚：《纪晓岚评注〈文心雕龙〉》，扬州：江苏广陵古籍刻印社，1997年，第71页。
④ 巴莫曲布嫫：《叙事语境与演述场域—以诺苏彝族的口头论辩和史诗传统为例》，《文学评论》2004年第1期。

勰对民间文艺资料的态度有高度的相似性，刘勰所代表的作家文人阶级，其思维方式中的儒家正统思维根深蒂固，造成民间叙事传统的格式化的可能性更高。不过应该肯定的是刘勰在《文心雕龙》中的民间文艺意识并不都是消极的，相反，由于他对民间文艺资料的综合运用，这些资料保存得更加完善，其"诗教""执正驭奇"的文论思维，为民间文艺工作者在民族志资料的删减和选取工作提供了借鉴，提升了民间文艺资料的价值，使得多种民间叙事得以长久传承。

三、结语

"从历史上看，刘勰是较为全面论及多种民间文学的第一人。"① 齐梁时代，在文人普遍轻视民间文艺的创作环境下，刘勰能大量引用民间文艺资料，并提出前人未有的独到见解，这对民间文艺学的学术史建构具有重大意义。《文心雕龙》是文的世界，儒的世界，道的世界，这三种意识交织融汇在整部作品之中。而从民间文艺角度来看，《文心雕龙》潜隐着一个民间文艺的世界，这个潜隐的世界为民间文艺体系的建构从学理上以及学术上提供了新的研究视角。民间文艺中的创作灵感、语言艺术、人物形象等滋养着文人作家刘勰及其《文心雕龙》。刘勰在《文心雕龙》中对民间文艺的整理与保存使很多神话传说、民间故事广为人知，可以说刘勰的民间文艺意识提升了民间文艺理论的历史地位。《文心雕龙》中隐含的刘勰的民间文艺意识，打破了文人作家对民间文艺思想的认识局限，为民间文艺的发展与繁荣提供了理论支撑。

有学者认为刘勰的民间文艺意识是消极的，因为其作品没有正面论述民间文艺作品，对民间文艺持轻视、鄙夷的态度，"整部《文心雕龙》非但没有专章介绍民间文学，在涉及关于民间文学的方面时，刘勰也只是蜻蜓点水，甚至有有意回避之嫌，带有轻视的态度。"② 然而，刘勰虽然没有专门论述民间文艺作品及思想，但整部《文心雕龙》中却存在着民间文艺体系构建的潜在逻辑。与同一时期钟嵘的《诗品》和萧统的《文选》相比，刘勰的《文心雕龙》首次论述了民歌、神话、谜语、笑话、谚语、传说等各类民间叙事文体，能在儒家正统思想支配

---

① 牟世金：《〈文心雕龙〉研究》，北京：人民文学出版社，1995 年，第 277 页。
② 朱永香：《白璧之微瑕—刘勰对于民间文学的态度》，《湘潭大学社会科学学报》2002 年第 7 期。

下，冲破文人的固有思维，形成当时较为先进的民间文艺意识，可以说他开创了民间文艺理论之先河，其对民间文艺学的影响极为深远。

　　虽然在人们客观的感知中，《文心雕龙》在表达上呈现出书面性、文雅性与精英性的特征，相反，民间文艺创作则表现出口头性、通俗性与大众性，这两种不同的特征却存在着潜隐的联系。总之，将刘勰的民间文艺意识进行整理、提炼、加工，可以为"龙学"研究提供新的研究内容与方向，同时对民间文艺理论体系的构建具有重要的指导意义。可以说，刘勰的《文心雕龙》为民间文艺体系建构开启了闸门。

参考文献

著作类

[1]　毛泽东.毛泽东选集 [M].北京：人民出版社，1991.

[2]　习近平.在文艺工作座谈会上的讲话 [M].人民出版社，2015.

[3]　中共中央宣传部.在文艺座谈工作会上的重要讲话学习读本 [M].北京：学习出版社，2015.

[4]　钟敬文.钟敬文民间文学论集（上）[M].上海：上海文艺出版社，1982.

[5]　钟敬文.钟敬文民间文学论集（下）[M].上海：上海文艺出版社，1985.

[6]　钟敬文.民俗学概论 [M].上海：上海文艺出版社，1980.

[7]　钟敬文.民间文艺学及其历史 – 钟敬文自选集 [M].山东：山东教育出版社，1998.

[8]　杨荫深.中国民间文学概说 [M].上海：华通书局，1930.

[9]　人民口头创作学习会.苏联口头文学概论 [M].上海：东方书店，1954.

[10]　匡扶.民间文学概论 [M].兰州：甘肃人民出版社，1957.

[11]　张紫晨.民间文艺学原理 [M].石家庄：花山文艺出版社，1991.

[12]　董晓萍.现代民间文艺学讲演录 [M].广西：广西师范大学出版社，2008.

[13]　万建中.民间文学引论 [M].北京：北京大学出版社，2006.

[14]　段宝林.中国民间文学概要 [M].北京：北京大学出版社，1981.

[15]　刘锡诚.民间文艺学的诗学传统 [M].上海：上海文化出版社，2018.

[16]　刘锡诚.20 世纪中国民间文学学术史（上下）[M].北京：中国文联出版社，1985.

[17]　刘守华.民间文学概论十讲 [M].湖北：湖北教育出版社，1985.

[18]　祁连休，程蔷.中国民间文学史 [M].石家庄：河北教育出版社，2008.

[19]　刘守华，陈建宪.民间文学教程 [M].武汉：华中师范大学出版社，2009.

[20]　高有鹏.中国古代民间文学史 [M].郑州：河南大学出版社，2018.

[21]　陈泳超.中国民间文学研究的现代轨辙 [M].北京：北京大学出版社，2005.

[22]　毛巧晖.20 世纪下半叶中国民间文艺学思想史论（修订本）[M].北京：学苑出版社，
　　　2018.

[23]　刑莉主编 . 新编民俗学概论 [M]. 北京：北京师范大学出版社，2016.

[24]　刘波 .20 世纪上半叶中国民间文艺学基本话语研究 [M]. 北京：人民出版社，2014.

[25]　户晓辉 . 民间文学的自由叙事 [M]. 北京：社会科学文献出版社，2014.

[26]　户晓辉 . 返回爱与自由的生活世界：纯粹民间文学关键词的哲学阐释 [M]. 南京：江苏人民出版社，2010.

[27]　吕微 . 民俗学：一门伟大的学科——从学术反思到实践科学的历史与逻辑研究 [M]. 北京：中国社会科学出版社，2015.

[28]　乌丙安 . 论民间故事传承人 . 原载辽宁省民间文艺家协会编印的《民间文学论集》第 1 册，沈阳：中国民间文艺家协会辽宁分会，1983.

[29]　许钰 . 口承故事论 [M]. 北京：北京师范大学出版社，1999.

[30]　尹虎彬 . 古代经典与口头传统 [M]. 北京；中国社会科学出版社，2002.

[31]　林继富 . 民间叙事传统与故事传承 [M]. 北京：中国社会科学出版社，2007.

[32]　江帆 . 民间口承叙事论 [M]. 哈尔滨：黑龙江人民出版社，2003.

[33]　陈建宪 . 神话解读——母题分析方法探索 [M]. 湖北教育出版社，1977.

[34]　屈育德 . 神话·传说·民俗 [M]. 北京：中国文艺出版社，1988.

[35]　万建中 . 解读禁忌——中国神话、传说和故事中的禁忌主题 [M]. 商务印书馆，2001.

[36]　杨利慧等著 . 现代口承神话的民族志研究：以四个汉族社区为个案 [M]. 西安：陕西师范大学出版总社有限公司，2011.

[37]　王宪昭 . 中国民族神话母题研究 [M]. 民族出版社，2006.

[38]　叶舒宪 . 中华文明探源的神话学研究 [M]. 北京：社会科学文献出版社，2015.

[39]　邓启耀 . 中国神话的思维结构 [M]. 重庆：重庆出版社，2005.

[40]　傅光宇 . 三元——中国神话结构 [M]. 昆明：云南人民出版社，2014.

[41]　叶舒宪，李家宝 . 中国神话学研究前沿 [M]. 西安：陕西师范大学出版总社有限公司，2018.

[42]　祁连休 . 中国古代民间故事类型研究 [M]. 河北教育出版社，2007.

[43]　刘守华 . 比较故事学论考 [M]. 哈尔滨：黑龙江人民出版社，2003.

[44]　刘守华 . 故事学纲要 [M]. 武汉：华中师范大学出版社，1988.

[45]　顾希佳 . 中国古代民间故事类型 [M]. 浙江大学出版社，2014.

[46]　祝秀丽 . 村落故事讲述活动研究——以辽宁省辽中县徐家屯村为个案 [M]. 北京：中国社会科学出版社，2013.

[47]　廖无痕 . 民间故事比较研究 [M]. 中国民间文艺出版社，1986.

[48]　于长敏.中日民间故事比较研究 [M].吉林大学出版社，1996.

[49]　王丹.刘德方故事讲述研究 [M].北京：中国社会科学出版社，2012.

[50]　林继富.中国民间故事讲述研究 [M].北京：中国社会科学出版社，2013.

[51]　金荣华.中国民间故事集成类型索引 [M].中国口传文学学会，2000.

[52]　段宝林.中国古代歌谣整理与研究 [M].北京：高等教育出版社，2014.

[53]　王娟.中国古代歌谣：整理与研究 [M].北京：高等教育出版社，2014.

[54]　郑土有.吴语叙事山歌演唱传统研究 [M].上海：上海辞书出版社，2005.

[55]　苑利主编.20 世纪中国民俗学经典·史诗歌谣卷 [M].北京：社会科学文献出版社，2002.

[56]　巴·布林贝赫.蒙古英雄史诗的诗学 [M].呼和浩特：内蒙古教育出版社，1997.

[57]　费孝通.乡土中国 [M].北京：人民出版社，2008.

[58]　高丙中.民俗文化与民俗生活 [M].北京：中国社会科学出版社，1994.

[59]　董晓萍.田野民俗志 [M].北京：北京师范大学出版社，2003.

[60]　叶涛.新中国民俗学研究 70 年 [M].北京：中国社会科学出版社，2019.

[61]　江帆.民俗学田野作业研究 [M].济南：山东大学出版社，1995.

[62]　郑土有.五缘民俗学 [M].上海：同济大学出版社，2013.

[63]　林继富.民间叙事传统与村落文化共同体建构 [M].中国社会出版社，2012.

[64]　强东红.陕北民歌的审美维度与文化价值研究 [M].北京：人民出版社，2019.

[65]　王杰文.仪式、歌舞与文化展演——陕北晋西的"伞头秧歌"研究 [M].北京：中国传媒大学出版社，2006.

[66]　尚丽新、车锡伦.北方民间宝卷研究 [M].北京：商务印书馆，2015.

[67]　祝鹏程.文体的社会建构—以"十七年"（1949—1966）的相声为考察对象 [M].北京：社会科学文献出版社，2018.

[68]　冯骥才.中国口头文学遗产数字化工程全记录 [M].北京：中国文史出版社，2014.

[69]　苑利、顾军.非物质文化遗产学 [M].北京：高等教育出版社，2009.

[70]　王文章.非物质文化遗产概论 [M].北京：文化艺术出版社，2006.

[71]　杨红.非物质文化遗产数字化研究 [M].北京：社会科学文化出版社，2014.

[72]　王福州.非遗文化形态学 [M].北京：中国文联出版社，2019.

[73]　季中扬.民间艺术的审美经验研究 [M].北京：中国社会科学出版社，2016.

[74]　徐国源.美在民间——中国民间审美文化论纲 [M].上海：上海人民出版社，2018.

[75]　吕品田.中国民间美术观念 [M].湖南美术出版社，2007.

[76]　朱光潜译 . 歌德谈话录 [M]. 北京：人民文学出版社，1978.

[77]　朱光潜 . 文艺心理学 [M]. 桂林：漓江出版社，2011.

[78]　童庆炳 . 文学活动的美学阐释 [M]. 陕西：陕西人民出版社，1989.

[79]　童庆炳 . 文学理论教程 [M]. 北京：高等教育出版社，2004.

[80]　叶朗 . 美学原理 [M]. 北京：北京大学出版社，2009.

[81]　叶朗 . 中国美学史大纲 [M]. 上海：上海人民出版社，1985.

[82]　曹廷华 . 文艺美学 [M]. 重庆：西南师范大学出版社，1990.

[83]　滕守尧 . 审美心理描述 [M]. 成都：四川人民出版社，1998.

[84]　刘悦笛 . 生活美学与艺术经验 [M]. 南京：南京出版社，2007.

[85]　王向远 . 宏观比较文学讲演录 [M]. 广西：广西师范大学出版社，2008.

[86]　王先霈、孙文宪 . 文学理论导引 [M]. 北京：高等教育出版社，2014.

[87]　吴蓉章 . 民间文学理论基础 [M]. 成都：四川大学出版社，1998.

[88]　刘士林 . 中国诗学原理 [M]. 海南：南海出版社，2006.

[89]　陈思和 . 陈思和自选集 [M]. 桂林：广西师范大学出版社，1997.

[90]　杨春时 . 文学理论新编 [M]. 北京：北京大学出版社，2007.

[91]　罗钢 . 叙事学导论 [M]. 昆明：云南人民出版社，1994.

[92]　杨义 . 中国叙事学 [M]. 杨义文存第一卷，北京：人民出版社，1997.

[93]　胡亚敏 . 叙事学 [M]. 武汉：华中师范大学出版社，2004.

[94]　谭君强 . 叙事学导论：从经典叙事学到后经典叙事学 [M]. 北京：高等教育出版社，2013.

[95]　谭君强 . 叙事理论与审美文化 [M]. 北京：中国社会科学出版社，2002.

[96]　龙迪勇 . 空间叙事学 [M]. 北京：生活·读书·新知三联书店，2015.

[97]　吕微、安德明 . 民间叙事的多样性 [M]. 北京：学苑出版社，2006.

[98]　申丹 . 西方叙事学 . 经典与后经典 [M]. 北京：北京大学出版社，2010.

[99]　詹娜 . 民间叙事与区域史建构 [M]. 北京：中国社会科学出版社，2020.

[100]　[德] 马克思、恩格斯著 . 马克思恩格斯文集 [M]. 北京：人民出版社，2009.

[101]　[德] 黑格尔 . 美学（第一卷）[M]. 北京：商务印书馆，1979.

[102]　[德] 立普斯 . 美学 [M]. 柏林 .1907.

[103]　[德] 韦尔施 . 重构美学 [M]. 上海译文出版社，2006.

[104]　[德] 克劳斯著 . 形式逻辑导论 [M]. 金培文、康宏逵译，上海译文出版社，1981.

[105]　[俄] 巴赫金 . 陀思妥耶夫斯基诗学问题 [M]. 北京：三联书店，1988.

[106]　[美]李斯·托威尔.近代美学史评述[M].上海:上海译文出版社,1980.

[107]　[美]勒内·韦勒克,奥斯汀·沃伦.文学理论[M].刘象愚等译.三联书店,1984.

[108]　[苏]顾尔希坦著,戈宝权译.文学的人民性[M].重庆:天下图书公司,1949.

[109]　[苏]高尔基.苏联民间文学论文集[M].北京:作家出版社,1958.

[110]　[法]拉法格.拉法格文论集[M].北京:人民文学出版社,1979.

[111]　[法]达维德·方丹.诗学——文学形式通论[M].天津:天津人民出版社,2003.

[112]　[日]柳田国男.传说论[M].连湘译,北京:中国民间文艺出版社,1985.

[113]　[日]柳田国男.民间传承论与乡土生活传承法[M].北京:学苑出版社,2010.

[114]　[日]关敬吾著,张雪冬《故事学新论》,沈阳:辽宁大学出版社,1992.

[115]　[德]艾伯华.中国民间故事类型[M].王燕生、周祖生译,商务印书馆,1999.

[116]　[美]斯蒂·汤普森.世界民间故事分类学[M].郑海等译,上海文艺出版社,1991.

[117]　[美]丁乃通.中国民间故事类型索引[M].华中师范大学出版社,2008.

[118]　[美]理查德·鲍曼.作为表演的口头艺术[M].杨利慧,安德明译.桂林:广西师范大学
　　　　出版社,2010.

[119]　[日]西村真志叶.日常叙事的体裁研究——以京西燕家台村的"拉家"为个案[M].北
　　　　京:中国社会科学出版社,2011.

[120]　[美]阿兰·邓迪斯.世界民俗学[M].陈建宪,彭海斌译,上海文艺出版社,1990.

[121]　务印书馆,2004.

[122]　[美]阿兰·邓迪斯.人类学家与民俗学中的比较方法[M].户晓辉编译.广西:广西师
　　　　范大学出版社,2005.

[123]　[美]埃伦·迪萨纳亚克.审美的人——艺术来自何处及原因何在[M].户晓辉译.北京:
　　　　商务印书馆,2004.

[124]　[美]阿瑟·伯格.通俗文化、媒介和日常生活中的叙事[M].南京大学出版社,2000.

[125]　[英]奈杰尔·拉波特,乔安娜·奥弗林.社会文化人类学的关键概念[M].北京:华夏
　　　　出版社,2009.

[126]　巫瑞书.民间文学名作鉴赏[M].长沙:湖南文艺出版社,1988.

[127]　辽宁民间文艺研究会编印.民间文学论集第三集[M].沈阳:中国民间文艺家协会辽宁
　　　　分会,1982.

[128]　[芬]埃利亚斯·隆洛德.卡勒瓦拉[M].孙用译.北京:人民文学出版社,2019.

[129]　[意]卡尔维诺.意大利童话[M].人民文学出版社,2007.

[130]　[蒙古国]德·策伦索德诺姆.蒙古民间故事选[M].北京:世界知识出版社,1987.

期刊类

[1] 钟敬文.中国民间文艺学的形成与发展[J].文艺研究,1984(6).

[2] 钟敬文.挺进中的民间文艺学——1981年我国民间文艺学活动鸟瞰[J].北京师范大学学报(社会科学版),1982(5).

[3] 乌丙安.论中国风物的传说圈[J].民间文化论坛,1985(2).

[4] 贾芝.谈各民族民间文学搜集整理问题[J].文学评论,1961(4).

[5] 段宝林.80年历史回顾与反思——纪念北大征集歌谣八十周年[J].民间文化论坛,1998(2).

[6] 刘守华.中国民间文学研究百年历程[J].华中师范大学学报(人文社会科学版),2001,40(3).

[7] 刘守华.文化背景与故事传承——对32位民间故事讲述家的综合考察[J].民族文学研究,1988(2).

[8] 高有鹏.关于《20世纪中国民间文学学术史》的学术意义[J].西北民族研究,2008(3).

[9] 高有鹏、刘锡诚."面向21世纪的中国民间文化研究"笔谈——"20世纪中国民间文艺学"作为概念[J].河南大学学报(社会科学版),2007,47(1).

[10] 刘锡诚.中国特色的民间文艺学[J].民族艺术,2013(4).

[11] 刘锡诚.21世纪:民间文学研究的当代使命——关于中国特色的民间文艺学[J].民间文化论坛,2013(1).

[12] 董晓萍.民间文学体裁学的学术史[J].北京师范大学学报(社会科学版),1999(6).

[13] 董晓萍.数字民俗搜集理论[J].民间文化论坛,2014(5).

[14] 万建中.从文学文本到文学生活:现代民间文学学术转向[J].西北民族究,2018(4).

[15] 万建中.民间文艺的审美法则与优势[J].中国文艺评论,2016(1).

[16] 陈建宪.走向田野回归文本——中国神话学理论建设反思之一[J].民俗研究,2003(4).

[17] 陈建宪.论中国天鹅仙女故事的类型[J].民族文学研究,1994(2).

[18] 毛巧晖.民间文学搜集整理七十年[J].民间文化论坛,2019(6).

[19] 毛巧晖.文化展示与时间表述:基于湖南资兴瑶族"盘王节"遗产化的思考[J].民间文化论坛,2018(3).

[20] 刘魁立.民间叙事机理谫论[J].民俗研究,2004(3).

[21] 刘魁立.民间叙事的生命树——浙江当代"狗耕田"故事情节类型的形态结构分析[J].民族艺术,2001(1).

[22] 杨利慧.历史关怀与实证研究——钟敬文民间文艺学思想研究之二 [J].北京师范大学学报（社会科学版），1999（6）.

[23] 杨利慧、安德明、理查德·鲍曼及其表演理论——美国民俗学者系列访谈之一 [J].民俗研究，2003（1）.

[24] 叶舒宪.神话—原型批评的理论与实践（上）.陕西师范大学学报（哲学社会科学版），1986（2）.

[25] 江帆.困惑与忧虑：民间文艺学归属何处 [J].民间文化论坛，2011（6）.

[26] 陈泳超.钟敬文民间文艺学思想研究 [J].民俗研究，2004（1）.

[27] 江帆.口承故事的"表演"空间分析——以辽宁讲述者为对象 [J].民俗研究，2001（2）.

[28] 陈泳超.地方传说的生命树——以洪洞县"接姑姑迎娘娘"身世传说为例 [J].民族艺术，2014（6）.

[29] 施爱东.告别田野 [J].民俗研究，2003（1）.

[30] 施爱东.田野斗牛记——民间文学"田野作业"的是非与前瞻 [J].民族文学研究，2004（1）.

[31] 施爱东.谣言的发生机制及其强度公式 [J].民族艺术，2015（3）.

[32] 安德明.表演理论对中国民间文学研究的意义 [J].民族艺术，2016（1）.

[33] 户晓辉.民间文学：转向文本实践的研究 [J].中国社会科学，2014，（8）.

[34] 潜明兹.马克思主义民间文艺学散论 [J].民间文化论坛，1994（1）.

[35] 季中扬、高小康.民间艺术的审美经验与价值重估 [J].艺术探索，2014（3）.

[36] 刘宗迪.从书面范式到口头范式：论民间文艺学的范式转换与学科独立 [J].民族文学研究，2004（2）.

[37] 刘宗迪.超越语境，回归文学——对民间文学研究中实证主义倾向的反思 [J].民族艺术，2016（2）.

[38] 罗岗."人民文艺"的历史构成与现实境遇 [J].文学评论，2018（4）.

[39] 程正民.钟敬文与文艺学研究 [J].北京师范大学学报：社会科学版，2013（4）.

[40] 康丽.民间文艺学经典研究范式的当代适用性思考——以形态结构与文本观念研究为例 [J].清华大学学报：哲学社会科学版，2016（1）.

[41] 王雪.民间文艺学的诗学传统 [J].民间文化论坛，2019（3）.

[42] 许钰.民俗学和民间文艺学 [J].北京师范大学学报：社会科学版，1991（2）.

[43] 李宏图.论赫尔德文化民族主义思想 [J].华东师范大学学报（哲学社会科学版），1996（6）.

[44] 李开军.歌谣与启蒙——以晚清《新小说》杂志的"杂歌谣"专栏为中心 [J].民俗研究，2005（1）.

[45] 林精华.欧化大潮所激发的民族叙事：以 18 世纪俄罗斯民间文学为中心的讨论 [J].民族文学研究，2020，38（5）.

[46] 王希恩.当代西方民族理论的主要渊源 [J].民族研究，2004（2）.

[47] 王志耕.俄罗斯民间文学中傻瓜形象的狂欢化功能——巴赫金狂欢化理论的本土资源之一 [J].外国文学，2020（3）.

[48] 许传华.民粹思想与 19 世纪俄国文学 [J].首都师范大学学报（社会科学版），2012（1）.

[49] 祝鹏程.探寻现代社会剧变中的神话传统——评《现代口承神话的民族志研究——以四个汉族社区为个案》[J].民俗研究，2014（4）.

[50] 刘再复.论八十年代文学批评的文体革命 [J].文学评论，1989（1）.

[51] 王尧.民间传说研究七十年 [J].民间文化论坛，2019（4）.

[52] 林继富.中国民间故事传承人研究的回顾与展望 [J].民族艺术.2019（3）.

[53] 李红武.中国现代民间故事讲述人研究史略 [J].民俗研究，2006（1）.

[54] 邹明华.传说学的知识谱系：解读柳田国男的《传说论》[J].民族文学研究，2003（4）.

[55] 陶思炎、孙发成.民俗艺术的审美阐释 [J].西南民族大学学报（人文社科版），2010（5）.

[56] 张娜.非经典美学视域与民间艺术美学话语的重构——评季中扬的《民间艺术的审美经验研究》[J].民间文化论坛，2018（2）.

[57] 钱中文.论文学审美意识形态的逻辑起点及其历史生成 [J].文学评论，2007（1）.

[58] 邹华.审美意识的结构和功能 [J].西北师大学报（社会科学版），1998（1）.

[59] 曾耀农.论审美心理过程及其特点 [J].北京联合大学学报，2001（3）.

[60] 杨庆峰.物质身体、文化身体与技术身体——唐·伊德的"三个身体"理论之简析 [J].上海大学学报，2007（1）.

[61] 何林军.身体的叙事逻辑 [J]，理论与创作，2007（1）.

[62] 许德金，王莲香.身体、身份与叙事——身体叙事学刍议 [J].江西社会科学，2008（4）.

[63] 彭牧.民俗与身体——美国民俗学的身体研究 [J].民俗研究，2010（3）.

[64] 龙迪勇.图像叙事：空间的时间化 [J].江西社会科学，2007（9）.

[65] 程安霞. 符号叙事学视域下民俗图像叙事模式探析 [J]. 北方民族大学学，2016（5）.

[66] 柯杨. 关于深化民俗学田野作业的两点思考 [J]. 民俗研究，1994（4）.

[67] 叶大兵. 论田野作业和文献研究的辩证关系 [J]. 民间文学论坛，1995（6）.

[68] 傅玛瑞. 中国民间文学及其记录整理的若干问题 [J]. 北京师范大学学报（社会科学版），2005（5）.

[69] 刘铁梁. 感受生活的民俗学 [J]. 民俗研究，2011（2）.

[70] 祝秀丽. 民间故事讲述的话语互动及其田野研究 [J]. 民俗研究，2015（6）.

[71] 毕雪飞，岛村恭则. "生世界". 日本民俗学发展的新动向——日本民俗学者岛村恭则教授访谈录 [J]. 民俗研究，2018（4）.

[72] 邹明华. 传说学的知识谱系：解读柳田国男的《传说论》[J]，民族文学研究，2003（4）.

[73] 巴莫曲布嫫. 遗产化进程中的活形态史诗传统：表述的张力 [J]. 民族文学研究，2017，35（6）.

[74] 巴莫曲布嫫. 叙事语境与演述场域——以诺苏彝族的口头论辩和史诗传统为例 [J]. 文学评论，2004（1）.

[75] 陈嘉音、毕雪飞. 多维视阈中的中日画中妻故事研究 [J]. 民间文化论坛，2019（3）.

[76] 程鹏. 都市民俗学与民俗学的现代化指向 [J]. 民间文化论坛，2014（4）.

[77] 冯文开. 史诗研究七十年的回顾与反思（1949—2019）[J]. 民间文化论坛，2019（3）.

[78] 高薇华、白秋霞. "非遗" 语境下傩文化的立体化产业与全息技术应用 [J]. 文化遗产，2015（5）.

[79] 胡玉福. 都市民俗学对都市个体及其创造性知识的关注——以一位上海市街头歌手为例 [J]. 民间文化论坛，2014（4）.

[80] 冯清贵. 民族志诗学视域下次仁罗布小说的西藏叙事 [J]. 西藏研究，2016（6）.

[81] 户晓辉. 网络民间文学表演的责任伦理与形式规则——以 "上海女孩逃饭" 的网评为例 [J]. 民间文化论坛，2018（2）.

[82] 户晓辉. 美感何以得自由：歌谣的纯粹鉴赏判断 [J]. 民俗研究，2020（5）.

[83] 黄永林. "文化生态" 视野下的非物质文化遗产保护 [J]. 文化遗产，2013（5）.

[84] 黄泽、洪颖. 南方稻作民族的农耕祭祀链及其演化 [J]. 思想战线，2001（1）.

[85] 黄涛. 采录和书写俗语的语境：新时期俗语搜集整理的学术准则——以《中国民间文学大系·俗语卷》编纂为重点的讨论 [J]. 民俗研究，2021（1）.

[86] 黄旭涛. 中国民间小戏七十年研究述评 [J]. 民间文化论坛，2019（4）.

[87]　姜迎春 . 民族志与口头传统视野中的民间文学文本——以叙事民歌《嘎达梅林》文本迻录为个案 [J]. 民族翻译，2009（4）.

[88]　李素娟 . 程式化表达：词语、句法及主题——刘三姐歌谣论析 [J]. 民族文学研究，2017，35（2）.

[89]　刘晓春 . 文化本真性：从本质论到建构论——"遗产主义"时代的观念启蒙 [J]. 民俗研究，2013（4）.

[90]　刘垚，沈东 . 回顾与反思：中国都市民俗学研究述评 [J]. 民间文化论坛，2015（6）.

[91]　李莉 . 土家族方言歌谣的修辞类型及其艺术特点——以恩施自治州土家族为例 [J]. 文艺争鸣，2011（1）.

[92]　刘先福、张刚 . 民间文化的数字化类型与空间演示——基于《中国民族民间文化空间信息系统》的思考 [J]. 民俗研究，2014（5）.

[93]　彭兆荣 . 仪式叙事的原型结构——以瑶族"还盘王愿"仪式为例 [J]. 广西民族大学学报（哲学社会科学版），2008（5）.

[94]　王霄冰 . 民俗文化的遗产化、本真性和传承主体问题——以浙江衢州"九华立春祭"为中心的考察 [J]. 民俗研究，2012（6）.

[95]　徐赣丽 . 民间信仰文化遗产化之可能——以布洛陀文化遗址为例 [J]. 西南民族大学学报（人文社科版），2010，31（4）.

[96]　徐赣丽 . 中产阶级生活方式：都市民俗学新课题 [J]. 民俗研究，2017（4）.

[97]　薛敬梅、彭兆荣 . 佤族司岗里叙事中"神话在场" [J]. 民族文学研究，2007（3）.

[98]　袁珂 . 从狭义的神话到广义的神话——《中国神话传说词典》序（节选）[J]. 社会科学战线，1982（4）.

[99]　岳永逸 . "杂吧地儿"：中国都市民俗学的一种方法 [J]. 民俗研究，2019（3）.

[100]　林旻雯、岳永逸 . 言地语人：曲艺研究七十年 [J]. 民间文化论坛，2019（6）.

[101]　张举文 . 文化自愈机制及其中国实践 [J]. 北京师范大学学报（社会科学版），2018（4）.

[102]　张多 . 女娲神话重述的文化政治——以遗产化运动为中心 [J]. 北京社会科学，2016（8）.

[103]　张志娟 . 论传说中的"离散情节" [J]. 民族文学研究，2013（5）.

[104]　夏敏 . 喜马拉雅山地歌谣的跨文化传播 [J]. 云南民族学院学报（哲学社会科学版），2000（4）.

[105]　夏循祥 . "狗肉好吃名声丑"：民俗遗产化的价值观冲突——以玉林"荔枝狗肉节"为

中心的讨论 [J]. 文化遗产，2017（5）.

[106] 朱刚. 白曲演述传统与诗行观念——白族山花体民歌的民族志诗学反思 [J]. 贵州民族大学学报（哲学社会科学版），2015（6）.

[107] 朱佳艺. 传说形态学的"双核结构"——以无支祁传说为例 [J]. 民族艺术，2020（6）.

[108] 周锦章. 试论数字民俗学的方法论意义 [J]. 浙江学刊，2012（6）.

[109] 周跃群. 保护与发展的权衡：民俗文化遗产化视野下的动物伦理反思 [J]. 非物质文化遗产研究集刊，2019.

[110] 段友文、刘丽丽. 李自成传说的英雄叙事. 民俗研究，2009（4）.

[111] 段友文. 南蛮盗宝型传说母题的文化阐释. 民间文化论坛，1998（10）.

[112] 段友文、王禾奕. 论古村落传统文化资源与创意产业的深度融合——以山西省万荣县阎景村为例 [J]. 山西大学学报（哲学社会科学版），2014，37（1）.

[113] 段友文，闫咚婉. 介子推传说的历史记忆与当代建构 [J]. 民俗研究，2016 年（5）.

[114] [日] 西村真志叶. 反思与重构——中国民间文艺学体裁学研究的再检讨 [J]. 民间文化论坛，2006（2）.

[115] [日] 伊藤清司，马兴国. 日中两国民间故事的比较研究 [J]. 日本研究，1986（4）.

[116] [日] 伊藤清司. 日中两国民间故事的比较研究，载《中国、日本民间文学比较研究》. 辽宁大学科研处编印（内部资料），1983 年.

[117] [德] 克里斯托弗·鲁曼，吴秀杰. 文化遗产与"遗产化"的批判性观照 [J]. 民族艺术，2017（1）.

博硕论文

[1] 雷马克. 比较文学的定义和功能 [A]. 金国嘉，干永昌：比较文学研究译文集 [C]，上海：上海译文出版社，1985.

[2] 余红艳. 景观生产与景观叙事 [D]. 华东师范大学，2015.

[3] 毕旭玲.20 世纪前期中国现代传说研究史 [D]. 华东师范大学，2008.

[4] 潘晓爽. 敦煌变文与河西宝卷比较研究 [D]. 上海师范大学，2020.

[5] 努尔古丽·如孜. 阿凡提故事文化产业化现象研究 [D]. 西北民族大学，2020.

[6] 涂怡弘. 符号学视野下台湾现代节庆与城市意象传播——以高雄市为例 [D]. 福建师范大学，2015.

[7] 罗治佳. 民间文学视野下城市新民谣 [D]. 青海师范大学，2018.

[8] 李玉涵. 当代"都市传说"的叙事建构与传播机制——以"上海吸血鬼"传说为个案 [D]. 华东师范大学，2020.

[9] 杨秋丽. 中国民间故事近 30 年研究回顾与总结——以期刊论文为研究对象 [D]. 湘潭大学，2014.

后记

时值清明过后，山西大学的校园姹紫嫣红，满园春色，我趁着到家属楼下打水的间歇，用手机拍下了美丽的风景。今天也是山西大学发现疫情，太原市对全校小区和家属楼实行封控的第十天。研究生被隔离在宿舍，教师锁定在家里，对一般人来说是最为煎熬寂静的时期，对我们却是做学问最集中、最见效的时刻。正是在这些天里我和我指导的博士生、硕士生"躲进小楼成一统，管他冬夏与春秋"，通过邮箱、微信联系，夜以继日，埋头苦干，一遍又一遍地校对、修订、完善，终于完成了这部《民间文艺学论纲》书稿，向我们钟爱的民间文艺事业献上了一束鲜艳绽放的学术之花。

撰写一本研究生教材与学术研究兼备的"民间文艺学原理"方面的著作是我多年的学术梦想。2000 年我作为第一带头人为山西师范大学争取到"民俗学（含中国民间文学）"硕士点，2001 年正式招收第一届硕士研究生五名：高忠严、王丽芳、石国伟、薛晓蓉、段俊彦。由于民间文学、民俗学专业教师紧缺，所开设的专业课除了"文艺民俗学""戏曲文物与民俗""中国民俗学史"三门课聘请相关学科老师授课之外，"民间文艺学研究""民俗学原理""文化人类学""民俗学田野作业理论与方法"四门专业课都是由我一人授课，与此同时，还有本科生约六个班的"民间文学"课。这样下来，几乎一周五天里上午、下午天天有课，可谓名副其实的"教书匠"。直到 2004 年前后作为民间文学学科带头人调入山西大学，这种状况也没有多少改变。大概到了 2012 年前后，我的弟子，也是我指导的第二届研究生卫才华、侯姝慧从国内重点大学博士毕业，学成上岗，我的教学重负才减缓下来。多年来，上好"民间文艺学研究"这门课是我执着的学术信念，也算是"看家本领"，在这门课里灌注着我的学术理念和学术追求，主要体现在以下三个方面。

学科意识。民间文学是小学科，一向被视为下里巴人，与正宗的"古代文学""现代文学""文艺学"这些所谓的"阳春白雪"相比较，难以登上大雅之堂，甚至被一般人误以为"搞不了传统的汉语言文学的专业学科研究"才去搞民间文学。我不这样看！大约是从 1982 年至 1983 年在西南师范学院高校教师进修班学习期间，我选修了彭维金教授的"民间文学课"，痴迷上民间文学，进修结束之后返回山西师大中文系，持续钻研民间文学，阅读钟敬文《口头文学——一宗重大的民族文化遗产》等系列论文，到 1986 年前后，对民间文学的挚爱近乎信仰般的在我的内心扎下了根。我出身农村，是农民的儿子，在我的血脉深处与生长于农耕文化土壤的民间文学有着天然的联系。我立下了这样的宏愿：要通过自己的努力，把名不见经传的民间文艺搬上大学的课堂，以人才培养为中心环节，让民间文学在山西高校发芽、生长、开花、结果。要实现这样的目标就必须通过自己的教学与科研实践，发展民间文学学科，让民间文学学科与汉语言文学专业的姊妹学科有同等的地位与"话语权"。我深切地体会到在地方院校建设民间文学的学科之路是多么艰难，它需要克服重重困难，乃至冲破多重压力，好在我们挺过来了。今天可以毫不愧色地说，民间文学已然成为山西大学文学院"中国语言文学"一级学科的特色学科专业。

体系建构。教学大纲告诉我们，每一门专业课的讲授，首先要让学生了解这门课的体系结构，让学生获得完整的知识。其次，要设计好每一讲的内容，讲清楚重点、难点、亮点。在完成这样的教学目标基础上，方可结合自己的研究专长和地域特色资源适当发挥。"民间文艺学研究"是高校民间文学专业研究生的主要专业课，要依据现有教材，吸纳最新的研究成果，形成科学合理的知识体系。经过多年的教学实践，构建起这样的学科体系：总论、本质特征论、理论来源论、文体论、传承论、审美论、叙事论、资料学、方法论、前沿动态论等，既各自独立又相互联系。学科体系是一门学科专业能够跻身于人文社会科学之林的前提条件，我们一直为之不懈努力。

学理探讨。学科体系的建构好比一座博物大厦的主体工程结构，而其中的每一讲都必须有内涵、有真货，才能真正提升其价值。基础知识、基本理论的讲授，只能让学生获得基本的专业技能，要做到让学生真正受益，教师对每一讲内容必须有深入的研究，有新的发现，并且力求达到撰写出"学术论文"的水准，才能在课堂上交给学生"真金白银"，让他们逐步获得科研创新的能力。我的做法一是在现有理论基础上继续探索，把自己最新研究心得与学生交流。比如，总论"从民间文学到民间文艺学"里对学科发展历程的概括；第二章"民间文艺学本质论"里对民间文艺诗性特征的论述；第三章对民间文艺理论来源探讨；第四章"民间文艺文体学"的"三个次元说"；第六章"民间文艺审美论"里对民间文艺的多维表达、审美的生活转向的阐述，以及民间叙事学的图像叙事等，都有自己的心得与领悟。二是每一讲的基本内容努力做到有自己研究成果做支撑，以自己的学术研究案例现身说法，让学生掌握研究方法。例如，我用《论民歌的审美意象》来充实民间文艺审美论的讲述；以《李自成传说的英雄叙事》为例增强学生对"传说圈""叙事学"理论的理解；以《南蛮盗宝传说母题的文化阐释》帮助学生理解"母题"的蕴含与具体运用。通过专业课讲授，激发学生对民间文艺浓厚的兴趣，增强学术自信，树立创新意识，勤于实践，方能走上一条成功之路。

《民间文艺学论纲》的成书过程大体是，在我讲授大纲和讲义的基础上，讲过一轮之后，由我和研究生一起讨论每一讲怎样整理、充实、修改，然后结合每位研究生的专长和研究兴趣予以分工，争取每一讲都有新的提高。到再次给下一届研究生讲授之后，再进一步完善，经过几轮讲授之后产生了现在的书稿。参加书稿修改整理的研究生有：第一讲，从民间文学到民间文艺学：董亚丽、袁平、冯晶；第二讲，民间文艺的本质特征：平苗、史可、王丽颖；第三讲，民间文艺的理论来源与跨文化研究：邢晓荣、刘颖、敬佳鸣；第四讲，民间文艺文体论：柴春椿、杜峥瑶、庞佳仪；第五讲，民间文艺传承论：秦珂、王佳丽、周艳双；第六讲，民间文艺审美论：林玲、邢序瑶、侯秋敏；第七讲，民间叙事论：温小璇、段彤彤；第八讲，民间文艺资料学：宋晓钰、武晋萱、卫鸣宇；第九章，民间文艺方法论：张瑾、闫咚婉、邸无雨、杨婕；第十讲，民间文艺前沿动态：贾璐璐、钱思宇、邓皓中、杨培源；附录一，民间文学教材建设的百年回眸：石怀庆；附录二，刘勰《文心雕龙》民间文艺体系的开启意义：赫学佳。最后的整合、排版、校对工序繁杂，耗时费神，出力最多的是我指导的博士研究生：贾安民、段彤彤、张瑾、杨培源以及硕士研究生武晋萱、石怀庆。我的两位弟子王旭、夏楠分别从北京师范大学、华中师范大学获得"中国民间文学"博士学位，她们在繁忙的工作中抽出时间协助校对，帮我把关。从某种程度上说，这本书稿也是教学相长、师生合作的一项新的学术成果。

山西大学艺术学一级学科带头人梁晓萍教授，知道我报的选题和书稿的内容之后，欣然同意将此书列入"艺术学理论前沿"丛书中，使之能顺利出版；山西人民出版社编辑张慧兵为该书的出版做了大量工作；责任编辑刘远严谨认真，使书的内容更为准确完善，在此一并谨致谢意！

写于 2022 年 4 月 13 日晚